HEYNE BÜCHER

SCIENCE FICTION

Herausgegeben
von Wolfgang Jeschke

Von E. R. Eddison erschien außerdem in der Reihe
HEYNE SCIENCE FICTION & FANTASY:

Der Wurm Ouroboros (06/3833)
Ein Fischessen in Memison (in Vorb.)
Das Tor von Mezentia (in Vorb.)

E.R. EDDISON

DIE HERRIN ZIMIAMVIAS

Erster Band der Zimiamvischen Trilogie

Ein klassischer Fantasy-Roman

Herausgegeben von Jürgen Blasius

Deutsche Erstveröffentlichung

WILHELM HEYNE VERLAG
MÜNCHEN

HEYNE-BUCH Nr. 06/3867
im Wilhelm Heyne Verlag, München

Titel der englischen Originalausgabe

MISTRESS OF MISTRESSES

Deutsche Übersetzung von Reinhard Heinz
Das Umschlagbild schuf Karel Thole
Die Illustrationen im Text zeichnete
Johann Peterka
Die Karte auf Seite 8/9 zeichnete Johann Peterka
zusammen mit Erhard Ringer

Redaktion: Friedel Wahren

Printed in Germany
Umschlaggestaltung: Atelier Heinrichs & Schütz, München
Gesamtherstellung: Mohndruck,
Graphische Betriebe GmbH, Gütersloh

ISBN 3-453-30753-4

INHALT

W. G. E.
Dir, Madonna Mia,
und meinem Freund
Edward Abbe Niles
widme ich diese
Vision Zimiamvias

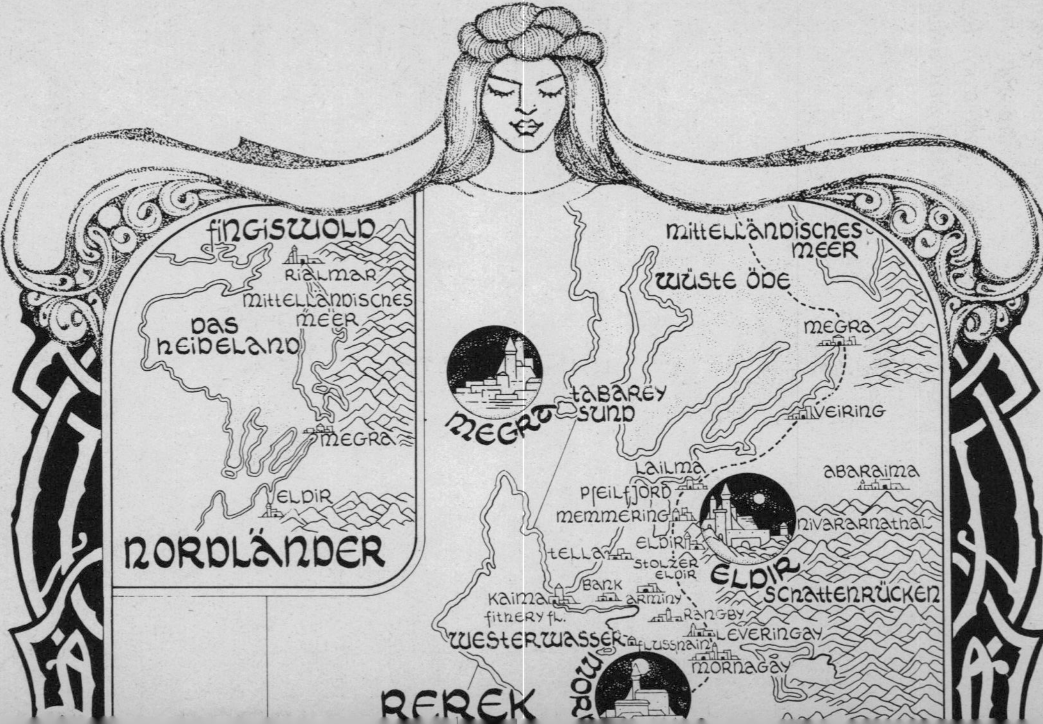

FINGISWOLD
RIALMAR
MITTELLÄNDISCHES MEER
DAS HEIDELAND
MEGRA
ELDIR
NORDLÄNDER
MEGRAT
TABAREY SUND
MITTELLÄNDISCHES MEER
WÜSTE ÖDE
MEGRA
VEIRING
LAILMA
ABARAIMA
PFEILFJORD
MEMMERING
NIVARARNATHAL
ELDIR
TELLA
STOLZER ELDIR
ELDIR
SCHATTENRÜCKEN
KAIMA
BANK
ARMINY
FITNERY FL.
RANGBY
LEVERINGAY
WESTERWASSER
FLUSSNAIN
MORNAGAY
REREK

Laimak
forn
hornsee
Rumala
Eulenthal
Laimak
Ristby
Quesmodische Inseln
Kutarmish
Argyanna
Hintermeszria
Kessarey
Ulba
Kutarmish
Ilkis
Hurun-Kette
Zenner fl.
Rumala
Fünfweg
Sherma
Salimat P.
Alzulma
Reisma See
Peraz
Memison
Meszria
Aninma
Memison
Zayana
Daish
Zayana
Spruna
Sestola
Armash
Lashopa
DIE DREI KÖNIGREICHE

Mère des souvenirs, maîtresse des maîtresses,
O toi, tous mes plaisirs! ô toi, tous mes devoirs!
Tu te rappelleras la beauté des caresses,
La douceur du foyer et le charme des soirs,
Mère des souvenirs, maîtresse des maîtresses!

Les soirs illuminés par l'ardeur du charbon,
Et les soirs au balcon, voilés de vapeurs roses.
Que ton sein m'était doux! que ton cœur m'était bon!
Nous avons dit souvent d'impérissables choses
Les soirs illuminés par l'ardeur du charbon.

Que les soleils sont beaux dans les chaudes soirées!
Que l'espace est profond! que le cœur est puissant!
En me penchant vers toi, reine des adorées,
Je croyais respirer le parfum de ton sang.
Que les soleils sont beaux dans les chaudes soirées!

La nuit s'épaississait ainsi qu'une cloison,
Et mes yeux dans le noir devinaient tes prunelles,
Et je buvais ton souffle, ô douceur, ô poison!
Et tes pieds s'endormaient dans mes mains fraternelles.
La nuit s'épaississait ainsi qu'une cloison.

Je sais l'art d'évoquer les minutes heureuses,
Et revis mon passé blotti dans tes genoux.
Car à quoi bon chercher tes beautés langoureuses
Ailleurs qu'en ton cher corps et qu'en ton cœur si doux?
Je sais l'art d'évoquer les minutes heureuses!

Ces serments, ces parfums, ces baisers infinis,
Renaîtront-ils d'un gouffre interdit à nos sondes,
Comme montent au ciel les soleils rajeunis
Après s'être lavés au fond des mers profondes?
—O serments! ô parfums! ô baisers infinis!

BAUDELAIRE

Die Ouvertüre

Laß mich ein wenig meine Gedanken sammeln, der ich hier zum letztenmal allein mit dir sitze, in diesem hohen Westfenster deiner Burg, die du vor so vielen Jahren erbautest, auf daß sie die grauwandigen Wasser deines Raftsunds überrage wie der Horst eines Seeadlers. Wir haben Glück gehabt, daß dies in der Zeit des Hochsommers geschehen sollte – und nicht in einer Nacht des arktischen Winters, wo die Trolle ihr Unwesen treiben. Ich wenigstens habe Glück. Denn es ist Frieden in diesen arktischen Julinächten, wo sich der lange Sonnenuntergang kaum unter den Horizont neigt, um das lange Morgengrauen wachzuküssen. Und mir, der ich in der tiefen Laibung auf deinen Kissen aus goldenem Tuch sitze und auf deinen Teppichen aus Samarkand, welche die Kälte des Granitsteins abhalten, spendet etwas Frieden, wie jene großen schwefelgelben Lilien in deiner Ming-Vase der Luft ihren Duft spenden. Frieden; und Kraft; drinnen und draußen: der Frieden des glasigen Wasserspiegels des Sundes und seines eigenartigen mitternächtlichen Schimmers, wie von geschmolzenem Silber oder Messing; und der Frieden des abnehmenden Mondes, außergewöhnlich hoch stehend, groß und rosarot inmitten der verworrenen Region zwischen Sonnenunter- und Sonnenaufgang, über der tiefen schieferfarbenen Wolkenbank, welche die etwas nordöstlichen Engen ganz oben im Sund ausfüllt – dort, wo der Tangstrømmen tief und still durch die schattigen Bergtäler fließt. Das zur Kraft: und die Troldtinder, deren kahle Felswände sich steil über den fernen Rand erheben; und links, etwas abseits davon, ähnlich den Bildern, die ich von deinem Ushba im Kaukasus sah, der gewaltige, zweiohrige Rulten, der sich, scharf umrissen im nachglühenden Abendrot, hoch über knapp zwei Dutzend kleinere Gipfel und Bollwerke reckt: Rulten, der dir und mir neunzehn Stunden Schwerstarbeit abrang, als wir seine kargen dreitausend Fuß erklommen. Lieber Gott! und das liegt fünfundzwanzig Jahre zurück, als du in etwa so alt warst, wie ich heute bin, ein alter Mann, nach gewöhnlichen Maßstäben gerechnet; dennoch war es nicht nur für mich in der Blüte meiner Jugend, sondern auch für deine schweizerischen Bergführer eine Strapaze, mit dir Schritt zu halten. Die Berge, die unergründlichen Tiefen des Raftsunds und seine wechselhaften Priele; die ungeheuere, ewig helle arktische Sommernacht; und drinnen, im Zwielicht aus natürlicher Dämmerung und flackerndem Kerzenschein deines siebenarmigen Leuchters aus Gold, der Frieden und Kraft deines Antlitzes.

Deine große italienische Uhr mißt die Stille mit ihrem Ticken: »Wieder eine – vergangen! Wieder eine – vergangen! Wieder eine – vergangen!« Solches Ticken ist mir für gewöhnlich verhaßt, ist es für einen alten Mann doch so gräßlich wie das grinsende *Memento Mori* beim jährlichen Fest. Aber nun (vielleicht hat der Schock meine Gefühle betäubt) könnte ich der Vernunft ein Schnippchen schlagen und glauben, es läge wahrhaft Ewigkeit in solchen Dingen: Gehalt und immerwährendes Leben in jenem, das vergänglicher und gehaltloser als eine Eintagsfliege, Pfuschwerk, nichtiger als Luft, schwächliche Blasen auf der Gezeiten Wandel. Dich und dein Herrschaftsgebiet hier meine ich, und diese deine Burg, wunderlicher als Beckfords Fonthill, und dein ganzes Leben, das in die unabänderliche Vergangenheit entschwunden ist: eine Art von Nichts. »Wieder eine – vergangen! Wieder eine – vergangen!« Sekunden oder Jahre oder Äonen ungezählter Zeit, welche Rolle spielt das? Ich kann mir gut vorstellen, daß diese eben verflossene Stunde meines Wachens in diesem stillen Zimmer eine genauso lange oder kurze Zeit ist wie jene fünfundzwanzig verflossenen Jahre, seit du und ich in einer Nacht wie dieser zum erstenmal über dreißig Meilen Meeres auf Lofotveggen blickten, als wir die Landegode umrundeten und nördlich in den offenen Westfjord steuerten.

Ich kann dich jetzt sehen, wenn ich meine Augen schließe; vor meinem geistigen Auge sehe ich dich, wie du auf die Lynxfootwand blickst: deinem künftigen Königreich, weiß ich doch sehr wohl, daß du damals diesen Entschluß faßtest (und den Vorsatz bald in die Tat umsetztest): hundert Meilen Kämme, Gipfel und Abgründe; ein Hochgebirge, bis zur Schulter im Atlantik versunken und zu lauter ungewöhnlich grimmigen Inseln geworden, die derart verwachsen sind, daß sich aus der Ferne weder ein Einbruch noch ein Seeweg dazwischen erkennen läßt. So scharf geschnitten waren ihre Umrisse in dieser Nacht, und so unvorstellbar gekerbt und gezackt hoben sie sich vom rosigen Schein im Norden ab, wo Sonnenunter- und Sonnenaufgang in einem glühten, daß sie für einen Augenblick wie ein falsches Gebirge wirkten – eine Nachbildung aus geschliffenem, rauchtrübem Kristall, vor einem gemalten Himmel aufgestellt. Doch nur für einen Augenblick; denn unter unserem Bug murmelten die Wellen, der Wind blies uns ins Gesicht, und hin und wieder flatterte und kreischte vor der nach wie vor unveränderten Szenerie eine schwarzrückige Möwe, was uns vergegenwärtigte, daß dies salzige See und frische Luft und Land voraus waren. Dennoch konnte man sich nur schwer vorstellen, daß dies wirkliches Land mit den alltäglichen Dingen des Lebens und den Behausungen der Menschen war, wirkliches Land unter jener Wohnung des Lichts, wo die Wandlungen von Tag und Nacht auf wundersame Weise innezuhalten schienen; wie wenn die Natur gebannt wäre von ihrer eigenen Schönheit, die sich im Schimmer des primelfarbenen Lichts spiegelte. Voller Leben, als wäre seitdem nicht ein Vierteljahrhundert, sondern eine Minute vergangen, sehe ich dich neben mir an der Heckreling stehen, jenes Licht auf deinem hageren, von Wind und Wetter geprägten Gesicht; du schaust mit einem stolzen, wachsamen und durchdringenden Blick nach Norden, und deine ganze Gestalt und Positur strotzen vor Tatkraft und beherrschender Entschlossenheit. Sogar den Tonfall deiner Stimme in den einzigen zwei Äußerungen kann ich hören, die während der ganzen vierstündigen Überfahrt von deinen Lippen kamen. Zuerst: »Die Meeresküste von Dämonenland.« Und dann, etwa eine Stunde später, sehr leise und verträumt: »Das erste Schlückchen Ewigkeit.«

Deine Stimme, die in all diesen Jahren, den achtundvierzig Jahren und ein paar Monaten, seit ich dich kenne, Macht über mich hatte wie wohl nichts anderes auf Erden. Und heute ... Aber warum von heute sprechen? Entweder ist das Heute nicht, oder du bist nicht: ich weiß es nicht genau. Das Gestern war sicherlich dein, und jene fünfundzwanzig Jahre, in denen dein Genie und Reichtum aus diesen Inseln ein schöneres Hellas machten. Doch heute: Vielleicht ist es gut so, daß du nichts mit dem Heute zu tun hast. Der vierzehnte Juli ist morgen: der Tag, an dem das Ultimatum ausläuft, das dir diese neue Regierung in Oslo stellte; der Tag, an dem sie ihre Hoheitsrechte über Lofoten zurückfordern, um in die Fischerei wieder moderne Methoden einzuführen. Ich weiß, du warst bereit, Gewalt anzuwenden. Dazu mag es auch noch kommen, denn deine Untertanen, die auf den Inseln unter den Bedingungen aufwuchsen, die du für sie machtest, werden kaum auf alles verzichten, ohne die Hand zu rühren. Es wäre jedoch bestimmt schlimm für dich ausgegangen. Es fehlten dir die Möglichkeiten, das zu wiederholen, was du vor fünfunddreißig Jahren bei der Eroberung Paraguays geleistet hattest: mit deinen paar tausend Mann hättest du diesen Inselhaufen nie gegen ein so industrialisiertes Land wie Norwegen halten können. Stirs »Sollen mir die Erdläuse zum Verhängnis werden, die Söhne Kogurs des Grimmigen?« drängte sich mir auf. Sie hätten deine Burg von der Luft aus bombardiert.

Und deshalb hat es das Schicksal wohl gut mit dir gemeint. Ich bin froh, daß du heute morgen gestorben bist.

Tief in meinen Gedanken an früher muß ich versunken gewesen sein, als die Señorita in das Zimmer kam, denn ich hatte weder ein Rascheln noch Schritte gehört. Jetzt schaute ich jedoch nicht mehr aus dem Fenster, sondern blickte wieder in das Gesicht Lessinghams, der vor mir aufgebahrt lag, und sah, daß sie dort zu seinen Füßen stand und andächtig schaute, wohin ich schaute. Sie hatte mich nicht bemerkt oder meiner Anwesenheit, falls doch, wenigstens keine Beachtung geschenkt. Die Ereignisse des Tages müssen meine Nerven stärker mitgenommen haben, als ich es vorher für möglich gehalten hatte: Anderweitig könnte ich mir nicht das Zittern erklären, das über mich kam, als ich sie betrachtete, und die plötzlichen Tränen, die meine Augen halb blind machten. Denn obschon das Gefühl in krisenschweren Augenblicken zweifellos seltsame Streiche spielen kann und schnell jene nette Ordnung verwirrt, die anständige Erziehung und Bildung sogar unserem innersten Denken aufbürden, so ist dennoch bemerkenswert, daß die Bestürzung, die jetzt durch meinen Geist und Körper wogte, bar eines Tones oder eine Berührung der Saiten war, die so laut vibrieren können, wenn sich eine Frau von erlesener Schönheit und vermuteter Erreichbarkeit nähert. Eigene Tränen hatte ich seit meiner Kindheit nicht mehr erlebt. Ja, nur indem ich an die Tage meiner Kindheit zurückdenke, kann ich mich an etwas erinnern, das der Stimmung ähnelt, die mich jetzt packte und schüttelte. Und sowohl damals als Kind als auch jetzt als Mann Mitte sechzig – damals, als ich an einem Sommerabend im Wohnzimmer lauschte, wie meine älteste Schwester am Klavier sang (Schuberts *Wohin?,* wie ich später erfuhr), und jetzt, als ich die Señorita Aspasia del Rio Amargo vor dem Totenbett meines Freundes stehen sah – verbarg sich weder Furcht in dem Zittern, das mich ergriff und meinen Leib mit Gänsehaut bedeckte, noch waren die Tränen, die aus meinen Augen schossen, Tränen des Kummers. Es stimmt, eine kurze Zeit zuvor hatte sich mein Geist durch viele Finsternisse getastet, während eine niederschmetternde Verzagtheit ob der verlorenen, langen, wie eine ausgeblasene Kerzenflamme erloschenen Freundschaft mein Denken hemmte. Nun aber war es mir, als

würde ich am Hals gepackt und in einem Zustand intensiven Bewußtseins gehalten: einem Geisteszustand, für den ich keinen Namen finden kann, es sei denn, ich nannte ihn einen Zustand vollständiger Reinheit, als erwachte ich plötzlich am Morgen der Zeit und schaute die neugeborene Welt.

Eine ganze Weile lang blieb ich wohl vollkommen regungslos, außer daß ich schneller atmete, und meine Augen hin- und herwechselten von einem Teil der Szene zum anderen. Das Bild brannte sich derart in meine Sinne ein, daß bestimmt eher alle anderen Erinnerungen und Eindrücke von mir abfielen, als daß dieses eine vergehen oder verblassen würde. Dann hörte ich – gefaßt, wie man in einem Traum hört – eine Stimme (die meine eigene war); sanft trug sie jene Strophe aus Swinburnes großer, herzzerreißender *Todesballade* vor:

Es stand des Nachts an meinem Lager
Venus, die Königin, mit einem Schleier bedeckt,
Schwarz-gold gestreift und weit zurückgesteckt
Aus blutleerer Stirn, traurig und hager,
Aus Schläfen, so farblos wie aus des Todes Reich.
Ihr lockiges Haar wogte wie's Meer,
Und des Meeres Gold war darin.
Die Augen, die blickten, der kranken Taube gleich.
Sie war über und über mit Goldstaub bestreut,
Und ihr Fuß in Perlen, Purpur und Bernstein ging.

Beim letzten Verspaar erwachte ich unsanft zum Alltäglichen, genauso wie man oft aus dem Schlaf schreckt und die im Traum gesprochenen Worte unnatürlich laut als Echo im Ohr nachklingen. Als ich mich erhob, war ich insgeheim ärgerlich auf mich, und eine übliche Entschuldigungsformel lag mir auf der Zungenspitze, doch verbiß ich sie mir rechtzeitig. Das Gedicht war sicherlich nicht mit meinen Lippen, sondern in meinem Kopf gesprochen worden; denn der Ausdruck in ihrem Gesicht versicherte mir, daß sie nichts gehört oder, falls doch, es als eine Bemerkung abgetan hatte, die weder einer Stellungnahme ihrerseits noch einer Erklärung meinerseits bedurfte.

Sie bewegte sich ein wenig, so daß ihr Gesicht mir zugewandt war; locker und anmutig hing ihre linke Hand an ihrer Seite herunter; die rechte ruhte sanft auf der Stirn des großen goldenen Flügelrosses, das den näheren Bettpfosten am Fußende von Lessinghams Bettstatt bildete. Die Bewegung schien mich wieder in jene Betrachtung über Frieden und Kraft zu versenken, in der ich in der vergangenen Stunde etwas Trost gefunden hatte, warf mich aber gleichzeitig in jenen Zustand weitsichtigen Bewußtseins, in dem ich sie und Lessingham vor wenigen Minuten angesehen hatte. Nun jedoch, genauso wie (so man sagt) ein Gestirn irdischer Dichte, aber von der Größe eines Beteigeuze, zwangsläufig nicht nur Materie und kosmischen Staub, sondern die eigentlichen Strahlen des unwägbaren Lichts anzöge und schließlich die eigentlichen Grenzen des Raumes einverleibend einsöge, verschmolzen in ihr alle Dinge wie zu einem Punkt. Und als sie sprach, hatte ich ein seltsames Gefühl, als ob der Frieden selbst gesprochen hätte.

Sie fragte: »Gibt es irgend etwas Neues, das Sie mir über den Tod sagen könnten, Sir? Lessingham verriet mir, Sie seien ein Philosoph.«

»Alles was ich Ihnen sagen könnte, ist neu, Doña Aspasia«, antwortete ich. »Denn der Tod ist wie die Geburt: jedesmal neu.«

»Glauben Sie, daß es von Bedeutung ist?« Ihre Stimme, tief, weich, sinnlich (wie sie entsprechend der Schönheit spanischer Frauen sein sollte, doch nur selten ist), schien auf der Luft zu schweben wie ein gleitender Vogel, der seine fast regungslosen Schwingen einmal in diese und einmal in jene Richtung neigt und so weitersegelt.

»Es ist von Bedeutung für mich«, sagte ich. »Und für Sie vermutlich auch.«

Sie erwiderte etwas Seltsames: »Nicht für mich, habe ich doch kein Selbst.« Daraufhin: »Sie gehören wohl nicht zu jenen haarspalterischen Krämerseelen, die der armen Menschheit Hoffnungen auf eine metaphysische Fortdauer hinhalten, als Ausgleich für die Unsterblichkeit der Menschen, die ihr zur bloßen Unwahrscheinlichkeit herabgesetzt habt?«

»Nein«, antwortete ich. »Es ist besser, durstig zu bleiben als salziges Meerwasser zu trinken, nur weil es keinen Wein mehr gibt.«

»Und um Wein zu beten lohnt sich nicht? Sind Sie sich sicher?«

»Sicher sind wir uns über nichts. Jeder Pfad des Labyrinths führt schließlich wieder zu Heraklit, wenn man ihm ehrlich folgt; ja, und darüber hinaus: zurück zu jenem Philosophen, der ihn für die Ansicht tadelte, man könne nie zweimal in denselben Fluß steigen, denn diese Annahme, so beanstandete er, beziehe stillschweigend mit ein, daß man überhaupt einmal zum Baden in den Fluß zu steigen vermöge.«

»Was ist also das Neue, das Sie mir sagen wollen?«

»Daß ich einen Menschen verlor«, sagte ich, »der vierzig Jahre mein Freund war, einen großen Mann, ohne seinesgleichen in seiner Generation. Und das ist mehr als ein gewöhnlicher Tod.«

»Wie ich sehe, haben Sie in einem Fluß nicht nur zweimal, sondern oftmals gebadet«, sagte sie. »Doch weiß ich sehr wohl, daß dies keine Antwort ist.«

Sie schwieg und blickte mir geradewegs in die Augen. Ihre Augen mit den langen schwarzen Wimpern waren anders als alle Augen, die ich bisher gesehen hatte, und harmonierten eigenartig mit der dunklen südländischen Gesichtsfarbe und dem rabenschwarzen Haar: grün waren sie, mit großen Pupillen und voll feuriger Flecken, und wenn die Pupillen sich weiteten oder verengten, schienen die ganzen Augäpfel in einer tänzelnden Flamme zu erglühen. Furchterregende Augen beim ersten unirdischen Blick aus ihnen: So sehr, daß ich im ersten Moment an alte Schauermärchen von Lamien und Vampiren denken mußte, und dann an die lieblichste aller Liebesgeschichten und das süße ironische Evangelium heidnischer Liebe – Théophile Gautiers: von ihr, auf deren ungeweihtem Grabstein geschrieben steht:

Ici gît Clarimonde,
Qui fut de son vivant
La plus belle du monde.

Und im nächsten Augenblick kamen meine umherschweifenden Gedanken zur Ruhe, und von Scheu und Verwunderung ergriffen, erkannte ich tief in jenen seltsam strahlenden Augen, sechzig Jahre in der Vergangenheit, den Blick meiner Mutter (damals noch schön, jetzt aber viele Jahre tot), wie sie sich herabbeugte und ihrem Kind einen Gute-Nacht-Kuß gab.

Die Uhr schlug die halbe Stunde vor Mitternacht und brachte die Zeit in mein Bewußtsein zurück. Beim Schlagen der Uhr ging sie an mir vorüber, und wie in einem Traum nahm sie meinen Platz in der Laibung ein; zu ihren Füßen sitzend, sah ich das Profil ihres Gesichtes, das sich klar vom Zwielicht im Fenster abzeichnete, wo sich der wahre Mantel der finsteren Nacht nur andeutungsweise über die dunkelste Stunde gelegt hatte, ähnlich den Tautropfen auf einer roten Rose im Gegensatz zu wahren Tränen der Trauer oder der verblaßten Erinnerung an längst vergessenen Kummer im Gegensatz zur Bitterkeit der Gram selbst. Frieden erfüllte meinen Geist wie der Wohlgeruch einer Blume.

Ich sah hinüber zu Lessinghams Gesicht mit seinem griechischen Profil, das blaß im flackernden Kerzenschein war und nach oben blickte: das Haar, kurz, wellig und dicht wie das eines griechischen Gottes: die duftende Schwärze seines mächtigen Bartes. Neunzig Jahre wurde er dieses Jahr, aber sein Haar war so schwarz und seine Stimme (bis vor wenigen Stunden noch, als er sich in seinen Stuhl zurückgelehnt hatte und plötzlich tot war) so volltönend und seine Augen so klar wie bei einem Mann in der Blüte seiner Jahre.

Die Stille tat sich auf wie eine Lilie, und wie der Duft einer Lilie kamen die Worte der Señorita hervor: »Erzählen Sie mir etwas, an das Sie sich erinnern. Es ist gut, Erinnerungen wachzuhalten.«

»Ich erinnere mich«, antwortete ich, »daß er und ich uns zum erstenmal bei Kerzenschein begegneten. Das war vor achtundvierzig Jahren. Ein gutes Licht für eine Begegnung; und ein gutes Licht für einen Abschied.«

»Erzählen Sie«, sagte sie.

»Es war zur Osterzeit in Mardale Green in Cumberland. Ich war gerade aus der Schule gekommen und verbrachte die Ferien bei meiner Tante, die ein großes Haus in Eamonttal besaß. Am Ostersonntag, nach einem harten und einsamen Tag in den Bergen, blickte ich vom Gipfel der Kidstyspitze auf Mardale und Haweswater hinab. Es war später Nachmittag, und noch brachen die Nächte früh an. Schneereste bedeckten die Berge. Das Tal zu meinen Füßen war mattpurpurn von den Schatten der Nacht, die sich zusammenbrauten, während im Himmel und auf den Bergkämmen noch Tageslicht hing. Über den langen Ausläufer, der sich östlich der Kidstyspitze ins Tal senkt und Randale von Riggindale trennt, eilte ich hinunter. Nach dem raschen Abstieg war ich ganz außer Atem und halb taub, denn als ich den Wildbach beim Bauernhaus in Riggindale überquerte, hatte ich in zwölf Minuten schätzungsweise fünfzehnhundert Fuß Höhenunterschied hinter mich gebracht. Dann sah ich durch die Bäume das Licht in den Kirchenfenstern. Mir fiel ein, daß Haweswater und sein Umland dazu verurteilt waren, von zwanzig Fuß tiefem Wasser überflutet zu werden, um dem Fortschritt der Zivilisation Platz zu machen. Also beschloß ich, der Abendandacht in der kleinen Kirche jetzt beizuwohnen, solange dazu noch Gelegenheit war, denn bald würden sich statt Eulen Fische in ihren Eiben tummeln. So stolperte ich über den dämmrigen, stillen Feldweg in die Dunkelheit der mächtigen Eiben, und durch den Vorhang an der Tür unter dem viereckigen Turm nahm die Kapelle mich auf. Vom ersten Augenblick an sagte sie mir zu, kam ich doch aus der Kälte und Nacht draußen: ein Ort der Wärme, von Kerzen sanft erleuchtet, mit einem Kirchengestühl aus Eichenholz, das die Zeit geschwärzt hatte, einer Empore aus der Zeit Jakob des Ersten, rauhen, weißgewaschenen Mauern, schlichten spitz zulaufenden Fenstern, niedrigen, dunklen Dachbalken: eine bezaubernde und verwirrende liebliche Schönheit, wie sie Kinderaugen empfinden, wenn sie zum erstenmal den Weihnachtsbaum sehen. Ich ging halb durch den Mittelgang und nahm einen Platz auf der Nordseite ein. Wie ich mich entsinne, dachte ich währenddessen an jene weißen, grünen und rosaroten Tonhäuschen, in die man ein Nachtlicht stellen kann; Dinge, die ich längst vergessen hatte, doch von denen ich (wie mir einfiel) vor vielen Jahren eins besessen hatte – in jenen Tagen der Kindheit, denen der Duft von Lavendel und Moschus anhaftet und die mir damals, als ich neunzehn war, viel ferner schienen als jetzt; deutsche Dinge, wie ich meine: dem guten alten deutschen Geist von Struwwelpeter und Christbaum entsprungen. Ja, an diese Tonhäuschen mußte ich denken, als ich in der Bank saß und mit sinnenfroher Zärtlichkeit das Kerzenlicht und die von ihm geworfenen tanzenden Schatten betrachtete: Schatten der Geborgenheit, wie jene Schatten aus dem Kinderzimmer, wenn das Kindermädchen noch bei einem war; nicht wie jene gespenstischen Schatten, die sich vor einem abzeichneten, wenn sie zum Abendessen hinuntergegangen und man allein gelassen war. Und jene Schatten und das gelbe Kerzenlicht fielen auf sanfte, Geborgenheit ausströmende Gesichter wie das ihre: ein alter Bauer mit furchigen, kräftigen, großknochigen Zügen, von Wind und Wetter gezeichnet, nicht im Sonntagsstaat, sondern in schweren, genagelten, schmutzigen Stiefeln, als hätte er einen langen Anmarsch zur Kirche hinter sich, und in einem rauhen, dicken Tweedmantel und Breeches. Drei oder vier Bauern, ein paar Knechte, ein paar Frauen und Mädchen, eine Greisin, ein oder zwei Knaben, eine Handvoll Leute auf der Empore über der Tür: das war die ganze Gemeinde. Am meisten aber beeindruckten mich der alte Pfarrer und seine Art, den Gottesdienst abzuhalten. Er hatte weiße Haare und einen borstigen Schnurrbart. Er führte alle Verrichtungen eigenhändig aus: sprach die Gebete, trug die Lesungen vor, sammelte das Opfergeld, spielte auf dem Harmonium, das als Orgel diente, hielt die Predigt. Und all das machte er planmäßig und ohne Eile oder Verlegenheit, als würde er ein paar Freunden im kleinen Pfarrhaus gegenüber der Straße zum Abendessen aufwarten. Seine Predigt war kurz und voller persönlicher Bemerkungen, doch ausnehmend freundlich und liebenswürdig. Eingehende, schlichte Erklärungen lockerten die Verkündigung der Gottesdienstzeiten, Hochzeits- und Tauffeiern und dergleichen mehr auf, klangen aber keineswegs *ex cathedra,* sondern wie über den Frühstückstisch gesprochen. An einen bestimmten Hinweis erinnere ich mich, als er bekanntgab: ›Hymne Nummer einhundertundvierzig: *Jesus lebt! Nicht länger kann dein Stachel, o Tod, uns schrecken.*‹ Dann blickte er, ehe er sich ans Harmonium setzte, seine kleine Herde wohlwollend über die Ränder seiner Brille hinweg an und sagte: ›Bemüht euch bitte, den Text richtig zu sprechen. Manche Leute machen einen Fehler in der ersten Zeile dieser Hymne, so daß sie eine ganz falsche Bedeutung bekommt. Denkt also daran, nach *lebt* eine Pause zu machen: *Jesus lebt!* Macht es nicht wie manche Leute und sagt: *Jesus lebt nicht länger . . .* Das ist völlig verkehrt, gibt eine ganz falsche Bedeutung, ist blanker Unsinn. Also: *Jesus lebt! Nicht länger kann . . .*‹ Und er setzte sich ans Harmonium und fing an.

Es war gerade in diesem Augenblick, als wir uns alle erhoben, um jene unschuldige Hymne mit der schwierigen ersten Zeile anzustimmen, daß ich Lessingham zum erstenmal erblickte. Er saß weiter weg, rechts von mir, auf der Hinterbank der Südseite, und als die Gemeinde aufstand, schaute ich mich halb um und sah ihn. Ich entsinne mich, wie er mir Jahre später den Eindruck beschrieb, den man gewinnt, wenn man von einem jener Kaschmirtäler unverhofft den Nanga Parbat erblickt: Man ist stundenlang durch eine stille, dichtbewaldete Gegend geritten, die sich zu einer Art Paß hochwindet, ohne viel Großes zu sehen – nur eine üppige, belaubte, moosige Landschaft steiler Berghänge und tiefer Wasserfälle; dann gelangt man unvermittelt um eine Ecke, wo man talaufwärts freien Ausblick hat, und es verschlägt einem den Atem angesichts der blendenden Pracht des gewaltigen, eisüberkrusteten Gipfels und der sich auftürmenden Kämme, die – sechzehntausend Fuß hoch vom Scheitel bis zur Sohle und nur etwa ein Dutzend Meilen entfernt – ein ganzes Himmelsviertel ausfüllen. Und immer wenn ich mir jetzt ins Gedächtnis zurückrufe, wie ich Lessingham vor so vielen Jahren in jener kleinen Talkirche zum erstenmal traf, kommt mir der Nanga Parbat in den Sinn. Lessingham überragte den größten Mann dort um einen halben Kopf, aber was mich bannte, war die

Erhabenheit seiner Haltung, als wäre er ein Fürst der Renaissance: eine Erhabenheit, die mit gleicher Angemessenheit jedem seiner Glieder und Züge eigen zu sein schien, und der seinerseits so wenig Beachtung zuteil wurde wie der alten schäbigen Norfolkjacke und den Breeches, die er trug. Der Stoff der Jacke war fadenscheinig, die Ärmel fransig und die Ellbogen mit Lederflicken verstärkt, doch es war, als würde sie von innen erleuchtet, wie die Flamme sich in einer Hornlaterne zeigt, und ließ jene in Stein gehauenen Helden des Pantheons erahnen. Ich sah die Schönheit seiner Hand, die dort auf dem Fenstersims ruhte, und den Rubin, der wie glühende Kohle in dem seltsamen Ring an seinem Mittelfinger brannte. Aber ebenso wie sich bei einem schneebedeckten Berg alle Großartigkeit emporschwingt zum gewaltigen Gipfel im Empyreum, so war bei ihm alle Majestät und Schönheit und Kraft in seinem Haupt und Antlitz versammelt; diese heiter-gelassene Stirn, diese Züge, in denen Apollon und Ares sich zu vereinen schienen; die starken, sinnlichen Linien seines Mundes zwischen dem nach oben gedrehten Schnurrbart und dem Katarakt seines schwarzen Bartes: dieser Mund, in dessen Winkeln wild und plötzlich alle Anspielungen zu lauern schienen: ergötzlicher Humor und Melancholie, schnelle Entschlußkraft und furchtbarer Zorn. Schließlich begegnete sein Blick zufällig dem meinen, und weil seine Augen wie in tiefer Trauer versunken durch mich hindurchsahen, wandte ich mich etwas verwirrt ab.

Ich dachte, daß er sich meiner und meiner Blicke gar nicht bewußt geworden wäre; aber als wir von der Kirche auf das Sträßchen kamen, nachdem der Gottesdienst zu Ende war (die Sterne schienen jetzt, und der Mond war hinter den Bergen aufgegangen), holte er mich ein und ging im Gleichschritt neben mir, wobei er sagte, ihm sei aufgefallen, daß ich die gleiche Krawatte wie er trage. Ich weiß kaum, was mich mehr überraschte: daß dieser Mann sich dazu herabließ, überhaupt mit mir zu sprechen, oder daß ich mich binnen kürzester Zeit an seiner Seite fand, wie wir gemeinsam die Seestraße entlangspazierten, die mein Heimweg war, und ich so ungezwungen mit ihm plauderte, als wäre er ein vertrauter Gleichaltriger, anstatt ein Mann, der mein Vater hätte sein können. Ein Mann überdies, der sich dem Anschein nach eher in der Gesellschaft Cesare Borgias oder Gonsalvo di Cordovas wohl gefühlt hätte. Natürlich erfuhr ich erst später, daß er seine Abstammung durch viele Generationen englischer Vorfahren bis zu König Erik Blutaxt von York, dem Sohn Harald Schönhaars, diesem nordischen Charlemagne, zurückverfolgen konnte; und in weiblicher Linie bis zu jenem größten Herrscher der Menschheit, der in dem Jahrtausend zwischen Karl dem Großen und Napoleon in Europa aufgetreten war: Kaiser Friedrich II., von dem geschrieben worden war, daß ›die Macht, die sich in der Gesellschaft fähiger und berühmter Männer durch Ritzen scheinend zeigt, in ihm sich ausgoß wie durch einen Riß in der Natur‹. Ich habe Lessingham in späteren Jahren lange geholfen, das Material für seine zehnbändige *Geschichte Friedrichs II.* zusammenzutragen, die heute natürlich das Standardwerk zu dieser Epoche ist und der in literarischer Sicht kein anderes Geschichtsbuch seit Gibbon das Wasser reichen kann.

Wir sprachen zuerst über Eton; dann über das Rudern und die Reiterei und dann über die Berge, denn mich hatte damals gerade das Kletterfieber gepackt, während er darin ein alter Hase war, obschon ich erst ein Jahr oder so später herausfand, daß er zu den besten zeitgenössischen Bergsteigern zählte (was seine Tollkühnheit anging, hielt er allerdings unangefochten die Spitze). Ich glaube nicht, daß wir den damals soeben beendeten Krieg erwähnten, in dem er sich große Verdienste erworben hatte – größtenteils in Ostafrika. Die Schwingen unserer Unterhaltung zogen allmählich jene weiteren Kreise, beflügelt vom Sternenschein und dem gleichmäßigen Gehen und der Harmonie zwischen den Gemütern, der Grundlage jeder wahren Freundschaft; so daß ich ihm nach einer Weile sogar gestand, wie sehr mich seine Anwesenheit in jener Kapelle überrascht hätte, und ihn schließlich fragte, ob er zum Beten dort gewesen sei wie die anderen Leute oder nur zum Schauen wie ich. Dies war die Sturm- und Drangzeit meines antireligiösen Eifers, da die seltsame *amor mortis* der Jugend jedem Unglauben einen schmückenden Federbusch des Ruhms auf den Helm steckt und Bücher wie *La Révolte des Anges* oder Swinburnes *Dolores* einen Schauer den Rücken hinablaufen lassen, der in seiner urtümlichen Kraft nicht wiedererlebt werden kann, haben uns die Jahre und die mit ihnen erworbene Weisheit erst einmal die wahren Schrecken jener untröstbaren Trostlosigkeit und unrühmlichen Verlorenheit im Nicht-Sein gelehrt, das uns alle erwartet. Er antwortete, er sei zum Beten dort gewesen. Damit hatte ich nicht gerechnet, obwohl ich über seinen Gesichtsausdruck in der Kirche verwundert gewesen war: einen Gesichtsausdruck, der meiner Meinung nach kaum in das Antlitz eines heidnischen Gottes oder atheistischen Tyrannen der Renaissance paßte. Verlegen bemerkte ich, daß er mir nicht wie ein Kirchgänger vorkäme. Sein Gelächter darüber schien die ganze Nacht zum Funkeln zu bringen: er hielt inne, griff mit der Hand an meine Schulter und drehte mich halb herum, so daß ich ihm zugewandt war. Sein Mund lächelte im Mondschein zu mir herab und erinnerte mich an Paters Aufsatz über Mona Lisa. Er sagte nichts, aber mir war, als wenn ich unter diesem Lächeln mitsamt meinem halb flügge gewordenen Unglauben geschrumpft wäre zu etwas sehr Nacktem und Nervlosem: einem unreifen Kapaneus, der vor Theben posiert; einem lächerlich winzigen Aias, der ein Spielzeugschwert zieht gegen den Blitzstrahl. Wir gingen neben dem dunklen See weiter. Weder er noch ich sagten etwas. So gründlich hatte er mich bereits an seine Wagenräder gespannt, daß ich bereitwillig seinen Glauben angenommen hätte, wäre er auch Wiedertäufer oder Moslem gewesen. Nach einer Weile kamen Worte über seine Lippen, die ich aus irgendeinem Grund nie vergessen werde: ›Zweifelsohne waren wir beide aus ein und demselben Grund in dieser kleinen Kirche‹, sagte er. ›Das Gute, das Wahre, das Schöne: sind innerhalb dieses Dreiecks (oder vielmehr auf dieser Spitze; denn ›Wahrheit‹ heißt nur zu behaupten, daß das Schöne und das Gute die letzte und eigentliche Realität sind, und das Gute ist Diener der Schönheit) die Götter nicht vielgestaltig?‹ Blühender philosophischer Unsinn, wie ich bald lernte, nachdem ich mir fortgeschrittenes metaphysisches Wissen angeeignet hatte. Und dennoch baute er in diesen geheimen Winkeln seines Geistes (wie ich während unserer langen Freundschaft von Zeit zu Zeit entdeckte, wenn er mir flüchtige Enthüllungen machte oder mich bei seltener Gelegenheit ins Vertrauen nahm) aus solchem Blendwerk einen Freudenpalast oder einen Ort der Herzenslust, ein Credo, einen Mythos, ein Gebilde reiner Poesie, in seinen Eigenheiten gediegener als diese Welt und in seinem eigentümlichen, prachtvollen Trug und Schein gegenständlicher (weit über Opium oder Wahnsinn hinaus) als dieses Leben, das wir als wirklich bezeichnen. Und mehr als das, denn er formte das Leben nach seinen Träumen; ganz abgesehen von seinen Gedichten und Schriften, ›dauernder denn Erz‹, seinen Gemälden und Skulpturen, denen die Kunstgalerien ganz Europas nachjagen, und jenen anderen (den vielleicht erstaunlichsten) Denkmälern seiner Genialität, den Menschengemeinschaften, welche die eiserne und doch wohltätige Macht seiner Staatskunst spürten, wie hier in Lofoten – ganz abgesehen von all diesen Dingen fand er in dieser Illusion der Illusionen gewiß etwas so Kraftvolles wie den legendären Balsam des Styx, so daß kein Leid, Schmerz oder Kummer dieser Welt ihm etwas anhaben konnten.

Erst nach vielen Jahren der Freundschaft erahnte ich allmählich, welch starken Trost er daraus schöpfte; denn er trug niemals sein Herz auf der Zunge, um es den Aasvögeln auszusetzen. Die bloßen Tatsachen brachte ich bald in Erfahrung: so seine Heirat, als er noch nicht einmal sechsundzwanzig war und sie knapp zwanzig, mit der wunderhübschen Lady Mary Scarnside, und ihr Tod fünfzehn Jahre später bei einem französischen Eisenbahnunglück zusammen mit ihrem einzigen Kind, einem Mädchen. Dieser Schicksalsschlag hatte sich etwa zwei Jahre vor unserer Begegnung in der Kirche von Mardale ereignet. Lessingham sprach nie von seiner Frau. Ich hörte, daß er kurz nach ihrem Tod ihr altes, stattliches Haus in Wastdale niedergebrannt hatte. Ich habe nie ein Bild von ihr gesehen: mehrere Porträts von seiner Hand gingen in den Flammen unter; er berichtete mir Jahre später, daß er nach und nach alle auffindbaren Bilder und Photographien von ihr aufgekauft und vernichtet hätte. Wie die meisten Männer mit lebhaftem Gemüt und ausgeprägter Vorstellungskraft wirkte Lessingham, solange ich ihn kannte, äußerst anziehend auf das weibliche Geschlecht, und die Frauen und ihre Reize waren ihm (ähnlich seinem kaiserlichen Urahn) wie Bergluft und Sonnenschein. Ich erlebte bei ihm eine bunte, ununterbrochene Reihe von Damenbekanntschaften, die den stetig wachsenden Prunk und Pomp seines Lebens wie Juwelen bekrönten, und gelangte so zu dem Schluß, daß seine Ehe ihm nichts bedeutet hätte und daß er nie über seine Frau spräche, weil er sie längst vergessen hätte. Als ich später von den verbrannten Porträts erfuhr, vermutete ich eher, daß er seine Gattin gehaßt hätte. Erst als zwischen uns ein tiefes Verstehen herangereift war, wo Worte als Gedankenträger zwischen uns fast überflüssig waren, erkannte ich, wie die Dinge wirklich standen: daß nur der erhabene, wenn auch kindliche Glaube an die Unsterblichkeit ihrer und seiner Person, selbst über das Grab hinaus, ihn stützte und unbeschadet durch die stürmischen, friedvollen und herrlichen Zeiten und Großtaten der Jahre steuerte (fünfzig an der Zahl, wie sich herausstellte), der Jahre, die er ohne sie zu verleben hatte.

Diese pragmatischen Sophisten mit ihrer liederlichen Psychologie und fragwürdigen Haarspalterei, getarnt als Metaphysik! Fast sähe ich ihnen nach, daß sie die Wahrheit verdrehen und vergewaltigen und die Welt wie einen Esel an der Nase herumführen, könnten sie ein Mann wie dieser Mann sein und Irrtum und Selbsttäuschung hohen, erhabenen Vorstellungen unterwerfen, wie er es tat. Denn sicherlich würde die Menschheit besser bauen, baute sie für sich selbst; nur wenige vermögen es, von einer unbekannten Nachwelt zu schwärmen. Doch dieser Mann sah, wie ich oft beobachten konnte, alle Dinge *sub specie aeternitatis;* seine Taten wuchsen (wie das gemächliche Fortschreiten dieser nordischen Sommernacht) gemächlich zur Vollkommenheit, während im Leben eines Durchschnittsmenschen alles durch die behelfsmäßige Hetze zu Bruch geht. Folgte er den Irrlichtern der Metaphysik, erwiesen sie sich in seinem praktischen Tun als verläßliche Leuchttürme. Vom Götzen des Pöbels, der bloßen Quantität, ließ er sich weder hinters Licht führen noch ins Bockshorn jagen; wird doch das Matterhorn, bläht man es quantitativ genügend auf, so unbedeutend wie ein Sandkorn, weil das Auge es nicht mehr wahrnehmen kann, und ein Nebel, der die Erde umhüllte und sie lediglich zu einem winzigen Teil in einer Tabakswolke machte, ist nebensächlicher als dieser Tabaksdunst (es sei denn, man sieht es als Anreiz für die unersättliche Einbildungskraft), weil noch losgelöster vom Leben. Also gebrauchte er klug und weise seine vielfältigen Begabungen und jenes Zepter, das sein unermeßlicher Reichtum in seiner Hand darstellte, ohne all dies auf weltliche Tumulte zu verschwenden, sondern beschränkte sich darauf, wo sich deutlich eine Wirkung abzeichnete. Trotz seiner Unrast, seiner lebhaften, tatkräftigen Art, hielt er sich dem Treiben der Welt fern, es sei denn, er stieß auf Bedingungen wie in Paraguay und erneut in Lofoten, denen nicht die Schablone der Moderne aufgepreßt war. Denn instinktiv war er gewiß davon überzeugt, daß die Handlungen moderner Lebensführung das Individuum verschlingen. Ein guter Bergsteiger, so sagte er, hätte keine Möglichkeiten, sein Können im Morast unter Beweis zu stellen. Nun, es ist Nacht geworden; Schluß mit der Kletterei.«

Erst als ich mit dem Erzählen aufgehört hatte, merkte ich, daß ich mich etwas lächerlich gemacht hatte, weil ich meinen Gedanken und meiner Zunge freien Lauf ließ. Minuten des Schweigens folgten; nur durchbrochen vom Ticken der Uhr und ab und zu vom elenden Kreischen einer Möwe draußen. Dann stahl sich die Stimme der Señorita durch die Stille, wie sich eine Sternschnuppe durch die Nacht stiehlt: »Alles muß vergehen, alles zuletzt zerbrechen, alles was uns lieb und teuer ist: Lippen welken, ein heller Kopf wird trübe, ›Rebe, Weib und Rose‹: selbst die Namen, das Gedenken an die Schöpfung gar müssen sterben und in Vergessenheit geraten; bis zuletzt nicht nur das, sondern Tod und Vergessenheit selbst enden müssen und sich verlieren in der unendlichen Starre des grenzenlosen Nichts von Raum und Zeit – für immer und ewig.«

Während ich lauschte, empfand ich dieses ständige Zusammenziehen und Erschlaffen bestimmter Muskeln, das zu gewissen Träumen gehört, wo der Träumer ängstlich von Rahmen zu Rahmen über Bilderreihen an einer riesigen Wand klettert und unter ihm der Abgrund gähnt. Der bloße Gedanke an die Auslöschung (sobald ich das geistig erfaßt hatte, was mir hin und wieder gelang, wenn ich mitten in der Nacht wach lag) hatte mich bisher mit solchem Grauen erfüllt, daß ich mich kaum beherrschen konnte, im Bett nicht entsetzt aufzuschreien. Nun jedoch fand ich mich zum erstenmal in meinem Leben in der Lage, unbeirrt in diesen gräßlichen Abgrund zu blicken. Eine seltsame Wendung, daß ich angesichts des Todes und seiner offenkundigen Macht zum erstenmal nicht mehr ernstlich an ihn glauben konnte.

Meine äußeren Augen ruhten auf Lessinghams Gesicht, dem Gesicht eines Ozymandias. Mein inneres Auge durchforschte die Nacht, tauchte in die Tiefen jenseits des Sternenscheins, wo sich nach unzähligen Millionen von Lichtjahren die zwei Enden einer geraden Linie treffen und die Strahlen in sich den Kreis vollenden; so daß jenes Gebilde, das sich meinem irdischen Blick als kaum unterscheidbarer Nebelfleck durch einen Spalt in den wie Sand ausgestreuten Tausenden von Sternen des Löwen zeigt, vielleicht nur die Rückansicht derselben kosmischen Inseln aus Sonnen und Milchstraßen sein mag, auf die (als ähnlich unauffälliger Nebel) mein forschendes Auge in genau entgegengesetzter Himmelsrichtung im tiefen dunklen Zeichen des Steinbocks trifft.

Dann, abermals wie eine Sternschnuppe durch die Nacht: »Oftmals wurde um dieser Dinge willen Gott gelästert«, sagte sie, »doch sicherlich grundlos. Soll die unendliche Liebe, die unendliche Macht ausüben kann, unseren Bedürfnissen unterworfen sein? Müssen die Götter, für die es keine Nacht gibt, wetteifern mit der Zeit? Gibt es ein Früher oder Später in der Ewigkeit? Haben Sie darüber nachgedacht: Sie haben einen Alptraum gehabt; in dieser Nacht haben Sie die Hölle durchgemacht; nichtsdestoweniger sind Sie erwacht und haben alles vergessen. Und es geht Ihnen heute deswegen keinen Deut schlechter.«

Offenbar redete sie von vergessenen Dingen, die ich vor langer Zeit gewußt hatte; die Erinnerung kam zurück und gab mir alles Verlorene wieder, heilte alle Wunden. Mir fehlten die Worte für eine entsprechende Antwort, aber ich dachte an Lessinghams Gedichte, und angesichts der Erinnerung, die sie in mir wachgerufen hatte, erschienen sie mir wie Schatten vor der Sonne. Ich nahm aus dem Regal zu meiner Linken neben dem Fenster ein Buch aus Velin mit einer goldenen Schließe. »Lessingham soll Ihnen aus diesem Buch antworten«, sagte ich und blickte zu ihr hinauf, wo sie im Sonnenuntergang saß. Das Buch öffnete sich bei seinem Rondeau von *Aphrodite Urania.* Laut las ich die Verse vor. Meine Stimme bebte und störte den Vortrag:

Zwischen dem Untergang der Sonne und dem Meer
Dein Ruhm gewahrt wird von dem Lauf der Zeit,
Fällt es der aufgewühlten Phantasie auch schwer,
Ihn klar zu sehn ob Zweifel und Vergänglichkeit.

Es sucht nach Dir mit hellem Auge mein Begehr,
Jenseits des flücht'gen Reichs der Zeit,
In einer blumenreichen Herrlichkeit
Zwischen dem Untergang der Sonne und dem Meer.

Herrin von Paphos: obwohl sie nicht als Wirklichkeit
Dich ansehn und die Zeit die Tempel schwer
Beschädigt hat, so daß sie stumm und voller Schäbigkeit –
Bist du doch mehr als ihre Schulweisheit.
Zwischen dem Untergang der Sonne und dem Meer
*Wartet Dein Ruhm in Ewigkeit.**

Während ich las, betrachtete die Señorita regungslos Lessingham. Dann erhob sie sich mit fließenden Bewegungen von ihrem Fensterplatz und stand wieder an der Stelle, wo ich sie heute nacht zum erstenmal gesehen hatte wie die Königin der Liebe, die um ihren toten Allerliebsten trauert. Die Uhr tickte weiter, und ich maß das Ticken mit meinem Herzschlag. Ein unerklärliches Grauen überkam mich nun, weil der Tod im Zimmer war und mit seiner kalten Knochenhand auch an mein Herz gerührt hatte. Ich senkte das Buch und wollte aufstehen, aber meine Knie gaben nach wie die eines Betrunkenen. Dann ertönte wieder ihre wohlklingende Stimme, als ob die Liebe selbst aus dem weiten

*Ins Deutsche übertragen von Jürgen Blasius

Weltall jenseits der Nebel von Zeit und Öde spräche; mein Herz flatterte nicht mehr und wurde ruhig wie eine Taube in der Hand ihrer Herrin. »Es ist Mitternacht«, sagte sie. »Zeit, Lebewohl zu sagen, die Kammer zu versiegeln und den Scheiterhaufen zu entfachen. Doch zuvor sei Ihnen gestattet, das Bild zu sehen und zu lesen, was geschrieben steht.«

Zu der Zeit wunderte ich mich über nichts und nahm wie in einem Traum hin, daß sie über den Geheimauftrag Bescheid wußte, den Lessingham mir hinterließ: versiegelte Anweisungen, eingeschlossen in einer feuerfesten Kassette, die ich erst nach seinem Hinscheiden öffnete. Außer ihm, so hatte er mir wiederholt versichert, kennte niemand den Inhalt der Schatulle. Es befand sich darin ein goldener Schlüssel, mit dem ich in der Mitternachtsstunde seines Todestages die Flügeltüren eines Wandschrankes über seinem Bette aufschließen sollte, so daß er unter dem im Schrank hängenden Bild aufgebahrt wäre. Und ich sollte das Zimmer versiegeln, Burg Digermulen in Brand stecken und mit ihm und allem Inventar den Flammen übergeben, genauso wie er vor fünfzig Jahren sein Haus in Wastdale niedergebrannt hatte. In diesem Schrank, so hatte er mich noch wissen lassen, hinge das Bild seiner Frau, von ihm selbst gemalt, sein Meisterwerk, das außer Künstler und Modell kein lebendes Auge je erblickt, das einzige von all ihren Bildern, das er übriggelassen hätte.

Die schwarzlackierten Schranktüren hatten eine Goldauflage und schlossen bündig mit der Wand ab. Ich drehte den goldenen Schlüssel im Schloß und öffnete den linken und rechten Türflügel. Meine Augen schwammen in Tränen ob der Lieblichkeit, die sich mir im funkelnden Kerzenschein und im Streulicht des rosigen Halbdunkels von draußen zögernd auftat. Ich erkannte jetzt, daß dieses Meisterwerk nur für ihn allein gemalt war. Ein Schluchzer verstopfte meine Kehle, als ich an dieses letzte Unterpfand unserer Freundschaft dachte, das er vor so vielen Jahren geplant hatte, um mir über seinen Tod hinaus eine Botschaft zu übermitteln, und daß es mir vergönnt war, dieses Kleinod zu betrachten, ehe es zusammen mit Lessinghams sterblicher Hülle den gierigen Flammen geopfert werden sollte. Ich sah jetzt auch, daß in die Innenseiten der getäfelten Schranktüren (sicherlich von eigener Hand) dieses Gedicht aus goldenen Lettern eingelegt war, sechs Strophen auf jedem Flügel:

VISION ZIMIAMVIAS

Ich werde zu meiner Freude Gold haben und Silber:
Tuche aus roter Seide, mit goldnen Borten umsponnen,
Mit Manticoren bestickt und noch Wüstrem, des Schreckens Bildern,
Terror Antiquus, vor langer Zeit ersonnen.

Ich werde parische Säulen haben, die vor Juwelenbesatz schier wanken,
Mit von Pheidias' Hand geschaffenen Kapitellen
Und Steinblumen, die auf kräftigen, glatten Stielen ranken:
Nepenthe und elys'scher Amaranth samt Gesellen.

Ich werde Nacht haben: und gut geschlagene Schlachten schmecken,
Und ein goldnes Bett, breit und wonniglich;
Und darin – denn andres kann nicht viel bezwecken –
Alles Spendende und Heiligende: hab ich Dich.

– Dich und rosige Zeiten. Denn obschon alles anders ist,
Wird die Neugeburt Dich unverändert lassen: selbst dieses Kleid,
Das wie leckende Wellen Deine Hüften küßt:
Die du nur angetan mit der Blöße Deiner Schönheit.

Der Umriß Deiner Seite: so lilienrein und warm:
Die Rundung nackter Brüste, wundersam zu schaun:
Der Schimmer, geschlagnen Zimbeln ähnlich, hebst Du Deinen Arm,
Und der Pracht Deines rotgoldnen Haars entspringt Faun.

Liebste – meine Zunge ist gebrochen: ich kann nicht sehn:
Ein sanftes Feuer brennt mir die Haut: und irgendwie
Läßt ein inneres Donnern meine Ohren vergehn,
Macht mich taub: ich zittere – o löse sie.

Die diamantnen Nadeln, und die Schnüre entflechte,
Die Ketten aus Perlen; und Deine Haaresfülle
wird sich entfalten als Sturzbach entfesselter Mächte
Und Dich bedecken als Dein Hermelin, neblige Hülle.

Der Flügelschlag, Galopp, der wilde Schwall
Verklingen. Stille umfängt alles Sein, das Du
Mit dem Frieden mondbeschien'ner Gärten und Taufall
Und Deinem Dasein segnest und bringst zur Ruh.

Zwei sind unsre Leiber: zwei der Geist, doch eng verknüpft.
Auf Deine liebe Schulter, wie ein schlafend' Kind,
Drück ich meine Augen, halte mich gestützt,
Während Deine Hand segensvoll mein Haupt umschlingt.

Herrin meiner Wonnen; als Herrin des Friedens Entsandte:
O wandelbares, unwandelbares Du:
Unterpfand unsrer wahren Liebe unauflöslicher Bande,
Denn was Dir wahr, ist mir wahr immerzu.

Ich werde zu meiner Freude Gold haben und Geschmeide:
Hyazinth, Rubin, Smaragd und Vorhänge aus Gold gesponnen,
Mit Manticoren und Schlimmerem gestickt in Seide,
Terror Antiquus, vor langer Zeit ersonnen.

Die Erde werd' ich haben und das weite Himmelszelt:
Herrschen und bedrängt sein – mich an Gefahren laben –,
Bei Nachtanbruch jedoch, als meiner Verbannung Entgelt,
Geborgen in sanftem Feuerschein: werd ich Dich haben.

Vor Tränen halb blind las ich die Strophen und schrieb sie ab. Die ganze Zeit spürte ich die Anwesenheit der Señorita neben mir, ein Bewußtsein, das mich dermaßen stützte, daß ich es weder in Worten ausdrücken noch logisch erfassen oder durch Vergleiche verdeutlichen könnte. Es wäre nach meinem besten Ermessen unverzeihlich gewesen, hätte ein anderes sterbliches Wesen außer mir diese Dinge zu Augen bekommen. Ihre Anwesenheit, die so selbstverständlich (ja – unerläßlich) war, belebte mein Empfinden dermaßen, daß es keiner Fragen oder Bemerkungen bedurfte. Als ich das Gedicht abgeschrieben hatte, fiel mir auf, daß sie immer noch regungslos an derselben Stelle stand; eine Hand ruhte auf dem Bettpfosten des Fußendes zwischen den Ohren des großen goldenen Flügelrosses. Ich vernahm ihre Stimme, so sanft wie das Rascheln von Nachtblumen unter den Sternen. »Das sagenumwobene Land ZIMIAMVIA. Glauben Sie, es ist wahr, was die Dichter uns über dieses gelobte Land verheißen: daß kein Sterblicher seinen Fuß darauf setzen darf, sondern nur die Seelen der aus dem Leben Geschiedenen: derer, die auf Erden groß waren und zu Lebzeiten Großes vollbrachten, die weder die Welt noch ihre Freuden und Genüsse verachteten, dennoch rechtschaffen waren und keine Feiglinge oder Tyrannen?«

»Wer weiß?« sagte ich. »Wer wagt zu behaupten, er wisse das?«

Dann hörte ich sie sagen, mit einer Stimme, die weicher war als das Glimmen des Glühwürmchens unter Rosenbüschen in einem vergessenen Garten zwischen Taufall und Mondaufgang: *Sei unbesorgt. Ich habe es versprochen, und ich werde es halten.*

Und während mein Blick auf dem Gesicht jener seltsamen Frau ruhte, wie sie den toten Lessingham betrachtete, schien es jenes unergründliche Aussehen anzunehmen, jenen Ausdruck hold lächelnder Gotteslippen, halb geschlossen in ernster Erwartung, jenen Ausdruck unendlichen Mitgefühls, unendlicher Geduld und unendlicher Anmut, wie ihn das Antlitz von Praxiteles' Aphrodite von Knidos trägt.

Zimiamvia

HAUPTPERSONEN

LESSINGHAM

BARGANAX

FIORINDA

ANTIOPE

Kapitel 1

Eine Frühlingsnacht in Mornagay

»Nach allem, was man hört, hat das seine Position nur gestärkt«, sagte Amaury. »Und wenn König Mezentius lebte, wäre es in diesem Sommer zum Krieg zwischen ihnen gekommen. Dann wäre er in seinem eigenen Saft gebraten worden; dieselbe Gefahr, wenn auch geringer, hat der Sohn zu meistern. Ich glaube, Ihr handelt in dieser Sache nicht nach bestem Ermessen, wenn ich sonst auch schwören könnte, daß Ihr in allem vollkommen seid.«

Lessingham gab keine Antwort. Er starrte mit merkwürdig gespannter Aufmerksamkeit in den Wein, mit dem der Kristallkelch in seiner Rechten bis zum Rand gefüllt war. Er hielt ihn so hoch, daß die Kerzen in der Mitte des Tisches durch ihn hindurchschienen und den unaufhörlichen Strom schäumend aufsteigender Perlen in glitzernde Funken verwandelte. Amaury, der halb abgekehrt rechts von ihm saß, beobachtete ihn. Lessingham stellte den Kelch nieder, wandte sich seinem Gegenüber zu und sah ihn an wie ein aus dem Schlaf Erwachender.

»Nun habe ich Euch erzürnt«, sagte Amaury. »Obwohl ich nur die Wahrheit sagte.«

Wie ein Zaunkönig in eine Hecke hinein- und herausschwirrt, kam und ging der allerzarteste Anflug von Lachen in seinen grauen, flinken Augen. »Was, habt Ihr mir einen Rat erteilt? Verzeiht, liebster Amaury: ich habe den Faden verloren. Ihr spracht von meinem Vetter und dem großen König und was hätte sein können: aber ich habe geträumt und Euch nicht zugehört.«

Amaury warf ihm einen Blick zu und sah dann vor sich nieder. Seine dichten Augenbrauen, hell wie Roggenstroh, zogen sich bedrohlich zusammen, und sein sonnengebräuntes Gesicht, zarthäutig wie das eines Mädchens, lief bis zu den Ohren und Haaransätzen scharlachrot an; mürrisch saß er da, beide Hände in die Hüften gestemmt, das Kinn in der Halskrause vergraben. Lessingham, immer noch auf den linken Ellbogen gestützt, fuhr durch die schwarzen Locken seines Schnurrbarts und strich zartfühlend über die mit Juwelen besetzte Filigranarbeit des Kelchfußes. Hin und wieder musterte er seinen Leutnant aus den Augenwinkeln, so daß dieser schließlich aufsah und ihre Blicke sich kreuzten. Amaury brach in lautes Gelächter aus. Lessingham beschäftigte sich noch eine Weile mit dem glitzernden, ausgefallenen Zierat, einer Glanzleistung der Goldschmiedekunst in den Farben des Abendrots, stieß den Becher dann von sich und lehnte sich zurück. »Heraus damit!« sagte er. »Ein Jammer, daß Euch etwas plagt. Sagt es mir, und falls es meiner Natur entspricht, lasse ich mich belehren.«

»Es wäre mir ein großer Trost«, erwiderte Amaury, »doch fürchte ich, Eure ganze Natur ändern zu müssen.«

»Nun, das gelänge Euch nicht«, antwortete er.

»Mylord«, sagte Amaury, »wollt Ihr mir eines kundtun: Warum sind wir hier? Worauf warten wir? Was haben wir eigentlich vor?«

Lessingham fuhr sich durch den Bart und lächelte.

Amaury sagte: »Seht, Ihr wollt mir nicht antworten. Wollt Ihr mir wenigstens hierauf eine Antwort geben: Es ist gegen Eure Natur, nicht unbesonnen zu sein, und tollkühne Unbesonnenheit bedingt Unvernunft; wieso also müßt Ihr (nachdem ich Euch in den letzten fünf Jahren kreuz und quer durch die Welt folgte und erlebte, wie Ihr die Sprossen und Stufen der Größe so rasch erklimmt, daß Ihr, ganz gleich an welchem Hof oder zu welch fürstlicher Armee Ihr kommt, unter allen dort als das erlesenste Kleinod hervorstecht): wieso also müßt Ihr, der Ihr doch unter der ganzen Welt freie Wahl habt, ins Land Rerek zurückkehren und unter allen Falschmünzern und Höllenfürsten ausgerechnet dem Vikar Euer Schwert verkaufen?«

»Nicht verkaufen, liebster Amaury«, entgegnete Lessingham. »Borgen. In Freundschaft borgen, wie es sich zwischen Vettern gehört.«

Amaury lachte. »Freundschaftlich, vetterlich! Welch harte Geduldsprobe für uns! Er steht mit dem Teufel im Bunde.« Amaury sprang auf, warf dabei den Stuhl um und stapfte zum Kamin. Mit seinen schweren Reitstiefeln trat er gegen die glimmenden Scheite, so daß auseinanderstiebende Funken und dicker Qualm in den Schornstein auffuhren. Er wandte sich vom Feuer ab und Lessingham zu, stellte sich breitbeinig hin, verschränkte die Arme auf dem Rücken und sagte: »Ich finde Euch zwar gut gelaunt, dennoch erwarte ich zuviel, hoffte ich, Ihr ließet mit Euch reden. Trotzdem hört mich an, ich meine es gut mit Euch. Ihr kennt mich: habe ich nicht selbst eine leichte Ader? Nichtsdestoweniger muß ich Euch in die Zügel fallen; denn Ihr reitet blindlings in eine Gefahr hinein, aus der sich nicht der geringste Vorteil schlagen läßt. Schwarze Wolken ziehen sich zusammen; und Ihr, in der Sommer- und Jagdzeit Eurer Jugend, liegt mit Euren achthundert Reitern seit drei Tagen hier und wartet ab, bis sich – was weiß ich – eine Maus rührt; aus Eurer unnachgiebigen Halsstarrigkeit heraus (wie Ihr selbst sagtet) habt Ihr Euch mit Hand und Herz dem Vikar verschrieben. In den vergangenen drei Monaten habt Ihr Geheimbesprechungen mit ihm geführt: das vergesse ich genausowenig, wie ich die Weisheit Eurer Politik unterschätze: Ihr habt Euch auf ein Schachspiel mit dem Teufel eingelassen und ihn patt gesetzt. Doch gerade deswegen müßt Ihr die Gefährlichkeit der gegenwärtigen Lage erkennen: damit, sollte es ihm irgendwie gelingen, alles seinem Willen zu unterwerfen, er Euch nicht abschüttle und bar allen Schutzes nach seiner Pfeife tanzen lasse; oder, falls ihm andrerseits sein Ehrgeiz das Genick brechen sollte, Ihr Euch nicht mächtige Männer zu blutrünstigen Feinden machtet.

Betrachtet doch die Umstände. Der junge König Styllis ist erst ein Knabe. Dennoch bedenkt, er ist der Sohn des Königs Mezentius; und die Menschen suchen im Lager des Wolfes weder ein Schoßhündchen noch einen Weichling, der das Erbe der Krone und des Königsreichs von Fingiswold antreten soll. Und er ist nicht nach Süden gezogen, um sich von den hiesigen Herrschern und in Meszria eitle Huldigung erweisen zu lassen, sondern um die Macht zu ergreifen. Ich sähe es lieber, hättet Ihr nicht darauf gebaut, daß der Herzog von Zayana seinem jüngeren Bruder die kalte Schulter zeigt. Sicherlich ist von vielen Familien bekannt, daß die Bastarde die Beherzteren waren; und zu Recht habt Ihr des jungen Königs Zügelführung in Meszria gerügt, als dieser (mit einer Herzenswärme, ob der sein Bruder sich nur eine Erkältung zuziehen konnte) den Großadmiral sozusagen an seine Brust nahm, während er den Herzog zur selbigen Stunde eigenmächtig um eine dicke Scheibe von dem Erbteil beschnitt, die der König, ihr Vater, ihm hinterließ. Mochte diese Hintansetzung ihn auch gekränkt haben, so ist dennoch unwahrscheinlich, daß er sich an seinem eigen Fleisch und Blut vergreift oder untätig bleibt, sollte es zwischen dem König und dem Vikar zum Bruch kommen. Was ihn heute (neben seiner müßigen, schwelgerischen Gemächlichkeit) plagt, sind der Admiral und jene anderen Königstreuen, die ihn in Meszria von allen Seiten mit bewaffneter Macht umgeben; doch laßt den Schlachtruf des Königs gegen den Vikar erklingen, Herzog Barganax den Schild wechseln und sich auf seines jüngeren Bruders Seite schlagen, so werdet Ihr erleben, daß diese und ganz Meszria fest hinter ihm stehen. Euer Vetter, der Vikar, säße wie zwischen zwei Mühlsteinen; und Ihr, Mylord, wo und in welcher Lage stecktet Ihr? Und das ist keine Wortklauberei eines wirklichkeitsfremden Gelehrten: es ist die Gefahr, die uns droht. Denn hat er nicht seit Wochen alles versucht, Zeit zu gewinnen durch mitleidiges Gewinsel und hinauszögernde Tücken und Listen, anstatt sich ohne Umschweife dem rechtmäßigen Anspruch des Königs auf die Abtretung der Herrschaft über Rerek zu stellen?«

»Nun«, sagte Lessingham, »ich habe Euch ergebenst angehört. Ihr habt es gänzlich erfaßt: kein einziges Wort, an dem ich Anstoß nehme. Nein, sie gefallen mir alle, denn ich sagte Euch jedes Wort davon bereits gestern abend.«

»Dann nehmt es Euch um Himmels willen zu Herzen«, sagte Amaury. »Zuviel Licht hat Euch offenbar sogar mondblind gemacht.«

»Gebt mir die Karte«, sagte Lessingham. Für einen Augenblick schwang im weichen, neckenden Tenor seiner Stimme ein Ton mit, wie wenn man eine Klinge aus einer samtbezogenen Scheide zieht und wieder zurücksteckt. Amaury entrollte das Pergament auf dem Tisch, und sie beugten sich grübelnd darüber. »Eure Begabung, Amaury, liegt nach wie vor eher im Zupacken denn in der Hoffart; Stillstehen treibt Euch die Galle hoch: läßt Euch in jeder Ecke Spinnen und Küchenschaben sehen. Muß ich Euch dennoch lehren, daß ich ungestraft wagen kann, was keiner mir zutraut, weil es durch Härte leicht wird?«

Lessingham legte den Zeigefinger an diese Stelle und fuhr fort: »Hier liegt der junge Styllus mit seiner Hauptstreitmacht, etwa eine Meile östlich des Hornsees. Dorthin hat er den Vikar bestellt, auf daß er ihm dort den Lehenseid für dieses Gebiet Rerek leiste und die Schlüssel von Kessarey, Megra, Kaima und Argyanna übergebe, denn der König wird dort seine eigenen Hauptmänner einsetzen. Ist das erst geschehen, hat er ihn unschädlich gemacht (so lange wenigstens, wie Barganax ihn sich auf Armeslänge vom Leib hält); denn im Süden lehnen ihn jene aus dem Grenzland offen ab und halten zu Barganax, dessen Macht sogar hier im Norden gefestigt ist durch die Freundschaft mit Prinz Ercles und Aramond, trotz aller mutmaßlichen Bündnisse, Achtungserklärungen und Abgaben, die sie dem Vikar tributpflichtig machen.

Doch nun zum Angriffspunkt; darüber müßt Ihr im Bilde sein, denn wir haben einen langen Nordmarsch anzutreten, und das schon heute nacht. Mein edler Vetter hat in den letzten drei Wochen, während er den König mit allerlei Feilscherei über das Wo und Wofür bei Laune hielt, unbemerkt ein Dutzend Schleusen geöffnet und Krieger und Kriegsgerät zu sich ins Eulenthal einfließen lassen (was ich erst gestern nacht aus sicherer Quelle erfuhr); gewappnet mit so starken Argumenten will er sich morgen auf des Königs Geheiß am Hornsee einfinden. Und, als letzte Überlegung, gesetzt den Fall, zwischen den beiden großen Männern bricht Streit aus, und es gibt Arbeit, nicht mehr für Gelehrte, sondern für blutrünstige Krieger, so werde ich die Küstenstraße zwischen den Schattenrückenbergen und dem Pfeilfjord besetzen und ihnen den Heimweg nach Fingiswold abschneiden.«

»Den Heimweg abschneiden?« fragte Amaury. »Das bedeutet Krieg und offene Auflehnung.«

»Wie es dem König beliebt. Und nun ans Werk, Amaury. Eine Stunde vor Mitternacht müssen wir satteln.«

Amaury nahm einen tiefen Atemzug und richtete sich auf. »Eine Stunde, um marschbereit zu sein: und eine Stunde vor Mitternacht wird Euer Roß vor der Tür stehen.« Damit war er verschwunden.

Lessingham musterte noch eine Weile die Landkarte, dann ließ er das Pergament los, so daß es sich einrollte. Er ging zum Fenster und öffnete es. Die Luft duftete nach Frühling und Narzissen: der Sirius stand tief im Südwesten.

»Es wird alles vorbereitet, wie Ihr befohlen«, sagte Amaury plötzlich an seiner Seite. »Und nun, solange Zeit zum Reden und Denken ist, darf ich zu Euch sprechen?«

»Wie ich meine, habt Ihr bereits gesprochen«, sagte der noch am Fenster stehende Lessingham und sah ihn an. »Oder war das nur die Ankündigung des Themas, so daß mir nun Rede und Gegenrede bevorsteht?«

»Schenkt mir Gehör, Mylord, ganze zwei Minuten nur. Ihr wißt, ich bin Euer, und ginge es zum schlammigen Ufer des Acheron. So nehmt doch Vernunft an; Ihr seid offenbar in einem bösen Taumel gefangen. Am allerschlimmsten ist, die nördliche Rückzugslinie des Königs zu versperren, sich in das Hauptgefahrengebiet zu stürzen – mit einer so lächerlich kleinen Truppe und Ercles an Eurer Flanke, der nur darauf wartet, von seiner hohen Burg zu Eldir auf uns herabzustoßen und uns ins Meer zu werfen.«

»Dem ist vorgesorgt«, sagte Lessingham. »Diesmal hat er sich mit uns angefreundet. Außerdem sind er und Aramond des Herzogs, nicht des Königs Hunde; nach Meszria und Zayana laufen ihre Fäden; der nordische Wind bekommt ihren Lungen kaum. Fürchtet sie nicht.«

Amaury trat näher und stützte sich ebenfalls auf den Fenstersims, so daß sein linker Ellbogen Lessingham berührte. Nach einer Weile sagte er leise, und als ob die Wörter Steine wären, die man nach und nach mühsam aus einem zähen Lehmboden gräbt: »Beim Himmel, ich muß Euch lieben; und es ist unduldbar, daß Eure Größe zum Werkzeug dieses Mannes werden soll.«

Sirius, der tiefer sank, berührte das obere Flechtwerk der Laubkrone einer Esche, erlosch wie eine ausgeblasene Kerze hinter einem Ast und leuchtete sogleich wieder auf als lupenreiner Diamant und Saphir und Smaragd und Amethyst, blitzend und blendend weiß. Versonnen antwortete Lessingham ähnlich leise wie Amaury, aber seine Worte gingen ihm leicht und frisch über die Lippen: »Mein Vetter. Er ist mir Speis und Trank. Ich brauche die Gefahr.«

Schweigend verharrten sie an jenem Fenster und atmeten die Luft, die berauschender als Wein war, und mit einer tiefen, zwingenden Empfindung des vom Wesentlichen angezogenen Wesens beobachteten sie jenen Stern mit seinem vielfarbigen Lichterglanz, abgesetzt vom samtenen Busen der Finsternis; was sie so anzog und bannte wie vielleicht nur die süße, pulsierende Nähe einer Frau, lieblicher als die Vollkommenheit und weit jenseits aller ersehnten Maßstäbe. Lessingham fing zu sprechen an und sagte langsam:

»Welch seltsamer Streich meines Denkens war es, als ich Euch und auch mich selbst vergaß in jenen Blasen, die in ihrem Aufsteigen nicht das bedeuten, wofür jene Funken stehen, es sei denn, daß der Mensch zur Freude geboren ist. Denn ich glaubte in jenem Augenblick, eine Stimme in meinen Ohren zu hören, die sagte: *Ich habe es versprochen, und ich werde es halten.* Und ich glaubte, sie sei mir vertrauter als alle vertrauten, lieben, verlorenen Dinge. Und dennoch kann ich schwören, diese Stimme noch nie gehört zu haben. Und wie ein Sternenschimmer war sie wieder verschwunden.«

Die milde Nacht schien sich im Schlaf zu regen. Ein schwaches Trommeln, wie von Pferdehufen, erklang aus dem Süden. Amaury richtete sich auf, ging zum Tisch und studierte wieder die Karte. Der Hufschlag wurde lauter und dann plötzlich schwach. Lessingham sagte vom Fenster aus: »Da reitet einer einen schnellen Galopp. Jetzt kommt er zur Furt in der Killarysenke, weshalb wir ihn eine Weile nicht hören können. Mögen seine Antworten auch noch so gut sein, laßt ihn nicht vorbei oder zurück, sondern schafft ihn zu mir.«

Kapitel II

Der Herzog von Zayana

Am dritten Tag nach dem Auftauchen des galoppierenden Reiters nördlich von Mornagay malte Herzog Barganax in seinem privaten Garten in Zayana im Südland: in jenem Garten, wo immerwährender Nachmittag herrscht. Die Sonne, die dort eine ebene Bahn umschreibt und ungefähr so hoch steht wie Antares in seinem südlichen Kulminationspunkt in einer englischen Mainacht, erfüllte die laue Luft mit Atomen geläuterten Goldes, so daß alle sichtbaren Dinge, auf die das Licht fiel, golden schienen: ein goldener Schimmer auf der glatten Oberfläche des Sees hinter der Brüstung, güldener Glanz im jungen Laubwerk der Eichenwälder, welche die Hügel ringsum bedeckten; und im Garten Früchte aus rotem und gelbem Gold im goldgewebten blättrigen Schatten der Erdbeerbäume, wie vergoldet die aus Stein gehauene Ruhebank, wie vergoldet jeder winzige Halm des geschnittenen Rasens, ein Leuchten, das alle Farben auffrischte und allen Liebreiz ausschöpfte: Gold, das die stolze Blässe von Fiorindas Stirn und Wangen wärmte und in jähen Blitzen zurückgeworfen wurde von ihren rabenschwarzen, glatten Haaren.

»Wolltet Ihr ewige Jugend und ewiges Leben, Madam, hättet Ihr die Wahl?« fragte der Herzog, wobei er zum drittenmal die Farbe abkratzte, denn zum drittenmal hatte er sich vergeblich bemüht, das unirdische Grün der Augen jener Dame auf die Leinwand zu bringen.

»Das habe ich bereits«, erwiderte sie unbekümmert.

»Tatsächlich? Und was macht Euch so gewiß?«

»Der gebildetste Philosoph, Doktor Vandermast.«

Mit zusammengekniffenen Augen betrachtete der Herzog zuerst sein Modell, dann sein Bild, setzte sorgsam den Pinsel an, trat zurück, verglich erneut und kratzte die Stelle wieder ab. Dann lächelte er sie an: »Was? Ihr glaubt ihm? Seht ihn doch an, wie er dort neben Anthea sitzt, wie der Winter, der vor Flora in ihrem Stolz verwelkt. Ist er einer, der über alle Wahrscheinlichkeit und bekannte Erfahrung hinaus Zuversicht in solche Versprechen erweckt?«

Fiorinda sagte: »Er hat Euch diesen Garten verzaubert.«

»Möge er doch Eure Augen verzaubern«, sagte der Herzog, »auf daß sie ruhig und unveränderlich seien und ich sie malen könnte; aber das kann ich jetzt nicht. Und es ist auch besser so. Und was diesen Garten angeht, selbst wenn es so wäre, wie Ihr sagtet, Madam (oder schlimmer noch – Ihr selbst so sein würdet), wäre meine Freude verdorben. Diese ewig goldene Stunde müßte ihren Reiz bald verlieren, hätten wir die unabänderliche, unwiderlegbare Gewißheit, daß sie sich nicht im nächsten Augenblick auflöste wie Nebel und uns den alltäglichen Morgen enthüllte, den sie verbirgt. Soll er sich in acht nehmen, und versteht er sich tatsächlich auf die Kunst, diese Dinge in die Welt zu setzen und immerwährend zu machen, so hüte er sich, das in die Tat umzusetzen. Denn so sicher, wie ich ihn bisher für die mir geleisteten guten Dienste reichlich belohnte, würde ich ihm dann beim lebendigen Gott den Kopf abhacken.«

Lady Fiorinda lachte wohlig, ein weiches, spottendes Lachen, mit einer fast unmerklich kleinen geringschätzigen Aufwärtsbewegung des Kopfes, was den Liebreiz ihres geschmeidigen, kräftigen Halses nur um so mehr unterstrich. Eine Weile malte der Herzog flink und schweigend. Sie zierte eine Schönheit, die um so unübertrefflicher war, als sie, wie die stillen Wasser über einem Strudel, scheinbar die Ruhe schlummernder Gefahr innehatte: einen Zug grimmiger tatareischer Abkunft trugen ihre hohen flachen Wangenknochen und die leicht schräg aufwärts stehenden Augen; eine Spur Grausamkeit lag in ihren lachenden Lippen, wovon die Unterlippe etwas zu voll und die Oberlippe etwas zu schmal war, und in ihren Nasenlöchern, geweitet wie bei einem schönen und gefährlichen Raubtier, das Blut wittert. Ihr gescheiteltes Haar, auf beiden Seiten glatt aus der ernsten, lieblichen Stirn gekämmt, wand sich schließlich hinab zu einem ringelförmig geflochtenen Knoten, der sich an ihren Nacken schmiegte wie ein schlummernder schwarzer Panther. Sie trug weder Juwelen noch Geschmeide, außer einem Paar Ohrringen, groß wie die Daumen eines Mannes, die wie zwei glühende Kohlen an ihren Ohrläppchen baumelten. »Welch großzügiger Prinz und Gönner er doch ist«, sagte sie, »und welch überaus ritterlicher Diener der Weiblichkeit, daß wir morgen verrotten sollen wie die Aloëblüte, nur um seinen Teller mit einem Schuß Vergänglichkeit zu würzen.«

Die Gräfin Rosalura, jüngste Tochter des Prinzen Ercles und seit zwei Monaten Gemahlin Medors, des Hauptmanns der Leibwache des Herzogs, hatte sich sachte von ihrem Platz neben ihrem Angetrauten auf dem Rande des Springbrunnens aus rotem Porphyr erhoben und war herangetreten, um mit ihren braunen

Augen das Bild zu betrachten. Medor folgte ihrem Beispiel und stand schauend im Schatten der großen Linde neben ihr. Zu ihnen gesellten sich Myrrha und Violante, die insgeheim nur Augen für den Maler, nicht das Bild hatten: Hofdamen von Barganax' Mutter, der Herzogin von Memison. Nur Anthea wich nicht von ihrem Platz an der Seite jenes Gelehrten, sondern beugte sich ein wenig vor. Ihre klare griechische Stirn war gewölbt, und unter ihren Brauen blickten gelbe, unergründliche Augen geradewegs auf Barganax. Ihre grimmigen Lippen teilten sich kaum, als der leiseste Anflug von Lächeln darüber hinweghuschte. Und es war, als ob die flach einfallenden Sonnenstrahlen, die alles andere im Garten verwandelten, endlich auf etwas trafen, das unveränderlich war (weil es bereits ähnlichen Gehalt und Glanz besaß), als sie auf Antheas Haar fielen.

»Hier, endlich«, rief der Herzog. »Endlich habe ich ein gewisses Teufelchen Eurer Ladyschaft in Farbe eingefangen und sicher auf die Leinwand gebracht; hundertmal ist es mir schon entschlüpft, als ich es auf der Pinselspitze hatte; das Teufelchen meine ich, das grinsend aus Euren Mundwinkeln späht, wenn Ihr lacht, als wolltet Ihr alle Rechtschaffenheit aus der Mode lachen.«

»Aus der Mode«, sagte sie, »lache ich nur, die der Mode nicht folgen, die ich diktiere. Darf ich jetzt ausruhen?«

Ohne eine Antwort abzuwarten, stand sie auf und stieg vom Steinpodest herab. Sie trug ein Oberteil aus hochrotem Satin. Von der Schulter bis zum Handgelenk, vom Hals bis zur Hüfte lag das weiche und schillernde Gewand eng wie ein Handschuh an, bedeckte und betonte zugleich den atmenden Liebreiz, der ihm wie bei einer Rose in Kristall Leben von innen heraus verlieh. Ihr Kleid aus dem gleichen Stoff enthüllte bei jedem ihrer Schritte (wie in einem tiefen Wald im Sommer, wenn ein Windstoß in den Baumkronen die Sonne hindurchscheinen läßt) Rhythmen und fließende Körperreize, jeder einzelne davon betörender als alle süßen, sinnlichen Wohlgerüche, eine Auflösung zu verborgener Musik, wohlklingender als die tiefsten Harmonien. Eine Weile stand sie so vor dem Gemälde. Ihre Lippen waren jetzt ernst, als ob dort etwas eingeschlafen wäre; ihre grünen Augen zusammengekniffen und kalt wie ein Schlangenblick. Einmal, zweimal nickte sie mit dem Kopf, sehr leicht und bedächtig, als wollte sie kundtun, daß sie gerade ein Urteil überlegte. Nach einer gewissen Zeit sagte sie mit einer Stimme, aus der scheinbar alle Farbe gewichen war, außer dem weichen, unbestimmten Grau gedämpfer Saiten: »Es verwundert mich, daß Ihr immer noch malt, der Ihr doch so sehr mit der ergreifenden Vergänglichkeit sterblicher Dinge liebäugelt: der Ihr jedem das Genick brächet, der Euch Eurer schwermütigen, süßen Gedankenschwelgerei berauben wollte, indem er Eure Irrlichter in der Sphäre verankerte und Eure kurzlebigen Schätze unsterblich für Euch machte. Nichtsdestoweniger verwendet Ihr Euer ganzes Geschick Tag um Tag darauf, Farbtupfern und Leinwand ein zerbrechliches Gegenstück abzuringen, bruchstückhafte Unsterblichkeit für etwas, das Eure Augen gerne sehen, das Ihr aber, wie Ihr selbst gesteht, weniger lieben würdet, fürchtetet Ihr nicht, es zu verlieren.«

»Wollt Ihr eine philosophische Antwort, Madam«, sagte der Herzog, »so fragt den alten Vandermast, nicht mich.«

»Ich habe ihn gefragt. Seine Antwort genügt mir nicht.«

»Wie lautete seine Antwort?« fragte der Herzog.

Lady Fiorinda blickte auf ihr Porträt, und wieder neigte sie träge und versonnen den Kopf. Jener Wicht, den der Herzog soeben in Farbe verewigt hatte, tänzelte um ihre Mundwinkel. »Oh«, sagte sie, »ich handele nicht mit abgegriffenen Antworten. Fragt ihn, wenn Ihr's wissen wollt.«

»Ich werde Eurer Ladyschaft meine Antwort wiederholen«, sagte der alte Mann, der regungslos dagesessen hatte, unbeeindruckt und gelassen; seine strahlenden, lebhaften Augen wechselten vom Maler zum Modell und wieder zum Maler, und er lächelte wie im Nachgeschmack eines uralten Weins. »Ihr seid darüber erstaunt, warum Seine Gnaden noch immer solche Mühe darauf verwenden, in der Kunst mit scheinbarer Unveränderlichkeit die selbigen Erscheinungen darzustellen, die er so schätzt, weil sie in der Natur wechselhaft und Verfall und Tod unterworfen sind. Hierbei stützten sich Eure Ladyschaft zuerst unanfechtbar auf äußerst prädikamentäre und kategorische Argumente in *celarent,* trugen mir dann einen Syllogismus in *barbara* vor, dessen Obersatz nach gründlicher Betrachtung, Untersuchung und Auflösung durch meine Demonstrationen sich ganz allgemein als schlichter Umkehrtrugschluß erwies und nicht *per accidens;* woraufhin ich in *bramantip* konterte und Euch endlich in *bokardo* widerlegte; indem ich, kurz gesagt, zeigte, daß dies nicht verwunderlich sei; denn nur das weibliche Gemüt wird von klarer Vernunft gelenkt: der Mann hingegen ist in seinem Wesen wankelmütig und ungreifbar wie die Irrlichter, denen er nachjagt.«

»Eine sehr ausführliche und metaphysische Antwort«, sagte sie. »Da sie zu meinen Gunsten ausfällt, will ich sie unangefochten stehenlassen; obzwar ich (um ehrlich zu sein) nicht weiß, was zum Kuckuck er meint.«

»Um ehrlich zu sein, Madam«, sagte der Herzog, »ich male, weil ich einfach muß.»

Fiorinda lächelte. »O Mylord, ich wußte gar nicht, daß Ihr unter Zwang zu handeln pflegt.« Sie schürzte die Lippen und fuhr leise fort, so daß nur er es hören konnte: »Außer natürlich, wenn Euer kleiner Bruder den Takt schlägt.« Aus den Augenwinkeln und unter halb zugeklappten Wimpern hervor beobachtete sie, wie er blutrot anlief.

Jäh und heftig schmetterte der Herzog seine Handvoll Pinsel auf den Boden und schleuderte seine Palette durch die Luft, so daß sie wie von Knaben geworfene Hüpfsteine segelte, bis sie ein Dutzend Schritt entfernt in ein Büschel riesiger Affodile krachte. Die Stiele zweier oder dreier dieser stattlichen Blumen knickten einen Fuß über der Erde ab, neigten sich, kippten langsam um und legten die zarten, rosaroten, wächsernen Gebilde der großen, spitz zulaufenden Ähren jämmerlich ins Gras. Der Diener des Herzogs machte sich eilfertig auf, die Palette zurückzuholen. Er selbst, nachdem er beim Wurf eine gute Halbkreisdrehung vollführt hatte, war in großen Schritten die ganze Länge des Gartens abgegangen, hatte an der westlichen Brüstung kehrtgemacht und stakte jetzt mit großen Schritten und geballten Fäusten zurück. Die Gesellschaft, in bedrücktes Schweigen gehüllt, war ein wenig zurückgetreten, um ihm nicht im Weg zu stehen. Nur Lady Fiorinda war kein bißchen von ihrem Platz neben der Staffelei aus süßem, echtem Sandelholz mit Goldintarsien gewichen. Zwei Ellen vor ihr hielt er plötzlich inne. An seinem mit Juwelen besetzten Gürtel hing ein Dolch, dessen Knauf und Scheide dicht mit Cabochon-Rubinen und -Smaragden inmitten eines Netzmusters aus kleinen Diamanten überzogen war. Er musterte sie eine Weile; schnell und schwer ging sein Atem durch die Nasenlöcher: ein Tiger neben Aphrodites Statue. Sie hatte einen sinnesberauschenden Duft seltsamer Blüten an sich: die Augen abgekehrt, blickte sie unverwandt nach Süden in die Berge: das Teufelchen hing mürrisch an ihrem Mundwinkel. Er riß den Dolch aus der Scheide, und mit einem wilden Rückhandstoß schlitzte er das Gemälde von Ecke zu Ecke auf; wieder stieß er zu und zerfetzte die Leinwand in Streifen. Daraufhin wandte er sich abermals ihr zu.

Sie war völlig regungslos verharrt; dennoch hatte sich in seinen Augen alles gewandelt. Wie ein tyrannisches und triumphales Thema in einer Symphonie wiederkehrt, gegen alle Erwartung gedämpft zu mageren Harmonien in Moll oder getragen vom zauberhaften Schwellen runder Hornklänge, eine bebende Zartheit, eine sterbende Flamme; derartig und derart ergreifend vollzog sich die Verklärung, die jene Dame scheinbar überkommen hatte: ihre Schönheit, plötzlich gewandelt zu etwas Atemberaubendem, herzzerreißend wie eines toten Kindes Spielzeug: die rosige Frische ihrer Wangen kostbarer als Königreiche und weniger beständig als der Farbenflaum auf einem Schmetterlingsflügel.

Sie hatte ihm die Seite zugekehrt; und nun trat kaum wahrnehmbar der allerleiseste Anflug jenes gebieterischen, weichen Hohnlächelns in ihr Antlitz, jenes Mienenspiel, das ihm so vertraut war; er sah jedoch deutlich, daß es sich jetzt um keine Lachlaune handelte, sondern sie tapfer gegen Tränen ankämpfte.

»Ihr setzt mir hart zu, wie ich es nicht verdiene«, flüsterte er. »Ihr, die Ihr meine ausgelieferte, zitternde Seele nach Belieben in Eurer Hand halten könnt: wollt Ihr mich so reizen, daß ich mir meinen tödlichen Giftstachel ins eigene Fleisch treibe?«

Sie gab nichts von sich und blieb regungslos. Dem Herzog, der sie immer noch unverwandt anblickte, war, als hätte sich alles Fühlbare auf sie eingestimmt: Farben fielen ab: statt Gold graues Silber im Sonnenschein: die roten Quittenblüten bleich und blutleer, das saftige Gras nicht grün, sondern grau, eine Leere im Licht, wo vor einem Augenblick noch die Vorboten des Sommers in der Luft lagen, die warmen Töne des Lebens und die Bürde des Frühjahrs. Sie drehte den Kopf und sah ihm tief in die Augen: es war, als ob zwischen des Todes Schwingen wie ein Stern die Schönheit schien.

»Nun«, sagte der Herzog, »welchen der tausend Häfen der Verdammnis habt Ihr in den letzten drei Wochen angesteuert? Welchen Mord soll ich in Szene setzen?«

»Keinen an dummen Bildern«, sagte sie, »wie ungebärdige Knaben ihre Spielsachen zerbrechen; zweifellos werdet Ihr mich inständig bitten, morgen wieder Modell zu stehen, um ein neues zu malen.«

Der Herzog lachte unbeschwert. »Wieso, das hatte auch sein Gutes. Ein schlafendes Raubtier in mir begehrte plötzlich auf, er-

schrak vor sich selbst, und nachdem das Blut abgekühlt ist, schlummert es nun wieder zufrieden.«

»Schlummert!« sagte Fiorinda, den Mund verächtlich geschürzt.

»Nun denn«, sagte der Herzog, »was soll es sonst sein? Helft meiner Phantasie auf die Sprünge. Soll ich sie alle zu einem kleinen Gastmahl laden und ihnen, sobald sie den letzten Abschiedstrunk leeren, die Gurgel aufschlitzen lassen, sie alle gleichzeitig niederstechen? Darunter Euer edler Bruder, so fürchte ich, Madam; denn ihm verdanke ich neben ein paar anderen diese listigen Schachzüge, wo einer dem andern den Schwarzen Peter zusteckt, und dieses beispiellose Köderfischen. Oder soll es ein großes Nachtstück eines zweifachen Brudermordes sein? Eures und meines Bruders, aufgespießt auf einen Spieß wie ein Waldschnepfenpaar? Wir können mit dem ersten noch heute beginnen: was den anderen betrifft, nun, so werde ich darüber nachdenken.«

»Seid Ihr tatsächlich jener Prinz, dem der Ruf vorauseilt, daß jeder schon beim Gedanken daran, Euch zu beleidigen, ins Zittern kommt?« fragte sie. »Doch nun, wie wenn Hasen einem toten Löwen an der Mähne ziehen . . .«

Der Herzog trat schwankend ein, zwei Schritte zurück und näherte sich ihr wieder, wie ein Raubtier im Käfig. Abermals wurde seine Miene finster. »Immer diese Maß- und Grenzenlosigkeit«, sagte er. »Nur gut, daß ich einen kühlen Kopf habe. Es steckt mehr darin, als die Hand hochzuhalten oder in die Faust zu pfeifen. Laßt Euch versichern, daß ich an einem edlen, großen Plan schmiede, der sie alle, sobald die Zeit reif ist, in seinen Bann schlagen wird: habe ich erst einen klaren Vorteil über sie alle herausgeschlagen, werde ich in ihrem Sturz die Schicksalsgöttinnen versuchen.«

Unendlich langsam, graziös wie eine Raubkatze hob sie das Haupt: ihre Nasenlöcher weiteten sich, ein Lächeln huschte über ihre geteilten Lippen: unter den Schatten langer schwarzer Wimpern lugten zwei grünlich funkelnde Halbmonde hervor und betrachteten ihn unentwegt. »Ihr dürft nicht zu mir sprechen, als wäre ich ein Kind oder Tier«, sagte sie. »Seid Ihr bereit, mir all das zu schwören?«

»Nein«, erwiderte er. »Aber warum werft Ihr nicht einen Blick zurück in die Vergangenheit: Ich war so sparsam mit Versprechungen, daß ich (Eure Ladyschaft werden mir darin recht geben) stets mehr gab als versprochen oder gebührend war.«

»Nun«, sagte sie. »Das genügt mir.«

»Ich muß in den Thronsaal«, sagte der Herzog. »Eine Stunde ist die Audienzzeit schon überschritten, und ich möchte nicht, daß sie zu lange meiner harren müssen; die Sache ist unerfreulich genug, aber ich werde sie dazu benutzen, die Anmaßung gewisser Leute zu zügeln, über die wir bereits sprachen.« Lady Fiorinda hielt ihm in Armeslänge ihre weiße Hand hin: er beugte sich darüber und führte sie an seine Lippen. Wieder aufrecht stehend, aber immer noch barhäuptig, ruhte sein Blick einen Moment auf ihr; dann brach er das Schweigen, indem er einen Schritt nähertrat, sich zu ihrem Ohr neigte und flüsterte: »Entsinnt Ihr Euch der Dichterin, Madam?

Ἔρος δαὖτέ μ' ὁ λυσιμελὴς δόνει,
γλυκύπικρον ἀμάχανον ὄρπετον.

Wie verzückt vom ungetrübten, süßen Zögern der Choriamben, lauschte sie sehr still. Sehr still und verträumt, und mit einem so weichen Tonfall, daß die Wörter scheinbar stimmlos von ihrem ambrosischen Hauch getragen wurden, antwortete sie, wie ein Echo:

»Einmal mehr packt mich die Liebe, die Gliedmaßen lösende:
Bittersüß, der unentrinnbare Lindwurm.«

»Mein Geburtstag ist heute, wie man mich erinnerte«, sagte der Herzog im gleichen stillen Flüsterton. »Wollen Eure Ladyschaft mir die Ehre erweisen, heut abend bei Sonnenuntergang mit mir in meinem Gemach im Westturm, das zum See zeigt, zu speisen?«

Kein Lächeln lag auf den Lippen jener Dame. Langsam, ihre Augen in die seinen blickend, neigte sie das Haupt. Sicherlich waren aller Zauber und alles Gold in der Luft jenes Gartens, seiner atemlosen Versprechen, seines Sammelns und Brütens, verdichtet wie der Duft einer tiefroten Rose, als sie »Ja« sagte. »Ja.«

Kapitel III

Die Tische gedeckt in Meszria

Zwischenzeitlich hatte sich seit knapp zwei Stunden der Thronsaal von Zayana zu füllen begonnen mit hohen Herrschaften, die auf das Erscheinen des Herzogs warteten. Nun war jener Saal so gebaut, daß er Rechtecksform hatte, mit einer Länge von hundert und einer Breite von vierzig Ellen. Die Wände bestanden aus mattem gehämmerten Golderz, ganz rauh von einer Vielzahl eingemeißelter Lebewesen, manche groß, manche klein, sowohl Behaarte und Gefiederte als auch Schuppentiere des Landes und des Wassers, zumeist paarweise mit ihren Jungen neben ihren Nestern oder Höhlen abgebildet; und in den Zwischenräumen rankten die zu jeder Tiergattung gehörenden Blumen, Blätter, Kräuter und Wasserpflanzen in eitler, schulmäßiger Mannigfaltigkeit. Wuchtige Säulen von der vierfachen Höhe eines Mannes, aus schwarzem Onyx mit milchig trüber Äderung gehauen, bildeten Karyatiden in Gestalt gewaltiger Schlangen, je neun auf jeder Längsseite und je vier an jedem Saalende. Diese trugen auf ihren behelmten Häuptern ein Mosaikfries aus Gagat, vier Ellen tief, worauf Mohnblumen, Aloëblüten und der vergessensreiche Lotos dargestellt waren, ihr Blütenwerk unnahbar liebreizend und zerbrechlich zart aus Opal und rosenrotem Saphir gearbeitet, ihre Stiele und Blätter aus grünem Marmolith und Chalcedon. Über diesem großartigen geblümten Fries war das Kuppeldach errichtet, ein Maßwerk aus Elfenbein und Gold, dergestalt gefertigt, daß am unteren Rand knapp über dem Fries die Windungen und Arabesken ganz aus Gold waren, weiter oben dann sparsam mit Elfenbein durchsetzt, und dann immer mehr Elfenbein und immer zartere Formen, bis zuoberst alles nur mehr aus Elfenbein war und das gewebte Netzwerk dem Auge, in großer Höhe gesehen, haarfein schien, als genügte ein jäher Luftzug oder ein zu hart gesprochenes Wort, ein derartig substanzloses Gefüge einzureißen und hinwegzublasen. In den Saalecken standen vier Dreifüße, aus mattem Gold geschmiedet, zehn Ellen hoch, mit vier flachen Becken aus fahlem Mondstein bestückt. In jenen Becken hätte man ein Kind baden können, so ausladend waren sie, und randvoll gefüllt mit süßen, würzigen Essenzen: Rosenöl und Auszügen von Nachtlilie, hyperboreischem Geißblatt und Honigtau aus den Lichtungen jenseits von Ravary; und

Paradiesvögel mit goldenen Häubchen und lohfarbenen Leibern und schwarzsamtenen Hälsen, die blaugrün schillerten, flogen unentwegt von Becken zu Becken, tauchten, flatterten spritzend und verströmten den süßen Duft. Gepflastert war der ganze Saal mit parischen Marmorfliesen in Rautenform, und mit rosarotem Topas waren die Fugen eingelegt; am nördlichen Saalende prunkte der herzogliche Thron auf einer niedrigen Estrade aus dem gleichen Marmor, und vor der Estrade, die eine ganze Saalbreite einnahm, lag ein Prunkteppich ausgebreitet, verziert mit Wolken- und Regenbogengebilden, Schweifsternen und Zugvögeln, Früchten und Blüten und allerlei lebendigen Dingen, eine wechselhafte Farbenvielfalt, fahl und ungreifbar wie der Mondschein, was dadurch zustande kam, daß Seide und feinste Wolle geschickt verwebt und in Kette und Schuß mit Gold- und Silberfäden durchwirkt waren. Der eigentliche Thron war bar aller Verzierung, schlicht aus einem einzigen Steinblock gemeißelt, und bot sich dem Auge in warmen Grautönen dar, hie und da etwas heller geädert und hie und da im Gefüge silbrig glänzend; und dieser Stein war Traumstein, ein unbezahlbares Kleinod, dem geheime Eigenschaften innewohnten. Von hinten jedoch, hochgestreckt wie die Schwingen einer Wildente bei einer Wasserlandung, beschatteten große Flügel den Traumstein; zwanzig Ellen vom Grund bis zur obersten Feder sprangen sie empor, ganz aus Gold und wundersam anzusehen, weil jede einzelne Feder völlig naturgetreu nachgeahmt war; allein – jene grandios aufstrebenden Schwingen atmeten solche Schönheit, Erhabenheit und schattenhafte Grazie, daß diese winzigen Kunstfertigkeiten wohl dem Gesamtwerk zu Lob und Ehre gereichten, das ihnen Leben spendete und das sie wiederum vollendeten. Abertausende kleiner Edelsteine aller Arten, die in der Erde und in den Meeren wachsen, waren in jene gewaltigen Schwingen eingelegt, überzogen jede einzelne Spule jedes Kiels, jede Fahne jeder einzelnen Feder, so daß sich einem Mann, der im Saal wandelte, die Pracht jener Schwingen in immer neuen Mischungen zahlloser Farben und Facetten im Schein und Widerschein des Lichtes bot. Und bei aller Herrlichkeit war das Licht im Saal durch die Kunst Doktor Vandermasts diffus und von besonderem Zauber: heller als das Zwielicht der Dämmerung, weicher als der kalte Mondschein, als ob die Lichtstrahlen selbst aufgelöst wären zu leuchtenden Sonnenstäubchen, die nicht von fern hereinstürzten, sondern im Raum schwebten wie Schneeflocken, selbst unsichtbar, aber alles in zarten Glanz tauchend. Denn in dem ganzen geräumigen Thronsaal war weder ein einziger Schatten zu erkennen, noch stach irgendein Glitzerfunke ins Auge: allenthalben hing verschleiernder Schimmer.

Fünfundzwanzig Soldaten der herzoglichen Leibwache hatten zu beiden Seiten des Thronstuhls Aufstellung genommen. Ihre Brünnen und Beinschienen waren aus schwarzem Eisen, und sie waren mit gewichtigen, doppelschneidigen, zweihändigen Schwertern bewaffnet. Jeder der Männer trug den Helm in der linken Armbeuge, denn selbst einem Krieger war es verboten, diesen Saal mit Kopfbedeckung zu betreten: keiner durfte das außer dem Herzog. Sie waren allesamt nach Kraft, Statur und Grimm ausgesuchte Männer; der Kopf eines jeden von ihnen war glatt geschoren wie ein Ei, und jeder hatte einen kastanienbraunen Bart, der bis zum Gürtel reichte. Außer diesen Soldaten setzte niemand seinen Fuß auf den makellosen Teppich, der vor dem Thron eine ganze Saalbreite einnahm; denn es war Gesetz in Zayana, daß jeder, der vom Herzog ungebeten auf diesen Teppich träte, nichts Geringeres als sein Leben verlöre.

Aber jenseits des Teppichs erging sich in dem weiten Saal eine solch edle Gesellschaft, munter plaudernd, daß jedem weisen Mann bei diesem Anblick das Herz im Leibe lachte: die großen Stände von Meszria im Festtagsgewand; Edelleute des herzoglichen Haushalts und aus Memison; Höflinge und Hauptmänner aus Fingiswold im Dienste des Admirals oder Kanzlers oder Graf Roders, jener dreifachen Säule der Macht des großen Königs im Süden hier, durch die er zu seinen Lebzeiten gemäß seiner Regierungsform Cliquenzwietracht und Unzufriedene nicht so sehr einfach unterdrückte als nicht duldete, daß über diese sich Gedanken gemacht wurde und sie gewähren ließ. Nun indes, da König Mezentius tot, saß mit seinem legitimen Sohn jemand, der übereilt war, wo er vorsichtig sein sollte, und täppisch dort, wo er resolut sein sollte, auf dem Thron; und der gekränkte, hintangesetzte uneheliche Sohn würde sicherlich in einem gewaltigen Racheakt Vergeltung suchen (wie man allgemein überzeugt war); sein Vikar in den mittleren Landesteilen schließlich war aufgebläht wie eine tödliche Viper, bereit zuzuschlagen, wenn man auch nicht wußte, wen die Fangzähne zuerst träfen. Diese mißlichen Umstände erschütterten die königliche Macht in Meszria so nachhaltig, daß es selbst bei oberflächlicher Betrachtung nicht zu übersehen und sogar hier im Audienzsaal von Herzog Barganax offenkundig war.

Eine Schar junger Lords aus Meszria, die etwas abseits unter dem Duftbecken in der Südostecke stand, wo sie bequem alle beobachten konnte, die durch den großen Haupteingang im Südende kamen, unterhielt sich angeregt. Sagte einer von ihnen: »Hier kommt Mylord Admiral.«

»Ja«, sagte ein zweiter, »die Hauptursache unserer aufreibenden Warterei: möge ihn doch die Erde verschlingen.«

»Nein«, sagte ein dritter, nämlich Melates von Vashtola. »Meinen Jeronimy lieb' ich wie ein Helmvisier: 's ist kühl und sicher. Ihr sollt ihm nicht die Schuld in die Schuhe schieben. Seht nur: wie ein Dorsch im Netz, weiß er nicht, was er tun soll. Wenn es Euch beliebt, so spuckt nach ihm. Aber die wahren Blutsauger sind Roder und Beroald, nicht er.«

»Sprecht leiser«, sagte Lord Barrian, der als erster gesprochen hatte. »Die Wände haben Ohren.«

Mit einer würdevollen Ehrenbezeigung grüßten sie den Großadmiral, der sich steif verneigte und weiterging. Er war ein etwas grobschlächtiger Mann und hatte bereits die zweite Lebenshälfte angetreten; sein bleiches Haar ruhte glatt auf seinem Schädel, seine hellblauen Augen waren offen und ehrlich; sein Bart war dünn und lag wirr und ungeordnet über dem breiten Band und Abzeichen des königlichen Hippogryph-Ordens, den er um den Hals trug; der Mann machte einen niedergeschlagenen Eindruck, wie von halbfesten Vorsätzen und Wünschen bedrückt, die den Weg für Ängste bahnen. Dennoch verfügte er über eine Eigenschaft, die seinen Auftritt sehr wirkungsvoll machte, nicht herrührend von seiner körperlichen Ausstattung, war er doch normal von Statur; als ob ihm ein gewisser majestätischer Zug der königlichen Macht anhaftete, die er ausübte, ausreichend (zumindest hinsichtlich der Erfahrung als treuer Kriegsherr), um eine ernste Gefahr darzustellen, den Herzog von Acrozayana zu vertreiben, trotz rotbärtiger Leibwache und dergleichen mehr.

Als er vorübergegangen war, redete Zapheles wieder, der als zweiter gesprochen hatte. »Die Tücke ist kein seltner Gast in den meisten Fürstenhöfen. Im Vertrauen, wäre es nicht aus Treue zu einem besseren Mann, nennte ich es an der Zeit, wenn auch spät, unserem eigenen Vorteil zu dienen: ruft ihn, Ihr wißt, wen: ihm unterstellt Euch, nicht diesen lästigen Knechten und Palastdienern, die, ungleich gutem Schröpfglas, nur das allerbeste Blut saugen.«

Melates sah sich argwöhnisch um. »Wie Ihr wißt, Mylord, ein schönes Spielzeug, doch bin ich dazu nicht in der Lage, tut es mir auch aufrichtig leid. Ihr ebenfalls nicht, wie ich glaube.«

Zapheles sagte: »Dennoch ist es zu überlegen. Ihr habt hier Euren natürlichen Souverän (auf der falschen Seite der Decke, aber das spielt keine Rolle, die richtige Seite ist weder hier noch dort); Ihr leistet ihm Eure Dienste und steht zu ihm: nun gut. Demzufolge wünscht Ihr Euch Ruhe und Frieden, und der Herr Eures Eigentums sein zu können, innerhalb der Grenzen Eures rechtmäßigen Herrschaftsgebietes freie Hand zu haben. Gut: nun betrachtet Euren Lohn. Man hat ihm teuflisch mitgespielt; selbst die Damen werden bald darüber schwätzen, daß er darob gefügig wie ein Stockfisch wurde. Seine Sache, werdet Ihr sagen; versunken in müßige Wonnen, umfächelt von den sanften Lüften seiner eignen Lippen Schmeichelei, sitzt er zufrieden. Gut. Aber müssen auch wir frieren, weil er seinen Mantel verschenkt hat? Soll ich lächelnd die Hände in den Schoß legen (und dies ist das rechte Beispiel, um mir den Kopf so heiß zu machen wie einen frischgebackenen Kuchen), wenn dieser Beroald einen mir wildfremden Mann ergreift, der auf den privaten Spazierwegen Seiner Lordschaft mit einem langen vergifteten Dolch in der Tasche ertappt wurde; eine schöne Bescherung, zweifellos für den Kanzler gedacht; man hängte ihn an Ort und Stelle an einem Maulbeerbaum; und weil der gemeine Mörder in einer Lüge behauptete, der Graf Zapheles stecke hinter diesem Anschlag, werde ich kurzfristig vor den Justitiar zitiert, um Rechenschaft darüber abzulegen; und der Herzog, da ich mich auf altes Feudalrecht berufe und ihn ersuche, das Verfahren *ne obstes* auszusetzen und den Fall persönlich zu hören (was seine durch diesen gedungenen Amtsadel allzusehr beschnittene und gekürzte Autorität nur gewahrt hätte), und der Herzog also empfiehlt mir, mich gefälligst meiner Rechte zu begeben. Und warum? Warum sonst, als daß er mit solchen Dingen nicht belästigt werden will; was dennoch weder dem Reich noch ihm zum Vorteil gereicht.«

»Und um dies zum Besseren zu ändern«, sagte Barrian, »würdet Ihr und Melates Verrat üben und zum Vikar überlaufen?«

»Würden wir, wären wir weise«, erwiderte Melates, »doch um der lieben Treue und Ehrenhaftigkeit willen werden wir's nicht. Vielleicht ist auch er treugesinnt und nähme uns gar nicht.«

Zapheles lachte.

Barrian sagte: »Eure eigenen Männer würden bei einer solch niederträchtigen Tat nicht mitspielen.«

»Richtig«, sagte Zapheles. »Und täten sie's, verdienten sie in der Tat den Strang.«

»Und Ihr und ich ebenfalls«, sagte Melates.

»Und Ihr und ich ebenfalls. Allerdings haben wir in Horius Parry einen Mann vor uns, der den richtigen Trick beherrscht, wie man regiert: mit dem Landadel nämlich, wie uns, durch den Treueid gebunden, nicht mit einem selbstgeschaffenen Briefadel.«

»Würde der Herzog nur auch dazu stehen!« sagte Melates. »Ihr seid sein naher Freund, Barrian: redet ein vertrauliches Wörtchen mit ihm.«

»Ja«, sagte Zapheles. »Nein, ich spotte nicht: wählt doch den freudigen Anlaß. Sagt: ›Ihr seid Meszria: unser Mittelpunkt, wohin alle Fäden laufen, wohin alles blickt. Wer dieses Gut aller Ehrerbietung beraubt, entstellt all seinen Glanz. Nun denn: hinaus mit Beroald, hinaus mit Roder und Jeronimy: schickt diese Vögel zum Teufel, der sie ausgebrütet.‹«

»Große, tönende Worte«, sagte Barrian. »Aber in Wahrheit hätte er es längst getan, wäre er nur stark genug. Doch still, hier ist der Kanzler.«

Die Gesellschaft an der Tür wich nach links und rechts zurück und bildete eine Gasse. Lord Beroald beantwortete ihre artigen Verbeugungen mit einem kühlen, stattlichen Lächeln. Sein Gang war sicher und soldatenhaft, sein Haupt trug er wie ein feuriges Roß, und auf seinem hageren Antlitz, das in den Wangenknochen flach und breit zwischen den Augen war, mit einem ausgeprägten Kinn und außer dem struppigen braunen Schnurrbart glatt rasiert, saß jener Ausdruck, der wie an einem Fels wachsende Flechte nur nach jahrelanger ungebrochener Herrschaft über die Menschen und deren altgewohnten Gehorsam zustande kommt. »Seht, wie die schwammigen Speichellecker an seinen Fersen hängen«, sagte Zapheles. »Sie fürchten bestimmt, daß er sie wegen ihrer bloßen Anwesenheit in Acrozayana zur Rede stellen läßt. Und falls der Herzog nicht das Knie beugt, wird es wohl dazu kommen; ein Schwerverbrechen, ihm diese eitlen Ehren zuteil werden zu lassen, den wöchentlichen Audienzen beizuwohnen, ohne um das Fernbleiben dieses Erzteufels und seiner Gesellen ersucht zu haben. Seht, es zieht ihn und Jeronimy geradewegs zu Stellen verborgenen Unheils, wie der Magnetstein das Eisen anzieht.«

Denn der Kanzler, der den ganzen Saal durchschritten hatte, stand jetzt mit Lord Jeronimy auf dem großen Teppich vor dem Thron. Ihnen, die in ihrer hohen amtlichen Stellung zusammen mit Graf Roder die Person und Gewalt des Königs in Meszria vertraten, war seit vielen Jahren das Verbot des Teppichs erlassen, ein Vorrecht, wie es keinem im ganzen Land zustand, der nicht zum Haushalt des Herzogs oder zum herzoglichen Geschlecht von Memison zählte.

»Ich bin erfreut, Euch hier zu sehen, Mylord Admiral«, sagte Beroald; »und um so mehr, als ich gar nicht damit rechnete: dreimal in drei Wochen, und Euch vormals wenig Ehrerbietung in diesem Zeremoniell erwiesen wurde.«

Der Admiral blickte ihn mit seinen hundeähnlichen Augen an, lächelte zögernd und sagte: »Ich bin hier, den Frieden zu halten.«

»Meine Sendung ist die gleiche«, sagte Beroald, »und um meine Schwester zu erfreuen. Ich möchte Euch ein wenig darbender scheinen sehen, wie ich es auch für mich selbst erstrebe. Es ist nicht von Vorteil, ihn daran zu erinnern, wie wir zu neuem Holz kamen, als der junge König sein Erbe beschnitt.«

»Daran brauchen wir ihn nicht erst zu erinnern«, sagte Jeronimy.

»Wollen sich Eure Lordschaft ein wenig ergehen?« fragte Beroald, wobei er ihn beim Arm nahm, und fuhr fort, während sie langsam hin und her schritten, Wange an Wange, um bequem ein vertrauliches Gespräch führen zu können: »Mir dringt immer noch die Meinung zu Ohren, daß dieser Vorgang nicht ohne eine gewisse Feindseligkeit ablief; und in diesem Zusammenhang fällt Euer Name, den König nämlich gegen ihn aufgehetzt zu haben.«

Jeronimy blähte die Backen auf und schüttelte den Kopf. »Vielleicht trifft mich die Schuld; aber es geschah klar zum Vorteil des Königs. Ich würde es abermals tun, wäre es morgen wieder vonnöten.«

»In diesem Landstrich liebt man uns deshalb um so weniger«, sagte Beroald.

»Eine gute Hausfrau«, antwortete Jeronimy, »ist bei Motten und Spinnen nie beliebt.«

»Wir können die Zähne zeigen und sie benützen, sollte es so weit kommen«, sagte Beroald. »Aber das wäre eine fragwürdige Politik. Zu viele Waagschalen stehen in unsicherem Gleichgewicht. Roders langes Zögern in Rerek: das gefällt mir nicht, mh?«

»Als ob der König denken sollte, er bräuchte Männer dort.«

»Euch liegen keine neuen Berichte vor?«

»Nein, den letzten von Donnerstag vor einer Woche kennt Ihr.«

»Er war keinesfalls schlecht, dünkt mich. Mylord Admiral, ich habe eine Frage, die ich Euch vorbringen möchte. Sind wir Eurer

Meinung nach stark genug, den Vikar abzuwehren, wenn es sein müßte?«

Jeronimy blickte eine Weile stumm vor sich hin; dann sagte er: »Ja, mit dem Herzog auf unserer Seite.«

»Habt Ihr mich verstanden?« fragte Beroald. »Man mutmaßt, daß alles unvorstellbar schlimm wird: Krieg mit ihm in Rerek, und die Königstruppen geschlagen. Ihr seid also zuversichtlich?«

»Mit dem Herzog auf unsrer Seite, und mit dem Recht auf unsrer Seite, wird es uns hoffentlich gelingen.«

»Meine ich auch«, sagte der Kanzler.

»Nun, was liegt an?« Lord Jeronimy hielt in seinen bedächtigen Schritten inne. Ein Edelmann seines Hofes wartete vor dem Teppich: er schien außer Atem, als hätte er einen Wettlauf hinter sich: gebeugten Knies erwies er seine Ehrerbietung und zog ein Päckchen aus seinem Wams. Jeronimy ging zu ihm, nahm es entgegen und betrachtete genau das Siegel durch das goldgefaßte Augenglas, das an einer feinen Kette um seinen Hals hing. Es war nicht zu übersehen, wie sein fahles Gesicht aschfahl wurde. »Nur gut«, sagte er, »daß alle Wappenfelder unversehrt.« Er brach das Siegel, las den Brief und reichte ihn Beroald; dann wandte er sich finster blickend an den Kurier: »Wie kommt's, Hohlkopf, daß ich den Brief erst jetzt erhalte?«

»Herr«, antwortete er, »Seine Lordschaft, ganz verschmutzt vom harten Ritt, schrieb ihn in Eurem eignen Haus; und auf sein dringliches Geheiß, auf wüste Flüche und Verwünschungen aufgereiht, jagte ich zu Pferde übers Land und eilte nach dem Einlaß durch die Torwache mit solch gewaltigen Sprüngen über die Palasttreppe, daß man mich fast als Verrückten dingfest machen wollte: dennoch ist all meine Mühe fehlgeschlagen.«

»Wegtreten. Zurück zu ihm, und sage, ich bekam ihn, und der Kanzler ebenfalls.« Dann, während er mit Beroald abermals ein Stück beiseite ging: »Wir müssen sofort handeln, doch wenn wir in aller Offenheit plötzlich aus dem Saal verschwinden, mag das nur Anlaß zu allerlei Gerede geben. Aber diese Empfehlungen besagen deutlich, daß wir hier in Gefahr schweben, bis er mit uns spricht.«

»Roder«, sagte Beroald, »ist kein Mann, der vor seinem eigenen Schatten hochschrickt. Gehen wir, solange der Weg noch offen ist.«

Jene beiden Lords, die sich den neugierigen Augen als einstudiertes Bild heiterer Gelassenheit darboten, hatten nicht einmal das große Treppenhaus erreicht, als hinter ihnen klirrend die hohen Türen geschlossen wurden und im Thronsaal Trompetenstöße ertönten. Mit großem Pomp und Gepränge wurde nun, eineinhalb Stunden zu spät, vom Herzog die Audienz eröffnet. Ihm voraus betraten durch eine Tür hinter dem Thron sechs Mohren den Saal, die auf ihren Trompeten das Signal bliesen, und dreißig Pfaue, die mit aufgeschlagenen Rädern paarweise einherschritten und sich nach dem Einzug unter den Säulen aus schwarzem Onyx aufstellten, je fünfzehn auf jeder Seite, ihre Schwanzfedern zu einem grün und blau und gold schillernden Schirm vereinigt. Medor, Egan, Vandermast und ein Dutzend anderer der herzoglichen Hofhaltung nahmen ihre zugewiesenen Plätze neben dem Thron ein; Medor war angetan mit seiner bronzenen Brünne, deren Halsberge und Schulterstück eingelegt waren mit Silber, und als Zeichen seines Amtes trug er ein langes zweihändiges, doppelschneidiges Schwert. Nach einem langatmigen, schallenden Schmetterton, der das haarfeine Maßwerk des Daches einzureißen drohte, verstummten die Fanfaren plötzlich, als Barganax erschien.

Sein Schlitzwams war aus rosenroter, gerippter Seide, in den Öffnungen dunkelrot gepolstert, an der Hüfte zusammengehalten von einem Gürtel aus Walroßleder, der mit Goldzwirn eingeschlagen und mit Buckeln aus Balasrubin und Chrysoberyll-Katzenauge besetzt war; er trug dichte, seidene Strumpfhosen der gleichen rosigen Farbe und einen langen Umhang aus dunkelgrauer brokatener Seide mit aufgestickten silbernen Borten; der Mantelkragen bestand aus schwarzen Kormoranfedern, geschickt vernäht und zu einem glatten Gewebe eingepaßt, in Abständen von einer Spanne mit Kreuzmustern aus Rubinen verziert und mit goldenen Schnallen befestigt. Dennoch war all dies nur wie Schatten im Wasser angesichts des Mannes selbst. Denn sowohl in seiner geschmeidigen, hochgewachsenen Gestalt als auch in seinem edlen, unbefangenen, katzenhaft-eleganten Auftreten war dieser Herzog wunderschön anzusehen, wie es unter den Menschen nicht seinesgleichen gibt; seine Haut war rein und glatt, sein Haar in der Farbe blanken Kupfers kurz und lokkig, seine Nase ebenmäßig und gerade, seine Stirn breit, seine Brauen dicht und glänzend und fast unmerklich nach oben gekrümmt, was seinem Antlitz einen irgendwie tiefsinnigen und irgendwie faunischen Ausdruck verlieh; sein rasiertes Kinn fein, aber kräftig, sein Mund ein wenig groß, mit ausgeprägten Lippen unter einem gefällig nach oben gedrehten Schnurrbart, voller Empfindsamkeit, anfällig für plötzliche Stimmungsschwankungen und Leidenschaften; seine Augen braun, nachdenklich und voller unfaßbarer, inhaltsschwerer Lichtblitze. Und als er sich mit jener Mischung aus schlichter Gelassenheit und Herrlichkeit, wie sie ihm offenbar von Natur aus eigen war, deutlich jenseits aller Kunst, auf dem Traumstein niederließ, wirkten sein schön geputztes Äußeres, die Schatten jener Schwingen und die ganze vielfältige Pracht jenes Saales, verglichen mit ihm, nur wie die Blüte am Schlehdorn oder der Regenbogen über einem Berggipfel: einem gehaltvollen Wesen verknüpfte Grazien, das ihres gehaltlosen Liebreizes würdig.

Nachdem das zeremonielle Geschäft der Eingaben und Bittschriften und das Besiegeln der Zustimmungsurkunden und Erlasse feierlich vollzogen war, sprach der Herzog zu seinen Ratsmitgliedern, die zu seiner Seite standen: »Ist es nicht verwunderlich, daß kein Legat oder Abgesandter des Vikars soll erschienen sein, dessen Belange zu vertreten?«

»Mag sein«, erwiderte Medor, »ihm behagte nicht, daß Euer Gnaden Gabriel Flores vor einem Monat fortschickten.«

Barganax zog eine Augenbraue hoch. »Es war pure Wohltätigkeit, ja – ein Kompliment, ihn wissen zu lassen, wie ich über die Entstellung seiner Ehre durch einen solchen Bösewicht denke. Noch hielt ich es für angemessen, mich mit seinem bloßen Stallmeister als Gesandtem zu begnügen, einem nebenbei, der zweifelsohne ein gedungener Spitzel ist und schwerlich ein Freigeborener.«

»Es verfinstert noch eine Wolke die Sonne«, sagte Egan; »wohl braut sich ein Gewitter zusammen. Euer Gnaden wurden vor dem Eintritt in den Audienzsaal davon in Kenntnis gesetzt, daß der Admiral und der Kanzler, welche kurz zuvor noch anwesend waren, nach einer von draußen gebrachten Botschaft ziemlich aufgeregt den Saal verlassen hatten. Laßt Euch raten, heute nicht dem Brauch gemäß unter das Menschengedränge jenseits des Teppichs zu gehen.«

Barganax sagte: »Es ist heute der siebte Jahrestag, daß ich volljährig wurde und hier in Zayana meine Herrschaft antrat, und stets habe ich den Brauch gepflogen, den ich an jenem Tag eingesetzt.«

Er stand auf, um sein Vorhaben zu verwirklichen, aber Medor sprach dagegen: »Ihn zu ändern, wäre nicht schlimm; bedenkt aber, daß Ihr mehr als Euer Leben aufs Spiel setztet, liefe etwas schief. Geht nicht, Herr.«

»Vandermast«, fragte Barganax, »was meint Ihr dazu?«

»Sie haben ihre Gründe genannt«, antwortete der Greis. »Ich würde Euer Gnaden Gegengründe hören wollen.«

»Imprimis«, sagte der Herzog, »wem sollte damit gedient sein, mir unter die fünfte Rippe einen Dolch zu treiben? Weder dem alten Jeronimy noch den Seinen, die zu ihm halten: damit scheuchten sie nur einen Wespenschwarm auf, der ihnen die Ohren heiß stäche und sie binnen dreier Tage aus Meszria vertriebe. Auch unseren unzufriedenen Lords nicht: obzwar sie nach Taten schreien, wäre es ein seltsamer Weg, mich zu ermorden: denn bei meiner Seele, mit keinem anderen können sie als Führer rechnen. Dem König? Sicher gibt es einige Kälte zwischen uns, doch traue ich ihm nichts zu, womit auch ich mir nicht die Hände beschmutzen würde. Wirklich, ich kenne alle diese Männer. Pah! Ich bin nicht Herzog, um so zu denken.«

»Morius Parry«, sagte Medor dann, »würde nicht davor zurückschrecken, Euch zu ermorden.«

»Er spielt mit dem König um Rerek und hat viele Trümpfe in der Hand«, erwiderte der Herzog. »Kommt, Medor, ich beabsichtige, meinen eigenen Weg zu gehen; und wenn ich in meinem eigenen Audienzsaal wie ein Dieb umherschleichen muß, wäre es fürwahr besser, getötet zu werden, und höchste Zeit, Lebewohl zu sagen. Begleitet mich, Medor. Ist dies nicht vernünftig?« sagte er beim Vorbeigehen über die Schulter zu Doktor Vandermast. Vandermast antwortete nicht, aber als sein und des Herzogs Blick sich begegneten, war es, als ob zwei ungleiche Weisheiten – die gesetzte des Alters und die hitzige der Jugend – aus ihrem Brunnen stiegen, gegenseitig ihre Natur erkannten und sich die Hand reichten.

Nun hatte Herzog Barganax etwa drei Viertel seines Weges vom Thron herab zum hinteren Ende des Saales zurückgelegt, wandelte an der Seite Medors zwischen den Gästen und plauderte mit diesem und jenem, als sich am Haupteingang etwas regte, als ob jemand um Einlaß ersuchte, aber wegen der Verspätung und weil der Herzog bereits vom Thron gestiegen war, abgewiesen wurde. Der Herzog schickte einen Diener, nach dem Rechten zu sehen; dieser kam sogleich zurück und meldete, Graf Roder bitte um Audienz und lasse sich von den Türwächtern nicht abweisen. »Laßt ihn eintreten«, befahl der Herzog und empfing ihn an Ort und Stelle.

»Mylord«, sagte Roder, »ich bin Euch sehr verbunden und küsse Euch die Hand; und ehe ich in einer Angelegenheit, die ich an diesem öffentlichen Ort wenn überhaupt, so nur flüsternd auszusprechen wage, fortfahre, möchte ich Euch angelegentlich um etwas bitten, das zu gewähren Euch nicht schwerfallen wird und das unbedingte Voraussetzung unserer größeren und geheimen Unterredung ist.«

»Neugier ist nicht unsere Art«, erwiderte der Herzog, nachdem er das unordentliche Äußere des Grafen zur Kenntnis genommen hatte. »Dennoch bin ich etwas erstaunt, warum Ihr nicht früher kamet, wenn die Angelegenheit so unerhört dringend ist. Oder warum Ihr so geheimnistuerisch (denn ich sah es, Mylord, durch Augen, die mir dienen) den Admiral und Kanzler fortholen ließet, die sich zur Audienz bereits eingefunden hatten. Oder, was mich noch verwundert, warum Ihr jetzt ohne diese erscheint.«

»Dies ist die eben erwähnte Bedingung«, antwortete er. »Ich muß Euch ersuchen, uns Euer königliches Wort darauf zu geben, daß uns sicheres Geleit und die Unversehrbarkeit von Leib und Leben zugestanden wird; dann – und nur dann – werden wir augenblicklich zur Sache kommen.«

Dem lauschte der Herzog mit augenscheinlicher Verwunderung, dann brach er in Lachen aus. »Was für ein Tumult hier?« fragte er. »Sicherlich ist der Mann toll. Was, Medor, ich sollte eigentlich glauben, sie meinten mir tatsächlich Böses, wenn ihr krankes Hirn sie wie Hasen vor solchem Spuk ihrer Einbildung hochfahren läßt. Nichtsdestoweniger seid unbesorgt, Graf; ich schwöre Euch Frieden und Schutz, freies Geleit und Unversehrtheit von Leib und Seele; innerhalb der Grenzen des Gesetzes mögt Ihr Euch in meinem Herzogtum von Zayana frei bewegen: Ihr, Seine Lordschaft der Großadmiral Jeronimy und Seine Lordschaft der Kanzler Beroald; und darauf habt Ihr mein königliches Wort, bei meinem Glauben an die hohen und seligen Götter und Göttinnen, den Hütern der Himmelshöhen.«

»Ich bin Euer Gnaden zu Dank verpflichtet«, sagte der Graf. »Und doch, dürfte es noch eine kleine Gefälligkeit sein, würden sie es wohl höher schätzen, wäre es niedergeschrieben.«

Die Augen des Herzogs funkelten. »Ihr habt Zeugen, Mylord. Allein, wenn mein Siegel mehr gälte als mein Wort, wäret Ihr schwerlich außer Gefahr.«

»Vergebt mir«, sagte Roder daraufhin. »Euer königliches Wort genüge uns, und hierin bin ich das Sprachrohr von uns dreien. Und fürwahr«, sagte er und kicherte in seinen Bart, »nun kann ich Euer Gnaden die wahre Bedeutung enthüllen, wieso ich sie hinausrufen ließ: um nicht alle drei in Eurer Hand zu sein, ehe unsere Sicherheit gewährleistet war. Für den Fall, daß Ihr mir übel zugesetzt hättet, stehen in diesem Augenblick er und Beroald vor den Toren Eurer Zitadelle, mit genug kräftigen, bewaffneten Männern . . .«

Das Blut schoß in Barganax' Gesicht und Nacken, und seine Hand schnellte zum Dolch an seinem Gürtel. Roder sagte: »Es tut mir leid. Aber Euer Gnaden werden nicht Euren Eid vergessen noch gegen einen Wehrlosen die Hand erheben. Wollt Ihr bitte Euer Gelaß aufsuchen und mir gestatten, den Admiral und Kanzler herbeizurufen, auf daß wir dort mit Euch die ernsten Vorfälle erörtern, deren Folgen unabschätzbar sind.«

»Ihr seid ein wackerer Mann, Roder«, sagte Barganax schließlich, wobei er die Arme verschränkte und dem Grafen nahe ins Gesicht sprach. »Holt Eure Freunde. Diese umsichtigen Friedensgelöbnisse und die Alarmbereitschaft Eurer Truppen, obschon wir nicht einmal entzweit waren, stellen mich vor ein Rätsel. Und damit sie sich besser beraten können, sagt Ihnen aber, es war nur gut, daß Ihr meinen Eid hattet, ehe ich um die Bedrohung durch Eure Streitmacht wußte. Hätte ich das geahnt oder gesehen, wäre meine Antwort passend und ebenbürtig ausgefallen.«

Als ein Mann, der einer Gefahr entronnen war, dessen ganze Bedrohlichkeit er erst erfaßte, nachdem die Bedrängnis überwunden war, trat der Graf Roder ziemlich erschüttert zurück und entfernte sich aus den Augen des Herzogs.

Als sie im Gelaß des Herzog Barganax versammelt waren, ergriff der Admiral das Wort; sie waren nur zu fünft, jene drei großen Minister, der Herzog selbst und Doktor Vandermast. »Es geschah unbesonnen«, sagte der Admiral; »und wir möchten Euer Gnaden zuerst unser tiefes Bedauern zum Ausdruck bringen und untertänigst um Verzeihung bitten. Doch sollt Ihr bedenken, wenn Ihr alles wißt, daß dies, was wir zu berichten haben, so überraschend und umwälzend ist, daß in gewisser Weise alles frühere Brauchtum und Vorbild aus den Fugen geraten mag, wobei wir uns über unsere Lage im unklaren sind, in gewisser Weise; und obzwar wir überzeugt sind, Mylord, daß es dennoch unserem gemeinsamen Vorteil dient, Eurem und unsrem, zusammenzuhalten, da es dazu kommen kann, daß uns allen dieselbe Gefahr aus derselben Richtung droht, wenn auch in gewisser Weise . . .«

»Werter Herr Admiral«, sagte der Herzog, »darf ich bitten,

Euch die Sache mit den Soldaten aus dem Kopf zu schlagen. Es genügt mir: nicht einen Gedanken werde ich noch daran verschwenden. Aber was die anliegende Sache betrifft, werden wir Eurer Darlegung leichter folgen können, wenn Ihr uns zuerst die besagten Neuigkeiten mitteilt.«

»Graf Roder«, sagte Jeronimy, »ist heute morgen aus dem Norden angeritten und bringt uns schwerwiegende, dringliche Kunde.«

»Sagt an, in einem Wort, was ist es?« drängte der Herzog.

»Sodann«, sagte Roder, »in einem Wort: der König ist tot.«

»Schlimme Nachricht; sie ist aber zehn Monate alt.«

»Nein, nein: König Styllis ist tot«, sagte Roder. »Vier Tage ist es her, in Rerek, in seinem Lager unweit des Hornsees. Ich stand an seinem Bett, hielt seine Hand, als seine Seele sich emporschwang.«

Jene drei Lords beobachteten eingehend den Herzog, der sich, vor einem Augenblick noch ungezwungen und gelassen, bei dieser Kunde aufgerichtet hatte; seine starken, feinen Hände umklammerten die Kante des geschnitzten Sandelholztisches. Seine Augen blickten in Roders Augen, schienen ihn aber zu durchdringen und durch ihn hindurchzusehen: er schwieg eine Weile. Schließlich sprach er und sagte: »Er starb jung. Mögen die Götter seiner Seele Ruhe schenken. Er war mein Bruder, wenn er auch nie gut zu mir war.« Er senkte seinen Blick und verfiel wieder in Schweigen, fingertrommelnd auf dem Tisch. Keiner sagte etwas. Dann, wie wieder zur Wirklichkeit erwacht, sah er auf und sagte mit schneidender Stimme: »Tot wodurch?«

»Durch den Genuß vergifteten Konfekts«, antwortete Roder. Er hielt kurz inne und platzte dann heraus: »Es wird viel darüber gemunkelt, daß Euer Gnaden ihn vergiftet hätten.«

Barganax kniff die Augen zusammen. Wieder trommelte er auf den Tisch. »Ich vermute, Mylord«, sagte er dann zum Admiral, »Ihr habt das Feld neu abgesteckt, ehe Ihr mit dieser Nachricht zu mir kamt, und habt erkannt, daß es für uns gut ist, wenn Meszria in unserem nächsten Vorhaben fest hinter Euch und mir steht. War es der Vikar, der ihn mit Gift aus dem Weg räumte, so war zu erwarten, daß er mir die Schuld in die Schuhe schiebt.«

Keiner sagte etwas. Jeronimy lehnte sich vor auf den Tisch, legte die Hände mit den Ballen nach oben darauf und räusperte sich hin und wieder, als wollte er sich zu einer Rede anschicken. Beroald überspielte seine Verlegenheit mit der Bemerkung: »Euer Gnaden werden alle Umstände erfahren wollen, ehe zu beschließen ist, wie nun vorzugehen sei. Daher wäre angebracht, daß Ihr jetzt des Königs Testament vorlegt, Mylord.«

Roder zog bei diesen Worten aus seiner Brust ein Pergament, besiegelt mit dem königlichen Signum. Seine braune Haut wurde abwechselnd blaß und rot, obschon das nur an wenigen Stellen zu erkennen war, denn sein Bartwuchs reichte fast bis unter die Augen, und das Haar seines Hauptes, borstig wie eine Bürste, setzte knapp einen Zoll über den Brauen an. Beklommen blickte er zum Herzog und sagte: »Ich bitte Euer Gnaden, Geduld zu üben; und damit Ihr Euch nicht täuscht und glaubt, diese letztwillige Verfügung sei durch mein Zureden auch nur einen Deut verfärbt, vergewissert Euch, den Zeitpunkt richtig erfaßt zu haben: das Testament wurde an diesem vierten April aufgestellt, wie es der königlichen Hoheit eigne Hand unter seinem Siegel bezeugt, während ich selbst, wie Euer Gnaden sehr wohl wissen, auf sein Geheiß erst drei Tage später zu ihm nach Rerek gekommen bin.«

»Gut, gut«, sagte der Herzog, »genug der Nebensächlichkeiten. Zeigt es mir; so bitter es auch sein mag, meine Lippen sind gefeit.«

Woraufhin Lord Roder, seinen Mut zusammennehmend wie ein Taucher, der zur Winterszeit in einen eiskalten Bergsee hechten will, das Pergament verlas, das auf folgende Weise abgefaßt war:

»Von mir, STYLLIS, Sohn des MEZENTIUS, glorreicher König seligen Angedenkens, großer König Fingiswolds und aller zugehörigen Länder und Reiche, sei es durch Schenkung oder gesetzliches Erbe oder Fürstenbrauch oder kraft der Eroberung vermöge des zerstörerischen Schwertes meines großen Vaters oder meiner selbst, in dessen großer Beschreibung klar und deutlich aufgeführt und berücksichtigt sind die Ländereien und Fürstentümer, im folgenden namentlich mein ganzes Land und Königreich von Fingiswold mit der Stadt Rialmar, welche Hauptstadt desselben und der Hauptsitz meiner Herrschaft und Regierung ist; und mein Land Rerek und darin befindliche Orte, im hauptsächlichen, aber nicht ausschließlich bestehend aus den Vesten oder Burgen von Laimak, Kessarey, Megra, Kaima und Argyanna; und meiner Mark Ulba, derzeit nach meinen Weisungen und in meinem Namen in besagter Weise vom unten erwähnten Vikar von Rerek regiert; und mein Land und Reich von Meszria und die Städte, Zitadellen, Festungen, Bollwerke, Märkte, Dörfer und Weiler und ganz allgemein alle bebauten und unbebauten Orte desselben, bewohnt oder unbewohnt; einschließlich allem, was in dieser groben Aufzäh-

lung nicht genannt oder erwähnt ist, ausgenommen nur das herzogliche Leibgedinge von Zayana, wofür ich aus meiner brüderlichen Liebe und Zuneigung heraus alle Herrschaftsansprüche abtrete an und zu Gunsten des BARGANAX, der für den Sohn des besagten Mezentius, König seligen Angedenkens, gehalten wird; besagtem Barganax und dessen leiblichen Erben vermache ich hiermit unwiderruflich und für alle Zeiten besagte Apanage, klar und großzügig umrissen und beschränkt durch die Grenzen, welche eingetragen und festgelegt sind in der Karte, unter meinem königlichen Siegel von Fingiswold an dieses mein königliches Testament geheftet . . .«

»Zeigt her«, sagte der Herzog. Er studierte die Karte sorgfältig, nickte, ließ Vandermast einen Blick darauf tun und gab sie Roder zurück. Roder fuhr fort:

»Ich, besagter König Styllis vermache und verleihe meinen königlichen Stand und den Namen meines Königreiches und mein gesamtes Land und Besitztum wie oben erwähnt und was es dergleichen mehr gibt, außer oben dargelegter Ausnahme, meiner Schwester ANTIOPE, Prinzessin von Fingiswold, neben mir das einzige eheliche Kind des besagten König Mezentius seligen Angedenkens. Und in Anbetracht der Sterblichkeit von Königen, den unnachsichtigen und wankelmütigen Launen des Schicksals ebenso unterworfen wie die Sterblichkeit des gemeinen Mannes, also den Fall gesetzt, daß besagte Prinzessin Antiope bei meinem Ableben noch nicht die Volljährigkeit von XVIII Jahren erreicht haben sollte, zuzüglich III Jahren in Ansehung ihres weiblichen Geschlechts, und weil ich sie nicht für befähigt halte, vor Vollendung des XXI. Lebensjahres unumschränkte Handlungsfreiheit und Regierungsgewalt mit Besonnenheit ausüben zu können, angesichts besagter Dinge also verfüge und erlasse ich, daß mein treuer und verläßlicher Diener Horius Parry, welcher in gewissem Maße von meinem Geschlecht und meiner Wertschätzung sicher und welcher hiermit in meinem und meiner Nachfolger Namen in seinem königlichen Amt als Reichsvikar meines oben genannten Königsreiches von Rerek bestätigt wird, Reichsverweser und Vormund meiner Schwester sein soll, bis sie die Volljährigkeit erreicht, und in ihrem Namen während besagter Zeit als Regent das Reich regieren und gewissenhaft wie ein Vater für sie sorgen und stets auf ihren Vorteil und ihre Sicherheit und die Förderung ihres Reiches und ihrer Macht bedacht sein soll. Bezüglich meines besagten Königreiches von Meszria aber . . .«

»Fahrt fort, bezüglich Meszria«, sagte der Herzog. »Soweit ist's vermutlich ganz vernünftig; obschon ich es lieber gesehen hätte, wäre meine königliche Schwester statt einem solch fragwürdigen

Erzieher und Lehrmeister eher meiner Obhut anvertraut worden. Es stimmt zwar, daß ich sie noch nie mit eignen Augen gesehen, aber verwandschaftlich stehe ich ihr viel näher, und (oder ich sollte mich selbst hassen) ich bin viel vertrauenswürdiger.«

»Ehe ich fortfahre«, sagte Roder, »möchte ich Euer Gnaden hiervon in Kenntnis setzen: es fällt mir schwer, das zu sagen, und ich bitte Euch, gnädigst Nachsicht zu üben. Der König sagte mir auf seinem Sterbebett offen, er glaube, trotz der Zwistigkeiten, die es zwischen ihm und dem Vikar gebe, daß diese so ehrenvolle Verfügung ihn dem Königshaus untertänig machen würde, wohingegen er den Verdacht hege (das sagte er frei heraus, obwohl ich dagegensprach), Euer Gnaden plane insgeheim den Umsturz des Königreiches, und er deshalb davon absehe, Euch die Prinzessin anzuvertrauen.«

»Fahrt fort, Mann«, sagte der Herzog. Roder fuhr fort:

»Bezüglich meines besagten Königreiches von Meszria aber, ausgenommen besagte Apanage von Zayana wie oben dargelegt, ernenne ich meinen stets getreuen Diener, den Lord Großadmiral Jeronimy, über das ganze Land als Regent desselben zu regieren, bis meine Schwester volljährig ist, oder länger, falls dies hiernach der königliche Wille meiner Schwester sein sollte. Und derjenige, welcher irgendeine Verfügung dieses meines Testaments zu vernachlässigen, zu mißachten oder außer Kraft zu setzen trachtete, dessen Leben soll früh und jäh und schrecklich enden, und der Zorn der Göttin möge ihn treffen. Niedergeschrieben unter diesem meinem Siegel und Signum in meinem Zelt unweit des Hornsees in Rerek an diesem vierten Apriltag im I. Jahr meiner Herrschaft.

Styllis R.«

Beklommenes Schweigen hing über dem Rat, als Roder die Verlesung jenes Testaments beendete. Außer den Augen des alten Vandermast waren alle Blicke gesenkt: jene anderen schraken in jener Stille davor zurück, Barganax' Blick zu begegnen: Barganax selbst saß da und starrte lauernd wie ein Luchs auf die leere Tischfläche vor ihm. Als er schließlich anhub, sprach er verbissen wie jemand, der, bis aufs Blut gereizt, seinen Zorn zügelt, doch beim geringsten Nachlassen der Beherrschung überschäumt und alle Schranken, alle Vernunft überspringt. »Ihr werdet mir diese Schmähschrift abschreiben, werter Kanzler, und beurkunden mit Eurem Signum, und seinem und seinem«, wobei er den Blick auf Roder und Jeronimy richtete.

Beroald antwortete und sagte: »Ja.«

»Ich brauche eine halbe Stunde Bedenkzeit, ehe wir dies weiterführen«, sagte der Herzog, und noch immer klang seine Stimme so erschreckend angespannt. »Vandermast, schenkt Rian-Wein ein für diese Herren und folgt mir dann. Und Ihr, werte Herren, laßt Euch folgendes gesagt sein: Ich habe Euch Schutz und Freiheit in Acrozayana zugesichert. Doch wisset, und bedenkt es gut: Falls Ihr nicht in diesem Zimmer auf mich wartet, bis ich zurückkomme, um mit Euch zu sprechen, und falls Ihr nicht alle drei anwesend seid, wenn ich wiederkehre, soll das in meinen Augen eine Kriegserklärung sein, mein Herr Admiral, und meine Antwort wird entsprechend ausfallen.« Mit diesem Satz, als wären die Zügel, die er mit solch grimmiger Verbissenheit straffgehalten hatte, plötzlich seiner Hand entglitten, sprang er auf die Füße, rammte seinen Dolch mit einem solch gewaltigen Stoß von oben in die Tischplatte, daß der Stahl eine Handbreit tief im Holz steckte und abbrach, schleuderte die geborstene Waffe in den Kamin und riß wutentbrannt bis aufs äußerste die Tür auf, warf sie hinter sich ins Schloß und war verschwunden. Doktor Vandermast, der allein von dieser Gesellschaft nach außen hin gleichgültig und unbeeindruckt blieb, wartete den Gästen schweigend mit Wein auf, wie es sein Herr befohlen, und zog sich stumm zurück.

»Der Herzog ist ganz schön in Rage«, sagte Jeronimy, wobei er sich mit einem seidenen Schnupftuch den Schweiß von der Stirn wischte und durch die Zähne blies.

»Es war meiner Ansicht nach ein großer Trugschluß«, sagte Beroald, »ihm nicht die Regentschaft zuerkannt zu haben. Wenn ich ihn nicht völlig falsch einschätze, war er bereit, auf alles übrige zu verzichten, hätte er nur dieses bekommen. Ihr müßt mir verzeihen, Mylord«, sagte er zum Admiral, »die Umstände verlangen nackte Tatsachen, keine bemäntelnde Schmeichelei.«

»Ich würde sie ihm jederzeit frohen Herzens abtreten«, entgegnete der Admiral und wischte sich aufs neue die Stirn ab.

Roder nahm einen tiefen Schluck Wein, wandte sich dann unmittelbar an die anderen, als wollte er nach einer plötzlichen Erkenntnis eine wichtige Wahrheit verkünden. »Nun, das kommt uns äußerst gelegen, Mylords. Gebt sie ihm: ein guter Handel, und er ist unser.«

»Ihr vergeßt Eure Würde«, sagte der Kanzler. »Liegt es an uns, den Letzten Willen des Königs zu ändern und aufzuheben?«

»Tatsächlich«, sagte Roder. »Das habe ich vergessen.«

»Das ist undenkbar«, sagte der Admiral. »Und also ist es um so dringender, daß wir unsere Kraft gewissermaßen nicht auf persönliches Gezänk verschwenden. Merkwürdig, ich weiß weder ein noch aus. Obschon wir wohl alle einmütig hieran festhalten, nämlich: daß in der ganzen Sache am meisten Bedeutung der jungen Königin zukommt und unser Trachten pflichtgemäß sein soll, ihre Krone zu wahren und ihr stets und in allem ergeben zu dienen?«

»Wir sind unbewaffnet hierher gekommen«, sagte Beroald, »sonst würde ich mein Schwert darob küssen.« Und zum Admiral: »Tretet die Regentschaft an, Mylord, und ich wenigstens werde Euch darin stützen und beistehen, gegen allen Widerstand und selbst bis in den Tod.«

»Danke, wackrer Beroald«, sagte der Admiral und drückte ihm die Hand; ebenso verfuhr er mit Graf Roder, der ihm bei dieser Gelegenheit die gleiche Unterstützung schwor. »Und nun gilt es, möglichst ein festes Übereinkommen mit dem Herzog zu schließen und ein wachsames Auge auf Rerek zu richten. Aber dieser Weg ist schwierig zu beschreiten, und man muß ihn sozusagen mit rutschfestem Schuhwerk begehen, da wir sehr zu tadeln wären, gingen wir irgendwie gegen des Königs Testament an, und laut diesem Testament muß der Vikar die Königin unter Vormundschaft haben und ihr Regent in Rerek sein.«

»Gestattet«, sagte der Kanzler, »daß ich es noch einmal durchlese«, und griff nach dem Schriftstück. »Ha! Kommt her«, sagte er. »Seht Euch diesen merkwürdigen Zufall an. Hier steht ›soll . . . in ihrem Namen . . . als Regent das Reich regieren‹ (der Vikar nämlich), und weiter, bezüglich Euch, Mylord Admiral, ›über das ganze Land‹ (nämlich Meszria) ›als Regent desselben zu regieren‹. Draus ließe sich praktisch ableiten, daß er ausdrücklich zum Regenten des ganzen Reiches ernannt ist, Ihr aber nur von Meszria, was bedingt, daß Ihr ihm als Regenten des ganzen Reiches untertan wäret.«

»So war es nicht beabsichtigt«, sagte Roder.

»Nein«, sagte der Kanzler, »aber man wird es buchstabengetreu auslegen, nicht so, wie es wohl gemeint war. Wie kommt's, Roder, daß Ihr das Original hattet?«

»Der Vikar hat es auch«, sagte er; »es wurde in zweifacher Ausfertigung geschrieben. Oh, es besteht kein Zweifel, Mylords, daß der Vikar sich nicht zufrieden in Rerek auszuruhen gedenkt. Es war nicht zu übersehen, mit welcher scheinbaren Ergebenheit er sich bemäntelte, sobald der König erkrankt war, und wie eifrig und eilig er danach trachtete, alle Anzeichen eines Haders zwischen ihnen aus dem Blickfeld und Gedächtnis der Menschen zu löschen. Hiervon zeugt, was ich insgeheim von verläßlicher Quelle in Erfahrung bringen konnte: da sich zwischen ihnen der entgültige Bruch abzeichnete, hatte er heimlich seinen leiblichen Vetter, den großen Lord Lessingham, mit knapp tausend Reitern vor Mornagay in Rerek stationiert, um den Rückzug des Königs nach Norden abzuschneiden, sollte es zu einer offenen Auseinandersetzung kommen; nachdem es aber mit der Gesundheit des Königs bergab ging (denn er kannte sehr wohl die teuflische Wirkung der Droge, gegen die kein Gegenmittel nützte), schickte er unverzüglich seinen Gabriel Flores, sein vertrautes Werkzeug, der eine ganze Nacht und einen ganzen Tag durchgaloppierte, um Lessingham zurückzurufen und wieder nach Hause zu senden. Und brachte unverblümt zum Ausdruck (und die Umstände dienten als Beweis), daß Barganax in seiner Eifersucht grausame Rache geübt und seinen jüngeren Bruder stumm gemacht.«

»Und wollt Ihr sagen«, fragte Jeronimy, »daß Barganax tatsächlich unschuldig sei?«

»Ich kann nur davon ausgehen, was gemunkelt wird und was mein eigenes Urteilsvermögen mir eingibt«, antwortete er. »Ich bin überzeugt, der Vikar tat es. Und hat auch im Sinn, die Schwester als Rute zum Vogelfang zu benutzen, sich nämlich gegen das ganze Reich nach Lust und Laune Übergriffe zu erlauben.«

»Erinnert Ihr Euch, worüber wir unlängst im Thronsaal sprachen?« wandte sich Jeronimy zum Kanzler. »Mit dem Recht auf unsrer Seite und mit dem Herzog auf unsrer Seite?«

Beroald nickte beipflichtend und sagte ernst: »Wir brauchen beides.«

Lord Jeronimy strich sich eine Weile schweigend durch den Bart. »Und dennoch«, sagte er mit einem Zucken in den Mundwinkeln, »würde ich ihm nicht blindlings vertrauen! Seine hochfliegenden Gedanken übersteigen zuweilen den Rahmen nüchterner Handlung. Wenn Vertrauen, dann mit Umsicht.«

Die Tür ging auf, und jene Lords erhoben sich artig zur Ehrenbezeigung. Es war leicht, in Jeronimys vielsagenden Augen abzulesen, wie all seine vorsichtigen und ängstlichen Vorbehalte zuckersüß wurden ob des bloßen Anblicks des nun eintretenden Barganax, der eine so einnehmende Liebenswürdigkeit ausstrahlte, daß er nach dem bösen Sturm, in dem er hinausgegangen war, schien wie ein neuer Mann, ein neuer Tag. »Mylord Admiral«, sagte er, in der Tür stehend. »Ich habe mir die Sache durch den Kopf gehen lassen. In Anerkennung des königlichen Testaments werde ich mich mit Euch verbünden, um für seine vollständige Erfüllung Sorge zu tragen.« Und zum Kanzler: »Laßt Eure Schreiber die Allianz aufsetzen: wir werden sie unterschriftlich beurkunden. Und wenn Ihr morgen mit mir speisen wolltet, wäre mir das ein großes Vergnügen, das ich zu schätzen wüßte. Ich würd' heut abend sagen, aber – heut abend bin ich schon vergeben.«

Kapitel IV

Zimiamvisches Morgengrauen

Der Schimmer neuen Lichts, umfächelt von lauen Brisen, welche die Nacht lang auf dem sanften, frühlingshaften Meer geschlummert hatten, trat durch die weit geöffneten Fenster des herzoglichen Gemaches zu Acrozayana und drang so durch offene Türen in das äußere Zimmer, entschwand dann durch die Westfenster und verlor sich in der Ferne auf dem grauen See darunter. Die ambrosische Nacht, die zuerst ihren finsteren Zaubermantel über den weißen Damast und die vor Juwelen rauhen Weinkelche geschleppt hatte, und über die mit Vinum Hippocraticum marinierten Austern und Langusten, die in Sülze eingelegten Gartenammern, die Pfirsische, Renetten und seltsamen Passionsfrüchte, gefüllt mit in dünnem, köstlichem Saft schwimmendem Samen, die später unter silbernen Lampen solches Putzen und Emporstreben des Wonnevogels beobachtet hatte, daß selbst die heilige Nacht keinen Namen weiß, es zu benennen, faltete nun beim Eindringen des ersten Schimmers Feder für Feder ihre daunigen Schwingen und schickte sich an, für einen neuen Tageskreis in ihr westliches Gelaß zurückzukehren. Und der Morgen erwachte nun in diesen Zimmern, löste die Hand von der Hand der scheidenden Nacht, genau wie Fiorinda, die sich ebenso lautlos erhob, ihre Hand von der Hand ihres Geliebten löste, der erst spät, kurz vor Morgengrauen, in Schlaf gesunken war.

Regungslos stand sie vor dem großen Kristallspiegel, sammelte mit den Händen hinter ihrem Kopf die nachtschwarze, würzig-weiche Fülle ihres losen Haares und betrachtete eine Weile ihre liebreizende Blöße: weiße, stolze, griechische Wunder, ein vollendetes Bild, an das der Schöpfer, ein, zwei Schritte zurückgetreten, mit feinsten Pinselstrichen letzte Hand angelegt hatte, rein wie der Schnee, der den Mittag auf dem unbetretenen, empyreischen Firnfirst des Koshtra Belorn verträumt; und obenauf, wie es die süße, ureigenste Natur solchen Haares ist, thronte Schwärze, von Schwärze beschienen, das Wahrnehmungsvermögen des Auges überschreitend. Aus zwei Dingen schien sie geformt und gemacht: Tag und finstrer Nacht; nur in ihren Augen leuchtete jenes kühle Aquamarin, und wie ungestüme Morgen ihre Rosenblüten tragen, so auch sie.

Mit einer schmelzenden Bewegung, unfaßbar wie der Flug des

Kolibris in ihrer Vielfalt von Stimmungen und Antrieben, wie wollüstiges Schmachten, halberstauntes Angenommenwerden, Selbstauslieferung, Verachtung, sprach sie nach einer gewissen Zeit ihren Namen *Fiorinda,* sanft, als liebkoste sie mit Zunge und Lippen, während diese die Silben bildeten, des Namens ganze Schönheit. Sie sprach ihn merkwürdig, als wäre jener Name und selbst jenes Spiegelbild gar nicht ihr eigen, sondern etwas anderes: etwas, das sie selbst geschaffen, wie ein Maler ein Bild seiner Herzensliebe malt; jedoch nicht sie selbst, oder wenigstens nicht sie ganz. Und, indem sie sprach, lachte sie, sehr leicht und leise, ganz anders als jenes spöttische Gelächter, das so beißend auf Barganax' Sinne wirkte, als ob sie (wie er gestern sagte) alle Rechtschaffenheit aus der Mode lachen wollte. Denn in ihrem Lachen klang nun ein menschlicher Art fremder Unterton mit, so honigsüß war es, so frei und ungebunden, das Lachen liebend aus sich selbst: so mag ein plötzlicher Riß im Schleier zwischen Zeit und Ewigkeit ein flüchtiges Anklingen des honigsüßen, unvergänglichen Lachens hindurchlassen. Im Nu war es verschwunden. Aber die Erinnerung daran blieb wie die welligen Ringe auf dem Wasser, wo ein Vogel getaucht ist.

Die Sonne stieg und schoß ihren ersten Strahl gegen die Stirn jener Dame, als sie sich dem Morgen zuwandte. Und nun ereignete sich ein großes Wunder. Noch während sie so in den ersten Strahlen des Tageslichts stand, sich anschickte, ihr Haar hochzustecken und mit Nadeln aus Chrysolith zu befestigen, schien sie auf einmal um einen Kopf gewachsen, so daß sie den größten Mann an Höhe übertraf; und obschon die Schönheit ihres Körpers nicht zu steigern war, da es zu Vollkommenheit keine Steigerung gibt, war doch jede Zelle davon von einem Augenblick zum anderen wie in reines Licht verwandelt, genauso strahlend und gehaltvoll wie die Himmelsfeuer des Sonnenaufgangs. Kein Mensch hätte zu jener Zeit die Farbe ihrer Augen oder ihres Haares zu benennen vermocht: der Wechsel zwischen dunkel und hell war zu einer blendenden Pracht geworden, zu herrlich, als daß ein sterbliches Auge es hätte schauen können, zu geschwind, als daß der Verstand eines Menschen es hätte erfassen oder deuten können. Denn auf ihrer Wange lebte zu jener Stunde die Schönheit, die der schönbekrönten Aphrodite zu eigen ist; und diese Schönheit, derart in ihrer Fülle erschienen, kann kein Auge ertragen oder sehen, nicht einmal ein göttliches, es sei denn, dem großen Vater Aller, der im Verborgenen wohnt, wäre es möglich, sie zu schauen oder zu gewahren.

Die Strahlen berührten Barganax' Lider. Er drehte sich im Schlaf: streckte tastend die Hand aus und sprach ihren Namen im Schlaf. Sie nahm von dem silberbeschlagenen Stuhl, wo es lag, ihr loses Kleid aus durchsichtigem Seidengewebe, übersät mit Diamanten und Saphiren so winzig wie Sandkörner, und zog es an. Das Wunder war vorüber, wie eine Sternschnuppe über den Himmel zieht und verschwunden ist, ehe man bis zehn zählt. Auf der Kante des großen Bettes, auf dem mit feinsten Spitzen eingefaßten Rand, saß sie, gelassen und graziös, wie eine Leopardin sitzt. Ein neuer Blick war nun in ihre Augen getreten, als sie den Schlafenden betrachtete: ein einfacher Menschenblick, aber dennoch, als käme er von oben, distanziert und jungfräulich, wie in zärtlicher, mitfühlender Verwunderung gerichtet auf diese Spielzeuge der Ereignisse, der Größe und Erhabenheit, und auf ihn, wie ein inmitten darin schlafendes Kind, und auf ihre eigene Anwesenheit als Teil davon, dort sitzend. Plötzlich ergriff sie seine Hand, die dort lag, wo sie von ihrer Traumsuche abgelassen hatte, bedeckte sie mit ihren Händen und drückte sie an ihren Busen. Der Herzog schlug seine Augen zu ihr auf. Er lag sehr still. Die Seite ihres Antlitzes trug den kühlen Liebreiz eines windstillen Sees bei Sonnenaufgang; ihr Blick war nach unten gerichtet, das Oberlid gerade und ruhig, das Auge ruhig und weit, dennoch so, als widmete es sich nicht einem sichtbaren Gegenstand, sondern einer innerlichen Musik. Seine umfangene Hand regte sich: er sagte flüsternd ihren Namen.

Ihr Echo, kaum hörbar, auf ein sich selbst annehmendes, olympisches, leichtes Kopfheben hin, kam in einer Art von beruhigtem Einverständnis: *Fiorinda.* Und während sie still dasaß und lauschend nach unten blickte, drehte sich das nun sehr betörende und faunische Ding in ihrem Mundwinkel und sah ihn schräg an.

Kapitel V

Der Vikar von Rerek

Dasselbe Tagesgestirn, das vor drei Stunden auf so wundersame Weise in Acrozayana aufgegangen war, stand nun so hoch im östlichen Firmament, daß es etwa vierzig Meilen nördlich den langschattigen Rücken des Forns überragte und ungebrochen ins Eulenthal schien, wo auf einem kleinen steilen Berg, inmitten einsamer Weidegründe und im Osten und Westen von Gebirgen umringt, die Festung von Laimak lag wie ein schlafender Wolf. So steil war dieser Berg, daß seine nackten Felswände auf jeder Seite drei- oder vierhundert Fuß emporragten, und die blinden Mauern der Burg, aus gewaltigen, von der Bergkuppe abgetragenen Steinblöcken erbaut, fügten sich rundherum in die Flucht der Felswände ein. Nur im Norden durchbrach ein gewölbter Torweg die Mauern und öffnete sich zu einem Pfad, der im Zickzack in den Steilabfall gehauen war und der für Männer und Pferde den Zugang zur Burg ermöglichte; doch stets geduldeterweise, denn von den Mauern und Türmen aus ließ sich der Aufstieg auf Schritt und Tritt überwachen und mittels Geschossen, geschleuderten Bränden und gegossenen siedenden Pechs verwehren; und ein Torhaus versperrte den Durchgang, wo der Weg in die Felder darunter mündete, bewehrt mit Türmen und Gußerkern und einem Fallgitter aus Eisen. Wolfsgrau war alles anzusehen, sowohl die Felswände als auch die Burgmauern, die ihnen drohend aufgesetzt waren, denn sie bestanden aus dem gleichen Material, einem zähen kristallinischen Gestein der uranfänglichen Erdkruste, wolfsgrau und stahlhart. Und dies war seit unvordenklichen Zeiten die Burg der Parrys, die jetzt seit dreißig Generationen in Rerek geherrscht haben.

Auf der Wiese nördlich und östlich unter Laimak lagerte in Zelten jene noch nicht entlassene Armee, die der Lord Horius Parry zusammengezogen hatte, um nötigenfalls gegen den König vorzugehen, und welche er nun, wo diese Notwendigkeit nicht mehr bestand, in seinem umsichtigen Haushalten wohl ungern vorschnell auflösen wollte; er rechnete damit, daß sie sich vielleicht bei der Auseinandersetzung in den Südlanden, vielleicht auch anderweitig ausgezeichnet zu seinem Vorteil einsetzen ließe.

Innerhalb der Burg war er selbst zu solch früher Stunde schon auf den Beinen und zugange, während die meisten Männer noch in den Betten lagen. Unter dem gewaltigen Bogengang, der Hagsby-Tor hieß und von einem der Innenhöfe unter zwei Türmen in den allerinnersten Hof führte, der zugleich äußerer Zwinger für den viereckigen Bergfried war, stand er, von oben bis unten beschmutzt, bis zur Hüfte entblößt, mit einer Schürze wie ein Schmied und vor sich einen Zuber voll dampfender Seifenlauge, und vergnügte sich damit, seine verwünschten Hunde zu waschen. Zwei oder drei, mit denen er bereits fertig war, rannten und purzelten auf dem kleinen Burghof hin und her und kläfften und bellten vor Freude und Erleichterung; die übrigen drückten sich in die Ecken des schattigen Bogenganges und hofften gegen alle Hoffnung, unbemerkt zu bleiben, dennoch wagten sie nicht, sich fortzustehlen, sondern erschienen der Reihe nach, sowie beim Namen gerufen, geduckt und widerwillig zu ihres Herrn Füßen. Sie waren allesamt Tiere mit buschigem Schweif, gespitzten Ohren, breiter Brust, langen Fängen und Geifer im Maul, ein Dutzend und mehr, manche rot, manche schwarz, manche grau, manche gelb, wolfsgroß und äußerst wölfisch anzusehen. Sowie an einen die Reihe kam, packte ihn der Vikar am Kragen und am losen Fell über den Lenden, hob ihn in die Luft, als wäre er ein Kätzchen, und setzte ihn in den hölzernen Bottich. Er war ein großer, kräftiger, häßlicher Mann, etwa fünfzig Jahre alt, neben hochgewachsenen Männern eher klein, aber muskulös und sehnig und mit breiter Brust und Schulter und einem Nacken, so feist wie eines gewöhnlichen Mannes Oberschenkel, mit heller Haut voller Sommersprossen und feuerrotem Haar, das steif wie Draht war und weit den Nacken hinunter wuchs; es war kurzgeschnitten, und es hatte die Eigenart, daß es von seinem Kopf abstand wie das Fell eines bösartigen Hundes, wenn er wütend war. Seine Ohren waren merkwürdig klein und wohlgeformt, saßen aber tief; sein Kinn war breit und ausholend; sein Mund breit, die Lippen schmal und blutleer; seine Nase stand weit vor, die mächtigen Nasenlöcher waren seitlich verzogen, die Nasenflügel hoch und ausgedehnt; seine gewölbte, glatte und breite Stirn zeigte einen edlen, heiter-gelassenen Zug, der so gar nicht zu der rohen Form von Nase und Kinn paßte; kurz und struppig waren sein Bart und Schnurrbart; spärlich wuchsen die Augenbrauen; die Lider waren schwer und saßen nicht tief. Er hatte feine, lebhafte, haselnußbraune Augen, wie die Augen einer Natter. Keiner seiner Diener war beim Hundewaschen zugegen, außer seinem Sekretär Gabriel Flores, denn morgens war sein Geist munter und emsig, und er wollte die Gelegenheit nützen, falls dazu Anlaß bestehen würde, vertraulich mit diesem Mann zu sprechen, welcher (um seine dunkle Gesichtsfarbe und den Mangel an Vornehmheit in seinem sanfteren und aufgeblähteren Aussehen zu überspielen) für Seine Hoheit *in duodecimo* entsprechend gekleidet war.

»Komm her, Pyewacket!« rief der Vikar, indem er jenen Hund losließ, der sein Bad soeben hinter sich hatte, sich umwandte und in die Schatten des Tores spähte. »Pyewacket! Satans Blitz soll dich erschlagen! Willst du wohl kommen, wenn du gerufen wirst?« Er schleuderte die schwere Scheuerbürste gegen eine scheckige, schattenhafte Gestalt, die sich hoffnungsvoll verkrochen hatte: ein Kläffen verriet, daß er sein Ziel getroffen hatte. Die große Hündin trottete mit eingezogenem Schwanz davon; wieder rief er ihr zu; sie sah kurz zurück, ein gequälter und vorwurfsvoller Blick, und trottete schneller; mit der Behendigkeit eines Löwen war der Vikar über ihr; er trat sie; sie legte die Ohren zurück, knurrte und schnappte nach seinem Bein; er packte sie am Nacken und schlug ihr mit der Faust in die Rippen und aufs Hinterteil, bis sie vor Schmerzen winselte; als er abließ, fletschte sie knurrend die Zähne; er schlug sie abermals, fester, und wartete dann, wie sie sich verhielte. Sie gab nach und ging beschämt zum verabscheuten Bad. Dort stand sie schultertief in der heißen Brühe, mager bis zur Unkenntlichkeit und sehr kläglich, denn das Wasser durchtränkte ihr Fell, so daß es eng an der Haut klebte; trotzend ließ sie die Schande von Seife und Bürste und die geübten, tastenden Finger über sich ergehen, die (eigentlich sehr zu ihrem Wohl) Zecken suchten und entfernten, welche sie an manchen Stellen befallen hatten. Die ganze Zeit waren ihre starrenden Augen störrisch und voll aufgestauten Zorns, wie die Augen eines Bullen. Die Augen des Vikars hatten einen ähnlichen Ausdruck.

»Nun«, sagte er nach einer Weile, »kommt er? Ihr sagtet, daß ich ihn zu sprechen wünschte, und das augenblicklich.«

»Ich sagte es ihm mit Eurer Hoheit eigenen Worten«, sagte Gabriel. Und nach einer Pause: »Eine seltsame Narretei, dieses Tennis: verspielt mit dem Schläger hundert Kronen vor dem Frühstück, und bis das getan, bleiben alle ernsten Geschäfte liegen.«

»Gab er Euch keine Antwort?« fragte der Vikar nach einiger Zeit.

Gabriel lächelte schräg. »Von Antwort keine Rede«, sagte er.

»Was sagte er dann?« fragte der Vikar und sah auf.

Gabriel sagte: »Fürwahr, 's war nicht für Eure Ohren bestimmt. Es wäre unverzeihlich, plapperte ich Eurer Hoheit jedes gemeine Wort vor, das vorschnell und unüberlegt ausgestoßen wird und das Eure Hoheit unangemessen schwer wägen würden.«

Bei diesem Ausspruch näherte sich ihnen eilig Lessingham, der aus dem tiefen, dunklen Durchgang kam, der in den langen und schmalen Hof hinaufführte, an dessem fernen oder östlichen Ende das Hagsby-Tor lag, wo auch das Hundewaschen stattfand. Und bei diesem Ausspruch, ob er ihn nun gesehen hatte oder nicht, versetzte der Vikar seiner Pyewacket einen abscheulichen Schlag über die Nase, griff sie am Vorder- und Hinterteil und warf sie in Richtung Lessingham, der zur Begrüßung heraneilte. Mit nagendem Schmerz und gröblich verletzter Ehre hinter und einem fremden Mann vor sich, sprang sie ihm an die Kehle. Lessingham war im Hemd, in der Hand den Tennisschläger; er schlug ihr den Schläger, als sie sprang, über die Vorderläufe; das ließ sie kehrtmachen; heulend und hinkend verkroch sie sich. »Tod und Teufel!« sagte der Vikar. »Wollt Ihr meine Hündin töten?« Und schleuderte einen langen Dolch nach ihm. Lessingham wich ihm aus: aber er hörte das Summen dicht bei den Ohren, als die Waffe vorbeiwirbelte. Er stürzte sich auf den Vikar und packte ihn. Der Vikar kämpfte wie ein Löwe, aber Lessingham hielt ihn. Gabriel, am Rockzipfel seines Herrn, drängte bald die Hunde zurück, bald verfolgte er vergnügt das Kampfgeschehen, wobei er stets auswich und zur Seite sprang, wie ein Mann, der in einem Bergwald in einen Wirbelsturm gerät, wo die Kiefern in den Wurzeln wanken, sich verkeilen, ächzend und torkelnd umstürzen und mit einem gewaltigen Getöse alles unter sich begraben. Der Atem des Vikars wurde allmählich immer keuchender und zischender, wie das Schnauben eines Seeungeheuers. Lessingham drückte ihn zurück. Die Kante des Waschtrogs schlug gegen seine Kniekehlen, und er fiel mit Leib und Gesäß hinein, und Lessingham auf ihn, und durch die Wucht kippte der Bottich um.

Sie lösten die Umklammerung und standen wieder auf, und zu diesem Zeitpunkt kam Amaury auf den Hof. Der Vikar brüllte vor Lachen und streckte Lessingham die Hand hin, der sie sofort nahm. Als er seinen Vetter ansah, hatte Lessinghams Auge einen bestimmten Blick, als hegte er in sich eine Freude, die zu fein war für gewöhnliche Auffassungsgabe: so ein Blick, den ein Mann unbewußt und weil er gar nicht anders könnte, seiner geliebten

Herrin zuwürfe. Und es war fürwahr seltsam anzusehen, wie der Vikar, welcher mit derart beschmutzten Kleidern dastand und sich soeben gar von einer derben Rauferei und einem schmählichen Niederwurf erhoben hatte, angetan war wie mit einem Mantel der Größe und sich in seiner Majestät badete wie Nattern im warmen Sonnenschein.

Lessingham sagte: »Ihr habt nach mir verlangt.«

»Ja«, antwortete er: »es geht um eine gewichtige Angelegenheit. Waschen wir uns und kleiden wir uns an, und wir sprechen beim Frühstück darüber. Gabriel, kümmert Euch darum.«

»Ich treffe Euch sogleich in meinem Gemach, Amaury«, sagte Lessingham.

Als sie allein waren, sagte Lessingham: »Vetter, Ihr habt ein Messer nach mir geworfen.«

Der Vikar wurde unruhig unter Lessinghams sicherem und erschreckendem Lächeln. »Still«, sagte er, »'s war nur Spaß.«

»Könnte Euch gefährlich werden, dieser Spaß«, sagte Lessingham. »Seid gewarnt, Vetter. Unterlaßt solche Späße.«

»Was seid Ihr für ein streitsüchtiger, beleidigender . . .« Die Wörter verstummten in seiner Kehle, als sein Blick Lessinghams Blick begegnete. Wie seine eigene große, teuflische Hündin vor einer Weile, so fletschte er nun die Zähne, erkannte aber seinen Herrn. Und bei diesem Erkennen schien er sich, wie nach einem verborgenen Gesetz, abermals mit jener Größe anzutun, welche soeben unter Lessinghams Basiliskenblick offenbar von ihm abgefallen war.

Es war eine Stunde später, als jene Vettern auf dem Dach des großen Bergfrieds über den Gemächern des Vikars ihr Morgenbrot brachen: ein luftiger Ort mit weitem Fernblick und zudem sehr verschwiegen; denn als die Tür in dem nordwestlichen Ecktürmchen geschlossen war, durch die man einzig Zugang zur Wehrplatte und zum Zinnenkranz hatte, gab es nichts außer den Vögeln in den Lüften und den gewaltigen Steinen des Bodens und der Brüstung, das ihre Unterredung hätte belauschen können. Hier war in der Mitte des Fußbodens ein schmaler Tisch unter dem offenen Himmel aufgestellt, der in silbernen Schalen Moschusmelonen und Pfirsiche trug und Marmeladen aus Quitten und Holzäpfeln und bauchige Bocksbeutel mit rotem und weißem Vinum Hippocraticum und getriebene Goldkelche; und Mundtücher aus leinernem Gänseaugenstoff waren aufgetragen und Messer mit silbernen Griffen und silberne Gabeln als Eßbesteck; alles sehr vornehm und aufwendig hergerichtet. Zwei schwere Lehnstühle aus alter schwarzer Eiche standen um den Tisch; der Vikar saß auf der Nordseite und Lessingham ihm gegenüber. Sie waren nun gesäubert und fein gekleidet. Der Vikar trug ein Wams aus dunkelbraunem Samt mit kostbaren, aus Golddraht gefertigten Borten, vom vielen Tragen aber ausgefranst und speckig und abgenutzt; es war weitgeschnitten und tief um den Hals, mit einem flachen plissierten Spitzenkragen, von einer Seidenkordel zusammengehalten. Lessingham ging in einem lederfarbenen Schlitzwams aus weicher Seide mit einer schmalen Halskrause, und die schmalen Ärmelaufschläge bestanden aus Bändchenarbeit, mit Gagatflitter so fein wie Senfkörner besetzt, und dazu hatte er schwarze seidene Strumpfhosen und Samtschuhe an.

Eine Weile lang aßen sie schweigend. Hin und wieder warf der Vikar Lessingham unvermittelt einen Blick zu; es war, als ob er im Sinn hatte, etwas zur Sprache zu bringen, aber erst darum gebeten werden wollte. Lessingham hingegen saß da wie eine Sphinx, sorgenfrei und heiter-gelassen, als wäre er wunschlos glücklich, zufrieden mit sich und der Stunde und dem frischen Morgen. Schließlich sagte der Vikar: »Ihr seid so unruhig und rastlos wie ein Oktober-Hirsch: erst drei Tage hier, und schon fiebert Ihr neuen Taten entgegen.«

Lessingham lächelte.

Nach einer Weile sprach der Vikar erneut: »Was mich angeht, so würde ich nun lieber ausruhen: genießen, was das Glück uns beschert.«

»Ich schätze Euren Entschluß«, sagte Lessingham: »äußerst lobenswert und edel, diese Demut in Euch, den das Schicksal ohne jegliches Zutun von seiner Hand so gesegnet.«

Der Vikar nahm einen Pfirsich und schälte ihn. »Könnten wir doch auch bei anderen«, sagte er, »mit solcher Mäßigung und Zurückhaltung rechnen.«

Lessingham sagte nichts.

»Der Süden bringt heißes Blut und heißes Gemüt wie Sommerfliegen hervor«, sagte der Vikar nach einer Pause. Er schenkte Wein nach. »Das ist mir ein Hemmnis«, fuhr er fort. »Das läßt mich überlegen, ob wir vielleicht etwas unternehmen sollten«, sagte er nach einem weiteren Mundvoll.

Lessingham wartete.

Der Vikar schlug mit der Faust auf den Tisch. »Ich bin durch diese glückliche Wendung Herr der Lage«, sagte er. »Spielen wir den fetten Admiral gegen den Herzog aus, und all die Püppchen von Meszria gegeneinander der Reihe nach: billig wie ein Kuß, aber doppelt so einträglich. Aber dazu braucht es gütliches Zureden, Vetter, dicke Scheinargumente; schmeichelt Ihnen, kitzelt sie, lockt sie, wickelt sie ein; Ihr müßt Euch ihnen nähern wie einem spröden Bauernmädchen: amüsiert sie, füttert sie mit rührigem Firlefanz, verspottet sie, dann vergeßt sie scheinbar, dann seid etwas kühn gegen sie, lacht über sie; und zu guter Letzt schließlich läutet Ihr das große Finale ein. Nun, Vetter, ich habe eine lockere, einfache, derbe Zunge: nenne die Dinge beim Namen. Ihr aber, und das könntet Ihr, würdet das bewundernswert vollbringen.«

»Es wäre nicht das erstemal«, sagte Lessingham, »und ordentlich verbockt habe ich dergleichen bisher nie.«

»Vetter«, sagte der Vikar »hört, ich möchte, daß Ihr dies übernehmt. Ihr sollt in den Süden reisen und für mich dieses Spiel spielen. Mein Gesandter sollt Ihr sein. Und Ihr dürft, falls Ihr nicht maßlos übertreibt, Euren Lohn selbst benennen.«

»Ich glaubte, Ihr wüßtet«, sagte Lessingham, »daß es nicht meine Art ist, etwas gegen Belohnung zu machen. Aus dem Grunde nämlich, daß ich für gewöhnlich nur an solche Dinge Hand anlege, bei denen der Lohn in der Ausführung liegt.«

»Solch dummes Gerede würde einen Hund zum Lachen bringen«, sagte der Vikar. »Zieht los, Ihr werdet nach freier Wahl reichlich mit Herrschaft und Schätzen belohnt werden, sobald die Zeit reif ist. Wollt Ihr's tun?«

»Ja«, erwiderte Lessingham: »aber nur unter folgenden Bedingungen.« Seine Augen funkelten.

»Nun«, sagte der Vikar.

Lessingham sagte: »Erstens, daß Ihr des Königs Testament anerkennt und erfüllt.«

»Das«, entgegnete er, »versteht sich ohne Frage. Es ist meine allgemein bekannte Politik, es vollständig zu erfüllen, und wenn Ihr wollt, werd' ich's beschwören.«

»Zweitens«, sagte Lessingham, »daß Ihr mir gesteht und bekennt, nur mir persönlich an diesem abgeschiedenen Ort, daß auf Euer Anraten oder vielmehr auf Euren direkten Befehl hin der König kürzlich so elendig ermordet worden ist.«

Der Vikar lachte. »O weh, Vetter, wollt auch Ihr jenem Gerücht Glauben schenken, das nun allenthalben umgeht?«

»Aha«, sagte Lessingham: »Ihr wollt meine zweite Bedingung nicht erfüllen. Gut. Sucht Euch einen anderen Gesandten.«

Das Gesicht des Vikars war puterrot geworden. Er sagte: »Ich schwöre Euch bei Gott, dem Begründer, Förderer und Beschließer aller Wahrheit . . .«

Lessingham fiel ihm ins Wort: »Laßt ab, Vetter. Falls Ihr tatsächlich nicht schon verdammt seid, wäre es schade, würdet Ihr Euch selbst verdammen in dem hoffnungslosen Versuch, mich etwas glauben zu machen, das ich bereits als Lüge erkenne. Seid nicht erzürnt, Vetter: hier stehen wir uns nahe wie im Grab: zwischen Euch und mir ist es unnütze und unvernünftige angestrengte Höflichkeit, vorzugeben, ich wüßte nicht, daß Ihr erwiesenermaßen ein Lügner und Meineidiger seid.« Er aß ein wenig von der Marmelade und lehnte sich in seinen Stuhl zurück. »Um offen mit Euch zu sein«, sagte er, »Ihr habt mich dermaßen in Aufbruchsstimmung versetzt, daß ich nicht um alles in der Welt bliebe. Dennoch dürft Ihr nicht übersehen, in welchem Engpaß wir stecken: wenn es Euch genauso schwerfällt, die Wahrheit zu sagen, wie es mir schwerfällt, von meinem Wort zurückzutreten, tut es mir leid, denn dann geht alles schief.«

»Gesetzt den Fall, es wäre wahr«, sagte der Vikar. »Wäre es nicht voreilig von Euch, ein Wissen zu fordern, das Euch in den Untergang stürzte? Wie bei der Herrin jenes großen Mannes, die ihn beschwatzte, einen Mord zu gestehen, woraufhin er sie auf einem vergifteten Buch schwören ließ, Stillschweigen darüber zu bewahren: da er aber wußte, daß es ihr nicht gegeben war, seine Absicht geheimzuhalten, verpflichtete er sie mit dem Tod zur Einhaltung.«

Lessingham sah ihn an, und ein Lächeln huschte über seine Augen. »Sollte ich Euch so wertlos geworden sein, Vetter, daß Ihr Euch leisten könntet, mich zu verlieren, hielte ich es für gefährlich, solche Geheimnisse von Euch zu erfahren. Nein. Ich baue auf keines Mannes Zuneigung, aber ich baue auf Eure Weisheit wie auf einen Felsen. Wie auf einen Felsen, Vetter.«

Der Vikar spielte mit seinem Weinkelch. »Sei es, wie es mag«, sagte er schließlich. »Das, wovon Ihr sprecht, ist eine gewaltige Torheit. Welchen Sinn hat das Ganze? Ich wäre ein feiner Narr, den jungen Milchbart ermordet zu haben, wo es doch in meiner Hand lag, ihn mit Waffengewalt zu stürzen.«

»Hiermit«, erwiderte Lessingham, »straft Ihr Eure Umsicht und Besonnenheit Lügen. Es wäre in der Tat töricht gewesen, sich in den Augen der Welt zum umstürzlerischen Rebellen zu machen, wenn es doch den bequemeren Weg gab, ihn durch irgendein höllisches Gebräu wie Antimon, Bilsenkraut oder dergleichen auszulöschen, sich in Trauerpose zu werfen und zu sagen, der eifersüchtige Bruder habe es getan.«

»Ja, das hat er auch«, sagte der Vikar. »Und setzte auch die Lüge in die Welt, ich sei es gewesen.«

Lessingham gähnte und betrachtete seinen Handrücken, die seidigen, schwarzen Härlein, die fein und flaumig auf den wohlgeformten Fingerknöcheln wuchsen, und den schweren, uralten goldenen Wurm, den er an seinem Mittelfinger trug, ein schuppiges Gebilde, das seinen eigenen Schwanz fraß, der Kopf ein Cabochon-Rubin so groß wie ein Sperlingsei, welcher von innen heraus leuchtete wie die blutroten Feuer des Sonnenuntergangs.

»Werdet Ihr also gehen?« sagte der Vikar.

»Unter der Bedingung eines Geständnisses«, antwortete er.

Der Vikar erhob sich schwankend vom Tisch und ging auf und ab. Lessingham gähnte abermals und spielte mit seinem Ring. Keiner sprach. Nach einer kurzen Zeit kam der Vikar zähneknirschend an den Tisch und stellte sich gegenüber. Lessingham sah auf. »Lieber Vetter«, sagte er, »wie lange wollt Ihr wohl verhindern, daß diese so gewichtige und bedeutungsvolle Sache ins Laufen kommt? Und wie lange wollt Ihr versuchen, mir Sand in die Augen zu streuen, der ich doch längst über die Wahrheit Bescheid weiß, aber sie in Freundschaft aus Eurem Munde hören will? Ihr bestelltet mich nach Mornagay, um mich aus dem Weg zu haben, während es vollbracht wurde. Dennoch weiß ich es.«

Der Vikar lachte zornig. »Ihr wißt es? Was sind Eure Beweise?« Er knirschte mit den Zähnen. »Gabriel, dieser Mistkerl, wißt Ihr's von ihm? Ich lasse ihn in Stücke reißen.«

»O erspart Euch die Mühe«, sagte Lessingham. »Sollte Gabriel mir zur Mittagsstunde sagen, es sei zwölf Uhr, bräuchte ich erhärtende Beweise, ehe ich es glauben würde. Nein, Vetter, ich bin überzeugt, daß Ihr diesen Mord begangen habt: fürwahr nicht mit eigener Hand: das wäre zu einfach gewesen: doch Ihr seid es gewesen. Und da Ihr so befremdend zu mir seid und die Sache leugnet: nun, so mögen die Götter Euch schützen, ich habe mit Euch nichts mehr gemein.«

Der Vikar setzte sich wieder hin und beugte sich über den Tisch, woraufhin er Lessingham eine Weile schweigend anfunkelte. Lessingham hielt seinem Blick ungebrochen stand; Lessinghams Augen waren grau und braun und golden gefleckt. Schließlich wandte der Vikar die Augen ab. »Nun«, preßte er zwischen den Zähnen hervor: »Ich tat's.«

Langsam und behaglich streckte Lessingham die Arme, gähnte und setzte sich dann aufrecht. Gemächlich griff er nach dem goldenen Bocksbeutel und füllte seinen Kelch mit rotem Vinum Hippocraticum. »Es dauerte lange, bis die Wahrheit sich zeigte«, sagte er. »Nun, ich trinke auf ihr Wohl.« Er trank, wobei er über den Kelchrand zum Vikar sah, und lächelte langsam und zufrieden: eine seltsame, umwölkte Anwandlung, die sich mit einemmal veränderte, wie wenn die rotglühende Sonne durch einen Wolkenspalt scheint. »Dieser Mord«, sagte er, und in seiner Stimme klangen nun Unter- und Übertöne mit, die sie schrecklich machten, noch dazu, weil sie so ruhig und getragen und ebenmäßig war: »Dieser Mord war eines der allergräßlichsten Verbrechen, die je begangen wurden.«

Der Vikar sah ihn an wie ein Stier von Ninive.

»Ihr habt mir ja das Testament gezeigt«, sagte Lessingham. »War das eine geschickte Fälschung, oder war es echt und richtig?« Der Vikar gab keine Antwort. Lessingham sagte: »Nun, ich konnte mich überzeugen, daß es echt war, auch ohne Eure Beteuerungen, Vetter. Und ich bemerkte insbesondere, daß Ihr darin zum Reichsvikar und Vizekönig der Königin und zum Reichsverweser während ihrer Minderjährigkeit ernannt wurdet, und Ihr beauftragt seid, stets und überall zu ihrem Vorteil und Schutz einzutreten und die Macht ihrer Herrschaft und des Reiches zu fördern und sie liebevoll zu umsorgen und zu hegen, wie ein Vater es tun würde. In der Rolle des Vaters seid Ihr nicht sehr geübt, glaube ich. Denn Ihr habt Eure Söhne in die Verbannung getrieben. Das wird Euch schwerfallen.«

Er hielt inne, wobei er dem Vikar direkt in die Augen sah. Es war, als ob sich über jenen stillen Tisch hinweg zwei Gewitterwolken in furchterregender Ruhe gegenüberstünden. Lessingham sprach: »Ihr habt mir gelobt, dieses Testament zu billigen und einzuhalten. Nun, ich helfe Euch, wie bisher. Ich werde diese Mission für Euch antreten. Ich will Euch als Vikar der Königin folgen und unterstützen. Aber dieses Testament sollt Ihr als etwas Unantastbares, Heiliges in Ehren halten. Und falls Ihr nur einen Deut oder ein Jota dagegen verstoßt oder um einer Fingerbreite davon abrückt: nichts weiter, aber Ihr werdet es bitter büßen.«

Der Vikar leckte mit der Zunge über die Lippen. Eine Weile schwieg er, dann sagte er mit einem irgendwie kühlen, beißenden Stolz: »Was ein schlechter Lohn für meine Güte und Nachsicht wäre; erkannte ich doch, daß ich während der vergangenen fünf Minuten eine schier unerträgliche Lust verspürte, Euch zu ermorden, dennoch, ich weiß nicht, warum, davon abließ.« Er stand auf, lachte gezwungen und legte eine gespielte höhnische Heiterkeit an den Tag. »Sollen Männer unseres Schlages den ganzen Frühlingsmorgen mit derartigen Spötteleien vertrödeln? Und, Vetter, hier liegt der Hase im Pfeffer! Ihr habt Euch Hals über Kopf in jene kleine Bachstelze verliebt, vom bloßen Hörensagen.«

Lessingham antwortete und erwiderte: »In Euch, Vetter, bin ich schon lange verliebt.«

Kapitel VI

Lord Lessinghams Mission

Es war an einem Abend im späten Mai, der vierten Woche nach diesen soeben geschilderten Ereignissen, daß der Lord Beroald alleine am oberen Rand einer Lichtung in den Eichenwäldern saß, welche die Darial-Berge südlich des Sees bekleiden und nördlich nach Zayana zeigen. Von seinen Füßen aus fiel der Boden sanft bis zu einem etwa hundert Schritt entfernten Reitweg ab. Dahinter senkte sich die baumbedeckte Bergseite steil hinab zum sieben- oder achthundert Fuß tiefer liegenden Seeufer. Der Himmel war klar und das Wetter mild und ruhig. Sein Pferd graste unbeschwert und trottete auf der saftigen Wiese von einem Ort zum anderen.

Außer dem schmatzenden Geräusch und dem Rauschen fallenden Wassers und dem gelegentlichen Ruf eines Kuckucks und dem gelegentlichen Hufschlag, wenn das Roß auf einen Stein trat, war es still. Ein Murmeltier erschien links hinter ihm aus einem Haufen herabgestürzter Felsbrocken, setzte sich auf, wobei die kleinen Vorderpfoten wie in hilflosem, sanftem Schrecken herabbaumelten, und beäugte den Kanzler. Der kleine Geselle stieß einen Pfiff aus und verzog sich wieder in seine Höhle, als plötzlich Pferdegetrampel die Stille zerriß und der Lord Admiral in die Lichtung ritt, den Kanzler begrüßte und neben ihm vom Sattel stieg.

»Ungeheuerlich«, sagte Lord Jeronimy, nachdem sie sich gemeinsam auf einem großen Stein niedergelassen hatten, »daß wir genötigt sind, uns wie Eulen oder Füchse unter freiem Himmel zu beratschlagen.«

Beroald lächelte sein kühles Lächeln. »Ich bin Eurer Lordschaft sehr verbunden, diese Unannehmlichkeiten auf sich zu nehmen. In der Stadt kann nicht einmal ein Floh hüpfen, ohne daß seine Spitzel es verzeichnen. Und diese neue Sache verlangt sowohl schnelles Handeln als auch reichliche Überlegung und Aussprache unsrerseits, ohne daß man uns belauscht.«

»Will er sich mit meinem Nein als Antwort nicht zufriedengeben?« fragte Jeronimy. »Was ist das denn für ein tugendloser Hitzkopf? Zuerst bekommt er ein Nein von mir, dann vom Herzog; und nun liegt er Eurer Lordschaft an, gewissermaßen sein Zwischenhändler zu sein, als wäre ich ein dummes Mädchen, das schließlich einwilligt, wenn es mehrmals an der Blume riecht. Wie also lauten die neuen Bedingungen?«

»Die Sache verhält sich anders«, sagte der Kanzler. »Das Angebot gilt jetzt insbesondere meiner Person.«

Jeronimy öffnete den Mund, als wollte er sprechen, aber es verging eine Weile, ehe etwas über seine Lippen kam. »Euch, Mylord? Gut: unter derselben Bedingung?«

»Unter derselben Bedingung.«

»Der Oberhoheit?« sagte Jeronimy. »Nun, und gedenkt Ihr, es anzunehmen? Nein, nein«, sagte er, als ihm der kalte Blick des Kanzlers begegnete. »Das meinte ich nicht. Ich meinte, wie seid Ihr verblieben? Konntet Ihr ihn irgendwie hinhalten?«

Beroald antwortete: »Ich löste den Fall auf die Weise, daß ich ihm morgen ein Ja oder Nein geben muß.«

Der Admiral zog seine schwarze Samtmütze ab, an der mit einer diamantenen Spange eine weiße Schmuckfeder befestigt war, wischte sich über den Kopf und setzte die Kappe wieder auf.

Lord Beroald blickte unentwegt auf das vor ihm liegende Acrozayana, nicht ganz eine Gehstunde entfernt, das sich auf der glasigen Seeoberfläche spiegelte. Seine Rede klang kühl und glasig, wie das Ding, das er betrachtete, abwesend und leidenschaftslos, wie wenn sein eigener Gedanke mit sich spräche. »Wir müssen«, sagte er, »in diesem Fall sehr auf der Hut sein und unsere Stärke richtig einschätzen. Es ist heute zehn Tage her, daß dieser Lessingham mit allen Vollmachten im Namen des Vikars bezüglich der Regentschaft von Meszria mit uns unterhandelt; und wenn sich in diesen zehn Tagen irgend etwas verändert hat, so nur zu deren Vorteil, nicht zu unsrigem. Zuerst dieses Angebot an Euch, Mylord Admiral, daß der Vikar Euch als Regent von Meszria aufnehmen und billigen würde, wie es dem königlichen Testament voll und ganz entspricht, unter der Bedingung allerdings (und man beharrt stur darauf, daß selbiges Testament dies klar besagt), daß Ihr ihm als Euren Oberherrn den Lehnseid leistet, bis die Königin volljährig ist. Diese Bedingung habt Ihr, in Übereinstimmung mit dem Herzog, mit Roder und mit mir selbst, nach reichlicher Überlegung offen abgelehnt. Am Tag nach Eurer Absage bot er die Regentschaft unter derselben Bedingung dem Herzog an, welcher ablehnte. Das war erst gestern. Daraufhin, erst heute morgen, ließ er mich zu sich bitten und trug mir selbiges Angebot vor, woraufhin ich ihn, ohne nähere vertrauliche Erörterungen zu erwähnen, bis morgen abspeiste. So steht die Sache also. Wie geht es weiter? Falls ich ablehne«, (bei diesem *falls* zog der Admiral sein Taschentuch hervor und wischte sich über den Kopf), »wird man als nächstes die Regentschaft vielleicht Roder antragen, woraufhin es, nimmt er sie nicht an, wohl zum Krieg kommt. Das gefällt mir nicht. Dem Herzog vertraue ich nicht stärker als Ihr, Mylord: mit großer Besonnenheit. Jenen Lords von Meszria überhaupt nicht. Der Vikar hat einen guten Werber gefunden, ist bei Zapheles auf gutes Gehör gestoßen, ebenso wie bei Melates, wenn ich mich nicht täusche: jugendliche Narren, die nicht den Scharfsinn haben, in den Versprechungen des Vikars etwas anderes als lauter Sonnenschein zu sehen, verlockende Worte mit gar bitteren Folgen. Prinz Ercles im Norden ist uns auch keine große Stütze, selbst wenn Barganax zuverlässig ist: wenn der Vikar den Herzog und uns unter dem Vorwand der Durchsetzung des königlichen Testaments bekriegen sollte, werdet Ihr nicht erleben, daß sich Ercles und Aramond um des Herzogs willen die Finger allzu sehr verbrennen; Lessingham, so berichtet man mir, habe mit diesen beiden kürzlich Freundschaft geschlossen.«

»Dieser Lessingham ist ein schlauer Teufel«, sagte Jeronimy.

»Dieses neueste mir vorgebrachte Angebot«, sagte der Kanzler, »hat uns Gelegenheit gegeben, nötigenfalls unsere Meinung zu ändern. Es wäre schade, würde es am Ende so scheinen, daß unsere Augen größer als der Magen wären. Darf ich Euch daran erinnern, Mylord, daß der Anspruch auf Oberherrschaft des Vikars bei strenger Auslegung rechtmäßig ist. Wir sind ganz und gar verpflichtet, das Testament einzuhalten. Man kann sagen, daß unsere Gegnerschaft in diesem Fall ein Verstoß dagegen ist. Dem Parry selbst würde sogar ein Dummkopf nur so lange trauen, wie er in Sichtweite wäre; aber hier haben wir es nicht mit ihm direkt zu tun, sondern mit seinem Vertreter Lessingham.«

»Als ob es uns in einem schönen goldnen Becher gereicht werden soll«, sagte Jeronimy, »damit das Gift um so glatter durch die Kehle rinnt.«

»Ich sehe es nicht ganz so«, sagte Beroald. »Lessingham ist ein junger Mann, dem man viel Können nachsagt, sowohl in seinem Ratschluß als auch in seiner gefürchteten Waffenkunst. Ich habe ihn in den letzten zehn Tagen wie ein Buch studiert, und ich hege keine Zweifel, sondern kann nur bestätigen und sagen: zu Recht hat er diesen Ruf eines ehrbaren Mannes, eines Mannes, der die Macht hat, seinen Prinzipal an alles zu binden, was es auch sei, für das er in seinem Namen Bürge steht. Und ohne Einschränkung hat er es auf seine Ehre genommen, daß der Vikar nach einer Einigung zwischen uns das königliche Testament buchstabengetreu erfüllen wird.«

Jeronimy sagte: »Er ist ein schlauer Teufel.«

»Es ist an Euch, nicht an mir, zu entscheiden«, sagte der Kanzler. »Nur wünschte ich, Ihr würdet diese Sache nicht als etwas betrachten, das man mit einem voreiligen und lärmenden Urteil hinwegfegt, sondern daß Ihr die gewaltige Tragweite richtig erkenntet. Denn seht, Ihr könntet auf dieses mir vorgetragene Angebot Eure Verhandlungen mit ihm neu eröffnen und die Regentschaft unter der Bedingung seiner Oberhoheit annehmen, vorausgesetzt, er bürgt ausdrücklich für die Einhaltung von seiten des Vikars.«

»Und so gewissermaßen . . .«, sagte der Admiral langsam und schwieg dann. Der Kanzler sagte kein Wort mehr, hielt er es doch für angebracht, diesen Dingen zum Verdauen Zeit zu lassen.

Sie saßen im Schatten. Die Sonne war seit einiger Zeit hinter dem Berg zu ihrer Linken verschwunden. Die Schatten über dem See wurden länger. Die Pferde grasten schmatzend weiter. Der Kanzler sagte nach einer Weile: »Wollt Ihr es Euch nicht anders überlegen?«

Lord Jeronimy stand schwerfällig von seinem Platz auf und sah ihn eine Zeitlang schweigend an; dann sagte er: »Nein. Und genausowenig dürft Ihr, Mylord.«

»Wir stehen zusammen«, sagte der Kanzler und erhob sich ebenfalls. »Doch bedenkt, daß sich die Lage im Lauf der Zeit verschlimmert. Der Landadel ist von ihm ziemlich verführt. Des Redens ist nun nicht die Zeit mehr, es gilt zu handeln.«

Die Rappenstute des Admirals kam auf einen Wink ihres Herrn heran und rieb mit der Nase an seinem Nacken. Er hätschelte und herzte sie. »Es ist Zeit«, sagte er. »Wirklich, 's ist Zeit.«

»Es ist besser, man sieht uns heute nicht, wie wir die Köpfe zusammenstecken«, sagte Beroald. »Es ist besser, wir reiten nicht gemeinsam durchs Tor.«

»Wollt Ihr als erster reiten?« fragte der Admiral. »Oder soll ich? Eigentlich wollte ich heute nacht nach Sestola, wegen der Flotte. Aber wie es jetzt aussieht, werde ich das sein lassen und in Zayana nächtigen.«

»Reitet Ihr bitte zuerst«, sagte der Kanzler.

Der Admiral ritt im Schrittempo durch den Wald, von schweren Gedanken bedrückt. Seine Männer, die in der Zwischenzeit mit den Leuten des Kanzlers im Wald gewartet hatten, ritten etwa zwei Dutzend Schritt hinter ihm. »Lessingham«, sagte er bei sich. »Ein sehr schlauer Teufel: verführerisch und bezaubernd. Bin auch in seinem Zauber verfallen? Ja, aber nicht zu tief: nicht gefährlich tief. Wie mein im Sund von Tabarey ertrunkener Sohn: wäre jetzt auch in seinem Alter, lebte er noch. Pah! 's ist Unsinn. Und doch, es ist auch im Herzog. Lessingham: Barganax. Seltsam: so ungleich, und doch, irgendwie so gleich; Saft der Reben, beide, scheint mir. Roter Wein: weißer Wein. Schluß, 's ist Unsinn. Wenngleich, wie ein scheuendes Pferd: reitet man es dicht heran, läßt es die Sache gründlich auf seine Natur hin untersuchen und betrachten: es erschrickt kein zweitesmal.« Eine Weile stockten seine Gedanken. Dann sagte er wieder bei sich: »Beroald ist seinem Zauber verfallen. Aber nein, das kann nicht sein. Nein, ich vertraue Beroald.«

Er zügelte das Pferd kurz, weil sich der Saumpfad um eine hervorspringende Felswand schlängelte und sich ein weiter Fernblick über den See auftat. Eine Schleiereule schrie. Jeronimy sagte bei sich: »Wenn er mit Horius Parry fertig wird, wie die Leute sagen: ihm schmeichelt, ihn seinen Neigungen dienstbar macht; welches Wunder in der Welt könnte er dann nicht vollbringen?« Er ließ die Zügel wieder locker. »Beroald ist ein Mann des Gesetzes. Das ist sein Element. Doch bei mir ist es eher Wesen und Vorsatz, nicht Form oder Zufall. Und dennoch ist er fürwahr ein großer, weiser Mann; umsichtig und vorausschauend. Ja, ›es ist an der Zeit, unsere Meinung zu ändern‹ das ist Weisheit. Schlechter ist das Wetter geworden, seit wir in See gestochen: ja, das ist die reine Wahrheit. Gar viele würden seinen Rat annehmen und keinen weiteren Gedanken mehr darauf verschwenden. Sicherer. Sein Rat ist sicherer.

Ja, aber ich weiß gewiß, daß er falsch ist. Ich spüre es in meinen Knochen.« Er drückte die Sporen in die Flanke der Stute: sie setzte gewaltig nach vorne: er beugte sich vor und klopfte ihr beruhigend auf den Hals. »Nein, ich bleibe bei meiner Meinung. Und Ihr müßt das auch, Mylord«, sagte er in Gedanken zum Kanzler. »Aber dann, was kommt dann? Taten stehen an. Schluß mit dem vielen Gerede: es ist fürwahr an der Zeit.« Sanft und versonnen streichelte er wieder über ihren Hals. »Und ich die Hauptperson. Regent von Meszria. Es liegt an mir. Nun, seit langem haben wir darüber nachgedacht. Mit dem Recht auf unsrer Seite; und mit dem Herzog auf unsrer Seite. ›Ich teile Eure Meinung‹, hat er gesagt. Nun: jetzt muß sich dieses Silber bewähren.

Barganax: ist er vertrauenswürdig? Von diesem Ungewissen, diesem seidenen Faden hängt alles ab. Vertrauen mit Umsicht. Das Wort ist weiser denn die Tat, wenn ich es mir jetzt überlege. O wie schwer drückt das Gewicht dieser gewaltigen Bürde. O eitler Tand, diese Allianz mit einem königlichen Prinzen, wobei er für einen Mann wie mich nur den Generalbaß spielen darf, während ich den Stab führe; mich in allem ergebenst unterstützen muß, während ich auf dem Stuhl sitze, der in seinen Augen von Rechts wegen der seinige ist. Wenn er nur mehr einen Funken Stolz in sich trägt (und er besteht gänzlich aus Stolz, Selbstachtung und Hochmut), wird er mich nicht ständig hassen und danach trachten, mich bei der ersten günstigen Gelegenheit zu stürzen und sein Eigentum an sich zu reißen? Und dennoch, er ist so edelmütig, daß ich ihm vertraue, was sein gegebenes Wort betrifft, selbst wenn es hart auf hart geht. Indessen, nein, so ein mittsommerlicher Wahnsinn: seine gebieterische Jugend und seine bezaubernde Art haben mich in ihren Bann geschlagen wie bei jenem anderen. Diesen Punkt habe ich vor zehn Minuten abgeschlossen: 's ist Unsinn. Und doch, und doch: habe ich nicht einen vernünftigen Beweis für seine treue Gesinnung: indem er nämlich ablehnte, als Lessingham es ihm anbot? Nein, es war wie stinkender Fisch, unter der Bedingung der Oberhoheit. Und er stammt aus dem alten königlichen Geschlecht von Fingiswold.«

Er hielt inne, wie bei einem plötzlichen Gedankenblitz, rüttelte dann am Zügel und ritt weiter. »Von Fingiswold. Ja, und von Memison. Ich tue es. Lieber das Wagnis eingehen, dort zu versinken, als hier, wo wir jetzt stehen, mit Sicherheit unterzugehen. Und es gibt Hoffnung. Angenommen, sie wären tatsächlich verleitet, diese jungen Pusteln, von Lessinghams Worten und Versprechungen: Sicherlich ist ihre Verblendung, genauso wie ihre Loyalität, nur oberflächlich. Sie folgten ihrem Lehensherrn und Prinzen von meszrianischem Blut und Geschlecht tausendmal bereitwilliger, wohingegen sie, handelte es sich um meine Wenigkeit, den glücklichen Umstand nützen würden, um mich abzusetzen und sich endlich von der größten und verhaßtesten Geißel ihrer Freiheiten für Jahre zu befreien. Ich tue es. Ja, ich tue es noch heut nacht.«

Am selben Abend saß der Kanzler nach dem Nachtmahl in seinem Gelaß und schrieb mit schönster Schrift diesen Brief, welchen er daraufhin mit seinem Namen unterzeichnete und mit seinem Siegel besiegelte. Und der Brief hatte folgenden Inhalt:

»Euer Wohlehrwürdigen Lordschaft Lessingham, dem die ganze Befugnis und Amtsgewalt übertragen, im Namen Seiner Hoheit Horius Parry, Reichsverweser und Vikar der Königin in Rerek, Unterhandlungen zu führen und Beschlüsse zu vollstrecken:

Mylord, sorgsam abgewägt und überdacht habe ich Seiner Hoheit Vorschlag, durch den Seine Hoheit mir durch Euer Lordschaft Mund die Ehre zuteil werden ließ, zur Schlichtung und Beilegung der gegenwärtigen Zwistigkeiten die Regentschaft von Meszria meiner Wenigkeit anzutragen, unter Bedingungen, wie sie Eure Lordschaft zum Ausdruck brachten, insbesondere aber der Bedingung, daß der Regent in allen Punkten seiner Hoheit Untergebener und Vasall sein soll. Nachdem ich dies sorgsam erwägte und überdachte, bleibt mir schließlich keine andere Wahl, um sowohl meiner Ehre gerecht zu werden als auch meiner Pflicht gegenüber der Königin (welche die Götter schützen und erhalten mögen) und gegenüber dem Admiral, welcher durch das königliche Testament zum Regenten ernannt, von Seiner Hoheit aber wegen Zurückweisung obbenannter Bedingung abgesetzt, zu dem Schluß zu kommen, daß es nicht Rechtens wäre, nähme ich besagte Regentschaft an. An dieser nach reiflicher Überlegung gefällten Entscheidung werde ich standhaft festhalten, und ich würde Eure Lordschaft bitten, Seiner Hoheit entsprechend Bericht zu erstatten.

Möge die Göttin Eure Lordschaft bei der Hand führen.

Mir gebührt die Ehre, ergebenst und hochachtungsvollst Euer Lordschaft getreuer demütiger Diener zu sein.

BEROALD«

Die Tinte war kaum trocken und das Wachs noch warm, als einer seiner Edelmänner eintrat und verkündete, der Großadmiral sei da und möchte ihn sprechen. Der Kanzler lächelte. »Das spart mir einen Fußweg«, sagte er. »Ich war gerade im Begriff, ihn aufzusuchen«; und er bat, ihn augenblicklich einzulassen. »Mylord«, sagte Jeronimy zum Kanzler, als sie unter sich waren, und sein Gesicht lief rot an, »ich bringe Euch frohe Kunde. Ich war beim Herzog in der Angelegenheit, die wir besprachen.«

Der Kanzler sah auf und blickte ihn aus kühlen Augen an. »Ihr wart beim Herzog?«

Jeronimys Augen nahmen jenen Ausdruck an, den die Augen eines Hundes haben, wenn er sich unter einem prüfenden Blick plötzlich besinnt, daß das Fressen jenes Fleischstückes oder das Verschlingen jenes Vogels, seinem Ermessen nach zweifellos etwas Gutes und Vernünftiges, in der Meinung anderer jedoch etwas Fragwürdiges ist, das vielleicht ungeahnte Folgen zeitigt. »Es tut mir leid«, sagte er. »Ich bin von ihm unverzüglich zu Euch geeilt. Womöglich hätte ich zuerst Euch aufsuchen sollen. Es tut mir leid, Mylord.«

»Noch verstehe ich nicht ganz«, sagte der Kanzler. »Haben Eure Lordschaft den Herzog über die letzte Wendung in Kenntnis gesetzt: ich meine dieses letzte Angebot, das ich Euch darlegte?«

»Gewissermaßen ja«, antwortete Jeronimy.

»Ich an Eurer Stelle, Mylord Admiral«, sagte der Kanzler, »hätte Euch Gelegenheit gegeben, mich bei einer solchen Mission zu begleiten.«

»Ihr und ich«, sagte der Admiral, »einigten uns darauf, daß keine Zeit mehr zu verlieren ist. Beim Heimritt überdachte ich die Sache von allen Gesichtspunkten, und zuletzt ersann ich gewissermaßen einen sicheren Weg, der allein uns durch diesen Treibsand bringt. Kurz gesagt, verzichtete ich soeben zu Gunsten des Herzogs auf das Amt des Regenten, sowohl für jetzt als auch für die Zukunft: bat ihn, es anzunehmen und zu verteidigen, wobei er sich unserer Unterstützung gewiß sein könne.«

Er machte eine Pause. Das hagere Gesicht des Kanzlers, mit verbissenem Kinn, wurde fahl. Er stand von seinem Stuhl auf, schob Jeronimy über den Tisch den Brief zu und stiefelte zum Fenster. Der Admiral nahm sein Augenglas und las den Brief, wobei er immer wieder seine Backen aufblähte. »Eure Lordschaft beherrschen es vorzüglich, solche Dinge abzufassen«, sagte er; »wirklich über alle Maßen bewunderswert.« Er sah zögernd auf, begegnete dem Blick des Kanzlers und sah wieder weg.

Eine kurze Zeit lang schwieg Lord Beroald. Als er sich aufraffte und sprach, kamen die Silben hervor wie Eissplitter, die klirrend an einem eisbedeckten Abhang hinabstürzen. »Lessingham«, sagte er, »ist ein geschickter Staatsmann. Euch und mich, Mylord, ordnet er lediglich seinen Zielen unter. Ihr habt ihm die Trümpfe zugespielt.«

Jeronimy schüttelte langsam den Kopf. »Ich wollte eine klare Linie ohne versprengte Nachzügler«, sagte er. »Der Herzog hätte nicht auf unserer Seite gestanden, hätten wir gewissermaßen den Kurs eingeschlagen, den Ihr vorschluget: daß ich die Regentschaft unter Lessinghams Bedingungen annehme.«

»Nun habt Ihr ihn durch Euer Tun«, sagte Beroald, »von allen Bedingungen erleichtert und uns allen Verletzungen ausgesetzt. Ihr habt angesichts gefährlicher Feinde den Boden des Gesetzes verlassen, das uns Stärke und Rechtfertigung war; Ihr habt Zwiespalt in unseren Rat gestreut, wo doch Entschlossenheit und Einigkeit vonnöten gewesen wäre; Ihr habt den Herzog entfesselt auf einem Kurs, der sich vielleicht als sein und unser Untergang erweisen wird. Wäret Ihr mit gezogener Mütze vor Lessingham getreten und hättet Euch bereit erklärt, sich ihm zu beugen und seine Mission hierher zum Erfolg zu machen, so könnte er sich nichts lieber gewünscht haben, als daß Ihr das tätet, was Ihr tatet.«

Jeronimy machte ein langes Gesicht, und seine freundlichen Augen verfinsterten sich im Zorn. Er erhob sich von seinem Stuhl. »Dieses Gespräch«, sagte er heiser, »entehrt uns mehr, als es uns hilft oder ehrt. Laßt uns also nichts mehr sagen, außer gute Nacht, Mylord. Möge der Morgen uns tiefere Weisheit bescheren.«

Am nächsten Morgen stieg Lord Lessingham gen Mittag aufs Pferd und ritt mit Amaury von seiner Unterkunft im alten Leantine-Palast im Nordviertel hinunter zum Marktplatz, über diesen hinweg, dann rechts am Steintor und Krötentor vorbei, hinauf zur breiten Straße, die neben dem Ufer etwa zweihundert Klafter entlang des oberen Teils der alten Stadtmauer aus rotem Sandstein verlief; draufhin wandten sie sich am Kliff landeinwärts, trabten über das Steinpflaster einiger gewundener Gassen, gelangten auf die sonnenbeschienene Piazza der Winde, überquerten diese von Norden nach Süden und bogen in den Weg der siebenhundert Säulen ein. Im Schritt reitend erklommen sie seine weitausholenden Zickzackwindungen, erfreuten sich des Schattens uralter Steineichen und des würzigen Duftes der Akazienbäume und erreichten schließlich kurz vor Mittag das Haupttor der Zitadelle. Eine Ehrenwache aus sieben rotbärtigen Schwertträgern des Herzogs geleitete sie über die glänzenden Stufen aus Panteron-Stein, schwarz-grün und purpur, und weiter durch viele Höfe und Säulengänge zu silbernen Türen, die sie aufnahmen in einen schmalen, hohen, bedachten Gang, an dessen hinterem Ende sich silberne Türen zu jenem Garten immerwährenden Nachmittags öffneten. Hier, in den schräg einfallenden Strahlen unter den büscheligen Schatten der Erdbeerbäume, stand zur Begrüßung jener Greis, Doktor Vandermast.

Er sagte: »Ihr kommt spät, Mylord.«

Lessingham, der die Wunder dieses Gartens noch nie geschaut hatte, verbiß seine Verwunderung und sagte: »Ich bin im Gegenteil auf die Minute genau pünktlich. Es ist Mittag. Seine Gnaden kommen zu spät zum selbstbestimmten Zeitpunkt.«

»Seine Gnaden«, antwortete Vandermast, »kommen immer zu spät. Das heißt, er überzieht die rechte Zeit um eine Stunde oder so, indes bei einem königlichen Herzog ist das nicht tadelnswert. Aber dies ist fürwahr ein seltsam unverschämter Scherz Eurer Lordschaft, vier oder fünf Stunden hinter der verabredeten Zeit hier zu erscheinen und zu erwarten, daß er Eurer harret, bis es Euch beliebt zu kommen.«

Amaury sagte: »Wollt Ihr meinen Herrn zum Narren halten? Seid gefälligst etwas höflicher; denn in Wahrheit seid Ihr nur ein alter, wunderlicher Gelehrter, mit einem Bart wie eine Krähe, die ein paar schmutzige Strohhalme im Schnabel trägt, um damit ihr Nest zu bauen.«

»Hütet Eure Zunge, Amaury!« sagte Lessingham. »Schmäht den ehrenwerten Signor nicht. Doktor, ich hörte bereits von diesem Garten, daß er eines der Wunder der Welt sei und daß Ihr ihn geschaffen. Und nun, da ich ihn sehe, bin ich fürwahr verblüfft.«

»Es ist ein natürlicher Garten, Mylord«, antwortete der Greis. »Das ist echter Himmel und echte Sonne, echte Wolken und echter See, und Ihr und ich hier in unseren Körpern. Ihr könnt befühlen, riechen, schreiten und reden, die Lüfte einsaugen. Alles ist natürlich vorhanden.«

»Kommt«, sagte Lessingham: »das ist allzuviel Fleisch für meinen kranken Magen. Die Sonne, in goldige Pracht gehüllt, steht eine Handbreit über jenen bewaldeten Bergen jenseits des Sees; und dennoch war es vor zehn Minuten noch strahlender Mittag, und die Sonne brannte vom Meridian auf unsere Köpfe.«

Vandermast sagte: »Außer für Vögel, Fledermäuse, geflügelte Ameisen, Wespen, Fliegen und dergleichen Ungeziefer gibt es nur einen einzigen Weg in diesen Garten, und dieser führt durch den Gang der Silbertüren. Eure Lordschaft und dieser finstere Jüngling durchschritten die jenseitige Tür zur Mittagsstunde, aber die diesseitige Tür etwa fünf Stunden nach Mittag. Es wäre nun ein netter Streitpunkt, ob Ihr mit schildkrötenhafter Langsamkeit jene Halle durchwandelt habt, so daß Ihr in fünf Stunden nur zwanzig Schritte vorankamet, oder ob *per contra* jene fünf Stunden, angepeitscht zu einer zehntausendfach schnelleren Geschwindigkeit als in der Natur, an Euch vorbeibrausten, während Ihr voranschrittet. *Experimentum docet:* Ihr seid hier, und es ist später Nachmittag.«

»Und wenn ich augenblicklich wieder zurückgehe?« fragte Lessingham. »Was dann?«

»Dann werdet Ihr feststellen, daß es draußen kurz nach Mittag ist. Der Herzog erwartet Euch, Mylord. Er wird bald hier sein.«

Lessingham durchmaß den Garten und stellte sich an die Brüstung, von wo aus er in den Süden blickte. Amaury folgte ihm. Dort verweilte Lessingham eine kurze Weile, wandte sich dann um, stützte den Ellbogen auf die Brüstung hinter sich und betrachtete diesen Garten. Amaury beobachtete den Ausdruck seiner Augen, während sie von gelben Lilien zu Rosen und Alkanet und Geißblatt wandelten, von bienenumschwirrten Linden zu Erdbeerbäumen mit nachtschwarzem Laubwerk, weinroten, gedrehten Zweigen und juwelenhaften Blüten und Früchten; kurzgeschnittener Grasnarbe, Porphyrbänken, Tauben an den Brunnen; alles in schlummernder Vielfalt goldener Luft und langer, kühler Schatten. Erst einmal in seinem Leben hatte Amaury diesen Ausdruck gesehen, und das war vor einem Monat gewesen, als Lessingham in Mornagay so vertieft in den Wein geschaut hatte. Er drehte sich um und bemerkte, daß jener weise Mann merkwürdig gespannt auf Lessingham blickte und daß der Ausdruck in seinen und in Lessinghams Augen der gleiche war.

Die Silbertüren in der blinden Nordwand gingen auf, und jemand kam und sagte, daß der Rat im Gelaß des Herzogs vorbereitet sei und daß er sie dort empfangen wolle. Als sie sich zum Gehen anschickten, blieb Lessingham stehen und blickte zu Doktor Vandermast hinab. »Eines möchte ich wissen«, sagte er, »das mich schon seltsam beschäftigt, seitdem ich zum erstenmal nach Zayana kam. Was seid Ihr, alter Herr?«

Vandermast schwieg eine Weile und sah durch halbgeschlossene Lider unverwandt auf die vor ihm liegenden sonnenbeschienenen Berge jenseits des Sees, als bemerkte er etwas Merkwürdiges, das es einzuschätzen galt. Er lächelte. »Ich, Mylord«, sagte er bedächtig, »bin einer, der gewohnt ist, hienieden den schwankenden Kurs und die launische Blume der menschlichen Affären zu erforschen. Vielleicht wurde ich in meiner Suche fündig. Außerdem bin ich ein alter, treuer Diener des Herzogs von Zayana.« Dann, indem er Lessingham in die Augen blickte, sagte er: »Vergeßt nicht, Mylord, daß alle Dinge zusammenspielen. Falls Seine Gnaden Euch, trotz allem, bitten, heut nacht hier in Acrozayana sein Gast zu sein, so tut das, komme, was wolle!«

Sie kamen nun in das Gelaß des Herzogs. Er selbst saß an der Nordseite des Tisches, mit dem Rücken zum Kamin, der Admiral zu seiner Rechten, der Kanzler zur Linken und hinter dem Kanzler Graf Roder. Zur Linken des Grafen befand sich Graf Zapheles, und die Lords Melates und Barrian waren zu des Admirals Rechten. Lessingham saß in der Mitte des Tisches gegenüber dem Herzog, Amaury und Doktor Vandermast machten Notizen. Amaury flüsterte, während sie Platz nahmen: »Jetzt, wo wir unbeschadet entkommen sind aus jenem verhexten Zaubergarten, Herr, möchte ich mich entschuldigen für mein rüdes Auftreten. Dort wollte ich das nicht sagen. Ich wollte nicht, daß Ihr glaubtet, ich fürchtete mich vor Euch.«

Vandermast antwortete und sagte: »Es ist mir gegeben, das Gute zu erkennen, denn selbst wie man Perlen findet, die im Fleisch gewisser Schalentiere wachsen, so verbirgt es sich in allerlei seltsamen Gestalten. Seid deshalb unbesorgt, junger Mann.«

Doch sogar während er so zu Amaury sprach, streifte sein adleräugiger Blick emsig über die Gesichter der großen Männer, die an jener Tafel versammelt waren; sein Augenmerk galt hauptsächlich dem Antlitz des Herzogs und des Lords Lessingham. Der Herzog, mit geringschätziger Gelassenheit bemäntelt, schien, als sammelte er sich für seinen Sprung. Lessingham, der sich über den schwarzen Bart strich und unter halb gesenkten Lidern hervor nun den Herzog, dann den Admiral oder den Kanzler und dann wieder den Herzog betrachtete, schien, als wartete er darauf, daß der Sprung für den Springer in der Grube enden würde, die er für ihn gegraben.

»Wollt Ihr als erster sprechen, Mylord Lessingham?« fragte der Herzog.

»Gern«, antwortete er mit einem tiefen Neigen des Kopfes. »Doch kann es nur eine Einladung für Euer Gnaden sein, die Angelegenheit aufzurollen, die zu besprechen uns Euer Gnaden mit solcher Dringlichkeit zusammengerufen haben.« Es lag in seiner Stimme, während er sprach, ein gemächlicher, scherzender Wohlklang voller Zauber, doch auch von schlummernden Gefahren umwittert. Amaury, der mit ihm gemeinsam die Kindheit und Jugend verbracht hatte, kannte das als seine eigenste Art. Vandermast kannte das ebenfalls, doch bis jetzt nicht in einer Männerstimme. Denn es ähnelte, genau wie das wellige Abbild auf einem mitternächtlichen See, wo ein Stern sich spiegelt, dem trägen, spöttischen, gemächlichen Wohlklang, der so oft in Lady Fiorindas Stimme erwachte; und Vandermast meinte zu glauben, als er den Herzog ansah, daß auch der Herzog diesen Zauber spürte, obschon er ihn nicht wiedererkannte, genauso wie ein

Mann einer Weise lauscht, die er kennt, aber nicht zu identifizieren vermag.

»Es geht nun auf den elften Tag zu«, sagte der Herzog, »daß Eure Lordschaft uns mit Eurer Anwesenheit beglücken. Was das Persönliche angeht, wünschten wir uns dessen kein Ende. Aber hinsichtlich der Sachlage befinden wir das als weniger angenehm.«

»Für Eure prinzliche Gastfreundschaft bin ich Euch sehr verbunden«, antwortete Lessingham. »Für die Verzögerungen bin ich nicht verantwortlich. Soweit es an mir lag, hätte es rasch beschlossen sein und am ersten Morgen schon adieu heißen können.«

»Dennoch zieht es sich schier endlos hin«, sagte der Herzog. »Und bedingt deshalb Untätigkeit. Und aus dieser erwächst Unheil. Mylord, ich meine dieses Angebot von Euch an unseren werten Kanzler: erst heut morgen erfuhr ich davon.«

»Euer Gnaden werden nicht mich dafür haftbar machen«, sagte Lessingham, »daß gute Nachrichten sich nicht in der Familie herumsprechen. Wie auch immer, ich habe noch keine Antwort erhalten«; und er wandte sich an Beroald.

»Hier, Mylord, habt Ihr sie«, sagte Beroald und reichte ihm den Brief über den Tisch.

Lessingham nahm ihn. »Lautet sie ja?«

Beroald entgegnete: »Ihr wißt sehr wohl, Mylord, daß sie nein lautet.«

»Das ist eine um soviel schlechtere Antwort für uns alle«, sagte Lessingham, »um wieviel länger sie ausfällt: um zwei Buchstaben. Was nun, also? Vielleicht haben Euer Gnaden sich eine Lösung ausgedacht, die uns allen gefällt?«

Barganax beugte sich plötzlich auf seinem Stuhl vor. »Wir wollen nicht mehr«, sagte er, »schöntuerisch sein oder König-mit-Verlaub spielen. Das Angebot des Vikars gefällt niemandem. Ihr seid zu verwegen geworden, Mylord. Oder glaubtet Ihr, ich säße für immer zufrieden in meinen wundervollen Gärten, in meinen köstlichen Hainen, während Ihr mich mit schönklingenden Worten abspeist? Badete mich für ewig in der Sonne, während Ihr die Regentschaft in der ganzen Stadt wie saures Bier anpreist und um das Höchstgebot feilscht? Wollt Ihr sie als nächstem nicht Mylord Roder anbieten? Hier sitzt er. Kommt, fragt ihn.«

Lessingham sagte nichts, sondern verschränkte die Arme.

Barganax sagte: »Ihr werdet sehen, meine Geduld ist eine sich zusammenballende Todeswolke. Und derart schickt sie ihre

Blitze aus: – Diese großen Minister zu meiner Rechten und Linken, seit alters dem Haus von Fingiswold untertan und ihm treu ergeben, stehen in festem Bunde mit mir, dem Vikar ein Nein zu geben, verlangt er die Kürzung unserer Macht zu seinen Gunsten, dem wir äußerst ablehnend und argwöhnisch gegenüberstehen. Unter der Bedrohlichkeit und Unrechtmäßigkeit seiner Tyrannei verzichtete der Lord Admiral formell auf die ihm durch das königliche Testament übertragene Regentschaft von Meszria und legte sie in meine Hände. Mylord Lessingham, ich nehme die Regentschaft an, unter der Oberlehnsherrlichkeit keines Mannes. Falls der Vikar bereit ist, mich als Ebenbürtigen zu empfangen, Herrscher von Meszria wie er von Rerek: gut, so sind wir einig. Falls nicht, läßt sich das am kürzesten darin zusammenfassen, daß ich meine Herrschaft aufrechterhalten werde ihm zum Trotz: inmitten all seines blutigen Trumpfens und Stechens werde ich ihm gewachsen sein.«

Lessingham, obschon merkwürdig verblüfft, weil durch diese plötzliche Wendung seine Rechnung nicht mehr aufging, bewahrte ein kühles Äußeres, während er schnelle Überlegungen anstellte. Sein Blick glitt von einem zum anderen, er sah jedem über den Tisch hinweg ins Gesicht: dem Herzog, der wie ein Streitroß war, das den Morgen wittert: dem Kanzler mit dem hageren, unerforschlichen Gesicht, der sich aufrichtete und gerade vor sich hin sah: Jeronimy, mit gesenktem Blick, die Ellbogen auf den Tisch und das Kinn in die linke Hand gestützt, der immer wieder an den dünnen, spärlichen Haaren über seiner Stirn drehte: Roder, dunkel und finster: Barrian, dessen Wangen gerötet waren und der mit seinem Schreibgerät spielte: Zapheles, mit vorgeschobenem Kinn, der unentwegt zum Herzog sah: Melates, der sich mit verschränkten Armen halb auf den Tisch hinrekelte und unentwegt zu Lessingham sah. »Mylord Admiral«, sagte Lessingham schließlich, »was sagt Ihr dazu?«

»Ihr solltet Euch lieber an mich wenden, Mylord«, sagte Barganax. »Von jetzt ab habt Ihr es mit mir zu tun.«

Aber Lessingham sagte: »Mit Euer Gnaden gütiger Erlaubnis muß ich darauf dringen. Ihr, Mylord, und nicht seine Gnaden seid im Testament zum Regenten ernannt.«

»Ich habe abgedankt und es in Seiner Gnaden Hände gelegt. Damit ist es gewissermaßen zu Ende«, sagte Jeronimy. Er hielt die Augen gesenkt, um Lessinghams geradem, stählernem Blick nicht zu begegnen.

Darauf hin sagte Lessingham zum Kanzler: »Eure Lordschaft

haben mir einen Brief geschrieben. Ich werde ihn, mit Verlaub Euer Gnaden, lesen.« Er breitete ihn auf dem Tisch aus und las ihn durch. »Mir fällt im Brief des Kanzlers auf«, sagte er, »daß er sich gar nicht mit der Gesetzeslage beschäftigt.«

Beroald sagte: »Dessen bedurfte es nicht.«

»Nein«, antwortete Lessingham. »Dennoch hätte ein Hinweis darauf, daß die Sache gesetzeswidrig sei, die Position gestärkt. Mylord«, fragte er den Kanzler, »habt Ihr dieses Argument ausgelassen, weil Ihr überzeugt seid, daß der Anspruch auf Oberlehnsherrlichkeit des Vikars Rechtens ist?«

Beroald, der vor sich hin blickte, gab keine Antwort.

»Davon hängt viel ab. Ich bitte Euch, antwortet«, sagte Lessingham.

Beroald sagte: »Ich bin keinesfalls verpflichtet, Eurer Lordschaft Rechtsauskünfte zu erteilen.«

»Das stimmt«, sagte Lessingham. »Und es muß eine schwere Geduldsprobe für Euch gewesen sein, Mylord, da von jenen, welchen Ihr pflichtverbunden, wie Ihr seid, ratet, einer (ich meine Mylord Jeronimy) Euren Rat nimmt, aber danach nicht zu handeln wagt, während ein anderer es wie müßiges Geschwätz abtut und genau gegenteilig handelt.«

Der Kanzler sagte mit bitterer Stimme: »Durch diese Wenn und Aber könnt Ihr so viele Beweise gegen uns sammeln, wie Euch gelüstet. Aber da Eure Lordschaft in dieser Angelegenheit meinen Rat nicht hörten noch auf irgendeinen Präzedenzfall zurückgreifen können, mittels dessen meine Meinung abzuleiten wäre, bedarf Eurer Lordschaft Bemerkung weiterer Erhärtung in tatsächlicher oder wahrscheinlicher Hinsicht.«

»Mylord, ich möchte nur eine tatsächliche Antwort: wart oder wart Ihr nicht hinreichend überzeugt?«

Der Kanzler behielt seine Meinung für sich.

»Genug des Wortwechsels«, sagte Barganax, um ihm ein Ende zu machen. »Wir werden Gesetz und Recht nicht vom Vikar nehmen.«

»Noch vom Lord Kanzler, wie es nun scheint«, sagte Lessingham.

Aus mürrischem Schweigen heraus sprach Jeronimy und sagte: »Es ist gewissermaßen gegen jede Wahrscheinlichkeit, ja sogar unvorstellbar, daß der König eindeutig alles seinem Vikar übergeben haben sollte, angesichts der Zwistigkeiten, die sich zwischen ihnen abspielten. Selbst die Einräumung des Rechtes wäre gewissermaßen bedenklich . . .«

Lessingham unterbrach diese Liebenswürdigkeiten. »Mylord«, sagte er zum Herzog, »ich bewege mich auf dem Boden des Gesetzes. Seid nicht erzürnt, wenn ich von samtenen Worten und öligen Schmeicheleien absehe und offen spreche. Ihr habt des Königs Letzten Willen in den Wind geschlagen. Ihr habt den Großadmiral eingeschüchtert, bis er zu Eurem Werkzeug wurde. Der Kanzler will mir nicht antworten, sondern hat in Ermangelung einer Stellungnahme mit seinem Schweigen Eure verderbten Vorwände vor der ganzen Welt verurteilt. Laßt Euch nicht täuschen«, sagte er, und in den Pausen zwischen den Worten hörten die Männer einander atmen. »Am Anfang sind alle Dinge winzig klein; aber ich erkenne sehr wohl Eurer Gnaden Ziel und Absicht, nämlich sich des ganzen Königreiches zu bemächtigen und Eurer unschuldigen Schwester den Thron zu rauben. Es liegt an meinem edlen Vetter, dieses als Reichsverweser zu vereiteln. Eure Antwort bedeutet mir Krieg. Im Namen seiner Hoheit des Vikars biete ich Euch die Stirn. Und ich rufe sie an, diese großen Minister (Euch, Mylord, und Euch und Euch), auf ihre wahre Untertanentreue und Bindung gegenüber Ihrer Durchlaucht der Königin zurückzukommen und Euch und Eure widerrechtliche Machtergreifung niederzuwerfen.«

Während der ganzen Zeit nun, da er sprach, war sein aufgeweckter Geist trotz der Hitze und Heftigkeit der Worte kühl und emsig und verzeichnete achtsam, inwiefern und auf welch vielfältige Weise das Gesagte Änderungen bei den Zuhörern bewirkte: welcher eifersüchtige, gegenseitige Argwohn und innere Zweifel aufkamen und wie Efeutriebe zwischen den Steinen einer wackligen Mauer den Verbund zwischen dem Herzog und seinen verschworenen Gefolgsleuten brüchig machten: wie angesichts solcher sich auftuender Kluften oder dem drohenden Zwiespalt die Lords von Meszria sich offenbar zurückzogen und ihre persönliche Sicherheit neu überdachten: wie in den Augen des Admirals, ein offenes Buch, in großen Buchstaben zu lesen stand, daß er seine erst kürzlich begrabenen Zweifel wieder hervorwühlte, inwieweit der Kanzler und inwieweit der Herzog recht hätten: und, wie ein steifer, beißender Wind einen Weg durch jeden Mantel findet, der Herzog selbst betroffen wirkte hinter seiner kecken, unerschrockenen Maske, angesichts solch unausgesprochener Ungewißheit gegenüber jenen, auf die zu bauen er nicht umhin konnte. Lessingham, während er sprach, erzielte diese Wirkungen, allein indem er einmal hier, einmal dort wie durch Zauber wohlbegründete Wörter oder Blicke setzte; nicht anders als ein Meister, der die Sopranviole spielt, das gesamte Orchester leitet und die Musik zu einem lebendigen Ganzen zusammenfügt: von der tiefen Theorbe solch eine Figur, von den Blockflöten eine solche, und so nehmen die Sopranlauten den Kanon auf, und die Oboe, die Zimbel und die Stockgeige, jede der Reihe nach, und so beim Ritornell jede so und so, und genau so wie jener, der das gemischte Orchester leitet, es haben will. Und während Lessingham diese Regungen gewahrte, diese verderblichen Zweifel und Fragen, die unter seiner Berührung zum Leben erwachten, kostete und genoß er sie in Wonne.

Mit jenen zuletzt gesprochenen Worten schloß er, und seine Stimme hallte wie rasselnde Eisenschwerter. Der Herzog, der sein Kinn allmählich höher und immer noch höher gehoben hatte, während er, glimmende Augen auf Lessingham gerichtet, den Anwürfen lauschte, erhob sich nun mit der geschmeidigen und gemessenen Stattlichkeit eines Leoparden, der vom Schlaf aufsteht. Mit einem stolzen, edlen Blick auf seine Freunde zu seiner Linken und Rechten sagte er: »Ist meine Hand schwächer, weil sie in viele Finger sich aufteilt? Nein, sie ist um so geschickter.« Mit diesen Worten und indem er sich wieder Lessingham zukehrte, zog er mit formeller Courtoisie sein Schwert aus der Scheide, hob es mit der Spitze nach oben über den Kopf, bis das Heft auf gleicher Höhe mit seinen Lippen war, küßte das Heft und legte die blanke Waffe so auf den Tisch, daß die Spitze zu Lessingham zeigte. Lessingham erhob sich stumm, vollführte feierlich die gleiche Handlung und legte sein blankes Schwert neben das herzogliche, so daß die Spitze auf Barganax zeigte. So standen sie sich eine Weile an der Tafel von Angesicht zu Angesicht gegenüber; wie die von Blitzen durchzuckte finstere Pracht einer Gewitterwolke, die sich ostwärts zusammenballt, über die andächtig lauschende Erde hinweg der vielfarbenen Pracht der westwärts ziehenden goldenen Sonne gegenübersteht. Und als der Herzog schließlich sprach, geschah es wie aus jener unermeßlichen Harmonie heraus, die zugleich Voraussetzung ist für solche Dissonanzen und durch sie bedingt; durch sie erhoben und verkörpert in der Sphäre göttlicherer Musik. Es saßen nur zwei an jener Tafel, die nicht von Erstaunen erfaßt wurden oder von Angst, oder Schrecken, als sie ihn so reden hörten: und das waren Lessingham und Doktor Vandermast.

Der Herzog sagte: »Mylord Lessingham, da unsere Freundschaft nur eine Sommerfreundschaft sein kann, deren Blätter im

Herbst abfallen, wollen wir sie beschließen, wie es Personen unseres Standes gebührt. Laßt uns bei unserer Ehre bis morgen mittag gegenseitig Vertrauen schenken: Ihr mir, daß ich mich nicht heimtückisch an Eurem Leben oder Eurer Freiheit vergreife: ich Euch, daß Ihr Euch bis zum Ablauf dieser eintägigen Waffenruhe nicht mehr in diese wichtige Angelegenheit einmischt, nicht in Wort oder Tat.«

»Mylord«, sagte Lessingham zum Herzog, »ich bin einverstanden.«

Daraufhin sagte der Herzog: »Ich beabsichtige für heute abend ein Maskenspiel und ein Wasserbankett auf dem See. Wollen Eure Lordschaft mir die Ehre erweisen, mein Gast zu sein und die Nacht in Acrozayana zu verbringen? Laßt uns bis morgen mittag alle Staatsgeschäfte verbannen, alle Mühen verjagen aus unserer Gesellschaft: einen Tag noch in den Freuden heißen Sommerschimmers baden, der letzten Lustbarkeit vor dem Winter. Dann müßt Ihr gehen. Und danach werden wir diesen Zwist, über den wir uns in diesen zehn Tagen vergeblich beredet haben, blutig austragen.«

Amaury flüsterte Lessingham ins Ohr: »Seht Euch vor, Mylord. Gehen wir!«

Aber Lessingham blickte dem Herzog immer noch in die Augen, und er entsann sich des Ratschlags Doktor Vandermasts. »Diese Einladung«, antwortete er, »war nur zu erwarten bei einem solch hochherzigen Prinzen, und ich nehme sie bereitwillig und dankbar an. Ich bin überzeugt, es gibt keinen anderen Prinzen mehr, der mir ein gleiches Angebot gemacht oder aus dessen Hand ich es angenommen hätte.«

KAPITEL VII

Ein Nachtstück auf Ambremerine

Der Frieden schien die ganze Erde mit seiner zarten Reinheit bedeckt zu haben, als an jenem Abend acht Gondeln, welche den Herzog und seine Gesellschaft trugen, von der Zugbrücke unter dem Westturm ablegten und gen Sonnenuntergang steuerten. Im offenen Wasser reihten sie sich dwars ein, bildeten eine Sichel mit den Spitzen voraus und fuhren so dahin, wobei sie zueinander einen Abstand von etwa fünfzig Schritt einhielten, um in Rufweite zu sein, aber sich auf den einzelnen Gondeln auch unbelauscht unterhalten zu können. Eine kleine Karavelle eilte ihnen drei- oder vierhundert Schritt voraus und trug an Bord die herzogliche Leibwache und die frischesten und erlesensten Weine und Fleischgerichte. Ihre Ruder waren draußen, denn die rostbraunen Seidensegel hingen schlaff in der windstillen Abendluft an den Masten. Von ihrem Achterdeck flutete über das Wasser die Melodie alter Liebeslieder, wiedererweckt von den gezupften Saiten silberner Lauten, den klagenden Oboen und dem schmeichlerischen Violengezirpe.

Im Norden und Nordosten verfärbte sich das Vorgebirge purpurfarben, wie der Flaum auf Weintrauben, immer schwächer, je ferner. Hoch hinter den abgelegensten Bergen, in rosiges Licht getaucht, erhoben sich die mächtigen Gebirgszüge, die das nördliche bewohnte Land umschlossen: Außenwache der hyperboreischen Schneefelder. So weit ragten sie in den Himmel hinein, daß sie Wolken des Firmaments hätten sein können, nur trieben sie nicht wie Wolken dahin, sondern verharrten und waren nicht wie Wolken gebaut, sondern stand- und dauerhaft wie Bauwerke der uralten Erde, auf festem Grund errichtet, Bastion auf mächtigerer Bastion, zur Brustwehr emporschießende Strebepfeiler, Mauer auf Mauer, zurückversetzt, und Dach und Giebel und Turm und luftige Spitze; und dennoch scheinbar nicht schwer und massig, sondern feingeistig wie diese und von einer Erhabenheit, nicht wie die Erhabenheit der vorüberziehenden Wolken, sondern bewegungslos erstarrt und unveränderlich wie die Götter, die im hohen Himmel rasten. Achtern lag, dem warmen Licht zugewandt, Acrozayana. Steuerbord achtern, zweihundert Ruten nördlich, an einem Strand am Ende des niedrigen, bewaldeten Gebirgsausläufers, der sich dort in Richtung der

Stadt Zayana weit in den See vorschiebt, badeten zwei Frauen. Die am heiteren und unbewölkten Himmel untergehende Sonne überströmte ihre Gliedmaßen und Leiber, ihre Schatten auf dem Wasser und die Wälder hinter ihnen mit einem derartigen Glanz, daß sie nicht wie sterbliche Frauen schienen, sondern wie Dryaden oder Oreaden der Berge, die herabgestiegen waren, dem aufgehenden Auge der Nacht ihre Schönheit zu zeigen und im Spiegel des glatten Sees ihr Haar zu flechten.

In der äußersten Gondel der Nordspitze befand sich Lessingham, die Seele und Sinne gehüllt in lotoshafte Zufriedenheit. Denn an seiner Seite ruhte Madam Campaspe, eine junge Dame, deren muntere Unterhaltung er auskostete, genauso wie er das sanfte Murmeln der Wellen unter dem Bug genoß: eine ergötzliche Gabe, die gar Ergötzlicheres versprach.

»Die sieben Meere«, antwortete er ihr: »schon als ich fünfzehn war.«

»Und jetzt seid Ihr – fünfzig?«

»Sechsmal so alt«, erwiderte Lessingham ernst, »in Monaten gerechnet.«

»Bei mir«, sagte sie, »gehen Rechnungen nie auf.«

»Dann sehen wir ab vom Rechnen«, sagte er, »und klären es mit einem Beispiel. Von zuverlässiger Seite habe ich erfahren, daß ich genauso alt wie Euer Herzog bin.«

»Oh, tatsächlich schon so alt? Fünfundzwanzig? Kein Wunder, daß Ihr so gesetzt und ernst seid.«

»Und Ihr, Madam?« fragte Lessingham. »Wie weit seid Ihr schon zur Neige gegangen?«

»Nein, es gebührt mir, die Fragen zu stellen«, sagte sie: »Ihr antwortet.«

Träge blickte Lessingham auf ihre Hand, die neben ihm auf dem Polster ruhte, angetan mit einem schwarzen, parfürmierten Handschuh, dessen Stulpe durchbrochen gearbeitet und mit Zirkonen geblümelt war. »Ich bin ganz Erwartung«, sagte er.

Campaspe warf ihm einen verstohlenen Blick zu. Ihre Augen waren rund und glänzend, wie die eines scheuen Tieres der Wälder oder Wiesen. Ihre Züge, nüchtern der Reihe nach in Erwägung gezogen, erinnerten an seltsame Mißbildungen wie von Fröschen oder Spinnen; dennoch wurden sie von jenen Augen zu einem irgendwie schönen Gebilde zusammengefügt. So mochte eine Königin aus dem Elfenland aussehen: unbillig, unmenschlich, dennoch von einnehmenster Anmut. »Nun«, sagte sie: »Wieviel Stroh geht in ein Gänsenest?«

»Keins, weil es keine Füße hat.«

»Oh, wie gemein! Ihr kanntet das bereits. Das kommt von diesem vielen Auf- und Abreisen zwischen den Landen: dies macht die Männer zu wissend.« Nach einer Weile fragte sie: »Ist es hier nicht besser als in Euren nordischen Landen, sagt?«

»Hier ist es zumindest viel heißer«, sagte Lessingham.

»Und was gefällt Euch besser, Mylord, heiß oder kalt?«

»Soll ich das auf die Luft oder auf Frauenherzen beziehen?«

»Haltet die Ordnung ein: antwortet bezüglich dessen, wovon Ihr spracht.«

»Nein«, sagte Lessingham, »heute ist Ruhetag. So will ich unverschämt sein und bezüglich dessen antworten, worauf ich am meisten Wert lege.«

»Dann müßt Ihr um der Höflichkeit willen antworten, kalt sei am besten«, sagte sie. »Denn hier ist es Mode, ein kaltes Herz zu haben, da es wechselhafter ist.«

»Aha«, sagte er: »ich sehe, Madam, es gibt noch etwas für Euch zu lernen.«

»Wie, Mylord? In der Mode?«

»O nein. Ich bin zwar ein Soldat, dennoch habe ich nicht so klobige und plumpe Gewohnheiten, einer Dame zu erklären, sie sei aus der Mode. Ich meinte, daß warme Herzen, nicht kalte, am ehesten dem Wechsel geneigt sind: Feuer und Flamme bei jedem neuen Kien.«

»Welch feine Lehre«, sagte sie. »Sagt, gründet Ihr sie auf Erfahrung?«

Er lächelte. »Die erste Weisheit ist«, sagte er, »nichts auf Hörensagen zu begründen.«

Campaspe setzte sich mit einemmal vor und murmelte vergnügt: »O mein Schatz!« Es galt, wie Lessingham feststellte, nicht ihm, sondern einer Entenmutter mit ihren sieben Küken, die hintereinander dicht am Schiff vorbeischwammen. Einen flüchtigen Augenblick lang, während sie sich hinüberbeugte und sie betrachtete, berührte ihre Hand, mit der sie sich abstütze, Lessinghams Knie: eine Berührung, sylphenhaft und unirdisch wie ein Traum, die tausend Schlangen durch seine Adern sandte. Die Ente und ihre Küchlein flohen flatternd und paddelnd vor der Gondel und ließen eine gekräuselte Spur aufgerührten Wassers zurück, was um so deutlicher zeigte, wie spiegelglatt dieser See war, ähnlich einem Diamanten, der von seiner Unterlage abstiсht.

»Und bei wie vielen Damen«, fragte Campaspe nun sehr geziert, »seid Ihr bisher mit Euren Lehren auf offenes Gehör gestoßen?«

»Nun, Madam«, sagte er, »bringt Ihr mich in Verlegenheit. Sie kommen und gehen wohl mit dem Mondwechsel.«

»Welche Torheit von mir«, sagte sie, »mit Euch in dieses Boot gestiegen zu sein, Mylord.«

Lessingham lächelte. »Ich glaube«, sagte er, »ich habe ein Argument, das Euch, sobald wir darauf kommen, vom Gegenteil überzeugen wird.« Seine halb hinter den langen Wimpern verborgenen Augen musterten sie nun mit einem langsamen, beunruhigenden Blick. Es war, als ob der Geist, der in ihnen atmete, tiefsinnig und genüßlich den Wein seiner eigenen Macht schmeckte, der allen Zauber irdischer Weine überstieg: ihn zweimal schmeckte, sowohl in ihren als auch in seinen Adern, und Blut zu Blut fügte. Dann wandte er seinen Blick von ihr ab und betrachtete eine Weile stumm seinen Handrücken, als sähe er dort etwas komisch Fesselndes. »Wie dem auch sei«, sagte er schließlich heiter, »Ihr dürft nicht vergessen, daß dies derselbe Mond ist. Es wäre verrückt und töricht, aus Liebe zum Vollmond des letzten Monats für immer mit dem Mondschein fertig zu sein.«

»Oh, neben Tennis beherrscht Ihr noch ein anderes Spiel, Mylord, daran besteht kein Zweifel«, sagte sie.

»Den Herzog habe ich bereits im Tennis geschlagen«, sagte Lessingham.

»Das war nicht leicht«, sagte sie. »Aber es ist schwerer, ihn hierin zu schlagen.«

»Eine weitere wichtige Weisheit besagt«, antwortete Lessingham: »die Erinnerungen an früher sollen nicht die scharfe Spitze des jetzigen Vergnügens stumpf machen. Ich vermag«, sagte er, »das Herz einer Dame aus ihrer Hand zu lesen. Laßt es mich versuchen.« Campaspe wehrte sich lachend dagegen, als er ihren Handschuh abziehen wollte. »Feuchte Hände lassen auf ein warmes Herz schließen«, flüsterte er ihr ins Ohr. »Tragt Ihr deswegen Handschuhe, Madam?«

»Nein, aber ich will nicht. Pfui, soll der Gondoliere uns sehen?«

»Aber ich bin die Verschwiegenheit in Person«, sagte Lessingham.

»Ihr müßt lernen, Mylord«, sagte sie, indem sie seine Hände zurückschob, »artig zu beginnen, soll ich den Tisch für Euch dekken, nicht wie beim Rosinenfischen zuzuschnappen.«

Lessingham sagte dicht bei ihrem Ohr: »Ich will Euer Schüler sein. Gebt mir nur Euer Versprechen.«

Aber Campaspe sagte: »Keine Versprechen in Zayana: der Herzog hat sie verbannt. Und was die Erfüllung angeht, Mylord, so haben ehrliche Dienste hier ihren Lohn wie anderswo auch.«

Ihre Stimme hatte einen neuen, zarten Klang angenommen: das Rauschen des Windes in den Zweigen von Weiden an einem stillen Ufer. Die große, glühende Sonnenscheibe berührte die westlichen Berge. Lessingham legte seine Hand unter ihr Kinn und drehte ihr Gesicht dem seinen zu. »Ich mag kleine Schwimm-Mäuse«, sagte er. Ihre Augen wurden groß und ängstlich, wie bei kleinem Feldgetier, das einen Falken sieht. Eine Weile verharrte sie regungslos. Dann streifte sie wie mit plötzlicher Entschlossenheit ihren Handschuh ab: bot ihre bloße Hand mit der Innenseite nach oben seinen Lippen zum Kuß dar. Die Gondel schaukelte seitwärts. Die Dame lachte halb erstickt. »Nein, nicht mehr, Mylord. Nein, und wollt Ihr Euch nicht gedulden, dann sollt Ihr nichts haben.«

»Zaunkönigweibchen: Schwimm-Mäuse: Weidenblätter, die sich wie Füßchen im Mond abzeichnen. Warum ist Euer Lachen wie das Rauschen des Nachtwinds im Weidenlaub? Erkenne ich Euch nicht? Hinter Eurer Maske als Hofdame: Euch und Euren ›Schatz‹. Seid Ihr nicht diese? Sagt an: seid Ihr?«

Jeder weiche Ruderschlag des Gondoliere am Heck war wie ein neuer Tropfen in den Zauberbecher, der noch immer anschwoll und noch immer nicht überlief. »Es ist noch nicht Zeit, Mylord. O ja, diese und mehr. Doch seht, wir werden gleich landen. Ich bitte Euch, habt Geduld. Auf dieser Insel Ambremerine gibt es abgeschiedene Waldlichtungen und blumenbedeckte Raine. In zwei Stunden wird der Mond hoch am Himmel stehen; und er, Ihr wißt . . .«

»Und er«, sagte Lessingham, »ist seit alters ein anregendes, vielsagendes, süßes Sinnbild sinnreicher Vergnügen.« Er küßte die Hand abermals. »Laßt uns flugs die Fronten wechseln: werde ich, habe ich Geduld, alles bekommen, sagt?«

In Campaspes runden, glänzenden Augen erkannte er seinen Passierschein.

Sie landeten in der Nähe der Südostspitze dieser Insel, in einem kleinen natürlichen Hafen, der halbmondförmig war und einen feinen weißen Sandstrand hatte. Die Sonne war untergegangen, und auf dem See dämmerte es; im Osten hing hier und dort blasser blauer Dunst über Zayana und der Zitadelle; die Mauern, Dächer und Türme waren in Schatten getaucht; ihre Lampen schienen wie Sterne herüber. Im Norden, auf den hohen Gipfeln, hing noch Tageslicht. Eine breite Lichtung, weiche, sanft ansteigende Wiesen, führte vom Anlegeplatz in die Insel hinauf, bis auf die Uferseite ringsum von Zypressenhainen eingeschlossen: einem Gewirr säulendicker Stämme und versponnenen Geästs, durchwebt, durchtränkt und verhangen mit Dunkelheit, daß weder der helle Mittag die innewohnende Schwärze durchdringen noch die finstere Nacht sie verstärken konnte. In der Mitte der Lichtung, auf einem ebenen Grasstück, wo tausendfach Gänseblümchen und Fingerkraut gerade ihre Blüten zum Schlaf gefaltet hatten, waren Tische für das Fest aufgestellt. Die größte Tafel zeigte südlich zum Hafen, wo die Gondeln und die Karavelle mit hochaufragenden Vor- und Achtersteven und mit ihren Laternen, einige rot, andere grün, anmutig über ihren anmutigen Spiegelbildern auf dem Wasser tanzten. Zwei kürzere Tische schlossen sich an den Enden der langen Tafel an: einer zeigte nach Zayana und der Nacht und der andere westwärts auf den ziehenden Sonnenuntergang, über dem in einem klaren Himmel wie aus blassem Chrysolith der Abendstern brannte wie ein Diamant am Halse Aphroditens.

Die Tafeln waren mit Damast bedeckt, und ein Fischessen ward aufgetragen: Austern und Hummer, kleine und große Flußkrebse, Forelle, Thunfisch, Lachs, Stör, Neunauge und Kaviar, angerichtet in schönen goldenen Schalen, garniert mit Pilzen, Spargel, Hahnenkamm und Trüffel; darüber hinaus wurden die verschiedensten köstlichen Früchte gereicht, und Weine aller Sorten in großen Kelchen und Bechern aus Kristall, Silber und Gold: trockene alte Weine, goldgelb und lohfarben, gut, den Magen anzuregen und den Witz zu schärfen, und Rotweine in den Farben alter Sonnenuntergänge, die wie Blut am Glas klebten und deren süße Schwere die Gedanken ausreifen ließ und die Sinne beruhigte, so daß man die inneren Stimmen zu vernehmen vermochte; und Perlweine, deren Schaum von jener ewigen See und der immerwährenden Frühlingszeit flüsterte, wohin alle Erinnerungen und Herzenswünsche zurückkehren für immer. Blonde, ganz in Grün gekleidete Knaben, fünfzig an der Zahl, richteten hinter den Tafeln Fackeln auf und unterhielten sie, damit die Feiernden Licht hatten. Die Flammen jener Fackeln brannten ruhig in der stillen Sommerluft, mit einer unaufhörlichen kleinen Bewegung, wie das Anschwellen und Senken einer

Mädchenbrust; und hin und wieder wehte der Brandgeruch heran und vermengte sich mit dem Duft der Blumen und des Waldes und dem taubeladenen Atem des Abends.

So feierten sie also fröhlich und speisten unter dem Himmel. Kaum waren die letzten Funken der untergehenden Sonne im Westen verglüht und kaum war im Osthimmel hinter der Stadt Zayana die Nacht erwacht, als dort ein Lichtschein nach oben strahlte; in seinem Gefolge erschien bald die Scheibe des Mondes, der wie eine Königin bei einem Prunkumzug seine goldene Schleppe über jene stillen Wasser zog. Bei diesem Schauspiel verstummte das Gerede eine Weile. Barganax, der in der Mitte des Quertisches, Lessingham zu seiner Rechten, saß, blickte zu Fiorinda links neben ihm, während sie den Mond betrachtete. »Euer Spiegel«, flüsterte er. Ihr Gesichtsausdruck änderte sich, und lächelnd sagte sie mit einem trägen Achselzucken: »Einer von vielen!«

»Mylord Lessingham«, sagte Campaspe, »stellt Euch vor, ich beherrschte die Zauberkunst und könnte Euch einen Wunsch erfüllen. Was würdet Ihr wählen, Freude oder Macht?«

»Diese Frage«, antwortete er, »kann ich in solch einer Gesellschaft und in solch einer Nacht und noch dazu beim Mondaufgang nur mit den Dichterworten beantworten:

Dieses nur ist meine Freude: die Macht, zu erfreun meine Herrin;
*Dieses nur ist meine Macht: Freudig empfinden die Macht.«**

»Eine weitschweifige Antwort«, sagte der Herzog, »voller List und Tücke. Mißtraut ihr, Madam.«

»Können Euer Gnaden sie denn verbessern?« fragte Campaspe.

»Nichts leichter als das. Und mit einem Wort: Freude.«

Fiorinda lächelte.

»Eure Ladyschaft werden mich unterstützen«, sagte der Herzog. »Wozu sonst ist Macht gut, als weise, machtvolle und glorreiche Freuden zu liefern? Was mehr bringt mir mein Herzogtum? Ach, ich würde es als etwas Nichtiges und Niedriges geringschätzen, wäre es nicht der Schlüssel zu jenem köstlichen, sonnigen Diamanten, der alles an Glanz übertrifft.«

»Philosphische Streitgespräche«, sagte Fiorinda, »erwecken in mir immer seltsame Sehnsüchte.«

»Sehnsüchte?« fragte der Herzog. »Ihr seid die Herrin unseres

---

*Ins Deutsche übertragen von Jürgen Blasius

heutigen Festes. Und käme nur der Hauch eines halbgestalt'ten Wunsches über Eure Lippen: der Blitz soll langsam dagegen sein, wie eilig wir ihn erfüllen.«

»Im Augenblick«, sagte die Dame, »gäbe ich mich mit einer kleinen Frucht zufrieden.«

»Himbeeren?« fragte der Herzog und bot sie in einem goldenen Gefäß an.

»Nein«, sagte sie mit einem wählerischen Blick darauf. »Sie sind in sich zu verwunden: wie Mylord Lessinghams Distichon.«

»Wollen Eure Ladyschaft einen Pfirsich essen«? fragte Melates.

»Könnte ich«, sagte sie, »obwohl, nein. Pfirsiche mit am Fleisch haftendem Stein sind mir zu mühsam: welche mit freiem Stein mag ich nicht. Euer Gnaden dürfen mir eine Birne geben.«

Der Herzog schickte seinen Knaben, vom Tischende Birnen zu holen. »Ihr sollt sie mir schälen«, sagte Fiorinda, als sie sich eine aussuchte.

Barganax, wie berauscht von einer plötzlichen Ausdunstung ihrer Schönheit, der trägen Stimme, den lieblichen, juwelengeschmückten Händen, die wählerisch über der Birnenschale verweilten, wurde von einem Zittern gepackt, daß die Schüssel in seiner Hand schüttelte. »Ich vergaß«, sagte er mit einer höflichen Verbeugung, wobei er gegen die Schwäche ankämpfte, »daß dies Eure Lieblingsfrucht ist.«

»Vergessen? Ist es schon so lange her, daß Euer Gnaden und ich in aller Ausführlichkeit darüber sprachen? Ich hatte fürwahr wenig an Euren Vorlieben auszusetzen, ebenso wie Ihr wohl an den meinigen.«

Lessingham, der dieses kleine Spiel am Rande verfolgte, schmeckte darin eine feine, seltsame Freude: unwägbarer als Tautropfen auf Grashalmen bei Sonnenaufgang oder die von aufsteigenden Lüften hochgetragenen Spinnweben; eine Freude, die auf Feenfüßen, eine Schönheit der anderen angemessen, *allegretto scherzando* durch die Musik eines großen Meisters tanzt. Nur aus der Laune heraus, solche Uneinigkeiten wieder zu beleben, sprach er und sagte: »Wenn Eure Ladyschaft zwischen uns richten wollen, werde ich mich gegen den Herzog verteidigen, insofern ich die Freude an sich, sollte ich wählen können, ablehnte. Denn es gibt niedrige, unfeine, widerliche und schlechthin schweinische Freuden. Wie wollt Ihr also Freude *per se* wählen?«

»Mit dem gleichen Argument wie Macht *per se*?« entgegnete der Herzog. »Wie steht es mit einem Hund eines Gärtners, der den Kohl im Garten nicht fressen kann und so niemandem vergönnt, ihn zu verzehren? Nennt Ihr diese Macht gut? Ich denke, dieser Schlag traf wohl in Euer Aufschlagfeld, mein Lord. Oder zumindest heißt's nun Seitenwechsel und ausgespielt, wer näher trifft ans Mal.«

Lessingham sagte: »Der Preis gehört mir, denn wenn Macht nicht immer gut ist, so gilt dies auch für Freude. Es muß eine edle Freude sein, und die edelste Freude ist Macht.«

Fiorinda biß wählerisch ein Stückchen ihrer Birne ab.

»Ich bitte Euch, Madam, beehrt uns damit, unser Schiedsrichter zu sein«, sagte Lessingham.

Sie lächelte und sagte: »Es ist nicht meine Art, zu richten. Nur zuzuhören.«

Barganax sagte: »Aber wollt Ihr Euch Torheiten anhören?«

»O ja«, antwortete sie. »In einem Körnchen Torheit steckt oft mehr Gutes als in einer Handvoll Weisheit.«

»Ha! Das traf Euch, Vandermast«, sagte der Herzog.

Der Greis, der am äußeren Ende der östlichen Tafel zwischen Anthea und der jungen Gräfin Rosalura saß, lachte in seinen Bart. Lady Fiorinda hob die Augenbrauen und richtete einen fragenden Blick auf ihn, dann auf den Herzog, dann auf Lessingham. »Ist er weise?« fragte sie. »Ich dachte, er sei ein Philosoph. Wirklich, ich könnte ihm eine ganze Sommernacht lauschen, ohne seines unsinnigen Geschwätzes überdrüssig zu werden.«

»Ein alter Narr«, sagte Vandermast, »der dennoch weise genug ist, Eurer Ladyschaft zu dienen.«

»Erfordert das Weisheit?« fragte sie und blickte zum Mond. Lessingham, der ihr Antlitz betrachtete, dachte an jene todbringende skythische Königin, die Kyros den letzten tiefen Schluck Blutes gereicht hatte. Doch noch während er so dachte, wurde er sich um so tiefer bewußt, daß im liebkosenden Zauber ihrer Stimme ein Geist atmete, der mit einem eigenartigen Sinn für Humor die Welt feinfühlig und einfach auskostete; wie irgendein gezierter, anmutiger Vogel anmutig dieses oder jenes erforscht und mit gleichförmigem Gefallen annimmt oder abweist. »Erfordert das Weisheit?« fragte sie abermals. Und nun war es, als käme über die Lippen jener Dame ein ungehörtes Lied, eine ungesehene Schönheit, mit Schwingen behaftet, und stiege empor zum Himmel, weit über jene säulenhaften Zypressen hinaus, deren riesige, aufrechte Formen die dunkle Wiese umstanden; und der weite Nachthimmel ward erfüllt wie von einem unmittelbar bevorstehenden Aufblühen ungeahnter Wunder.

»Es gibt keine andere Weisheit als diese: weder im Himmel noch auf Erden oder unter der Erde, weder in der Erscheinungswelt noch in der Gedankenwelt, weder *sub specie temporali* noch *sub specie æternitatis.* Es gibt keine andere«, sagte Vandermast mit so leiser Stimme, daß keiner ihn gut hören konnte außer der Gräfin rechts neben ihm. Und obgleich sie es gehört hatte, verstand sie es nicht, erfaßte es aber mit ihrem Herzen, wie ein Schilfrohr, das sich vor dem Wind beugt, dunkel etwas davon erfassen mag, was sich in den windgepeitschten Räumen abspielte, ohne es zu nötigen und zu unterwerfen; die Gräfin tastete nach Medors Hand und hielt sie fest.

Es herrschte Schweigen. Dann fragte Medor: »Und was ist mit der Liebe?«

Vandermast sagte wie zu sich selbst, doch die Gräfin Rosalura hörte es: »Es gibt keine andere Macht.«

»Liebe«, sagte Lessingham, wieder kühl und gelassen nach dem Verblassen jenes jähen Lichtes, »wird die Stichhaltigkeit meines Arguments treffend unterstreichen. Denn hier ist, wie überall, die Macht am Werk. Denn was ist ein Liebhaber ohne die Macht, seine Herrin zu gewinnen? Oder sie ohne Macht, ihn zu halten?« Während er sprach, legte sich seine Hand unbemerkt fester um Campaspes gefügige Hüfte. Seine Augen, die unbekümmert umherschweiften, während er sprach, von einem Gesicht zum nächsten, kamen zur Ruhe, als sein Blick sich mit Antheas Blick kreuzte, die neben jenem gelehrten Doktor saß. Die lohfarbene Fülle ihres langen Haares war der kühlen Schönheit ihres Antlitzes wie ein doppelter Schleier goldgelber Pracht. Ihre Augen begegneten seinem Starren mit Verzückung, hart, kühn und unergründlich, und hielten ihm stand.

»Wie man weiß«, sagte Fiorinda, »ist Liebe ein komplizierteres Spiel als Tennis oder Kriegskunst oder Politik, Mylord Lessingham.«

Anthea lachte ein wenig und zeigte ihre luchsartigen Zähne. »Dazu fällt mir ein Ausspruch Eurer Ladyschaft ein«, sagte sie.

Fiorinda zog eine Augenbraue nach oben, während sie sachte ihren Weinkelch zum Herzog schob, damit dieser ihn nachfülle.

»Daß ein Liebhaber, der seine Herrin durch Macht zu gewinnen strebt«, sagte Anthea, »wie ein alter, dürrer Tattergreis ist, der wieder jung sein möchte und sich falsche Haare und Zähne zulegt und geschickt das Gesicht bemalt: damit und mit einem guten Krug Weins; aber eines fehlt ihm, und auf dieses Eine kommt es an.«

»Sagte ich das tatsächlich?« fragte Fiorinda. »Ich hatte es vergessen. Fürwahr, dies ist ein seltsames Gerede von Macht und Freude in der Liebe«, sagte sie. »Es gibt einen Garten, und in diesem Garten steht ein Baum, und daran wächst eine Rose. Kann eine Frau nicht ihren Geliebten halten, ohne stets darauf bedacht zu sein, ihn mit Freude zu erfreuen? Pah! Dann soll sie das Spiel bleibenlassen. Oder soll mein Geliebter glauben, mich dadurch gewinnen zu können, daß er mich erfreut? Puh! Er bezahlte mich dann; meint er, ich sei käuflich?«

Barganax, der neben ihr saß, ohne sie anzusehen, mit ihr zugeneigter Schulter, die Ellbogen auf den Tisch gestützt, die Finger wie erstarrt an seinem Schnurrbart, blickte immer noch vor sich hin, als lauschte er mit allen Sinnen der letzten, kaum hörbaren Kadenz in der Musik von Fiorindas Stimme.

Fiorinda sah in dieser Pause zu Vandermast hinüber. Auf ihren Blick hin stand er nun gehorsam auf und hob zwei-, dreimal die Hand über den Kopf, als wollte er ein Zeichen geben, daß etwas aus der schwarzen Nacht jenseits des Fackelscheins kommen sollte. Der Mond stand nun hoch über Zayana, und der Fackel-, Mond- und Sternenschein waren verwebt zu einem Schleier, der Erde und Himmel und Wasser in eine Unstofflichkeit aus ungewissen Schatten und trübem Licht hüllte. Während Vandermast sich erhob, versank scheinbar die Nacht in einem tieferen Teich der Stille, wie ein Otter lautlos vom Ufer ins schwarze Wasser gleitet. Nur das Surren eines Ziegenmelkers drang vom Waldesrand herüber. Und nun gewahrten die Feiernden an den Tafeln mit einemmal etwas Flinkes, das an der Schwelle zwischen Fackelschein und Finsternis stand; eine menschenähnliche Gestalt, aber von kleinem Wuchs, kaum mit dem Kopf an die Ellbogen eines Mannes reichend; es hatte rauhhaarige Beine und Ziegenhufe und auf dem Kopf Hörner wie ein junger Ziegenbock; wie rotglühende Kohlen leuchteten seine Augen. Durch Mark und Bein gingen die Blicke jener Augen, die hastig von Gesicht zu Gesicht wanderten (ausgenommen Fiorinda, vor der es den Blick wie in Anbetung senkte), und ebenso durchdringend war die Melodie des Liedes, das es sang: des Liedes, nach dem sich seit Anbeginn der Zeiten Liebende und große Dichter gesehnt und darob ihr Herz verzehrt haben: ein Nachtlied, bittersüß, welches das Herz der Nacht erbeben ließ ob der aufgewühlten Sehnsucht und Zweifel, die keine Sprache auszudrücken oder wiederzugeben vermag; und in diesem Lied vernimmt der Zuhörer die Stimmen der ungeborenen Männer und Frauen, die in den Abgründen der Ewigkeit widerhallen und den Stimmen der Toten antworten. Sicherlich saßen alle, die jenem Gesang lauschten, wie aus dem Schlaf gerissen oder geschreckt. Liebende an ihren Liebsten geklammert: Amaury und die samtäugige Violante, Myrrha und Zapheles, Bellafront und Barrian. Lessinghams umschlingender Arm legte sich fester um seine Campaspe: ihre Brust unter der Seide unter seiner Hand war eine zitternde Taube: ihre schwarzen Augen ruhten wie in sanfter, gewohnter Versenkung auf dem Sänger. Pantasilea, deren schwere Lider und schwere, geschürzte Lippen wie in einem Schwinden der äußeren Sinne halb geschlossen waren, lehnte sich seitlich auf Melates' Schulter. Medor hielt wie ein kleines Kind seine süße junge Gräfin umfangen. Hinter ihnen, am äußersten Platz der Osttafel, saß aufrecht die lauschende Anthea, deren Haar mit einigen abirrenden Locken den Kittelärmel des alten Vandermast berührte, welcher regungslos neben ihr stand.

Nur Lady Fiorinda lauschte dem Gesang scheinbar frei und unverliebt, genau wie der kalte Mond, Herr der Gezeiten, nicht an ihrer rastlosen Ebbe und Flut teilhat, sondern weit über den Wolken des Himmels seine ruhige Bahn zieht, diese und alle irdischen Dinge mit gleichmütigem Blick betrachtet, göttlich und ungerührt. Der Herzog, der zurückgelehnt dasaß, hatte sie die ganze Zeit von der Seite unter seinen faunischen Augenbrauen heraus beobachtet, wobei seine Hand sich bewegte, als hätte er ein Stück Kreide oder einen Pinsel darin. Nun beugte er sich zu ihr und stellte die malende Bewegung ein: der rechte Ellbogen ruhte auf der Tafel, die linke Hand auf ihrer Stuhllehne, doch ohne sie zu berühren. Die Stimme des Sängers, die jetzt klang wie das Echo einer fernen Melodie, die über den Rücken eines Berges vom Wind herangetragen wird, bildete nun eine zarte Begleitmusik zu der äußerst leidenschaftlichen Liebe, welche wie das Rollen eines gedämpften Donners in seiner Stimme mitschwang, als er ihr ins Ohr zu flüstern begann:

»O finsterer Wald wilder Tiere, darin
Ein im Empyreum träumender Gipfel blinkt:
O Häslein beim Schloß einer Königin,
Unter Lilien schlummernd, wo Vergessenheit winkt:
Roh und tierisch, jungfräulich, gottesgleich:
Wilder Liebreiz, von süßer Glut erhellt:
Letzte Rast und Born an Schönheit reich:
– All dies bist Du, Deiner schmachtet die Welt.«

So sprechend, verstummte die tiefe Stimme des Herzogs. Eine bebende, oberflächliche Stille breitete sich aus, untermalt von einem Rauschen in der Nacht, wie bei einer Reihe von Arpeggios auf gedämpften Saiten. Im Mundwinkel jener Dame zeigte sich, während sie lauschte, das Teufelchen, reizend und verführerisch, und schien sich zu drehen und im Schlaf zu strecken. Ungewollt hatte Lessingham mitgehört. Dunkel schmeckte er in seinem eigenen Fleisch Barganax' geheimes Denken und Sinnen: auf welche Weise dieser Herzog im Leben dieser angeblichen Frau süßer lebte als in seinem eigenen. Er lehnte sich zurück, um sie über die Schulter des Herzogs zu betrachten. Er sah nun, daß Glühwürmchen in ihr Haar gewunden waren. Als er aber ihr Antlitz erblicken wollte, war es, als ob vielfarbige Lichtspeere, solchen Lichts wie im Mondhof, nahe mit der Dunkelheit verwandt, in einem endlosen Strom aus dem Mittelpunkt seines Blickfeldes schössen; und dort, wo er normalerweise sie gesehen hätte, gewahrte er nur jene Lichterflut und innerhalb ihrer schönen Umrisse nicht Dunkelheit, sondern schiere Leere: eine Auflösung des Fortbestehens: nichts.

Wie ein Mann, der sich einem schönen Traum ab- und der verläßlichen Wirklichkeit zukehrt, wandte er sich seiner Campaspe zu. Ihre süßen Lippen lockten einladend: er beugte sich zu ihnen hinab. Leise lachend wichen sie ihm aus, und unter seiner Hand spürte er sehr wirklich weich und warm die bebende Rundung der Schwimm-Maus.

Nahe der Nordwestspitze der Insel lag ein Garten, beschattet von Eichen, die zehn Generationen alt waren, von Zedern, durch deren Nadeln kein Sternenschein drang, und von Erdbeerbäumen mit feinem Geäst und buschigem Laub. Aus dem dunklen Gehölz antwortete die Nachtigall der Nachtigall und Nachtblumen mit süßen Mündern, wie Bräute in ihrem ersten Schlaf, vermengten ihren Wohlgeruch mit dem vielfältigen Tauduft der Nacht. Die letzte Stunde vor Mitternacht war nun angebrochen. Vom südwärts gelegenen Hafen aus ertönten die langen schläfrigen Klänge eines Hornes, die anschwollen und ihr süßes Lied dem Nachthimmel ins Gesicht schmetterten. Anthea, schlank wie ein Mondstrahl in jenen stillen Wäldern, erhob sich. »Das herzogliche Horn«, sagte sie. »Wir müssen zurück; es sei denn, Ihr wollt die Nacht auf der Insel verbringen, Mylord Lessingham.«

Lessingham stand auf und küßte ihre Hand. Eine Weile lang sah sie ihn von unter ihren Brauen hervor an; ihre Augen funkelten beständig, das Kinn war ein wenig nach unten gezogen: ein ernster, lippenleckender Ausdruck. Dann bot sie ihm den Arm dar und sagte, während sie sich zum Gehen umwandten: »Unzufriedenheit ist in Euren Augen. Ihr träumt von etwas, aber nicht von mir.«

»Unvergleichliche Dame«, antwortete er, »nennt es Überdruß. Wenn ich unzufrieden bin, so wegen der Zeit, die mich von diesen hohen Freuden dorthin fortzieht, wo, wie zusammengescharrte Schlacke in Asche . . .«

»O nein, keine netten Entschuldigungen«, sagte sie. »Ich und Campaspe sind keine Frauen. Wahrlich, nur auf Ihr Geheiß hin, das nicht zu befolgen wir nicht wagen, haben wir mit so einem wie Euch geliebelt, Mylord.«

Sein Schnauzbart stellte sich auf.

»Ihr haltet das für eine Lüge?« fragte sie. »Der unbegreifliche Stolz der Sterblichen!«

Lessingham sagte: »Meine Erinnerung ist zu feurig und klar.«

Sie wandelten nun in der Finsternis der dicht stehenden Zypressen. »Es ist wahr«, sagte Anthea, »daß Ihr und Barganax ganz und gar kein gewöhnlicher Menschenschlag seid. Diese Welt ist Euer, Euer und sein, wüßtet Ihr das nur. Und wüßtet Ihr es, so töricht seid Ihr Sterblichen, wäret Ihr ihrer augenblicklich überdrüssig und fordertet eine neue. Recht getan, daß Ihr es nicht wißt. Seht, ich sage es Euch, dennoch glaubt Ihr es nicht. Und erklärte ich es Euch die ganze Nacht lang bis zur Dämmerung, glaubtet Ihr mir nicht.« Sie lachte.

»Ihr sprecht fröhlich frei heraus«, sagte Lessingham nach einer Pause. »Ihr könnt wild sein. Ich ebenfalls. Ich mag Eure Wildheit, Eure Bisse und Kratzer, Madam. Soll auch ich frei heraussprechen?« Er blickte nieder; ihr Antlitz in der Höhe seiner Schulter trug den Ausdruck wohliger Seelenruhe. »Ihr«, sagte er, »(und ich darf die geliebte Herrin Campaspe nicht ausschließen) habt mich heute nacht solche Wonnen kosten lassen, wie sie die Helden im Elysium sicherlich nicht süßer schmecken. Doch möchte ich mehr; doch was mehr, das weiß ich nicht.«

Ohne ihn anzusehen, schnitt sie eine kleine Grimasse. »In Eurer gelehrten Unterhaltung, Mylord, habe ich heute nacht solche Wonnen gekostet, wie ich es von Natur aus gewohnt bin. Mein Verlangen ist gestillt. Ich bin, so wie ich es immer bin, zufrieden.«

»Wie immer?« fragte er.

»Ist ›immer‹ für Euch wie der bittere Saft einer ausgedrückten

Zitrone im Glas, Mylord? Nichtsdestoweniger ist es die selbstverständliche Wahrheit. Und nun, bei unserer nüchternen Rückfahrt nach Zayana unter der Führung des gelehrten Doktors, ersehne ich keine geringere Glückseligkeit als –: aber dies werdet Ihr für ungeziemend halten.«

Sie blickte zu ihm auf, und der Druck ihres Armes auf seinem verstärkte sich ein wenig. Seine Augen, als er ihren Blick erwiderte, waren verschwommen und blind.

Der Pfad führte nun ins Freie hinaus, als sie den niedrigen Hügelkamm der Insel überquerten. Der Schwall des Mondscheins übergoß sie; zu ihrer Linken standen in unmeßbarer Ferne die gewaltigen Gletscher wie Gespenster in der mondscheindurchfluteten Luft. Anthea sagte: »Gewahrt diesen Berg, Mylord, der in den zackigen Kämmen westwärts abfällt, eine Handbreit links von der Platane. Er heißt Ramosh Arkab; und ich sage Euch, daß ich dort zwischen Wald und Schnee zehn Millionen Jahre gelebt habe.«

Sie waren jetzt zum Anlegeplatz gekommen. Die im Schatten der Zypressen liegende Wiese war leer: die Tafeln, wo das Festmahl stattgefunden hatte, entfernt: die Fackeln und Feiernden fort. Von weit drüben auf dem Wasser leuchteten die Lichter der Gondeln herüber, die nun heimwärts nach Zayana fuhren. Auf den Weiden, die sich sanft zum Ufer senkten, war es äußerst still und einsam im Mondschein. Nur eine Gondel lag noch am Landungssteg. Daneben wartete der Greis. Würdevoll erwies er Lessingham seine Ehrerbietung; alle drei gingen sie an Bord, machten los und legten ab. Es war kein Gondoliere da. Doktor Vandermast hätte das Ruder übernommen, aber Lessingham hieß ihn neben Anthea auf dem Ehrenplatz zu sitzen und ließ sich selbst auf dem Vorderdeck nieder, die Füße im Bootsrumpf, und setzte es achtern voraus in Bewegung. So überquerten sie jene Wasser, die voller ertrunkener Sterne und geheimnisvoller, unergründlicher Tiefen der Finsternis waren. Etwas brach das glatte Wasser an Steuerbord voraus; Lessingham erkannte, als sie näherkamen, den runden Kopf eines Otters, der in Richtung Ambremerine schwamm. Er beäugte sie aus seinem kleinen Gesicht heraus und pfiff zischend. Bald war er achtern aus dem Blickfeld verschwunden.

»Mein Bart war einst schwarz«, sagte Vandermast. »Schwarz wie Eurer, Mylord.« Lessingham bemerkte, daß des Alten Gesicht im Mondschein fahl war und daß seine Augen verborgen waren wie in Meeresgrüften oder in den tiefen Gewölben eines

Kerkers, so daß man nur durch Hinsehen nicht klar erkennen konnte, ob er in Wahrheit Augen hatte oder ob in jenen Schatten die Augenhöhlen leer und mit gähnender Schwärze gefüllt waren. Anthea saß in träger Anmut neben ihm. Sie ließ einen Finger ins Wasser hängen, was ein plätscherndes Geräusch ergab, das angenehm in den Ohren klang. Auch ihr Antlitz war weiß im Mond, ihr Haar ein zauberhaftes Gewirr aus Mondstrahlen, ihre Augen Feuergruben.

»Dryaden«, sagte Vandermast kurz darauf, »kommen in zwei Arten vor, wovon die eine mehr den Wassernaturen verwandt ist, Najaden und Nereiden nämlich; die andere Art aber, welche näher den meteorhaften Häusern und der oberen Baumgrenze im Bereich des ewigen Schnees und der kalten Eisströme der Höhe wohnt, besitzt davon herrührende Eigenschaften der Oreaden oder Bergnymphen. Ich erging mich deshalb in diesen selbstgefälligen Betrachtungen, insofern ich die Hoffnung hegte, Mylord, dadurch daß ich zu Eurer Unterhaltung jeweils eine von jeder Art zur Verfügung stellte und so Eurem Ohr zwei Melodien vorspielte, *andante piacevole e lussurioso* und dann *allegro appassionato,* es Eurer Lordschaft leichter gemacht zu haben, dem Fest heute nacht vollkommene Befriedigung und lohnende Freuden abzugewinnen.«

Die Worte des Alten, murmelnd dahergeleiert, harmonierten merkwürdig mit der schläfrigen Nacht; dem Eintauchen und Wirbeln und erneutem Eintauchen von Lessinghams Ruder; dem zwischen den Schlägen vom Ruderblatte abtropfenden Wasser.

»Wo haben Eure Lordschaft meine kleine Schwimm-Maus zurückgelassen?« fragte er nach einer Weile.

»Sie hat sich schließlich in einen Weidenlaubsänger verwandelt«, antwortete Lessingham.

»Solche Naturen«, sagte Vandermast, »ziehen für gewöhnlich große Genugtuung aus einer Verwandlung und der Annahme vielfältigster wahrnehmbarer Formen und Körperhaftigkeit. Mit Euren gesetzteren Vorlieben und feinsinnigeren Gelüsten werden Euer Gnaden sie in Form und Gestalt einer Frau aber zweifellos höchst annehmbar empfunden haben.«

»Sie erwies mir die Gefälligkeit«, antwortete Lessingham, »diese Erscheinung während der meisten Zeit unseres Zusammenseins beizubehalten.«

Sie fuhren schweigend weiter. Dann sagte Vandermast: »So findet Ihr also Befriedigung in Frauen, Mylord?«

»Ihre Gesellschaft«, antwortete Lessingham, »ist mir eine willkommene Abwechslung.«

»Das«, sagte der Gelehrte, »entspricht dem Schluß, zu dem ich durch vernunftmäßige Folgerung angesichts jener Strophen oder Verse gelangte, welche Eure Lordschaft vor etwa einer Stunde vortrugen und welche, irre ich nicht, Eure Lordschaft selbst verfaßten. Ging der Reim nicht so?

Um ihren Geliebten zu gewinnen,
Schmeichelt Anthea seinen Sinnen,
Reißt vom Busen sich das Linnen –
Ah! Silberäpfel – Mythen,
Frucht des heilgen Baumes Blüten,
Den die Hesperiden hüten.«

»Was ist das?« fragte Lessingham, und seine Stimme klang gefährlich.

»Ihr dürft es nicht übelnehmen«, sagte Vandermast, »daß ich diese Kleinigkeit, nur für ihre Ohren und die eifersüchtigen Ohren der Nacht gesprochen, kenne, ohne gelauscht zu haben. Ihr selbst seid Zeuge dafür, daß weder Ihr noch sie mir davon erzählten, und in der Tat, ich war zehn Gehminuten entfernt, konnte es also kaum gehört haben. Ein wenig kalt: ein wenig unbeteiligt, dünkte mich, für ein Liebesgedicht. Doch fürwahr, ich halte Eure Lordschaft für einen Mann der Tat. So findet Ihr also Befriedigung in Taten?«

»Ja«, antwortete er.

»Macht«, sagte der gelehrte Doktor: »Macht, die verändert. Ja, aber habt Ihr die Macht bedacht, die in der Zeit liegt, junger Mann? Und die schwarzen Haare Eures Bartes ergrauen läßt wie die meinigen: und die letzte Änderung, den Tod? Der nur wartet und ausharrt und stillsteht und dadurch alles überwältigt und sich gleich macht. Wagt Eure Macht, dieser Macht ins Auge zu sehen, wie ein Bräutigam an das Bett der Auslöschung zu treten? Laßt mich in Eure Augen sehen.«

Lessingham, dessen Augen die ganze Zeit auf Vandermasts Augen gerichtet waren, sagte: »Schaut nur.«

Das Gesicht der Nacht hatte sich nun gewandelt. Ein kalter Nieselregen verfinsterte den Mond: die Gondel schien querab zu treiben, von der ganzen übrigen Welt abgeschnitten, inmitten des weiten, wüsten Wassers. Vandermasts Stimme kam wie das Ächzen eines fernen Windes: »Die haarlose, blutlose, saftlose Macht der Stille«, sagte er, »die alles aufhebt und verschlingt:

Herrschaft und Dienerschaft, Güte und Fäule, Lust und Überdruß, jung und alt: alles wird im finsteren Wirrwarr des Nichts versinken.« Lessingham sah, daß des Alten Gesicht runzelig war wie der Schrumpfkopf eines Toten und seine Augen lediglich Löcher, die sich nach innen öffneten und die Schrecken eines hohlen Schädels offenbarten. Und jene luchsäugige Bergnymphe, die ihn grimmig anfunkelte und mit ihrem schlanken, scheckigen Körper geduckt neben ihm kauerte, hatte sich wahrhaftig in einen Luchs verwandelt, die buschigen Ohren aufgestellt und zukkende Schnurrhaare links und rechts des fauchenden Maules. Vandermasts Stimme war laut und heiser, als er ausrief: »Ihr werdet jung sterben, Mylord Lessingham. Vielleicht noch ein, zwei Jahre, und Ihr werdet sterben. Und was wird es dann helfen, daß Ihr mit Euren hohen Begabungen Große auf Erden gestürzt (wie Ihr es erst heute in Acrozayana getan) und den Vikar von Rerek, Euer verwunschenes, ungezähmtes Pferd, geritten habt, bis er Euch abgeworfen, um Euch den Hals zu brechen, und Ihr schließlich gestorben seid? Was ist Ruhm für den tauben Staub, der dann Euer zartes Ohr sein wird, Mylord? Was nützt es Euch dann, schöne Frauen besessen zu haben? Welche Rolle wird es spielen, obschon Ihr darin keine Befriedigung erfahren habt? Denn dort, wohin Ihr geht, gibt es weder Unzufrieden- noch Zufriedenheit, sondern nur den leeren Magen der Finsternis, der Ewigkeit um Ewigkeit einkapselt. Oder selbst jener Blick hinter den Schleier (falls Ihr es heute nacht, ehe die Leute von den Tafeln aufstanden, tatsächlich gesehen habt), was wird Euch das nützen, ist es doch nichts als Unmöglichkeit, Erfindung und Nichtigkeit, und wird es dann weniger als bloße Nichtigkeit sein: weniger als der Staub Eurer selbst im blinden Maul des Wurms? Denn alles vergeht, zerfällt und löst sich auf, alles ist hohl und leer, ehe es schließlich im schieren Nichts endet.«

»Ich sah nichts«, sagte Lessingham. »Was ist diese Lady Fiorinda denn?« Er sprach gleichbleibend gelassen; nur seine Ruderschläge kamen vielleicht mit gleichmäßigerer Entschlossenheit gesammelter Kraft.

Die Gondel kippte seitwärts. Lessingham riß seinen starrenden Blick von dem alten Mann los, um sie sicher durch einen plötzlichen Strudel zu bringen, denn nun schwollen die Wasser an, teilten sich wieder und taten sich auf in grundlose, alles verschlingende Tiefen. Bleiche Klippen ragten im Nebel und in der Dunkelheit drohend über ihnen auf, und Feuer brannten auf ihnen, die den Anschein von Leichenlichtern hatten. Und über jenen Klippen war der Anschein von eisüberzogenen Gebirgen zu erkennen, von denen glühende Lavaströme herabrollten und ein Zischen im Wasser verursachten, welches das Murmeln der Wellen bei weitem übertönte; und Lessingham gewahrte gesichterlose Wesen, die in Leichentücher gehüllt über die Klippen wandelten, mit einer Gesalt, die alles Menschliche überschritt; scheinbar verzweifelt reckten sie wehklagend die mageren Hände zum erbarmungslosen Himmel. Und während er diese Dinge gewahrte, riß die Wolkendecke entzwei, und in der zackigen Kluft floh ein unheilverkündender geschweifter Stern in den Schlund der Nacht. Und es fing zu donnern an, und ein Dröhnen kam auf, wie von einem gegen die Küsten des Todes rollenden verzweifelten Meer. Dann, wie ein Gedanke über die Schwelle des Vergessens tritt, war alles verschwunden, die wolkenlose Sommernacht hielt den Atem an angesichts der eigenen, ihr innewohnenden Seligkeit: die Wasser schnurrten behaglich im Schlaf bei der Berührung mit Antheas träge im Wasser hinter sich herangezogenem Finger.

Lessingham legte das Paddel nieder und warf die rechte Hand an die Hüfte; aber sie waren unbewaffnet zu jenem Fest gegangen. Ohne Umstände hatte er mühelos und flink, so daß die Gondel kaum ins Schaukeln gekommen war, beide Handgelenke von Doktor Vandermast mit der Linken gepackt: seine Rechte glitt hinauf unter den langen weißen Bart und tastete nach dem dünnen Hals des Doktors. »Alte Unke«, sagte er, »Ihr wolltet mich meiner Kraft berauben, ha? Mit Euren üblen Vorahnungen. Das ist Euch wohl gelungen, doch sollt Ihr dafür sterben.« Seine stählernen Finger legten sich behutsam um die Gurgel des Alten.

Doktor Vandermast blieb völlig ruhig. Er sagte: »Gestattet mir noch ein Wörtchen.«

»Sprecht, aber schnell«, sagte Lessingham.

Sicherlich leuchteten die Augen des Alten, die jetzt in die seinigen blickten, so hell wie der aufgehende strahlende Morgen. »Mylord Lessingham«, sagte er, *»per realitatem et perfectionem idem intelligo:* meiner Ansicht nach sind Wirklichkeit und Vollendung eins. Falls Eurer Lordschaft also eine Ungelegenheit widerfahren ist, so dürft Ihr es nicht an mir rächen: Euer ungebührliches Benehmen kommt nur daher, daß Ihr nicht vollständig begriffen habt.«

»Ha! Habt nicht Ihr diese Phantasterien ersonnen und mir vorgeführt? Habt nicht Ihr Euer Gift verspritzt?« fragte Lessingham. »Versteht mich nicht falsch: ich fürchte meinen Tod nicht. Aber ich spüre in mir etwas, wie ich es noch nie zuvor gefühlt habe, und ich weiß nicht, was es ist, wenn nicht irgendeine Verzweiflung. Weshalb ich Euch nur raten kann, mich vollständiges Begreifen zu lehren. Oder ich werde Euch wie eine schmutzige Fliege mit dem Finger zerdrücken und in die Hölle stoßen.« Woraufhin er seltsamerweise seine Finger von der schmalen Gurgel des Alten nahm und seine Handgelenke losließ.

Vandermast sagte wie zu sich selbst: »*Cum mens suam impotentiam imaginatur, eo ipso contristatur:* wenn der Verstand sich seine eigene Dürftigkeit vorstellt, fällt er allein dadurch in tiefe Traurigkeit, Mylord«, sagte er, wobei er den Kopf hob und Lessingham ins Gesicht sah, »ich dachte, Ihr hättet es gesehen. Denn dann hätten diese späteren Zeichen, die ich Euch vorführte, und diese Vorboten des Verfalls Euren Verstand nicht so vergiften können: sie wären dann nur wie Räucherwerk gewesen, heiße und scharfe Gewürze, um Euren Appetit um so stärker zu wekken und Euch auf jenen Kelch vorzubereiten, welcher, trinkt man von ihm, ewigen Durst und ewige Befriedigung auslöst; ja, und ohne diesen gibt es keine Macht, sondern am Ende nur Verfall und Tod, und keine Freude, sondern am Ende nur Ekel wie vor Leichengestank.«

»Worte«, sagte Lessingham. »Der Mund macht nichtssagenddunkle Geräusche, wie eine Lampe, in der kein Licht brennt. Ich sage Euch, ich sah nichts: nichts als ausströmendes Licht und Blendwerk. Und nun spüre ich meine Hand auf einer Klinke, und Ihr haltet mich durch irgendeine verdammte List, die ich nicht verstehe, vom Gehen ab. Lehrt mich, wie Ihr eben verspracht, vollständig zu begreifen. Wenn nicht, und möget Ihr ein Teufel oder Halbgott oder ein faselnder Zausel sein, wie ich zu glauben geneigt bin: bei den seligen Göttern, ich werde Euch in Stücke reißen.«

Anthea lachte breit. »Jetzt seid Ihr in einer guten Stimmung, Mylord. Soll ich ihm den Hals durchbeißen?« Es war, als träte aus ihrem Mund Geifer. »Ihr seid ein Luchs, geht«, sagte Lessingham, und sein leidenschaftlicher Zorn schien ausgebrannt wie ein Feuer aus dürrem Laub auf einer Schneedecke.

Vandermast rieb und faltete die langen Finger seiner schmalen Hand im Schoß. »Ich hatte geglaubt«, sagte er laut zu sich, wie alte Männer das tun, »Ihre Ladyschaft hätte es mir gesagt. O unerbittliche Torheit, das zu glauben! Ungezähltes Lachen der See: sich stets wandelnd: werde ich nie lernen?«

»Was ist diese Dame?« sagte Lessingham.

Vandermast sagte: »Ihr habt mir befohlen, Mylord, Euch vollständiges Begreifen zu lehren. Aber hier, *in limine demonstrationis,* am Anfang der Beweisführung, erscheint eine unlösbare Schwierigkeit, insofern Eure Lordschaft bereits geschult sind in augenscheinlichen und unwesentlichen Dingen, *affectiones, actiones,* in tatsächlichen Erscheinungen, *rei politicæ et militaris,* Ratsversammlung und Lagerleben, *puella-puellæ,* und in den dienlichen Dingen. Aber in substantiellen Dingen habt Ihr weniger gute Vorkenntnisse, und hier übersteigt es meine Kunst, Euch weiterzubringen, denn meine Kunst ist das vernunftmäßige Vorgehen des Doktors; das Wissen von substantiellen Dingen erlangt man nicht durch die Vernunft, sondern durch die Wahrnehmung: *perception per solam suam essentiam;* und *omnis substantia est necessario infinita:* jede Substanz ist notwendigerweise unbegrenzt.«

»Beendet diesen Vortrag«, sagte Lessingham, »denn selbst wenn ich Euren Gedankengang verstünde, wäre ich zweifellos nicht klüger als ein Kapaun. Antwortet: von welcher *substantia* oder *essentia* ist diese Dame?«

Doktor Vandermast senkte den Blick. »Sie ist meine Herrin und Geliebte«, sagte er.

»Das, um Euer Gefasel zu wiederholen, ist *per accidens«,* sagte Lessingham. »Ich hatte sie für des Herzogs oder gar des Teufels Herrin gehalten. Aber *per essentia,* was ist sie? Warum waren meine Augen geblendet, als ich sie heute nacht in einem bestimmten Moment ansehen wollte? Obschon ich sie vorher gar oft mühelos wahrzunehmen vermochte. Und welche Bedeutung soll es haben, daß ich geblendet ward? Kommt, wir haben es heute nacht mit angeblichen Frauen zu tun gehabt, die Wasser- und Bergnymphen sind und willentlich die Gestalt von Vögeln und Tieren annehmen. Was ist sie? Ist sie eine solche? Sagt es mir, ich will es wissen.«

»Nein«, sagte Vandermast und schüttelte den Kopf. »Sie ist keine solche.«

Östlich voraus sah Lessingham, wie eines Sommergewitters Blitze tänzelten und über den Türmen und Zinnen von Acrozayana plötzlich ein Riß im Himmel sich auftat. In diesem Augenblick war es, als ob ein Schleier entzweiging und offenbarte, wo, aus Sternenschein und empyreischem Licht gebaut, über allem das Haus der Herzenslust wartete.

Der Gelehrte suchte nun in den Falten seines Kittels und zog dann etwas Kleines hervor, hielt es vorsichtig in den Fingern, betrachtete es von allen Seiten und hob es dann über den Kopf, um seine im Mond sich abzeichnende Form zu begutachten. Dann überreichte er es vorsichtig Lessingham mit den Worten: »Mylord, nehmt dies und hütet es wie ein kostbares Kleinod; denn obzwar es nur ein dürres Blättchen ist, gibt es doch wenige Schätze, die so schwer anzueignen sind oder solch wunderliche Eigenschaften besitzen. Weil ich Eurer Lordschaft heute nacht unwissentlich einen schlechten Dienst erwiesen und weil nicht einmal die Weisheit selbst Euch an jenes Begreifen heranführen könnte, das Ihr dringend braucht, tue ich alles in meiner Macht Stehende, um Euch zu helfen. Und weil ich (sowohl durch eigenes Urteil als auch durch gewichtigere Bestätigungen infolge meiner Kunst) Euer stolzes und rechtschaffenes Wesen und gewisse Umstände Eures innersten Wesens kenne, so kann ich Euch dieserhalb, unbeschadet aller Feindschaft, die morgen zwischen uns ausbrechen wird, vertrauen: deshalb, Mylord Lessingham, betrachtet dieses Mittel zu Eurem Seelenfrieden. Denn der Name des Blattes ist *sferra cavallo,* und es besitzt den Vorzug, alle Schlösser aus Stahl und Eisen zu öffnen. Nehmt es mit zu Bett, Mylord, das Euch nun im schönen Gästezimmer von Acrozayana bereitet ist. Und sollte wegen der Dinge, die Ihr heute nacht gesehen und nicht gesehen, Euer Herz betrübt sein und der Schlaf mit ehernen Lidern neben Euch stehen und nicht willens sein, sich neben Euch zu legen und seine Federn über Eure Augen zu breiten, dann könnt Ihr, wenn Ihr wollt, Mylord, dieses Blatt nehmen, aufstehen und suchen. Indem ich Euch dies gebe, Mylord, tue ich alles, was ich kann. Zumindest werden Euch keine Tore und Türen verschlossen sein. Aber wenn die Nacht vorüber und der Tag erwacht, müßt Ihr unter allen Umständen (und das lastet auf Eurer Ehre) dieses Blatt verbrennen. Ich will Euch Gutes tun, indem ich Euch dies gebe, und für Euren Seelenfrieden. Nicht als Waffe gegen meinen Herrn.«

Lessingham nahm es und betrachtete es gut im Schein des Mondes. Mit einem edlen Blick auf Vandermast steckte er es wie ein Kleinod an seine Brust.

Kapitel VIII

Sferra Cavallo

Zu tiefer, toter Nachtstunde trat ein Traum aus der Spitze der Mondsichel, mit Ihrer Erlaubnis, die ist und kommen wird. Und der Traum kam über unsichtbare Wege herunter in das Land Meszria und näherte sich der Zitadelle, welche die Stadt Zayana überragt; und im schönen Gästezimmer stellte er sich an das Fußende des goldenen Bettes, dessen Pfosten wie Flügelrosse gearbeitet waren, golden und mit Augen aus Saphiren. Und in diesem Bett war soeben der Lord Lessingham in unruhigen Schlummer gefallen. Und der Traum tat sich an mit Schönheit, und um diese Schönheit zu mäßigen, mit dem Anschein von Mondlicht als Gewand und mit einem Gürtel wie aus silbernem Mondschein auf schneebedeckten Bergen, und mit dem Anschein eines Leibchens, aus jenen Sternen gewebt, welche die Menschen Haar der Berenike nennen: so hauchzart schimmernde Sterne, daß man sie beim groben, direkten Hinsehen schlecht wahrnehmen mag, und man sie am besten von der Seite oder indirekt ansieht. Aber durch eine Fügung der Götter war über das Haupt des Traumes und sein Gesicht ein Lichtschleier gezogen, wie undurchdringliche Finsternis oder Wunder, überlagert von Wundern, so daß keiner sie zu erkennen vermochte. Und der Traum sprach mit einer Stimme, die ein Schläfer hören kann, die aber zu fein für wache Ohren ist (es sei denn in einem Augenblick, wo man tatsächlich gleichzeitig wacht und träumt), und sagte: *Ich habe es versprochen, und ich werde es halten.*

Lessingham, der die Worte hörte und die Stimme kannte, regte sich und schlug die Augen auf und erwachte in der nächtlichen, einsamen Kammer.

Es war nicht so, als wäre ein Traum geflohen: eher die Wahrheit, die bis vor einem Moment noch dagestanden hatte, bereit, ihren Mantel abzuwerfen. Wie ein Mann, der von der schnell hereinbrechenden Dämmerung im Sumpf überrascht wird, durch den ein Pfad führt, der selbst bei Tageslicht schwer zu finden ist und den er von einem Augenblick zum anderen verloren hat, so schien er ohne Führer umherzutaumeln und zu stürzen. Halb schlafend, halb wach, kleidete Lessingham sich an, gürtete sein Schwert um, holte unter dem Kopfkissen jenes Blättchen hervor und stolperte, erfüllt von dieser Vorstellung, zur Tür. Der große Eisenschlüssel steckte im Schloß, wo er ihn vor dem Zubettgehen umgedreht hatte. Bei der Berührung mit dem Blatt öffnete sich die abgesperrte Tür wie eine Tür, die sich im Traum auftut. Wie ein Träumer, der sich ziellos aufmacht und geräuschlosen Schrittes einem unbekannten Streben folgt, trat Lessingham, der nicht wußte, ob er wachte oder träumte, eine unbekannte Suche an, über die er nichts wußte, außer vielleicht, daß es im Himmel und auf Erden nichts anderes gab, dem zu folgen lohnenswert wäre. Und während er durch düstere Gänge torkelte oder über schattige Wendeltreppen stieg, öffneten sich alle Schlösser und Riegel, schnell und geräuschlos wie in einem Traum. Und jedesmal, wenn sich eine Tür öffnete, war es dahinter leer: leer und still in den Räumen, in denen Dunkelheit oder stummer Mondschein lag.

Zu selbiger Stunde war Lessingham nicht der einzige Wache in Acrozayana. Im geräumigen Thronsaal schienen die Schwingen, die in aller Pracht über dem Traumstein hingen, ein wenig zu zittern. Die schwarzen Massen der gewaltigen gewundenen Säulen, der Fries mit den Blattverzierungen, die Wände, selbst der Marmorboden schienen zu beben wie das Gefüge eines Traumes. Es war, als ob in jener mitternächtlichen Stunde eine tiefere Schläfrigkeit des Monduntergangs, die den Atem anhielt, um ihrer eigenen Stille zu lauschen, in der wohlriechenden Luft hing, Kreise zog und sich in kleinen Strudeln unaufhörlich einem Mittelpunkt näherte. Und dort, als ob die Pracht selbst für eine Weile Fleisch angenommen hätte, um die Königin aller Düfte und pelziger Flügel zu sein, allen Taus und aller Stille, aller sternbeschienenen Tiefen und aller wilden Herzenslüste, die zum Herz der Sommernacht schreien, thronte Fiorinda auf dem Traumstein.

Sie hatte ihren Mantel fallen gelassen, der in wirren Falten von meergrünem Samt und Silber um ihre Füße und auf den Polstern, wo sie saß, lag. Ihre Arme, entblößt bis zur Schulter, waren blaß und glatt wie Elfenbein: Säulen an der Tempelpforte. Ihre Fingernägel waren wie Muschelschalen, frisch aus einer verzauberten See gefischt: die Finger wie weiße Korallenäste aus den Schatzgärten dieser See, deren natürliche leblose Anmut auf wundersame Weise umgewandelt war, um die Zierde und das lebendige Werkzeug des Lebens dieser Dame und ihres inneren Denkens zu sein und das Gewand ihrer schmerzenden Lieblichkeit zu tragen. Ihr Kleid aus hauchdünner Seide in der Farbe des

Mondscheins, gefältet mit hundert Falten, glitzerte von Silberplättchen und einem Irrgarten schneckenförmiger Ranken aus kleinen Gagatperlen. Eine silberne Litze zog sich als Gürtel tief um ihre Hüften. Ihr Leibchen aus dem gleichen Material, außer daß hier statt der Plättchen Diamanten zwischen den schneckenförmigen Ranken aufgesetzt waren, faßte wie eine doppelte Schale kaum die warmen, atmenden Schätze. Zwischen dem Leibchen und dem Gürtel lag süßte Nacktheit, die alle Juwelen beschämte, frischgefallenen Schnee schmutzig und Magnolienblüten grob und gemein erscheinen ließ angesichts dieser Lilie himmlischer Reinheit.

Zu ihrer Linken, etwa einen Schritt entfernt, saß Barganax seitlich unter ihr auf den Thronstufen; von dort aus konnte er mit einem Blick ihre ganze Schönheit schauen: seltsam, schwierig, widerspruchsvoll in ihren Grundbestandteilen, doch im lebendigen Ganzen befriedigend und vollkommen.

»Mehr«, sagte er.

»Ich bin des Redens müde«, antwortete sie.

»So seht mich an«, sagte der Herzog.

Sie tat das, indem sie geziert das Haupt ein wenig neigte, wie eine Rose einen Schmetterling begrüßt, und blickte dann wieder weg.

»Hegte ich nicht den Verdacht, daß es Euer eigener teuflischer Einfall war, um mir ein Bein zu stellen und offen Eure Macht über mich vorzuführen, täte es mir leid«, sagte der Herzog nach einer kleinen Pause.

»Reue«, sagte Fiorinda, »in einem großen Mann ist etwas fast Unverzeihliches.«

»Wollt Ihr mir die Tat verzeihen?« fragte er. »Denn Eure Vergebung kann vielleicht wie ein Sonnenschein diese Nebel vertreiben.«

»Vorher sollt Ihr es benennen«, sagte sie.

»Ich werde es nicht beim Namen nennen«, sagte der Herzog. »Es war ein Greuel, ein Jammer, ein Alptraum.«

»Ein namenloser Greuel! Ich muß dem nachgehen.« In ihrer Stimme war ein träges, sinnliches Schmachten. »Und es geschah – wann?«

»Am Freitag letzter Woche.«

»Und heute haben wir Montag!« sagte sie. Ein ganzer Maskenzug kleiner Störenfriede, die unfaßbare Belustigung ihres Gewissens, tanzte aus ihren Augen und verschwand. »Und doch«, sagte sie: »Anthea, eine meiner glücklichsten Erfindungen. Und doch: war es wirklich angebracht, einen Falken mit Stroh zu füttern?«

Barganax sah sie an, und während er schaute, wurde seine Miene freundlicher, und seine Augen verdunkelten sich. »Oh, Ihr seid unergründbar«, sagte er. »Lacht Ihr? Oder nährt Ihr andere Gefühle gegen mich? Nun, hier ist es: und ich schwöre Euch, es verging keine Sekunde, wo mein Denken und Fühlen nicht auf Euch gerichtet war: aber nur, um zum tausendstenmal zu beweisen, daß Eure Macht alles übersteigt.«

»Nun«, sagte er, »wißt Ihr das?«

Ihre Augenbrauen, unnatürlich schmal und lang wie die brütenden Flügel eines weit geflogenen Vogels, erfüllten ihre heiter-gelassene, reine Stirn mit einem Hauch ständiger leichter Überraschung, manchmal von nachdenklicher Betrachtung angerührt, jetzt aber von feinem Spott. »Ja«, sagte sie.

»Wollt Ihr mir vergeben?«

»Ja«, sagte sie.

»Ich würde viel darum geben«, sagte Barganax, »Eure Gedanken lesen zu können. Seid Ihr Euch bewußt, daß jeder Weg, auf dem ich gehe, zu Euch führt?«

»Ich hörte Euch so sagen«, antwortete sie. »Zweifellos werden Euer Gnaden dieselbe tröstliche Versicherung von mir annehmen.«

»Es stimmt, daß ich ein stolzer Mann bin«, sagte Barganax daraufhin. »Aber hier endet mein Stolz wohl, denn darüber brauche ich volle Gewißheit.«

Fiorinda lächelte. Es war, als ob die End- und Bedingungslosigkeit irgendeiner Gottheit, klar, sicher, mitleidlos, erfreut über die Betrachtung des eigenen gelassenen Selbsts, verborgen lag in diesem schwachen olympischen Lächeln.

»Doch bei Euch«, sagte der Herzog, »spielt so etwas keine Rolle. Ihr seid vollkommen. Ihr wißt es. Ihr habt eine ganz teuflische Gewißheit darüber.«

Er stand auf und ging auf dem Teppich hin und her, dann verharrte er neben ihr. »Aber nein. Eifersucht«, sagte er, »ist eine Untugend des kleinen Mannes. Paff! s'ist weg. Ich habe das Spiel ausgeglichen, Madonna. Und – nun, ich behaupte mich.«

Langsam drehte sie nach einer kurzen Weile den Kopf: richtete ihre grünen Augen auf ihn. Während sie schaute, weiteten sie sich, und es war, als ob in ihrem Grund Feuer aufflackerte und zu glühender Asche niederbrannte. Sie wandte sich ab und gewährte ihm nun, vom schwarzen Haar bis zur silbernen Schulter, den Anblick der jungfräulichen, süßen Linie ihres gebeugten Nackens; die Seitenansicht ihres stolzen, festen Kinns und ihrer Lippen, wo ihr Denken zu ruhen schien wie eine Lilie auf stillem Wasser.

Mit einem Fuß auf der höchsten Stufe des Thrones stand er vor ihr und blickte zu ihr nieder. »Ich habe die Absicht«, sagte er, »Bildhauer zu werden: Gold- und Elfenbeinarbeit: nein, Gagat und Elfenbein: oder eher Elfenbein und schwarze Diamanten: oder der alte Mann soll aus den Schatzkammern des Tartarus etwas Neues hervorzaubern, denn die Erde bietet nichts, was kostbar genug wäre. Und ich werde damit jedes einzelne Eurer Haare darstellen. Hört« (und er beugte sich näher zu ihr) »ich habe dies letzte Woche für Euch gemacht.« Und als er anfing, die Zeilen zu sprechen, war es, als verwandelte sich ihre schwarze, beunruhigende Schönheit in seiner Stimme zu Musik. Und in stillem Wechselgesang zu dieser Musik hob und senkte sich ihr Busen immer schneller.

»Der liebt die Lilie, der die Ros',
Die blüht im Sommergartenschoß;
Das scheue Tausendschönchen wird geliebt,
Das zarte Veilchen, weil so süßen Duft es gibt.
Ich aber bin einer Prächt'gern geweiht,
Die auf himmlischern Auen gedeiht:
Die Sphinxlilie, die Geheimnisse umwehn,
Zu schön, gefährlich-lieblich anzusehn,
Mit wundersamen Filigranschlingen,
Geflochten aus tausend Krausen und Ringen,
Ausgebreitet die weichen Schwingen.
Aus dem Berg des Entzückens blüht
Meine wilde Blume. Nachtschwarz erglüht
Ihr lockiges Blütenwerk ohne Fehl,
Entlockt meine lebendige Seel'.
Die duftende Schwärze, göttliche Glut
Berauscht wie Wein mein wallendes Blut.
Schicksal, nimm alles, doch laß mir dies:
Die Blume der Blumen, meine Fleur-de-lis.«

Sie regte sich nicht, sondern verharrte mit gesenktem Blick und lauschendem Ausdruck. »Ich überlege«, sagte Barganax: »wenn ich Euch um etwas bäte, egal um was, gäbet Ihr es mir? Wenn ich Euch um einen Gefallen fragte, egal was, tätet Ihr es?«

Sie nickte zwei- oder dreimal, ohne den Kopf zu drehen. »Alles von mir«, antwortete sie sacht. »Was Ihr wollt.«

»Ah, dann sollt Ihr mir etwas geloben. Denn es gibt eine Gunst, die Ihr mir bislang verweigert habt.«

»Oh«, sagte sie, und das Ding, das in ihrem Mundwinkel wohnte, war wachgeworden und auf der Hut; »wenn Ihr mit mir um Schwüre und blinde Geschäfte feilschen müßt, werde ich mein Wort zurücknehmen. Wir beginnen so, wie's recht ist.«

»Nein, nein«, sagte der Herzog. »Dann keine Schwüre. Ich möchte die süße Gabe Eures gegebenen Wortes nicht herabwürdigen.«

»Aber ich habe es zurückgenommen«, sagte sie.

»Dann«, sagte er, »beginnen wir von vorne. Zuerst: wollt Ihr mir die heutige Festhandlung nicht mit einem Lächeln danken?«

»Vielleicht«, sagte sie. »Aber ich möchte etwas netter darum gebeten werden, ehe ich es tue.«

»Es war nur zu Eurer Belustigung, also möchte ich zumindest ein Danke dafür hören«, sagte der Herzog. »Und was mich betrifft, nun, so würde ich eher den Admiral und meine dumme Schwester und den ganzen Haufen Kerle zusammen im Styx ertrunken sehen, ehe ich einen Fuß in dieser Sache geregt hätte. Und deswegen, als mein Lohn . . .«

»Mit solchem Gerede werdet Ihr nur Undank von mir ernten«, sagte sie. »Und außerdem sind das nichts als Lügen.«

Barganax lachte. Dann, als ihre Blicke sich begegneten, wurden seine Augen dunkel und gebieterisch. »Lügen«, sagte er. »Aber nur deshalb, weil ich ohne Euch nicht sein kann. Ihr habt es zurückgenommen?« Plötzlich kniete er zu ihren Füßen: wie Fesseln umschlossen seine Hände ihre Knöchel und hielten sie fest. »Noch nie habe ich vor Mann oder Frau das Knie gebeugt«, sagte er; »und nun will ich meinen Kopf durchsetzen. Zum hundertstenmal frage ich Euch hiermit, ob Ihr meine Herzogin von Zayana sein wollt?«

Sie machte Anstalten, aufzustehen, aber der Griff seiner Hände wurde fester. Mit leiser, grimmiger Stimme sagte er: »Antwortet.« In seinen Händen spürte er ihre Antwort, ehe sie sagte: »Nie und nimmer.«

»Das ist eine alte, abgegriffene Antwort«, sagte er. »Versucht Euch noch einmal.«

Fiorinda warf mit einem kleinen, stillen Lachen ihren Kopf zurück. »Wenn Ihr Eure Stunde habt«, sagte sie, »anzufangen oder abzulehnen, so habe auch ich meine.«

»Aber warum?« fragte der Herzog erbost. Sie blickte starr zu ihm hinunter. »Warum?« fragte er abermals.

»Weil ich lieber meine eigene Herrin bin«, sagte sie. »Und Eure.«

»Ha! Und ich muß hungrig darben, außer wenn der Mond als Sichel scheint. Und selbst dann mit Vermutungen leben; und immer wieder damit rechnen, daß Ihr mich im Stich laßt? Beim Himmel, ich will doch mehr von Euch, Madam.«

Sie schüttelte den Kopf. Der Herzog, der nun ihre Füße losließ, legte seine Arme um ihre Unterschenkel. »Ich weiß, die Herzogskrone ist Euch keinen Pfifferling wert. Ihr werdet weder durch Räume aufgespalten, noch können die Zeiten Euch wandeln, noch seid Ihr dem Hin und Her unterworfen. Tut es um meiner willen. Denn ich bin wahrhaft vergiftet von der Liebe zu Euch« (und hier vergrub er seine Stirn in ihrem Schoß); »verlöre ich Euch, könnte man mir ebenso das Herz aus der Brust reißen.«

Sie saß völlig regungslos. Dann streichelte sie sanft mit den Fingern wider den Strich über das dicke, kurze, kupfrige Lockenhaar seines Hinterkopfes. »O törichte Männer!« flüsterte sie. »Wie oft, Mylord, habt Ihr Euch gegen Sicherheit und fortdauernde Güter ausgesprochen? Und nun wollt Ihr mich wie ein übelgelaunter Knabe dazu bringen, zu Eurer Herzogin zu entarten und all unsere Wonnen zu vergiften? Lieber setzte ich mich zu einer Eule in den Baum und finge Mäuse.«

Es war, als hätte er sie nicht gehört. Seine Arme umschlangen ihre Knie fester. Sein Antlitz, als er jetzt zu ihr hinaufsah, hatte den Ausdruck eines aus dem Schlaf geschreckten Mannes. Er sagte: »Ich bin krank vor Liebe zu Euch.«

Fiorinda blickte ihm eine Weile schweigend in die Augen. Dann zitterte sie: ihre hold lächelnden, hehren Lippen teilten sich ein wenig: die langen, schwarzen Augenlider waren halb zugeschlagen: die Lider bebten. Mit einem jähen kurzen Seufzer neigte sie sich vor; sie hob das Kinn etwas; ihr Hals und Busen waren in diesem Augenblick die reine Weihe der Schönheit, die Öffnung des Himmels, die Herabkunft. »So liebt mich«, antwortete sie. »Ich bin hier, um geliebt zu werden.«

Der Herzog, der sich neben ihr auf dem Thron niedergelassen hatte, hielt sie nun in seinen Armen. Wie Süßigkeiten in einem Kelchglas, wie Perlen, wenn die Seidenschnur gerissen, waren all ihr wilder, geschmeidiger Stolz und ihr ganzes königliches Gehabe abgefädelt: auseinandergefallen: weggeschmolzen. Auf ihrem Nacken, in den sich das geknotete Haar schmiegte wie ein

schwarzer, glatter, schlummernder Leopard, küßte er ein dutzendmal das letzte kleinste Härchen, zu jung, um bezähmt werden zu können, und zarter als die seidigen Fäden des Altweibersommers, die mit ihrem fein geordneten Wuchs wie ein Schatten die weiße Haut überzogen: Härchen, die in sich das Versprechen auf alle Vollkommenheit trugen. Und nun umspielte sein bienenfleißiger Kuß die Stelle unter den glitzernden Granatsteinen des Ohrrings, glitt dorthin, wo Nacken und Schulter ineinander übergehen, erreichte den warmen Hals und über das Kinn schließlich den Schlafplatz des höhnischen, herausfordernden Geistes; und zuletzt, wie eine Biene in die honigsüße Vergessenheit einer tiefen, blutroten Blume taucht, wurde er aufgenommen in den verzehrenden Himmel jener Lippen.

Nun öffnete sich die letzte aller Türen vor jenem Zauberblatt, die hohe zweiflügelige Tür, die vom Treppenhaus in den Thronsaal führte, und Lessingham, der unvermittelt aus der Dunkelheit in den Audienzsaal schritt, blieb auf der Schwelle stehen. Im ersten hellen Lichtschein entdeckte er, wie Lady Fiorinda immer noch in den Armen des Herzogs lag; aber ehe noch Hand und Fuß seinem Willen gehorchten, die Tür schlossen und ihn von dannen trugen, war sie aufgestanden und richtete ihren Blick auf ihn: und das bannte ihn wie einen verzauberten Mann.

Denn nun gewahrte er in ihr, die ihn von neben dem Traumstein aus ansah, nicht mehr jene Dame, sondern eine andere. In ihrem Haar, zu bleich für Gold und zu golden für Silber, schien das Licht selbst, eingeflochten mit Perlenschnüren, in einen Traum gefallen zu sein, eingefangen und betäubt von tausend winzigen, gewundenen Ranken, die schwerelos schwebten, verschwanden und bei jeder Regung der stillen Luft aufs neue aufblitzten. Zug für Zug hätte so vielleicht Barganax ausgesehen, wäre er als Frau geboren worden: ein goldenes Mädchen im süßen, festlichen Frühjahr seiner erwachenden Schönheit. Ihre grauen Augen schweiften in die Ferne wie das Meer. Auf ihren kühlen Lippen, die voll, ausgeprägt und wohlgeformt waren, schien alles Wünschenswerte im Himmel oder auf Erden in sanftem Schlummer zu liegen. Wie ein Mann, der aus dem totenähnlichen Schlaf irgendeiner Droge erwacht, zuerst alles verschwommen wahrnimmt, so daß vertraute Dinge den Anschein des Neuen tragen, ohne Wurzel in der Zeit, ohne Duft, ohne Versprechen, ohne Echo: so gewahrte Lessingham sie wie ein Trugbild, das dem Blendwerk eines Traumes entsprungen: etwas, das die erwachenden Sinne, die noch nicht nach Dauer oder Besitz oder einer Welt jenseits der verzauberten Gegenwart fragen, ohne Verwunderung hinnehmen. Dann fiel ihm plötzlich die seltsame Art ihres Kleides auf, eher für die Augen eines Liebhabers als für den ganzen Hof geeignet, und er erkannte es wieder; und dieses Wissen schien sich wie stählerne Finger um seine Seele zu legen: denn genau dieses Kleid und Gewand hatte der Traum getragen, der vor einer halben Stunde am Fuße seines Bettes gestanden hatte.

Durch den leeren Saal ging er auf sie zu, langsam zwar, um das Wunder nicht zu verscheuchen, aber mit Entschlossenheit. Der Herzog sprang auf. Seine Augen funkelten wie die eines überraschten Löwen. Aber Lessingham, wie wenn er ihn nicht gesehen hätte, war nun bis auf zehn Schritt herangekommen, noch immer mit jenem unerschütterlichen, geräuschlosen Gang, und setzte jetzt gar seinen Fuß auf den Teppich. Er hielt inne, als er den Stich von Barganx' Schwert an seiner Brust spürte. Er trat einen Schritt zurück und zog. Zum zweitenmal binnen eines Tages und einer Nacht standen sie sich als Gegenspieler gegenüber; und diesmal in einer verhexten Stille, wo jeder auf den Funken wartete, der ihre Klingen zusammenprasseln ließ wie zwei gewaltige Blitz- und Donnerschläge. Und zum zweitenmal, was nun um so seltsamer war, denn ein viel brennenderer Anlaß als vormals in der Ratsversammlung sorgte jetzt für heiße Gemüter, verstrich der Augenblick.

Lessingham senkte sein Schwert. »Wer Ihr seid«, sagte er, »weiß ich nicht. Aber ich werde nicht mit Euch kämpfen.«

»Noch ich mit Euch«, sagte der Herzog, dessen Miene dennoch finster war. »Noch ich mit Euch.«

Mit dem Ausdruck auf dem Gesicht eines jeden der beiden, wie ihn ein Mann trägt, der versucht, sich an eine vergessene Melodie zu erinnern, trat jeder noch ein, zwei Schritte vom anderen zurück, wobei sie sich unentwegt anstarrten. Und während sie so blickten, steckten beide langsam das Schwert ein, und nach dem zweifachen Klirren der in der Scheide verstauten Waffe wandten sie sich wie einer gemeinsamen Regung folgend Fiorinda zu. Wie die eines Mannes, der außer sich ist, so fielen Barganx' Augen von jener anderen auf Lessingham, von ihm auf sie, und abermals rasselte sein Schwert halb aus der Scheide. »Was ist das für ein Mummenschanz?« fragte er. »Wo ist meine Dame? Beim Tod der Götter! Sprecht, das rate ich Euch, Mann, und Euch, Frau, wer immer Ihr sein möget.«

Aber Lessingham, der ebenfalls auf diese Dame blickte und wie ein Betrunkener dastand, sagte mit lechzender Stimme, die ganz anders als sonst war: »Gebt sie mir zurück«, verbiß sich darin und schob das Kinn vor. Barganax strich sich verblüfft mit der Hand über die Augen.

»Meinen Mantel, Mylord«, sagte sie und drehte sich um, so daß der Herzog ihn ihr über die Schulter legen konnte. Er hielt kurz inne. Auf solch seltsame Weise war sie ihnen entrissen worden und auf solch seltsame Weise wiedergegeben, und das mit einer solch heiter-gelassenen Unbekümmertheit; die Rundung ihres Nackens und Haarschopfes; ihre Haut; der süße Duft von ihr: all diese Dinge erschütterten sein hitziges Blut, so daß er sie kaum zu berühren wagte, nicht einmal durch den Mantel. Lessingham hingegen, der ebenfalls neben ihr stand, aber ihrer schwarzen und verlockenden Schönheit mehr zugewandt war, schickte sich kühl zu einer artigen Verneigung an.

Sie dankte dem Herzog mit einem Blick: jenem langsamen Anschauen, ohne zu blinzeln oder zu lächeln, wobei die Augen plötzlich größer und wieder kleiner wurden, mit dem sie sich ihm damals an seinem Geburtstag im Garten versprochen hatte. Es bezwang und beruhigte seine Sinne wie Wein. In diesem Moment, kurz vor dem entscheidenden Augenblick, sah er über ihre Schulter in Lessinghams Gesicht, und er erkannte ihn völlig wieder. In Lessinghams Antlitz, ihrem männlichen Gegenstück in vielen Punkten, las er ein Versprechen; doch fürwahr nicht wie in dem ihrigen das weltauflösende Hochzeitslied von Sinn und Geist, sondern ein Versprechen, das kaum weniger tief unter die Haut ging, wenn auch nicht mit Pfeilen und Glut: ein Versprechen von Bruderschaft, zeit- und bedingungsloser, unabwendiger Bruderschaft, die durch gemeinsamen Hader auf der großen Bühne der Welt und durch große, edle Zwiste höchstens um so festgefügter würde.

»Mylady«, sagte Lessingham. »Mylord: unbedachte Entschuldigungen sind nicht besser als Anklagen. Ich konnte nicht schlafen. Mehr will ich gar nicht sagen.«

»In dieser ewigen Stunde«, sagte der Herzog, »wollen wir nur mehr gute Nacht sagen.«

Fiorinda sprach: »Ihr geht nach Norden, Mylord Lessingham?«

»Morgen, Madam.«

»Heute also: denn es ist nach Mitternacht. Ehe Ihr geht, beantwortet mir dieses: Wart Ihr jemals ein Kunstmaler?«

»Nein. Aber ein Vollbringer von Taten.«

»Unser gnädiger Herzog malt überaus bewundernswert. Von mir hat er vierzig Bilder gemalt; doch da ihm nicht eines gefiel, verbrannte er alle.«

»Ich kannte einen Mann, der das auch tat«, sagte Lessingham. »Verbrannte alles bis auf eines. Doch nein«, sagte er mit einem seltsamen, halbwachen Blick auf sie. »Was war es, das ich sagte?«

»Es ist wohl schwer«, sagte jene Dame, als ob sie vor Freude über ihre schwebenden und herabstoßenden Gedanken kein Auge hätte für den lichtlosen Blick, mit dem Lessingham sein Inneres zu erforschen schien: »Es ist wohl schwer für einen Liebhaber, wenn er ein wahrhaft Liebender ist, seine Herrin zu malen. Denn dann würde er, wäre er ein wahrhaft Liebender, nicht die Erscheinung malen, sondern das, was ist. Wie kann er sie malen? Sieht er doch, daß sein fertiggestelltes Bild sich nie mehr verändert; aber das, was ist, verändert sich unaufhörlich: und verändert sich dennoch nicht.«

»Und verändert sich dennoch nicht«, sagte Lessingham.

»Dieser Ring von mir«, sagte sie: »Seht, weinrot bei Nacht, ist er schläfrig grün bei Tage. Und derartig, so versichert uns Doktor Vandermast, ist Schönheit: stets sich wandelnd, nie sich wandelnd. Das ist aber sicherlich nur das Geschwätz eines alten Mannes, der wohl kaum weiß, was er daherplappert.«

»Stets sich wandelnd, nie sich wandelnd«, sagte Lessingham. Abermals begegnete sein Blick dem der Herzogs.

Ihre schrägen grünen Augen, schlangengleich, richteten sich auf Barganax, dann wieder auf Lessingham.

Lessingham sagte nach einer kurzen Weile: »Gute Nacht.«

»Und doch«, sagte sie, als er sich hinabbeugte, um ihre Hand zu küssen; und sicherlich war alles an dieser Dame, die geringste Krümmung ihrer Finger, die geringste Silbe ihrer trägen Stimme, wie ein aufsteigender Nebel kurz vor dem Moment, wo er sich verzieht und den Blick auf Wunderbares freigibt. »Welches Rätsel stelltet Ihr mir soeben, Mylord? Eines Mannes Selbst? Oder seine Liebe?«

Lessingham, der kein Rätsel gestellt hatte, gab keine Antwort.

»Ich meine, es ist beides«, sagte Fiorinda und sah ihn dabei unentwegt an. Er gewahrte einen gesetzten Zug der Macht in ihrem Anlitzt, diamanten, älter und festgefügter als die Urkruste, älter als die Sterne: einen Zug, der hauptsächlich ihren Lippen innewohnte, und ihren Augen: Lippen, die sich anscheinend über uralte Geheimnisse schlossen, Erinnerungen an die Verschmelzung von Fleisch und Geist und deren Verklärung im Reigen der

Töchter des Morgens; und Augen, immer noch verschwommen vom Blick auf das Bett der Schönheit selbst und auf Wonnen, wie sie dem Menschen unvorstellbar sind. Jene Augen und jene Lippen kannte Lessingham, wie ein Kind seine Mutter oder die untergehende Sonne das Meer kennt. In einem widerspruchsvollen Taumel aus ja und nein erkannte er in ihr die Macht, die ihn soeben in diesen Saal und vor die Schwertspitze Barganax' getrieben hatte. Jedoch war sie, welche über die Macht verfügte, ihn derart anzuziehen, seltsamerweise nicht diese Frau, sondern eine andere. Er besann sich nun auf ihr Nachtmahl unter dem Mond und auf ihr *allegretto scherzando,* welches dort seinen Geist so bezaubert hatte. Die Regung hatte sich nun gewandelt zu *adagio molto maestoso ed appassionato,* aber der Zauber blieb; als ob hier die Frau und Herrin aller stünde, enthüllt als seine eigene Schwester, als das Weibliche seines eigenen Selbst: eine seltene und süße Vertrautheit in Freundschaft, doch nicht in Liebe; denn niemand kann sein eigenes Selbst lieben und verehren.

Wieder sprach sie: »Gute Nacht. Und Ihr seid gut beraten, nach Norden zu gehen, Mylord Lessingham; denn ich glaube, Ihr werdet dort finden, was Ihr sucht. Nördlich, in Rialmar.«

Verwirrt verließ Lessingham den Thronsaal.

Barganax und Fiorinda, die im Schatten unter jenen prachtvollen Schwingen standen, blickten sich nun eine Weile stumm an. Auch der Herzog kannte diesen Mund. Auch er kannte diese Oberlider, deren leichte Biegung nach oben den Weg zu unsäglichen Freuden wies. Auch er kannte diese Unterlider, die so gerade waren, als ruhten sie auf der gleichbleibend ebenen Unendlichkeit der Schönheit, welche der Bewurf und die Tröstung und das Versprechen ist, worauf, wie schlafende Winde auf einem schlafenden Meer, alle ungestillten Sehnsüchte sich zur Ruhe legen. Und nun, während sie ihn ansah, regte sich etwas in den inneren Winkeln jener Augen und kräuselte die geradlinige Reinheit des Unterlides, wie das erste Hervorspähen des Randes der strahlenden Sonnenscheibe am Morgen den geraden Horizont des Meeres krümmt. »Ja«, sagte sie; »es ist Euch gestattet, das Gespräch dort wiederaufnehmen, wo es abgebrochen ward, mein Freund. Indes ist dieser Thronsaal vielleicht nicht der geeignetste Ort für uns, bedenkt man, wie spät es schon ist; und bedenkt man ebenfalls, daß dieser Gesprächsgegenstand, hatte er sich erst einmal zwischen uns erhoben, nie, soweit ich mich erinnere, vor Morgen niedergelegt worden ist.«

Kapitel IX

Die Auen von Lorkan

Noch zur selben Stunde, um sein Wort zu halten, verbrannte Lessingham jenes Blatt. Am Morgen ritt er über den Reisma-Teich und Memison nach Norden, auf demselben Weg, auf dem er vor drei Wochen nach Süden gekommen war, ihrer nur zwanzig in seiner Begleitung, aber er ritt so schnell, daß er sein eigener Herold war. Durch das herzogliche freie Geleit fand er überall willkommene Aufnahme, so daß es keine Verzögerung gab, während weniger als eine Tagesreise hinter ihm der Kriegspfeil gespitzt und ganze Landstriche durch Kriegsgerüchte in Aufruhr versetzt wurden. Durch lange Tagesritte erklomm er am Abend des dritten Tages die Engpässe von Ruyar, wo sich nordwestwärts windige, steinige Hochebenen zwischen den eisbedeckten Gipfeln der Hurun-Kette zur Rechten und dem Sherma zur Linken erstrecken, von dort zum Sattel des Ruyar-Passes, der die Wasserscheide nach Hintermeszria und Norden überwindet und wo das mächtige Festungswerk von Rumala kaum einen Ziegenpfad zwischen den Felsen und Steilwänden ausspart.

»Das wäre eine schöne Mausefalle«, sagte Amaury, als sie im kühlen Schatten des Berges die Pferde zügelten. »Wenn er sich umsichtigerweise besonnen hätte, sagen wir vielleicht am letzten Montag, sofort nachdem es zum Bruch zwischen Euch kam, einen Boten vorauszusenden, während wir trödelten und ihm Zeit dafür gaben: seinem Seneschall von Rumala einzuschärfen, uns hinter Schloß und Riegel zu setzen und bis auf weitere Befehle zu seiner Verfügung zu halten. Hattet Ihr daran gedacht?«

»Ich dachte daran«, sagte Lessingham, »als ich sein Angebot annahm.«

»Ich ebenfalls«, sagte Aumaury und löste das Schwert in der Scheide. »Und ich denke jetzt daran.«

»Und dennoch nahm ich sein Angebot an«, sagte Lessingham. »Und ich hatte vernünftige Gründe dafür. Ihr seid vorsichtig, Amaury, und ich will Euch so haben. Ohne meine Vernunft wäre meine Art von Vorsicht in Euch Tollkühnheit. Und wahrlich, meine Vernunft war eine sommerliche, die den Winter sehr schlecht überstehen würde.«

In Rumala wurden sie gut untergebracht und gut unterhalten. Beizeiten waren sie wieder auf den Beinen. Der Seneschall, ein hagerer Mann mit gelbem Schnurrbart und hellblauen Augen, geleitete sie nach dem Morgenmahl, als sie reisebereit waren, zum Nordtor hinaus und weiter zu dem kleinen ebenen Bergsattel, wo der Weg nördlich ins Rubalnarthal abfällt.

»Die Götter führen Eure Lordschaft bei der Hand. Wollt Ihr nach Rerek?«

»Ja, nach Laimak«, antwortete Lessingham.

»Über den Salimat wäre der einfachste Weg von Zayana aus gewesen.«

»Diesen Weg kam ich nach Süden«, antwortete er; »und jetzt beabsichtigte ich, Rumala anzuschauen. Es ist so, wie man mir sagte; ich werde diesen Weg nicht wieder benützen.«

Amaury lächelte insgeheim.

»Kommt Ihr nach Kutarmish?« sagte der Seneschall.

»Ja.«

»Ich habe Depeschen für den Verwalter dort. Wenn Eure Lordschaft mir die Ehre erweisen und sie mitnehmen würden?«

»Gern«, sagte Lessingham. »Obschon, sind sie nicht dringlich, ich Euch raten würde, sie bis morgen zu behalten. Vielleicht werdet Ihr bis dahin Neuigkeiten haben, die sie hinfällig machen.«

Der Seneschall sah ihn merkwürdig an. »Wieso, welche Neuigkeiten sollen kommen?« fragte er.

»Woher soll ich das wissen?« entgegnete Lessingham.

»Ihr redet, als wüßtet Ihr etwas.«

»Das Morgen«, sagte Lessingham, »ist uns heute immer verborgen. Das Heute ist klar: also genießt es, Seneschall. Gebt Amaury Eure Briefe. Ich kümmere mich darum, daß sie in Kutarmish abgeliefert werden.«

Sie hatten jetzt die Kante in der Bergseite erreicht, an der sich der Weg zweitausend Fuß oder mehr hinabschlängelte, bevor er in den Grund des Rubalnarthals stieß, das senkrecht unter dem Rand lag, auf dem sie standen, so daß man hätte hinabspucken können. Der Seneschall sagte: »Ihr müßt gehen und Eure Pferde führen, Mylord, die Wand hinunter.«

»Kann man diesen Steig nicht reiten?«

»Es ist noch nie und wird auch nie geschehen.«

Lessingham schaute und überlegte. »Maddalena hat mich, und im schnellen Paßgang, über die Hängenden Korridore der Grünrückenberge im unteren Akkama getragen: 's war fast so wie hier.« Er stieg langsam in den Sattel. »Nein, berührt sie nicht: sie wird beißen und gegen einen Unbekannten mit den Vorderfüßen ausschlagen.«

Der Seneschall trat mit einem gequälten Lächeln zurück, als Lessingham sich rittlings auf seinen Fuchs mit den gefährlichen Augen schwang. Kaum war er aufgesessen, vollführte die Stute schier auf dem Rand des Abgrunds eine Kapriole; schüttelte die Mähne; knabberte mit einer anmutigen Kopfwendung spielerisch am linken Fuß ihres Herrn; stand dann plötzlich in voller Versammlung still und diente seinem Willen.

»Ich habe sagen hören«, sagte der Seneschall, als die Stute zartfüßig wie eine Antilope ihren Herrn hinunter und außer Sicht getragen hatte, »daß dieser Euer Lord ein verrückter junger Haudegen ist; doch nie habe ich dergleichen gesehen. Nein«, sagte er, als Amaury und neben ihm auch seine Männer aufsaßen, »gebt mir lieber meine Briefe zurück. Ich kann sie genausogut später schicken, mit der Truppe, die Eure Leichen einsammeln muß.«

»Wir werden Euch jetzt etwas zeigen: sicher wie Fliegen an der Wand«, sagte Amaury.

Lessingham rief von unterhalb hinter einer Kurve: »Der Weg über Rumala ist ein guter Weg nach Norden: ein schlechter nach Süden.« Amaury, insgeheim lächelnd, ritt über die Kante, und die übrigen folgten ihm Mann für Mann. Der Seneschall blieb eine Weile stehen und blickte die Felswand hinunter. Zu sehen war nichts: zu hören nur das Geräusch von Geröll und das ungleichmäßige Hufgeklapper, das immer leiser in den Wölbungen der Felsen wurde. Tief unten segelte ein Adler an der steilen Bergseite entlang, ein geradliniges, müheloses Gleiten auf stillen Schwingen, ehern im Sonnenschein.

Die Dämmerung verwischte alle Entfernungen, glättete alle Schatten, verschmierte mit schläfrigen Fingern die Wahrheiten des Tageslichts, wie Stechginster und Heckenrose und Dornenbusch, Maulwurfhügel und am Weg liegende Steine und zutage liegenden Fels und grasige Hügel, Farn und Heidekraut, Weide und Eiche und Buche und silbrige Birke zu einer farblosen Gleichheit und Unstofflichkeit aus Zwielicht. Lessingham und Amaury kamen im Schritt über das letzte Stück des langen, weiten Moorlandes nördlich von Ristby, wo kaum Bäume wachsen. Sie bogen in die nordöstliche Straße nach Eulenthal ein. Rechts von ihnen hing drohend der westlichste Ausläufer des Forns, ein jäh abfallender Giebel; im Norden und bis zum Westen reihten sich darunter, von der Dunkelheit in eine einzige blaue Wand aus Zinnen und eingefallenen Türmen zusammengezogen, die Gipfel des Armarick, und die Berge von Anderseite und Letztthal zeichneten sich vom windigen Himmel ab, wie ein gewaltiges Gefilde des Friedens. Es hatte Regenschauer und Gewitter im Gebirge gegeben. Der große Armarick, der die benachbarten Gipfel überragte, hatte sich über sein frostbenagtes Haupt einen Überwurf aus schwerfälligen, schieferblauen Wolken gezogen.

Längst hatten sie ihre Begleiter abgehängt. Amaurys Pferd war außer Atem. Selbst Maddalena hatte ihr feuriges Tempo verlangsamt zu jenem unerbittlichen Trott, der zum Hafer und zum süßen Lager und Schlaf in der Nacht zieht. In anmutiger Trägheit ritt Lessingham seitlich, die lang gelassenen Zügel in der Linken, die rechte Handfläche auf die Kruppe gestützt. Er drehte den Kopf und begegnete Amaurys Blick, der ihn im dämmrigen Zwielicht betrachtete. Etwas in diesem Blick brachte ihn zum Lächeln. »Nun«, sagte er: »wieder graues Silber hoch oben, Amaury?«

»Dahinter steckt mehr«, sagte Amaury. »Seit diesen fünf Tagen, als wir in Zayana gen Norden aufbrachen, seid Ihr völlig verrückt. Ich kann Euch nicht verstehen.«

Lessinghams Augen nahmen jenen verschleierten, nach innen gerichteten, verträumten Ausdruck an und seine Lippen jenes Lächeln, das zuerst Barganax' Phantasie umstrickt hatte, war es doch wie ein Spiegelbild zu Fiorindas Lächeln. »In meinem ganzen Leben war ich noch nicht so nüchtern und ernsthaft«, sagte er, wobei seine Hand sanft über Maddalenas Rücken streichelte. Es lag ein verborgener musikalischer Rhythmus in seiner Stimme, wie er in der Stimme des Herzogs zu hören gewesen war, als er auf der Insel Ambremerine zum Gesang des Fauns seiner Herrin jenes Gedicht ins Ohr flüsterte.

Die nächste Meile ritten sie ohne Unterhaltung weiter und erklommen die tiefe Klamm der Scander-Schlucht, über der sich das Tal in weite Niederungen ausbreitet und die Straße nach Norden durch Eichenwälder bricht, deren überwölbende Baumkronen die bewölkte Mainacht tiefschwarz zeichnete. Ein Nieselregen fiel vom Himmel, als sie aus dem Gehölz kamen und dem linken Ufer des Eulenwassers bis zur Brücke über der Flußgabelung zu Storby folgten, wo das Storthal sich in die nördlichen Berge schneidet und der Storthalbach über eine Treppe weißschäumender Wasserfälle in das Eulenthal stürzt. Der Wächter im Brückenhaus nahm die Losung an und stieg herab, um Lessingham seine Dienste anzubieten: er schickte eine Eule aus, um dem Vikar zu Laimak Kunde über ihr Nahen zu bringen, und eine zweite, wegen der angebrochenen Nacht, nach Anguring, damit sie Licht für die Überquerung des Fadensteigs hätten. Zwei Stunden hinter Storby warteten sie eine halbe Stunde auf ihre Gefährten, die sie bei ihrem wilden Galopp jenseits Ristby zurückgelassen hatten. Nun wurde der Weg schmaler und steiler und wand sich im Zickzack am Fuße des Kleinen Armarick unter den Steilwänden hinauf; schließlich verjüngte er sich zu einem vier Fuß breiten Sims, und über ihnen ragte das hervorspringende Gestein des Anguring-Brandes auf, während unter ihnen die zurückversetzte Steilwand der engen Schlucht gähnte. Am Grunde dieser Schlucht, zweihundert Fuß unterhalb der Straße, schäumte spritzend und donnernd der Eulenwasser über die Ruinen der alten Burg von Anguring, die der Lord Horius Parry vor zwanzig Jahren von ihrem Fels dort gestürzt hatte, als er sie nach langer Belagerung durch eine Kriegslist eingenommen und niedergebrannt hatte, mitsamt seinem Bruder und dessen Gemahlin und deren Söhne und Töchter und dem ganzen Gesinde, froh, endlich diesen Baum entwurzelt zu haben, der wie ein Schatten vor der Sonne das reiche Wachstum seiner eigenen Herrschaft in Laimak getrübt hatte. Daraufhin hatte er auf dem gegenüberliegenden linken Ufer der Schlucht eine neue, eigene Festung von Anguring errichten lassen, erbaut auf einem nach rückwärts und oben laufendem Bergkamm, um aus nächster Nähe sowohl die Straße unter der früheren Burg als auch den Fadensteig beherrschen zu können. Auf diesem Fadensteig schritt Maddalena nun feinfühlig, ruhigen Gemütes inmitten der Windstöße und unsichtbaren tosenden Wasser durch die von lodernden Fackeln erleuchtete Dunkelheit; mit der tröstlichen Hilfe des Geschicks ihres vertrauten Meisters, der durch Schenkeldruck und empfindsamen Gebißdruck auf Lippen und Zunge zu ihr sprach. Die Schlucht war hier knapp zwanzig Schritt breit, und eine gewaltige Felsplatte, die sich in alter Vorzeit aus der Bergseite darüber gelöst hatte, war hochkant wie ein Tablett oder Fleischteller eingeklemmt und verspreizt: eine Kante der Platte versperrte den Weg, wo die Straße unter dem alten Anguring endete, und die andere saß auf dem Rand der Schlucht fest, wo das neue Anguring wie ein Raubvogel geduckt lauerte. Entlang der oberen Plattenkante verlief der Weg: ein gebogener Saumpfad, zu schmal für zwei sich entgegenkommende Rosse, einander durchzulassen: der unüberwindliche Durchgang vom Süden ins obere Eulenthal und die Weiden von Laimak. Lessingham ritt ihn unbekümmert, ließ Maddalena ihren Kopf und viel Zeit im rauchigen Schein der Dutzend Fackeln, die aus Anguring zur Felskante gebracht worden waren. Amaury und die übrigen waren genötigt, ihre Pferde am Zügel zu führen.

Kurz vor Mitternacht ließ Lessingham unter Laimak ins Horn blasen.

Der Vikar empfing Lessingham mit Fackeln im großen Haupttor über dem Torhaus. Er näherte sich drei Schritte, um Lessingham zu begrüßen, umarmte und küßte ihn auf beide Wangen. Lessingham sagte: »Eure Hoheit sind mir tatsächlich zu Dank verpflichtet. Ich habe zwischen ihnen Zwietracht gesät und in dieser verdächtigen, zänkischen Unsicherheit den Krieg gegen sie erklärt. Nun liegt es an, Truppen aufzustellen und sie zu zermalmen, ehe sie sich wieder zusammentun. Ich werde Euch ausführlichen Bericht erstatten, aber zuvor möchte ich ein Bad nehmen und die Kleider wechseln; und überdies habe ich acht Stunden nichts gegessen, seit dem Nachtmahl in Ketterby.«

»Es ist alles vorbereitet«, sagte der Vikar. »Unterhalten wir uns bei Tisch weiter.«

Eine halbe Stunde nach Mitternacht war die Tafel im großen Bankettsaal gedeckt. Er hatte die Form eines L, der Hauptraum war vierzig Ellen lang, der kleinere fünfundzwanzig, Amaury und Lessinghams Begleiter saßen am hinteren Ende der langen Tafel bei der Tür am Ende des Hauptraumes des Saales, der in den großen Hof zeigte. Der Vikar hatte zusammen mit Lessingham an einem kleinen Rundtisch in der nördlichen Ecke Platz genommen, von wo aus sie den ganzen Saal links und rechts übersehen konnten, aber außer Hörweite waren und ungezwungen sprechen konnten. Der Saal bestand aus schwarzem Obsidiangestein mit tiefen, von Mittelpfosten durchbrochenen Fenstern längs der nordwestlichen Wand. Teuflische Köpfe, fünf Ellen groß vom Kinn zur Stirn, waren als Hochrelief längs den fünf übrigen Wänden eingemeißelt: dreizehn Häupter an der Zahl, mit verzerrten Mienen und überaus häßlich, die Zungen weit herausgestreckt; und auf jedem Zungenende war eine hell leuchtende Lampe angebracht, und die Augen der großen Gesichter waren Spiegel, in hübsche Facetten geschliffen, um die Strahlen der Lampen zurückzuwerfen, so daß der große Bankettsaal strahlend hell erleuchtet ward. Es herrschte regnerisches Wetter, sehr kalt für die Jahreszeit; der Vikar ließ ein Holzfeuer im großen Ofen entfachen, der am inneren Winkel gegenüber ihrem Tisch stand.

Lessingham, nach einem knapp fünftägigen Ritt nun in wohliger Behaglichkeit, aß von seinem Nachtmahl: eine Rinderzunge, Wachteln in Sülze, ein Salat aus Endivie, Lattich und Pastinak, mit Vinum Hippocraticum und zum Abschluß Quittenkuchen. Der Vikar, der neben seinem Vetter auf dem Tisch gelehnt saß, trank währenddessen kühlen Wein und sprach lange und leise in sein Ohr. Gabriel Flores schwirrte unter dem Vorwand gastlicher Aufmerksamkeiten ständig um den Tisch herum. »Kümmert Euch nicht um Gabriel, er ist in meine Pläne eingeweiht«, sagte der Vikar.

»Nicht in meine«, sagte Lessingham.

»Nun, Meister Reineke, ab mit Euch«, sagte daraufhin der Vikar; »wir mögen Euch nicht.«

»O ich mag meinen kleinen Gabriel«, sagte Lessingham; »und dennoch ist er mir manchmal am liebsten, wenn er weit weg ist. Und in dieser Stimmung bin ich nun; also, Gabriel, gute Nacht.« Gabriel zog sich widerwillig zurück.

»Tod und Verdammnis über jene freien Städte im Norden oben!« sagte der Vikar, wobei er mit seiner breiten und haarigen Hand nach den Resten der Zunge griff und sie einem großen Hund hinwarf, der mit gespitzten Ohren wachsam ihr Mahl verfolgte, wie ein Peri die Dinge des Paradieses beobachten würde. »Nicht mehr lange, und ich werde wohl meine Hände in den Gedärmen der Schufte waschen; aber alles dauert seine Zeit, und dort gibt es nichts als Schwierigkeiten, seitdem der alte König tot ist. Und wie ein Narr dachte ich damals lachend, meine Hände seien ungebunden.«

»Ich wünschte, Ihr hättet nicht so plötzlich handeln müssen«, sagte Lessingham. »Diese Soldaten, die Ihr nach Norden abgestellt habt, könnte ich nun sehr zu Eurem Vorteil im Süden gebrauchen. Tella, Lailma, Veiring und Abaraima handelten, wie Ihr sagtet, ein schuftiges Geschäft mit Ercles aus; öffneten ihm die Tore; ernannten ihn zu ihrem Heerführer?«

»Ja: anstelle von Mandricard, der diesen Platz seit fünf Jahren zu meinem Nutzen innehatte.«

»Mandricard«, sagte Lessingham, »war nie der richtige Mann, sich vorteilhaft für Eure Belange einzusetzen; ich sagte Euch das bereits vor fünf Jahren, Vetter. Zu unentschlossen, katzbuckelte er vor dem Lumpenpack, um heute seine Gunst zu erlangen und sie morgen in blutigem Überdruß niederzudolchen; so ein unsicherer Sitz: Zügelreißen: verdirbt Euer bestes Pferd.«

»Pah! Es war nicht das Versagen eines einzigen Mannes, wodurch dieser Aufruhr zustande kam«, sagte der Vikar. »Es brodelte schon seit Jahren. Ich hatte meinen Finger auf ihrem Puls. Ich sah es kommen. Und Veiring ist am schlimmsten von allen. Lieber Himmel! Hört, Prinz Ercles sagte mir das mitten ins Gesicht (als unser Verhältnis nicht so kühl war wie heutzutage): sagte, wenn die von Veiring ihm ähnliche Schwierigkeiten wie mir bereiteten, würde er seine Männer mit Schaufeln und Spitzhacken ausschicken und es ins Meer werfen lassen.«

»Ihr habt Arcastus, sagt Ihr, und tausend Mann in Marsch gesetzt?«

»Zwölf-, nein, fünfzehnhundert: aber nicht, um ernsthaft einzugreifen, sondern sie mit einem Beweis unserer Macht einzuschüchtern: um andere Schafe davon abzuhalten, jenen durch dasselbe Tor nachzulaufen. Allerdings habe ich noch einen Würfel, mit Blei beschwert, für den nächsten Wurf«, und er senkte dabei die Stimme zu einem knurrenden Flüstern: »Einen vielversprechenden Burschen mit einem scharfen Messer, der den Mund halten kann und sich ausgezeichnet darauf versteht, sich ungesehen an sein Ziel zu stehlen; mit zweihundert Goldstücken machte ich ihm den Mund wäßrig, und weitere fünfhundert werden folgen, wenn die Tat vollbracht: wenn es ihm gelingt, sich in Eldir einzuschleichen . . .« Der Vikar trank. »Gabriel beschaffte ihn, und das über mindestens zwei Gewährsleute. Niemand weiß, daß ich die Hand im Spiel habe. Falls es mißlingt und Verleumdungen in meine Richtung abgeschossen werden, kann ich ihn verleugnen.«

Lessingham lehnte sich in seinen Stuhl zurück und streckte sich. Er betrachtete seinen Vetter mit einem Ausdruck großen Vergnügens, und als die Schlangenaugen seinen Blick erwiderten, huschte ein Lächeln über seine Lippen. »Ich fürchte, Vetter, das ist leider ein gutes Beispiel für Eure Einfalt«, sagte er. »Bedenkt: es ist kaum zwei Monate her, daß der Kanzler in seinem Garten in Zayana einen Eurer Handlanger aufgriff und hängte. Ich weiß, es wurde so hingestellt, als sei Zapheles der Drahtzieher gewesen, um keinen großen Wirbel darum zu machen; aber in ihren geheimen Besprechungen wurde kein Hehl daraus gemacht, daß nur Ihr dahinterstecken könntet. Und nun Ercles: dieser listige Fuchs wird Euch nicht in die Schlinge gehen, Vetter. Ich wünschte, Ihr wärt in Zayana gewesen; Ihr solltet gesehen haben, welche Mühe ich hatte, die Bande ihrer Allianz zu lösen, die Euer bekanntes Verhalten zusammengefügt hatte; davon abgesehen herrschte wenig genug Vertrauen oder Freundschaft zwischen ihnen. Meine Arbeit wäre sonst einfach gewesen.«

Der Vikar setzte eine eiserne Miene auf. »Ihr habt Eure Wege«, sagte er, »und ich die meinigen.«

»Welche Truppenstärke habt Ihr in Eulenthal?« fragte Lessingham, wie ein Falke davon abläßt, mit seiner Gefährtin in den Lüften zu spielen, um auf seine richtige Beute herabzustoßen. »Viertausend Mann?«

»Nur wenn Ihr ein Glas zuviel getrunken habt und jeden Mann doppelt seht«, antwortete er.

»Zweitausend? Und meine Reiter, also achthundert mehr?«

»Nein, die sind bereits dazugezählt«, sagte der Vikar.

»Ich brauche mehr«, sagte Lessingham und sprang auf. »Wir müssen wie ein Blitzstrahl auf sie niederfahren, ehe sie Zeit haben, zu lange nachzudenken und sich wieder zusammenzutun, denn dann war alles vergebens.«

»Langsam, langsam«, sagte der Vikar. »Meine Politik ist tiefgründiger. Zuerst will ich mir im Rücken, im Norden Ruhe verschaffen. Übrigens habe ich eine Aufgabe für Euch im Norden; aber das muß wieder warten. In dieser gegenwärtigen Angelegenheit will ich zuerst die Sache mit Ercles und Aramond klären.

Lessingham ging ein dutzendmal zwischen dem Tisch und dem Feuer hin und her. »Vetter«, sagte er dann, wobei er vor der Tafel stehenblieb, »Ihr habt meinen Rat schon früher angenommen, und seid Ihr damit jemals schlecht beraten gewesen?« Der Vikar zuckte mit den Achseln. Lessinghams Augen funkelten. »Da ich begonnen habe«, sagte er, »werde ich hartnäckig bis zum Ende weitermachen. Ihr könnt Laimak und Anguring mit so vielen Männern halten, wie Kastanien in Eure hohlen Hände gehen. Gebt mir den Rest und die Befugnis, so viele Truppen auszuheben, wie ich kann. Ehe ein Monat vergeht, werde ich Hintermeszria für Euch in der Hand halten.«

»Ihr habt eine nette Art zu reden«, sagte der Vikar, »aber Ihr wißt so gut wie ich, daß wir jene zweitausendfünfhundert Mann jetzt nicht greifbar haben und daß für eine solche Unternehmung vier- oder fünftausend vonnöten wären.«

»Dennoch werdet Ihr sehen, daß ich es angehe«, sagte Lessingham. »Gegen das, was man am wenigsten befürchtet, ist man am wenigsten gefeit und gewappnet. Und bedenkt, ein großer Schlag in den Südlanden, und jene Splittergruppen im Norden verpuffen wie eine Lampe, die kein Öl mehr hat. Dann wird genügend Zeit sein, sich darum zu kümmern, Ordnung zu schaffen.«

Die breiten, weiten Nasenlöcher des Vikars wurden größer, als das rote Blut in sein Gesicht schoß, als siedete es durch die Hitze des herrischen Eifers und beherzten Einfallsreichtums, die in Lessinghams Sprache und Gehabe brannten. Er stand nun schwerfällig auf und sah Lessingham eine kurze Weile stumm an. Dann legte er schwer die Hände auf Lessinghams Schultern. »Schlafen wir darüber«, sagte er. »Je geräumiger der Tennisplatz ist, desto größer ist das Aufschlagfeld. Und wenn Ihr glaubt, Vetter, mir das alles in einem Klump in den Schlund stopfen zu können, soll der Teufel für mich Eure Seele auffressen, denn dann irrt Ihr schmählich.«

Das war am siebenundzwanzigsten Mai. Am neunundzwanzigsten Mai zog Barganax, dessen Plan inzwischen ausgereift war, mit seiner Leibwache aus fünfhundert ausgesuchten Kriegern nach Rumala, um dort auf Barrian und Melates mit den ausgehobenen Truppen von Krestenaya und Memison zu warten, ehe er nach Hintermeszria und die Grenzlande hinabsteigen wollte. Sobald das herzogliche Banner nördlich des Zenner gezeigt und die Garnison des Vikars durch Belagerung in Argyanna eingeschlossen würde, bestünde große Hoffnung, daß die gesamte Mark von Ulba sich auf ihre alte Verbundenheit besänne und das Joch von Rerek abwürfe. So kam der Herzog am fünften Tag nach dem Aufbruch von Zayana nach Rumala. Es war der zweite Junitag. Am Abend desselben Tages lichtete der Admiral in Sestola die Anker und stach mit sechzehn bemannten Kriegsschiffen und sechs Lastschiffen in See, einer furchteinflößenden Streitmacht: zweitausendfünfhundert seiner eigenen Seeleute, die an den Krieg zu Wasser und zu Lande gewöhnt waren, darüber hinaus zweitausend Fußsoldaten der königlichen Garnison zu Meszria und Graf Roder, der zusammen mit dem Admiral an Bord war. Roders ausgesuchte Reiter, dreihundert Mann stark, allesamt Veteranen mit zehnjähriger Kriegserfahrung, nahmen den Landweg, da sie auf den Schiffen keinen Platz mehr hatten. Ebenso verfuhr Egan mit vierhundert meszrischen Reitern. Der Salimat war zu ihrem Treffpunkt bestimmt worden, wo die zur See fahrenden Truppen und die Reiter und der Kanzler mit knapp zweitausend weiteren altgedienten Soldaten aus Fingiswold sich sammeln sollten. Der Kanzler wartete in Zayana noch ein, zwei Tage auf Zapheles, der südlich in Armash und Daish Truppen aushob. All diese waren aufgefordert, sich am Mittwoch, dem siebten Juni, auf dem Salimat zu treffen, wo die Hauptstraße von Zayana nach Ulba den Nephory-Berggrat an der tiefsten Stelle überquert; das war der vorteilhafteste Boden für eine Armee, sich einem aus dem Norden anziehenden Feind entgegenzustellen, denn von dort hat man einen klaren, weiten Ausblick nach Westen und Norden und Osten in das tiefe Flachland von Hintermeszria und Ulba, und die Lage ist günstig, von oben auf den Feind herabzustoßen, sollte er einen Angriff auf den Paß anstrengen, und im Falle des Falles läßt sie sich gut verteidigen, und das Gelände ist wie geschaffen für Überfälle aus dem Hinterhalt und zum Ausspähen einer jeden Armee, die über diese Straße zöge, ob nach Süden oder Norden.

Der Großadmiral legte mit der Flut in Sestola ab und fuhr mit einem günstigen Wind die Förde hinunter. Aber bei Nachteinbruch hatte der Wind aufgefrischt, so daß es gefährlich war, zwischen den Inseln hindurchzusegeln. Die Flotte ankerte bis zum Morgengrauen im geschützten Wasser hinter Lashoda; inzwischen war schwerer Seegang aufgekommen, und nachdem sie ins offene Meer hinausgefahren waren, mußten sie den ganzen Tag nordwärts gegen den Wind ankreuzen, so daß sie des Nachts froh waren, in der Spruna-Bucht Zuflucht zu finden. Wegen dieser Verzögerungen und der ungünstigen Windverhältnisse liefen sie erst am Abend des dritten Tages in die Förde von Peraz ein und ankerten zur Abendessenszeit in der Spitze der Förde gegenüber der Stadt. Hier warteten Packpferde und Maultiere und Ochsenkarren auf sie, und am kommenden Morgen wurden Armee und Ausrüstung ausgeschifft; tausend von Jeronimys Leuten blieben zurück, um die Schiffe zu bewachen, der Rest setzte sich in Bewegung, erklomm nach einem Tagesmarsch das blühende Tal von Biulmar und schlug am Abend desselben Tages auf dem Salimat das Lager auf. Roders dreihundert Reiter trafen pünktlich am ausgemachten Tag kurz vor Nachtanbruch ein. Die meszrischen Ritter mit Egan hatten Verspätung: über sie war nichts bekannt, denn Roder war nach vergeblichem sechsstündigem Warten ohne sie von Zayana aufgebrochen. Roder verfluchte sie. Von Beroald mit seinen zweitausend Mann fehlte jedes Lebenszeichen.

Der Morgen erwachte, von Wolken und Nebel getrübt. Eine Dunstdecke, die von den glatten Felsen östlich des Passes herunterrollte, schlug sich feucht auf den Zelten nieder. Der Admiral entsandte einen Boten seines Vertrauens durch die Berge ins östliche Rumala, um den Herzog davon in Kenntnis zu setzen, daß der Salimat besetzt und alles in Ordnung sei, und einen zweiten, um den Kanzler ausfindig zu machen. Kundschafter waren schon vor über einer Woche nach Hintermeszria und in die Grenzlande ausgeschwärmt. Eine Stunde vor Mittag wurde von einem dieser die Kunde gebracht, daß Lessingham am Sonntag mit einer kleineren Streitmacht den Zenner überquert habe und vor Fünfweg aufgetaucht sei: daß die verfluchten Bewohner dieser Stadt ihm wider alles Erwarten die Tore geöffnet hätten: daß er dort noch bis Dienstag gelegen sei und daß dort Männer zu ihm gestoßen seien, zu zweien oder dreien, hier ein Dutzend, dort ein Dutzend, hauptsächlich wohl aus der Mark, einige aber auch, wie zu hören gewesen sei, von der meszrischen Grenze, unter dem Vorwand, sie seien ihm ihren Dienst schuldig, handle er doch in der Befugnis der Königin, ihr Recht zu verteidigen. Eine Stunde später trafen weitere ein und übermittelten frischere Neuigkeiten; so sei Lessingham ihrer eigenen Beobachtung zufolge erst gestern aus Fünfweg marschiert, mit einer Stärke von etwa fünfzehnhundert Fußsoldaten und tausend Reitern: angeblich seien siebenhundert der Fußsoldaten Veteranen des Parrys gewesen, der Rest frisch ausgehobene Truppen: die Reiter hauptsächlich Lessinghams eigene Männer: daß er mit diesen nordöstlich auf die Straße am Fluß abgebogen sei, als habe er die Absicht, nach Kutarmish zu ziehen. Auf diese Nachricht hin nahm Roder Jeronimy am Ärmel und führte ihn außer Hörweite ihrer Offiziere.

»Welchen Plan schlagt Ihr nun vor, Mylord Admiral? Ein Unglück kommt selten allein. Der Kanzler ist um einen Tag verspätet, und immer noch haben wir keine Meldung von ihm, während wir hier mit verminderter Stärke sitzen und nur zuschauen können. Wenn Kutarmish fällt, dann ist Hintermeszria ohne Gegenstreich verloren, und es ist das reichste Land im ganzen Süden hier.«

»Ibian wird Kutarmish halten, seid Euch dessen gewiß«, sagte der Admiral.

»Und wennschon«, entgegnete Roder. »Sollen diese Schafsköpfe von Meszria die ganze Ehre einstreichen, während wir, die wahre Partei der Königin, hier den Drückeberger spielen? Und vergeßt nicht, daß sich mürrische Stimmen in der Armee erheben werden. Ich spüre es schon lange: überall sind die Ohren gespitzt, um die heranwehenden Zweifel aufzufangen, ob tatsächlich wir oder jene der anderen Partei die Belange der Königin wahrlich unterstützen.«

»Das«, sagte Jeronimy, »ist eine große Ungewißheit in den Strömungen und im Treibsand, mit der wir gewissermaßen leben müssen, schlafen und essen, denn er wurde zuerst zum Aufseher während ihrer Minderjährigkeit ernannt, und das unschuldige Recht rechtfertigt somit sein Unrecht.«

»Mit Verlaub, Mylord«, sagte Roder zum Admiral, »es liegt nun an uns, nicht nur zu essen und zu schlafen, sondern uns zu erheben und einzugreifen. Bedenkt: wenn diese Nachricht (und sie ist gut abgesichert) nicht falsch ist, sind wir ihm zwei zu eins überlegen.«

»Seine berittene Truppe ist stark, und sein Ruf, was diese Waffengattung angeht, ist bedeutend«, sagte Jeronimy.

»In dieser Hinsicht«, sagte Roder, »fürchte ich ihn nicht.«

»Alles in allem«, sagte Jeronimy, »ist sein Heer, sei es auch klein, sehr gefestigt. Ein wenig Gold überwiegt viel Blei oder Eisen.«

Roder spuckte auf den Boden und grollte. »Hätte ich allein das Kommando«, sagte er nach einer Weile, »hieße es heute noch: hinab in die Niederungen: mit meinem neuen Besen kehrte ich ihn mit einem Streich auf und fegte ihn aus Meszria hinaus.«

Der Admiral blähte leicht die Wangen auf und schüttelte den Kopf. »Wir wollen bis morgen warten, Mylord. Dann wird der Kanzler sicher eingetroffen sein.«

Der Morgen brach strahlend an. Bis zum Mittag hing Nebel über den Gegenden im Norden, so daß sie sich dem Auge zeigten wie der Flaum auf einer schwarzen Traube; darüber war der Himmel blau und heiter, und die nahe gelegenen Flure des breiten Zenner-Tales glänzten in der Sonne, aber es war ein weicher Glanz; dazwischen lagen die Behausungen der Menschen, und hie und da dunstige Flecken über den Windungen kleinerer Flüsse, und die Windungen der leeren Hauptstraße, die sich südwärts durch die Niederungen wälzte, die Hänge der südlichen Berge anging und schließlich den Salimat erklomm. Gegen Mittag trafen dringliche Nachrichten ein, daß die Armee des Vikars wieder westwärts marschiere. In der dritten Stunde nach Mittag konnte man beobachten, wie sie südöstlich, etwa sechs Meilen entfernt, über die Anhöhe bei Aptyssa kam. Das Lager auf dem Salimat wurde etwas südlich auf die Bergkuppe verlegt, damit man von Norden aus nicht sehen konnte, wie stark die Straße gehalten wurde. Auf der Kuppe und im nördlichen Abhang war das Gelände durch Steine und Heidekraut unwegsam: kleine Erhebungen und Mulden, wo Roder und Jeronimy nun ihre Armee verteilen ließen, und zwar auf beiden Straßenseiten, so daß sie gut getarnt und vorbereitet waren, Lessingham zu überwältigen, sollte er den Paß bezwingen wollen. Er näherte sich nur langsam. Erst nach weiteren drei Stunden mußten sich Jeronimys Vorposten am Hazanat-Bach zurückziehen. Roders Geduld war längst versiegt, und er trat dafür ein, hier und jetzt anzugreifen, solange es noch Tag war. »Nein, wir müssen den rechten Augenblick abwarten«, sagte Jeronimy. »Wollt Ihr den Vorteil, den wir ihm gegenüber haben, wegwerfen und in einem Gelände kämpfen, das er sich ausgesucht hat; und das auch am geeignetsten für Kavallerie ist, wo wir unseren schwachen Punkt haben?«

Roder spitzte den Mund. »Weisheit«, sagte er, »hat ihre Ausschweifungen und bedarf keiner geringeren Mäßigung als Torheit. Schlagt Euren Kurs ein, Mylord; aber was mich angeht, so möchte ich für diese Verzögerungen nicht zur Verantwortung gezogen werden.«

Es war nun zu sehen, daß Lessingham innehielt und in den Wiesen westlich von Limisba, diesseits des Hazanats, das Lager aufschlagen ließ. Bis zu den ersten Anhöhen waren es fünfzehn Gehminuten. Er ließ daraufhin seine Armee vor dem Lager Aufstellung nehmen wie zur Schlacht. Jeronimy sagte: »Er zieht nun gewissermaßen das Stroh vor der Katze her. Aber wir werden nicht damit spielen.« Roder zog sich zähneknirschend in seine Unterkunft zurück. Wenig Freude hatte er darüber, seinen Sommersitz von Limisba zu sehen, den er kürzlich von König Mezentius als Lohn für seine treuen Dienste im Krieg und im Frieden erhalten hatte, denn das Schloß war nun in den Klauen Lessinghams. Nachdem das Nachtmahl gekocht war, ordnete Jeronimy an, alle Feuer auszulöschen, so daß man von dort unten nicht erkennen könne, ob er noch auf dem Salimat liege oder bereits abmarschiert sei. Vom Kanzler fehlte nach wie vor jede Nachricht; er war nun zwei volle Tage hinter der vereinbarten Zeit. Dies drückte wie eine schlecht verdaute Speise auf ihre Mägen. Jeronimy suchte sich einen vorsichtigen, treugesinnten und verläßlichen Kurier aus: schickte ihn zurück auf die Straße nach Zayana, um Neuigkeiten auszukundschaften. Die ganze Nacht lang rauchten Lessinghams Lagerfeuer zum Himmel. Die Feuerstellen selbst waren nur kleine glühende Punkte. Roder sagte: »Sind das weibische Weichlinge, dieses Pack von Rerek, daß sie sich in einer solchen Sommernacht ans Feuer kuscheln müssen, während wir in den Bergen in der Kälte schlafen können?« Er schnarchte in seinem Zelt und sah deshalb nicht, wie eine Stunde vor dem Morgengrauen sein eigenes Haus von Limisba in Flammen aufging, eine Lohe wie Antares unter den kleineren Feuern der Nacht.

Bei Tagesanbruch loderte das Schloß von Limisba lustig, so daß selbst hier auf dem Salimat man meinte, das Knistern der Funken hören zu können. Gewaltige Rauchwolken wirbelten zum Himmel, die dennoch nur wie die Rauchringe einer ausgeblasenen Kerze schienen, angesichts der Wolken des Morgengrauens. Die Lagerfeuer brannten noch, aber das Lager war abgebrochen. An den sich zum Zenner schlängelnden Wassern leuchteten neue Feuer zum Himmel, als wollte Lessingham, mit seinem Scheinangriff auf den Salimat fertig, sagen: »Steigt herunter und kämpft mit mir, oder ich brenne ganz Meszria vor Eurer Nase nieder.« Eiligst wurde den Generälen darüber Meldung erstattet: Roder stürzte im Hemd aus seinem Zelt heraus, einen Schwall übler Flüche auf den Lippen: rief nach der Wache und ließ die Heerführer zur Beratschlagung zusammentrommeln: gab den Befehl, das Lager abzubrechen, Schlachtordnung einzunehmen und jederzeit marschbereit zu sein. Inmitten dieser ungestümen Hetze stellte sich Lord Jeronimy mit Briefen in der Hand bei ihm ein. »Vom Kanzler: soeben überreicht von einem Boten, der Tag und Nacht geritten«, sagte der Admiral. »Darin erklärt er, daß es aus dem Grund zu der Verzögerung kam, den wir vermuteten: wankelmütige Fahnentreue unter seinen Männern: doch jetzt ist das beendet: sie sind überzeugt und zufriedengestellt. Wollte mit ziemlicher Sicherheit am Donnerstag von Zayana aufbrechen (also vier Tage zu spät).« – »Verdammt und verlucht! Was nützt uns das?« sagte Roder. » . . . und will durch verschärften Marsch vor morgen abend hier sein.«

»Dann ist unser Vorgehen klar«, sagte Roder: »Wir warten nicht länger.« Und er stapfte in sein Zelt, um sich anzukleiden. Der Admiral blickte ihm mit geschürzten Lippen und besorgter Miene nach.

Zehn Minuten später wurde der Rat im Zelt des Admirals einberufen. Graf Roder erschien in voller Rüstung. Er sagte: »Zuerst geht es um die grundsätzlichen strategischen Fragen, Mylord, und das betrifft Euch und mich. Ich bitte darum, allein mit Euch sprechen zu dürfen.«

»Wie Ihr wollt«, sagte Jeronimy.

Als sie allein waren, nahm Lord Jeronimy ihn beim Arm und sagte: »Ich möchte, daß Ihr die Sache gewissermaßen mit Gelassenheit überdenkt. Kein bißchen weniger als Ihr bin ich darauf versessen zuzuschlagen: aber bedenkt, Lessingham zielt eindeutig darauf ab, daß wir den Finger in ein Loch stecken. Heute ist das mit Gefahren verbunden. Morgen aber, wenn der Kanzler mit weiteren knapp zweitausend Mann hier ist, besteht keine Gefahr mehr. Voreilige Früchte, Mylord, mögen zwar im Moment verlockend schmecken, aber der Moment dauert nicht lange.«

Roder entgegnete mit gezwungener Ruhe: »Eure Lordschaft müssen mir verzeihen, wenn ich offen meine Meinung sage, indem ich nämlich von dem, was Ihr sagtet, denke, daß zu einem lendenlahmeren oder tölpelhafteren Geschick oder Argument kein Mann fähig ist: falls Ihr allen Ernstes bis morgen warten wollt und es leidet, daß Lessingham uns durch die Finger geht.«

»Nein, Mylord«, sagte Jeronimy, »verdreht bitte nicht meine Worte. Warten wir bis morgen, und ich kann Euch gewiß versichern, daß keiner dieses Gesindels wieder nach Rerek zurückkehren wird.«

»Wollte ich tatsächlich sagen, was mir auf der Zunge lag,« versetzte Roder und wurde puterrot, »hätte ich gesagt, Ihr suchtet ein Argument, um Eure – nein, ich weiß, es ist nicht Feigheit: ich meine Euren halsstarrigen Eigensinn – zu bemänteln, wie eine Fliege, die den ganzen Leib nach einer wunden Stelle absucht.«

»Plumpe Unhöflichkeiten, Mylord Roder«, sagte der Admiral, wobei er seine Hand zurückzog, »kommen uns in unserer Suche nach einem weisen Ratschluß nicht gut zustatten. Es ist gewissermaßen unerläßlich, daß wir in diesem Engpaß, in dem wir stehen, einmütig sind: gelingt uns das nicht, wäre das ein das Bedauern der ganzen Welt werter Untergang.«

»Mein werter Admiral«, sagte Roder, »gebt mir Eure Hand. Es tut mir leid, daß meine verfluchten Worte so über meine Absicht hinausgingen. Nur wäre es eine Schande, wo wir doch solch eine Macht im Rücken haben, wenn dieser Bauer den König matt setzte. Nun, so soll er denn seine Wege gehen. Ich zerbreche mir darüber nicht den Kopf. Und wenn Seine Gnaden von seiner hohen Warte zu Rumala aus sieht, wie dieser Lessingham wie ein König durch Hintermeszria wallt, ohne daß jemand es ihm verwehrt, und wir vermutlich verloren oder eingeschlafen sind, wird er bald auf ihn herabstoßen und persönlich erledigen, wovor wir zurückschreckten.«

Der Admiral lauschte, wobei sich seine Hände hinter seinem Rücken umklammerten und wieder losließen, das Haupt gesenkt, als betrachtete er seine eigenen Füße. Beim Erwähnen des Herzogs erschrak er ein wenig: eine heiße Lohe stieg ihm ins Gesicht. »Nein, aber das habe ich vergessen«, sagte er nach einer

Weile. »Und dennoch wird es nun gefährlich, wo Lessingham nach Osten zieht. In seinem wahnsinnigen, ungezügelten Heldenmut wird er hinabsteigen und ihn in den Niederungen angreifen.« Nach wie vor Roders Blick meidend, schritt er zum Zelteingang und blickte hinaus. »Woraufhin höchst gewiß seine zu kleine Streitmacht augenblicklich überwältigt und vernichtet werden wird.«

Roder spitzte die Ohren. Jeronimy blieb stehen, war stumm und in Gedanken versunken und spielte mit seinem goldenen Augenglas am Ende der schmalen Kette. Roder sprach: »Womit uns, falls das geschieht, nur mehr die eine Wahl bleibt, Mylord Admiral; uns schnurstracks zu erhängen.«

Der Admiral sagte kein Wort: ließ nur davon ab, mit seinem Augenglas zu spielen. Roder wartete kurz. Dann sagte er: »Noch haben wir Zeit, ihn abzufangen und zur Schlacht zu stellen. In einigen Stunden wird es nicht mehr so leicht sein; obschon es besser wäre, ihm auf den Fersen durch Meszria zu folgen: besser jedenfalls als hier festzusitzen.«

Ein langes Schweigen folgte. Roder atmete tief durch die Nase; sein Hals unter den Borsten seines gestutzten schwarzen Bartes schwoll über dem Kragen seiner Halsberge. Schließlich sagte Jeronimy, ohne sich umzudrehen: »Die Erwägungen sind zu unterschiedlich. Zeit: sie verdirbt alles. Keine Zeit, den Herzog in Rumala zu unterrichten. Und somit momentane Notwendigkeit: nicht Eure anderen Gründe, Mylord.« Er wandte sich um und kam herein. »Das ist es, was mich zu dem bewegt, was sonst eine große Torheit wäre. Ihr sollt Euren Willen haben, Mylord. Ruft die anderen herein.«

»Ha! Dann heute noch!« sagte Roder und drückte ihm beide Hände. »Nun habe ich den verfluchten Kerl auf dem Amboß: noch vor Sonnenuntergang wird er zu Brei zerstampft sein.«

Von einer Bodenerhebung neben dem Zenner aus, wo Lessingham seine Truppen angehalten hatte, gewahrte er nun, wie Roders Armee vier Meilen entfernt vom Salimat herabstieg. »Die Götter seien gelobt«, sagte er: »Jetzt haben die Freudenfeuer ein Ende. Dennoch bleibt einem bei so trägen Füchsen nichts anderes übrig, als sie auszuräuchern. Und nun müssen wir noch etwas zurückhaltend bleiben, solange sie noch die Möglichkeit haben, sich wieder in ihre Löcher zu verkriechen.«

»Ihr habt keine Bären-, keine Fuchshöhle ausgehoben«, sagte Amaury.

»Wenn der Bär auf einen Tiger trifft, dann fliegen Pelzfetzen«, sagte Lessingham. »Die Zeit steht auf unserer Seite. Sie sind in der Überzahl, aber sie sind uns nicht zu viele. Geben wir ihnen Zeit, ihre Truppen zu sammeln, können wir es nicht wagen, ihnen entgegenzutreten: jetzt hingegen ist das Wagnis nicht zu groß.«

Er erteilte nun den Befehl, und sie zogen sich langsam südostwärts zurück. Der Graf schwenkte daraufhin nach Osten ab, als wollte er sie in der Lava am Saum der Berge über Nephory abfangen. Nach einem einstündigen Marsch hatten sich die beiden Armeen bis auf knappe zwei Meilen genähert. Lessingham änderte seine Richtung und bewegte sich nach Norden und hielt sich schließlich dicht an den Wald von Orasbieh, als wollte er die Brücke von Lorkan erreichen, wo die aus dem Norden kommende Kutarmish-Straße den seichten und trüben Fluß Ailyman vor seiner Mündung in den Zenner überquert. Hier gab es zwischen dem Wald und dem Fluß ein Stück Weideland von festem, ebenem Grund: und hier, indem er seine Linke ein paar hundert Schritt von der Brücke am Flußufer und seine Rechte am Rand des Orasbieh-Waldes aufstellen ließ, hielt er an und traf Vorkehrungen für die Schlacht. Aus seinem größten Haufen, den Fußtruppen, bildete er einen Halbmond, die Mitte vorgeschoben, die Hörner zur Straße zurückversetzt. Ein Großteil dieser bestand aus unerfahrenen Soldaten, von denen einige hundert in dieser Woche aus der Bevölkerung im Landesinnern um Argyanna frisch ausgehoben worden waren, andere aus der Küstengegend um Kessarey, andere vor zwei Monaten durch den Vikar, als er im Eulenthal wegen König Styllis Truppen zusammengezogen hatte. Aber neunhundert der ganzen sechzehnhundert Unberittenen waren Veteranen der alten Armee des Vikars, rauh wie Bären und kampferprobt: diese hatten auch schon unter Lessingham gedient, als vor sieben oder acht Jahren, nicht ohne insgeheim Unterstützung durch die Prinzen und (wie man allgemein sagte) Barganax, die große Rebellion ganz Rerek erschüttert hatte, was beinahe zum Sturz des Vikars und der Eroberungsmacht Fingiswolds führte. Mit einigen dieser altgedienten Scharen verstärkte Lessingham die Mitte, setzte sie aber hauptsächlich auf den Flügeln ein, die wie erwähnt zurückversetzt waren: zweihundert sparte er für sich selbst auf, zur Sicherung des gefährlichen Vorhabens, das er plante. Vierhundert seiner eigenen Reiter, unter dem Kommando Amaurys, bildeten seine linke Abteilung und reihten sich am Flußufer auf, wo sie Rückendeckung

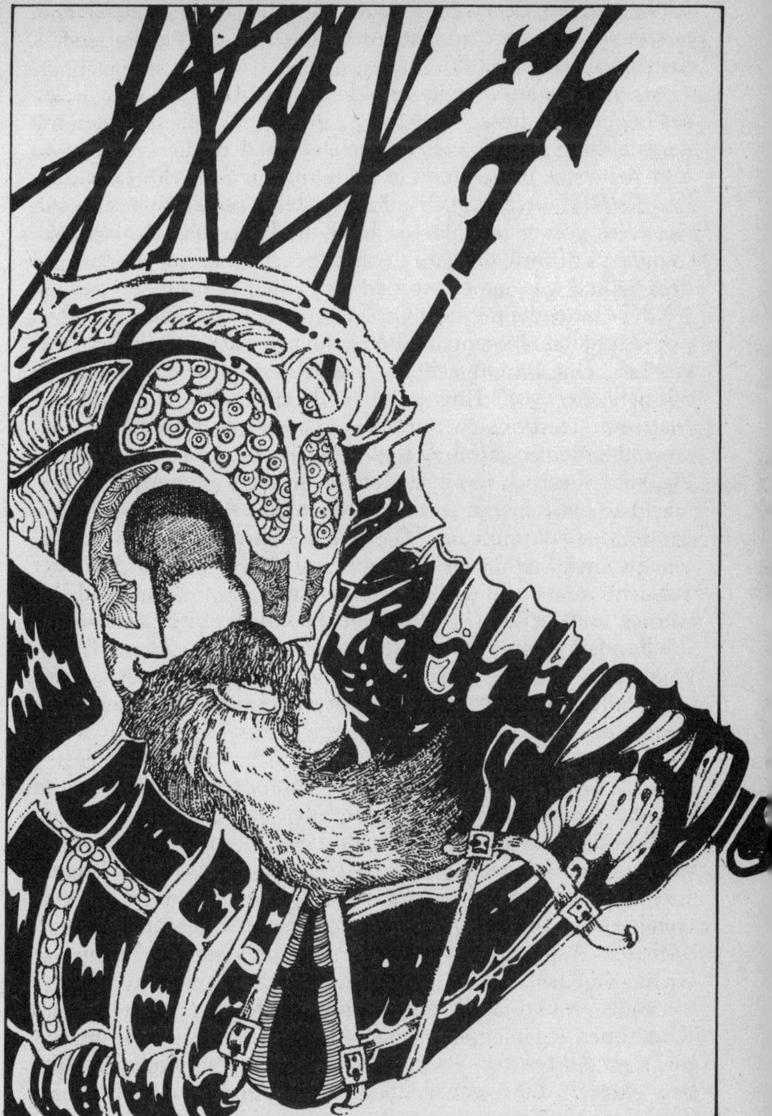

hatten. Dreihundert weitere unter Brandremart lagen zusammen mit den Berittenen, welche Argyanna zur Verfügung gestellt hatte, am Waldesrand.

Als der Grafen Vorreiter um die südöstliche Ecke des Gehölzes bogen und diese Aufstellung sahen, schickten sie Boten mit der Meldung zurück, Lessingham stehe in den Auen von Lorkan und stelle sich in der und der Ordnung zur Schlacht. Daraufhin ließ der Graf unverzüglich anhalten, stellte seine Scharen so auf, wie er es vorher beschlossen hatte, und rückte in Schlachtordnung an. Er führte die ganze Armee bei sich, die am Morgen auf dem Salimat gesammelt worden war, außer fünfhundert Seeleuten der Flotte, die mit dem Großadmiral auf dem Paß verblieben waren, um ihn nötigenfalls zu verteidigen und den Kanzler zu erwarten. Seine Hauptmacht aus zweitausend schwerbewaffneten Speerträgern von Fingiswold und tausend von Jeronimys Matrosen übertraf seinem Ermessen nach Lessinghams Fußvolk sowohl in der Bewaffnung und Kriegskunst, als auch zahlenmäßig, so daß er sich wenig Gedanken über die gegnerische Übermacht an Berittenen machte. In diesem Sinne stellte er sie in langen Reihen auf und befahl Peropeutes, der gemeinsam mit Hortensius und Belinus das Fußvolk anführte, beim Ertönen der Schlachtfanfaren ihr ganzes Gewicht auf Lessinghams Mitte zu werfen und sie zu durchbrechen. Er selbst stürme mit seinen dreihundert ausgesuchten Reitern aus dem Heideland Fingiswolds gegen Amaury neben dem Fluß an. Egan und die meszrische Reiterei, die erst heute morgen eingetroffen war, gingen die Linke an.

Ohne Verhandlungen ließ Graf Roder ins Kriegshorn blasen, und die Banner wurden aufgerichtet, und mit einem lauten und entsetzlichen Schrei rannte sein großer Haufen polternd gegen den Feind an. Lessingham forderte seine Leute auf, bis zum Nahgefecht den Boden zu halten und dann keinesfalls an den Flügeln nachzugeben, koste es, was es wolle. Als sie in Wurfweite waren, wurden von beiden Seiten die Wurfspeere geschleudert. Im nächsten Augenblick krachten Poropeteus und seine ausgesuchte Königswache, mit großen Langschilden und abwechselnd mit Spießen und zweihändigen Schwertern gewappnet, wie ein Rammbock gegen Lessinghams Mitte. Im Getöse dieses Angriffs und dem Klirren von Stahl und aufeinanderprasselnden Schneiden wurden die neuausgehobenen Truppen von Rerek unter dem Gewicht der anstürmenden langen Reihen erschüttert und zurückgedrängt. Viele wurden verwundet und erschlagen auf beiden Seiten, als es so zu diesem ersten Zusammenprall kam; denn ziemlich in der Mitte hatte Lessingham neben jeden frischen Jüngling einen alten Kämpen des Vikars gestellt, und mit ihren kurzen, zweischneidigen Schwertern, mit denen sich gleich gut hauen und stoßen ließ, und mit ihren kleineren Schilden, leicht und dennoch widerstandsfähig, konnten diese wirkungsvoll streiten, während Roders Speerträger in dem dichten Gewühl des Handgemenges kaum Platz für den Einsatz ihrer Waffen fanden. Durch den großen Ansturm der vielen dichtgeschlossenen Reihen von hinten bog sich die Kampflinie nordwärts, bis Lessinghams Halbmond völlig umgekehrt war: die Spitzen auf beiden Seiten strebten nach vorne, die Mitte drängte zurück. Und Stück für Stück bohrte sich Roders Rammbock in diese tiefer werdende Tasche und hieb sich mit immer schmäler werdender Front weiter voran.

Lessingham verfügte über hundert ausgewählte Reiter und hundert Veteranen seiner Fußtruppen, die darin ausgebildet waren, zusammen mit den Berittenen in den Kampf zu ziehen, indem sie sich beim Angriffsritt an den Steigbügeln festhielten. Mit diesen hielt er sich hinter der sich rückwärts krümmenden Mitte auf, wie ein Tölpel einem Makrelenschwarm folgt. Seine Lippen waren fest: seine Augen tänzelnde Feuer. Wo er die Lage nicht selbst überblicken konnte, wurde er von Minute zu Minute von seinen Läufern und Reitern über den Stand der Dinge unterrichtet: wie die meszrianischen Rosse nun auseinandergesprengt und neben dem Wald in die Flucht gejagt worden seien: wie Amaury zur Linken in schwerem Kampf mit Roder liege. Die Flügel des großen Haufens aus jeweils zweihundertfünfzig bewährten Kriegern, welche der Rammbock Roders in der Mitte trennte, waren nun dort, wo er sie haben wollte: an den feindlichen Flanken. Genau wie ein Tölpel, der mit halb geschlossenen Flügeln wie ein breitbefiederter Pfeil ins Meer hinabstößt und die Welle mit einer solchen Wucht durchschneidet, daß das Spritzwasser hochschießt wie die Fontäne eines Wales, genauso schlug Lessingham zu. Zusammen mit seinen zweihundert Mannen, die jetzt durch die Reihen der ungebrochenen, aber arg zugerichteten und weit zurückgedrängten Mitte stürzten, warf er Roders vorderste Front wie mit der Gewalt einer verheerenden Feuersbrunst zurück. Im selben Augenblick schlossen sich die Veteranen des Vikars um Roders Flanken, wie die Scheren eines Krebses. Da die rechte Flanke des Heerhaufens von Graf Roder ungedeckt war, gab es ein großes Gemetzel, und die Männer fielen haufenweise: manche erstickten, unter den Leichen ihrer Gefährten begraben, andere wurden von ihren eigenen Waffen oder denen ihrer Gefährten aufgeschlitzt, oder ihre Feinde kamen schließlich über sie. Die Reitertruppen zu Lessinghams Rechter, welche von der Verfolgung abließen, sobald sie den Stoß seines Kriegshornes vernahmen, schwenkten südwärts und fielen dem Fußvolk in den Rücken und die Flanke. In einem letzten Angriff warf Amaury die Hälfte von Roders berühmten Reitern in den Fluß und schlug sie vernichtend.

Die Sonne war eine Scheibe glutroten Feuers auf dem Meer zwischen den Quesmodischen Inseln, als der Großadmiral mit dem Lord Beroald aus seinem Zelt zu einem Aussichtspunkt ging, wo sie weit und fern in das Tal des Zenners hineinsehen konnten, das dunstig im warmen und schläfrigen Sonnenschein lag. »Nun«, sagte er, »ich habe Euch wohl alles bis aufs Haar genau erzählt. Und nun haben wir die achte Stunde nach Mittag. Und seit drei Stunden keine Nachricht mehr.«

»Und in der letzten hörten wir, daß er ihn in den Auen von Lorkan gestellt habe?«

Jeronimy nickte mit dem Kopf. »Wir sollten längst neue Kunde erhalten haben.«

Der Kanzler überzeugte sich mit einem schnellen, unbemerkten Seitenblick, daß des Großadmirals Miene düster und besorgt war. »Das würde ich nicht meinen«, sagte er unbeschwert.

»Eine Katze kann man nur mit Handschuhen fangen«, sagte Jeronimy. Er stand eine Weile und suchte mit den Augen die Landschaft unter ihm ab; dann, als sie sich wieder zum Gehen wandten, sagte er: »Wann wird Eure Hauptabteilung hier sein?«

»Morgen abend«, antwortete Beroald.

»Und Zapheles?«

Beroald schürzte die Lippen. »Diesbezüglich will ich keine Schätzungen riskieren.«

»Morgen abend«, sagte Jeronimy. »Ein schwacher Trost, wo die Sache doch jetzt ausgetragen wird und Euer Heer dringendst benötigt würde, das nun schon drei Tage zu spät ist – nein, Mylord, das ist keine Anklage gegen Euch: Ich weiß, welche Mühe Ihr hattet. Noch gebe ich mir die Schuld.« Er begegnete dem kühlen Blick des Kanzlers, zog die Schultern nach oben und lachte. »Eure Lordschaft mögen mir verzeihen. Pah! Es ist kaum Dämmerung, und schon verkünden die Eulen Unheil? Aber diese

Landschlachten, das ist wohl wahr, gehen mir immer gewissermaßen gegen den Strich.«

Ein gekünstelter Gleichmut beseelte das hagere Anlitz des Kanzlers, als er, aufrecht und soldatenhaft, mit verschränkten Armen die Landschaft betrachtete. »Die Überzahl an Waffen«, sagte er kühl, »vermag allein Eure Zweifel zu zerstreuen, Mylord. Und Roder ist kein unerprobter Knabe, der ins Netz geht oder nach etwas zielt, ehe er zuschlagen kann. Kommt, Mylord, essen wir zu Abend.«

Kapitel x

Der Vertrag von Ilkis

Herzog Barganax saß am zweiten Abend nach jener Schlacht in einem oberen Gelaß über dem Wachzimmer zu Rumala. Kerzengerade saß er auf einem steinernen Stuhl mit dem Rücken zur Wand, angetan mit Beinschienen und Helm und einem langärmligen Kettenhemd, dessen Glieder allesamt mit Silber und Gold damasziert waren. Schwarze Federn des Paradiesvogels beschatteten seinen Helm mit ihrem schillernden Farbenglanz in Grün und Stahlblau. Seine Hände hingen locker über die Stuhllehnen. Zerrissene und zerknüllte Schriftstücke lagen zu seinen Füßen. Eine Lampe auf dem Tisch zu seiner Linken erleuchtete kärglich das Zimmer. Sein Gesicht war im Schatten, von der Lampe weg zu dem tief eingelassenen, offenen Fenster hin gewandt und seiner Dunkelheit, die von Sternenlicht belebt war. Er regte sich weder beim Klappern von Medors gepanzerten Stiefeln auf der Treppe noch als dieser eintrat. Eine ganze Minute stand Medor stumm vor ihm, als fürchtete er sich.

»Ist er gegangen?«

Medor antwortete: »Ich kann ihn nicht dazu bewegen. Er beharrt äußerst halsstarrig darauf, mit Eurer Gnaden zu sprechen.«

Barganax sagte weder etwas noch rührte er sich.

»Mir will er kein Wörtchen verraten«, sagte Medor. »Keinem außer Euer Gnaden allein.«

»Ist er lebensmüde?«

»Ich habe ihn ausführlich instruiert. Dennoch will er nicht davon ablassen, Euch von Angesicht zu Angesicht zu sprechen. Ich habe mein Bestes getan.«

Nach einer Weile sagte der Herzog: »Laßt ihn vor.«

Daraufhin wurde zwischen zwei rotbärtigen, kahlköpfigen Kriegern der herzoglichen Leibwache Amaury ins Zimmer geführt. Er war bis zum Knie beschmutzt vom harten Ritt durch das Moorland. Man hatte ihn gezwungen, seine Waffen draußen zu lassen. »War das gut gemacht, Amaury«, sagte der Herzog, »hierher zu kommen und mich an den Pranger zu stellen, während der Ruhm Zayanas im Kot liegt?«

»Euer Gnaden«, sagte Amaury, »ich sehe es nicht so. Wenn Euer Gnaden in Eurem altgewohnten Edelmut meinen Herrn empfangen wollten, wünschte er ungeduldigst, mit Euch zu unterhandeln, und böte Euch ehrenhaftere und vorteilhaftere Bedingungen an als vormals, bevor Krieg zwischen Euch herrschte.«

»Seht Ihr diesen Kelch?« fragte der Herzog dann. »Würdet Ihr in diesen eine giftige Kröte setzen, sie zu Brei zerstampfen, Wein darübergießen und ihn austrinken, so wäre das förderlicher für Eure Sicherheit als hierher zu kommen und mich mit seinen Friedensworten zu beleidigen.«

Amaury errötete wie ein Mädchen unter seiner hellen Haut. Er sagte: »Wenn jemand eine Schuld trifft, so nur mich. Aus eigenem Antrieb, nicht auf Befehl, kam ich hierher und lieferte mich Eurer Macht aus; denn ich weiß um seinen wunderlichen und zwecklosen Entschluß, morgen persönlich in derselben Mission hierher zu kommen, aber ich roch Gefahr darin. Deshalb kam ich zuerst, ohne um Erlaubnis gebeten zu haben, um sein Vorkoster zu sein; wie große Männer ein Gericht zuerst von einem anderen kosten lassen, ob Gift darin ist.«

»Dann soll er mir dankbar sein«, sagte der Herzog, »für die Züchtigung seines ungehorsamen Hundes. Und doch«, sagte er, »hättet Ihr Euch denken können, daß keine große Gefahr bestand. Ihr hättet Euch denken können, daß ich soviel Verstand besitze, Euch ziehen zu lassen: wie man es mit einer Rattenfalle macht: sie hat einen Eingang mit einem Schnappverschluß und einen zweiten Ausgang: man läßt sie ein paar Nächte lang freiwillig kommen und gehen, hinein und heraus, bis sie alle Furcht davor verloren haben; dann verschließt man eines Nachts den Ausgang, und man fängt das ganze Pack auf einmal. Gute Götter, würden doch nur dieser Roder und dieser Beroald darunter sein: zerstückelte sie alle!«

»Aber ich bin keine Ratte«, sagte Amaury. »Ich kann urteilen. Und wenn ich so urteile, warne ich ihn.«

Des Herzogs Antlitz war dunkel wie Blut. »Schafft ihn hinaus«, sagte er. »Bindet ihm Arme und Füße und stürzt ihn die Felsen hinunter. Das wird meinem Zorn vielleicht etwas Luft machen.«

Die Wächter legten je eine Hand auf Amaurys Schultern. Er wurde kreidebleich. Er sagte: »Falls ich nicht zurückkehre, hat es doch den Vorteil, daß es ihm zu denken gibt. Und sein Leben ist mir wertvoller als das meinige.«

»Beeilt Euch und tut, was ich befahl«, sagte er und sprang auf, mörderisch weiß, rasend wie ein verwundeter Löwe. »Falls mehr kommen, werde ich mir bei diesen die gleiche Freiheit herausnehmen. Es soll sich zeigen, ob ich durch das Unglück jener Schlacht bezähmt bin. Memmen und Hasenfüße: sie sollen mich kennenlernen, im nachhinein.« Mit langen, polternden Schritten stampfte er zum Fenster, stand dort steif, den Rücken zum Zimmer gekehrt, die Arme fest vor dem Gesicht verschränkt und gegen die Wand gedrückt, die Schläfen gegen die Handrücken seiner geballten Fäuste gepreßt. Medor forderte die Wachen mit einem kurzen Blick zum Stillstehen auf. Amaury wartete.

»Medor«, sagte der Herzog: er stand nun am Fenster und sah hinaus. Medor ging zu ihm.

»Behaltet den Mann bis morgen: aus meinen Augen. Ich werde darüber nachdenken.«

Amaury sprach: »Darf ich, mit Eurer Gnaden gütiger Erlaubnis, ein Wort noch sagen?«

Der Herzog antwortete nicht, sondern blickte nach wie vor aus dem Fenster, aber seine Gestalt versteifte sich, während er stand.

»Falls ich bis morgen früh nicht zurück bin, wird man meinem Herrn ausrichten, wohin ich gegangen bin. Er wird daraus schließen, daß Euer Gnaden mich aus dem Weg geschafft haben. Das verdirbt alles.«

Der Herzog wirbelte herum. »Schafft ihn weg, bevor ich es mir anders überlege.« Er riß seinen Dolch heraus.

»Er war entschlossen, allein über die Wand heraufzureiten«, sagte Amaury laut, als er hinausgeführt wurde: »allein: so sehr hat er Euch vertraut und in Ehren gehalten.«

»Hinweg!« sagte Barganax. Seine Linke umklammerte Medors Handgelenk. Die Soldaten schleppten Amaury durch die Tür. »O entsetzliches Verderben! Wurde je ein Prinz so verraten wie ich? O Medor, ich könnte mich in Blut baden: ihnen eigenhändig die Köpfe abhacken: ihnen das Herz herausschneiden und roh mit Knoblauch essen; dann stinkend sinken *ad Tartara Termagorum.*

Nein, das ist widerlich und ruchlos«, sagte er und schritt wieder hin und her. »Verfluchter Beroald: verfluchter, zweigesichtiger Zapheles: verfluchter weibischer Jeronimy: Abschaum der Hölle. Und am schlimmsten ist dieses: ich, der ich mich in meiner Vorstellung über den Kreis des Mondes zu erheben wagte, um das Vorbild der weiten Welt zu sein, und zur Geliebten mir nur die Schönheit selbst erkor: nun genarrt bis daß ich lächerlich aufs äußerste, verwandle ich mich in ein blutrünstiges Biest.

Nein«, sagte er, »ich werde es durchstehen, wie es sich für einen Prinzen geziemt«; und er setzte sich wieder auf den steinernen Stuhl. Medor neben ihm beugte sich aus dem Fenster und blickte in die Nacht hinaus. »Woran denkt Ihr?« fragte der Herzog.

»An Euren sternengleichen Adel«, antwortete er.

»Was hatte er gesagt?« meinte der Herzog plötzlich: »daß Lessingham sich getraut hätte, ganz allein hierher zu kommen, um mit mir in Rumala zu unterhandeln? Das ist höchstwahrscheinlich eine Lüge.«

»Ich halte es für glaubwürdig«, antwortete Medor. »Weiß er doch, daß Euer Gnaden sich kürzlich in Zayana streng an das gegebene Wort hielten.«

Der Herzog schwieg. Dann sagte er: »Warum haben sie ihn weggeschafft? Holt ihn zurück! Müßt auch Ihr mich verraten und meinen Befehl befolgen, wenn ich außer mir bin?«

»Nein«, entgegnete er und warf ihm einen Blick zu. »Diesbezüglich werde ich mich an meine alte Abmachung mit Euer Gnaden halten.«

Barganax nahm seinen Helm ab und stellte ihn auf den Tisch neben seine eisernen Handschuhe. Die letzten Spuren des Sturms tanzten noch finster und flackernd um seine Augen und die Linien seines Mundes unter dem lockichten Schnurrbart; aber nicht länger vermochten sie seine Miene und seine Stirn zu verzerren; sein Antlitz schien im klaren, aufstrebenden Lampenlicht die vereinte Lieblichkeit der himmlischen Grazien zu enthalten. Er flüsterte: »*Ζὰ δ' ἐλεξάμαν ὄναρ Κυπρογενήᾳ*. In einem Traum sprach ich mit Unserer Frau von Cypros.«

Als Amaury zusammen mit Medor wieder eingetreten war, sagte der Herzog: »Ihr seid ein tapferer Mann, und das war zu erwarten, dient Ihr doch einem tapferen Mann; und er ist ein Mann, der sich starke und beherzte Gefolgsmänner auswählt, Männer von seiner Geisteshaltung. Und nun unterbreitet mir, was Ihr vorhin ansprachet, damit ich Eure Absicht verstehe.«

Amaury unterbreitete ihm alles Punkt für Punkt.

»Und nun«, sagte der Herzog daraufhin, »habe ich mir diese Angelegenheit zwischen mir und Eurem Herrn überlegt, und wie es weitergehen soll. Hier ist ein Ring«, sagte er und zog ihn vom Finger: »dessen Stein Quandias heißt: man findet ihn im Kopf eines Geiers, und er ist ein Freund der Menschen, denn er bewahrt vor allem Schädlichen. Gebt ihn ihm von mir. Sagt ihm, ich werde mich von ihm nicht an Adel übertreffen lassen: ich treffe mich mit ihm, aber nicht hier. Ich treffe ihn auf halber Strecke, in Ilkis im Rubalnarthal. Heute ist Montage. Sagen wir Mittwoch mittag. Am besten gehen wir bewaffnet, denn die Gegend könnte sehr leicht in Aufruhr sein nach diesen Vorfällen. Aber beschränken wir uns auf zwanzig auf jeder Seite und nicht mehr. Und laßt uns den Waffenstillstand, wie immer die Dinge sich auch entwickeln werden, bis Donnerstag um Mitternacht halten.«

Amaury küßte Barganax' Hand und nahm den Ring. »Ich bin so weit in die Vorhaben meines Herrn eingeweiht«, sagte er, »daß ich an die Stelle alles in seinem Namen annehmen und Euch sagen kann, daß Eurer Gnaden edles Verhalten in dieser Angelegenheit einen leichten Weg eröffnet hat, zu einem ehrenhaften Frieden zwischen Euch zu gelangen.«

»So lebt wohl, Sir«, sagte der Herzog. »Am Mittwoch werden wir zur Mittagsstunde in Ilkis verhandeln. Geleitet ihn, Soldaten: mit einem Dutzend Fackeln die Wand hinunter.«

»Und nun«, sagte er zu Medor, nachdem Amaury gegangen war, »will ich weder von Euch noch einem anderen gestört werden. Die Lampen an und zu Bett.«

Es war nun ungefähr Mittwoch mittag, der vierzehnte Junitag. In Acrozayana, in einem glitzernden Schatten von Erdbeerbäumen, wo die Sonne den Kiesweg mit auf einem Teppich kühlen Purpus ausgestreuten Talern sprenkelte, ruhte Lady Fiorinda, wie die Musik ruht, wenn die Laute beiseite gelegt ist. Sie ruhte auf Polstern aus weinrotem Satin auf einer Bank aus Porphyr. Ihr Gewand, hauchzart und fließend, langärmelig, eng anliegend, gelb wie die helle Blüte der Schlüsselblume und mit schmalen Rüschen an Hals und Ärmeln, schmiegte sich bei jedem sanften Atemzug aufs neue um sie und verlieh ihr neue Vollkommenheit, als sie dort ruhte, zur Rechten die Füße lieblich auf der Bank ausgestreckt. Eine Haube aus schwarzer, geknüpfter Seide, am Saum verbrämt mit einem Goldband, das mit Chrysoprasen bestickt war, umrahmte ihr Antlitz wie mit einem Lichthof, in dem zwischen weißer Stirn und glitzerndem Gewebe ihr Haar wie das Geheimnis der Nacht war, eingefaßt zwischen strahlender Sonne und Mond.

Zu ihrer Linken unter ihr saß auf den Stufen der aus Porphyr gehauenen Bank Rosalura; ihre Stickerei war neben ihr auf den Boden gefallen, die Hände hielt sie im Schoß verschränkt. Anthea, in Weiß gekleidet, stand an der Schwelle zwischen Schatten und Sonnenlicht auf der Wiese davor: die Pupillen ihrer Augen waren Schlitze ob der Helligkeit: in ihrem Gehabe lag wachsame Erwartung: ihr Haar, locker zusammengesteckt und geknotet in wirrer Lieblichkeit, war ein glühendes Feuer. Am äußeren Ende einer niedrigen Bank zur Linken, nahe bei Anthea, saß Bellafront, deren geflochtene, kastanienrote Locken die Strahlen ebenfalls einfingen. Pantasilea und Myrrha, Campaspe und Violante ruhten, erstere auf der Bank zu Fiorindas Linker, letztere auf jener zur Rechten. Alle erweckten sie den Anschein, als lauschten sie etwas Fernem, oder vielleicht dem Summen der Bienen nur, das die Sommerluft erfüllte, einmal lauter, dann wieder schwächer, aber niemals ganz verstummte; lauschend nicht, als ob sie etwas hörten, sondern vielmehr etwas Erwartetes zu vernehmen hofften.

Doktor Vandermast, in einem rostbraunen Kittel, schritt gedankenversunken auf und ab. Die kleinen Pfeile des Sonnenlichts, die das Laub durchdrangen, rieselten unaufhörlich auf ihn hernieder, während er so gemessenen Schrittes wandelte.

Fiorinda sprach: »Das war eine seltsame Freizügigkeit in einem solch ernsthaften Gelehrten wie Ihr es seid, Sir, zu sagen, ich sei, aus mir selbst heraus – aber nun habe ich tatsächlich vergessen, was Ihr gesagt habt.«

Er hielt neben ihr inne und blickte an Anthea vorbei auf das glatte, sonnige Rasenstück, das Blumenbeet dahinter, und über die Zinnen hinweg auf die Berge, die im Sommerdunst flimmerten. »Es ist ein unumstößlicher Grundsatz der göttlichen Philosophie«, sagte er, »ein Verstehen aller Dinge *sub specie quadam aeternitatis* zu erstreben: sie hochzuhalten, wie gegen eine Lampe, zur Ewigkeit, die sie erleuchtet. Auch ich verbrachte insgesamt ganze siebenunddreißig Jahre damit, die naturwissenschaftlichen und überweltlichen Dinge zu erforschen, indem ich Axiom und Urteil verknüpfte und so durch *demonstratio, scholium, corollarium* zu der Einheit aller Dinge in einem ewigen und gleichförmigen Gesetz gelangte: jenem Scheitelpunkt über den Pyramiden des Wissens, wo die Erkenntnisvermögen im Nu einer Kontemplation die Wahrheit der Dinge zu erfassen vermöchten. Dennoch war es unter dem Strich nur eine hohle Wahrheit: *praeter verbum nihil est,* ein leerer Hauch. Denn um stehen zu können, setzt sie einen Grund, ein Verstehen und eine Plattform voraus. Aber immer wenn ich diese Spielzeuge beiseite ließ und über Eure Ladyschaft nachdachte, dann war es klar wie Tageslicht; und immer wenn ich nicht weiterkam, bei diesem oder jenem in Natur oder Zeit nicht zu begreifen vermochte, warum es so und nicht anders sein sollte, brauchte ich es nur im Licht Eurer Ladyschaft zu betrachten, und augenblicklich erkannte ich seinen Wert und seine Notwendigkeit.«

»Wie jene kürzliche Niederlage in den Auen von Lorkan«, sagte sie, »die ihm den Boden unter den Füßen nahm, so daß er barhäuptig losziehen muß, um mit seinem großen Feind Frieden zu schließen?«

Er erwiderte: »Ich sehe in Eurer Ladyschaft wie in einem Glas. Ich umschließe es und nehme es an.«

»Oje!« sagte sie. »Damit wollte ich ihn plagen. Das ist alles.«

»Ich nehme Euch durch eine viel dichtere Wolke wahr«, sagte Vandermast und blickte ihr in die Augen.

»In der Tat?« sagte sie. »Wäre ich nicht so hochherzig, müßte ich mich zu Tode fürchten ob des Alten Basiliskenblick, mit dem er mich hier, wo ich sitze, entkleidet. Beim Entsetzen der Lamia vor Apollonius, sind wir fürwahr sicher?«

»Apollonius«, sagte Vandermast, »war nur ein sehr falscher Philosoph und hatte nur ein sehr oberflächliches und dürftiges Verstehen. Zusammenfassend (und dies hatte ich im Sinn, als ich mir erlaubte, Madam, Euch mittels einer Trope oder einer Sprachfigur mit der *Ewigkeit* zu vergleichen) schließe ich, daß Eure Ladyschaft aus sich selbst heraus *omnium rerum causa immanens* sind: die hinreichende Erklärung der Welt.«

Fiorinda lächelte nicht. »Aber was bräuchte sie Erklärungen?« sagte sie. »Hier ist sie. Ich mag sie.«

»Ohne Euch«, sagte der alte Mann, »würde sie in Stücke zerfallen und verschwunden sein. Wie ein Glastropfen, den ich gesehen, der sich augenblicklich in Staub auflöst, wenn man seinen Schwanz abbricht.«

»Und sicherlich wollt Ihr nicht sagen, es lebte je ein so niederträchtiger Mann«, sagte sie, »zu träumen, es könnte anders sein? Eine Welt ohne mich? Oder die mich haßte?«

»Mylady Fiorinda«, sagte er mit sehr leiser Stimme, *»nemo postet Deum odio habere:* kein Mensch vermag Gott zu hassen. Ich spreche nicht von Zeit und Ort und äußerem Brauchtum. In Rialmar habt Ihr genauso beständig wie in Acrozayana Euren Sitz und seid stets gegenwärtig. Es mag mehrere von Euch geben, drei, neun, neuntausend Tausend: ich weiß es nicht: *ex necessitate divainæ naturæ infinita infinitis modis sequi debent:* unbeschränkte Formen und Erscheinungsweisen. Ich kenne, in dieser Welt, nur zwei. Und Ihr, die Ihr Euch zwar wandelt, wandelt Euch dennoch nicht.«

Er schwieg. »Nein, ich möchte, daß Ihr fortfahrt«, sagte sie in

Tönen, die einen Schleier des Hohns, durchsetzt mit sternengleichen Funken, über ihr Denken zu ziehen schienen, ebenso wie die langen schwarzen Wimpern ihre Augen verhüllten. »Es ist mir wie Musik, die mein Ohr einlullt: diesen Nebensächlichkeiten, wunderlichen Fragen und Spekulationen zu lauschen, abgehandelt von einem solch gelehrten Doktor: wie das Täuschen der Sinne eine der Wonnen der Sinne ist.«

Vandermast, immer noch in seine Vision versunken, sagte, als hätte er sie nicht gehört: »Es ist ein offen zutage liegender Grundsatz, der nicht einmal den Oberflächlichsten und Rohesten ganz entgehen kann; außer daß sie es sehen und vorübergehen, ohne vollständig zu begreifen, was sie sahen. Wie jene, die auf der Straße gehen, einen Turm betrachten, und dennoch sind viele Stufen und Sprossen mühsam, *per scientiam,* zu erklimmen, ehe man auf der Spitze steht und das Ding erkennt. Und doch«, sagte er, »ist es nur Schall und Rauch, mit gequält dahergestotterten Worten so zu Eurer Ladyschaft zu sprechen, wie ein Kind seine Lektion auswendig lernt: zu Euch, die Ihr diese Dinge besser wißt als ich, und ohne jegliche Unterweisung.«

»Ihr möget eine Nase für das Metaphysische haben«, sagte die Dame, »aber hier heult Ihr auf keiner Spur. Ich weiß nichts. Nur, daß ich bin.«

»Eure Ladyschaft treiben ein Spiel mit mir«, sagte Vandermast.

»Ich treibe mit allen Dingen mein Spiel«, sagte sie. Es war, als ob jenes, das in ihrem Mundwinkel wohnte, seinen Pfeil abschoß und dann sein Gesicht wieder in jenem liebreizenden Ort vergrub, wo es wohnte. Ihre rechte Hand verharrte an ihrer Wange, die linke Hand war zurückgeworfen und hinter sie gefallen, hinter die stolze Rundung ihrer Hüfte, wie in einer unbekümmerten Geste göttlicher Freigebigkeit der Schätze ihres Körpers, vergeistigt wie der würzige Geist einer weißen Rose, schön wie goldene Blumen, wie deren Lieblichkeit und griechischer Stolz. »Mit allen Dingen«, sagte sie.

»Und zu Recht«, sagte dieser uralte Doktor, langsam, als ob er mit seinen innersten Gedanken spräche: »Geschieht es doch für Euch, daß alle Dinge, *omnia quæ existunt,* allein von göttlicher Kraft erhalten werden, *a sola vi Dei conservantur.«*

Das schläfrige Summen der Bienen beherrschte die Stille. Fiorindas Stimme kam wie Honig, der auf einem elysischen Hymettus von der Wabe tropft, als sie wie in einem Traum sagte: »Mag sein, Ihr sprachet die Wahrheit. Mag sein, ich weiß fürwahr. Die Dichterin:

σύ τε κἄμος θεράπων Ἔρος.

Sie war sparsamer mit Worten als Ihr, wertester Doktor, und sagte trotzdem alles, glaube ich:

Du, und Mein Diener Liebe.«

Die Gräfin Rosalura, die sich an Ambremerine erinnerte, beugte sich plötzlich nach vorne und legte ihr Haupt auf die Sandalen aus Gold, welche, mit bestickten Bändern aus feiner Lydischer Knüpfarbeit, Fiorindas Füße bedeckten.

Fiorinda bedeutete dem gelehrten Doktor mit einer kleinen Kopfbewegung, ihr näher zu kommen. »Haltet Ihr jene alte Legende für glaubwürdig«, sagte sie in sein Ohr, »wo sie mit König Haakon Athelstanes Schützling sprachen, um ihn heim zu rufen, als er sterbend auf dem blutigen Schlachtfeld von Fitiar zu Stord saß? als

Gondul und Skogul die Gotengötter entsandten,
Um auszuwählen unter den Königen,
Wer von Yngvis Geschlecht mit Odin ziehen mußte,
In Walhall zu wohnen.

Und war dann der König nicht froh, als er die Worte der edlen Walküren hörte, die dort zu Pferde saßen, und sich so wunderschön zeigten und angetan waren mit Helm und Schild und Speer?«

»Ich halte es nicht für unglaubwürdig«, antwortete Vandermast. *»Deus ex solis suæ naturæ legibus, et a nemine coactus agit:* Gott wirkt allein den Gesetzen seiner eigenen Natur nach, und unter Nötigung keines Menschen.«

Sie lachte und erhob sich. Sicherlich lag der Schein ihrer Schönheit auf des alten Mannes Antlitz und verklärte es, wie Sonnenlicht die kalte, frostige Zeit des Dezembers verklärt. Die Linien und Furchen seiner Denkerstirn, die faltigen Augenhöhlen, die buschigen Brauen, seine schmale Hakennase und der weiße Bart waren von ihrer Schönheit wie von innen heraus erleuchtet; und der Friede ihrer Schönheit ruhte auf seinen feinen, von Adern gezeichneten Schläfen, und sein ganzes Antlitz wurde gütig-schön durch den heiligen Geist und die heilige Macht der Schönheit dieser Dame, die jetzt in den Tiefen seiner flinken und durchdringenden Augen erwachte und leuchtete.

»Ich werde mir diese Begegnung ansehen«, sagte sie. »Ein

Mann muß nicht erst tödlich verwundet sein, wie damals zu Fitiar, ehe er die den Göttern genehme Rose pflücken und tragen kann: meine Rosen von Pieria, die sich, auf Zehenspitzen stehend, rein vom Gipfel der Niederlage seiner Hoffnungen aus erreichen lassen. Zieht den Schleier zurück.«

Mit diesem Wort fiel ein Schatten über den sonnigen Weg, und es wurde kühl, ohne daß ein Wind aufgekommen wäre. Und nun war es plötzlich, als ob die Bäume und Blumen und Wiesen mit den Tausendschön, sogar die Mauern selbst und der feste Boden hier in Acrozayana, und die über den Zinnen weit jenseits des Sees sichtbaren standfesten Berge sich auflösten in dünne Körperlosigkeit, nicht schwankend, sondern beständig in Form und Aufbau, als wären sie aus durchsichtigem, bleifarbenem Glas gefertigt, so dünn wie dünnes Pergament. Durch dieses erschienen nun wie durch ein bemaltes Glasfenster die nackten Grundbausteine der Erde, blau und kalt: Klippen, die hinabschossen in furchterregende, stille Tiefen; die Brandung, welche den Fuß der Klippen umspülte; ein Wirrwarr aus gesunkenen Schätzen und Seetang und riesigen Schlangen, die in den Untiefen der See aneinander zerrten. Die Luft zwischen den Klippen, in der Nebel und widerliche Ausdünstungen wirbelten, wurde von den ehernen Flügeln der Chimären gepeitscht, die immer höher stiegen, wie Blasen in einem Wein aufsteigen, und unaufhörlich in dem schmalen Himmelsstreifen hoch oben zwischen den Lippen des Felsschlundes verschwanden: Nachthimmel, obschon hier in der natürlichen Welt Tag war; und in der Nacht erschien ein leuchtender Stern mit langem Schweif. Vandermast und jene Damen waren genau wie die Dinge um sie herum bleifarben und durchscheinend geworden, wie Schatten im Wasser oder Erscheinungen Toter. Während so die Erscheinung aller Wirklichkeit geschwunden war, behielt sie allein ihre lieblichen lebendigen Farben und fleischliche Substanz.

So daß es dem Herzog, der Lessingham am Beratungstisch zu Ilkis gegenübersaß, in diesem Augenblick war, als blickte er durch eine Traumschicht nach der anderen, durch den Schleier hinter dem Schleier: der dünnste Schleier, natürliche Gegenwart: der nächste, wie in einem durch Zauberkunst wunderlich vorgeführten Gebärdenspiel, der besprengte Weg unter den Erdbeerbäumen in seinem eigenen Garten zu Zayana und die dort versammelte Gesellschaft: und so die feste Form der Dinge und ein Felsvorsprung zwischen den Schluchten, und darauf stehend jene Frau, bekleidet mit Blitzen und schwarzer Nacht. Aus deren Augen er wie vom Sternenzelt über die bevorstehende Unternehmung erfuhr; und, wie durch jene Augen, es sah; und zufrieden war.

Kapitel XI

Gabriel Flores

Lessingham sagte: »Nun habe ich Euer Gnaden die ganze Sache dargelegt. Ich verberge nichts; es ist mir zweckdienlicher, die Äpfel aufzulesen, welche der glückliche Ausgang der Schlacht mir vor die Füße legte, und sie mit der Freundschaft Eurer Gnaden zu genießen, anstatt höherzuklettern nach mehr und mir dabei womöglich den Hals zu brechen. Noch kann einer, dem noch etwas Keckheit verblieben ist, sagen, Ihr habet das Schwert gezogen und nichts dadurch bekommen; denn beim Zurückstecken in die Scheide habt Ihr Euch wieder als unantastbarer Herrscher Eures Leibgedinges bemächtigt und seid zudem wieder Regent von ganz Meszria, ausgenommen nur Hintermeszria.«

»Regent«, sagte Barganax, »und in dieser Eigenschaft sein Mann, Vasall und Untertan. Läßt einen Beigeschmack auf der Zunge zurück.«

»Welcher Mann ist nicht in diesem Sinne betroffen?« sagte Lessingham. »Alle sind Untertanen der Königin von Fingiswold.«

»Und sie«, sagte Barganax, »ihres Vormunds. Aber Verlierer dürfen nicht wählerisch sein; und ich habe nie ein Schwein gemästet, dessen Schinken ich nicht essen wollte.«

»Mylord«, sagte Lessingham, »wir haben uns schon früher in die Augen gesehen. Daß ich im Namen des Vikars unterhandle, darum kümmert Euch nicht: mit mir, nicht ihm, habt Ihr es hierbei zu tun. Daß ich Roder in den Auen von Lorkan besiegt, habe ich vergessen, und so vergeßt auch Ihr es, Mylord. Es geziemt sich für uns, diese Sache von der hohen Warte eines kreisenden Adlers zu sehen und abzuwägen, was unserer Größe recht und billig ist, und sich dafür zu entscheiden, ohne in der Welt etwas zu dulden, das zwischen diesem und unserem klaren Urteil liegt.«

Der Herzog saß nach vorne gebeugt auf seinem Stuhl, das Kinn etwas vorgeschoben, der rechte Ellbogen auf dem Tisch, der Unterarm aufrecht, das Kinn in die Hand gestützt; der linke Arm war in die Seite gestemmt, die Hand ruhte mit ausgestreckten Fingern in der Hüfte: alles mit katzenhafter, ruhevoller Eleganz. Seine Augen, die einmal wie Falkenaugen, dann wie Rehäuglein schienen, waren geweitet, feucht und unergründlich, dann wieder stolz, heiter-gelassen und hart wie die eines Löwen, und blickten nicht auf Lessingham, sondern über Lessinghams Schulter. Lessingham, zurückgelehnt, beobachtete sie in ihren Wandlungen, bis ihr Blick plötzlich dem seinen begegnete, und es war, als ob aus jenen Augen sein eigener verborgener Geist ihn von außen anschaute und betrachtete.

Der Herzog sprach: »Ferner erkenne ich das Testament meines Bruders an (über dem Friede sei); und da der Admiral zu meinen Gunsten abtrat, übernehme ich die Regentschaft über Südmeszria und leiste demzufolge meiner königlichen Schwester, während ihrer Minderjährigkeit in der Person des Reichsverwesers, meinen Lehnseid. Ferner erkennt er mich an, sowohl persönlich als auch im Namen der Königin, als Herrscher von Zayana und des gesamten Herzogtums, wie im Testament dargestellt, frei von jeder Oberhoheit. Dem füge ich zwei weitere Punkte hinzu, Mylord Lessingham: erstens, daß der Admiral als Regent von Hintermeszrien bestätigt wird, weil es so im Testament steht, und ich dann davor geschützt bin, daß fremde Finger an meiner Grenze vom Kuchen naschen; und zweitens, daß der Vikar all jenen vollen Straferlaß gewährt, die um meiner willen die Waffen gegen ihn erhoben, womit ich insbesondere den Grafen Roder und den Kanzler meine.«

»Laßt ab von ihnen«, sagte Lessingham. »Sie sind Euer Gnaden wenig zustatten gekommen. Es ist gut, sollte Euer Handeln ihrem Verdienst angemessen sein.«

»Es sollte eher meinem eigenen Trachten angemessen sein«, entgegnete er. »Ich werde sie nicht im Stich lassen.«

»Dann übersteigt die Sache jedes Maß, wenn unsere Einigung hinfällig wird, um einiger Männer willen, die durch Pfuscherei und Trödelei . . .«

»Mylord Lessingham«, sagte der Herzog, »spart Euch die Worte. Und würde es mich auch um alles bringen, ohne diesen Punkt stimme ich nicht zu.«

Da sagte Gabriel Flores, der links hinter Lessingham auf einem kleinen Hocker saß, in sein Ohr: »Mylord, es wäre nicht recht, das zu gewähren. Seine Hoheit würde es niemals billigen.«

Ohne ihm Beachtung zu schenken, sagte Lessingham zum Herzog: »So war es schon immer, Mylord: eine Hand wäscht die andere. Das Polster von meines Vetters Thron ist mit Dornen bestückt; und die spitzesten haben Euer Gnaden dort angebracht: Ercles und Aramond. Er wird Beroald, Roder und Jeronimy und allen Gefolgsleuten Frieden gewähren«, und hier legte Gabriel die Hand auf Lessinghams Ärmel, zog sie aber schnell wieder zurück, als ihn der plötzliche Schrecken Lessinghams blitzender Augen traf, »und Jeronimy in Hintermeszrien anerkennen, sofern dieser Seiner Hoheit den entsprechenden Lehnseid schwört, unter der Bedingung, daß Ihr jene Prinzen davon abbringt, im Norden oben gegen ihn zu arbeiten; weiß doch die ganze Welt, daß Ihr hierfür der Drahtzieher seid, und Euer Geheiß sie bewegen kann, davon abzulassen.«

»Fügt es ein«, sagte der Herzog dann: »abgemacht. Aber Ihr dürft nicht mehr von mir erwarten, als ich erwirken kann. Daß ich nicht helfend und fördernd das Meinige dazutue und so weiter: gut; und daß ich alle Überredungskunst darauf verwenden werde: gut. Aber wenn mein Zuraten auf taube Ohren stößt . . .«

Lessingham warf die Hände hoch. »Würde ich dann von Euer Gnaden erwarten, mit Waffengewalt in ihr Gebiet einzudringen? An dergleichen habe ich nicht gedacht. Ermunterung ist genug: es liegt natürlich an ihnen, wie das Essen und Trinken, sich zu überlegen, wie sie Euch vorteilhaft unterstützen oder auf der Hut sein können, Euch nicht zu kränken. Einigen wir uns im großen und ganzen darauf, daß Ihr diesen Ränken nicht Euren Schatten leiht. Wo der Fluß klar ist, braucht man keine übergenauen Schreiber, die mit ihrem Tintenspeien das Wasser trüben.«

»Also sei es«, sagte der Herzog und erhob sich.

»Wollt Ihr jemanden ernennen: Graf Medor vielleicht: um es für uns mit Gabriel Flores niederzuschreiben?«

»Ja, Medor: er hat für mich alles festgehalten«, sagte Barganax. »Und vergeßt niemals dieses«, fügte er hinzu, wobei er mit Lessingham zur Tür des großen Zeltes ging, während die anderen ihre Schriftstücke ordneten: »Ihr und ich, wir machen diesen Frieden, aber Ihr müßt ihn halten. Wäre es nur der Vikar, verschwendete ich nicht Tinte und Pergament für einen Vertrag. Sobald ein Vorteil ihn dazu verlockte, würde er ihn zerreißen und brechen, dessen bin ich mir gewiß. Aber dies hier betrachte ich als etwas, Mylord, das Ihr auf Eure Ehre genommen, und Ihr bürgt mir dafür, daß dieser Frieden hält.«

»Hier«, sagte Lessingham, »muß ich mich der gleichen Freiheit bedienen wie Euer Gnaden soeben. Er steht nicht unter meiner Fuchtel, wie ein Kind, das am Schürzenzipfel seiner Amme hängt. Aber soweit es an mir liegt, bekräftige ich Euch durch meinen feierlichen Schwur, daß er dieses Abkommen in allen Punkten einhalten wird.«

Auf diese Worte hin, die von Lord Lessingham mit vornehmer

Großartigkeit gesprochen worden waren, reichten die beiden sich die Hände. Als sie so standen und eine Weile ob des Friedensschlusses die Hände schüttelten, war es, als stünde eine dritte Person bei ihnen: nicht körperlich anwesend und wahrnehmbar, dennoch mit merkwürdiger Gewißheit, die einem jeden im anderen offensichtlich kundgetan ward: so daß im Gefühl eines jeden der andere in dieser neuen Anwesenheit verloren, versunken, aufgelöst war. So standen sie, nicht zu dritt, sondern zu zweien. Aber für den Herzog waren der schwarze Bart und die männliche Erscheinung Lessinghams lediglich zu einer Hülle geworden, die bemäntelte, ohne zu verbergen; oder wie eine Festung der alten Nacht, welche das wahrte, was dem Herzog so vertraut und dennoch jedesmal neu war, ungreifbar wie eine von Gott erträumte, aber noch nicht einmal im Elysium entfaltete Blume, was sich jetzt in ihren Fenstern offenbarte. So war auch für Lessingham der Herzog geworden, doch eher wie die Macht des Sonnenaufgangs oder des weißen Mondes; und dieses am Fenster geschaute Wunder war für Lessingham wie eine vergessene Melodie, die einem wieder einfällt, und die man wieder vergißt, wie in jener Mainacht vor drei Wochen in Acrozayana.

Gabriel sagte neben ihm: »Gestatten, Euer Gnaden, ich würde lieber nichts mehr damit zu schaffen haben. Amaury hat dafür eine geschicktere Hand als ich.«

Lessingham sah kühl zu ihm nieder. »Hat er wohl. Aber Seine Hoheit beabsichtigte Eure Anwesenheit hauptsächlich für derartige Dienste. Ihr solltet die Sache also wohl besser erledigen.«

Gabriel stand unsicher. »So es Euch beliebt, würde ich das lieber nicht. So es Euch beliebt, ich erkenne wenig von Seiner Hoheit Wille darin«, sagte er, wobei er Mut sammelte, da er bloß gegen eine Schulter sprach. »Ich bin sein einfacher, armer Diener: kein großer Lord. Vielleicht steckt eine Tücke darin; aber so die Belange Seiner Hoheit zu verkaufen, dabei möchte ich nicht die Feder führen, noch nicht einmal zu dem Entwurf, so es Euch beliebt.«

»Nun, so verschwindet«, sagte Lessingham scharf, »denn ich habe Eure Unverschämtheiten in diesen Vorgängen fürwahr bereits zu lange ertragen; wie ein Sperling, der zu anderen Spatzen zirpt und zwitschert. Verschwindet, hinweg.«

Gabriel zweifelte noch. »Doch bedenkt, Mylord . . .«

Lessingham warf ihm einen jähen Blick zu. »Es sei denn, Ihr

wollt mit einem Fußtritt ins Freie befördert werden«, sagte er. »Hinweg.«

Und in großer Eile hastete Gabriel von dannen.

Gabriel ritt über ausgesuchte Nebenwege und mit großem Argwohn, so daß der Tag schon fortgeschritten war, als er an den Rand des Eichenwaldes kam, wo immer mehr Erlen und Birken wuchsen, und eine Meile unter der Brücke von Kutarmish an den Zenner gelangte; dem Flug einer Krähe nach gerechnet befand er sich nun kaum zehn Meilen von Ilkis entfernt, von wo aus er aufgebrochen war. Sein kleiner Brauner durchschwamm den Fluß, und nach einer weiteren knappen Meile bog er beruhigt in die Hauptstraße ein und hatte so, zwischen Galopps und Atempausen, bei Nachteinbruch den langen, geraden Damm durch den Sumpf hinter sich gelassen, der sich südlich und nördlich des Steilfelsens von Argyanna erstreckt. In Ketterby hielt er an, um sein Pferd zu tränken und zu füttern und in dem mit Wall und Graben bewehrten Haus zu Abend zu essen: Hammelfleischpastete, Kutteln, Käse und Knoblauch und dunkles Starkbier; er wollte nicht über Nacht bleiben, sondern ritt weiter und schlief in seinem Umhang unter freiem Himmel auf der Heide unweit von Ristby; noch vor Tagesanbruch sattelte er sein Roß und kam nach Storby, als die Leute im Brückenhaus gerade aufgestanden waren; er aß sein Frühstück in Anguring, und nach einem harten Galopp begegnete er eine Stunde später dem Lord Horius Parry, der mit einem halben Dutzend seiner Höflinge in den Rieselwiesen drei Meilen unter Laimak ritt.

»Nun werden wir etwas erfahren«, sagte der Vikar, als Gabriel vom Sattel kletterte, den Fuß seines Herrn umschloß und mit einer tollpatschigen Ehrbezeigung küßte. »Gerede und Mutmaßungen haben uns in diesen vergangenen zwei Tagen lüstern gemacht: ungeduldig warten wir auf die Wahrheit. Sagt an, in einem Wort: bringt Ihr gute oder schlechte Kunde?«

»Sehr gute, Hoheit«, antwortete er. Inmitten der großen Hunde, die an seinen Stiefeln und Reithosen schnüffelten, stand er barhäuptig, trat von einem Bein auf das andere, blickte ängstlich hin und her, doch sah immer wieder zurück in das Gesicht des Vikars.

»Das und mehr nicht?«

»Ich wurde von Eurer Hoheit angewiesen, nur das zu antworten, was Eure Hoheit zu fragen geruhen.«

Der Vikar sah ihn eine Weile durchdringend an und brach

dann in schallendes Gelächter aus. »Gut ist genug«, sagte er. »Mandricard«, sagte er daraufhin, wobei er sich im Sattel den anderen zukehrte; diese, die sich herangedrängt und den Hals ausgereckt hatten, um Neues zu erfahren, wichen auf lächerliche Weise zurück, wie vor einer Gefahr. »Ihr und die übrigen reitet heim: verkündet diese Botschaft. Ich schnappe noch ein bißchen frische Luft und unterhalte mich über Nebensächlichkeiten, die Euch nicht betreffen. Lebt wohl.«

»Dürfen wir nichts erfahren, nur so allgemein . . .?« fing Mandricard zu sprechen an. Er war ein Mann, kräftig von Gestalt, mit einem fleischigen, roten Gesicht und schiefem Mund, trat auf wie ein König, und hatte eine Stimme, die volltönend wie Bronze war, aber die Worte erstarben auf seinen Lippen, als der Blick des Vikars ihn traf. »Lebt wohl«, sagte der Vikar nach einer kurzen Pause. Und da diese, genauso wie Gabriel, nicht ohne Schulung waren, zogen sie gehorsam davon.

»Nun?« sagte der Vikar. »Was kam heraus?«

Er antwortete: »Ihre ganze Streitmacht wurde in einer Hauptschlacht neben dem Zenner, in Lorkan, neun Meilen unter Kutarmish auf dem meszrischen Ufer zerschlagen; und jener Herzog Eurer Hoheit Willkür anheimgestellt, wie ein Frosch unter Euren Stiefeln zermalmt zu werden.«

Der Vikar, der regungslos und mit aufrechtem Haupt im Sattel saß und durch halb geschlossene Lider ins Tal hinabblickte, nahm durch die Nase einen tiefen Atemzug, so daß das Lederwams knirschte, das seinen mächtigen Brustkorb umspannte. Unter den Sommersprossen glühte sein Gesicht wie der Sonnenaufgang vor einem Unwetter. »Das war gut gemacht«, sagte er. Er ruckte am Zügel und schwenkte im Schritt ostwärts auf einen Saumpfad, der zum Berg führte. Gabriel stieg auf und folgte an seiner Seite.

»Der Herzog: gefangen? Oder was?«

Gabriel sagte: »Mögen Eure Hoheit nicht einen zu voreiligen Schluß ziehen. Nein, nicht gefangen; noch demnächst, so wie es jetzt aussieht. Obschon das beinahe hätte geschehen können.«

»Beinahe?« sagte der Vikar und sah zu ihm hinüber. Gabriel hielt den Mund. »Wann war diese Schlacht?« sagte der Vikar.

Er antwortete: »Am Samstag: vor fünf Tagen.« Und während sie nun ritten, berichtete er Punkt für Punkt, was sich zugetragen hatte, und daß der Herzog von Rumala herabgestiegen und nach Ilkis gekommen sei. »Beim Blute Satans!« sagte der Vikar. »Wäre ich dort gewesen, hätte ich bestimmt keine so feinfühlige Sache daraus gemacht. Diese Bestardlinie in Meszria treibt mir zu geil wuchernde Ranken für meinen Geschmack. Was wäre ich versucht gewesen, ihm den Kopf abzuschlagen, solange mir die Götter Gelegenheit gegeben hätten; durch einen Eimer Blut mir einen Ozean von bevorstehenden Unannehmlichkeiten zu ersparen.«

Eine längere Weile ritten sie schweigend weiter. »Was ist das Ergebnis davon?« sagte er dann. »Bedingungslose Kapitulation?«

»So kann man es kaum nennen«, sagte Gabriel.

»Was dann?« sagte der Vikar.

»Eigentlich«, sagte Gabriel und zeigte die Zähne wie ein Frettchen, »wäre es angebrachter, wenn Eure Hoheit warten wollten, bis Mylord Lessingham heimkehren. Er wird Euch über all dies ganz gewiß aufklären.«

Die Pferdehufe, die gegen die Steine schlugen, als sie einen Bach durchritten, maßen das drückende Schweigen. Mit einem Seitenblick stellte Gabriel fest, wie der Vikar in seiner Unerforschlichkeit, bullig und aufrecht sitzend wie behauener Granit, unentwegt zwischen die Ohren seines Rosses vor sich hin sah; nur zeigte sich nun ein tieferes Rot unter seiner hellen Haut zwischen den Sommersprossen. Gabriel wagte keine weiteren Blicke mehr. In der Ferne schnellte eine Rohrdommel in die Höhe.

»Ich soll warten?« sagte der Vikar langsam und mit leiser, schnurrender Stimme. Gabriel, der sich auf die Lippen biß, daß fast das Blut geflossen wäre, erstarrte in den Steigbügeln und warf den Kopf zurück, bis sein Bart gen Himmel zeigte. Der Vikar, der ihn hinterhältig wie eine Schlange ansah, schürzte seine schmalen Lippen zu einem Grinsen. »Noch hast du meinen Griff nicht gespürt, Freundchen«, sagte er. Seine Finger umschlossen wie eherne Klammern Gabriels Ellbogen, während sein Daumennagel mit geübter Grausamkeit das Gewebe suchte, wo Knochen auf Knochen lagert, und sich daraufhin wie ein Schnabel in jene unerträgliche Stelle bohrte. Gabriels lederner Ärmel ersparte ihm zwar Blutvergießen, aber nicht die Qual. Sich windend schnellte er nach vorne, bis seine Stirn gegen den Sattelknauf schlug, und federte dann mit einer heftigen Bewegung zurück, wie eine Aufziehpuppe.

»Ich ertrage es nicht«, sagte er. »Ich halte es nicht aus.«

Die Hand des Vikars lockerte sich, hielt ihn aber, wie eine eiserne Fessel, fest. »Ich kann warten?« sagte er immer noch mit diesem tiefen Schnurren; »mehr Geduld als du, scheint mir, mein kleiner Mistfink? Aber ich will nichts von deiner Drückebergerei wissen; eröffne dich mir, Reineke, oder ich eröffne dich fürwahr und sehe nach, von welcher Farbe deine Eingeweide sind, was du mich schon früher bei anderen hast tun sehen. Nun denn, ist sein Leibgedinge wiederhergestellt?«

»Ja«, sagte Gabriel, »und ohne Bedingungen: ohne Lehnseid.«

»Wenn du Maulaffen feilhältst«, sagte der Vikar, »werde ich Hundefutter aus dir machen. Was getan ist, ist mein Tun, und es steht solchem Gezücht wie dir nicht an, es in Frage zu stellen oder Meinungen darüber zu äußern.«

»Eure Hoheit dürfen dennoch nicht mich verschlingen oder auffressen, der ich doch weder Teil daran noch die Hände dabei im Spiel hatte. Denn es wird in der Tat noch schlimmer.«

»Raus damit, und schnell«, sagte der Vikar. »Das ist mein Tun, hörst du? Vergiß das nicht, wenn du deinen Bauch nicht aufgeschlitzt haben willst.«

Gabriel sagte: »Zuerst ist da die Regentschaft.«

Der Vikar fiel seinem Pferd in die Zügel: brachte es hinten fast zu Boden. Gabriel hielt inne, als er seinem Herrn in die Augen sah, die den bösartigen Ausdruck eines zum Angriff anrennenden Stieres trugen. »Beim Blut Gottes! Und dürfte ich ihm nicht die Regentschaft geben, ohne dich um Erlaubnis zu fragen?« Einen Moment lang kreisten Gabriels Gedanken so vertieft um seine eigene Sicherheit, daß er sein Stichwort verpaßte. »Regent wovon, du Narr?« sagte Vikar. Sie hielten jetzt wieder auf die Straße zu. Gabriel antwortete: »Des Großteils von Meszria: aber unter Oberlehnsherrlichkeit Eurer Hoheit.«

»Des Großteils? Was soll das heißen? Der ganze Süden Zayanas, südlich der Landenge? Memison? Beinhaltet es auch Sestola und daneben andere Häfen, die ihm den Schlüssel zur See in die Hand geben? Es war eine grundlegende politische Entscheidung, den Admiral damals nach Sestola zu verlegen, damit die Flügel Zayanas beschnitten bleiben. Sprich, Narr? Welcher Teil, Narr?«

»Alle diese«, sagte er und zuckte zusammen, als er den drohenden ehernen Griff wieder spürte. »Alles südlich der Berge von Ruayar zum Salimat.«

»Und was ist mit dem Norden?«

»Jeronimy ist als dessen Regent bestätigt, vorausgesetzt, er leistet Eurer Hoheit den Lehnseid.«

»Ha, und war das gut gemacht, was meinst du?«

»Es war Euer Hoheit Tun, das in Frage zu stellen, mir nicht zusteht.«

»Verfluchtes finniges Schwein, antworte zur Sache, oder wir

schneiden dir die Zunge heraus: war es gut gemacht, meine Grenzen diesem Schlappschwanz anzuvertrauen, damit sich Zayana ihrer bedient wie der Affe der Strohblumen?«

Gabriel blickte ihn an mit dem Mut eines in die Enge getriebenen Wiesels. »Muß ich antworten?«

»Du mußt.«

»Sodann«, sagte Gabriel, »antworte ich Eurer Hoheit: Ja: es war gut gemacht.«

»Warum?« sagte der Vikar. »Antworte mir, Dreckstück, ich würde es dir raten.«

Gabriel sagte: »So laßt meinen Arm los, dann antworte ich.« Der Vikar stieß ihn mit so roher Gewalt fort, daß er fast aus dem Sattel gefallen wäre. »Weil«, sagte Gabriel daraufhin, »ja Eure Hoheit sowohl Beroald als auch Roder Frieden und Straferlaß zugesagt und Mylord Lessingham ebenfalls bevollmachtet haben, Euch mit Leib und Seele Barganax zu verschreiben und auf alles zu verzichten, als ob Ihr, und nicht er, die Verliererseite gewesen wäret: womit ich mich nicht abfinden wollte und ihn deshalb verließ . . .«

»Das ist eine Lüge«, sagte der Vikar. »He! Pyewacket! Böstrotz! Kronenzinken! Aufgepaßt! Auf ihn! Faßt ihn! Faßt ihn!«

Gabriel hatte kaum Zeit, sein Kurzschwert zu ziehen, als die Hunde auch schon angriffen. Einen traf er mit einem Hieb nach unten, aber im nächsten Augenblick packte ihn ein zweiter am Handgelenk, mit dem er das Heft umklammerte. Das Roß scheute und bäumte sich auf und fiel rückwärts: Gabriel war frei auf den Boden gefallen, aber ehe er wieder auf die Beine springen konnte, zerrten sie ihn nieder und fielen mit höllischem Lärm über ihn her, wie über einen Fuchs. Der Vikar sprang aus dem Sattel, rief sie zurück, schlug links und rechts mit seiner Reitgerte auf sie ein: augenblicklich waren sie wieder in seiner Gewalt, gehorsam, verschämt, seinen Blick abwartend. Alle außer Böstrotz, der mit jenem Biß Blut geschmeckt hatte: er, riesig, gelb-gehechelt, wölfisch, knurrend und mit schäumendem Maul, duckte sich für einen zweiten Sprung. Der Vikar griff ihn am Kragen und schleuderte ihn zur Seite. Er kam auf die Beine, stellte das Fell auf, blickte wild, legte die Ohren an und knurrte, wobei er tief Luft holte. Als der Vikar mit erhobener Gerte einen Schritte auf ihn zu tat, duckte er sich und schnellte dem Vikar an die Kehle. Zusammen gingen sie zu Boden und wälzten sich in einem bösen Durcheinander hin und her, als kämpften Wolf und Bär. Trotz seiner Größe übertraf der Vikar den Hund kaum an

Körpergewicht und Muskelkraft, aber es war schnell zu erkennen, daß er flinker und beweglicher als ein Wolf war, an Stärke nicht zu überbieten, und in seiner gegenwärtigen Stimmung genauso wölfisch und unerbittlich. Und nun ertönte ein übler Mißklang aus dem Keuchen und Schnaufen und Grunzen des Vikars und dem Zähneknirschen des nach Luft schnappenden mächtigen Tieres; denn der Vikar, einmal zuoberst, einmal zuunterst in ihrem Ringen um die Vorherrschaft, ließ sich weder abschütteln, noch lockerte er den eisernen Griff seiner Rechten an der Kehle. Nach und nach packte er fester zu, um eine bessere Hebelwirkung zu haben, dann änderte sich plötzlich der Mißklang der Töne, als seine linke Hand ihr Opfer fand, einen grausameren und sinnreicheren Ansatzpunkt. Schließlich erstarb das erstickte Winseln zu einem Glucksen und verstummte ganz. Der Vikar, jetzt zuoberst, lag auf seinem Gegenspieler, und nun, wie ein Wirbelwind in seinem Mittelpunkt still wird, kam das zuckende Durcheinander der Glieder, teils Hund, teils Mann, allmählich zur Ruhe. Gabriel bemerkte, wie die Nackenmuskeln des Vikars unter den tiefwachsenden, kurzgeschnittenen roten Haarstoppeln arbeiteten wie die Nackenmuskeln eines Löwen und wie sein Atem stoßweise schniefend und rasselnd durch die Nasenlöcher ein- und ausging. Zuletzt stützte er sich auf Hände und Knie. Der Hund war tot, glatt durch die Gurgel gebissen.

Der Vikar stand auf. Er spuckte, wischte sich mit dem Ärmel den Mund ab, zog sein Wams zurecht, ging zu seinem Roß und stieg gemächlich in den Sattel. Dann bedeutete er Gabriel, während er die Zügel aufnahm, mit einem Blick, ebenfalls aufzusitzen und ihm zu folgen. Im Schritt hielten sie auf Laimak zu. Eine ganze Meile ritten sie so dahin, ohne daß ein Wort gesprochen wurde. Dann sagte der Vikar: »Du, mein kleiner Dreckfink, sei bedacht, zu schweigen und dich um deine eigenen Angelegenheiten zu kümmern, anstatt dich in Dinge einzumischen, die zu hoch für dich sind. Und vergiß nicht, oder ich bringe dich um, daß all diese Dinge auf mein ausdrückliches Geheiß hin erfolgten, bis zum letzten I-Tüpfelchen. Hörst du?«

»Ich höre und gehorche, Hoheit«, sagte er.

»Und zeige die Handwunde dem Medikus, wenn wir daheim sind«, sagte der Vikar. »Krötenstein hilft gegen Hundebisse und Vergiftungen.«

So kamen sie schließlich, ohne daß ein weiteres Wort gefallen wäre, umringt von den großen Hunden des Vikars, durch die Wiesen heim nach Laimak.

Es war nun Nachmittag, der dritte Tag nach den oben geschilderten Ereignissen. Lessingham und Amaury hielten unter dem Fadensteig an. Amaury sagte: »Ich gäbe alles, was ich habe, darum, würdet Ihr jetzt nur kehrtmachen.«

Lessingham lachte.

»Hätten wir nur die Hälfte der Pferde Eurer eigenen bewährten Reiterschaft zur Begleitung, so wäre nichts zu befürchten: aber allein aufzubrechen, mit einem schwerlich ausreichenden Dutzend Männer, ist eine Versuchung der Götter, eine irrsinnige Torheit: Ihr steckt Euren Hals in das Löwenmaul.«

»Was ist neu daran, liebe Amme? Habe ich bisher nicht schon fünfzigmal im Hause meines Vetters gewohnt, wie es sich für Vettern geziemt, ohne als bewaffneter Feind aufzutreten?«

»Er hatte nicht den Anlaß, den er nun hat.«

»Was, ist es denn nicht ein gerechter und annehmbarer Frieden, den ich ihm heimbringe?«

»Zu annehmbar für einen, der faulig ist.«

»Dies ist ein Frieden«, sagte Lessingham, »den ich gegen alle geschickten Rechtsgelehrten der Welt verteidigen werde.«

»Er wird Euch vorwerfen, freizügig auf seine Kosten gewesen zu sein. Und bedenkt, der Fuchs, sein Sekretär, lief als erster mit der Nachricht zu ihm: wird ihr das denkbar schlechteste Gepräge gegeben haben.«

»Auch in eigener Sache wäre ich so freizügig gewesen«, sagte Lessingham. »Und was Füchse angeht, so befasse ich mich weder mit ihresgleichen, noch beachte ich sie.« Er rührte am Zügel und Maddalena schritt sorgsam in den Fadensteig.

Hinter Anguring führte die Straße eine halbe Stunde durch Buchenwälder, durchsetzt mit Kastanienbäumen, Eichen und Platanen, ein angenehmer grüner Schatten: der Eulenwasser floß durch ein steiniges Bett links unter ihnen. Sie folgtem ihm eine Weile. Dann lichtete sich das Gehölz, und der Fluß wand sich glänzend durch Rieselwiesen, wo in vereinzelten Herden schwarze Kühe grasten oder lagen, die mit wachsender Entfernung immer winziger wurden. Auf beiden Seiten erstreckten sich mit Trockendämmen eingefaßte Felder, und umringt von rauhen Bergweiden und flachen Anhöhen leuchteten hie und da weiße Gehöfte darin. Hie und da machten Menschen Heu. Blau und kerzengerade stieg der Rauch in die Luft auf, wo sich keine Brise regte. Die ganzen Bergseiten waren übersät mit weidenden Schafen. Zur Rechten hatten die oberen Kämme des Forns, der ohne Schatten in der Nachmittagssonne lag, eine zarte Pfirsichfarbe, mit dem Blau des Himmels als Hintergrund. Lessingham ritt mit Amaury etwa hundert Schritt seinen Begleitern voraus. Lessingham trug seine Brünne aus schwarzem Eisen, mit goldenen Gliedern an Hals und Ärmel, und eine niedrige, honiggelbe Halskrause. Er ritt barhäuptig, um die Luft zu spüren, und führte seinen Helm vor sich am Sattel mit. Die Leute auf den Feldern erhoben sich und begrüßten ihn, als er vorüberritt.

Nun kamen sie um eine Kurve und erreichten das letzte Haus auf einem Hügel. Es stand rechts von ihnen neben der Straße. Zur Linken wuchsen drei Platanen, alte Bäume ohne tiefsitzendes Geäst, so daß sie sich vor dem Haus kuppelartig über die Straße wölbten. Während sie hindurchritten, war es deshalb, als bewegten sie sich durch einen Torbogen zwischen den Bäumen und dem Haus; und in diesem Torbogen konnten sie nun wie in einem gerahmten Bild Laimak erkennen, wie es auf seinem Felsen kauerte. Ein karger, unfreundlicher Anblick, wie es blaß in der Sonne lag, mit kalten, blauen Schatten; wobei Amaury, als er das sah, in der warmen Sonne schauderte und laut fluchte, weil er sich darüber ärgerte. Hinter diesem letzten Gehöft verschmälerte sich die Straße zu einem bloßen Saumpfad; und die Felder hörten auf, abgelöst von Mooren und Sümpfen und üppigen Weiden; dazwischen immer wieder saftige Grasstücke, manchmal Riedgras und torfige Tümpel: das gellende Kreischen eines Teichhuhns, das hastige Aufflattern einer Wildente oder das plumpe Aufsteigen eines Reihers, der geschwind von seinen langsamen, klatschenden Flügeln davongetragen wurde. Drei schwarze Krähen erhoben sich von einem grasigen Fleckchen hundert Schritt rechts vor ihnen und flüchteten auf flinken Schwingen. Amaury behielt diese Stelle im Auge. »Aas«, sagte er, als sie sich ihr näherten. »Einer der verwunschenen Hunde des Vikars; und das ist kein gutes Vorzeichen«, fügte er hinzu, als sie die Stelle erreicht hatten.

Lessingham sah hin und ritt weiter. »Ich möchte, daß Ihr ein neues Lied lernt, Amaury», sagte er: »Nicht angesichts von Melancholie selbst in Melancholie zu verfallen und ob seiner Vorahnungen umzukommen.«

So gelangten sie schließlich zur Burg der Parrys und ritten nordwärts zum Torhaus und über den tief eingehauenen Weg hinauf zum Haupttor, hoch über dem nördlichen Rand, und dort wartete der Vikar mit seinen Leuten, um Lessingham willkommen zu heißen. Der Vikar trug sein braunes Samtwams, mit einem altsilbernen Gürtel umschlungen. Um seine Schultern hing seine große Staatsrobe aus rotem Tartan, und seine Stirn zierte ein goldenes Diadem. Mit solch prunkhafter, beispielloser Bezeigung seiner Hochachtung empfing er Lessingham und hielt sogar dessen Zügel, als er vom Sattel stieg; dann schloß er ihn in beide Arme und küßte ihn. Daraufhin ließ er sich von ihm in sein privates Turmzimmer über dem Hagsby-Tor begleiten. »Nein«, sagte er, als sie dort unter sich waren, »ich wollte kein Wort von Gabriel hören. Ich möchte es aus Eurem Mund hören, Vetter. Und zuerst, ob alles gut ist?«

»Ganz und gar nicht schlecht«, sagte Lessingham, wobei er sich etwas Wein eingoß.

»Bedeutet das Sieg?«

»Meine Rückkunft sollte Euch dessen vergewissern. Habt Ihr jemals bei mir erlebt, daß ich mein Schwert einsteckte, wenn nicht die ganze Arbeit getan war?«

»Ihr habt mir Hintermeszria in die hohle Hand versprochen: und innerhalb eines Monats. Das ist nun knapp drei Wochen her. Ich bin nicht die gefräßige Habsucht in Person, mehr zu verlangen, als angemessen ist, aber ich hoffe, Ihr habt mir etwas gebracht.«

»Hintermeszria? Versprach ich so wenig?« sagte Lessingham. »Falls Ihr Euch damit zufriedengebt, Vetter, werdet Ihr mehr als zufrieden mit diesem sein, habt Ihr es erst einmal überdacht und verstanden.« Wobei er aus seinem Busen ein Pergament und Schriftstück mit Siegeln zog.

»Ich kann lesen«, sagte der Vikar, »wenn auch mehr schlecht als recht«, und griff nach der Urkunde.

»Zuerst erläutere ich es Euer Hoheit im allgemeinen«, sagte Lessingham.

»Nein«, sagte der Vikar und nahm es in die Hand. »Falls mir die Bedeutung irgendeines Wortes dunkel bleibt, werdet Ihr sie mir erklären, Vetter. Ich bevorzuge nackte Tatsachen. Dann könnt Ihr sie sogleich schön ausschmücken.« Damit las er es, wobei er sich bequem in seinen Stuhl zurücklehnte. Beim Lesen war sein Gesicht offen wie ein Buch, und im vollen Licht des hohen Westfensters neben ihnen; und Lessingham betrachtete es, während er vom Wein kostete. Als der Vikar las, legte nicht ein flüchtiger Schatten seine edle und erhabene Stirn in Falten oder trübte die Gelassenheit jener Falten um Augen, Nase und Unterkiefer, die beim ersten Hauch eines bösen Sturmes zu solch grausamem Grimm erwachen konnten. Noch klang in seiner

Stimme ein neuer Unterton mit, als er nach dem ersten und zweiten Lesen schließlich sagte: »Diese Artikel beurkunden einen Vertrag, der auf der einen Seite geschlossen wurde zwischen mir, kraft meiner Herrschergewalt als Vikar und kraft meines Amtes als Reichsverweser für die Königin, und auf der anderen Seite Herzog Barganax und (auf deren erforderliche Zustimmung hin) jenem anderen Abschaum der Menschheit, Jeronimy, meine ich, Roder und Beroald?«

»Und falls einer von ihnen nicht innerhalb von fünfzehn Tagen zustimmt«, sagte Lessingham, »wird der Vertrag verfallen, und wir haben auf beiden Seiten freie Hand. Deswegen liegt die Armee immer noch am Zenner. Doch sie werden annehmen, seid unbesorgt.«

»Und es wurde in zweifacher Ausfertigung erstellt, Vetter, der Ihr in meinem Namen alle Handlungsvollmachten innehattet? Und Zayana hat mein Siegel, wie ich das seinige habe?«

»Ja«, sagte Lessingham.

Der Vikar ließ das Schriftstück fallen und klatschte in die Hände. Augenblicklich sprangen sechs Krieger von hinten hervor und stürzten sich auf Lessingham, und ehe er einen Finger rühren konnte, ward er in Ketten gelegt, mit Schellen an Handgelenk und Ellbogen, Knie und Fuß. Lessingham sah, daß Gabriel Flores mit den Männern hereingekommen war und nun neben seinem Herrn stand. Der Vikar schnellte von seinem Stuhl hoch wie ein beutegieriger Tiger. Er schlug Lessingham das Pergament ins Gesicht. Lessinghams Antlitz war einen Moment lang schrecklich wutverzerrt: er sagte nichts und regte sich nicht, war aber totenbleich geworden. Der Vikar, der sich wieder beherrschte, setzte sich wieder hin. Unter dem Druck seiner Hände zitterten und bebten die Stuhllehnen. Aus seinen Augen funkelte er Lessingham an; dieser, nun wieder von normaler Gesichtsfarbe, trug in seinen grauen Augen die Festigkeit von Stahl.

Der Vikar tat den Mund auf und sagte, wobei die Silben schwer und stotternd wie bei einem von Wein Berauschten hervorkamen: »Allzusehr habe ich Euch vertraut. Dennoch zeugt es von wenig Verstand, hierher zu kommen und mir diesen Verrat ins Gesicht zu sagen, welcher in den Augen Gottes gräßlicher stinkt als alles Aas dieser Welt. Aber Ihr werdet sehen, ich mache kurzen Prozeß mit solch säumigem Gezücht. Bewacht ihn! In einer Stunde köpft ihn. Zerlegt seinen Leib für die Hunde, das Haupt aber steckt auf einen Pfahl vor das Haupttor. Ich werde kommen und ihn ansehen vor dem Abendessen.«

Gabriel zuckte und zitterte am ganzen Leib, wie ein kleiner Schoßhund am Ufer eines Ententeichs. Der Vikar sah sich zu ihm um und blickte dann wieder auf Lessingham, der jetzt stand und um einen Kopf größer als die Soldaten war, die ihn in Fesseln hielten. Selbst auf jener schicksalshaften Schwelle des Todes stand er mit solch großer Anmut und Ausstrahlung, als atmete in ihm eine eherne Seele; in dieser Weise blickte er von oben auf den Vikar herab, und in seinen grauen Augen, stechend und gesprenkelt, lag etwas, das sehr einem Lächeln glich, als wüßte er etwas, das nicht wahr war. »Nun«, sagte der Vikar, »habt Ihr nichts zu sagen?«

»Nur dieses«, antwortete er, »daß Ihr keine große Entscheidung in die Tat umzusetzen pflegtet, ehe Ihr nicht darüber geschlafen hattet. Es scheint, als hätten die Götter Eure große, feinsinnige Weisheit betört, wenn Ihr sowohl Euch, als auch mir etwas Falsches, Unwiderrufliches antun wollt, ohne es vorher überschlafen zu haben. Ihr wart bisher nicht schlecht beraten, meinem Rat zu folgen.«

Der Vikar rührte sich nicht und stierte ihn an wie ein Bulle aus Granit; seine Augen waren nicht mehr auf Lessinghams Augen gerichtet, sondern tiefer auf seinen Mund oder Bart. Die Wache, gehorsam einem versteckten Zeichen Gabriels folgend, schickte sich an, Lessingham abzuführen. Der Vikar kehrte sich plötzlich um, und Gabriels Ellbogen zuckte unter dem stählernen Griff. »Bleibt«, sagte er. »Ich werde die Wahrheit nicht in den Wind schlagen, auch wenn sie mir von einem arglistigen Lümmel vor Augen geführt wurde. Morgen ist so gut wie heute. Und um ganz sicherzugehen, überantworte ich ihn Euch, Gabriel; und Ihr sollt mir, daß Ihr's wißt, strengste Rechenschaft darüber ablegen, wie Ihr mit ihm verfahrt. Ihr werdet mir mit Eurem Leben für sein Leben und seine sichere Verwahrung haften. Hier sind die Schlüssel«, und er warf sie auf den Tisch.

Gabriel nahm sie mit einem geschlagenen, finsteren Blick.

Kapitel XII

Edle Verwandte in Laimak

Der Lord Horius Parry erwachte zwischen Mitternacht und Hahnenschrei, da ein gewisser unangenehmer Traum ihn quälte und bedrückte. Und so hatte der Traum angefangen: Gabriel saß an seinem Knie und las aus einem Buch der *Ilias,* wo das Schicksal der Simë geschildert wurde, und sie . . . wurde (und an dieser Stelle, weil er das griechische Wort nicht kannte, fragte Gabriel ihn nach der Bedeutung). Und obschon er beim Erwachen das Wort nicht wußte, und überdies wußte, daß in der *Ilias* von einer solchen Frau nicht die Rede ist, schien es ihm in seinem Traum, daß jenes Wort »ausgeweidet wie ein Hund« bedeute. Daraufhin entsann er sich in seinem Traum jener alten Sage von Schwanhilde, Tochter Gudruns, vor alters mit König Jormunrek vermählt und von ihm, auf Grund der Verbreitung von Gerüchten durch Bikki, zum Tode verurteilt, indem sie im Tor von Pferden zertrampelt werden sollte; aber wegen der Lieblichkeit ihrer Augen, die auf sie gerichtet waren, wollten die Rosse sie nicht zertrampeln, sondern wichen zur Seite und nach hinten und verschonten sie, bis Bikki ihnen einen Sack über den Kopf stülpen ließ und ihre Augen verbarg, und sie so zertrampelt und erschlagen ward. Und nun zerrann der Traum und wurde getrübt, wie eine Brise das Wasser kräuselt und die sich spiegelnden Formen und Farben zunichte macht; und als der Traum wieder klar wurde, sah er eine weite Weide, umgeben von Bergen, inmitten eines Sommerabends und angenehmer, sonnenbeschienener Luft, und in der Mitte stand auf einer kleinen Erhebung eine Tafel, und vor der Tafel drei Thronstühle. Und der Vikar glaubte, sich selbst auf dem linken Thron sitzen zu sehen, und in seinem Traum wähnte er sich als König; und auf der Weide hatten sich Menschen versammelt, wie zu einem besonderen Ereignis, und in großen Scharen verharrten sie dort in Schweigen, unzählbar wie der Sand des Meeres. Und der Vikar betrachtete sich selbst, den König, und sah, daß er in Aussehen und Ausstattung ähnlich den assyrischen Königen war, die vor alters in große steinerne Abbilder gemeißelt worden waren: sein Bart lang und eng gekräuselt und gewellt, seine Robe und sein Gürtel mit allen denkbaren Edelsteinen besetzt, so daß sie grün und purpurn schillerten und feurigrote Blitze verschossen; und er war grimmig und grausam anzusehen, und mit weißen, leuchtenden Zähnen. Und er gewahrte, wie vor den Thronstühlen eine Frau ging, schön wie der Mond, mit einem ähnlich glitzerndem Gewand wie das des Königs angetan; und er wußte in seinem Traum, daß dies jene Simë war, und nach längerem Hinsehen erkannte er (dennoch ohne Erstaunen, wie in Träumen die einzigartigsten und unübertrefflichsten Wunder und die mehr als lachhaften Unmöglichkeiten und Erdichtungen belanglos und gewöhnlich erscheinen), daß sie Lessingham war. Wie ihm schien, zollte diese Lessingham-Frau dem König Huldigung und nahm ihren Platz auf dem rechten Thron ein; und auf dem dritten Thron bemerkte er unmittelbar die Königin, die dort zwischen ihnen saß, als wäre sie eine Höllenkönigin. Auch sie war bekleidet mit einem ähnlichen Gewand aus Edelsteinen; ihr Haar hatte die Farbe von feuchtem Lehm, ihre Augen waren wie zwei harte Kieselsteine, die dicht beisammen saßen, ihre Nase gerade und schmal, ihre Lippen dünn und blutleer, ihr Gesicht ein verstohlenes, hageres, kindliches Schnabelgesicht; darin lag ein abwartender, siegessicherer Ausdruck; und er ekelte sich vor ihr. Und nun traten Männer vor die Thronstühle, die auf einem großen Ständer oder einer Staffelei ein gerahmtes Bild trugen, und es jener glitzernden Dame zeigten; und es war dem Vikar, als stieße sie einen schrecklichen Schrei aus und bedeckte ihre Augen; und die Männer drehten das Bild, so daß alle es sehen konnten, und er konnte das Bild selbst nicht ausmachen; sondern nur die Aufschrift, die es in großen Lettern trug: UT COMPRESSA PEREAT. Und er glaubte, daß die vieltausendköpfige Menschenmenge diese Worte aufnahm und sie laut rief, mit einem Geheule wie das Heulen von Wölfen. Und er schrie und schrak aus dem Schlaf und setzte sich auf in seinem großen Himmelbett in der dunklen Kammer zu Laimak, schweißgebadet und am ganzen Leib zitternd.

Eine Weile saß er so und lauschte der Dunkelheit, die ihm vorkam, als wäre ein gewaltiger Leib in den See der Nacht gestoßen worden, wo er große Wellen verursachte, die sein eigener Pulsschlag waren. Dann tastete er mit einem ungehörigen und gotteslästernden Fluch nach Zunder, schlug Feuer und entzündete die Kerzen auf dem Tisch neben seinem Bett, die dort in einem silbernen Kerzenhalter steckten; dort befanden sich auch sein Schwert, ein Kelch und Wein in einer dickbauchigen Flasche aus grünem Glas mit einem Stöpsel aus Gold. Als die frisch angezündeten Kerzenflammen immer dürftiger wurden, bevor der Tag schmolz, duckten sich zweifelhafte Schatten in die Winkel der

Mauern und der gewölbten Decke. Ein Windstoß zerrte am Fenstervorhang. Dann brannten die Kerzen hoch. Pyewacket, seine verwunschene Hündin, die von seinem Aufschrei wach geworden war, hatte sich an das Fußende seines Bettes gestellt und ihre Schnauze auf seine Schenkel gelegt und sah im hellen Kerzenschein aus großen, sprechenden Augen zu ihm auf. Der Vikar goß Wein ein und leerte den randvollen Kelch in einem Zug. Dann erhob er sich und stand eine Weile da, während er in die Kerzenflammen blickte, als ob er lauschte. Schließlich schlüpfte er in Reithosen und Rock, gürtete sein Schwert um, nahm eine Laterne, entzündete sie und entriegelte die Tür. Draußen war Gabriel zur Stelle, schlief auf einem auf dem Fußboden längs der Schwelle bereiteten Lager. Der Vikar weckte ihn mit dem Fuß und verlangte die Schlüssel. Er reichte sie ihm schweigend und wäre mitgekommen, aber der Vikar bedeutete ihm mit einem Knurren, zurückzubleiben. Gabriel, der sich darüber Gedanken machte, und auch über das unordentliche Aussehen des Vikars und das Schwert an seiner Hüfte, beobachtete, wie er mit der Hündin, die ihm auf den Fersen folgte, durch das Vorzimmer und die hintere, in sein Privatgelaß führende Tür ging, und als er verschwunden war, setzte er sich wieder auf sein schlichtes Lager und leckte sich die Lippen.

Der Vikar stieg durch einen seiner Geheimgänge zum Kerker hinab, wo Lessingham eingesperrt war; mittels seines Sonderschlüssels gelangte er hinein und schloß hinter sich die Tür wieder ab. Er hielt die Laterne hoch. Lessingham lag in der hinteren Ecke, die Knöchel an eine Bleikugel von der zweifachen Größe einer Männerfaust gekettet. Sein linker Arm war frei, aber das andere Handgelenk mit einer Schelle und einer langen Kette an seinen Fuß gefesselt. Sein Umhang aus kostbarem Seidengewebe war unter seiner Wange zu einem Kissen zusammengerollt. Der Vikar kam näher. Noch immer hielt ihn der Traum umfangen, als er so Lessingham betrachtete und, wie einem entsetzlichen jähen Zweifel, seinem Atem lauschte. In großer Stille lag er dort auf den Pflastersteinen, und seine Glieder und seine Brust und Schulter strahlten eine solch geschmeidige Kraft und Pracht aus, daß der Schimmel und Moder des Ortes, die schwitzenden Wände und die im Laternenschein glitzernden Wasserperlen von seiner Anwesenheit angesteckt schienen und eine Art Schönheit sie bekleidete. Doch schlief er so ruhig und lautlos, daß er selbst tot nicht hätte ruhiger liegen können. Pyewacket knurrte leise. Der Vikar hielt seine Hündin am Halsband und führte die gleißende Laterne dicht an Lessinghams Antlitz. Woraufhin dieser hellwach sich aufsetzte und mit großer Kälte den Vikar ansah.

Sie schwiegen und warteten aufeinander. Lessinghams Geduld besiegte die des Vikars in diesem Spiel, und der Vikar sagte: »Ich habe nachgedacht, Vetter, und werde, falls Ihr irgend etwas sagen könnt, daß die Sache mildert, es anhören.«

»Mildern?« sagte Lessingham, und seine Stimme ließ frösteln, wie der erste Lichtstreifen der aufgehenden Wintersonne auf einem gefrorenen See. Der Vikar hielt die Laterne so, daß sein eigenes Gesicht im Schatten lag, aber das Auge Lessinghams in vollem Licht: das Auge eines solchen Mannes, vor dem ein Prinz sich eher fürchten als sich seiner schämen würde, so viel Erhabenheit und Überlegenheit über andere Sterbliche verlieh es seinem Aussehen. »Ist es denn schon Morgen draußen, außerhalb dieses Loches, in das Ihr mich gestoßen?«

»Zwei Stunden nach Mitternacht.«

»So kann man Euch dies wenigstens als Zeichen der Höflichkeit zugute halten«, sagte Lessingham, »daß Ihr zu solch nächtlicher Stunde aus Eurem Bett Euch bemüht, um Wiedergutmachung zu leisten. Schließt bitte auf.« Er streckte sein rechtes, angekettetes Handgelenk vor. »Solchen Tand habe ich bisher noch nie getragen, und er mißfällt mir.«

»Es hat Zeit, darüber zu sprechen«, sagte der Vikar. »Ich will zuerst sehen, ob Ihr gute Miene zu diesem bösen Spiel machen könnt, das Ihr mit mir getrieben.«

Lessinghams Augen funkelten. Er hielt ihm sein Handgelenk hin, wie eine Königin ihrer Kammerzofe. »Ein böses Spiel«, sagte er, »habt Ihr mit mir getrieben! Beim Himmel, Ihr sollt zuerst meine Fesseln lösen, Vetter. Wir sprechen draußen.«

Der Vikar hielt inne, und eine Wolke trübte seine Miene. »Ihr wart soeben ein überzeugenderer Bittsteller für Eure Sicherheit, Vetter, als Ihr noch schliefet. Seid gewarnt, es gibt genug und übergenug Gründe, die gegen Euch sprechen; und laßt Euch raten, mich zu überzeugen. Denn gelingt Euch das nicht, so seid Euch gewiß, daß Ihr diesen Ort nicht lebend verlassen werdet.«

»Wenn dem so ist, hättet Ihr besser nicht Euren und meinen Schlaf stören sollen«, sagte Lessingham daraufhin und schüttelte seinen Umhang auf, als wollte er sich wieder niederlegen. Der Vikar fing an, wie ein Wolf hin und her zu gehen. »Es geschieht aus reiner Bequemlichkeit oder unverfrorener Bösartigkeit, wenn Ihr behauptet, ich hätte Verrat an Euch geübt; und es ist eine unverzeihliche Anmaßung, mir derart zuzusetzen. So werde ich also bezüglich dieses Vertrages nicht ein Wort sagen, solange ich in Ketten liege, und mir auch keine Bedingungen auferlegen lassen.«

Der Vikar hielt inne und stand eine Weile still. Dann lachte er kurz. »Laßt mich Euch gemahnen«, sagte er mit klarer, weicher Stimme, wobei er in Lessinghams Antlitz im Schein der Laterne starrte, »an Prinz Valero, welcher vor ein paar Jahren Argyanna an jene von Ulba verriet und jenen Aufstand gegen mich führte. Die Götter überlieferten ihn in meine Hände. Kennt Ihr die Art seines Todes, Vetter? Nein: denn keiner erfuhr es außer mir und meinen vier Euch bekannten Taubstummen, die mir dabei zur Hand gingen, und ich habe es bisher keinem gesagt. Seht Ihr diesen Haken in der Decke?« und er schwenkte die Laterne, um ihn sichtbar zu machen. »Ich will Euch nicht mit Einzelheiten ermüden, Vetter, aber es geschah nicht ohne eine gewisse Grausamkeit. In solch einer wilden Spiellaune war ich. Aber inzwischen haben wir die Steinplatten abwaschen lassen.«

»Nun?« sagte er nach einer Weile des Schweigens.

»Nun«, sagte Lessingham, und von nun an nahm er seine stählernen, kalten Augen nicht mehr vom Vikar. »Ich habe Eurer Geschichte gelauscht. Eure Art des Vortrags ehrt Euch: der Inhalt weniger.«

»Hütet Euch«, sagte der Vikar plötzlich laut und grimmig und sah ihn finster an. »Die Lage, in der Ihr steckt, dieser Ort, in dem Ihr steckt, und der meine geheime Schlachtbank in Laimak ist: denkt darüber nach. Und ich kann dieses Grinsen in Eurem Gesicht in eine todernste Miene umwandeln.«

»Ich grinse nicht«, entgegnete er. »Diese Sache ist nicht zum Spaßen.« Sie blickten einander in die Augen, ohne etwas zu sagen. Auch in diesem Spiel übertraf Lessingham den Vikar.

Dann sagte Lessingham: »Mißversteht mich nicht. Wenn ich Euch nicht fürchte, so bin ich doch nicht so töricht, Euch nicht für fürchtenswert zu halten. Aber mir mit dem Tod zu drohen ist, wie wenn ein Knabe auf einem Ast säße und vom Baum den Ast absägte, auf dem er säße. Ich glaube, Ihr habt mehr Verstand, als das zu tun.«

In mörderischer Stille, die Füße breitbeinig in den Boden gestemmt, stand er wie ein Koloß und sah auf ihn herab. Das Gesicht des Vikars lag nun im Schatten, und als Lessingham nach einer langen Zeit wieder zu ihm sprach, war es, als spräche er zu drohender, tiefer Finsternis. »Ich weiß, Ihr steht vor einer schweren Entscheidung, Vetter. Auf dieser Seite habt Ihr keinen treuen Freund in der Welt außer mir; verliert mich, und Ihr steht alleine inmitten einer Welt von Feinden, mit ungedecktem Rücken. Indes habt Ihr gröblichst meine Ehre verletzt, und Ihr kennt mich als einen Mann, der zwar nur die Hälfte Eurer Jahre auf diese Welt geblickt, aber nichtsdestoweniger nur in Sachen Ehre fast genauso viele Männer im Zweikampf erschlagen hat, wie Ihr durch Mord oder was weiß ich getötet habt. Ich habe wohl ein Dutzend erschlagen in diesen acht Jahren, seit ich siebzehn geworden bin, ganz zu schweigen von den vielen, die ich auf dem Schlachtfeld erschlagen. So müßt Ihr also, schätzt Ihr mich richtig ein, eine große Gefahr in meiner Befreiung sehen. Eine qualvolle Wahl. Als müßtet Ihr riskieren, mich so oder so zu verlieren. Und doch, wählt Ihr meinen Weg, besteht eine gewisse Hoffnung, mich zu behalten. Wählt Ihr Euren Weg, so nicht.«

Es folgte eine Pause, als er geschlossen hatte. Dann sagte der Vikar, wobei sein Gesicht immer noch im Finsteren lag: »Ihr seid ein seltsamer Mann. Schreckt Euch denn nicht der Tod?«

Lessingham antwortete: »Schrecken und Bedrohlichkeit des Todes sind schlimmer als der Tod selbst.«

Der Vikar sagte: »Ist es Euch einerlei: leben oder sterben? Ist Euch das gleichgültig?«

»O ja«, sagte Lessingham. »Gleichgültig ist es mir nicht. Aber diese Entscheidung liegt nun in der Hand des Schicksals: sowohl für Euch, als auch für mich. Und was mich betrifft, sollten die Würfel gefallen und mein Tod beschlossen sein: nun, so war es immer meine Art, aus allem das Beste zu machen.«

Als seine wohlklingende Stimme verklungen war, schien es, als würden in diesem stillen Beinhaus unter Laimak, das weder Tag noch Nacht kannte, Waagschalen abgewägt, die zweifelnd bald nach dieser, bald nach jener Seite sich neigten. Langsam, wie auf einen bestimmten Beschluß hin, der fast zerbröckelte, als er ihn umfing, wendete der Vikar dann seine Schritte zur Tür. Ihm auf den Fersen folgte sein Schatten, der wie eine beflügelte Finsternis verharrte und über den halben Raum von der Wand zur Decke Düsterkeit streute. Dann war er verschwunden und die Tür geschlossen und alles dunkel; und in der Dunkelheit sah Lessingham Pyewackets Augen, wie zwei glühende Kohlen. Er streckte der Hündin den offenen Handrücken hin. Er konnte sie nicht sehen, nur jene Augen, spürte aber, wie sie vorsichtig schnüffelte und dann mit ihrer kalten Schnauze sanft seine Hand berührte.

Der Vikar war schon mitten auf der Treppe, als sie ihm abging. Er rief sie beim Namen: lauschte dann. Er fluchte in seinen Bart und schickte sich an, zurückzugehen; aber nach ein paar Stufen blieb er abermals stehen und schwang seine Schlüssel. Draufhin machte er kehrt und stieg sehr langsam die Treppe hinauf.

Am Morgen ließ der Vikar beizeiten Amaury aus dem Verließ holen, wo er in Ketten lag: betraute damit Gabriel und jene sechs verschwiegenen Vertrauten: wies diese an, im Vorzimmer zu warten: überreichte Amaury in Privataudienz die Schlüssel zu Lessinghams Kerker hinter der Geheimtür: ging ein Dutzend Mal im Zimmer auf und ab, den Blick vor sich auf den Boden gerichtet, und sagte dann: »Ihr seid frei, Leutnant. Geht zu Eurem Herrn: Begleitung ist bereitgestellt, Gabriel und die Seinigen: löst die Ketten, hier sind die Schlüssel, befreit ihn. Sagt ihm, es tue mir leid: ein Scherz: ging zu weit: er und ich sind Freunde, verstehen einander: deshalb wollen wir uns gegenübertreten, als wäre das nie geschehen. Er und ich sind zwei stolze Männer, sagt ihm das. Ich habe einen langen Schritt getan, ihm entgegenzugehen: es liegt nun an ihm, es mir jetzt einfach zu machen.«

Amaury sagte mit feurigen Wangen: »Ich danke Eurer Hoheit untertänigst. Ich bin ein rauher Soldat, und folgendes ist zu sagen: mein Herr ist Eurer Hoheit wahrer und edler Freund. Und merkwürdigerweise. Und tausendmal besser, als Ihr verdientet.«

»Habt Ihr das auswendig gelernt? Sagt es noch einmal«, sagte der Vikar, der diese mutige und trotzige Bemerkung nicht gehört hatte oder wenigstens so zu tun geruhte. Amaury wiederholte seine Botschaft Wort für Wort, während der Vikar im Zimmer auf- und abschritt. »Geht jetzt.«

Lessingham erwachte und trat mit solch großem Gleichmut an die Luft und den Tag, wie ein Mann, der sich von seinem gewohnten Bett erhebt, in dem er Nacht für Nacht, seit zehn Jahren schon, in Frieden geschlafen hat. Nur saß in seinen Augen ein stiller, strahlender Ausdruck, als ob er innerlich lächelte, wie ein Bildhauer, der feststellt, daß der Gegenstand die Form annimmt, die er beabsichtigt und sich erdacht hat. Amaury saß bei ihm in seinem Gemach, während er ein Bad nahm und frische Wäsche anzog. »Gelobt seien die seligen Götter«, sagte er, wobei er aus dem Bad sprang, wo er sich die Seife abgespült hatte, »mein Haar von Natur aus mit Locken versehen zu haben: nicht wie jene Vögel, die täglich eine Stunde beim Bader sitzen müssen, der es künstlich in Locken legt.« Seine Haut, außer an den Stellen, wo die Sonne sie gebräunt oder die schwarzen Haare sie verdunkelten, war weiß wie Elfenbein. Als er dann mit Handtüchern ganz trockengerieben war, rief er: »Junge! Trotz des Orangenblütenwassers in meinem Bart! Pfui! Rieche ich sie noch.« Er gab seinem Knaben Wams, Hosen, Halskrause: die ganze Oberbekleidung, die er im Kerker getragen hatte: befahl ihm, sie zu verbrennen.

Amaury sagte: »Um wieviel Uhr gedenkt Ihr aufzubrechen?«

»Aufzubrechen?«

»Diesen Ort zu verlassen«, sagte Amaury. »Seinen Händen zu entkommen: Rerek den Rücken zu kehren?«

»Erst in einigen Wochen. Es gibt noch viel zu tun. Darum muß ich mich zuerst kümmern.«

Amaury sprang auf und ging hin und her. »Diesesmal bliebet Ihr auf übernatürliche Weise verschont. Wenn ein Mann eine Schlange oder Viper anfaßt – Oh, er sprach die Wahrheit, als er sagte, Ihr verstehet einander. Und das ist das ganze Elend darin: Eure Augen waren gegenüber der Gefahr, in der Ihr schwebtet, verschlossen, und noch bestünde Hoffnung, würdet Ihr sie nur öffnen, mit heiler Haut davonzukommen. Aber Ihr kennt Eure Gefahr sehr genau, sehr gründlich, wie kein anderer: dennoch badet Ihr Euch in ihr und lacht über sie.«

»Nun, das stimmt«, sagte Lessingham und rückte seine Halskrause zurecht. »Was soll man sonst tun?«

Die Hitze des Sommermittags drückte auf Laimak, als Lessingham schließlich mit Amaury und zwei oder drei seiner Edelleute erschien, um den Vikar auf jenem langen, geraden gepflasterten Weg zu begrüßen, der, zu dieser Stunde im Schatten der Tennisplatzmauer liegend, entlang der Zinnen über dem nördlichen Abgrund verläuft. Das Gefolge auf beiden Seiten blieb ein wenig zurück und beobachtete gegenseitig ihren Gesichtsausdruck, als sie sich gegenübertraten: der Vikar war etwas außer Fassung, Lessingham, der weitherzige und edelmütige Freundlichkeit an den Tag legte, ein wenig belustigt. Nach einer Weile hielt Lessingham ihm die Hand hin, und nach einem stummen Händedruck sagte der Vikar: »Gestattet«, und nahm Lessing beiseite.

Nachdem sie ein kurzes Stück schweigend geschritten waren, sagte Lessingham: »Ich hoffe, Ihr habt gut geruht. Es war ein freundlicher Zug, mir Eure Hündin dazulassen.«

»Was?« sagte der Vikar. »Der Teufel soll mich holen! Ich hatte sie glatt vergessen.«

»Mich dünkte«, sagte Lessingham, »Ihr standet vor einer

schweren Entscheidung und glaubtet, Ihr könntet sie als Würfel des Schicksals werfen. Ein Mann in Ketten: eine nett herbeigeführte Zufallsentscheidung. Gefiel mir. Und Ihr füttert sie wohl hin und wieder mit Menschenfleisch von Übeltätern und dergleichen.«

»Ich schwöre Euch, Vetter, Ihr tut mir unrecht. Bei allen ewigen Göttern im Himmel schwöre ich, daß ich sie vergessen hatte. Aber sprechen wir nicht darüber . . .«

»Verschwendet keinen Gedanken mehr darauf. Nie habe ich besser geschlafen. Deswegen vielleicht, weil ich ein solcher bin, schöpfte sie Zuneigung zu mir:

O wir Männer mit lockichtem Haar
verstehn auf Frauenlieb uns doch am besten.

Oder wie denkt Ihr?«

»Vetter«, sagte der Vikar, »dieser Vertrag.« Hier nahm er ihn beim Arm. »Ich möchte über seine ganze Tragweite Bescheid wissen. Ich bezweifle nicht, daß Gutes in ihm steckt, denn, bei meiner Seele, Ihr habt mir bisher nur Gutes getan: aber ich will bersten, wenn ich seinen Nutzen verstehe.«

»Eine so ehrlich erbetene Antwort«, sagte Lessingham, »sollte ehrlich ausfallen. Aber zuerst möchte ich, da ein Prinz und Staatsmann sein Fundament nicht auf Lehm, sondern auf die uranfängliche Kruste baut, die ganze Lage, in der Euer Hoheit sich befinden, abermals Eurer wohlerwogenen Aufmerksamkeit zuführen. Dieses Königreich war zu Lebzeiten des alten Königs standfest und unerschütterlich: ein Schrecken für die Könige und Völker an den Meeren und Küsten. Ein Hauptgrund war: es war fest zusammengeschmiedet: in sich geschlossen. Stimmt, zuletzt habt Ihr bereits durch das neu eroberte Rerek an der Koppelleine gezogen: was meines Erachtens unklug war, wie ich Euch auch sagte. Dann starb der König, und damit änderte sich alles: ein tyrannischer junger Tor im Sattel, anstatt eines großen weisen Mannes: und das erschütterte alles von innen. Ihr hattet einen Beweis, wie ich damals zu Euch stand, Vetter: stand ich nicht für Euch in Mornagay mit meinen achthundert Reitern, wie ein Knabe mit einem Stock gegen ein Rudel Wölfe? Wäre Euer Verhandeln in die Brüche gegangen, meine ich; und das war nicht unwahrscheinlich. Und dann griffet Ihr zu einem Mittel, daß Euch wohl die gegenwärtige Gefahr vom Halse schaffte, als Euch auch schwächte, weil die pfiffigen Leute es errieten, indem es Euren Ruf zerstörte (der schon damals eine häßliche, verdorrte Blume war); und unmittelbar daraufhin fiel alles durch eine Vorsehung des Himmels eimerweise in Euren Schoß: im Testament zum Reichsverweser und Regenten ernannt, solange die Königin minderjährig ist. Alles, Vetter, liegt in Eurer Hand, und Ihr braucht es nur zu nutzen. Das Reich liegt Euch wie ein Schwert in der Hand; aber in lauter Stücken. Nun gilt es, die Splitter wieder zu vereinen: wieder ein ganzes Schwert daraus zu machen, wie es auch König Mezentius getan hatte: dann erhebt es gegen Akkama, oder welche Köpfe auch immer rollen müssen, die sich gegen Euch zu erheben wagen.«

Sie gingen langsam im Gleichschritt, der Vikar mit nachdenklicher Miene und stumm. Lessingham summte leise eine lebhafte südliche Weise. Als sie an die Ecke der Mauer des nordwestlichen Rundturms kamen, blieb der Vikar stehen und, indem er die Ellbogen auf die Zinnen stützte, blickte in die Landschaft aus, wo alle Farben im Sonnenschein zu Asche verglüht waren. Im Norden, ganz in der Nähe, erhob sich ein steiler Fels, ein zweites Laimak, wohl fünfzig Fuß hoch, einsam aus dem Moor; und auf seiner höchsten Spitze saß ein Falkenweibchen ganz allein; hin und wieder warf sie den Kopf herum, um in die eine oder andere Richtung zu blicken. Ab und zu unternahm sie einen kurzen Flug, und Scharen von kleinen Vögeln bedrängten sie lärmend. Und nun saß sie wieder auf ihrem Felsen, zusammengekauert, mit einem mißvergnügten Ausdruck, schnell hierhin und dorthin blickend. Der Vikar beobachtete sie in seiner Versunkenheit, wobei er ab und zu versonnen über die Brüstung spuckte. »Bedenkt, ich habe sie gelehrt«, sagte Lessingham, »zuerst in Zayana, und dann mit scharfen Schwertern am Zenner, daß es hier einen Höheren gibt, der sie niederwerfen kann, falls erforderlich. Nun muß man sie abrichten, sie bei Fuß rufen, nett zu ihnen sein. Dadurch, um Eure gegenwärtigen Befürchtungen erleichtert, es sei denn, die Eures eigenen Hofes trachten danach, den Stuhl von unter Euch wegzureißen, könnt Ihr unbesorgt finster auf die Welt herabblicken.«

Nach einer Weile richtete der Vikar sich auf und fing wieder zu gehen an. Lessingham schritt an seiner Seite.

Lessingham sagte: »Habt Ihr erst einmal das ganze Bild begriffen, sind die Punkte meines Vertrages so leicht zu erkennen, wie man Fliegen in einem Milchtopf ausmachen kann. Ich kenne diesen Herzog besser als Ihr, Vetter. Er ist stolz und scheut die Gewalt nicht: wird sich verzweifelt zur Wehr setzen, treibt Ihr ihn in die Enge. Aber er ist der Trägheit erlegen: liebt am meisten sein wunderliches Gepränge, seine Frauen, wollüstige Sinnlichkeit und andere verrückte Spielzeuge, zierliche Gärten, in denen er malt und nachdenkt. Und er ist ein Ehrenmann, der einen gerechten Frieden streng einhalten wird; und dieser Frieden ist gerecht.«

»Wird nicht sie ihn zu irgendeinem faulen Gegenschlag antreiben? Diese Frau, die er hat?«

»Welche Frau?« sagte Lessingham.

»Nun, ist sie nicht des Kanzlers Schwester? Zayana liebe sie wie sein eigenes Leben, sagt man: sie könne ihn um den Finger wickeln, erfahre ich.«

»Wiederum«, sagte Lessingham, ohne diesem Faden zu folgen, »ist es eine neue Waffe in Eurer Hand, Jeronimy, Beroald und Roder als Eure Untertanen gewonnen zu haben. Der Dorn des Gesetzes, so weiß ich, steckte dem Kanzler schon seit der Bekanntgabe des Testaments im Rachen: durch den großzügigen Gnadenerlaß sorgt Ihr diesbezüglich für Sicherheit.«

»Ja, aber es wurde eingefügt, weil Zayana darauf bestand: er erntet den Dank dafür, wenn er es ihnen zeigt, nicht ich. Und warum braucht er Eure Bürgschaft, Vetter, als solltet Ihr mir die Einhaltung abnötigen? Bei Satans haarigen Ohren! Ich lasse mich von keinem Mann auf der Erden nötigen, auch von Euch nicht.«

»Es ist darin keine Nötigung enthalten«, antwortete er. »Er weiß, daß ich in Eure Pläne eingeweiht bin, und daß Ihr auf mich hören würdet: mehr nicht. Ein weiterer Vorteil: diesen Plagen in Nordrerek sollte bald der Dampf ausgehen, wenn er Ercles und Aramond von ihren Umtrieben abbringt. Kurz gesagt, sind wir gegenwärtig nicht stark genug, mehr als Hintermeszrien mit Waffengewalt niederzuhalten, und selbst das nur mit seinem guten Willen. Um so törichter wäre es gewesen, hätten wir nach dem Sieg den Krieg südlich nach Südmeszria und Zayana getragen.«

Sie schritten die Länge der Brüstung schweigend ab, dann hielt der Vikar inne, ergriff Lessingham an beiden Oberarmen und sagte: »Vetter«, wobei aus seinen Augen eine sehr seltsame und ungewohnte Freundlichkeit strahlte:

»Jener Freund hemmt wahrlich eines großen Mannes Niedergang,
Der in dessen Meinung jede Schwäche anprangert.

Ihr habt mir viel erspart. Bei Gott, und Ihr habt es nicht verdient, wie ein Hund behandelt zu werden. Fordert Euren Lohn: wollt Ihr Gouverneur der Mark von Ulba sein? Ich versprach

Mandricard dieses Amt: jetzt gehört es Euch. Oder wollt Ihr Megra haben? Was Ihr auch wollt: Ihr sollt es haben.«

Lessingham lächelte ihn an mit jenem Maß an Bewunderung, zufrieden und aufrichtig, wie sie in den Augen eines geschickten Seefahrers steht, wenn er auf blauer, sonniger See das weiße Gelächter der Brecher an einer unsichtbaren Klippenküste entdeckt. »Ein edles Angebot«, sagte er, »wie es sich für einen solch hehren Prinzen schickt. Aber ich will kein Herrscher eines Landes sein, Vetter. Wie jene Vögel Mamuques, die auf schwingenlosen Schwingen fliegen und nur von der Lust sich nähren, so bin auch ich, glaube ich: ein Sturmvogel, und an keinen Ort will ich gebunden sein, sondern von meinem Schwert leben. Doch wenn ich auch so bin, werde ich doch dieses werte Angebot annehmen, das Ihr mir gewährtet; und zwei Dinge wähle ich: eines eine gewichtige Sache, das andere eine Kleinigkeit.«

»Gut. Die gewichtige Sache?«

»Dies ist«, sagte Lessingham, »daß ich an allen Orten dieses Reiches den Titel und die Würde des Heerführers der Königin trage und unter Eurer Oberherrschaft als Reichsverweser alle ausgehobenen bewaffneten Truppen in ihrem Namen befehlige, sowohl zu Lande, als auch zu Wasser.«

Der Vikar blies durch die Lippen.

Lessingham sagte: »Wie Ihr seht, kann ich meinen Mund weit auftun.«

»Ja«, sagte der Vikar nach einer längeren Weile. »Aber ich werde es gewähren. Bis jetzt gibt es kein solches Amt, außer daß es wohl in meiner Person liegt, stillschweigend inbegriffen in meine Macht als Vikar. Ihr seid bestimmt der geeignetste Anwärter dafür. Betrachtet es also als geschehen. Der zweite Wunsch?«

»Danke, edler Vetter«, sagte Lessingham. »Nach einem solch großen Gnadenerweis ist es beinahe ungehörig, um mehr zu bitten. Dennoch geht es Hand in Hand damit. Ich möchte, daß Eure Hoheit durch einen allgemeinen Erlaß in Eurem ganzen Reich von Rerek für meine Person die gleiche Unantastbarkeit und Befreiung aussprechen, wie Ihr selbst sie innehabt. Dadurch müssen alle Versuche, Hand an mich zu legen, und geschähe dies auf Euren Befehl hin, von nun an das gleiche Gewicht beigemessen bekommen, wie Anschläge gegen Eure Person, Euren Thron und Euren Staat: und die gleiche Strafe zeitigen.«

Der Vikar lachte spöttisch. »Ach, jetzt scherzt Ihr aber.«

»Ich habe nie etwas ernster gemeint«, sagte Lessingham.

»Dann verdient diese kecke Forderung keine Erwiderung.«

Lessingham zuckte die Achseln. »Seid nicht voreilig, Vetter, die Sache hat große Bedeutung. Sie ist fürwahr unerläßlich.«

»Ich wundere mich, daß Ihr nicht von mir verlangt, Euch Gabriel und jene sechs Männer auszuliefern: es wäre kaum ein unerhörteres Ansinnen.«

»Das wäre eine Möglichkeit«, sagte Lessingham. »Aber ich bin vernünftig. Damit würde ich Eure Macht schmälern: was Ihr niemals gewähren könntet. Aber dies, ohne Schwierigkeit. Und für mich ist es genausogut.«

»Gute Götter!« Der Vikar lachte in seinem Zorn. »Könntet Ihr Euch doch nur mit meinen Ohren sprechen hören! Ich sage Euch, Vetter, Ihr seid wie eine ausgehaltene Geliebte: und die Opfer, so glaube ich allmählich, sind höher als die Freuden. So fahrt hinab in die Hölle, denn um so etwas zu fordern, müßt Ihr von Sinnen sein.«

Das Falkenweibchen ruhte immer noch auf der Felsspitze, einsam und betrübt. Im nächsten Augenblick schoß plötzlich etwas Kleines, Unerkennbares vom Himmel auf sie hernieder, als wäre sie seine Beute: verfehlte sie nur knapp, als es herabstieß, schoß wieder hinauf und stieß abermals herab. Mit halb ausgebreiteten Schwingen und den Kopf schlangengleich zwischen den Schultern eingezogen, wehrte sie mit schnellen Schnabelhieben jeden neuerlichen Scheinangriff ab; und nun flatterte sie empor, und in immer größer werdenden Kreisen erklommen sie die Lüfte hoch über Laimak, immer höher strebend. Lessingham, gleichmütig die Arme verschränkt, beobachtete das Schauspiel. Der Vikar, der seinem Blick folgte, beobachtete es ebenfalls. Und nun, als sie weit auseinander flogen, nützte das Falkenmännchen seine größere Höhe und stieß auf sie herab, verfehlte sie nur um eine Handbreite und schoß über sie hinaus, während sie sich im selben Augenblick auf den Rücken drehte, um seinen Angriff abzuwehren, im Flug die Fänge ausstreckte und mit aufgerissenem Schnabel drohte. Zwei- oder dreimal wiederholten sie dieses Spiel in der Luft: dann flüchtete er hoch in der Luft gen Osten, und sie verfolgte ihn, bis sie außer Sicht waren.

»Ich habe einen hohen Ton angeschlagen«, sagte Lessingham mit ungetrübter, beschwingter Stimme, »aber um der Sicherheit meiner Person willen könnt Ihr kaum erwarten, daß ich mich mit weniger als dem zufriedengebe. Ich möchte durch meine Worte keinen Groll aufrühren, der schon beigelegt ist: dennoch kann unsere Zusammenarbeit kaum Früchte tragen, wenn ich mir einen guten Wächter zulegen muß, der mich mit Schwertern und so weiter beschützt, sobald ich in Eurer Burg zu Laimak weile.«

Der Vikar knirschte mit den Zähnen, dann wandte er sich plötzlich ihm zu. »Ich weiß nicht«, sagte er, »warum ich nicht mein Werk vollende und Euch ermorde.«

»Da haben wir es schon wieder«, sagte Lessingham. »Legtet Ihr nicht soeben großes Vertrauen und eine große Aufgabe in meine Person, und wollt Ihr Euer Wort schon wieder bereuen? Habt Ihr nicht tausend Unterpfande meiner Liebe und offenen Gesinnung gegenüber Eurer Hoheit? Dennoch wendet Ihr Euch wie ein von der Bleichsucht befallenes Mädchen gegen mich: und so wie Ihr seid, werdet Ihr immer bleiben. Es ist schade. Unser Los wird sich frühestens verbessert haben, wenn wir Arm in Arm gegangen sind.«

Sie war wieder zurückgekehrt und rastete auf dem Felsen. Ihr Gefährte kam nun ebenfalls wieder und stieß auf sie herab; und abermals erklommen sie die Lüfte und widmeten sich ihrem Spiel, hoch oben im Blau des Himmels. Lessingham sagte: »Ich mache einen kleinen Spaziergang, lasse Euch allein, Vetter, um es Euch durch den Kopf gehen zu lassen.«

Der Vikar antwortete weder mit einem Wort, noch mit einem Blick. Allein gelassen lehnte er sich mit verschränkten Armen auf die Zinnen und blickte nach Norden aus: seine Stirn war glatt und klar, sein Mund verbissen und grimmig und sein Kinn unter dem roten, struppigen Stutzbart wie aus hartem Granit. Wie manchmal ein Häutchen vor die Augen eines Habichts oder einer Schlange gezogen ist, so umwölkten Gedanken seinen Blick. Der Terzel war wieder in die östlichen Gefilde geflüchtet, und das Falkenweibchen, das schließlich von der Verfolgung zurückkehrte, kauerte wieder auf ihrem kleinen Felsen. Sie schaute sich um, aber diesesmal kehrte er nicht zurück. Und nun saß sie zusammengekauert da, einsam und mißvergnügt.

So geschah es schließlich, das Lessingham zu guter Letzt seinen Kopf durchsetzen konnte: bestätigt durch Freibriefe mit dem Signum des Reichsverwesers und dem großen Siegel als Heerführer der Königin, mit gleicher Unantastbarkeit der Person und gleicher Ahndung, sollte jemand die Hand oder die Waffe gegen ihn erheben oder Ränke gegen ihn schmieden, als handelte es sich um die Person des Vikars oder eines Mitgliedes des königlichen Geschlechtes von Fingiswold. Mit solch großer Ehre wurde Lessingham geschmückt und, vor den Augen der Welt, ausgezeichnet mit prinzlichem Rang und Stand, und nicht nur in Laimak, sondern landauf, landab wurde dies feierlich verkündet. Lessingham verbrachte die nächsten Tage und Wochen zuweilen beim Vikar zu Laimak, zuweilen in der Mark oder südlich jenseits des Zenner und regelte Dinge, die zur Inkraftsetzung jenes Vertrages von Ilkis notwendig waren. Es fand sich auch keiner, der sich dagegen aussprach, sondern er wurde von allen angenommen: vom Großadmiral Jeronimy und vom Grafen Roder und vom Kanzler. Und mit Eifer und Ergebenheit unterstützten diese den Herzog und Lessingham bei der Arbeit, so daß zur Hochsommerszeit, als der Juli sich gen August neigte, alles für einen guten Frieden geregelt war; und es war ein Frieden, der wohl halten würde, da alle damit zufrieden waren. Als alles dermaßen geregelt war, zog Lessingham wieder nach Norden ins Eulenthal, und man glaubte, daß er, welcher vorher schon ein großer Mann gewesen war, durch all dies zu noch mehr Größe gereift war.

Nun veranstaltete der Lord Horius Parry ein Fest für seinen Vetter Lessingham im großen Bankettsaal zu Laimak, und es waren dort alle mächtigen Männer von Bedeutung aus den Tälern und bewohnten Landen Rereks versammelt, und jene vom Hofe des Vikars und seine großen Offiziere, ebenso wie Amaury und jene aus Lessinghams Gefolge. Und als das Fest zur Hälfte fortgeschritten war, erhob sich der Vikar mit einem Vorwand von seinem Platz und bat Lessingham, mit ihm insgeheim den Bankettsaal zu verlassen, und ihm auf das Dach des Bergfrieds zu folgen. Hier hatten sie sich schon oft beraten: so an jenem Morgen nach Lessinghams Ankunft aus Mornagay, als er dem Vikar das Geständnis bezüglich des jähen Ablebens von König Styllis entwunden hatte und jene Mission nach Zayana angegangen war. Auf dieser verschwiegenen Wehrplatte schritten sie nun auf und ab unter Sternen, deren Licht sanft, als schliefen sie, beständig und unveränderlich herabschien durch die Lüfte, die in Kette und Schuß aus Mondschein gewebt waren, und die keine Brise regte. Nur Antares, der über den Armarick-Kämmen gegen Westen sank, blinkte rot und manchmal mit einem grünen Leuchten. Der Festlärm aus dem Bankettsaal drang nur schwach herauf. Der Schrei von Eulen, die in den bewaldeten Berghängen und schlummernden Tälern ihren Geschäften nachgingen, hallte hin und wieder von fern herüber. Während sie solche Lüfte atmeten, berieselt mit solchen Einflüssen, umschmeichelt mit solcher Musik, welche die Zeit des Schlafes und der erhebende Frieden der Sommernacht vortragen, unterhielt sich Lessingham mit dem Lord Horius Parry über Männer und ihre Parteisucht in und außerhalb des Landes, über ihre Taten und ihre Tapferkeit, und über das Ordnen und Begründen ihrer Ländereien und Mächte; erging sich darin, welche von diesen förderungswürdig und verläßlich seien, welchen eher zu schmeicheln und schöne Augen zu machen sei, und welche schließlich bei erster Gelegenheit jäh niedergemacht werden sollen. Nach reiflicher Beratschlagung brachten sie zur Sprache, daß Lessingham nach Norden und durch das Heideland nach Rialmar gehen sollte, um dort in vorübergehender Ausübung seines Amtes als Oberbefehlshaber die Leute gastlich zu unterhalten und sich der großen Männer zu versichern: etwas, das der Vikar nicht persönlich ausführen konnte, insofern jene aus den nördlichen Landesteilen ihm argwöhnten und nicht leicht dafür zu gewinnen wären, ihm aufrichtig zu dienen oder jene düstere Meinung zu ändern, die sie über ihn hatten. Lessingham hingegen war ihnen nicht verhaßt, sondern erfreute sich vielmehr ihrer Bewunderung und Hochschätzung, begründet auf Erfahrungen der jüngsten Kriege, wo er sowohl von Soldaten als auch vom Volk als rechtschaffener Mann erlebt worden war und als grimmiger und wackerer Krieger beim Angehen und Bestehen von Gefahren.

Und nun, während sie wandelten, bemerkte Lessingham, der diese Dinge bei sich überdachte, daß der Vikar jetzt über Frauen sprach, und wie unangebracht es sei, daß sie den Thron und die Lenkung eines Staates beerben, seien dazu doch verehrungswürdige und schreckliche Prinzen vonnöten: und dergleichen mehr über Frauen im allgemeinen: »Meines Erachtens hat jener es ganz durchschaut, der da sagt: ›Alles nur Schweinefleisch, durch die Soße variiert.‹ Und ich denke, diese Ansicht teilt auch Ihr, Vetter.«

»Ja«, sagte Lessingham aus der sternenbeschienenen Nacht heraus, wie man einem Kind antworten würde. »Ich teile diese Ansicht.«

»Und somit seid Ihr der gefeite Mann für diese Unternehmung. Vetter, es wäre mir ein mächtiger Trost, könnte ich dieses hübsche Mädchen und Herrschaftszeichen dazu bewegen, hier in Laimak zu wohnen. Ich mißtraue den Leuten um sie dort im Norden. Und bedenkt, sie ist im mannbaren Alter: Freier, wie man mir berichtet: einmal dieser Derxis, kürzlich in Akkama gekrönt, ein süßer, junger Prahlhans: in Rialmar, wie ich aus sicherer Quelle weiß, in diesem Augenblick. Pah! Jede Katze will zu ihresgleichen. Deshalb, Vetter, bevollmächtige und beauftrage ich Euch schlichtweg: nichts unversucht zu lassen, um sie zu mir in den Süden nach Laimak zu bringen.«

Lessingham überlegte einige Zeit lang, dann sagte er schließlich: »Schlichtweg, Vetter: das ist kein einleitender Schritt für eine Heirat?«

»Ach was! Daran würde ich nicht im Traum denken.«

»Das ist gut; denn beim ersten derartigen Gerücht würdet Ihr den Haß aller auf Euch ziehen, und unsere ganze Arbeit ginge wieder zu Bruch. Nun, ich werde es angehen, wenn Eure Hoheit mir klugerweise große Ermessensfreiheit zubilligen: denn es ist eine Angelegenheit, die Unheil oder Vorteil in sich birgt, aber was davon, das stellt sich erst heraus, wenn ich an Ort und Stelle bin und mich darin versuche.«

»Genug: Ihr kennt meine Meinung«, sagte der Vikar. »Versucht herauszufinden, wie sie zu mir steht, ansonsten tut, was Ihr wollt. Und nun«, sagte er, »wollen wir hinuntergehen und mit den anderen trinken. Vetter, ich mag Euch sehr, aber, bei meiner Seele, Ihr habt einen Fehler: Ihr trinkt oft, aber um dem natürlichen Drang zu genügen. Heute nacht wollen wir, Ihr und ich, sie alle sprachlos trinken.«

Lessingham sagte: »Wein in Maßen bekommt am besten. Aber um Euch eine Freude zu machen, Vetter, werde ich heut nacht maßlos saufen.«

So kamen sie wieder zum Fest in der Halle der großen gemeißelten Gesichter aus schwarzem Obsidiangestein, deren Augen das Lampenlicht zurückwarfen; und unverzüglich wurde auf des Vikars Geheiß damit begonnen, einen Becher um den anderen zu füllen, und wenn die Männer einen in großen Zügen geleert hatten, wurde er sofort wieder bis zum Rand voll gemacht, wobei der Vikar den Männern ständig zurief, schnell zu trinken. Und nun wies er die Mundschenke an, die Weine zu mischen, und immer noch wurde bis zum Überlaufen nachgefüllt, und hurtiger ausgetrunken, und laut ging es zu vom Schlürfen des Weines und Klappern der Becher und Singen und Lachen und marktschreierischem gegenseitigem Prahlen. Und bald waren die Sinne der meisten benommen und gewandelt vom vielen Zechen und Saufen, als die Nacht voranschritt, so daß einige weinten, andere grölten, wieder andere ihren Nachbarn umarmten, oder auch den Mundschenk, weitere sich in den Haaren lagen, und manche tanzten; einige hingen stumm in ihren Stühlen, andere kugelten sich unter und wieder andere auf den Tischen. Die Hitze und der Schweiß und der Atem der wütenden Trinker hing zwischen den Tafeln und dem Sparrenwerk wie ein Nachtnebel über einem Herbstsee. Unentwegt setzten der Vikar und Lessingham das Tempo und schütteten Kelch um Kelch in den Schlund. Doch nun wurde es in den hohen Fenstern langsam hell, die weit geöffnet waren, um frische Luft einzulassen, und eine Lampe nach der anderen brannte aus; nicht ein einziger Mann war nun noch fähig zum Sprechen oder Trinken oder Stehen: haufenweise lagen sie besinnungslos auf dem Boden, oder vornübergekippt auf Stuhl und Tisch: alle, außer dem Vikar und Lessingham allein.

Der Vikar entließ die Mundschenke, und nun wetteiferten die beiden wieder in ihrem Gelage, jeder gegen den anderen, Kelch um Kelch. Das Gesicht des Vikars leuchtete puterrot im spärlichen Licht, und seine Augen waren aufgeschwollen wie die Augen einer zur Mittagsstunde gestörten Eule; es kam kein Wort mehr über seine Lippen; sein Atem ging schwer; der Schweiß lief über seine Stirn und Nase und Wangen in kleinen Rinnsalen; sein Nacken war weit über seine normale Größe aufgedunsen und hatte die Farbe einer Runkelrübe. Er trank nun langsamer; Lessingham hielt nach wie vor mit, Schluck für Schluck, Becher für Becher. Das ausführliche Nachtgelage hatte nur ein sanftes Glühen unter seinen braunen Wangen entfacht, und noch waren seine Augen klar und strahlend, als der Vikar zur Seite kippte, und der halb geleerte Becher seinen kraftlosen Fingern entglitt, und er auf den Boden rutschte, wo er wie ein Schwein lag und in das grunzende Schnarchen der übrigen einstimmte.

Zwei oder drei Lampen brannten noch an den Wänden, aber ihr Schein verblich immer mehr angesichts der hereinbrechenden Morgendämmerung. Lessingham legte Kissen unter das Haupt seines Vetters und wendete seinen Schritt zur Tür, wobei er achtsam über die Herumliegenden steigen mußte, die auf so schimpfliche Weise zwischen ihren Bechern alle viere von sich streckten. In der Dunkelheit des Ganges trat ihm eine Dame gegenüber, einen Kelch in der Hand, ganz still, ganz in Weiß gekleidet. »Guten Morgen, Mylord Lessingham«, sagte sie und trank ihm zu. »So geht Ihr nun endlich nach Norden, nach Rialmar?«

Es lag ein Ton in ihrer Stimme, der Erinnerungen in ihm anschlug, wie Harfensaiten; ein Ton, wie das Entblößen von Krallen. Seine Augen konnten die Dunkelheit nur so weit durchdringen, daß er ihr Haar erkannte, das aus sich selbst heraus scheinbar leuchtete, so daß es im Finstern sichtbar wurde: ihre Augen, wie die Augen eines wilden Tieres, funkelten von innen heraus: die Zähne blitzten. »Was, liebste Herrin des ewigen Schnees?« sagte er und ergriff sie. »Unter Eures Dieners Lippen? Ha, unter Eures Dieners Lippen! Und welcher Wind trieb Euch nach Laimak?«

»Pfui!« sagte sie. »Will der Mann mich in seinem großen Bart ersticken? Dann werde ich ihn abbeißen. Nein, und überhaupt, Mylord«, sagte sie, als er sie in den Mund küßte, »es gibt keinen Grund zur Eile: ich wohne hier in der Burg. Und wahrlich, ich bin es müde, die ganze Nacht auf Euch zu warten. Ich war gerade dabei, zu Bett zu gehen.«

Er ließ sie gehen, nachdem sie ihm ihr Gemach im Halbmondturm an der Westmauer verraten hatte; gleichzeitig hatte sie von einem Zweiglein, das sie in ihrem Busen trug, ein Blatt abgetrennt und ihm gegeben, wie er ein solches auch von Doktor Vandermast erhalten hatte, als er damals im Mai mit ihm in einem Boot über den See von Zayana gerudert war. »Und durch Blätter wie dieses«, sagte sie, »haben wir Zutritt zu allen starken Festungen und geheimen Orten, und können nach Belieben kommen und gehen und uns begleiten lassen, von wem wir wollen; aber weswegen, und auf wessen Geheiß, und wie wir auf dieser Erde große Entfernungen so schnell zurücklegen, wie ein Gedanke verstreicht: das sind Dinge, werter Mylord, die ein solcher wie Ihr nicht zu verstehen vermag.«

Lessingham trat nun in den großen Burghof hinaus, und mit geschwellter Brust sog er die frische Luft ein. In der gesamten Festung von Laimak war niemand auf, außer hie und da Soldaten der Nachtwache. Unter den Mauern des Bankettsaals ging er entlang, und so vorbei am Wachhaus und Hagsby-Tor und Bergfried, und so zum Tennisplatz und über diesen hinweg zur nördlichen Bastion, wo sie sich im Juni besprochen hatten. Lessingham durchmaß die Bastion hoch erhobenen Kopfes. Auch Maddalena auf dem torfigen Hochland im Frühling des Jahres ging nicht mit festerem oder leichtfüßigerem Schritt. Die Brise, die mit dem Erwachen des Tages aufgekommen war, umspielte ihn und ließ das kurze, dichte und lockige schwarze Haar um seine Stirn und Schläfen wehen.

So stand er und blickte gen Norden. Es war kurz nach vier Uhr, und das liebliche Antlitz des Himmels ward entfacht von den ersten Strahlen, die hinter dem Forn hervor hinaufgeworfen wurden. Der Talgrund war noch bedeckt vom Mantel der Nacht, aber die Berge am anderen Ende kosteten schon vom Tageslicht.

Lessingham sagte bei sich: »Seine Fiorinda. Was hatte sie zu mir gesagt? ›Ich glaube, Ihr werdet dort finden, was Ihr sucht. Nördlich, in Rialmar.‹

Rialmar.« Eine lange Zeit stand er dort und blickte nach Norden aus. Dann zog er aus dem Busen seines Wamses jenes Blatt: sferra cavallo. »Und um zwischenzeitlich gegenwärtige Freuden nicht zu vernachlässigen . . .«, flüsterte er bei sich, und wandte sich mit einem selbstzufriedenen Lächeln dem Halbmondturm zu; dort, wie sie ihn freundlicherweise hatte wissen lassen, wohnte Anthea.

Kapitel XIII

Königin Antiope

Durch die weit geöffneten Fensterflügel des Schlafgemaches der Königin im Teremnene-Palast zu Rialmar trat der neugeborene fünfzehnte Tag des Augustes ein. Über eine Schale weißer Rosen schritt er, die dort am Fenstersims stand, Tautropfen auf den Blütenblättern, und so in den Raum, und streckte seine blassen Finger nach dem Dachgebälk; nach dem milchweißen, gemusterten Wandbehang: den Flaschen auf dem weißen Onyx-Tisch: Angelikawasser, Rosenöl, Brentheische Salbe aus dem Honig der Hyperboreischen Blumen; dem Geschmeide, das daneben ausgebreitet war; den Spiegeln mit einem Filigranrahmen aus Silber und weißer Koralle; den Gewändern aus kostbarem Taft und Chamblet und Silbertuch, die ungeordnet auf Stühlen oder auf dem tiefen, weichen, weißen Samtteppich lagen; nach alldem streckte er seine Finger aus und verlieh ihm Form, wenn auch noch keine Farbe. Und nun berührte er Zenianthes Bett, das am Fußende des Bettes der Königin quer zwischen diesem und den Fenstern stand; und ihr Haar berührte er, nicht aber ihre Augen, denn sie ruhte auf der Seite, dem Licht abgewendet, und schlief. Nun jedoch pumpte der Morgen seine Flügel auf, und wie eine Eintagsfliege flatterte er um das Antlitz der Königin. Und Farben kamen nun hinzu: das warme Rosa des Schlafes auf ihren Wangen; in ihrem Haar das Blond des jungen Mondes eine halbe Stunde nach dem Sonnenuntergang, wenn sein fahles Licht noch den allerzartesten Goldschimmer hat. Mit einem kleinen, wohligen, billigenden Seufzer regte sie sich im Schlaf und drehte sich auf den Rücken. Der Tag küßte sie unter die Augenlider, ein Morgenkuß, wie ein Kind seine schlafende Schwester wachküssen würde.

Sie warf die Decken zurück und sprang aus dem Bett, stellte sich im Nachthemd aus feinem Batist ans Fenster und blickte hinaus. Siebzig Fuß weiter unten hatte die Mauer ihr Fundament auf natürlichem Gestein, und das überhängende Kliff fiel unsichtbar in die Tiefe ab. Vom Fenstersims ging es ganze achthundert Fuß hinab zu dem trüben Wolkenmeer, flockig wie kardätschte Wolle, welches das Revarm-Flußtal überspannte. Nordwestlich, von ihr aus gesehen links, strebten die Mauern und Dächer bergabwärts nach Mesokerasin, wo in der Senke zwischen dem diesseitigen Gipfel Teremne und dem jenseitigen niedrigeren Gipfel Mehisbon der Stadtkern Rialmars lag; Gipfel, welche über die steilen Bergseiten nordwestlich hinausragten, so daß sowohl der königliche Teremnene-Palast als auch die Häuser und Tempel auf Mehisbon in schwindliger Höhe über dem Tal schwebten. Zu ihrer Rechten, südöstlich, verbarg die Nebeldecke den Hafen und den Fluß und das Mittelländische Meer. Im unbefleckten Himmel darüber schwand das tiefere Blau der Nacht gen Westen zum Zenit. Der ganze Halbkreis des Horizonts war angefüllt mit den Formen, diamantenrein im abstechenden Safran des Morgengrauens, jener Hyperboreischen Berge, die höher als alle anderen Berge der bekannten Welt sind. Auf all diese Dinge blickte die Königin: gewahrte darin (aber wußte es nicht) ihr eigenes Bild in einem Spiegel. Eine trällernde Lerche zog immer höhere Kreise, bis sie auf gleicher Höhe wie das Fenster war.

Nach einer Weile sagte sie: »Kusine, seid Ihr wach?«

»Nein«, antwortete sie.

»Schlaft Ihr?«

»Nein.«

»So steht auf«, sagte die Königin.

»Nein«, sagte sie und kuschelte sich etwas tiefer ins Bett, so daß ihr die Decke bis zur Nase auf dem Gesicht lag.

Die Königin trat heran und beugte sich über sie. »So werden wir sie selbst wecken«, sagte sie und hob vom Fußende ihres eigenen Bettes ein weißes Kätzchen auf, mit dichtem Fell und blauen Augen, und hielt es so in der Luft, daß seine Pfötchen über der Decke auf Zenianthes Kinn baumelten. »Nun ist sie uns ausgeliefert. Wacht auf, Kusine. Sprecht mit mir.«

Zenianthe nahm das Kätzchen in ihre Arme. »Nun, ich spreche. Und worüber?«

»Ihr könntet Euch etwas einfallen lassen«, sagte die Königin. »Etwas Nützliches. ›Wie man sich am besten einen unwillkommenen Gast vom Leibe schafft.‹ Eine Lektion darüber wäre mir jetzt hilfreich.«

»Ihr könnt von mir hierbei nichts lernen, Kusine«, sagte Zenianthe.

Antiopes Miene war ernst. »Ich habe genügend Flaggen gehißt, um zu zeigen, woher der Wind weht. Vor einem Jahr wäre es anders gewesen.«

»Vielleicht«, sagte Zenianthe, »mag ein Mann es für angebracht halten, so lange zu bleiben, bis er das Wort des Reichsverwesers hätte, das ihn gehen hieße. Aber Ihr könntet es mit Eurem

eigenen Wort versuchen. Und dennoch würden es einige gern mögen, einen König, und überdies einen so guten jungen Edelmann, am Gängelband zu halten.«

»Ihr könnt ihn statt meiner haben«, sagte die Königin.

»Ich bin Eurer Hoheit zutiefst dankbar; aber ich halte ihn nicht für einen Mann, der den Speierling nimmt und den Pfirsich in der Schale liegen läßt.«

Antiope sagte: »Ihr redet heute ungehöriges und dummes Zeug. Ich werde Euch wohl fortschicken wie den Rest.« Sie betrachtete ihre Kusine, die auf dem Rücken ausgestreckt im Bett lag, das braune Haar in süßen, wirren Locken auf dem Kissen ausgebreitet, und ihr morgendliches Gesicht. »Nein, Ihr seid nicht gut«, sagte sie, indem sie sich auf die Bettkante setzte. »Und Ihr wollt mir nicht helfen.«

»Macht Euer Haar in irgendeiner häßlichen Art. Vielleicht stößt ihn das ab.«

»Nun, gebt mir eine Schere«, sagte die Königin. »Ich schneide es ab, wenn das hilft. Aber nein. Keinesfalls, nicht einmal deswegen.«

»Damit könntet Ihr Euch auch ins eigene Fleisch schneiden, es mag den Spieß umkehren. Hohe Quäkstimme: wenn er nur ein halber Mann ist (wie Ihr kürzlich sagtet), entspräche eine halbe Frau eher seinem Geschmack als eine ganze.«

Antiope sagte: »Ihr sollt mir nicht von seinem Geschmack sprechen. Es ist schon schlimm genug, daß wir uns überhaupt damit befassen müssen: es erübrigt sich, daran zu denken oder davon zu sprechen: angestarrt zu werden wie eine Süßspeise oder ein Kaviargericht. Nicht alle Männer, Zenianthe, verfallen dieser üblen Laune.«

»Aber viele und von jedem Schlag«, sagte Zenianthe.

»Wie auch ein gutes Pferd einen Koller erleiden kann. Ja, es gab . . .« Sie überlegte eine Weile. »Aber nicht all unsere Freunde leiden daran. Venton, Tyarchus, Orvald, Peropeutes, ja – ein Dutzend mehr, können ausreiten, vergnügt an der Tafel sitzen, auf Jagd gehen, eine Courante tanzen, ohne jemals die Freundschaft zu verderben mit diesem fratzenhaften Freß-mich-auf-Getue: reden so vernünftigt wie Ihr, Kusine: und besser noch. Zenianthe«, sagte sie nach einer Pause, »warum können wir nicht Kinder bleiben? Und wenn nicht, warum kann ich wenigstens nicht meine eigene Herrin bleiben, wenn ich im nächsten Monat achtzehn werde, wie mein Bruder war? Was ist ein Reichsverweser, der in Rerek sitzt, und von dem zwei Wochen Reisezeit uns trennen? Und diese Großen hier: der alte Bodenay und die anderen: sind nur auf den eigenen Vorteil aus: spielen nur Schach: tauschen die Königin, wenn sie eine haben, gegen ein Paar Türme und einen Bauern aus, sobald sie darin einen Vorteil sehen.« Sie verfiel in Schweigen und streichelte die Backen des Kätzchens und drückte seine kleinen Ohren zusammen. »Ich glaube, sie spielen diesen König gegen den Vikar aus«, sagte sie dann. »Meint Ihr nicht auch, Kusine?«

Zenianthe lachte. »Ich bedauerte es, solltet Ihr den Vikar heiraten.«

»Hat man solchen Unsinn schon gehört!« sagte die Königin, wobei sie die Katze auf den Rücken rollte, einmal so, einmal anders herum, bis sie mit ihren samtenen Hinterpfötchen abwehrte und kämpfte und ihr spielerisch in die Hand biß. »Ihr wenigstens, Kusine, könntet so vernünftig sein und nicht ständig ans Heiraten denken und nicht ständig davon zu plappern wie ein Papagei: Heiraten, heiraten, heiraten. Steht jetzt auf!« Und sie zog plötzlich die Bettdecken mitsamt der Prinzessin auf den Fußboden.

Die Sonne stand hoch, und es fehlte nur mehr eine Stunde bis zum Mittag, als der König von Akkama, der soeben als Morgenmahl eine Hummerplatte verspeist und mit gelbem Wein hinuntergespült hatte, nun in Begleitung zweier oder dreier seiner Edelleute über die Hintertreppe seiner Unterkunft im Südflügel des Teremnene-Palastes ging, und so weiter über Pfade, die er wie im Schlaf kannte, zum Garten der Königin, den er auf einem sorgsam gewählten Weg betrat, um von den Fenstern aus nicht beobachtet zu werden. Der Garten war so angelegt, daß man von oben nicht in ihn hineinsehen konnte; er zeigte ost- und westwärts, und eine große blinde Mauer diente als Sichtschutz nach Norden hin. Mauern aus behauenem Granit, sechs Ellen hoch, umschlossen den Garten, versehen mit tiefen, breiten Fensteröffnungen in Abständen von wenigen Schritten auf der Ost- und Westseite; die jenseitigen, westlichen gaben den Blick frei auf das Tal unter der Steilkante und die großen fernen Berge, die diesseitigen auf den großen Park mit seinen silbernen Birken und Fischteichen und Wegen und Lauben, und dahinter wieder Berge und einkreisende Gebirgszüge, hinter denen in großer Ferne Akkama liegt. Ein eirunder Teich glänzte in der Mitte des kleinen Gartens; ein gepflasterter Weg aus Granit führte um ihn herum, und Stufen aus Granit gingen in doppeltem Treppenlauf von den Terrassen zum Weg hinunter. Spätblühende Lilien, sahnig weiß mit roten Staubbeuteln und mit Braun und Goldstaub getüpfelt, prunkten in den Beeten auf den Terrassen; entlang der Nordseite wuchsen in einer Reihe Sonnenblumen, die ihre Körbe in den Mittag streckten, und nordische Bergpflänzlein, Mauerpfeffer, Hauswurz und verflochtene Nelken fanden sich in den Mauerritzen und zwischen den Pflastersteinen; und unter der Ostmauer waren Stühle aufgestellt mit Kissen aus Seide, und ein Elfenbeinsessel für die Königin; und auf einem gemeißelten Podest, das mitten aus dem Brunnen ragte, thronte, aus Gold und Elfenbein gearbeitet, eine Statue der Aphrodite Anadyomene.

»Der Audienzraum beginnt sich zu füllen«, sagte der Lord Alquemen, als er das Tor auftat, durch das sie in der nordwestlichen Ecke eintraten, woraufhin er tollpatschig zur Seite ging, um dem nachfolgenden König den Weg frei zu machen; »obzwar die Göttin säumig ist.«

Derxis schritt mißvergnügt in den leeren Garten und schlug mit seinem Gehstock das Haupt einer Lilie ab, als er daran vorbeikam. Er war von Statur etwas größer als der Durchschnitt, wohlgebaut und schlank. Sein Haar war glatt, gerade aus der Stirn gekämmt und schlammfarben, die Augen klein und hart wie Kieselsteine, die dicht beisammen saßen: sein Gesicht ein verstohlenes, hageres, kindliches Schnabelgesicht, glatt rasiert wie ein Frauengesicht, die Lippen dünn und mit wenig Farbe darin, die Nase gerade und schmal. Trotz seiner großen Jugend (denn er zählte erst dreiundzwanzig Jahre) war eine tiefe Furche senkrecht zwischen seine Brauen getrieben. Er trug einen leichten Umhang, ein Wams mit Puffärmeln, wie es in Akkama Mode war: lose Hosen, unter dem Knie geknickt und geschnallt: alles in einer nüchternen, bräunlichen Farbe. Durchbrochene Goldreife baumelten an seinen Handgelenken, und eine schwere Goldkette, die zwischen den Gliedern mit Rubinen besetzt war, an seiner Brust.

Zweimal durchmaß der König träge den Garten, begleitet von seinen Edelleuten, die genauso schweigsam waren wie er, als wagten sie nicht, unaufgefordert zu sprechen. »Ihr«, sagte er schließlich, »habt nicht Ihr mir erzählt, dies sei der Ort?«

»Ich bitte Eure Hoheit, noch etwas Geduld aufzubringen«, sagte Alquemen. »Ich erfuhr von verläßlichster Stelle (ja – wart nicht Ihr es, Mylord Esperveris?), daß sie an vier von fünf Morgen an diesen Ort kommt: etwa zu dieser Stunde.«

»Ich rate Euch, Euch genauer zu erkundigen, bevor Ihr es mir auftischt«, sagte Derxis. Seine Stimme war weich, zu hoch für eine Männerstimme, weibisch. Dennoch schienen Alquemen und jene anderen Herren, die anzusehen waren wie harte, starke und grausame Männer, unter dem Tadel in jener Stimme sich zu ducken, wie Knaben sich ducken, wenn sie plötzlich auf eine todgiftige Viper stoßen.

Der König schritt weiter und pfiff dabei leise eine Melodie. »Nun«, sagte er nach einer Weile, »Ihr seid eine langweilige Gesellschaft. Erzählt mir eine fröhliche Geschichte, um die Zeit totzuschlagen.«

Alquemen erzählte das Märchen vom Koch, der ein Fischer wurde: eine so ungehörige Geschichte, daß die süßen Gartendüfte vertrieben und die weißen Lilienblüten wie besudelt waren. Der König lachte. Die anderen, als wäre die Luft plötzlich freier, lachten um so lauter mit.

»Das erinnert mich«, sagte Derxis, »an jenen Dünkel der drei Frauen mit dem Neunauge. Oder wie war es? Es war von Euch, Orynxis, ha?«

Orynxis erzählte. Der König streckte die Zunge heraus und lachte, bis ihm Tränen kamen. »Kommt, ich bin jetzt guter Dinge«, sagte er, als sie westwärts entlang der Sonnenblumen gingen. »Was ist das? Eine Kröte? Gebt mir einen Stein.«

Alquemen bückte sich nach einem im Blumenbeet. Der König warf und warf daneben. Kasmon reichte ihm einen zweiten. Des Königs Hand war hoch erhoben für den zweiten Wurf, als Antiope eintrat, ihn erblickte und im Tor stehenblieb, direkt in der Ziellinie. Er ließ den Stein fallen und wünschte ihr mit tief gebeugtem Knie einen guten Morgen. »Ich war nicht ganz ohne Hoffnung, Madam«, sagte er in geübten Tönen, als sie mit ihren Damen und einigen Ministern in den Garten kam, »daß ich das große Glück haben würde, Euch hier zu begegnen. Wie ich jetzt sehe, ist es ein äußerst himmlischer Garten; und dennoch hielt ich ihn soeben für ziemlich gewöhnlich. Nein, es ist die nackte Wahrheit: gestattet mir nur, diese Blumen auszureißen und diesen Nippes vom Podest inmitten des Brunnens dort zu stürzen, und Ihr werdet sehen, meine Herren, er wäre noch schöner: Ihr, Madam, die Königin Rose, ihn zu zieren, und diese anderen Damen wilde Rosen um Euch, die Euch mit ihrer minderen Schönheit zur Ehre gereichen.«

»Sir, ich bin unendlich vielbeschäftigt«, sagte die Königin. »Dies ist mein sommerliches Ratszimmer. Ich ließ Euch aber mitteilen, daß heute morgen eine Jagd für Euch angesetzt ist, aber mein Stallmeister meldete, Ihr seiet noch nicht außer Haus.«

»Da irrte mein Haushofmeister«, sagte Derxis. »Wie kam es, Orynxis, daß ich davon nicht in Kenntnis gesetzt wurde?«

Orynxis, der das pünktlich getan hatte, entschuldigte sich mit der Erklärung, er habe kein Wort davon erfahren: er würde den Fall untersuchen und zusehen, daß der Schuldige seine Strafe erhielte.

»Kümmert Euch darum«, sagte Derxis. »Das Stutzen der Ohren wäre eine zu leichte Strafe für eine solch gröbliche Nachlässigkeit. Da ich mich jedoch Eurer mitfühlenden Art entsinne, Madam, soll mir ein süßes Wort von Euch genügen, und es ist erledigt, vergessen, wenn das Euer Wunsch ist.«

»Ich bitte Euch, es meinem Justitiar zu melden, sollte irgend etwas vorgefallen sein, das einer Richtigstellung bedarf. Ihr seid mein Gast in Rialmar, Sir, und ich halte an der Verfahrensweise des Königs, meines Vaters, fest (über dem Friede sei); keine selbstherrliche Rechtsprechung hier.«

»Ihr sprecht große Worte, Madam. Und es steht Euch gut zu Gesicht.«

Die Königin bemerkte nun zu ihren Füßen die Kröte, wo sie sich unter das breite Blatt eines Steinbrechs verkroch. Sie blickte geradewegs auf Derxis, dann auf das Tier, dann wiederum auf Derxis.

Er lachte. »Ihr botet mir eine Keilerjagd an, Madam. Lobt mir meine Genügsamkeit, ich gebe mich damit zufrieden, auf eine Kröte zu werfen.«

»Auf eine Kröte?« sagte sie, ohne zu lächeln. »Warum?«

»Aus Zeitvertreib, während ich Eurer harrte. Es ist eine Kröte. Ich wollte sie töten.«

Er begegnete in ihren Augen einer artemisischen Kälte und Ungehaltenheit. Dann, nachdem sie plötzlich mit lieblicher Anmut das Tierchen aufgehoben hatte, vergewisserte sie sich, daß es unverletzt war, tat so, als wollte sie es küssen, und setzte es an einer sicheren Stelle ins Blumenbeet zurück.

Derxis folgte ihr, als sie sich abkehrte. »Was ist das für ein seltsames Mitleid in Euch«, sagte er, als er an ihrer Seite ging, »daß Ihr Mitgefühl übt gegenüber Ungeziefer und üblem Kriechgetier, nicht aber Euch dessen erbarmt, der Euer süßes Erbarmen am meisten braucht.« Er sprach so leise, daß nur sie es hören konnte. Ihr Gefolge, das ihrige und das seinige, schritt hinter ihnen her.

Sie blieb stehen. »Es tut mir leid, Sir, aber die Pflicht ruft.«

»Dann steht mein Antrag als erstes an, also hört ihn.«

Antiope stand still, das Gesicht abgewendet. Alquemen sagte zur Prinzessin Zenianthe: »Ich bitte Euch, diese Blume zu riechen: kann Eurer Ladyschaft mit einfacheren Worten sagen, was ich nicht auszusprechen wage.« Zenianthe ging davon. Derxis entgingen nicht die Lippen der Königin. Er knirschte mit den Zähnen und sagte in schmeichlerisch süßen Tönen: »Wollt Ihr mir nicht Euren Garten zeigen?«

»Ich glaubte, Ihr hättet ihn bereits gesehen?« sagte sie.

»Wie könnte ich ihn anders sehen«, sagte Derxis, »als mit der Schönheit Eurer Person als Führer?«

Antiope wandte sich ihm zu. »Ich habe mich zu einem Spiel entschlossen«, sagte sie. »Ich werde Euch meinen Garten zeigen, Sir, eine halbe Stunde lang; in dieser Zeit sollt Ihr mir keine Komplimente machen. Das wäre fürwahr etwas Neues.«

»Und was ist der Einsatz?«

»Das dürft Ihr mir überlassen.«

»Ha!« sagte er, und er musterte sie lange und gründlich abschätzend. »Das läßt die Hoffnungen wachsen.«

»Laßt sie nicht zu hoch anwachsen«, sagte sie.

Die Schlüpfrigkeit auf seiner Zunge schluckte Derxis wieder hinunter. Er fiel ein, zwei Schritte zurück, um Lord Alquemen kurz ins Ohr flüstern zu können: »Seht zu, daß ich eine Weile mit ihr allein sein kann.«

Doch nun kam in den Garten ein Türsteher und übergab dem Haushofmeister der Königin ein Päckchen; dieser, nachdem er die Aufschrift gelesen hatte, reichte es ungeöffnet an die Königin weiter. »Entschuldigt mich bitte so lange, Sir«, sagte sie, »bis ich es gelesen habe.«

Der König verneigte sich billigend. Mit scheelen Augen betrachtete er sie und bemerkte eifersüchtig, wie ihre Miene strahlend wurde, als sie las. »Aber wer ist der Bote?« sagte sie, wobei sie aufblickte: »Ich meine von diesen Briefen?«

»Durchlaucht«, antwortete jener, der sie gebracht hatte: »Seine Lordschaft, der sie geschrieben, hat sie persönlich gebracht und steht zu Eurer Verfügung.«

»O bitte ihn unverzüglich hierher«, sagte Antiope. Derxis' Miene wurde finster. »Es ist meines großen Verwandten Verwandter, der große Lord Lessingham, der in außergewöhnlicher Angelegenheit vom Süden gekommen ist«, sagte sie und wandte sich mit liebenswürdigem, freundlichem Wohlwollen Derxis zu.

»Ihr habt nichts dagegen, Sir, daß ich ihn bitte, sich zu uns zu gesellen?«

Der König schwieg. Dann sagte der Marschall Bodenay: »Eure Durchlaucht können gewiß sein, daß er eher eine kleine Atempause wünscht, um sich zurechtzumachen: nicht mit Schmutz und Lehm beschmiert vor Euer Gnaden Angesicht treten zu müssen.«

Antiope lachte. »O höfisches Zeremoniell! Haben wir noch nie einen Mann in Reitzeug gesehen? Nein, er soll jetzt kommen.«

»Ich flehe Euch an, Madam«, sagte der König. »Ich schätze keinen Gunsterweis, der zwischen den Fingern zerrinnt. Ihr habt mir doch versprochen, mir den Garten zu zeigen. Sicherlich kann dieser Dingsda warten, bis Ihr Euer vergnügliches Versprechen mir gegenüber eingelöst.«

»Es darf nicht sein«, sagte sie, »daß ich dem einen wohlwollend gegenübertrete und dem anderen nicht. Er ist ein Fremder, nicht dem Namen nach, doch persönlich uns unbekannt. Daß Euer königlicher Stand seinen Rang und seine Stellung übertrifft, ist um so mehr Grund genug, ihn ehrenvoll zu behandeln. Nein, Ihr sollt den Garten sehen, Sir, und er ihn mit uns gemeinsam. Bringe ihn unverzüglich her«, sagte sie, und der Bedienstete machte sich sofort auf den Weg.

Weder sagte Derxis etwas, noch sah die Königin ihn an. Und hätte man in diesem Augenblick den König nach einer solch geringfügigen Kränkung betrachtet, so wäre es wahrhaftig kein angenehmer Anblick gewesen.

»Was ist dieser Lessingham?« fragte der Graf Orynxis insgeheim in Alquemens Ohr.

»Vetter des Vikars von Rerek«, antwortete er.

»Nun, das ist doch dieser schmucke Jüngling, nicht wahr«, sagte Kasmon, »der vor sechs Jahren Mezentius' Reiterei befehligte? Und Euch bei der Schlacht von Elsmo, von deren Ausgang alles abhing, überrumpelte: Eure Schwadronen sprengte und Euch durch Euer eigenes Lager prügelte? War das nicht Lessingham?«

»O haltet Euren Schnabel«, sagte Alquemen. »Auch Ihr überstandet diese Sache nicht allzu vorteilhaft.«

»Kam so schnell, wie sein Pferd ihn tragen konnte«, sagte Orynxis. »Kasmons Ritt wird es jetzt genannt: heim durch den äußeren Korridor, und brach sich zum Schluß fast den Hals. Ihr beide solltet besser zusammenhalten, nicht daß dieser Kerl Euch wieder übers Knie legt. Nein, im Ernst: wißt Ihr sonst nichts über ihn, Alquemen? Der Parry ist ein harter Mann, habe ich erfahren.«

Alquemen antwortete: »Die beiden sind zwei bemerkenswerte Schurken: aufs Haar gleich, und beide des Teufels leibliche Vettern.«

Die Königin saß nun auf ihrem elfenbeinernen Thronsessel; Zenianthe zu ihrer Rechten, und links von ihr, stehend, Bodenay. Raviamne, Paphierrhoë und Anamnestra, Ehrendamen in Rialmar, und ein halbes Dutzend mehr, Höflinge und Lords von Fingiswold, bildeten hinter ihr einen Halbkreis. Derxis und seine Sippschaft standen ein wenig abseits zu ihrer Rechten. Als die Königin sich umsah, bemerkte sie, wie Derxis, allen Gepflogenheiten zum Trotz, jetzt mit dem Rücken zu ihr stand. Wie von einer plötzlichen Spiellaune ergriffen, flüsterte sie Zenianthe zu, auf dem Königssitz Platz zu nehmen, während sie selbst sich zu den Mädchen dahinter stellte, die Einwände des alten Lord Bodenay und anderer ernster Persönlichkeiten in den Wind schlagend.

Lessingham, der durch das nordwestliche Tor hereingeführt wurde, schritt zwischen den Sonnenblumen und der Sonne, die selbst am wolkenlosen Mittag nur mäßige Wärme spendete in diesem nordischen Bergland. Er war barhäuptig, in seinem Panzerhemd aus schwarzem Eisen und Gold, trug schwarze Seidenhosen und schwarze Reitstiefel aus Leder, die von der Reise staubig waren. Nun näherte er sich ihnen mit klirrenden Silbersporen. Und während er sich näherte, nahm sein umherschweifender Blick, der zu keiner Zeit peinlich lange auf einer bestimmten Person ruhte, die Situation und Gesellschaft wahr: die gesetzten Ältesten, welche ihn neugierig betrachteten: Derxis und die Seinen, hochnäsig und unruhig wie Hornvieh, wenn der Hund auf es zuläuft; Zenianthe im Sessel und ihre Gefährtinnen, die jenem mit Steinmauern umgebenen Garten eine Zartheit verliehen wie zarte Füßlein, die über den weichen, sanften Flaum einer Grasnarbe tänzeln.

Nun wurden Grüße ausgetauscht. Lessingham sagte: »Ihr müßt mir verzeihen, edle Damen und Herren Fingiswolds, ohne jede Zeremonie und in meiner Reitkleidung vor Euch zu erscheinen. Aber mir wurde gemeldet, die Königin sei hier und wünsche, daß ich unverzüglich komme und zu Diensten stehe.«

»Nun, Sir«, sagte Zenianthe, »wollt Ihr das nicht tun? Dies ist der Königssitz.«

Lessingham verneigte sich. »Ihr kleidet ihn vorzüglichst, Madam.«

»Ihr redet merkwürdig«, sagte sie. »Oder erwartetet Ihr eine Bauernmagd, die es nicht verstünde, den Rock um die Knöchel zu ordnen?«

Antiope, die ihre Hand auf Raviamnes Arm hatte, beobachtete ihn mit sittsamer Zurückhaltung.

»Eure Ladyschaft sollen mich nicht so geistlos oder dumm finden«, antwortete er. »Nein, aber ich vermag die dunkle Lilie von der weißen zu unterscheiden. Ich bin nicht farbenblind.«

Zenianthe lachte. »Ihr habt mein Bild gesehen? Vielleicht war die Farbe verblaßt.«

Das Augenzwinkern und die Zeichen, die sie austauschten, entgingen Lessingham nicht. »Nein, Madam«, antwortete er, »ich habe Ihrer Hoheit Bild nicht gesehen. Aber ich habe viel gehört.«

»Sollte ›dunkle Lilie‹ unansehnlich bedeuten?«

»Hätten Eure Ladyschaft sorgfältiger zugehört, hättet Ihr bemerkt, daß ich die ›Lilie‹ betonte.«

Antiope sprach: »Es ist verwunderlich, daß Ihr nicht die Königin erkennt, wenn Ihr sie seht, Sir.«

Er sah sie der Reihe nach an: Antiope, Paphirroë, Zenianthe, Anamnestra, Raviamne, abermals Antiope. »Ah«, sagte er, »erst wenn sie es mir gestattet. Wie wäre es doch ungehörig von mir, sie eher herauszufinden, als sie es beabsichtigte.«

Sie brachen in Gelächter aus, und Zenianthe erhob sich auf einen Blick Antiopes hin. »Der Fuchs saß fast in der Falle, als er nachdenklich wurde«, sagte sie.

»Eine sehr gute und elegante Antwort, Sir«, sagte die Königin. »Und sie kommt aus dem Süden: niemand hier könnte sie so kunstvoll gestaltet haben. Und Ihr zürnt uns hoffentlich nicht für dieses kleine Spiel?«

»Durchlauchtigste Prinzessin und Königin«, sagte Lessingham, »auf meinen Knien küsse ich demütigst Euer Gnaden Hand.«

König Derxis, der sich umgedreht hatte, beobachtete diese Vorgänge. Anmaßend starrte er auf Lessingham und musterte ihn von der Stirn bis zu den Stiefeln und wieder zur Stirn und abermals von oben bis unten. Und nun ging er zu ihnen. »Ich bitte Euch, Madam, mir diesen Edelmann vorzustellen. Ich brenne darauf, seiner Abhandlung zu folgen, so unterhaltsam wie sie scheint.«

»Sir«, sagte die Königin, »dies ist mein Vetter Lord Lessingham, jener, der mein Hauptmann im Krieg gegen meine Feinde sein wird. Eure Hoheit kennen ihn dem Rufe nach?«

»Gewiß nicht«, sagte Derxis. »Doch Euer Vetter zu sein, ist eine Empfehlung selbst für einen Dummrian: um wieviel mehr für einen solch berühmten und edlen Mann wie Mylord – ich vergaß Euren Namen, Sir?«

»Er ist noch nicht so bekannt«, sagte Lessingham, »als daß dieses Versäumnis Eure Hoheit beschämen würde.«

Sie machten sich jetzt auf, um den Garten zu besichtigen und die Blumen, die dort wuchsen. Derxis hielt sich dicht bei der Königin und sprach im Flüsterton. Lessingham fiel nach und nach zurück und schritt jetzt neben dem Marschall und der alten Gräfin von Tasmar und vier, fünf anderen; er berichtete über seine Reise nach Norden von Rerek aus und über andere nebensächliche Dinge. Und zuerst sahen sie mißtrauisch und kühl drein, und kühl war ihre Unterhaltung; doch dann schmolz diese Kälte allmählich vor ihm, wie ein Morgenfrost im Herbst vor der aufsteigenden Sonne vergeht, die Luft sich erwärmt, die Wolken verfliegen, der Nebel aufgesaugt wird und der Reif auf einer Unzahl von Zweiglein und Grashalmen zu glitzernden Tropfen zusammenrinnt. Mit solch meisterhafter Hand ging er mit ihnen um, wie einer, der in sich Seelenfrieden trägt, in die ganze Luft um sich herum Ruhe atmet.

Und dennoch trug er in sich wenig Seelenfrieden. In seinen Gedanken seit drei Monaten so viele Lüste und Sehnsüchte genährt zu haben: in diese Stadt gekommen zu sein, um die sein Denken kreiste, Rialmar, die in jener Nacht seinem Verlangen so sonderbar schmackhaft gemacht worden war: sie so vorgefunden zu haben, wie sie war, eine Burg mit schlichtem Mauerwerk, kalt zwischen nordischen Bergen unter gewöhnlichem Tageslicht, kalt ihre Bewohner, selbst die Person der Königin und ihre Hofdamen nur gewöhnlich: diese Dinge erdrückten seinen Geist mit Bitterkeit und Finsternis. Tatsächlich sah er in der Königin ein heiteres, hochherziges Mädchen, eines zudem, bei dem er in der gemeinsamen Unterhaltung auf einen Geist zu stoßen glaubte, mit dem der seinige in Einklang stand, der über Dinge lachte, über die auch der seinige lachte, der hüpfte, wo auch der seinige hüpfte. Aber das war weder ein Ersatz, noch ein Echo dessen, was unter solch großen Wundern eine kurze Weile hatte auferstehen dürfen, und was unter solch schmerzlichem Verlust wieder genommen und entfernt worden war, damals, in jener Mitternachtsstunde unter der geflügelten Pracht in Barganax' reichverziertem Wonneschloß. Überdies hatte er bis jetzt von der Erinnerung an diesen Augenblick zehren können; nun indes, seit er den ersten Blick auf Rialmar selbst getan, war die Erinnerung so dünn wie ein verwehter Duft, in einem Traum erträumt, der einem Mann sicherlich alles zurückgäbe, könnte er ihn nur noch einmal riechen, aber die natürlichen Gegebenheiten hindern ihn daran, wie der Tag ein Hindernis für den Sternenschein ist.

Die Königin, die nun mit Derxis ging, hielt vor einem Beet gelber Berglilien mit gesprenkelter Blüte an. »Arme kleine Lilien«, sagte sie. »Ich kann sie nicht zufriedenstellen.«

Derxis zuckte die Achseln und wollte, weil er Lessinghams Stimme vernahm, weitergehen. Aber die Königin wartete, so daß er, wenn auch widerwillig, zurückgehen mußte.

»Mylord Lessingham«, sagte sie: »seid Ihr ein Gärtner? Was bekümmert wohl meine Lilien?«

Lessingham studierte sie. Seine Augen und Ohren waren für mehr als die Lilien im Garten offen. »Nicht die Lage«, antwortete er. »Euer Gnaden haben den Standort so gewählt, daß ihre kleinen Gesichter Sonne haben; und die kleinen Seidelbaststauden spenden ihren Füßchen Schatten und gewähren Windschutz.«

Derxis flüsterte zum abseits stehenden Alquemen, aber so laut, daß alle es hören konnten: »Seid Ihr zu dumm, den Menschen fernzuhalten, so daß ich noch immer seine Gesellschaft ertragen muß? Kommt, lockt ihn fort.«

»Aber wie steht es mit der Erde?« sagte Lessingham. »Sie stellen ganz bestimmte Anforderungen. Modriges Eichenlaub und . . .«

»Auf ein Wort«, sagte Alquemen dicht bei seinem Ohr.

Lessinghams Augen begegneten dem Blick der Königin. »Oder werden Eure Gnaden heimgesucht von kleinen Wühlmäusen, rüden Tierchen, die Eure Lilien von unten her benagen? Ich weiß ein Mittel dagegen.«

Sein Rücken war Alquemen zugekehrt, und er gab nicht zu erkennen, daß er ihn gehört hatte oder sich seiner Anwesenheit bewußt war.

Derxis, dessen Blick auf Lessinghams Reitstiefel gefallen war, sagte zur Königin: »Wahrscheinlich verstehe ich nicht das rechte Zeremoniell Eurer Königlichen Hofhaltung. Ist es üblich, in nachlässiger Kleidung zur Audienz zu erscheinen?«

Wieder begegneten sich ihre und Lessinghams Augen: ein jäher Blick, auf und fort wie ein Eisvogel, der zwischen fließendem

Wasser und überhängendem Geäst fliegt. Mit steifer Verbeugung wandte er sich an Derxis: »Eure Hoheit der König von Akkama, ich bin Soldat. Und es ist üblich für einen Soldaten, dem Befehl seines Landesherrn zu gehorchen.«

Die Königin war ein, zwei Schritte weitergegangen. »Ein Soldat?« sagte Derxis. »Ha, und sagt man nicht, Frauen lieben Soldaten mehr als alle anderen Männer?«

Lessingham zog eine Braue nach oben. »Das weiß ich nicht. Aber dies habe ich erfahren«, sagte er, als spräche er zu den Blumen: »in vielen Ländern der Welt habe ich Frauen gekannt, die von unhöflichen Männern belästigt worden sind, und denen ein Soldat sich als ausgezeichneter Türhüter erwiesen hat.«

So bedenkenlos und so würdig-gelassen hatte er diese Worte gesprochen, daß der König nicht wußte, wie er sie aufnehmen sollte; und ehe er sich einig war, ging Lessingham mehrere Schritte entfernt an der Seite der Königin und jener ihrer Hofhaltung. Nur die Prinzessin Zenianthe war zurückgeblieben: sie hatte sich plötzlich zur Seite gekehrt, mit dem Taschentuch am Mund, und betrachtete versonnen ein Büschel Wasser-Schwertlilien in der nahen Ecke des Teiches. Derxis wurde immer roter im Gesicht, je länger er Zenianthes bebende Schultern anblickte. Er sah sich kurz um und vergewisserte sich, daß außer seiner eigenen Leute Augen kein Blick auf ihn gerichtet war. Dann stand er mit zwei Schritten an ihrer Seite, faßte ihr von hinten um den Hals, beugte ihren Kopf zurück und küßte sie auf die Lippen, ordentlich und fest. Alquemen warf das Kinn hoch und lachte laut. Lessingham blickte zurück. Sie riß sich los und versetzte Derxis einen Schlag aufs Ohr, daß er Glocken hörte.

Die Königin und ihr Gefolge warteten nun bei den Sonnenblumen, daß der König nachkäme. Er kam und schwenkte dabei träge seinen Gehstock; seine Edelleute folgten ihm dicht, seine Miene war sehr gelassen. Ein giftiger Blick stach aus seinen Augen. »Und nun, Sir«, sagte die Königin, »ist meine halbe Stunde zu Ende; und nun möchte ich allein gelassen werden in diesem Garten, damit ich mit meinem Rat über Staatsgeschäfte sprechen kann.«

»Madam«, sagte Derxis: »seid Ihr unter allen grausamen Damen nicht die grausamste? Ist nicht der Sonnenschein Dunkelheit und jede Minute ein Jahr der Gefangenschaft außerhalb des Anblicks Eurer lebensspendenden Augen? Nun, ich bin Euer Sklave und gehorche sodann; bitte indes, daß Eure süßen Lippen, die das Urteil sprechen, mir das Versprechen geben, Euch später zu einer weiteren persönlichen Aussprache gegenübertreten zu dürfen; vielleicht schon heute nachmittag?«

»Ich bitte Euch, nun zu gehen. Und womöglich finden meine Jägersleute eine Möglichkeit, Euch das Leben erträglicher zu gestalten.«

Zenianthe sagte mit herausfordernder Feindseligkeit: »Und Ihr, Mylord Lessingham, seid unbekümmert: wir können Euch einiges Vergnügen in diesem Garten bieten: wie wär's mit einer Krötenjagd?« Derxis, der soeben die Hand der Königin küßte, wurde abermals rot im Gesicht. Lachen saß in den Augen der Königin, aber ihr Taktgefühl beschränkte es auf diese.

Als jene vom Gefolge des Königs ihre Schritte nun dem Tor zuwendeten, holte Lessingham sie ein, blieb neben Alquemen, der als letzter ging, und zupfte ihn am Arm. »Mylord Alquemen, auf ein Wort. Ist es so, wie mir soeben schien, daß Ihr lachtet, als eine Dame belästigt wurde?«

»Nun, und wennschon?« entgegnete er, drehte sich auf dem Absatz und bohrte seine Glotzaugen in Lessinghams Antlitz. »Es bedarf eines Besseren als Euch, mich davon abzuhalten.«

König Derxis, als er den Zank bemerkte, hielt im Tor inne und sah zurück. Auf ein Wort von ihm rückten Kasmon, Orynxis und Esperveris bedrohlich zu Lessingham hin und umstellten ihn grollend. Lessingham vereinigte ihren Blick auf den seinigen und verschränkte die Arme. »Laßt uns nicht streiten in der Gegenwart Ihrer Hoheit, Mylords«, sagte er; und zu Alquemen: »Könnt Ihr mit einem Schwert umgehen?«

Inmitten ihres gölenden Gelächters antwortete Alquemen mit einem mörderischen Blick: »Man möchte meinen.«

»Gut«, sagte Lessingham. »Dieses eine nur, und nicht mehr: Ihr seid ein unmanierliches Schwein, und Ihr sollt mir über Euer unmanierliches Verhalten Rechenschaft ablegen.«

Alquemen sagte: »Ein Wort ist so gut wie ein Schlag. Ich nehme gewiß an, Mylord Orynxis wird mein Sekundant sein.«

»Und mein Leutnant Amaury der meinige. Ich schicke ihn, Mylord, um mit Euch zu sprechen.«

Am vierundzwanzigsten Tag nach diesen soeben geschilderten Vorgängen stand die Prinzessin Zenianthe kurz nach Sonnenuntergang am selben Fenster des Schlafgemachs der Königin. Im Raum wimmelte es von den Lichtern und Schatten des Holzfeuers, das zischend im Kamin flackerte. Zur Linken der Feuerstelle stand das Fenster, das sich in einem tiefen Erker befand, weit offen für den Abend, der nun eintrat, versetzt mit einem scharfen Geruch nach Herbst und Gebirge und Meer. Die Dächer und Türme von Mehisbon zeichneten sich als Schirm in dunklem, grünlichem Violett gen Westen ab, wo die rosig schimmernden Sonnenstäubchen schwebend trieben und das rauchgraue Blau und Purpur durchfluteten, und als letztes Nachtlicht für den einschlafenden Tag leuchtete als breites und sich verjüngendes Band das Zodiaklicht über dem Tierkreis auf. Der Käfer, der seine feinen Fühler auf Zenianthe richtete, als er den Wegen der anbrechenden Nacht neben jenem Fenster folgte, sah sie als eine titanische Gestalt, die sich dunkel vom Hintergrund des Kaminfeuers abhob. Das Feuer sah sie als sich selbst, Geist seines Geistes, Traum seiner Träume, als das, was es selbst werden wollte, könnte es nur selbst göttliches Fleisch annehmen: eine Sicherheit, Geborgenheit, Freude, Wärme, Gelassenheit ausstrahlende Persönlichkeit, und so vergewisserte es sich ihrer, indem es mit zitternden, hastigen Fingern einmal ihren atmenden Busen betastete, dann eine Locke ihres braunen Haares, die auf der Schulter ruhte, dann einen Rubin, der sich warm an ihren Hals schmiegte.

Sie drehte sich um, als sich die großen Türflügel in der Mitte der Seitenwand links vom großen Erkerfenster auftaten, und mit vier Kammerfrauen, die vor und hinter ihr die Kerzen trugen, wie eine Lilie die aus dem Bad kommende Königin eintrat. Sicherlich überstrahlten ihre munteren Augen die tänzelnden Kerzenflammen, als Raviamne und Paphirrhoë sie entzündeten, ein Dutzend neben dem Spiegel auf dem Tisch rechts vom Kamin, ein weiteres Dutzend am großen Spiegel, der in Gold und weiße Koralle gerahmt war und wiederum rechts an der Wand in der Ecke hing; sicherlich dämpfte die Wärme ihrer Anwesenheit den umzingelnden Feuerschein, und seine Glut wurde blaß angesichts ihrer Glut. Zenochlide brachte von einem Stuhl neben der Feuerstelle die Gewänder, eins nach dem anderen, fein wie Spinnweben, hauchzart wie Schmetterlingsflügel, und die Königin zog sie an. Anamnestra brachte ihr Kleid aus prächtigem Seidenbatist mit einem Silberglanz wie eine Lilie, das enganliegend und dehnbar weich und ab der Hüfte weit und fließend geschnitten war: die Königin hob ihre weißen Arme über den Kopf, beugte sich und glitt in es hinein wie ein Taucher, und wie ein Taucher kam sie lachend und die Haare von den Augen zurückschüttelnd wieder hervor. Die seidenen Ärmel endeten ein, zwei Zoll unter den Schultern und gingen in hellblauen, durchsichtigen, gepufften Flor über, der von Goldstaub schimmerte und an den Handgelenken in einem durchbrochenen, von nußgroßen Perlen überzogenen Silberreif zusammengefaßt war. Der Rock war am unteren Saum mit einer zwei Spannen breiten Schmuckborte verziert, die mit Blumen aus sandkorngroßen Perlen und hellblauen Türkisen und Golddraht auf rosarotem Seidengrund bestickt war. Raviamne brachte ihre Schuhe mit dichtem Perlen- und Bernsteinbesatz.

Die Königin, die vor dem Spiegel stand, entfernte nun die Haarnadeln und löste mit einem Kopfschütteln ihr Haar, das wie ein Gewand aus geknüpften Sonnenstrahlen fast bis zum geblümten Volant ihres Rocksaums fiel. Zenianthe kam mit dem weißen Kätzlein und hielt es zum Kuß entgegen. »Um Eure Hoheit an Eurem Geburtstag hochachtungsvoll zu begrüßen und Euch höflichst zu bitten, mein Halsband zu bewundern, welches Zenianthe mir zum Geburtstag gab.«

Antiope neigte sich herab und küßte es zwischen die blauen Augen. »Und nun«, sagte sie, indem sie sich mit dem Kätzlein im Schoß auf die gewirkten Polster der langen Bank ohne Lehne aus echtem Sandelholz vor dem Tisch und Spiegel niederließ, »solltet ihr besser gehen und euch selbst fertig machen. Zenianthe ist bereits angekleidet: sie wird mir beim Haaremachen helfen.«

»Wie friedvoll!« sagte sie, als sie alleine waren und mit einem goldenen Kamm die Fülle ihres Haares kämmten und scheitelten: ihres Haares, das wie der schimmernde Geist des Goldes war, welcher den Dunst am Fuße eines Wasserfalls beseelt. »Merkwürdig, dieses ruhige Wetter: zu Hofe, meine ich.«

»Friedvoll?« sagte Zenianthe und griff nach dem Geschmeide auf dem Tisch. »Nun, seit zwei Wochen: seit Lessingham jene fünf erschlug, und dem dadurch entstehenden Wirrwarr und Eurer Anordnung, das Pack solle von nun an außerhalb Teremnes wohnen; seit alldem ist es sicherlich friedvoller geworden.«

»Ja, aber ich meinte unsere eigenen Leute«, sagte Antiope. »Bodenay, die alte Madam Tasmar, unser listiger Freund Romyrus: sie lassen mir nun meinen Kopf. Oder lockern sie nur die Zügel, um mich nachher um so heftiger zurückzureißen? Ich kenne sie nur zu gut, meine Mieze«, sagte sie, wobei sie das Kätzlein streichelte: »verwickelte Pläne, aber wenig Vernunft. Nein, ich bin mir sicher, es liegt hieran: sie sind allesamt von diesem Mann eingenommen; und lernen von ihm Vernunft und lassen mir deswegen meinen Kopf. Und für das«, sagte sie, als sie Zenianthes Augen im Spiegel mit einem glasklaren, bedenkenlosen und freudigen Blick begegnete, »bin ich ihm sehr dankbar und wünsche nur, er wäre schon früher gekommen.«

»Muß dieser Derxis bei Eurem Fest heut abend anwesend sein?« fragte Zenianthe. »Seit zwei Monaten hier niedergelassen, fängt er allmählich an Wurzeln zu schlagen in Rialmar. Wollt Ihr Euren großen Saphir-Kamm tragen, Kusine, oder lieber den Türkis, der zu Eurem Kleid paßt? Oder wollt Ihr Euer Haar tief im Nacken und überhaupt keine Spange haben?«

»Ich will die kleine halbmondförmige Lilienkrone, und macht es in der griechischen Art und mit jenen langen Perlenschnüren, die Ihr mir gabet, liebste Kusine.» Sie schwieg eine Weile, und neben ihrem Mundwinkel bildete sich ein Grübchen und verschwand wieder. Dann fügte sie hinzu: »Diese Angelegenheit mit Alquemen muß ihn bitter angekommen sein.«

»Diese kleinen Perlen verstricken sich in Eurem Haar, Kusine, als würden sie sich in einen Kokon einspinnen und der Entpuppung als Glühwürmchen entgegenschlafen, oder in was immer sich Perlenschnüre nach dem Schlaf verwandeln.«

»In weiße Motten«, sagte die Königin, »mit Eulengesichtern und pelzigen Flügeln.«

Zenianthe sagte: »Mich dünkt, ich habe nie so fein gesponnenes Spiel gesehen wie bei Mylord Lessingham, als Ihr nach jener Affaire auf Derxis' Beschwerde hin nach ihm schicktet und die beiden einander gegenüberstelltet. So zerknirscht und gut verhielt er sich gegenüber dem König, wer wollte daran Anstoß nehmen? Und dennoch ließ er Euch nie darüber im Zweifel, Kusine, daß er Eure Meinung kannte und wußte, was Ihr bezwecken wolltet; als würde er durch seine Finger blicken und dazu zwinkern. Wirklich, ich hätte durch lautes Auflachen beinahe alles preisgegeben, so hübsch war es. So reuig, Kusine: ›Ja, so ausgedrückt, erkannte er fürwahr, daß es schwerlich zu verzeihen sei: fünf von des Königs Männern zu töten, und das in knappen fünf Minuten. Und dennoch könnte man bei ihm wegen seiner Unwissenheit etwas Nachsicht üben; denn wahrhaftig wußte er bis jetzt nicht, daß Derxis, als königliche Person, die Freiheit hatte, unter finsteren Torbögen gedungene Mörder aufzustellen, um zu töten, wen es ihm beliebte, solange er als Gast in Rialmar weilte.‹«

Antiope lächelte. »Und so fügte es sich, daß der andere blindlings in den Hinterhalt stolperte.«

»Ja«, sagte Zanianthe. »›Bei meiner Seele, Madam, ich hatte nicht das geringste damit zu tun!‹ Und darauf Ihr, so süß und unschuldig: ›Oh, wie ich sehe, Sir, handelten sie gar nicht in Eurem Auftrag?‹ Und während er daraufhin nach sicherem Boden tastete, gemahnte ihn Lessingham äußerst höflich und unterwürfig an jenen früheren Wortwechsel mit Alquemen (ich war dabei die Unglückliche gewesen, Kusine: dieser Rohling hatte gelacht, als Derxis mir so peinlich zusetzte). Du liebe Güte! Fast wäre es mir nicht gelungen, das Gesicht zu wahren, so sehr mußte ich innerlich lachen beim Gedanken an die wahre Geschichte (während Lessingham nun so ernst und formell das Gespräch führte), die wir über diese Begegnung gehört hatten: daß er diesen Rohling beim dritten Ausfall am Handgelenk verletzt und ihm das Schwert aus der Hand geschleudert hatte, geringschätzig, wie man eine Fliege verjagt: und es war doch ihr bekannt großer Duellkämpfer, mit dem Tod von zwanzig Männern als Reputation: und dann«, sie senkte ihre Stimme, die vor unterdrückter Belustigung bebte, »und dann ließ er ihn die Hosen ausziehen, schlitzte sie in Streifen und hieß ihn so schändlich gehen und lehrte ihn, wann er künftig zu lachen habe und wann nicht . . .«

»O Zenianthe!« sagte die Königin.

»Und dann Ihr«, sagte Zenianthe: »›Oh, das tut mir leid, Sir. Ich verstehe. Ihr seid an diesen Mißgeschicken so schuldlos wie ich. Dieser Euer Alquemen hat über die Stränge geschlagen, ging weiter, als Ihr erlaubt hättet; und somit war er es, nicht Ihr, der diese Raufbolde anheuerte, um meinem Minister aufzulauern und ihm den Garaus zu machen. Soll ich ihn für Euch bestrafen?‹ Nie, Kusine, habe ich einen so erbosten Mann gesehen, oder einen, der so schachmatt gesetzt war. Und zu allem Übel erließet Ihr zudem unter dem Vorwand, solche Händel in Zukunft zu vermeiden, daß sie alle künftig außerhalb von Teremne zu wohnen haben.«

Da ihr Haar gemacht war, stand Antiope nun auf. »Das Gute an Lessingham ist, daß er das richtige Gespür hat«, sagte sie, »und einen Verstand, der sich schnell auf alle Dinge einstellt. Was angepackt werden muß, packt dieser Mann an, und das oft bevor ich auch nur merkte, daß es vonnöten war. Und sein größter Vorzug ist, daß er auf dem eigenen Platz auf eigenen Füßen steht. Selbst bei Euch, Kusine, fühle ich mich nicht behaglicher. Ich kann mit ihm sprechen, als wäre er mein Bruder, und nie zeigte sich ein Schatten oder Flecken jener Torheit, die alles verdirbt.«

Die Prinzessin schwieg. Sie holte vom Bett einen Gürtel, den Antiope nun umlegte, aus trüben rosaroten Turmalinen; und danach ihr Überkleid aus weißem, gefältetem Seidenflor, durchscheinend wie ein Aprilregen. Kleine blaue Blüten der Sternhyazinthe und Akelei waren hie und da darin eingestickt, ebenso kleine Tupfer aus Gold. Weich war es und paßte sich jeder Bewegung an, wie die Lieblichkeit selbst gar. Und um ihren zarten Hals schmiegte sich ein herzförmiger, offener Kragen, mit Perlen gesäumt, der zwischen ihren Brüsten zusammenlief, wo er mit einer diamentenen Lilie befestigt war, so fein, als wäre sie aus reinem Licht gemacht. »Und für diesen ermüdenden König«, sagte sie, »habe ich einen Weg im Sinn, ihn uns heute abend vom Leibe zu schaffen, wenn ihn überhaupt etwas verscheuchen kann.«

»Nämlich?«

»Oh, eine nette und höfliche Geste der Bevorzugung, die ich ihm erweisen will. Ihr werdet sehen.«

»Und erst heute morgen«, sagte Zenianthe hinter ihr, wobei sie den Kragen ordnete, »habt Ihr unverblümt seinen dritten Heiratsantrag abgelehnt. Armer König, er muß sich höchst bemitleidenswert in Eurer Hoheit Schlingen verfangen haben.«

»Armer König. Nun, soll ich ihn etwa doch nehmen, Zenianthe? Denn er tut mir fürwahr leid. Und ich finde ihn fürwahr abstoßend. Und es ist fürwahr mitleiderregend, sich jemanden vorzustellen, der in der Welt so verloren ist: sich selbst gefällt, allen anderen aber mißfällt. Nun denn, soll ich ihn dennoch nehmen? – Au, paßt auf, Kusine, Ihr dürft mich nicht mit dieser Nadel so stechen!«

Die große Halle der Seepferde im königlichen Palast zu Rialmar hatte die Form eines Kreuzes: eine viereckige Mittelhalle und vier weitere mit niedrigerer Decke, die sich daran anschlossen: und jede dieser fünf maß von Wand zu Wand gut dreißig Schritt. Mit grünem Jaspis waren die Wände verkleidet, dazwischen Säulen aus Lapislazuli. Am Nordende, gegenüber dem Haupteingang, befand sich eine Prachttreppe ganz aus Jaspis; ein breiter Stufenlauf führte zum Fußboden der nördlichen Halle und davon abzweigende Seitenläufe links und rechts hinauf zur Galerie. Fenster von der fünffachen Höhe eines Mannes füllten die gesamten hinteren Mauern im Osten und Westen aus; im Westen lugte nun der Mond herein, drei Tage alt, eine Sichel silbrigen Feuers. Der Haupteingang lag in der Südseite der südlichen Halle: Türen mit spitz zulaufenden Bögen, überzogen mit pfauenblauem Leder, beschlagen mit vielen goldenen Sternen und eingefaßt mit Zierleisten aus rosarotem Kristall. Das Dach der Nebenhallen war flach, aus einem dunklen Stein voll feurig schimmernder Flecken. Schlanke Säulen aus Jaspis, in zwei Reihen über die Mitte jeder Halle verteilt, so daß sie eine jede in drei Schiffe unterteilten, trugen die Decke. Die Mittelhalle indes hatte ein Kuppeldach, außergewöhnlich hoch, und der ganze Boden der Mittelhalle war leer und ohne Säulen. Vorhänge oder Wandbehänge aus Gobelin fielen von der Kuppe, schlangen sich in Höhe des Frieses in Schleifen und stürzten in welligen Wogen zum Fußboden: sie waren aus dunklem Gewebe, das bläulich und grünlich schillerte, wenn das Licht sich bewegte, oder das Auge, das sie betrachtete, und darin waren Längsstreifen in Ultramarin eingearbeitet, rosarote Seidenrosen hie und da eingestickt und große Sonnenblumen aus goldenem Faden aufgesetzt. Ein gewaltiger Lüster schwebte hoch in der Kuppe, aus Silber und Topas und gelben Saphiren, von dem ein sehr warmer und goldener Lichterschein ausstrahlte: und allenthalben hingen an Eisenketten Weihrauchfässer aus getriebener und damaszierter Bronze, manche in grünem und weißem Email, andere im dunklen Bronzeton, wieder andere mit roter Glasur, und in die Ketten waren Blumen geflochten und frisches Grün von Kletterpflanzen und Laubwerk und Früchte. Abwechselnd mit den Weihrauchfässern brannten jeweils Hängelampen mit rosenrotem Schein. Der Fußboden war eingelegt mit seltenen und süß duftenden Hölzern verschiedener Farben, aber insgesamt ins Rötliche gehalten, in der Mittelhalle blank für den Tanz und in den vier Seitenflügeln mit kaminroten Teppichen belegt. Und an den Enden des Geländers jene Prachttreppe, wo sie auf dem Fußboden auslief (und hiervon hatte der Saal seinen Namen) waren zwei Seepferde drohend aufgerichtet, mit schwimmhäutigen Füßen und flossigen Schwingen und schuppigem, fischähnlichem Leib und Fischschwanz. Sie waren größer als das größte Roß, das man je auf Erden gesehen, und je aus einem einzigen meerblauen Bergkristall gemeißelt.

Inmitten dieser Pracht hatten sich nun Hunderte von Gästen versammelt, um feierlich den Geburtstag der Königin Antiope zu begehen, die das achtzehnte Lebensjahr vollendete. Und als sie umherwandelten und sich untereinander mischten, war es wie das Hervorscheinen der Sonne nach einem langen und schweren Regen, wenn die Strahlen von einem nassen Buchsbaum oder Eibengehölz einen Dunst aufsteigen lassen, der in den Farben des Regenbogens schillert, und die Tropfen auf Blättern oder Nadeln, wenn der Wind in sie fährt, sich verwandeln von Smaragd zu Amethyst, von dem zu Rubin und von Rubin zu flüssigem Gold. König Derxis, der dieses Schauspiel verfolgte mit der Miene eines Mannes, der noch den Geschmack einer bitteren Arznei im Mund trägt, stand mit seinem Gefolge in der Mittelhalle. Einige begrüßten ihn mit formeller Hochachtung, während sie vorüber schritten; der Großteil mied ihn, andere Wege einschlagend; niemand aber gesellte sich zu ihm. Hin und wieder vertiefte sich die Falte zwischen seinen Brauen beim Anblick eines jungen Lords von Fingiswold oder eines rechten Mannes unter der Gesellschaft; doch meistens galt sein Blick der Prachttreppe. »Gebräuche Rialmars«, flüsterte er schließlich. »Ich habe sie satt, diese absichtlichen Unhöflichkeiten. Dieses Luder! Bin ich ihr Affe, an der Leine herumgeführt zu werden? Esperveris!« fügte er laut hinzu.

»Euer Hoheit untertänigst zu Diensten.«

»Schickt noch einen Boten. Sagt, der König von Akkama warte, und es sei nicht unser Brauch, zu warten, bis eine Frau geruht, sich Muße zu nehmen.

Haltet ein. Schickt keinen Boten.« Esperveris kehrte zurück. »Ich habe es mir anders überlegt.» Esperveris, der sich ergebenst verneigte, hatte in seinen Augen jenen geduckten, verängstigten Ausdruck (wie schon im Ziergarten gesehen) eines Mannes, der einen Blick hinter den Schleier nach drüben getan hatte.

Und nun, als er sein Gesicht der östlichen Tür zukehrte, bemerkte Derxis zum ersten Mal an jenem Abend den Lord Lessingham, der dort mit dem alten Bodenay und dem Lord Romyrus, Schloßvogt von Rialmar, sprach, außerdem mit einigen jungen Lords, wie Orvald, Venton und Tyarchus, und zudem mit einigen Ladys, nämlich der Gräfin Heterasmene, Myrilla, Tochter des Großadmirals Jeronimy, und anderen mehr. Heiter und gelassen wirkte Lessingham, und es war klar, daß er das Gespräch bestimmte, das unter seiner Anwesenheit aufblühte wie eine Blume im warmen Sonnenschein. Seine Kleidung war prächtig und dunkel gehalten: in Schwarz und tiefem Indigoblau, mit silberner Kleeblattverzierung. Er trug eine prachtvolle, schmale Halskrause, und außerdem schlossen seine Ärmel hinter den Aufschlägen aus Silberlitze mit Rüschen ab. Als Schmuck trug er nur ein einziges Juwel, den königlichen Hippogryph-Orden an einem Halsband; und auf seinem Daumen steckte ein Ring in der Gestalt jenes Wurms *Ouroboros,* der seinen eigenen Schwanz frißt.

Nicht mit einem einzigen Zucken seiner Muskeln oder Augenlider verriet Derxis, was in ihm vorging, als er eine ganze Minute lang unentwegt quer durch den Saal Lessingham beobachtete. Dann sagte er mit jener kühlen, gleichförmigen, frauenhaften Stimme zu Orynxis, wobei er seinen Arm nahm: »Betrachtet jenen Weiberheld, wie er umringt von seinen Wettenden auftrumpft und sticht. Ein Glücksritter: vermietet sein Schwert und auch seinen Körper für Schund. Wie würdet Ihr solch einen nennen, Orynxis?«

»Mit Verlaub, Euer Gnaden, wie anders als ganz kurz?« antwortete Orynxis: »männliche Hure.«

»O süß, ausgezeichnet!« sagte Derxis. »Geht, sagt ihm das, von mir.«

Seine Augen, wie Kieselsteine, ruhten auf Orynxis und sahen, wie aus dessen rohem Gesicht das Blut wich und es bleich und pappig machte und dann wieder zurückschoß, wie unter der Geißel der Scham: sahen das Tasten zitternder Finger nach dem Schwertheft, das nicht da war, weil kein Mann bewaffnet zu dieser Audienz zugelassen worden war. Mit hochgezogenen Schultern schickte Orynxis sich zum Gehen an, wie ein Verurteilter sich dem Richtbock nähert. Der König hielt ihn mit der Hand zurück. »Ihr Narr«, sagte er, und es lag ein stummer, böser lachender Ton in seiner Stimme, beißend wie der Ostwind. »Soll ich alle Freunde, Helfer und Förderer verlieren, nur weil Ihr wie gerupfte Hühner seid, geht es darum, diesem mörderischen Rohling gegenüberzutreten? Alquemen könnte zwei von Eurer Sorte verschlingen: doch wurde ihm von diesem Kerl nicht gar arg zugesetzt? Genauso wie ich diesem jämmerlichen Weib arg zusetzen würde, ergäbe sich nur die glückliche Gelegenheit, über sie zu kommen. Meine Peitsche soll sie spüren, bis das Blut spritzt.«

Fast in der Art einer königlichen Prozession war Lessinghams Schreiten inmitten dieser Gesellschaft: nicht durch sein Zutun, denn er wirkte stets wie ein Mann, dessen Denken und Blicken nach auswärts gerichtet und nicht mit sich selbst beschäftigt waren. Aber wie das Lilieneisen eines Kompasses sich immer zum Pol dreht, so waren die Augen der Menge, edle Herren und Damen und andere Verehrungswürdige aus allen Landesteilen, auf ihn gerichtet. »So lebt Ihr also nicht nur auf Gondeln oder Inseln?« sagte eine heiter scherzende Stimme an seiner Seite. Er blickte hinab in runde, glänzende Augen, deren seltsamer, scheuer Blick seinen Blick fesselte, ohne ihm die Freiheit zu lassen, genauer in das dazugehörige Antlitz zu sehen.

»Dieses nur ist meine Freude: Die Macht, zu erfreun meine Herrin;
Dieses nur ist meine Macht: Freudig empfinden die Macht.

Seid Ihr immer noch so weitschweifig in Eurer Philosophie, Mylord Lessingham?«

»Ich hatte geglaubt, Madam«, sagte er, wobei er sich über ihr Händchen beugte, das bis zum Ellbogen in einem Handschuh aus samtweichem braunem Leder steckte, dem der scharfe süße Geruch von Sommerabenden in binsenbewachsenen, schlummernden Wassern anhaftete, »ich hätte Euch dargelegt, daß es eine Philosophie ist, die sich äußerst unmittelbar auf die Praxis anwenden läßt. Erweist Ihr mir die Ehre, mit Euch tanzen zu dürfen, wenn die Musik beginnt?«

»Mit Verlaub, ich möchte lieber erst dann darum gebeten werden, wenn die Zeit gekommen ist«, sagte sie. »Ich weiß noch nicht, welche Anordnungen für heute abend ergangen sind. Doch seid unbesorgt, Mylord: einmal gehabt, könnt Ihr mich nicht verlieren.« Während sie sprach, entwand sich ihre braune Pfote seinen Fingern, und in ihrem braunen, pelzverbrämten Gewand war sie im Gedränge verschwunden, als wäre sie geräuschlos ins Wasser eingetaucht, ohne Wellenringe auf der Oberfläche zurückzulassen.

Lessingham, der sich in bestimmter Weise unfaßbar angeregt fühlte, blickte sich eine Weile vergebens nach ihr um und ging dann seinen Weg. Es war, als ob die hellen Lampen dieser Halle heller brannten; und als ob geheime Augen aus den Lampen selbst spähten, und aus den Wandbehängen und aus den goldenen Kapitellen der Säulen, und selbst aus den Wänden: tausend Augen, die unsichtbar beobachteten und auf ein Ereignis warteten. Lessingham strich sich über den Bart und überlegte, daß er keinen Wein getrunken habe: überlegte dann, daß Wein keine solchen Wirkungen habe. Denn nun überkam ihn große Ruhe, und eine Klarheit des Denkens und Sehens wandelte ihn an; wodurch er, als er sich in der Gesellschaft umblickte, gewahrte, daß eine neue Größe und Erhabenheit auf sie herabgekommen war. Zenianthe, die durch die Halle wandelte, erwiderte seinen Gruß: es schien ihm, als gewahrte er zum ersten Mal ihre Schönheit, hatte er sie bisher doch nur als eine Prinzessin unter vielen betrachtet, indes sie nun angetan war mit der Vollkommenheit der uranfänglichen Erde, wie in den Bergen Schäfer unter ihren Füßen die Hyazinthe zertrampeln, die dann am Boden dorrt. Eine Wandlung, wenn auch nicht in derselben Art, so doch im selben

Ausmaß, hatte sich in den hundert schönen Frauen vollzogen, die er nun ansah, und sie schienen wie Galatea-Statuen in Marmor, denen der Atem des Lebens eingehaucht, und die sich in kühler Stattlichkeit bewegen: statuenhafte Verkörperungen von Nymphen oder Halbgöttern, dem Augenschein der Erde wiedergegeben, und jenem Septemberabend, und dem jungen aufgehenden Mond. Dennoch hatte diese Wandlung nichts von einem Traum oder einer Vision an sich: sie war vielmehr eine Erhärtung der festen sinnlichen Wirklichkeit, als hätte ein herniedergegangener Atem alle verhehlenden Nebel und Dämpfe weggeblasen und die Wahrheit der Dinge entblößt. Ohne Erstaunen begegnete Lessingham nun in der südlichen Halle rechts neben der Treppe mit den Seepferden dem standhaften, katzengleichen Blick seiner Oreaden-Dame, Anthea. In ihr, wie die in eine Flamme gehaltene Flamme Flamme bleibt, gewahrte er keine Wandlung. Als er sich auf den Weg zu ihr machte, ging er genau über jene Stelle, wo Derxis und seine Edelleute standen: ja – er schritt durch sie mitten hindurch, ohne sich dessen bewußt zu werden, noch bemerkte er, wie diese mit ärgerlicher, verblüffter Miene links und rechts auswichen, um ihm Platz zu machen. Denn unter dieser stattfindenden Wandlung waren sie so unauffällig geworden, daß sie für ihn zu diesem Zeitpunkt wie Luft waren.

Doch ehe er mit hochbrandenden Erinnerungen an frühere Liebesfreuden auf Ambremerine und kürzlich zu Laimak so nahe herankommen konnte, um zu dieser Dame zu sprechen, huben sieben silberne Fanfaren an zu blasen, und beim ersten Ton standen alle Anwesenden in dieser großen Halle still, und alle Augen waren auf die Treppe gerichtet. Es wurde still in der schattigen Pracht unter jenen geschlungenen Behängen, als nun zwischen den Seepferden Königin Antiope über die Mitteltreppe herabschritt und auf der letzten Stufe innehielt.

Sanfte Musik brach das Schweigen. Ehrengäste wurden feierlich herbeigeleitet und vor die Königin geführt, um ihr zum Geburtstag die Hand zu küssen: König Derxis als erster. Lessingham, der ein wenig abseits auf der linken oder östlichen Seite stand, betrachtete ihre Miene, als Derxis mit schmeichlerischem Getue ihre Hand hob: insgeheim tauschte sie mit Lessingham einen Blick aus, zu kurz, als daß jemand es bemerkt hätte, einen Blick komischer Einsicht und Resignation.

Nach dem Abschluß dieser Formalitäten kam ein Dutzend Diener und breitete ein paar Schritte vor dem Fuß der Treppe einen kleinen Teppich aus schwarzem Samt mit silberner Webkante aus und stellten darauf einen Sessel aus Perlmutt und Elfenbein. Dorthin schritt nun die Königin in ihrem Mantel aus mattem Silbertuch, das in allen Grautönen schimmerte und dessen Schleppe vier kleine Knaben trugen, und ließ sich dort nieder, und ihre Hofdamen nahmen zu beiden Seiten hinter ihr Platz. Derxis trat heran und stellte sich rechts von ihr. Sie gab ihm knappe Antworten und sprach meist mit Zenianthe zu ihrer Linken. Die Gesellschaft tanzte nun die Sarabande; und hierbei hatte Lessingham Madam Campaspe zur Partnerin. Derxis ersuchte um die Ehre, sie mit der Königin tanzen zu dürfen. Sie antwortete, es sei ihr Brauch, nur in der Pavane zu tanzen, da diese ihr königlicher Tanz sei. Derxis fragte, wann die Pavane beginnen würde. Sie antwortete: »Wenn ich den Befehl dazu gebe.« Er bat sie, dies nun zu tun, sobald der gegenwärtige Tanz beendet sei, und so seine ungeduldige Sehnsucht zu lindern. »Wenn ich Euch damit einen Gefallen tun kann«, sagte sie, »so nichts einfacher als das«; und sie hieß ihren Saalordner, sich entsprechend der Übermittlung dieses Wunsches anzunehmen.

Als die letzten Akkorde der Sarabande auf den Saiten verklungen waren, und die Tanzenden innegehalten und sich getrennt hatten, sagte Lessingham zu seiner Campaspe: »Liebe Herrin der stillen Wasser und der Salzweide und des Mondes, wollen wir noch einmal tanzen? Den dritten nach diesem, oder was wollt Ihr mir gewähren? Oder, weil Eure dunkle Wärme bezaubernder als diese hellen Lichter ist, wollen wir nicht ein wenig wandeln in einem kleinen Garten, den ich für Euch finden kann, wo inmitten von Wasser und Lilienblüten eine Statue der seligen Göttin selbst steht?«

»Auf daß Ihr dort abermals die Geheimnisse der göttlichen Philosophie erkunden könntet?« sagte sie und lachte ihm ins Gesicht. »Wie auf Ambremerine? Aber ich werde später befragt werden. Nein, ich spiele nicht Kuß-und-auf-Wiedersehen, Mylord. Noch halte ich es Euch vor, wenn Ihr anderweitig Beschäftigung findet, sobald die Zeit kommt. Denn fürwahr«, sagte sie und machte eine gezierte, zimperlich-tugendhafte Miene, wobei ihr weicher Arm den seinigen über dem Ellbogen berührte, als sie mit winzigen behandschuhten Fingern die Nadeln in einer sich lösenden Locke ihres dunklen Haares feststeckte, »der Teil, den wir kennen, ist nur Teil des Ganzen.«

Die geliebte Herrin Anthea forderte er nun zum Tanz der würdevollen Pavane auf, indem er ihre Hand küßte (deren glänzende

Fingernägel, wie er nun bemerkte, zu krallenhaften Spitzen zugefeilt waren) und dabei über diese hinweg von unter seinen Brauen hervor in ihre gelben Luchsaugen sah: Leuchtfeuer, nach denen sich zu richten er bislang gut gelernt hatte, um in verzauberte und gefahrvolle Seen zu gelangen, in denen sie sich als sein geübter und mit abenteuerlicher Findigkeit ausgestatteter Navigator erwiesen hatte. Jedoch hörte er an seiner Seite eine Männerstimme »Madam« sagen: »verzeiht bitte.« Und daraufhin: »Mylord Lessingham, Ihre Durchlauchtige Hoheit wünscht Eure Anwesenheit.«

»Madam«, sagte Lessingham, »die hier regierende Herrschaftsgewalt übersteigt selbst Eure, so daß Ihr Euren Diener ziehen lassen müßt, wenn diese ruft. Stärkt mich für meine Pflicht, indem Ihr mir sagt, ich werde Euch wiedersehen?«

»Nun, hier spricht ein Sterblicher wahrhaftiger, als er weiß«, sagte sie, und die kühlen klassischen Züge ihres schönes Antlitzes wurden aus einer gewissen Geringschätzung heraus um so kälter. »Es wird mir stets eine Ehre sein müssen, Eurer Exellenz – wie sagtet Ihr doch gleich zu jenem gelehrten Doktor? – eine ›willkommene Abwechslung‹ zu sein? Aber heute nacht liegen tatsächlich viele Wandlungen in der Luft; und wenn ich Ihr wäre, Mylord Lessingham, dann würde ich nicht zu weit vorausrechnen. Nicht heut nacht, glaube ich.« Die senkrechten Schlitze wurden schmäler in ihren Augen, welche in die seinigen einzutauchen schienen und dort seine Gedanken lasen und Belustigendes vorfanden. Daraufhin lachte sie: dann wandte sie sich von ihm ab.

Lessingham, der seine wirren Gedanken ordnete, während er ging, und seine Unzufriedenheit und enttäuschten Absichten niederkämpfte, bahnte sich, dem königlichen Haushofmeister auf den Fersen folgend, seinen Weg durch die Paare, die für die Pavane Aufstellung nahmen, und gelangte so vor die Königin. Sie erhob sich augenblicklich von ihrem Sessel aus Perlmutt, ließ ihren Mantel fallen, den die Knaben auffingen, als er von ihren Schultern glitt, und stand so in ihrem kostbaren und lieblichen Gewand, einem dunstigen Schimmer aus Silber und Rosa und hellstem Blau, wie der neue Morgenhimmel an einem heiteren Sommertag; und edel trug sie um ihre Schultern das, was unter all der Kleidung, welche Frauen tragen, den Beweis für eine edle Haltung liefert: einen Schal aus hellblauem Flor, mit kleinen Diamanten getüpfelt und eingefaßt mit einem Band aus rosaroter Seide. Die Saiteninstrumente begannen nun das mehrstimmige

Vorspiel. Lessingham las in ihren Augen eine schnelle Ankündigung, die geschwind kam und ging, während er ihr huldigte, daß etwas anliege, was er schnell für sie tun müsse, und daß er bereit zu sein habe, es augenblicklich zu erfassen und darob zu handeln. Derxis zu ihrer Rechten kehrte sich ihr mit dargebotenem Arm zu. Sie jedoch, als sähe sie ihn nicht, wandte sich an Lessingham. »Sir«, sagte sie, »Ihr vertretet hier die Person des Reichsverwesers, der zu mir *in loco parentis* steht. In dieser Eigenschaft gebühre Euch deshalb die Ehre, die Pavane anzuführen.«

Derxis, der zusah, wie sie gingen, stand starr und regungslos, solange wie man braucht, um bis zehn zu zählen. Amaury, der in diesem Moment zufällig mit Lady Myrilla am Arm vorbeikam, sah den Blick in des Königs Augen und spürte, als er das sah, wie sich in seinen Kniekehlen plötzlich eine tödliche Schwäche ausbreitete. Auch Lessingham gewahrte jenen Blick: die Königin bemerkte, daß sein kräftiger Arm, auf dem ihre Hand ruhte, plötzlich angespannt war. Denn genauso, wie in der sanften Stimme dieses jungen Prinzen, wenn er zornig war, so lag jetzt in seinem Antlitz, das totenbleich war, und in seinen Augen etwas wie ein Beigeschmack, eine Bedrohung, eine halb gelüftete Maske, angesichts dessen selbst einen tapferen Mann das Grauen packte, wie in der erahnten, lauernden Anwesenheit der verdammenswertesten aller Furien der ganzen Hölle.

Als Amaury nach einer Weile seine Sinne wieder im Griff hatte und wieder hinschaute, war Derxis, und mit ihm seine Lords, aus der Halle verschwunden.

Zu den gleichmäßigen Schlägen der gezupften, langsam pochenden Saiten der Gamben gesellte sich nun die Melodie der Pavana, wie das sich entfaltende Gepränge der Morgendämmerung, wenn gewaltige Wolken, vom windigen Baldachin der Nacht zusammengebauscht, in glimmender Pracht über den Himmel ziehen, und beim kurzzeitigen Sichtbarwerden des Firmaments zwischen den Wolkenrändern der opalblaue Morgen sich zeigt, vom Regen geläutert, reiner als Tau oder sich regende Lüfte auf Berggipfeln; genauso war diese Musik der Pavane. Lessingham, der die Schritte des Tanzes im Takt der Melodie, Hand in Hand mit der Königin an seiner Seite vollführte, gewahrte in immer tieferer Versenkung das Antlitz Antheas, und ein wenig später das Antlitz Campaspes, als diese im Tanz vorüberzogen: das eine wie eine Kamee, eingefaßt in sonnenstrahlendes Haar; das andere das Gesicht eines kleinen Feldgetiers, dessen Züge sich zu einem seltsamen Zauber vereinten, nicht schön, aber durch die runden, glänzenden, pechschwarzen Augen der Schönheit verwandt. In beiden Gesichtern bemerkte er einen Ausdruck, als ergötzten sie sich, irgend etwas wissend, insgeheim darüber und über ihn und seine Unwissenheit, eine feine Freude verspürend.

Er blickte die Königin an. In ihrem Antlitz fand er kein solches Geheimnis. Sie lächelte ihn nur mit ihren Augen an. Er entsann sich jener Lady Fiorinda, Barganax' Geliebter: in keinen anderen Frauenaugen, außer in den ihrigen und nun in Antiopes, war er diesem Ausdruck vertrauter Freundschaft begegnet, rein, lauter, bedenkenlos, unbefangen, als würde ihm sein zutiefst eigenes Selbst von außen Gesellschaft leisten.

Dann, während ihre Augen in dieser ungetrübten Betrachtung verharrten, als trieben sie gemeinsam auf einer wellenlosen See der stillen Ruhe, vernahm er plötzlich zum ersten Mal jene Musik. Wie nach einem Wolkenbruch in den Bergen die Wassermassen zu Tal stürzen, so donnerte sie auf seinen inneren Sinn hernieder, blendete ihn, überspülte und ertränkte ihn. Nun war seine Erinnerung an diese Musik klar, an die tiefen, gezupften, pochenden Schläge, über denen jubilierend die Melodie schritt, und hinter der sich wie eine Schleppe das über alle Sterne des Himmels hinaus ersehnte Etwas herzog. Er blickte auf Antiope, wie er auf Ambremerine auf jenes nächtliche Schauspiel geblickt hatte, als in Fiorindas Haar Glühwürmchen gewunden waren. Für einen Augenblick war es abermals so, wie es damals gewesen war: ihr Antlitz war ihm unsichtbar: nichts als herausströmende Lichtspeere und feurige Farben. Ein eisig kalter Schauer überlief ihn. Aber dann hörte er in seiner Erinnerung, als hörte er es in Wirklichkeit, die träge Liebkosung jener Stimme, die scheinbar mit Zeit und Welt und Liebe und Wandel und Ewigkeit spielte wie mit einem Spielzeug: *Ich glaube, Ihr werdet dort finden, was Ihr sucht: nördlich, in Rialmar;* wobei er, wie durch ein plötzlich aufgestoßenes Fenster im Himmel, die Königin wahrlich sah, wie er sie das erste Mal in jenem Traum in Acrozayana gesehen hatte, und das zweite Mal, als er wie ein Schlafwandler in Barganax' Schwertspitze gelaufen war. Beinahe wohl, wie ein Gott sie schaut, schaute er sie jetzt; mit verfeinerten Augen, um die neugeborene Welt zu schauen. Er erkannte sie. Das Netz der Erinnerungen, das bei seiner Ankunft in Rialmar zerrissen und zerfetzt worden war, hatte sich plötzlich wieder zusammengefügt, so daß er, indem er sich erinnerte, auch ihre Stimme ohne Zweifel erkannte: jene Stimme, die in jener Mainacht in Mornagay gesprochen hatte, eine unbekannte Stimme, dennoch ohne Zweifel die seinige: sein, mehr als alle vertrauten Dinge, die dichter als sein Blut oder sein Gebein aus den tiefsten Abgründen seines Bewußtseins heraus zu ihm sprach, während er in tiefer Versenkung die endlos im goldenen Wein aufsteigenden Perlen betrachtete, und sein Geist regungslos wie ein Turmfalke auf dem Wind glitt: *Sei unbesorgt. Ich habe es versprochen, und ich werde es halten.*

In diesem entscheidenden Moment überkam ihn nun eine jähe Stille: eine derartige Stille, wie die Götter sie kennen, die zwischen den Welten reiten: eherne Knie um die Flanken des Blitzes geklammert: alle Gegensätze sausen zu einem Mittelpunkt zusammen, wo das Übermaß und die Blindheit des wirbelnden Fluges herabstoßen in schreckliche Stille. Und in dieser Stille besann er sich der Umstände und dieser seiner Königin im Frühjahr und Morgen ihres Lebens, graue Augen, wo der zarte Morgen selbst unwissend und frei ruhte. Und wegen des Blickes in diesen Augen, als sie ihn ansahen, verstärkte er die Umklammerung seiner Knie noch; so daß, falls die Königin tatsächlich den verstärkten Druck seiner Hand um die ihrige spürte, der Blick, dem sie in seinen Augen begegnete, ausreichte, um in ihrem Geist jegliche halbwache Frage einzuschläfern, ehe sie erst richtig erwachen konnte. Und dennoch steckte hinter jenem unbemerkten Druck seiner Hand, den er unwillkürlich getan hatte, und wofür er sich innerlich verfluchte, das ganze Gewicht seiner ehernen Seele auf die Zügel, um das Herabstoßen des geflügelten Renners, auf dem er rittlings saß, zu bremsen und ihn seinem Willen zu beugen, um ihn dorthin zu tragen, wohin er wollte, herrlich und gefahrvoll zwischen Abgrund und Abgrund.

Die Melodie der Pavane, die in ihrer letzten Variation zurückgekehrt war, um zu wandeln im Glanz aller Sterne und im Summen der Bienen und in den Waben honigsüßer Wohlgerüche, herangetragen von blühenden Linden, verklang nun und nach zwei sanften Pizzicato-Schlägen nahm das Tor des Schweigens sie auf. Lessingham huldigte der Königin und geleitete sie mit dargebotener Hand zu ihrem Sessel. Auf dem Weg dorthin blickte er auf sie nieder, während sie sich unterhielten, und bemerkte, daß ihre Augen über die anwesenden Gäste strich: bemerkte das Grübchen, das wie ein Kolibri um ihren Mundwinkel schwirrte. »Kusine«, sagte sie, indem sie Zenianthe die freie Hand entgegenstreckte, als sie sich trafen, »lobt meine Findigkeit. Es hatte Erfolg, unglaublichen Erfolg: unser Feind hat das

Hasenpanier ergriffen, und wagt nicht wieder, sich hier zu zeigen. Welchen Lohn, mein Heerführer, wollt Ihr für Euer Mitwirken darin? Denn sicherlich gab es bis heute abend noch nie einen Prinzen in Rialmar, der so unter ein Joch gebeugt war wie ich.«

»Es gibt Höhen«, erwiderte Lessingham, »von wo aus man nur mehr hinabsteigen kann. Wollt Ihr mir nochmals Ehre erweisen, so wähle ich die nächsttiefere Höhe und bitte um dies: daß Eure Durchlaucht gnädigst mein Fürsprecher bei Mylady Zenianthe für die Ehre eines Tanzes sein wollen.«

»Nun, Kusine?« sagte die Königin; »soll ich?«

»Dies ist eine Bitte«, antwortete sie, »die Eure Hoheit wohl freundlich gewähren können. Und für den nächstfolgenden Tanz.«

Lessingham blieb den verbleibenden Wonnen dieses Abends aufgeschlossen und benahm sich wie ein Mann, der sich den unmittelbaren Dingen ganz widmet: seine Gespräche waren voller Lebhaftigkeit und funkelnder Geistesblitze, doch gab er auch, falls erforderlich, ernst seine Meinung kund. So daß weder für die Königin, noch für Zenianthe oder einen anderen der Anwesenden etwas anderes darin zu erkennen war als ein leuchtendes, nützliches Beispiel: so meisterhaft ritt er jenen Hippogryph, jenes Flügelroß in sich, und mit solch feinfühliger Zügelführung.

Die Nacht schritt voran, und das Fest neigte sich dem Ende zu. Und nun, zur Beschließung der Veranstaltung und des Zeremoniells, erhoben sich die Hofdamen und jene des königlichen Rates und stellten sich unter der Prunktreppe auf, während sie nur in Begleitung ihrer Schleppenträger mit großem Pomp zwischen den Seepferden hinauszog. Lessingham dünkte es, als er dies beobachtete, daß nicht viel anders die schaumgeborene Göttin selbst die azurblauen Höhen ihrer ewigen See erstiege, zwischen dem Abendrot und dem aufgehenden Mond. Und ihn dünkte, als hätten die Schatzkammern aller Zeiten sich verdichtet, von Ewigkeit zu Ewigkeit, zu einer zarten Perle, die jetzt unter seinen Augen hinter die Klippen der Nacht entschwand.

Kapitel XIV

Dorische Tonart: Schlußkadenz

Königin Antiope zog sich nach diesem Gutenachtgruß zur Ruhe zurück. Lessingham hingegen, nachdem er endlich in sein Schlafgemach gekommen war, schritt hin und her zwischen Fenster und Bett und Kerze und Kamin, in sich uneins, als kämpften seine Rechte und Linke gegeneinander und drohten, den Leib, zu dem sie gehörten, entzweizureißen.

»Ich will nichts unter Bedingungen haben«, sagte er schließlich laut. Er stand nun und blickte in das Glas, bis unter jenem Starren das Spiegelbild verschwamm, und nur seine Augen, die zu Stahl geschärft alles andere verschleierten und vermengten, ihm entgegenstachen. »Bedingungen!« sagte er; und indem er sich umdrehte, zog er aus der Brusttasche seines Wamses ein verdorrtes Blättchen; dasselbe, welches ihm Anthea zu seiner größeren Bequemlichkeit in Laimak überlassen hatte. Dieses betrachtete er eine Weile versonnen; dann öffnete er die Tür, trat hinaus. Die Gänge waren wie Vorzimmer des Schlafs und der Vergessenheit: Soldaten der Nachtwache standen still zu einem müden Gruß, als er vorüberging und über die Treppe durch leere Säle zu den Außentüren schritt. Bei der Berührung mit dem Blatt sprangen die Türen auf. Er gelangte so in den heimlichen Garten. Auf lautlosen Angeln tat sich vor diesem wirksamen Blatt das Tor weit auf. Und er begann nun, während er im Nachtlicht unter den Sternen langsameren Schrittes wandelte, und mit gleichmütig gehendem Atem und Herzschlag, wodurch seine galoppierenden Gedanken scheinbar in die sternenübersäten Gipfel der unbegrenzten Nacht aufstiegen, bei sich zu sagen: »Nichts unter Bedingungen. Heirat, Königreich, Rechenschaft ablegen müssen: nein. Damit seinen Auftrag verraten: nein, bei meiner Seele! Die Freiheit über Bord werfen: darauf ausruhen, anstatt ihn zu reiten, wie ich ihn vormals ritt: ha! Oder wie ein unersättlicher Vielfraß: die Besudelung der . . .« Er hielt inne; überwältigt, wie durch einen Prügelschlag in den Nacken, mit einer Blindheit des Denkens und Fühlens. Dann hastete er schnell ein Dutzend Schritte weiter, wirbelte herum und erstarrte zur Statue angesichts der Statue Aphrodites dort: von Aphrodite, weiß zwischen den sich im Wasser spiegelnden Sternen und bleicheren Sternen und den Wasserlilien, die schlummernd zu Ihren Füßen schwammen. Und er dachte bei sich, als sein Denken wieder zurückkehrte: »Ihr seid anders. Selbst Er, der Euch geschaffen . . .« Der Nachtwind regte sich für einen Augenblick in diesem schlafenden Garten, und im nächsten Augenblick war er wieder in Schlaf gefallen. »Eure Macht zwang Ihn, als er Euch schuf, dieses eine sehnlichst Erwünschte zu schaffen.«

Der Liliendurft trat schwach in Lessinghams Nase. Seine Gedanken kamen zum Halt und standen still. Genauso verloren steht ein Mann, von Wolken umringt, auf einem Bergrücken, wenn sich im Dunst ein Fenster aufgetan und geschlossen und einen kurzen Blick nach weit unten freigegeben hat: nicht auf vertrautes, sondern auf wunderliches und vergessenes Land: indes durch widersprüchliche Beweggründe, unfaßbar und überzeugend, gerichtet auf blinde, feste, in ihm schlummernde Gewißheit, wahr- und angenommen als ein vertrautes Land und sein eigenes. Und mit einer gleichen fremdartigen Äußerlichkeit, die sein inneres Einfühlungsvermögen ablehnte, zogen Worte durch sein Denken, die er trotz ihrer wunderlichen, überholten Ausdrucksweise als die seinigen zu erkennen glaubte:

Und wir Madonna, sind wir nicht wie Verbannte noch?
Bei unserer ersten Begegnung
Tat eine schattige Tür sich auf,
Eine schwache Stimme rief,
– Dereinst überhört
Im lärmenden Tischgeplauder: Fiedeln, Lichterglanz,
Walzer, dunkle Stufen, Düfte, anderes Frauenlachen – indes
Hatte sich in dieser Nacht der Nächte
Hinter dem Berge
Ein Licht, das nicht vergeht
Gezeigt und wiedergegeben
Die neue Welt, den neuen Morgen.

Wie ein Erwachender sich wieder seinen Träumen zuwenden möchte, aber bei diesem Ringen vollends erwacht; oder wie Augen suchen nach einem soeben erwählten Stern, der schon wieder verschwunden ist, weil das Licht des hereinbrechenden Tages den Nachthimmel überflutet; genauso klammerte sich Lessingham an das Ereignis dieser Zeilen, die dennoch binnen eines Augenblicks entglitten waren; die schwache scheinbare Erinnerung, wie aus einem früheren vergessenen Leben stammend, war mit ihnen verloschen. Aus diese Ereignislosigkeit des Traumes heraus, dem Warten auf den Flug, wenn es keine Luft gibt, welche die Schwingen trägt; dem Warten auf ein Gesicht, wenn es kein Sehen gibt, da alles dunkel ist; dem Warten auf eine Stimme oder Handberührung, wo alles taub und körperlos ist, aus dieser Passivität heraus richteten seine Sinne sich allmählich wieder nach außen, als er endlich in sein Gemach zurückgekehrt war und dort stand, wo er vor einer Stunde gestanden hatte, und sich in die eigenen Augen blickte. Und nun, wie die Umrisse und Formen der Erde langsam Gestalt annehmen, wenn das Grau der Morgendämmerung hereinbricht, sah er allmählich sein eigenes Gesicht wieder, genauso wie ein Berg bei Sonnenaufgang durch luftige Höhen zu einem anderen Berg hinüberschauen würde.

»Ich will haben . . .«, sagte er und schwieg. »Aber ohne Abmachungen«, sagte er. »Bedingungen sind gotteslästerlich.«

Stückchen um Stückchen zerpflückte er nun sein Blatt sferro cavallo, und Stückchen um Stückchen streute er es in die weiße Glutasche im Kamin; so stand er mit halb höhnischer, halb bedauernder Miene und sah zu, bis das letzte Stückchen zusammengeschrumpft, verbrannt und zerfallen war.

Kapitel XV

Rialmar Vindemiatrix

Königin Antiope erklärte den Michaelistag zu einem Fest- und Freudentag und lud zu einer Beizjagd. Es war ein frischer, süßer Herbstmorgen. Lessingham, in Stiefeln und in voller Montur, stand am Fenster und sog die Luft ein. Amaury trat ein: wünschte guten Morgen. »Nun«, sagte Lessingham auf jenen tadelnden Blick hin: »was nun?«

Amaury nahm einen Spiegel von der Wand und hielt ihm diesen hin.

»Habe ich einen Klecks auf der Nase? Ist mein Bart krumm?« Er beugte sich vor und betrachtete sich mit höhnisch übertriebenem Eifer.

Amaury stellte den Spiegel weg. »O glaubt nicht, es machte mir auch nur das geringste aus, aber der alte Bodenay und ihrer ein Dutzend mehr werden bald das Zeitliche segnen, wenn Ihr ihnen keine Ruhepause und nicht einmal den Schlaf gönnt. Und was Euch selbst angeht . . .«

»Wollt Ihr zählen, wie viele Hemden ich in dieser Woche beim Tennis durchgeschwitzt habe?«

»Tennis! Sechs Wochen schon, und seit diesen letzten drei Wochen seid Ihr, glaube ich, völlig verrückt«, sagte Amaury. »Die Arbeit eines halben Jahres in zwanzig Tage gestopft: den ganzen Apparat der königlichen Streitkräfte hier im Norden in Einzelteile zerlegt und wieder neu und gut zusammengebaut: eine große, neue Truppe von Kundschaftern über die Grenzen geworfen, um Akkama im Auge zu behalten, das bisher so vernachlässigt worden war: in der Stadt werden gerade Vorräte angelegt, um im Falle des Falles eine zwölfmonatige Belagerung zu überstehen: Arbeiten sind im Gange, um die Verteidigungsanlagen nachzubessern: alles wird begutachtet und einer Prüfung unterzogen: den Schloßvogt und die Hälfte der Offiziere hier kassiert: drei oder vier geköpft: jeden übrigen Mann allein durch Euer Tun gestärkt und Eurer Faust unterworfen . . .«

»Nun«, sagte Lessingham, »wir sollten meinen, die Seele wurde nicht deswegen in den Körper getan, um stillzustehen.« Er nahm seinen Hut. »Jener, dessen Mahlzeit der Rauch des Rostbratens ist, wäre bald ein reicher Mann, nicht wahr, Amaury? Wenn ich alles in Ordnung gebracht: in ein, zwei Wochen: dann ist meine Aufgabe getan, hinweg mit ihr und auf nach Übersee.«

Amaury folgte ihm durch die Tür.

Strahlend schien die Sonne hell und schön auf Rialmar, als sie über den Marktplatz hinunterritten. Über dem Quiren-Weg gelangten sie zum alten Stadttor und ritten so hinaus und, indem sie sich über die Schulter jenes großen Berges hinabschlängelten, so südwärts in die Niederungen des Revarm. Orvald und Tyarchus bildeten zusammen mit der Ehrenwache die Spitze; dann die Königin in ihrem eng anliegenden grünen Reitkostüm mit Perlenbesatz: Anamnestra, Zenianthe, Paphirrhoë: Amaury: der Lord Bosra, neuer Schloßvogt in Rialmar: Falkner, ihrer sieben oder acht, mit Spaniels und roten Vorstehhunden; und zum Schluß, mit einem wilden, behaubten Tartaret-Falken, Lessingham auf Maddalena, tief im Gespräch mit dem alten Marschall Bodenay.

Den Morgen verbrachten sie in den freien Flußauen und jagten auf Wildvögel. Der Fluß wand sich in mächtigen Kurven, eine Meile und mehr einmal in diese, dann in die andere Richtung durch sein flaches, gewaltig breites Kiesbett; immer wieder durchquerten sie es an verschiedenen Furten, daß das Wasser spritzte und die Hufe auf den rutschenden Steinen klapperten. Dabei mußten die Hunde oft schwimmen, den Pferden aber reichte das Wasser nirgends höher als bis zum Bauch. Aus dem Nordosten blies ein scharfer Wind von den Bergen, machte die Beize schwierig und verdarb die Freude. Die Sonne in einem blauen Himmel schien auf rauhe, blaue Wellen des Flusses und auf helle, schnellere Wogen des windgepeitschten Wiesengrases. Eine Stunde nach Mittag ritten sie ein Lavafeld hinauf, wobei sie sich zwischen säulenförmigen Buckeln und Kluften einen Weg suchten, wie vor dem Einbringen der Ernte auf einem Getreideacker zwischen den aufgeschichteten Garbenhaufen; so erklommen sie weitläufige Hänge aus schwarzem Sand, ein Land wie aus Kohlenstaub gemacht, und gelangten auf einen grasigen Sattel zwischen zwei Kraterbergen. Hier, im Windschatten des über ihnen aufragenden Berges, hielten sie an, um ein wenig zu essen und zu rasten.

»Was gedenken Eure Hoheit heute nachmittag zu tun?« fragte Tyarchus. »Umkehren? oder weiter über den Paß und dort oben auf den Hochebenen um die Wette reiten?«

»Mylord Tyarchus«, sagte Zenianthe, »mit verbundenen Augen erkennten wir Euch! Eure Hoheit sollten ihm lieber nachgeben. Seine Nestlinge flogen heute früh schlecht, so daß die Falknerei plötzlich außer Mode ist.«

»Seid nett zu ihm«, sagte die Königin. »So hat Gott ihn geschaffen.«

»Und deshalb gibt es nichts, was er mehr haßt«, sagte die Prinzessin, »als zum Beispiel das Tanzen.«

»Da fällt mir ein«, sagte die Königin: »Ihr habt an meinem Geburtstag nicht einen Takt getanzt.«

»Es stimmt«, sagte Tyarchus, »ich bin nämlich etwas wählerisch, mit wem ich tanze.«

Zenianthe lachte. »Stimmt. Ihr kamt nämlich zuerst zu mir. Zeigt Verstand, wenn nicht Urteilsvermögen.«

»O Zenianthe, und wolltet Ihr nicht mit ihm tanzen?« sagte die Königin.

»Ich bat ihn, es zuerst bei Myrilla zu versuchen. So daß, falls er nicht auf ihr Kleid träte, wie auf Eures, Kusine, vor einem Jahr . . .«

»Das ist ungerecht«, sagte Tyarchus. »Ihre Hoheit hat vergeben und vergessen.«

Antiope schien sich mit dieser Unterhaltung auf eine noch süßere Gemeinschaft mit der grünen Erde eingelassen zu haben, auf der sie saß; und nicht nur in ihren Augen, sondern in ihrer ganzen Haltung und Pose zeigte sich nun höchst feinsinnig ein Reigen kleiner, höhnischer, faunischer Gesellen, immer rundherum in ausgelassenem Übermut, so weich und flink, daß kein Auge folgen konnte. »Höchst ungerecht«, sagte sie. »Um es wiedergutzumachen, bin ich verpflichtet, heut abend höchstselbst mit Euch zu tanzen?«

»Madame, das lobe ich mir und nehme ich an.«

»Aber in einem Kleid«, sagte sie, »ohne Schleppe.« Sie lachten. »Aber wenn ich es mir überlege: nein, alles in allem wäre es wohl besser, Ihr tanztet mit ihm, Kusine.«

»Das«, sagte Zenianthe, »lobe ich mir gar nicht.«

»Eine Strafe für Euch«, entgegnete die Königin, »für Eure Unhöflichkeit ihm gegenüber.«

»Eine Strafe?« Tyarchus wandte sich an die Prinzessin. »Sollen wir uns nicht zusammentun, da wir beide erniedrigt?«

»Ich weiß einen sicheren Weg, ihm zu genügen«, sagte Lessingham. »Erweist ihm den Gefallen und laßt ihn sein neues Pony gegen Euer Gnaden Tessa antreten.«

»Um dabei gleichzeitig seinen Stolz niederzumachen«, sagte Zenianthe.

»Tessa?« sagte Tyarchus; »stammt sie nicht aus dem großen Pferdeland jenseits des Zenners, von jener Rasse und Züchtung, die Euer Hoheit Vater (über dem Friede sei) dort so fürsorglich unterhielt und vermehrte, schon seit Generationen in diesem guten Land heimisch sind und jetzt zum Besitz des Herzogs Barganax gehörig? Nun, wenn ich gewinne, soll sie dann mir gehören?«

»Nein«, sagte die Königin, wobei sie ihn über ihre Finger, mit denen sie eine lange Nase machte, anlachte. »Falls Ihr gewinnt, sei es Euch gestattet, nicht zu tanzen: weder mit mir, noch mit Zenianthe.«

»Eine schöne Strafe! Und für Euch beide nur von Vorteil.«

»Auch für Euch; denn haßt Ihr nicht das Tanzen? Was könnte gerechter sein?«

»Wenn Eure Gnaden auf einer Antwort bestehen – sodann: die Wahl zu haben, entweder mit keiner oder mit beiden zu tanzen.«

»Mylord Lessingham«, sagte die Königin und erhob sich, wobei sich alle mit ihr erhoben; »besitzt Ihr nicht eine Stute aus derselben Zucht? Und soll sie rasten, ohne sich zu versuchen?«

Lessingham lachte mit seinen Augen. »Wenn Eure durchlauchte Hoheit nicht in dem Rennen ritten, bezweifelte ich nicht, daß meine Maddalena, wenn auch sieben Jahre alt, mit mir im Sattel schneller ritte als alles, was auf vier Fesseln geht. Doch laßt mich daran erinnern, daß jenen, die mit großen Prinzen Kirschen essen, die Augen mit den Kernen ausgeworfen werden. Wir niedrige Untertanen . . .«

»Keine Ausreden«, sagte die Königin. »Ich setzte einen Juwel. Kommt, Kusine«, zu Zenianthe: »Ihr und ich; Lessingham, Orvald, Amaury, Tyarchus: das sind sechs auf verschnauften Pferden.«

Daraufhin saßen sie wieder auf und ritten nordwärts weiter über den Paß und so in die silbernen Birkenwälder hinab und durch grasige Lichtungen, wo zwischen den Halmen die hellen Triebe der Herbstzeitlose standen. An einer Stelle, wo die Schneise sich eine knappe Meile vor ihnen ohne Biegung hinzog, nahmen diese sechs Aufstellung. Nach einigen Drängeleien und Bogensprüngen gab Paphirrhoë mit einem Wink ihres weißen Taschentuches das Startzeichen. Als sie losgaloppierten und einmal durch strahlenden Sonnenschein, dann durch Halbschatten jagten, stoben die feuchten Erdgerüche auseinander. Kaninchen, die ihre Gesichter putzten oder an den Grashalmen nagten, flohen links und rechts in das schützende Brombeer- oder Haselnußgestrüpp oder Birkengehölz. Grausilbrig schimmerten die Stämme und Äste in der Sonne, und die Zweige rötlich gegen den blauen Himmel, als wären sie kupfern. Nach einer Meile führte die Königin und hatte Tyarchus trotz all seines Spornens bereits überholt. Die Waldreitbahn schwenkte nun westwärts und nach einer Weile südwestwärts in die Sonne und fiel langsam zu einer grünen Wiesenniederung ab. Lessingham, den die Pracht der Sonne in den Augen blendete, konnte kaum sehen. Er beugte sich vor, flüsterte Maddalena zu, klopfte ihr auf den Hals: in einem fliegenden Galopp trug sie ihn an Tyarchus vorbei. Er ritt nun wie geleitet von einem Stern: eine zeitlose Jagd, wobei er schließlich alles um sich herum vergaß, außer seinem Reiten, das nun den Wind zu überflügeln schien; und Antiope, auf ihrer schwarzen Stute, ihm voraus.

Nach drei Bahnlängen nahm sie die Zügel auf. Die Rappstute stand mit gesenktem Kopf und bebenden, dampfenden Flanken. Auch Lessingham fiel seiner Maddalena in die Zügel. Sie war außer Atem und erschöpft, hatte sie doch die schwerere Last tragen müssen. Zu beiden Seiten drängte sich dichtes Stechginstergestrüpp in die Lichtung, in voller Blüte, gelb, mit einem scharfen, beißenden Geruch. Dahinter schlossen sich am Waldessaum silberne Birken in ihrem Herbstkleid an, die sich in Wind und Sonne wiegten.

»Wir haben alle hinter uns gelassen«, sagte Antiope, noch ein wenig atemlos vom harten Ritt, als sie sich im Sattel Lessingham zukehrte, der nun eine Armeslänge von ihr zum Stehen kam. »Ach, und mein Haar hat sich gelöst. Wollt Ihr meine Zügel halten, während ich es wieder ordne?«

Sie ließ die Zügel fallen: zog ihre Handschuhe aus: machte sich daran, mit den Fingern die Locken ihres Haares zusammenzuschlingen, das schwer, schlangengleich, vom Schimmer mattesten Berggoldes, auf ihren Nacken gefallen war. Lessingham antwortete weder, noch rührte er sich. Das, was er ansah, hatte sich plötzlich zu etwas gewandelt, das den Blick verdunkelt und die Fundamente der Natur erschüttert. Mit einem Mal hatte der Wind sich gelegt, und kein Lüftchen regte sich. Zu der Stille gesellte sich ein Flügelschlagen, wie von Ringeltauben, die von Baumkronen verdeckt herniederflatterten. Die Königin sah in Lessinghams Antlitz. Die Stille tastete auch nach ihr, so daß sie gar den Atem anhielt. Wie eine Lautensaite, angeschlagen in einer Luft, die zu dünn ist, um den Schall weiterzutragen, bebte die

Stille. Die Königin öffnete die Lippen, aber es kam aus ihnen kein Ton.

Als zu seiner Linken Türangeln knirschten, drehte Lessingham sich schnell im Sattel herum und gewahrte wie mit aus Schlaf und Traum geschreckten Augen ein kleines Tor, das sich in einer niedrigen roten Ziegelmauer auftat, die über und über mit dunkelroten Kletterrosen überzogen war. Ein eingefriedeter Garten lag hinter jenem Tor, den hundert süße Blütendüfte und -farben zierten, und jenseits des Gartens ein niedriges altes Fachwerkhaus in mäßigem baulichen Zustand, mit einem Strohdach und schlanken, aus Ziegelstein gemauerten Schornsteinen und langen, niedrigen Fenstern. Weinreben kletterten am überdachten Eingang empor, an denen grüne Blätter und schwarze Trauben hingen. Zu beiden Seiten zwischen Eingang und Fenster, außerdem auch auf der ganzen Länge zwischen den Fenstern im Erdgeschoß und den darüberliegenden Schlafzimmern, war die Hausmauer ein Obstgarten mit Aprikosen und Birnen und Pfirsichen, die ordentlich am Spalier an der Mauer gezogen wurden; und die schräg einfallenden Sonnenstrahlen verwandelten die hängenden Früchte in Gold und warfen deren lange Schatten seitwärts auf die Mauer, tiefpurpurne Schatten auf dem Hintergrund des warmen, ziegelroten Mauerwerks. Der voranschreitende Nachmittag kühlte die Herbstluft. Haustauben rasteten auf rosaroten Füßchen auf dem Dachfirst. Ein Holzfeuergeruch kam aus dem Haus. Auf er obersten Stufe jener drei, die vom kleinen Tor herabführten, stand, die Mütze in der Hand, zu ihrer Begrüßung, als wollte er erwartete Gäste willkommen heißen, derselbe verständige Doktor, den Lessingham zuletzt in den fernen Südlanden Zayanas gesehen hatte. Ohne allen Zweifel erkannte Lessingham ihn wieder: erkannte das Kätzchen, weiß wie Neuschneee, das sein Köpfchen gegen den Kittelsaum des Alten rieb und mit seinen blauen Äugelchen immerfort Antiope ansah. Die Sonne stand in ihrer Pracht zur späten Nachmittagsstunde über den großen Eichenwäldern. Diese und eine quer nördlich hinter dem Haus verlaufende hohe Bodenerhebung schieden es wie in einem Kessel von allem ab; nicht eine Birke war zu sehen; keine Stechginster entfalteten gelbe Blüten; kein galoppierender Hufschlag drang herein. Nur Tessa und Maddalena fraßen schmatzend vom Gras am Weg: vom Dach ertönte das sanfte Klagen der Tauben: aus dem Wald dröhnte das Muhen von Rindern, und in nächster Nähe plätscherte ein Bach oder eine Quelle. Zur Linken, rechts der Sonne, streckte eine Steineiche ihre statuenhafte Herrlichkeit aus Ast- und Laubwerk empor, fast schwarz, aber überzogen mit einem Schimmer wie von ausgestreutem Sternenstaub. Doktor Vandermast sagte zu Antiope, wobei er sie mit einem forschenden Blick musterte: »Ich hoffe, Madam, daß ich von diesen Einzelheiten nichts vergaß. Ich hoffe, Ihr findet alles höchst vollkommen vor, genauso wie es Eure Ladyschaft bei meiner Abreise in Auftrag gaben.«

»Ladyschaft? In Auftrag gegeben?« sagte sie und betrachtete ihn und diese neue Szenerie mit dem Ausdruck eines aus dem Schlaf Erwachenden, dessen Sinne noch unschlüssig zwischen den Dingen der Wirklichkeit und der Traumwelt schwanken. »Nein, Ihr irrt, Sir. Und dennoch . . .«

Vandermast schritt über die Stufen herab: drückte ihr das Kätzchen in die Hände. Es schnurrte und schmiegte sein Gesichtchen in die warme Achsel zwischen Arm und Busen. »Ich war schon einmal hier«, sagte sie langsam und immer noch verwundert. »Das ist ganz gewiß. Und diesen Gelehrten habe ich gekannt. Aber wann, und wo . . .«

Die Augen Doktor Vandermasts, die verfolgten, wie sie sich umblickte und schließlich mit lieblicher, verlorener, das Rätseln aufgebender Miene zu Lessingham sah, waren wachsam und lebhaft wie die eines Luchses. Und es regte sich in ihnen ein wunderlicher, leicht heiterer Ausdruck, wie wenn jemand vergnügt die Brocken seines eigenen Wissens kaut, während er die süße Komik genießt, daß andere im finstern tappen. »Ich rate Euer Gnaden und durchlauchten Hoheit untertänigst«, sagte er, »plagt nicht Euren Geist mit dem Entwirren von Verworrenem oder mit Rückbesinnungen. Bitte, steigt ab und kommt nun herein in Euer Sommerhaus, das für diesen Zweck schmuck für Euch zurechtgemacht wurde. Und Ihr, Mylord Lessingham, um Eure Zweifel zu zerstreuen, überantwortet Euch mir. Denn ich sage Euch, es ist ein kurzer Ritt von Rialmar hierher, aber heute nacht ein langer Ritt zurück. So daß Ihr weder heute nacht, noch nach zehn durchrittenen Nächten auf Eurer flinken Stute nach Rialmar gelangen könntet. Deshalb ruhig Blut, Mylord, und Geduld. Ich bitte Euch einzutreten.«

Lessingham sah zu Antiope. Ihre Augen sagten ja. Er sprang aus dem Sattel: reichte ihr die Hand. Ihre Hand in seiner war ein unergründliches Ding: eine kühle Flamme, eine Köstlichkeit honigsüßer Blumen; ihr Absteigen eine Bewegung, welche die Seeschwalbe der Tollpatschigkeit überführte. Vandermast stieß das Tor auf: Lessingham sah sich um. »Was wird aus den Pferden?«

Vandermast lächelte und sagte: »Sie werden nicht streunen. Kein Tier streunt hier.«

»Lippensweisheit«, sagte Lessingham und machte sich daran, die Sattel und das Zaumzeug abzunehmen. »Es ist meine Art, wenn ich unterwegs bin, mich zuerst um das Tränken und Füttern zu kümmern, bevor ich selbst esse, und sie nicht den Pferdeknechten zu überlassen. Und auch für Ihrer Gnaden Pferd werd ich das tun.«

»Hier«, antwortete der Greis, »ist Wasser. »Und was das Gras am Wegrand angeht, so hat es einen einzigartigen Vorzug. Die Weiden der Erde geben dem Tier nur neues Blut und neuen Geist: aber dieses mein Gras verwandelt sich nach dem Verzehr in den Gedärmen nicht in irdisches, sondern in Götterblut.«

Wie ein aus dem Schlaf Gerissener sah Lessingham ihn an. Vandermast indes wandte sich mit jenem vertrauten Lächeln an Antiope. »Wie mir Eure Ladyschaft schon früher diese Worte der Dichterin zitierte: *κοθαρὸς γὰρ ὁ χρῦσος ἴω;* ›Gold nämlich ist rein von Rost.‹«

Ziemlich verloren, doch zu sehr eingenommen von der Süße des Ortes, um nach Antworten zu suchen, schüttelte sie das Haupt. Ohne daß ein weiteres Wort gefallen wäre, traten sie ein; und vor ihnen schritt dieser gelehrte Philosoph zwischen Lupinen, blau und gelb, und feurigen Lichtnelken, Rosen und gesprenkelten Lilien und Lavendel und Rosmarin und süßem Thymian und roten und weißen Anemonen über den gepflasterten Weg.

Halbdunkel nahm sie auf, als sie nun vom hellen Garten in die niedrige Stube traten: zur Linken stand ein heller Eichentisch, der vor Alter glänzte und tief und schmal unter den Südfenstern entlang verlief, mit Stühlen, deren Polster aus dunklem Samt waren, und am näheren Ende einem Armvoll weißer Rosen in einer Vase aus Kristall. Die Tafel war zum Abendessen gedeckt. Vor Alter rußgeschwärzte Balken durchzogen die niedrige Decke: ein Holzfeuer brannte im offenen Kamin gegenüber der Tür, und zum Ruhen waren eine hochlehnige Sitzbank und tiefe Sessel um ihn herum aufgestellt. In der Westseite der Stube befand sich ein Fenster, und ein weiteres, kleineres, links vom Kamin. In der Ecke dazwischen befanden sich ein Spinett oder Klavichord und ein Hocker zum Sitzen und Spielen. Bilder hingen an den Wänden, und schwere Brokatvorhänge waren vor die Fenster gezogen. Eine schlichte Eichentreppe rechts vom Kamin führte zu den oberen Zimmern.

»Wenn Eure Ladyschaft die Reitkleidung vor dem Essen wechseln wollten?« sagte der Doktor. »Und Ihr, Mylord? Denn für Euch beide habe ich zusätzlich ein Zimmer zurechtgemacht, das nach Westen zeigt, während das Eurer Ladyschaft süd- und ostwärts liegt.« Lessingham vernahm, nachdem die Königin hinaufgegangen war, kleine verwunderte Ausrufe vom Obergeschoß: zweifelsohne Zenianthes Stimme, die mit Antiope lachte und scherzte. Er streckte eine Hand zum Feuer hin: spürte die Wärme; ging zum Klavichord, öffnete den Deckel aus Goldregenholz und ließ seine Finger über die Tasten wandern. Der dünne, klirrende Klang der süßen Saiten sprang in die Luft und lag dort ausgebreitet, wie die ersten farblosen Streifen der Morgendämmerung, die über der windstillen See aufsteigen, in der Luft liegen würden, um ihrer eigenen grauen Stille zu lauschen. Er drehte sich um und stand Vandermast von Angesicht zu Angesicht gegenüber. Sie sahen einander eine Weile stumm in die Augen. Dann sagte Lessingham mit Schärfe: »Und Ihr, Signor, mit Eurer so äußerlichen Unterwürfigkeit, aber (oder ich schätze Euch ganz falsch ein) ohne jene innerliche Ehrfurcht, der sie in Wahrheit entspringen sollte: Was seid Ihr wirklich?«

»Ich bin«, antwortete er, »genau wie Eure Exellenz: ein zweifüßiges Lebewesen, aufrecht gehend, ungefiedert. Wünscht Ihr, daß ich Euch in Euer Zimmer geleite?«

Lessingham musterte ihn kurz durch seine Augenwimpern; dann, indem er langsam lächelte, sagte er: »Wenn Ihr wollt.« Und fügte hinzu: »Was ist das für ein Haus?«, als sie oben angelangt waren und er das schöne Zimmer sah und mit Verwunderung feststellte, daß seine persönliche Habe auf Bett und Lade ausgebreitet und hergerichtet war.

»Mit Verlaub«, sagte der gelehrte Doktor, wobei er einen Stiefelknecht holte; »um die Zeit unseres Zusammenseins nicht mit Dienstpersonal zu belasten, erlaubt, daß ich Eurer Exellenz aus den Stiefeln helfe.« Lessingham setzte sich: tiefe, üppige Polster aus Seide in einem Rosarot wallten um ihn herum auf wie ein Schwall welliger Wasser. Er hielt Vandermast einen Fuß hin. »Nun, es ist, wie mich dünkt, das Haus des Friedens«, sagte der Greis. »Und so mögen manche es für merkwürdig halten, daß Euer Lordschaft geruhen, in ein solches Haus zu kommen, habt

Ihr doch den Ruf eines Donnerschmiedes und Blitzschnitzers in den Fußstapfen des waffengewaltigen Ares.«

»Es gehört zu Eurer Weisheit, wie ich sehe«, sagte Lessingham: »für einen hitzigen Mann ein kühler Trunk.«

Als sie wieder unten waren und auf Einladung ihres Gastgebers an der Tafel Platz genommen hatten, war es eine seltsame Gesellschaft und ein seltsames Dienervolk, das ihnen aufwartete. Die Sonne war untergegangen. Überall auf dem Eßtisch brannten Kerzen, und auch auf Tischen und Truhen daneben und in silbernen Kerzenhaltern an den Wänden. Antiope saß in der Tafelmitte, mit dem Gesicht zu Stube und Kamin; ihr gegenüber hatten sich die übrigen Damen niedergelassen: Zu ihrer Rechten Doktor Vandermast; zu ihrer Linken einer, dessen Gesicht schwer zu erkennen war, dessen Augen aber übernatürlich groß schienen, und an dessen Ohren Lessingham auffiel, daß sie spitz zulaufend und haarig waren. Von höchster Geschmeidigkeit und sanftester Anmut war jede seiner Bewegungen: als er die Ohren spitzte, Kopf oder Schulter drehte, mit schmalen, feldgetierhaften Händen, wie die Campaspes, nach Teller oder Weinkelch griff. Und das war an seinen Händen zu erkennen, daß sie nämlich pelzig oder haarig waren, und die Nägel an den feingliedrigen Fingern dunkel wie ein Schildkrötenpanzer. Unentwegt flüsterte er der Königin Dinge ins Ohr, und jedesmal, wenn sie seinem Flüstern lauschte, trat eine versonnene Anwandlung in ihr Antlitz, wie beim Herabstoßen einer geflügelten Kreatur, die plötzlich innehielte im Flug und über dem Sonnenpfad ihres Denkens schwebte; und jedesmal, wenn dies sich zutrug, fiel ihr Blick in Lessinghams Augen.

Lessingham fragte: »Welcher Gast ist das?«

Der Doktor folgte seinen Blicken. »Das«, erwiderte er, »ist mein Schüler.«

Lessingham sagte: »Soviel habe ich auch erraten.«

Als er so am Ende der Tafel saß, von wo aus er alle Gesichter im Kerzenschein sehen konnte, und dahinter im Westfenster die unter der Nacht verschwindenden Füße des Tages, genauso wie Knöchel unter einem Rock, von lieblicher Hand fallen gelassen, fühlte Lessingham, wie Frieden und Ruhe ihn ganz überkamen. Sonderliche und ungeheuerliche Gestalten, die sich nun in diesen Raum drängten, setzten seinen Geist nicht mehr in Erstaunen. Igel in feinen Jäckchen gewahrte er als Dienerschar, emsig damit beschäftigt, die Speisen aufzutragen; Leoparden, Füchse, Luchse, Klammeraffen, Dachse, Schwimm-Mäuse lustwandelten plaudernd oder warteten den Gästen auf, die zu Tisch saßen; Robben, sanftäugig, schnurrbärtig, aufrecht auf ihren Hinterflossen gehend und gekleidet in seidene Gewänder, trugen auf silbernen Tabletts allerlei kandierte Früchte herein, Makronen, Feigen und Datteln, süße Tunken und köstliches Konfekt aus Spezereien; und es waren Schmetterlingsdamen zu sehen, hirschköpfige Männer, sumerische Löwen mit Schwingen, Hamadryaden und alle Nymphenarten aus Bach und Sumpf und Wald und frostiger Bergeinsamkeit und den blauen Meereshöhlen: Najaden und Dryaden und Oreaden, und Amphitrites Brut mit grünem, von Seegras umschlungenem Haar und Kämmen in der Hand, die aus versunkenen Goldschätzen gefertigt. Als eine Sphinx mit Drachenflügeln zwischen den Lichtern hinter Zenianthe Platz nahm und Lessingham aus glanzlosen Steinaugen anstierte, wurde er ihrer kaum gewahr: als eine Sirene ihren meergrünen Umhang aufschlug und zur Seite legte, so daß sie bis zur Hüfte entblößt dasaß, von dort an abwärts sittsam mit Fischschuppen bekleidet, schien es eine Selbstverständlichkeit: als ein Lindwurm mit Fledermausflügeln ihm Wein eingoß, nickte er mit jener gedankenlosen Gelassenheit seinen Dank, wie ein wohlerzogener Mann einem gewöhnlichen Mundschenk seinen Dank ausdrückt. Er trank; und der Wein, der in seiner erlesenen Reife an Gold erinnerte, das unter der aufgehenden, kreisenden und untergehenden Pracht der ziehenden Sonne zur Röte des Fruchtfleisches der Traube geglüht, zog sich, samtflankig, heißmündig ob solcher Erinnerungen, weich über seinen Geist. Und hierbei summte er schmachtend sein Wiegenlied für alle Zweifel und zweiseitigen Gedanken: ein Wiegenlied, das sich, als diese in den Schlaf fielen, wandelte zu ihrer Totenglocke, dann zu ihrem Klagegesang und zuletzt, als sie der Vergessenheit anheimgefallen waren, zu einer neuen Ungereimtheit reiner Musik.

»Aber ist dies dann Macht?« hörte er Campaspe sagen. »Gebissen, im Rachen verschlungen und verschluckt zu werden?«

»Angenommen, er würde sie tatsächlich töten«, sagte Anthea: »'s wäre nur ein bestialischer Akt. Beinhaltet keine Form: keine Grazie, keine Wahrheit. Es fügt nichts hinzu: nimmt nur weg. Nun, ich kann töten. Ich sollte es wissen.« Ihr Gebiß blitzte auf.

»Gut gesagt«, sagte der Doktor, als beantwortete er Lessinghams Blick. »In dieser Schule ist sie mir voraus. Ich kann sie nichts lehren.«

Lessinghams Blick begegnete Antheas Augen. Es war, als ob in den Schlitzen zwischen dem Gelb ein Funke aufgeleuchtet hätte und wieder verschwunden wäre. »Ich hatte sie«, sagte er; »aber wieder verloren, ehe ich sie . . .« Er bemerkte, daß der Raum plötzlich leer war, bis auf die sieben, die um die Tafel saßen. Aber wie durch das Kommen und Gehen winziger Flügel, rührten kleine Luftzüge hier an eine Augenwimper, dort an eine Kehle, und die Kerzenflammen flackerten unruhig. »Sie ist Form«, sagte er, und sein Blick fiel auf Antiope. »Sie zieht uns an. Wir, die wir handeln, seien wir Götter oder Menschen, haben in Ihr unser Tun. Und wenn wir in diesem Handeln unser einziges Sein haben (und ich glaube beim Himmel, daß es so ist), dann liegt in Ihr unser Sein. Sie lenkt unser Handeln in eine Form: formt es so in eine Art Schönheit.«

Campaspe, deren elfenhafte Züge vom Schatten wie von mottenhaften Flügeln überströmt waren, mit einer pelzigen und scheuen und flüchtigen Lieblichkeit, sagte sanft: »Wie die Scheide zum Messer?«

»Das ist gut«, sagte Vandermast, »aber nicht genug, Denn die Scheide ist nur ein Bild der Aufnahmefähigkeit simpliciter und ein Bild dessen, was aus sich allein keine Wirkung zeitigt.«

»Wie das Kelchglas zum Wein wäre treffender«, sagte Lessingham, ohne seinen Blick von Antiope zu nehmen.

»Oder die Augen zum inneren Licht«, sagte Anthea und lehnte sich auf ihren beiden Ellbogen nach vorne. Lessingham drehte sich beim Klang ihrer Stimme um: blickte in die Schlitze, die grün und gelb brannten und diese Glut zurückwarfen. Die warme, ölige Röte des Weines schmiegte sich an ihn wie eine Geliebte zwischen Traum und Traum zu schwindender Nachtstunde.

»Oder«, sagte Campaspe an seiner Seite, »Schwäche für Stärke zur Rast?« Er spürte die Berührung ihrer behandschuhten Finger auf seinem Unterarm: flatternde, gefiederte Vogelbrust, daß eine scharfe Regung ihr schaden könnte.

»Kelchglas zu Wein wäre treffender«, sagte jener gelehrte Doktor. Lessingham wandte sich ihm zu: Das Antlitz Vandermasts war stumm wie der Lichthof der Sonne hinter den Bergen in einer Sommernacht in der Gegend des Nordpols.

Dann blickte Lessingham abermals auf Antiope. Und langsam, wie in der Natur die Umbildungen von Sonnenauf- und Sonnenuntergang sich ohne die jähen Umwälzungen geringerer Umschwünge vollziehen, geschah es, während er ausblickte, daß die drei sich zusammenfügten zu einer. Nicht körperlich verschmolzen, denn wie vordem saßen sie zu dritt, Antiope links, sie rechts ihr an der Tafel gegenüber. Und dennoch fanden sich nun die Antiope die sprühenden Augen seiner Oreaden-Dame, Zähne aus Eis, klare wilde Lippen, Brüste aus Schnee: in Antiope seine schwache, feenhafte Campaspe, ein Rosenblatt, das im letzten fast gerissenen Faden eines Spinnennetzes hängt, auf dem der Morgentau glitzert: und in Antiope etwas, das nichts Derartiges war, sondern viel mehr als das: sie selbst: unbeschwert anzusehen, unbefangen, unwissend – arglos, mit einem Hauch von Lachen im Zauber ihrer Lippen. Ihre Augen, die in den seinigen ruhten, schienen zwischen Glauben und Glaubenmachen zu warten und sich dann in glasklare Strudel zu wandeln, wo Sonnenstrahlen zitternd über unerschöpfliche Schätze kostbarster Kleinode wateten. »Seltsames Gerede«, hörte er sie sagen. »Und ich entsinne mich«, hörte er sie sagen, »weiß aber nicht wann; noch wo: aber geht es nicht Hand in Hand mit Eurem Spruch, Mylord Lessingham? . . .

Mein ist nicht Stärke. Ich BIN nur: ein Zwielicht,
Zwischen den Pfeilen des gleißenden Mittags vernommen;
Hinter tosenden Wogen geschaut: Stille: Vision:
Frieden im Lanzengerassel.

Granit neigt sich erdwärts, als drohend schwebende Keule:
Schmetterlingsflügel ertragen zitternd den Schatten:
Musik der Götter, bitter-süß: Ihr Nachtgesang,
Älter als alle Welten . . .

Ist Sie nicht ein wenig so?«

Stille umschloß das verhallende Wunder ihrer gesprochenen Worte. Lessingham nahm wahr, wie des Doktors Schüler mit den gespitzten Ohren ihre weiße Hand in seine hob, die so schmal und tierisch in ihrem lohfarbenen Haarkleid war, und sie wie in stummer Anbetung an seine gewölbte Stirn drückte. Dies nahm er als eine schöne und passende Geste wahr, und diese Wahrnehmung erfreute ihn ähnlich der Liebe ihres Kätzchens zu ihr, äußerte sich doch etwas ähnlich schlicht und rein. Nur das Eigenartige daran, und das Eigenartige an ihren gesprochenen Worten, derer er sich, wie mit ihrem Gedächtnis, entsann als aus einer schönen vergangenen Zeit stammend, und die er als seine eigenen Worte wiederzuerkennen glaubte (doch wann gebildet, wann ausgesprochen, wußte er nicht): diese Dinge ronnen nun zusammen, wie ein Regentropfen zusammenrinnt und rund und vollendet an einer Blattspitze hängt, zur Erinnerung an jenes

Aufsteigen goldener Blasen in goldenem Wein im diesjährigen Frühling zu Mornagay, und an ihre bekannt anmutende Stimme.

Doktor Vandermast erhob sich von seinem Stuhl. »Kalt zieht es herein von der Nacht. Wenn es Euch gefällt, Madam, wollen wir nicht annehmen, es sei Julnacht, und uns ums Julfeuer setzen? Denn fürwahr entsinne ich mich, daß Ihr seit alters an altem Brauchtum stets Gefallen fandet.«

Als Antiope am Tischende vorbeiging, und Lessingham und Vandermast sich verneigten und einen Schritt zurück taten, reichte sie mit der Hand zu Campaspe hin. »Und Ihr, Liebste, singt für uns?«

»Ja, singt, helle Kehle der schlummernden Salweiden, singt Euer Lied der Maiennacht«, sagte Lessingham, »von Ambremerine. Es sagte mir mehr, als Ihr ahntet«, fügte er hinzu, wobei er aber zu Antiope blickte und so nicht das geringschätzige »Mehr als ich ahnte!« in ihren runden und glänzenden Augen sah.

Campaspe hatte sich mit flinker, naiadenhafter Anmut am Klavichord niedergelassen. Sie öffnete den Deckel. »Darf ich mein Lied wählen?«

Sie hatte ihre Antwort in jenen Augen gelesen, aus denen, halb wach, von Ewigkeit zu himmlischer Ewigkeit entspringende Endlosigkeit schien, noch ehe die Königin sie mit den Lippen aussprechen konnte: »Wählt: meine Wahl ist die Eurige.«

Campaspe begann das Vorspiel auf den Tasten. Die Stille, von jenem lieblichen Klingen zerteilt, brach wieder zusammen. »Mylady Fiorindas Lied?« sagte sie: *»Die Nachtigall ist mein Vater?«* Vandermast drehte sich auf seinem Stuhl, um seinen Blick mit jenem verschleierten, Wein schmeckenden Lächeln auf Antiope zu richten. Auch Lessingham beobachtete sie aus seinem tiefen Sessel auf der anderen Kaminseite: ihr Antlitz, von zwei Kerzen in einem Wandleuchter neben ihr beschienen, war liebreizend schön und hell, wie es sich so von der warmen Dunkelheit abhob. Sicherlich legte sich in dem Frieden, der ihr innewohnte, seine eigene Seele zur Ruhe, wie der Tag sich im Westen zur Ruhe legt.

Campaspe sang: eine Vogelkehle, so klein und körperlos, daß selbst diese zarten Töne glasklar durch das feenhafte Gewebe ihrer Stimme leuchteten:

Li rosignox est mon pere,
Qui chante sor la ramee
El plus haut boscage.
La seraine ele est ma mere,
Qui chante en la mere salee
El plus haut rivage.

Nun hing an der Wand, zur Linken Lessinghams, ein großer Spiegel mit einem Rahmen aus Schildpatt; und während mitten bei ihrem Lied sein Blut neuerlich in Wallung gekommen war ob dieses Namens und dieser Weise und der geweckten Erinnerung an Ambremerine, ereignete es sich nun, daß er zufällig in diesen Spiegel blickte. Er starrte so lange, wie man braucht, um bis sieben zu zählen, ob im Körper oder außerhalb, das wußte er nicht: ein Gesicht, doch nicht das seinige, sondern das des Herzogs, starrte zurück. Schrecklich dröhnten Harfensaiten durch seine Adern, und er saß wie blind.

Als sein Puls wieder gleichmäßig ging, war es ihm, als ob schließlich aus jenem Tumult von Kontrapunkt und Gegenstimme eine neue Figur klare Gestalt annahm. Und eine ganze Zeit lang wagte er nicht, seinen Blick dorthin zu heben, wo sie jenseits des Kamins saß und dem Gesang lauschte. Denn ein Zweifel wehte ihn an, ob er nicht das sähe, was er sähe, sondern das, was er nicht sähe: so lebendig frisch war seine Erinnerung an das, was er soeben gesehen hatte, als das Lied anfing, welches nun zu Ende ging: nicht sie, sondern eine andere, die dort saß: ein zweites Mal (wie erstmals in Acrozayana), mit einer zu naheligenden Vorahnung von der Veränderlichkeit jener, der er so zugetan war, und Vergänglichkeit der Dinge, so daß beim Ausblicken der Blitzstrahl nicht weit entfernt – ja in nächster Nähe niederginge und ihm die ausblickenden Augen donnernd ausschlüge. Er strich sich mit der Hand vergewissernd über das Kinn, und es war glatt rasiert und hart: sah in den Spiegel: sah schließlich behutsam über den Teppich. Das war ihr Fuß: daran war nichts zu rütteln: er kannte ihn besser als seinen eigenen. »Pah!« sagte er bei sich, »laß die Zügel nicht locker«, und ließ seinen Blick aufwärts gleiten. Dort saß sie, unter dem schwachen Kerzenschein, ein Stern zwischen flackernder Finsternis in einer Gewitternacht. Die Seite ihres Antlitzes war ihm zugekehrt, und das Kinn ein wenig seitlich angehoben, wie um, auf ihre eigene Schönheit bedacht, seine Augen ein wenig mit der silbernen Pracht ihres Halses und seiner lieblichen Kraft zu füttern; durch halb geschlossene schwarze Wimpern betrachtete sie das Feuer. Ihr Haupt bewegte sich träge, fast unmerklich, wie zur vertrauten Kadenz von Campaspes Weise. Ansonsten saß sie vollkommen regungslos: außer diesem Kopfnicken und dem leichten Heben und Senken ihrer Brüste bei jedem ruhigen Atemzug.

Als der Herzog so saß und ausblickte, spürte er frischen Wind in den Segeln und eine Erhebung seines Geistes für diesen weiteren Vorstoß in gefährliches, auf keiner Karte verzeichnetes, nie entdecktes Neuland.

Er stand auf: nahm eine Schale mit Früchten vom Beistelltisch. Vandermast hatte sich halb erhoben und wollte sie ihm abnehmen, weil ihn der Gedanke entsetzte, daß sein großer Herr solche Handlangerdienste ausführen sollte, aber der Herzog hinderte ihn mit einem Blick daran und kam mit der Schale dorthin, wo sie saß. »Wenn Eure Ladyschaft Lust auf irgendeine Nachspeise verspüren, wie Mispeln, Nüsse, Birnen?«

Sehr wählerisch begutachtete sie das Obst, nahm eine Frucht und, wobei sie ihm nicht die Augen, sondern die schwarzschimmernde Haarpracht ihres Hinterkopfes und die Rundung ihres weißen Nackens und ihrer weißen Schulter zeigte, hielt die Frucht ihm hin, auf daß er sie nehme und für sie schäle. Er schälte sie stumm: gab sie ihr zurück: sie aß davon wie mit einer Pose schöpferischen Bewußtseins, wie ein Bildhauer oder Holzschnitzer: eher absichtlich künstlerisch als schlicht verzehrend. Der Herzog sah ihr eine ganze Weile zu; dann beugte er sich von hinter ihrem Sessel über ihren Rücken und flüsterte: »Welch Tohuwabohu war das?«

Sie lehnte ihr Haupt zurück, bis er direkt in ihre Augen hinabsehen konnte, als er so über sie gebeugt stand, und ihr Antlitz gewahrte, als stünde es kopf. Er blickte in ihre Augen; dann auf ihren Mundwinkel, in dem jenes Ding auf der Hut war; dann über ihr ganzes königliches, mitleidloses Antlitz, wo ein Dutzend widerstreitender Unvollkommenheiten zu jenem gewandelt und geläutert waren, das die Kunst aller Schmeichelei und Alchimie übersteigt; dann auf jenen warmen Zwischenraum, wo sich durch ihr Zurücklehnen der Busen ihres purpurroten Kleides spannte; daraufhin abermals in ihre Augen. »Ich frage mich«, sagte er, »ob der Teufel Euch zu überlisten vermag, Madonna?«

»Woher soll ich das wissen?« sagte sie mit großer Unschuld, und das Ding dort vergrub sein Gesicht. »Wieso? Wollt Ihr einen Pakt mit ihm schließen gegen mich?«

»Ja. Außer daß ich es ein wenig verschmähe, Euren Diener zu bestechen.«

»Ist er mein Diener?« fragte sie, als erkundigte sich einer um der Erkundigung willen nach einer Belanglosigkeit. Ist Vandermast Euer Sekretär? Ist Campaspe eine Naiade?

»Oder ich wäre lange Zeit falschen Meinungen aufgesessen«, antwortete der Herzog. »Kommt, welches Gehalt zahlt Ihr ihm? Indes, ich befürchte, daß mein ganzes Vermögen kaum ausreichte, um Euch zu überbieten.«

»Was mich betrifft, so zahle ich weder«, sagte die Dame, »noch werde ich bezahlt. Dennoch habe ich Diener: ihn vielleicht, von dem wir sprachen: könnte ihn zumindest haben, wenn ich wollte. Und dennoch bin ich Eure Herrin und Geliebte. Ist das nicht einzigartig?« Sie hob ihre juwelenbehangene Hand, umfaßte die seinige, die auf der Stuhllehne ruhte, zog sie verstohlen an ihren Nacken und schob sie dann schnell wieder fort.

»Die Schwüre«, flüsterte er dicht bei ihrem Ohr, »die Ihr mir nach jener Nacht im vergangenen Mai geleistet, es nie wieder zu tun. Und dennoch ist es diesesmal schlimmer. Bei meiner Seele, ich träumte, ich sei – Lessingham.«

Fiorinda sagte: »Ich habe schon von eigenartigen Träumen gehört.«

»Und sie? Diese andere?« sagte er noch leiser. »Wer ist sie?«

Fiorinda setzte sich auf und richtete ihr Gewand. Barganax ging ein paar Schritte um sie herum zum Kamin, um wieder ihr Antlitz sehen zu können. »Oh, diese großäugige Unschuld«, sagte er, »steht Eurer Ladyschaft schlecht zu Gesicht, die Ihr doch aus dem vollen zu schöpfen vermögt. Was, ist sie ein Kleid von Euch?«

»Ich hätte geglaubt, Ihr hättet inzwischen gelernt«, sagte sie, wobei sie mit schwanenhaft geschmeidigen Handbewegungen die Kämme in ihrem Haar nachsteckte, »daß alles was ist, ein Kleid von mir ist. Seit jeher und vom Anbeginn der Zeiten«, sagte sie so leise, daß er dieses nicht hören konnte: aber das weiße Kätzchen, das zu ihr aufblickte, schien es zu hören.

Der Herzog sah sich um. Campaspe entlockte den Tasten des Klavichords einen fröhlich trällernden Kanon. Zenianthe hatte ihren Stuhl neben sie gerückt und beobachtete sie, wie ein süßer Eichenbaum wohl die mäuschenhaften Sprünge und Pausen eines Baumläufers auf seinen standfesten, traumfesten Ästen beobachtet. Der Greis unterhielt sich laut mit Anthea: jener sein seltsamer Schüler lag wie schlafend auf dem Teppich zusammengerollt, einen Arm um das weiße Kätzchen geschlungen, das mit langsam blinzelnden Augen immer noch Fiorinda aus der Entfernung musterte. »Ihr sollt dies wissen«, sagte der Herzog: »Ich liebte sie wie mein Leben.«

Mit jener fast unmerklich kleinen, geringschätzigen Aufwärtsbewegung des Kopfes lachte sie. »O wie süß und rührend. Was Ihr da von Euch gebt, Mylord, klingt wie das Gesäusel eines gemeinen Schauspielers.«

»Und hätte mich den Teufel um Euch geschert, Madame.«

»Wer wollte nicht so geliebt werden?« sagte sie; und mit blumenhafter Anmut, der doch die Bedrohlichkeit einer zwischen Blumen hervorspähenden tödlichen Giftschlange anhaftete, erhob sie sich. »Ich bin wirklich geduldig wie ein Lamm; doch ich fürchte sehr, Mylord, daß Ihr mir allmählich lästig fallt. Zenianthe, meinen Mantel.«

»Bleibt«, sagte der Herzog. »Ich kann genauso gestelzt daherreden wie Eure Ladyschaft. Und Verliebte können schlecht umhin, von anderen Geliebte angedichtet zu bekommen. Es war ein Traum.«

»Es war wahr«, entgegnete sie, und ihre grünen und geschwungenen und unergründlichen Augen betrachteten ihn, während ihm jede ihrer sinnlichen Bewegungen beim Anziehen des Mantels einen Stich versetzte. »Das erste (bezüglich Liebe) war wahr, nicht aber das zweite: das zweite war nur eine prahlerische Drohung, um mich zu quälen. Denkt nach, und Ihr werdet Euch darauf besinnen, mein Freund, daß ich die Wahrheit spreche.«

Er gab keine Antwort.

»Überdies«, sagte sie, »würdet Ihr Euch nicht, nicht einmal in diesem Augenblick, den Teufel um sie scheren. Nein, schlagt es nicht in den Wind, Mylord: denkt nach. Ihr werdet sehen, daß ich die Wahrheit spreche.«

Der Herzog blickte in gebanntem Schweigen in ihre Augen. »Denkt nach«, sagte sie abermals; und während er nun unentwegt auf ihre Lippen blickte, die scheinbar auf einem vorzeitlichen, geheimen Andenken an irgendeinen uranfänglichen, bleibenden Zustand gegründet waren, wo das Sein dieser Dinge ein unmittelbares Ganzes ist, was die besondere Eigenheit der Ewigkeit darstellt, antwortete er nach einer Pause langsam: »Ja: aber das soll nicht lieben heißen. Denn kein Mensch kann sein eigenes Selbst lieben und verehren.«

»Das, was Ihr sagtet«, erwiderte die Dame, und ihre gemächliche Stimme war wie der Honig von Rosen, »habe ich seltsamerweise schon einmal gehört. Dennoch nicht gehört«, sagte sie, wobei sich ihre Augenbrauen hochzogen, die stets einen Ausdruck sanften Erstaunens trugen, als sie zu ihren Händen hinuntersah und ihre Handschuhe anzog; »denn es wurde nur gedacht, nicht gesprochen: gesehen, in Augen: seinen, nicht Euren Augen, in Acrozayana.«

»In seinen Augen?« sagte der Herzog. Die Stille entfaltete ihre zitternden Schwingen über sie, wie die Schwingen, die den Traumstein beschatten.

»Es hat sozusagen Brüder und Schwestern gegeben«, sagte sie. Es war, als ob unter ihrer ironischen, trägen, verführerischen Stimme die Schwingen überdehnt wurden zu jener pulsierenden Höchstspannung, die alle Augenblicke in einem seltzerstörerischen Zusammenbruch eigenen Übermaßes hinschwinden mußte. Dann, ob aus einer bloßen Laune oder Einbildung heraus: ob aus allergöttlichster, scharfsichtiger Mildtätigkeit, *bis dat quae tarde*: oder ob nur aus ihrer Aprilstimmung (erst lieblicher Sonnenschein, dann Hagel aus düsterem Himmel, und plötzlich schmelzen diese Körner beim ersten Strahl wieder zu schillernden Tropfen auf den gelben Narzissen und dem Schöllkraut: halb ausgeschlagene Blätter der Salweide und Birke und Hecke verwandeln sich im Sonnenlicht zu grünen kleinen Flammenzungen: der Himmel ist blau und heiter, und Schlehdorn und Weichsel ranken wie Sterne über den neuen Lämmern): ob aus allen oder keinem dieser Gründe heraus, sie befreite ihn von ihrer Macht, löste ihren Griff. »Werter Herr, sind meine Pferde bereit?«

»Wahrlich«, sagte der Herzog wie neu erwacht, »ich sah noch nie meine . . .« Und auf einmal wurde sein Blick verschleiert. »Es sei denn . . .«

Vandermast kam von der Tür zurück. »Madame, sie warten am Tor.«

Barganax fuhr auf. »Was ist das für ein Ort? Madam, ich flehe Euch an, geht noch nicht. Zumindest will ich mit Euch gehen.« Aber schon war sie in der Tür, welche der alte Mann für sie aufhielt, verschwunden. Barganax, wie einer, der in einem Traum einen Weg einschlagen will, aber seine Beine, in den wolligen Fesseln des Schlafes gefangen, gehorchen ihm nicht, stand wie angewurzelt. Dann fiel die Tür ins Schloß.

Er sah, wie Antheas Augen mit einem sphinxhaften, ausdruckslosen Starren auf ihn gerichtet waren. Ohne dies zu beachten, stand er nun mit dem Rücken zum Feuer, gedankenversunken, aufrecht, breitbeinig, eine Hand in den jewelengeschmückten Gürtel gestemmt, während die andere seinen Schnauzbart zwirbelte. Das dunkle Feuer schlief und erwachte, flackerte auf und schlief und flackerte wieder in seinen halb geschlossenen Augen. Er sagte bei sich: »Aber nein, werte Herrin der Streitgründe, Täuscherin der Täuschungen, o Ihr Unergründliche: es gibt dort etwas Tieferliegendes. Daß er etwas von Euch in sich hat, halte ich nicht für unglaubwürdig, der ich an Wunder gewöhnt bin. Nein, ich halte es für wahr: es ist wie ein Licht: enthüllt mir viel, was bisher im Dunkeln lag. Ihr seid indes mehr. O Ihr! Nicht mit der Hilfe aller Teufel könntet Ihr mich heute mit einer solch ungenügenden Antwort niederringen.«

Doktor Vandermast folgte dieser Dame durch den Garten: leere Beete, von dickem Rauhreif überzogen, und über allem, hoch im frostig klaren Himmel stehend, der Wintermond. »Während Ihr in einer Verfassung seid, Madam«, sagte er, »mich zu lehren und zu unterweisen: ehe ich wegtrete, darf ich wissen, ob ich meine Rolle soweit recht und Eurer Ladyschaft wunschgemäß gespielt habe?«

»Wunschgemäß?« sagte sie. »Habe ich Wünsche?«

»Nein«, sagte er, »ich spreche nur, wie Menschen sprechen. Denn mir ist nicht unbekannt, daß *Dea expers est passionum, nec ullo laetitiae aut tristitiae affectu afficiture:* daß Sie, die hoch im Himmel wohnt, weder mit einer freudigen, noch mit einer traurigen Gemütsverfassung behaftet ist.«

»Welch süße Sache«, sagte sie, »die göttliche Philosophie doch ist! Und mit welch einnehmender Schlichtheit sie aus Eurem Mund, weiser Doktor, ein klares Nein oder Ja spricht, obschon diese Dinge, wie ich meine, anfechtbar und strittig sind.«

»O Ihr, die Ihr Euch wandelt und dennoch nicht wandelt«, sagte der Greis: »Ich spreche nur, wie Menschen sprechen. Sagt an, blieb irgend etwas unerledigt?«

Sie nahm die Zügel und ließ für einen Augenblick Ihre Schönheit ausstrahlen als eine feurige Lohe, nun leuchtend hell, nun wieder verschwunden. Seine Augen entflammten in diesem Schein. »Es blieb nichts unerledigt«, antwortete sie. »Alles ist vollkommen.« Und jene Angespannten breiteten die Schwingen aus, und indem sie die frische feine Luft mit einem Donner zahlloser Flügelschläge verdichteten, schossen sie mit Ihr flugs hoch über die Sterne hinaus durch den herniederrieselnden Schein des frostigen silbernen Mondes. Und der gelehrte Doktor, der seine Augen und Ohren gespannt zum Himmel richtete, folgte ihrem Flug, ihrem Aufsteigen, Kreisen und Absteigen; und schließlich gewahrte er, wie sie vor seinem östlichen oberen Fenster schwebten, so daß ihr Fahrer aussteigen könnte; und dort gewahrte er, wie Sie über den Balkon eintrat wie ein Traum oder wie ein bleicher Mondstrahl. Denn er sah Sie nicht als Unsere Herrin der Streitgründe, sondern als Unsere Herrin des Friedens eintreten.

So wandte er sich also selbst wieder um, ging ins Haus, schloß die Tür und gesellte sich wieder zu seinen Gästen vor dem Kaminfeuer.

Die Uhr schlug bei seinem Hereinkommen (als ob Sie bei Ihrem taubengezogenen Flug zwischen Erde und Sternen die an Ihren Wagen gebundenen Stunden mitgerissen hätte zu einer ihr normales Maß übersteigenden Geschwindigkeit) die letzte Stunde vor Mitternacht. Der Greis näherte sich Lessingham, wo dieser immer noch gedankenversunken mit dem Rücken zum Feuer stand. »Schlaf, Mylord Lessingham, ist ein Beender aller Reiseeindrücke. Ihre Ladyschaft, die mit Euch gemeinsam in dieses Haus kam, zog sich soeben in ihr Gemach zurück. Gestattet, daß ich Euch nun in das Eurige geleite.«

Als er zu einem Gute-Nacht an seiner Kammertür innehielt, sprach Lessingham zuletzt. »Sagt noch einmal«, fragte er: »welches Haus ist dies?«

Vandermast gab zur Antwort: »Ich sagte Eurer Exellenz bereits, daß es das Haus des Friedens ist.

Und«, sagte er, als er zu sich selbst sprach, wie alte Männer das tun, nachdem er wieder unten war und vor der offenen Tür stand und die Aprilluft einsog, die nun in diesem Garten lag, und den Duft des Frühlings: »es ist das Haus der Herzenslust.«

Vielleicht gerade wegen des tiefen Friedens, der dieses schlummernde Haus einhüllte, so daß gar sein Atem und beschleunigter Herzschlag ihn wachzuhalten vermochten, konnte Lessingham keinen Schlaf finden. Eine Stunde nach Mitternacht erhob er sich, kleidete sich an und öffnete sacht seine Kammertür. Am oberen Ende der Treppe blieb er stehen, da er in der Stube noch Lichter sah, sowohl von Kerzen, als auch vom flackernden Kaminfeuer. Lautlos ging er ein, zwei Stufen hinunter und stand still. Auf der großen gepolsterten Bank, die vor den Kamin gerückt war, saß Doktor Vandermast. Anthea, auf derselben Bank, lag der Länge nach ausgestreckt, eine schlummernde Gefahr, sehr liebreizend in ihrem Schlaf, das Haupt im Schoß des gelehrten Doktors. Zenianthe saß auf dem Boden, ihr Rücken gegen seine Beine gelehnt, und blickte vor sich hin ins Feuer, Campaspe kniete, auf ihren Fersen sitzend, mit dem Rücken zum Feuer, den anderen zugekehrt; Lessingham sah, daß sie auf dem Fußboden ein kleines Kartenspiel legte, sehr vertieft, dennoch nebenbei den Worten des Doktors lauschend, der in seiner Versenkung sprach.

»Ist es erfaßt und verstanden«, sagte Vandermast, »*sub specie aeternitatis,* kann es nie zu sinnlich sein: kann es nie zu geistig sein.«

Zenianthe, die in das Feuer lächelte, schüttelte den Kopf. »Vervielfachung gegenstandsloser Wörter«, sagte sie.

»Nein, Ihr, liebe Frau, solltet das *per experientiam* wissen, und ebenso von innen heraus. Denn was soll eine Baumnymphe tun, wenn ihr Baum umgesägt wird? Was anderes als zu sterben?«

»Kann irgend etwas sterben?« sagte sie. »Am allerwenigsten wir, die wir nicht zu den Sterblichen zählen?«

»Ich spreche«, sagte er, »wie Menschen sprechen. Und fürwahr habe ich geglaubt, daß es in der Tat eine Art von Tod gibt, wie törichte Körper, die sagen, pah! es gibt keinen Geist: oder andere, pah! es gibt keinen Sinn. Und sind nicht alte Männer schon früher vor ihrer Zeit gestorben und haben dabei vergessen, daß dieser Winter ihrer Jahre nur Ihre Retorte ist, in der ihre Treue und Ergebenheit geprüft werden, genauso wie Gold und Silber in der Glut gereinigt und geläutert werden? Genauso wie seit jeher die Katze blinzelte, wenn ihr Auge fehlte, so auch sie: anstatt sich vertrauensvoll und schutzsuchend an Sie zu wenden, daß Sie heile, wiederbringe und hernach es wieder gebe.«

»Seid Ihr sozusagen alt?« sagte Campaspe, und legte Pik-Königin und Herzkönig zusammen.

Vandermast lächelte. »Ich bin zumindest über die früheren Jugendspäße hinaus.«

»Ja?«

»Ich rede«, sagte er, »von hier und jetzt.«

»Was gibt es sonst?« sagte sie.

Vandermast fuhr sich über den weißen Bart. »Vielleicht nichts.«

»Aber Ihr sprachet soeben«, sagte Zenianthe, während sie sehr sanft ein frisches Holzscheit nachlegte, so daß die Funken knakkend aufstieben, und jene Oreadendame, mit des Doktors Knie als Kissen, im Schlaf sich drehte: »Ihr sprachet vom ›Hernach‹.«

»Vielleicht«, sagte Vandermast, »ist das ›Hernach‹ (und durch die gleiche logische Folgerung auch das ›Vordem‹) hier und jetzt.«

Campaspe deckte die Karo-Sieben auf. »Was ist hohes Alter?«

»Was ist Jugend, meine kleine Sirene der schlammigen Sümpfe und Waldanemonen im Lenz und Weidekätzchen, an denen zu nachtfinstrer Stunde der Nachtfalter nascht?«

»Nun, wir sind Jugend«, sagte sie.

»Und was das Alter angeht«, sagte Zenianthe, »so spricht der Dichter:

Mein Kummer liegt vor und meine Freude hinter mir.

Das zum Alter. Und was die Jugend angeht, so würde ich den Spruch einfach umdrehen und sagen:

Meine Freude liegt vor mir.«

»Wer lehrte Euch dies?« sagte der kundige Doktor.

»Meine Eichenwälder«, antwortete sie.

Er überlegte eine Weile schweigend. Dann sagte er: »Es ist göttliche Philosophie, zutiefst in Dunkelheit und Dickicht dieser Widersprüche zu suchen, die in der Wurzel aller Dinge liegen. Ich bin alt«; und sein Blick strich über die schlummernde Schönheit Antheas, katzenhaft der Länge nach ausgestreckt. Fast ohne es zu berühren, folgte sein Finger ihrem Haar, wo es in goldenen Wellen nach oben gedrückt wurde, unter ihrer linken Stirn und Wange hervor, wo ihr Haupt in der Unschuld des Schlafes auf seinem Knie ruhte. »Ich bin alt; und dennoch, wie die Dichterin –

ἐγὼ δὲ
φίλημ' ἀβροσύναν, καί μοι τὸ λάμπρον
ἔρος ἀελίω καὶ τὸ κάλον λέλογχεν·

– liebe ich das Köstliche, und für mich hat die Liebe der Sonne Herrlichkeit und Schönheit.

Zenianthe sagte: »Wir wissen, Herr, wer Euch dies lehrte.«

Immer noch stand Lessingham auf der Treppe und lauschte. Sie saßen mit dem Rücken ihm zugekehrt. Vandermast entgegnete: »Ja: Sie, nicht zu erschaffen und nicht vergänglich. Sind Jugend und Alter Spielzeuge von Ihr? Was sonst? Sehen wir doch, daß Sie mit allem spielt. Und Alter, habe ich vordem geglaubt, sei ebenfalls Teil Ihrer Listen und Täuschungen, um uns in jene Torheit stolpern zu lassen, das Gute und Angenehme geringschätzig zu verachten, das wir nicht mehr genießen können. Dann, nachdem Sie uns lange durch so viele Kehrtwendungen gelenkt, wie Irrlichter leiten, enthüllt sie die Grazie Ihrer Augen: lacht am Ende über uns.«

»Die Liebe wäre sonst eine zu ernste Sache«, sagte Campaspe. Sie holte für die Herzkönigin den Kreuz-König: »Antiope: Lessingham.«

»Was ist Lessingham?« fragte Zenianthe das Feuer im Kamin. »Was ist Barganax?«

»Was bin ich«, fragte Vandermast. »Sagt an, Träumerin und Jägerin der uralten Eichenwälder, fällt es außerhalb des Planes, daß junge Männer weise wie im Greisenalter, reuelos und nicht ernüchtert sein sollen? Ich meine nicht ein erdichtetes mathematisches *esse formale*, wie einige Phantasten es erträumen, sondern in Leibhaftigkeit hier und jetzt. Denn wahrlich habe ich voll Traurigkeit, indem ich in mir selbst suchte, nicht nur einmal, sondern oftmals . . .« Er schwieg.

»Was ist hier und jetzt?« sagte Zenianthe, während sie mit braunen, verträumten Augen in das Kaminfeuer blickte.

Vandermast war zurückgelehnt, sein Haupt gegen ein Kissen; die schmalen Hände ruhten locker mit den Handflächen nach unten zu seinen beiden Seiten auf der Bank. Auch er blickte in das Feuer, und vielleicht wegen seiner Hitze, vielleicht wegen der späten Stunde, war das Leuchten in seinen Augen gedämpft. »Als Teil Ihres Friedens?« sagte er. »Als Teil Ihrer Freude? – O fröhliche, strahlende Göttin, die Ihr alles nach Eurem Köder hin stürzen macht. – Sind doch alle Freuden der Welt nur von Gott ausströmende Funken und Einzeldinge? Und werden doch nur für Sie alle Dinge, *omnia quae existunt*, erhalten und bewahrt, *a sola vi Dei*, allein von göttlicher Macht?«

Zenianthe sprach: »Und Liebende? Meint Ihr nicht, ein Liebender habe Macht?«

»Liebe«, sagte der Greis, »ist *vis Dei*. Es gibt keine andere Macht.«

»Und Ihr zu dienen«, sagte Campaspe, die nach wie vor auf ihren Fersen saß und auf dem Boden spielte, »(so habe ich Euch sagen hören): keine andere Weisheit.«

»Um wie Sterne in die Endlosigkeit zu scheinen«, sagte die Hamadryadenprinzessin, ohne ihren Blick vom Feuer zu nehmen.

Ein paar Minuten lang sprach niemand, regte sich niemand,

außer Campaspe, die ihr kleines Kartenspiel spielte. Lessingham auf der Treppe bemerkte, daß der kundige Doktor, wie alte Männer das tun, auf der Bank eingeschlafen war. Campaspe, die das ebenfalls bemerkte, schob ihre Karten zusammen. Sie stand eine Weile und betrachtete den so Schlafenden, dann kam sie auf Zehenspitzen heran, beugte sich über ihn und küßte auf sehr hübsche und süße Weise seine Stirn. Anthea, die sich im Schlaf drehte, reichte mit der Hand hinauf und berührte sein Antlitz. Lessingham ging sehr leise hinter ihnen die Treppe hinunter und weiter zur Tür. Nur Zenianthe, die ganz ruhig saß, blickte sich um und sah ihm nach, wie er ging.

Lessingham trat hinaus und schloß die Tür hinter sich und stand allein in jenem Garten und der Sommernacht. Unter den Sternen des Juni stehend, überkam ihn ein Bewußtsein, ähnlich jenem, daß er schon einmal, in jener Festnacht in ihrem Rialmar, erfahren hatte: wie damals vor der Pavane, verhärtete sich die sinnliche Wirklichkeit, und die Träume verwehten. Nur lag keine Härte in dieser nach Lilien duftenden Nacht: nur eine gewisse Vollkommenheit; worin das Haus und der schlummernde Garten und der Sternenhimmel und der südöstliche Lichtschein, wo der unsichtbare Mond kaum hinter Zenianthes Eichenwäldern aufgegangen war, in einer Schönheit zu erblühen schienen, die ihnen vor aller Endlosigkeit verliehen worden war. Langsam spazierte er zwischen schlummernden Blumenbeeten zum östlichen Ende des Gartens und beobachtete, wie die Wipfel der Eichenbäume sich mit Mondschein füllten. In dem davon ausströmenden Frieden erinnerte er sich an jemanden, nicht Campaspe, die so auf den Fersen nachts vor dem Kamin gesessen war und gleichzeitig spielte und redete und lauschte: eine seltsame Fertigkeit, hatte er damals gedacht, und dachte das auch jetzt: doch die milde Nacht, als wüßte sie das sehr wohl, wollte es aber nicht preisgeben, schwieg sich darüber aus, wer oder wann das gewesen sei, und schlummerte friedlich unter den vor dem Mond verblaßten Sternen weiter.

Abermals blickte er zu ihren Fenstern auf. Dort, wo vor einer kurzen Weile noch alles leer und ohne Licht gewesen war, gewahrte er sie nun auf dem Balkon: dem Mond zugewandt. Von seinem Platz im tiefen Schatten einer Eibe beobachtete er sie: Antiope: ganz in Weiß. Es war, als stünde sie auf keiner festen Substanz, sondern auf einer Wasserwoge, die verehrteste Schönheit, die je die Welt in Verwunderung gesetzt hatte. Fast ohne es zu glauben, als hätte die Nacht gesprochen, hörte er sie sagen: »Ihr, Mylord, steht dort?«

Langsam näherte er sich. Wie getragen von einer sich ausbreitenden Stille und Seligkeit, erklang von nah das Surren eines Ziegenmelkers. Es erstarb, wie das schnarrende Aufziehen einer Uhr in der Ferne verhallt, zu Schweigen. »Ich konnte nicht schlafen«, antwortete er unter ihrem Fenster.

»Ich auch nicht«, sagte sie. Alles Sein schien nun zu ihr zu drängen, wie Magneteisenstein zum Polarstern, oder zum ruhigen Mittelpunkt eines Mahlstroms die strudelnden Wasser mit ihrer treibenden Last der Lebenden und der Toten.

»Ihr auch nicht?« sagte Lessingham. »Was gibt es hier, das Euer Gemüt beunruhigt?«

Als sie antwortete, war es, als stockte ihre Stimme: »Tiefe Wasser, glaube ich.«

Die Glyzinienblüten hingen wie schwere Weintrauben unter ihrem Balkon: die Äste des Busches, umwickelt und zerquetscht in den Klammern der eigenen frischeren Triebe, zeigten sich knorrig und verschlungen im Mondschein. »Ich denke«, sagte Lessingham, »ich würde schwer stürzen, versuchte ich, zu hoch zu klettern.«

Abermals schnurrte der Ziegenmelker. Zu seiner Linken flatterte er plötzlich von dem Zweig, auf dem er geruht hatte. Er spürte, wie er um sein Haupt kreiste: hörte den seltsamen wilden Schrei, bu-ek! bu-ek! sah ihn niederstürzen und kreisen, mit aufrechtem Körper fliegen, die Schwingen beim Flug erhoben wie ein abfliegender Nachtfalter oder eine Fledermaus: hörte das Klatschen seiner Flügel: hörte Antiopes Stimme, wie in einem Traum, oder wie die Sommernacht, die sich im Blumengehänge der Glyzinie regte: »Dagegen hilft nur dies: höher zu klettern.«

Er tat einen Schritt und stand zitternd wie ein in einen Tisch gerammter Dolch. »Ha!« sagte er. »War ich eben noch Herr der Lage, so bin ich jetzt doch wäßrig weich.« Dann in einer plötzlichen Veränderung: »Versucht mich nicht, Madonna. Im Handeln war ich immer wie ein Dachs: wo ich beiße, beiße ich, bis meine Zähne aufeinandertreffen.«

Er hörte sie sagen, wie ein Stern sich zur See neigt: »Was nützt es mir, Königin zu sein? O bedenkt auch«, und ihre Stimme wurde leiser, »wie unsicher und gefährlich sie auch scheinen mögen, so sind sie doch von Gott.«

Die schwankenden schweren Blütentrauben, die über sein Gesicht und seinen Bart streiften, verwehrten ihm jegliche Sicht, als er hochstieg. Schließlich stand er auf dem Balkon vor ihr, und während er in ihre Augen hinabblickte, die in der warmen, mit Sternenschein verwobenen Dunkelheit unergründlich waren, sagte er im Flüsterton: »Wer seid Ihr?« Sie antwortete: »Manchmal weiß ich das selbst kaum«, und lehnte sich wie in einem Taumel zurück gegen den Fensterrahmen, die Hände an den Busen gedrückt. »Außer, daß es ein Wort gab«, sagte sie, »das in einem Ring stand,HMETEPA. - Ach«, sagte sie, »Ich wußte es; aber es ist fort.«

»Und ich weiß«, sagte Lessingham, »es heißt *unsere*: *ἡμετέρα.* Ihr, unsere: *ἡμετέρα;* von allen Dingen, unsere: Eure und meine, über alle Unbeständigkeit des Schicksals hinaus.« Manchmal fügt es sich im Sommer, daß ein plötzlicher Hauch von einem blühenden Lindenbaum den falschen, verzerrenden Schleier lüftet und für einen Augenblick den Blick wieder freigibt auf einen Berggipfel, auf einen Hauseingang im Lampenlicht, auf ein Seeufer im Morgen, auf ein Liebeslager, wo die verwandelnde Zeit zu den ewigen Wahrheiten aufstrebt. »Es ist fort!« sagte er. »Aber Ihr« - ihr Körper in seinen Armen war wie die kleine, krausblumenblättrige, früh blühende Schwertlilie, die ein Windstoß zerbrechen kann. Er spürte ihre Hände hinter seinem Kopf: hörte, wie sie stockend geradewegs in seine Lippen sagte: »Ich kann Euch nicht mich selbst geben: ich habe wohl kein Selbst. Ich kann Euch *alles* geben.«

Durch die weit geöffneten Fenster von Antiopes Schlafgemach in jenem Haus am Wegesrand trat der goldfüßige Morgen: der Himmel golden, wolkenlos, und mitten darin die Sonne, goldener als Gold. Die Königin, an Lessinghams Seite, sagte: »Danke, Mylord, ich nehme meine Zügel wieder.« Und als sie die Zügel in die Hand nahm, näherte sich von hinten das Donnern galoppierender Hufe durch die nach Stechginster duftende Luft. Tyarchus und Zenianthe jagten Knie an Knie, dicht gefolgt von Amaury, hinter der Biegung der abschirmenden Birkenwälder hervor.

Als sie sich Rialmar näherten, fand Lessingham Gelegenheit, unter vier Augen mit ihr zu sprechen. Es war später Nachmittag, als sie nun heimwärts ritten, und da mit dem Herbst die Tage kürzer wurden, ging jetzt die Sonne unter. Zu ihrer Rechten reckte der zweihörnige Rialmar sich finster und unangreifbar gegen die Wolken, die vom Westen anzogen. Die Luft war erfüllt von den Schreien der Seemöwen. Südlich dröhnte die Brandung der See von Bucht zu Bucht. Über der Stadt Rialmar stiegen Rauchfahnen von den Häusern auf, und flackernd funkelten ihre Lichter herüber. So weit das Auge reichte, bildeten die Wolken vom östlichen Hochland bis Rialmar eine ebene Linie mit dem Horizont. Die dunkle untere Schicht war besetzt wie mit sich brechenden Wogen in Schiefergrau und Purpur, und in dem Spalt dazwischen zeigte sich der Himmel rosarot, golden, karminrot, apfelgrün. Über den Wolken war das westliche Firmament in rosiger Glut entfacht, die gar bis zum Zenit reichte, dort vermengt mit dem Halbdunkel der einbrechenden Nacht. Der Boden, über den sie ritten, hatte eine matte gräulich-grüne Färbung: Stechginster und Dornenhecken waren verschwommen schwarz. Lessingham sah zur Königin, wo sie neben ihm ritt, und betrachtete ihre seitwärts blickenden Augen: ihr ernstes griechisches Profil, sich seiner Schönheit unbewußt. »Ich hatte einen Traum«, sagte er.

Aber sie sah mit einer Art Morgengrauen in ihren Augen sehr nüchtern in die seinigen. »Ich bin in solchen Dingen nicht bewandert und verstehe sie nicht; aber es war kein Traum«, sagte sie. »Ich war da, mein Freund.«

Kapitel XVI

Der Vikar und Barganax

Mittlerweile schickte der Vikar, der allein mit seinen verwunschenen Hunden in seinem Gelaß saß, am selben Morgen von Lessinghams Aufbruch nach Rialmar, nach seinem Sekretär Gabriel Flores. »Nehmt Tinte und Feder: schreibt.« Wort für Wort diktierte er ihm, und als alles niedergeschrieben war, überflog er die Briefe; unterzeichnete sie, bestätigte sie mit seinem Vikarssiegel. Zur selben Stunde beauftragte er einen Geheimboten, diese zum Großadmiral zu bringen, der mit seiner Flotte in der Förde von Peraz lag, und zum Kanzler in Zayana. Einen weiteren sandte er nach Kutarmish zu Graf Roder. Als dies getan war, ließ er Graf Mandricard von Argyanna, und Daiman, Thrasiline und Rossilion aus dem Umland Rereks rufen; Arcastus war bereits zur Stelle. Mit diesen Männern, alle fünf seine Werkzeuge und Handlanger, und Gabriel führte er den ganzen Tag lang bis zum Abendbrot Geheimbesprechungen und weihte sie in seine Pläne ein, soweit er das für angemessen erachtete.

Nun trafen die Antworten von diesen drei großen Kommissaren ein, die nicht abgestimmt waren, da sie keine Zeit gehabt hatten, sich diesbezüglich abzusprechen, dennoch aber eine einmütige Antwort; die, schlicht gesagt, die Bereitschaft ausdrückte, tatsächlich ein Treffen mit ihm abzuhalten, aber nicht wie Hornvieh mit dem Löwen im Lager des Löwen: also nicht im Eulenthal.

Als der Vikar darüber eine Weile nachgedacht hatte, schickte er weitere Briefe auf den Weg, und zuerst an Jeronimy in seiner Eigenschaft als Regent von Hintermeszria: als Unterpfand seiner Freundschaft, und weil es dem Rang und Stand des Admirals nicht unangemessen sei, übertrage er ihm als Schenkung die Burg und Stadt von Kessarey samt der Ländereien und der ganzen Reede und Hafenanlage derselben; wenn auch innerhalb der Mark von Ulba gelegen, so werfe Kessarey aufgrund seiner Lage doch den Schatten seiner Macht weit nach Meszria hinein; und nicht in Eulenthal, sondern in Kessarey, solle ihre Unterredung stattfinden. Und um seine Freundschaft zu bezeigen, wolle er ausschließlich mit einer Leibwache dorthin kommen; unter solch offenen und unzweifelhaften Bedingungen, welche seine getreue Gesinnung bekunden, mögen sie sich dort zum Wohle des Reiches und zum eigenen Besten zur Beratschlagung einfinden.

So kamen nach Kessarey etwa Mitte August diese vier: Beroald, Jeronimy, Roder und der Vikar. Man ließ nichts verlautbaren, so daß es nicht bekannt wurde, welche Art von Eiern bei diesem Zusammenstecken der Köpfe ausgebrütet wurden. Der Kanzler begab sich nach ein, zwei Tagen heim nach Zayana: der Graf nach Kutarmish: der Admiral ließ sich mit der Flotte in Kessarey nieder und verfügte über gute Truppenstärken zu Lande und zu Wasser. Sie trennten sich alle mit zum Ausdruck gebrachter Zusammengehörigkeit und Rücksichtnahme, und der Vikar begab sich nun auf eine Rundreise durch die Mark und Hintermeszria, um sich den Treue- und Untertaneneid schwören zu lassen von den Städten und Befestigugen jener Landesteile, die dem Regenten Jeronimy unterstellt waren, genauso wie er ihn auch vom Regenten selbst in Kessarey entgegengenommen hatte: die feierliche Anerkennung als Vikar und Reichsverweser und Inhaber ihrer Lehenstreue im Frieden und im Krieg. Zu Lebzeiten des großen Königs war der zeremonielle Kniefall bei solchen Anlässen auf die königliche Hoheit bezogen worden, und falls durch einen Vizekönig, Kommissar oder dergleichen entgegengenommen, so nur durch diese als Mittler, und so ausgedrückt; nun jedoch blieb nicht unbemerkt, daß der Vikar bei seiner Rundreise alles auf seine Person bezog, ohne mit einem Wort die Königin, unumschränkte Landesherrin und Quelle seiner Herrschergewalt, zu erwähnen. Dieses erfüllte mit Bosheit jene, die bei winkender Belohnung stets den Zuträger spielen, und drang durch solche Zungen dem Regenten in Kessarey zu Ohren. Derartigem Gerede lauschte Jeronimy mit offenen Ohren, aber geschlossenem Mund.

Der Vikar, der jetzt nach Laimak zurückkehrte, hieß Gabriel, einen Brief an den Herzog Barganax zu schreiben, so süß und liebenswürdig wie möglich. Daraufhin traf nach nicht vielen Tagen des Wartens die Antwort des Herzogs ein; in einem ebenso freundlichen Ton entschuldigte Barganax sich dafür, den Vikar nicht zu einem Gastbesuch nach Zayana eingeladen zu haben (was, wäre es angeboten worden, der Vikar aus Bedenken um seine persönliche Sicherheit unter keinen Umständen hätte anzunehmen geruht) und schlug statt dessen ein Treffen auf dem Salimat vor. Dort, an der Grenze zwischen Hinter- und Südmeszria wolle er etwa im Oktober in seiner Eigenschaft als Regent von Südmeszria den Vikar als Reichsverweser der Königin anerkennen und den Lehnseid in aller Feierlichkeit ablegen, dem Vertrag von Ilkis gemäß unter jenen Bedingungen der Oberlehnsherrlichkeit, die dem Herzog darin auferlegt seien.

Nun neigte sich der Herbst, und alles war ruhig.

In den ersten Novembertagen zog der Kanzler abermals nach Norden. Eines Nachmittags spazierte er mit dem Admiral über das Achterdeck des königlichen Admiralschiffes, das in Kessarey vor Anker lag. Unter einem ungestümen und bewölkten Himmel segelten Möwen im Wind, drehten Seeschwalben ihre bunten Kreise, und zogen in geschlossener Reihe manchmal Baßtölpel auf starken Schwingen, stets wie eine Schiffsflotte ausgerichtet, hoch oben durch das stürmische graue Winterwetter, das ostwärts von der Hochsee draußen hereinbrach. Schulter an Schulter schritten diese beiden Lords, mit Mantel und Hut und schweren Seemannsstiefeln gegen die Unbilden der Witterung geschützt, wobei sie sich des Windes und der Gischt wegen auf der Lee-Seite hielten.

»In Eulenthal«, sagte der Admiral. »Eulenthal. Eure Freundschaft ging wohl nicht so weit, diese Einladung anzunehmen und zu ihm nach Eulenthal zu kommen.«

»Nein. Und dennoch verriet es einen gewissen Edelmut, daß er uns hier in Kessarey vertraute.«

»Das Maß seines Vertrauens ist nur das Maß seiner Verachtung.«

»Was mich angeht«, sagte Beroald, »so würde ich heutzutage keinem Menschen über den Weg trauen. Anwesende ausgenommen.«

Wieder machten sie ein-, zweimal kehrt. Dann sagte der Admiral: »In Wahrheit, es ist mir gegeben, klar zu sehen und gewissermaßen meine Macht zu spüren, wenn der Teergeruch in meiner Nase liegt und ich gute Eichenplanken unter meinen Füßen habe und darunter das Salzwasser plätschert: nicht so zu Lande. Wohlgemerkt«, sagte er nach einer Pause, »bei ihm tappt man immer im dunkeln. Der Anschlag gegen Ercles im September, nur durch Zufall mißlungen, genauso wie gegen Eure Person im letzten Frühjahr in Zayana.«

Beroald sagte: »O ich treffe meine Vorkehrungen.«

Jeronimy warf ihm einen Seitenblick zu. »Ebenso legt er Köder aus.«

»Nun?«

»Nun: die Halbinsel Aninma.«

Der Kanzler schürzte seine Lippen. »So wissen Eure Lordschaft also darüber Bescheid? Es wurde mir unter dem Siegel der Verschwiegenheit vorgeschlagen, und fürwahr drängte ich auf ihn ein, das so zu belassen. Dennoch stellte ich fest, daß meine edle Schwester innerhalb von zehn Tagen davon erfahren und den Herzog angeregt und sein Gemüt erzürnt hatte, aus dieser Angelegenheit eine offene Auseinandersetzung mit dem Vikar zu machen. Dennoch ließ er sich nicht dazu bewegen: lachte darüber; sagte, ich nähme niemals an.«

»Und ich bezweifle, daß er damit recht hatte?«

»Solchen Pferden«, sagte der Kanzler, »darf man nicht zu genau ins Maul schauen.«

»Ein gefährlicher Rat. Betrachtet Kessarey: nicht schlecht, aber ich lasse mich nicht täuschen. Mylord, diese Dinge stehen in großer Schrift geschrieben, auf daß wir sie lesen: daß er, ja, schon seit August, in seinem Herzen gesprochen hat: ›Nun ist die Zeit reif: alle Hindernisse aus dem Weg geräumt: nun, wo dieser Lessingham glücklicherweise abwesend ist, *divide et impera.*‹ Denn sein Vorgehen ist offensichtlich, duftet so üppig und angeblich verführerisch, daß es einem den Magen umdreht: gibt sich mir gegenüber mit solch plumpen Schmeicheleien als der uneigennützige Wächter über Ihrer Hoheit Rechte aus: schwärzt bei mir den Herzog mit solch handgreiflichen Lügen und schlichten Ehrabschneidungen an – pfui!« sagte er, wobei er in seinem Schritt innehielt; »sein Plan ist, uns mit süßen Worten, wie wir sie uns nicht lieber wünschen könnten, hinters Licht zu führen: den Herzog zu stürzen: uns zu stürzen, sobald dies erledigt. Der Wind weht aus der gleichen Richtung wie im vergangenen Mai; und uns steht die gleiche Reise abermals bevor: das gleiche leeseitige Gestade, der gleiche Wettlauf gegen den Gezeitenstrom zwischen Klippe und Riff. Ist der Herzog auf unserer Seite, und ist das Recht auf unserer Seite – gut; aber entfällt eine dieser Voraussetzungen – gute Nacht! Vergeßt das nicht, Mylord.«

»Ich vergesse nichts«, sagte Beroald. »Ich kenne den Herzog. Besser kenne ich noch meine Schwester.«

»Und haben Eure Lorschaft die Folgen jener Kunde bedacht (was, bei meiner Seele, wohl nur wenige taten)«, sagte der Admiral, »mit welch großer Langmut und Ergebenheit nämlich er im letzten Monat bei ihrer Begegnung auf dem Salimat seine Huldigung zollte? Und vor dem versammelten Volk den Lehnseid ablegte und ihm Treue schwor? Und bei dieser Feierstunde sogar des Vikars Pferd beim Zügel nahm und es, während dieser andere aufgebläht in seiner Überheblichkeit im Sattel saß, als Zeichen seiner Unterwürfigkeit von Norden nach Süden über den Wildbach führte? Zeugte dies in diesen lockeren Zeiten nicht von einem wunderbaren, beispiellosen Beispiel edler Wahrheitsliebe und Worttreue? Ich aber sage, das Blut bestimmt es. Königliches Blut: und das will hinaus.«

»Es war die Handlung«, antwortete Beroald, »eines zur Manneszucht erzogenen und gesetzestreuen Menschen.«

»Ha, wie steht es bezüglich der Gesetzestreue mit diesen jüngsten Vorfällen in meinem Gebiet, etwa einen Monat früher? Und damit, daß Ihre Hoheit die Königin mit keinem Wort erwähnt wurde, als wäre der üble Mörder, durch das Testament zum Herrscher über unser Land bestimmt, zum König gekrönt und so fort?«

»Auch das«, sagte der Kanzler, »darf nicht vergessen werden.«

»Ich wünschte«, sagte der Admiral nach kurzem Schweigen, »Eure Lordschaft würden dieses Angebot der Halbinsel Aninma gewissermaßen abschlagen und zurückweisen: das gäbe ihm vielleicht zu denken, während bisher alles einfach zu glatt lief.«

»Es steht Euch nett zu Gesicht, Mylord«, erwiderte er dem Admiral, »der Ihr doch Kessarey und halb Meszria in der Hand habt, mich in Selbstaufopferung zu unterweisen.«

»O versteht mich nicht falsch. Ihr wißt, ich meinte das nicht so. Aber dies, ein Lehen in Südmeszria, bedeutet einen Tritt auf Barganax' wunde Zehe: ist auch nicht Rechtens, verstößt klar gegen den Vertrag von Ilkis . . .«

»Nicht so schnell«, sagte der Kanzler. »Ist schon seit mindestens drei Generationen ein strittiger Rechtsfall, die Stellung der Halbinsel Aninma im Reich: ob zu Meszria gehörig, oder ob selbst verwalteter, freier Grundbesitz. Laßt mir wenigestens soviel Gerechtigkeit widerfahren, nicht zu glauben, ich verließe den Boden des Gesetzes auch nur um einen Zoll.«

»Dann laßt nur die Politik entscheiden, und die Auswirkung auf den Herzog, dessen Geduld sowieso schon bis zum Ende ausgeschöpft ist. Ihr habt Euren eigenen Mann in Argyanna als Statthalter, und das ist der Schlüssel für Süd-Rerek, genau wie Kutarmish und Kessarey für die meszrischen Marken. Mit Roder nun in Kutarmish, und mit mir in Kessarey – obschon ich Roder manchmal anzuzweifeln geneigt bin, nascht er doch ein bißchen zu vertrauensselig von den Leckerbissen der Tafel Laimaks . . .«

»Mein guter Herr Admiral«, sagte der Kanzler, »daß Ihr so

wachsam nach Laimak schielt, bedeutet mir leider, daß Ihr gegenüber Zayana zu nachlässig seid.«

Sie blieben stehen. Der Großadmiral, der sich mit den Ellbogen auf das Schanzkleid stützte und dabei die Hände drehte und rieb, blickte landeinwärts. »Man schätzt Eure Lordschaft als Zierde der Rechtsgelehrten unserer Zeit. Und ich lobe Eure Politik. Doch wohlgemerkt, Mylord, auch Euch ist es nicht gegeben, alles zu sehen und niemals zu irren.«

Die Flut stieg. Wie über Hindernisse springende Schimmel schossen einmal hier, einmal dort, die ganze Breite der Mole entlang Brecher heran und schleuderten masthoch im Wind ihre Mähnen aus Gischt. Die Burg, aus mächtigen Sandsteinquadern gebaut, gesprenkelt mit Flechten und Salzkrusten, stand bloß und eckig auf der seewärtigen Spitze des niedrigen, langen, zerfurchten Festlandes, von dem aus die Mole, aus dem gleichen Stein errichtet, in einer Kurve zuerst westwärts, dann südwärts hinaus zur Riffbank führte und dadurch bei jeder Witterung in dieser Meile geschützten Wassers sichere Ankerplätze und Schiffahrt gewährte. Die Schiffe der Flotte, ihrer zwanzig, abgesehen von kleineren Fahrzeugen und einigen großen Galeonen mit kostbarsten Handelsgütern, lagen ein Stück weiter draußen als das des Admirals, das nur knappe dreihundert Schritt vom Land entfernt ankerte. Und als diese beiden Lords nun durch das Gestöber zur Küste ausblickten, sahen sie, wie von der Kaimauer unter der Burg ein Achtruderiger ablegte und auf sie zuhielt. Schnell gingen die Ruder, als handelte es um etwas Dringliches. »Aha«, sagte Jeronimy schließlich, als das Boot sich näherte, »der Freund Seiner Gnaden, der junge Barrian«, und traf Vorkehrungen, ihn an Bord willkommen zu heißen.

Als die Begrüßung abgeschlossen war, und diese drei allein auf dem Achterdeck standen, sagte Barrian: »Mylord Admiral, ich wurde zu Eurer Exzellenz in einer Sache geschickt, die Gefahr in sich birgt. Und es ist mehr als ein glücklicher Zufall, daß ich Eure Lordschaft«, (dies zum Kanzler), »ebenfalls antreffe. Medor wurde ausgesandt, um Euch ausfindig zu machen. Aber was diese Sache angeht, so geht es am schnellsten, wenn Ihr diesen Brief lest, den unser gnädiger Herzog am Samstagabend von jenem erhielt, der uns bekannt ist: aus Rerek. Keine Fälschung: das Signum ist erkennbar; und zuverlässig, wenn auch nicht zum Guten, so doch zum Schlechten. Und was Seine Gnaden davon halten, soll sein dürftiger Zustand Euch verraten: er riß es zur Hälfte durch wie ein Paar Reithosen.«

»Lesen wir ihn«, sagte der Admiral und tastete nach seinem Augenglas. Er und Beroald hielten den Brief gegen das Kompaßhaus und lasen ihn gemeinsam. »Beginnt sehr liebenswürdig: die Handschrift kenne ich auch (zu gut inzwischen), dieser Gabriel Flores: ein schmalzig liebenswürdiger Beginn pflegt zuletzt zu Teufelsdreck zu verpuffen. Ha, und hier steht, wonach dieser Brief wahrlich stinkt«, sagte er und drückte seinen Daumennagel auf die Stelle: »Mandricard wird mit Alzulma als volles Eigengut belehnt. Indes, Alzulma? liegt in Südmeszria, nicht zu verfehlen; ein Dutzend Meilen im Land. Wäre ich Seine Gnaden, antwortete ich: Gut; und um diese Höflichkeit zu erwidern, gab ich meinem Lord Barrian hier Mornagay, Storby oder gar Anguring. Dieser Vergleich ist leider gerechtfertigt: denn wer in Alzulma sitzt, kann bestimmen, wer über die Ruyar-Straße von Rumala nach Zayana ziehen darf und wer nicht; und sein Spruch erlangt Geltung nicht durch schwache Worte, sondern durch Gewalt und Tat.«

Sie lasen zu Ende: »Und so gegeben mit dem Wunsche, der glorreiche Gottvater möge Euch allzeit geleiten, kraft der Macht und Befugnis sowohl in meiner eigenen Person als auch stellvertretend für Ihre Hoheit, die Königin, HORIUS PARRY. Zu Laimak, an diesem VII. Tag im November *anno* Z.C. 777.« Und die Aufschrift: »An Euer Gnaden und Erlauchte Lordschaft Barganax, genannt Herzog von Zayana, unter Mir Regent von Südmeszria. Diesem gehorsamst zu übergeben. H.P.«

Als der Kanzler den Brief gelesen hatte, stand er noch eine Weile über ihn gebeugt; seine Stirn war in Falten gelegt und seine Gesichtszüge etwas kälter als gewöhnlich, und da angespannt, besonders um die Lippen und die Nasenflügel. Der Admiral lächelte: ein freudloses Lächeln: dann blies er die Backen auf. »Der Stier tritt gewissermaßen auf den Panther. Sind wir zu spät?«

»Seine Gnaden«, antwortete Barrian, »haben sich, derartig in die Enge getrieben, beispiellos betragen – nicht beispiellos edel: wann war er weniger edel? – sondern beispiellos ruhig. Und auch nicht, weil die nötige Anstachelung fehlte; ich und seine engsten Freunde halten es für besser, daß die Menschen ihn beneiden, anstatt ihn zu bemitleiden. Er war in einer äußerst glücklichen und fröhlichen Stimmung, als diese Kunde zu ihm fand; und, nachdem die erste Wut verflogen, schickte er so nach Euch, und nach Euch, mein Lord Kanzler, zu einer persönlichen Besprechung seines Friedens mit dem Vikar zu laden; welcher, nimmt er diese letzte stolze Überheblichkeitsgeste nicht zurück, das ganze Reich bald in einen mörderischen Krieg stürzen wird; denn dies werden Seine Gnaden nicht schlucken, sondern es dem Vikar wieder in den Hals stoßen.«

Der Admiral sagte: »Bittet ihn um Himmels willen, sich noch ein wenig in seiner edlen Geduld zu üben. Sagt ihm, ich komme zu ihm.«

»Er hieß mich, Euch dies anzubieten: einen Treffpunkt auf halbem Wege, in Peraz.«

»In fünf Tagen ab morgen«, erwiderte der Admiral, »das wäre am Mittwoch, könnt Ihr mich in Peraz erwarten, um dort mit Seiner Gnaden über das beste Vorgehen zu beraten.«

»Kann ich ihn«, fragte Barrian, »Eurer Freundschaft versichern? Ihr könnt Euch leicht vorstellen, Mylords, wie in Zayana nun alles auf Messers Schneide steht, und wie gewichtig es ist, was ich dort zu berichten habe. ›Sagt ihnen‹, hieß er mich (seine letzten Worte beim Abschiednehmen), ›sagt ihnen, ich spiele nach den Regeln: doch sagt ihnen, daß ich, bei den Göttern im Himmel, nicht mit mir spielen lasse.‹«

Jeronimys Auge ruhte abwartend auf dem Kanzler. Der Kanzler sagte: »Diese Sache verstößt klar gegen den Vertrag von Ilkis. Ich stehe auf dem Boden des Gesetzes, halte mich an den Vertrag. Richtet das dem Herzog von mir aus, Mylord.«

Der Admiral sagte: »Und von mir das gleiche, Lord Barrian.«

»Euren Exzellenzen gebührt somit Dank. Doch wäre es ob dieser Einmütigkeit nicht am angebrachtesten, zu handeln? Ein wenig Saumseligkeit, und all unsere Ziele mögen dahinfahren. Schlagen wir hingegen plötzlich zu, mögen wir es beenden können.«

Der Kanzler lächelte. »Wir bieten zuerst das Gesetz«, sagte er; »und erst wenn das versagt, bedienen wir uns offener Gewalt.«

»Ja, ich bin schon einmal in diesen Privatfehden auf die Nase gefallen«, sagte der Admiral; »und wie stets auf unreifen, ungestümen Waffeneinsatz hin.« In seinen offenen und ehrlichen Hundeblick kam ein Zwinkern, als er auf Barrian ruhte.

»Und sagt ihm ebenfalls, wenn er in seiner hochtrabenden Raserei und Wildheit die Milch verschüttet, ehe wir uns in Peraz getroffen haben, ich mich von meinem Wort entbunden betrachte und nur nach eigenem Gutdünken handle.«

Barrian blickte ein wenig entmutigt vom einen zum anderen, dann drückte er ihnen nacheinander die Hand. »Ich trete noch in dieser Stunde den Rückweg an. Übernachte in Ulba, dann am Salimat. Am Sonntagabend kann ich in Zayana sein. Ich bitte Euch, Mylord«, fügte er zum Admiral hinzu, »versäumt nicht Eure Verabredung.«

Als er gegangen war, fragte der Lord Beroald: »Wann gedenkt Ihr nach Peraz aufzubrechen?«

»Nun, morgen, und ohne Hast auf dem Landweg, um bei diesem tobenden Sturm keine Verzögerungen zu riskieren. Wollt nicht Ihr auch mitkommen? Es wird Seefahrtskunst vonnöten sein, um ihn gewissermaßen sicher zu lenken, steht er doch unter vollen Segeln, und hat er doch solche verrückte Märzhasen wie diesen als Berater, die ihn ins Riff steuern.«

Der Kanzler schürzte die Lippen und lächelte. »Wenn, mit leibhaftiger Anwesenheit in Fleisch und Blut, mein Wort so schwer wöge, wie es meinen Jahren nach sollte«, sagte er, »zöge ich lieber weiter nach Zayana. Denn dort wird sie ihn mit ihrer Schönheit und ihren niedlichen, verführerischen Worten verhexen, bis er, vom Teufel geritten, so angespornt und aufgepeitscht ist, den Himmel zu stürmen, von Laimak ganz zu schweigen.«

Kapitel XVII

Der Ritt nach Kutarmish

Pünktlich am vereinbarten Tag wurde jenes Treffen in Peraz zwischen dem Herzog, dem Admiral und dem Kanzler abgehalten. Über alles herrschte Einmütigkeit wie unter verschworenen Brüdern; so hieß es am nächsten Tag Lebewohl, und sie trennten sich; der Herzog ritt etappenweise auf dem längeren Weg über Memison heim, begleitet von Medor und einem Dutzend seiner Edelleute. In unbeschwerter Sicherheit zog er des Weges, waren doch alle Zweifel ausgeräumt, und hatten sowohl Jeronimy als auch Beroald Stellung auf seiner Seite bezogen, angesichts dieser neuesten großspurigen Anmaßung des Vikars, seinem Grafen Mandricard zu Unrecht und innerhalb der Gebiete des Herzogs Land und Vorrecht eingeräumt zu haben.

Am zweiten Tag, gegen drei Uhr nachmittags, kamen sie über die Hauptstraße um den Fuß eines Berges, wo der Weg zu der Furt nahe der weitabliegenden Felder und Weidegründe von Alzulma abfällt. Dabei sahen sie, wie Männer hoch zu Roß vom Fluß heraufkamen, mitten darunter ein großer Mann in Rot. Barganax zog am Zügel. Sie waren noch nicht nahe genug, um Gesichter erkennen zu können. »Wäre dies Mandricard«, sagte er, »der um die Übergabe anhielte, so wäre das ein Witz.«

»Reiten wir«, sagte Medor, »über die obere Straße herum. Euer Gnaden werden jetzt wohl kaum wünschen, mit ihnen Worte auszutauschen.«

»Sie sind mehr als wir«, erwiderte der Herzog. »Wer immer sie sein mögen, ich wünsche kein Gespräch mit ihnen, aber ich werde ihnen bei Gott nicht die Straße frei machen.«

»Diese obere Straße wäre wegsamer«, sagte Medor.

»Daran hättet Ihr eine Minute früher denken müssen. Wenn wir jetzt abbiegen, und wenn dies tatsächlich Mandricard ist, werden sie sagen, wir hätten Angst vor einer Begegnung mit ihnen gehabt.«

Als sie hinunterritten, sagte Medor: »Ich bitte Euer Gnaden zu bedenken, was der Kanzler beim Abschied sagte, daß Euer Gnaden wirklich warten und das Gesetz nicht in die eigene Hand nehmen sollen: sei das gegeben, würde in ein paar Wochen alles zu Eurer größten Zufriedenheit und Ehre ein ersprießliches Ende nehmen.«

Der Herzog lachte. »Wohlan, 's sei befohlen: nicht an den Nägeln zu kauen, sondern die Schwerter zu entsichern, und bei Strafe von Acht und Bann hat keiner ein Wort zu sprechen, bis ich spreche. Wir werden sie vorüberziehen lassen und sie uns.«

So ritten sie nun langsam zur Furt hinunter; als die anderen dies gewahrten, als hätten sie erkannt, es sei der Herzog, und wollten eine Begegnung mit ihm vermeiden, wendeten sie, verließen die Straße und trabten nordwärts in Richtung Alzulma. Barganax indes, der den Mann in Rot als Mandricard erkannte, konnte trotz aller Einwände nicht umhin, einen Edelmann auszusenden, ihnen nachzureiten und den Grafen zu bitten, umzukehren und abseits von ihren Leuten ein Gespräch unter vier Augen zu führen. Sie warteten nun und sahen zu, wie der Bote die andere Gruppe einholte und vor Mandricard den Hut zog; wie sie miteinander sprachen, deuteten; wie Mandricard sich offenbar weigerte, der andere aber nicht locker ließ und Mandricard schließlich einwilligte, anscheinend Befehle erteilt, sein Pferd wendete und nun zusammen mit Barganax' Mann und einem eigenen zur Straße zurückritt. »Das heißt das Schicksal versuchen«, sagte Medor. Der Herzog sagte, fröhlich wie eine Elster: »Welch überaus glücklicher, guter Zufall: eine Fügung des Himmels, ihm zu zeigen, daß ich um sein Hiersein innerhalb meiner Landesgrenzen weiß, um sein Schnüffeln in Alzulma: daß ich weiß, daß er kein Recht dazu hat: daß ich ein so guter und vernünftiger Prinz bin, selbst angesichts einer solch bedrohlichen Überheblichkeit streng nach dem Gesetz zu verfahren und keine Gewalt anzuwenden. Und um ihm schließlich zu zeigen, daß ich ihn geringer schätze als eine faule Erbse, sowohl ihn, als auch seinen Herrn.«

»Achtung, ihr Herren«, sagte Medor, als der Herzog davonritt. »Wenn sein Herz in einem solch lustigen Wirbel schlägt, ist er nicht zu bremsen. Aber habt acht und seht, was sie tun werden.«

Der Herzog wünschte ihm, als sie sich begegneten, einen guten Tag. »Ich wußte gar nicht, daß Eure Lordschaft uns die Ehre erweisen, als unser Gast im Süden hier zu weilen.«

Mandricard antwortete und sagte: »Diese Begegnung, Mylord, erspart uns beiden wohl einige Mühen. Seine Hoheit, so teilt man mir mit, hat Euch über seine Absichten bezüglich meiner Person in Kenntnis gesetzt. Ich habe hier«, und er zog ein Pergament hervor, »die Bestallung zum reichsunmittelbaren Lehensmann des Rittergutes von Alzulma. Betrachtet es, und es wird Euch nicht mißfallen: ›Ernennungsurkunden für besagten

Mandricard‹: unbezweifelbar echt. Kurz, ich bin also hier, um dieses Gut zu übernehmen, und es liegt nun an Euch, den Befehl zur Übergabe der Schlüssel zu erteilen.«

»Diese Begegnung trifft sich fürwahr gut«, sagte der Herzog; »und ich kann Euch Eure Mühen ersparen. Das Schriftstück, das Ihr in Händen haltet, Mylord, möget Ihr zerreißen: es ist nicht das Pergament wert, auf dem es geschrieben. Das Gut gehört mir, ein Lehen, dessen Besitz durch Nacherbenbestimmungen beschränkt ist. Und ich bin leider nicht geneigt, es Euch zu geben.«

»Das wird Euch kein bißchen nützen«, entgegnete er. »Der Vikar gab es mir und hieß mich auch, es zu übernehmen.« Er spuckte auf die Erde und funkelte Barganax frech an.

»Ich bin keineswegs verpflichtet«, sagte Barganax kühl, »mit Seiner Hoheit Untertanen über Dinge zu verhandeln, die nur ihn und mich angehen, so wie wir einer Meinung sind, und unsere Übereinstimmung ruht auf dem Gesetz. Dennoch, um die Sache zu beschließen, laßt Euch gesagt sein, daß ich auf dem Boden des Gesetzes stehe, wenn ich Eurer Lordschaft Alzulma verweigere, und daß auch unser Großkanzler es so auslegt.«

Mandricard warf ihm einen finsteren Blick zu, saß spuckend und gespreizt im Sattel. »Nun, so lebt wohl«, sagte der Herzog. »Und da Eure Lordschaft kein besonderer Freund von mir sind und hier außerdem nichts zu suchen haben, außer besagter Angelegenheit, die wir als widerrechtlich in bezug auf den Vertrag betrachten, wünsche ich, daß Ihr schnellstmöglich wieder nach Norden zieht.«

»Vielleicht finde ich Mittel, hier im Süden zu bleiben.«

»Bleibt Ihr, so begebt Ihr Euch in Gefahr. Denn wohlgemerkt, Ihr befindet Euch hier in Meszria: verlaßt Euch hier nicht auf den Schatten Laimaks.«

»Ich kenne meine Rechte, und brauche nicht erst hier darüber aufgeklärt zu werden«, sagte Mandricard, als der Herzog sich langsam entfernte.

Barganax drehte sich im Sattel und zog die Zügel. »Und lernt«, sagte er, »Euch anders aufzuführen, als mir gegenüber solch kecke, freche Reden zu schwingen, der ich mehr bin als Ihr.«

Mandricard bedachte ihn mit einem üblen Schimpfwort. Barganax riß das Schwert aus der Scheide. Sein Gesicht war blutrot. »Lehen mit Nacherbenbeschränkung«, sagte Mandricard, als er zog. »Das ist das Recht eines Beutelschneiders, oder ich will verdammt sein: für den diebischen Bastard von Zayana!«

»Abgesessen und angegangen«, sagte der Herzog. »Ihr seid mir als kundig in jeder Fechtkunst bekannt, sonst mißfiele es mir, die Klinge mit solch einem schurkischen Vieh zu kreuzen.«

Sie saßen ab und gingen es an: *stoccata, mandritta, imbroccata.* Der Herzog, der mit dem Fuß auf einem Stein ausglitt, gab sich eine Blöße: Mandricard brachte ihm eine Fleischwunde im Oberarmmuskel seines Schwertarmes bei. Sie hielten inne, um die Verletzung zu verbinden und die Blutung zu stillen. Seine Edelleute redeten auf ihn ein, jetzt aufzugeben, aber wie wenn die Wunde seine Wildheit und seinen Grimm nur verstärkt hätte, trat der Herzog abermals vor, das Schwert in der linken Hand.

»Hier habt Ihr es«, sagte Mandricard, als er spürte, mit welch feuriger Kraft sein Widersacher das Schwert führte, und die Klingen aneinander klirrten, sich gegenseitig abwehrten, sich ineinander verbissen. »Ein Almosen wäre Euer Tod. Ich durchspieße und zerlege Euch.« Mit seinem unvorhersehbaren jähen *montanto* beschloß Barganax beim dritten Ausfall den Schlagabtausch, indem er mit seinem Schwert Mandricards Kehlkopf durchbohrte.

An einem Donnerstag Mitte Dezember, fünf Wochen nach diesen Vorfällen, wartete Graf Medor mit Briefen in der Hand auf der langen Galerie unter dem Westturm von Acrozayana mit brennender Ungeduld auf eine Audienz bei dem Herzog. Die südländische meszrische Seeluft, die selbst zur Julzeit nicht ihre ganze sommerliche Bürde abgelegt hatte, kam und ging durch die tiefen, mit Mittelpfosten versehenen Fenster, auf jeder Seite ihrer zwölf, auf die gesamte Länge der Galerie verteilt. Rosalura, auf einem Fensterplatz in der Mitte der Westseite, legte hin und wieder ihr Buch auf den Schoß und blickte hinaus in die Landschaft: auf die nackten Baumwipfel der Gärten darunter, auf den dahinterliegenden See von Zayana, dessen glasige Oberfläche unterbrochen ward von rauhen Stellen, wo der Wind sie kräuselte, und dahinter die Wälder und Bergkämme von Memison. Alles war weiß in der Galerie, Wände und Boden, Decken und Marmorfries. Unter den Westfenstern zeichnete die Sonne allmählich Muster auf den Fußboden; durch die Ostfenster war alles kalt, grau und still: die mehrgeschossigen Säulen des Innenhofes, die Steinbalkone und die lange Dachkante, die sich gerade vom Himmel abhob. »Und dennoch ist es am schönsten im Sommer«, sagte sie zu Medor, wobei sie seine Hand nahm, als er neben ihrem Platz innehielt, »wenn die Rosenblätter über dem Boden verstreut liegen, und eine kühle Brise selbst beim allerschwülsten Wetter durch sie streicht.«

Hin und her zwischen Tür und Tür schritt Doktor Vandermast unter den Fenstern, wobei er bei jedem dritten Schritt von der Sonne in den Schatten und so wieder in die Sonne kam. »Vier Uhr?« sagte Medor; »und es ist nun erst zwei?«

»Strengster Befehl.«

»Erahntet Ihr nur die Dringlichkeit! Wollt Ihr nicht durch das Vorzimmer gehen und an die Tür klopfen? Denn fürwahr mag der Zorn seiner Gnaden, wenn er erfährt, daß wir die Sache warten ließen, eine größere Gefahr für uns darstellen, als wenn wir aus der großen Notwendigkeit heraus uns ein Herz nehmen und in reiner Treue und Pflichterfüllung seinen Befehl mißachten.«

»Geht es um Leben und Tod? Oder wenn nicht, werden es zwei Stunden Wartens dazu machen? Oder falls doch, können zwei Stunden, vorweggenommen und gut genutzt, machen, daß es keine solche Sache mehr ist?«

Medor schnippte mit den Fingern.

»Mylady Fiorinda«, sagte der gelehrte Doktor, »ist erst gestern an den Hof gekommen. Es ist seiner Gnaden Freude, sie den ganzen Vormittag und bis vier Uhr nachmittags für sich allein zu haben und von ihr ein Bild zu malen. Eure Lordschaft wissen sehr wohl, daß es uns und keinem Menschen auf der Welt erlaubt ist, andere Anordnungen zu treffen oder dem ein Maß zu setzen.«

»Nun«, sagte Medor, wobei er ungeduldig ein, zwei Kehrtwendungen ausführte, »es ist die Größe in ihm: unter solch rotem und bedrohlichem Himmel, während er auf ein Ereignis wartet, alles beiseite schieben zu können und sich mit Schwimmen, Tennis und der Malerei zu zerstreuen; nicht niedergeschlagen herumzusitzen und nach dem Blitzschlag auszuschauen, auf dessen Fallen oder Nicht-Fallen er keinen Einfluß mehr hat.

Nun«, fügte er nach einer längeren Weile hinzu. »Seid Ihr nicht gespannt auf die Nachricht? Eine Nachricht, die ihn zumindest aus diesem tödlichen Gefühl der Sicherheit wecken und reißen wird.«

»Ungeduld«, sagte Vandermast, »ist ein Spielzeug großer Männer, aber in Männern gemeinen Standes eine Untugend. Was meine Person angeht, dessen Alter sich nun zu den letzten Jahren neigt, so habe ich seit langem die Ungeduld gemieden. Und solch gewichtige Nachrichten könnte nicht einmal mein verläßliches Ohr guten Gewissens empfangen, und könntet Ihr nicht guten Gewissens mitteilen, ehe der Herzog sie zu Ohren bekommen hat.«

Medor sah ihn an. »Signor Vandermast, Ihr habt mir eine heilsame Lehre zuteil werden lassen. Hätten alle seine großmäuligen Freunde ein solch gemäßigtes Gemüt – pfui über diese Wendekragen, die sich mit der Welt drehen und dennoch ihr Amt behalten wollen! Ja, Ihr seid ein weiser Mann: Eile ist unser Verderben. Wäre er nur ein bißchen langsamer heimgeritten von Peraz, an jenem Morgen nach diesem guten Treffen vor einem Monat, als alles in bester Ordnung war . . .«

Vandermast lächelte, als er am Fenster stand, die Hände hinter den Rücken gefaltet, und mit hochgezogenem Kinn und halb geschlossenen Augen ausblickte zum sonnigen Himmelszelt und dem See, der sich glänzend in der Ferne verlor. »Dennoch war dieser Mandricard eine Larve, die sich bald in einen Käfer verwandelt hätte, wenn der Herzog ihn nicht unter seiner Sohle zertreten hätte. Und dennoch, wenn das Schicksal das Ereignis heraufbeschwört; wenn man ein solch kriechendes Werkzeug zermalmt, was bedeutet das schon anderes, als daß man gleichzeitig eines übersieht, das schließlich hochklettert, um das Vorhaben zu vollenden? Sind diese Neuigkeiten, die Ihr jetzt auf der Zunge tragt, um sie dem Herzog zu unterbreiten, nicht ein Beispiel, das zu belegen? Nein, Medor, es ist ein nachweisbarer Schluß, daß Eile nicht unser Verderben ist, sondern vielmehr die Vermischung und der Gegensatz vielgestaltiger Politik, alles gemäß jenem Gesetz, demzufolge *unaquaequer es, quantum in se est, in suo esse perserverare conatur*: alles ist, insofern es Sein hat, stets bestrebt ist, in seinem eigenen Sein weiterzubestehen und somit zu überdauern. ›Die treffliche Übereinstimmung‹ (sagt der Philosoph) ›zwischen dem offenbarten Willen Gottes und dem geheimgehaltenen Willen Gottes bleibt dem Menschen von Natur aus verborgen.‹ Angenommen, Ihr wäret gemächlich von Peraz geritten, so wäre Mandricard vermutlich verschwunden gewesen, als Ihr an die Stelle unter Alzulma kamet. Wäret Ihr hingegen eine Meile vor Alzulma galoppiert, dann wäret Ihr über alle Berge gewesen, als Mandricard diese Stelle erreichte. Wäre der Vikar ehrlich gewesen . . . Nun, ich kann Euch hypothetische Wahrscheinlichkeiten und Mutmaßungen erstellen, bis sich alles um Euch zu drehen beginnt, aber was nützt es? Denn stets ist das Ereignis so und nicht (wie es hätte sein können) so.«

Medor lachte. »Ah«, sagte er dann, wieder ernst, »wie immer Ihr es dreht, verderblich ist diese mörderische Tatsache, wo wir durch Verzicht und Zurückhaltung mit allen Menschen hätten im Recht stehen sollen. Ahntet Ihr nun den jetzigen Wirrwarr . . .«

»Um die Zeit zu vertreiben«, sagte der Doktor und rückte Stühle an einen Tisch zwischen Fenstern, »spiele ich Schach mit Euch. Und um uns zu einer schönen gewagten Eröffnung zu beflügeln, trinken wir alten Wein.« Medor stellte die Elfenbeinfiguren auf, während Doktor Vandermast aus einer alten athenischen Amphore Wein in die Kelche aus geschliffenem Kristallglas füllte. Er goß die Gläser nur halb voll, damit man beim Trinken das Aroma des Weines, das sich an die Glaswand heftete, besser schmecken könne. Das erste Glas brachte der Doktor zur Gräfin, aber sie lehnte freundlich ab. »Dieser Wein«, sagte er, als er sich an den Schachtisch setzte und Medor zutrank, »ist wohl, wie ich mir manchmal überlegte, in gewisser Weise verwandt mit jenem, der in hohen Hochzeitsnächten von den Göttern getrunken wird, wenn die Braut sich hingelegt und das Hochzeitslied gesungen und die seligen Gäste über den goldenen Boden wallen und tafeln und sich an Herz und Seele laben mit Wein, der diesem nicht ganz unähnlich ist.«

»Und während sie so schreiten«, sagte Medor und sog den berauschenden Duft aus seinem Kelch ein, »stellen sie sich eine wunderbare Geburt vor?«

»Ja«, sagte der Greis, benetzte seine Lippen mit dem Wein, hob ihn hoch gegen das Sonnenlicht und blickte durch ihn hindurch:

»Die prophetische Seele
Der weiten Welt träumt von dem, was da kommen soll.«

Drinnen, hinter dem Vorzimmer und den inneren Türen, welche, und hieße es selbst gegen ihn, ihren Hauptmann, Medors eigene Wachsoldaten versperrten, legte Barganax nun den Pinsel nieder. Eingehüllt, wie in eine Toga, mit freiem rechtem Arm und freier Schulter, in ein fülliges, fließendes Gewand aus Seidenbrokat in einem hellen Graubraun mit schwarzer Pelzverbrämung, lehnte er sich nun in einem tiefen Sessel zurück. Vor sich auf der Staffelei hatte er die Anfänge seines Bildes: von ihm zu ihr, von ihr zu ihm und wieder zurück glitt rastlos sein Blick, als wäre er unzufrieden.

»*γλυκύπικρον ἀμάχανον ὄρπετον.* – Ihr«, sagte er. »*Bittersüß.* Das seid Ihr.«

Sie, mit bis zur Hüfte entblößtem Oberkörper, lag mit dem Gesicht auf den weißen, seidenen Polstern des Sofas unter dem kühlen Licht des Nordfensters, auf die verschränkten Arme gestützt; ihr Rücken und ihre Schultern erblühten so als schmale Blütenblätter, warm und blaß wie altes Elfenbein, aus dem Kelch ihres Rockes, der aus schwarzer Seide mit Flitterspitzen gearbeitet war. Von Achsel zu Ellbogen beschrieb ihr rechter Arm, der abgewinkelt auf sich selbst ruhte, einen makellosen Bogen. Auf seinem träge gelagerten Gewicht ruhte etwa in der Mitte der oberen Rundung am Bizeps verträumt ihre Nase. Unter der Achsel hervor, wie vier Schlangen, die aus ihrem dunklen, von Reben beschatteten Lager den Hals hervorstrecken, um den Tag zu fühlen, lugten die Finger ihrer linken Hand, geschmückt mit dem weichen Schimmer eines in einen Kreis kleiner Smaragde eingeschlossenen honiggelben Katzenaugen-Chriysoberylls. Ihr Mund war verdeckt. Nur ihre Augen, deren Weiß leuchtete, blickten seitlich zu ihm hin. »Ja«, sagte sie. »Das bin ich.«

»*γλυκύπικρον*«, flüsterte er: dann wurde seine Miene plötzlich finster, als schicke er sich an, sein Werk zu zerstören.

»›*Post*‹ . . .« sagte sie: »ich welchem verstaubten Buch stand das geschrieben? ›. . . *omne animal triste.*‹«

»Es stand«, erwiderte er, »im Buch der Lügen.«

Wie im Zittern des schillernden Fluges einer Libelle am Rande des Blickfeldes eines Menschen, unter der drückenden, unerträglichen Hitze eines sommerlichen Mittags, sprang der Blick des Eisvogels hin und her zwischen ihnen und überholte alles Vorher und Nachher. Der Herzog stand auf, ging zum Tisch in der Fensternische zu seiner Linken, öffnete Schubladen, nahm Stichel und eine Kupferplatte heraus: ging zu seinem Platz zurück.

»So habt Ihr Euch gegen Gold- und Elfenbeiarbeit entschlossen? Jedes Haar?« sagte sie aus dem unsichtbaren Mund. »Das halte ich für klug.«

Er rückte die Staffelei zur Seite. »Warum verwerfe ich letztlich jedes Bild, das ich von Euch male?«

»Woher soll ich das wissen? Vielleicht ist es einfacher, zu zerstören, als zu vollenden? Eine schwierigere Frage: Warum malt Ihr Bilder? Habt Ihr doch das Original.« Lichter regten sich in ihren grünen Augen, wie Lichter sich auf einem Fluß bewegen.

»Könnt Ihr still sein – eine Minute? Vielleicht«, sagte er nach kurzem Schweigen, »vielleicht versuche ich mich darin, das

Original kennenzulernen.« Das Kinn in die Hand, den Ellbogen aufs Knie gestützt, betrachtete er sie, gespannt wie ein zum Sprung geduckter Panther.

»Kennenzulernen?« sagte sie inmitten der langen Stille. »Ist es möglich (glaubt man Doktor Vandermast) etwas zu kennen, außer dem, was tot ist?«

Barganax, als ob Leib und Seele allein seiner Sehkraft unterworfen wären, rührte sich nicht. Nach einer Weile wurde seine Miene gelassener. »Vandermast? Pah! Das Wissen, aus dem er spricht, ist tot. Es ist nicht meine Art zu wissen.«

»Und wann, auf Eure Art, zum Wissen zu gelangen, werdet Ihr mich kennen? Heute? In einer Woche? Zur nächsten Weißdornblüte?«

»Nie.«

»Oh, so scheint mir, dieses Kennenlernen von mir ist wie Euer Malen von mir: wie jener Tollhäusler, der mit seiner Kerze eine Eisplatte wärmt, um sich einen heißen Teller für seine Suppe zu machen?«

»Das anzugehen, was erreichbar ist, war nie der Mühe wert.«

»Der Versuch ist alles«, sagte sie.

In ihrer Stimme schwang ein neuer Klang mit, der ihrer Dunkelheit das Funkeln eines Glühwürmchens überwarf, als sie sagte: »Ihr habt Euer früheres Gebaren sehr verändert: wurdet sonderbarerweise ein Streicher von nur einer Saite, in diesen vergangenen ein, zwei Jahren. Früher, so höre ich, konnte nicht eine einzige unseresgleichen hier an den Hof kommen, es sei denn, sie erschien, um schlecht zu gefallen, als Eule oder Kobold . . .«

»Schnickschnack«, sagte der Herzog.

»Oh, sie redeten reichlich und kühn im stillen. Daß Ihr mit fünfzehn bärtig gewesen seiet: stimmt das?«

Er zog eine Augenbraue nach oben. »Es sticht beizeiten, was ein guter Dorn sein will.«

»Gestattet, daß ich mich in Eure Haut versetze«, sagte sie. »Nun denn, sicherlich würde ich zu mir sagen: ›Sie ist sehr gut und klug, die Fiorinda. Aber – es gibt ihrer mehr.‹ Und dennoch? Und warum? Es ist mir schleierhaft: ich kann es mir nicht vorstellen. Seht nur Rosalura: Ihr hättet alle Möglichkeiten, dennoch bleibt sie so unbeschadet, als hätte ihr Gemahl sie in ein Heim gesteckt. Doch um Euch Gerechtigkeit widerfahren zu lassen«, fügte sie hinzu, wobei sie mit ihrer Nasenspitze zärtlich die Haut ihres Oberarmes liebkoste und so wieder ihre alte Stellung einnahm, »Ihr habt nie in andrer Männer Gehege gejagt. Außer immerhin einmal«, sagte sie und weidete sich abermals an jenem Lilienbeet. »Indes zähle ich das nicht, war es doch weder Gehege noch ...«

Barganx fing ihren Blick und lachte. »Stellt eine Kerze in den Sonnenschein«, sagte er.

»Ein elegantes Beispiel, aber nicht neu. Nein, ich will, daß Ihr mir sagt, warum?«

»Ach, eine solch offensichtliche Sache bedarf keines Beweises.« Er nahm die Platte in die Hand, als wollte er mit dem Zeichnen beginnen, legte sie aber wieder weg. »Gestattet, daß ich mich in Eure Haut versetze«, sagte er, wobei seine Augen nach wie vor einen geeigneten Vorwurf für sein Bild suchten. »›Dieser Herzog‹, würde ich meinen, ›ist einer, der wie in diesem meinem Lied die Sehnsucht hat ...

por la bele estoile avoir
k'il voit haut et cler seoir.

Und um zu zeigen, daß ich diesen Stern besitze, vorausgesetzt, ich bin dazu geneigt, gebe ich, während andere mit den Lippen küssen, die Wange.‹«

»Wollt Ihr mir das vorwerfen? Undankbar!«

»Vielleicht meine Undankbarkeit und Eurer Ladyschaft Knauserei ...«

»O wie ungehörig! Und das ausgerechnet heute!«

Nach einer Weile sagte sie: »Auch ich habe mich sonderbar in meiner Art gewandelt, seit Ihr mich darum erleichtert habt: mir mein Gefolge abgeschnitten und dergleichen. Schade, daß des Teufels Diener nun ohne ihre Opfer dienen müssen. Allein in meiner Art, die ich vordem beinahe Alles und ein Alleskönner in dieser Hinsicht war. Und dennoch«, sagte sie verächtlich, »nicht ganz so allein, sollte ich als Angetraute, jung und zum zweiten Mal, durch berechnende Schlauheit dem und dem gegeben werden. Einem Hund ins Maul zu spucken ist nicht unschicklich für eine Dame, und dem Hund zudem wohltuend.«

Wie der Schimmer der Sonne auf dem Wasser umspielte die Spiegelung ihrer Worte Barganax Augen, aus denen er sie die ganze Zeit unter seinen faunischen Augenbrauen hervor beobachtete, als wollte er in seine Sinne zuerst jene schwer erfaßbare Schlichtheit einbrennen, in der vielfältigst der wandelnde Schwung und Duft und die ungreifbaren Formen und Farben ihres Geistes wurzelten und atmeten.

»Auch Euer königlicher Vater«, sagte sie, (über dem Friede sei), war ein Herzensbrecher. Erwählte nicht er meinen Ehemaligen für die Statthalterschaft von Reisma? Und setzte daraufhin bei der Herzogin, Eurer Mutter, gegen alle guten Gründe, die sie dagegen vorbrachte (denn ich war ihr völlig unbekannt), durch, mich als eine ihrer Hofdamen in Memison anzunehmen? Ohne diesen Zufall wären ich und Ihr uns vielleicht nie begegnet. Drei Jahre ist es her. Ich war neunzehn; Ihr wohl zweiundzwanzig.«

»Solche Dinge«, antwortete der Herzog, »geschehen nicht von ungefähr.«

Es folgte ein langes Schweigen. »Bei unserer ersten Begegnung«, sagte sie dann, »fandet Ihr vermutlich wenig Gefallen an mir, dort auf der Außenterrasse des Sommerpalastes Ihrer Gnaden: Mittsommernacht zwischen den letzten Tänzen, nach Mitternacht: ich an seinem Arm: Ihr spaziertet mit Melates im Mondschein über die Terrasse und begegnetet uns bei jeder Kehrtwendung. Und ich war damals erst in der zehnten Woche vermählt.« Sie schwieg. »Und er riß sich los (Ihr blicktet Euch um und sahet es) und lief zur Brüstung, als wollte er sich in den Burggraben stürzen? Und Ihr sagtet zu ihm im Scherz, als wir uns bei Eurer nächsten Wendung begegneten, Ihr wäret froh, er habe es sich nun doch anders überlegt und sich nicht ins Wasser gestürzt? Und er lachte und antwortete: ›Wenn Ihr nur wüßtet, Mylord, was ich in diesem Moment dachte!‹ Erinnert Ihr Euch?«

»Und ich will Euch etwas sagen«, entgegnete Barganax: »daß ich, als wir nämlich weitergegangen waren, Melates erzählte, an was dieser Mann meiner festen Überzeugung nach wirklich gedacht hatte.«

»Nun, und ich«, sagte sie, »will Euch sagen: daß ich in Euren Augen las, was Ihr leicht erraten. Aber dies errietet Ihr nicht: an was ich dachte. Denn überdies«, sagte sie, »sind meine Augen meine Diener: Schleppenträger, aber keine Zuträger.«

Die ganze Zeit waren Barganax' Augen damit beschäftigt, jenes Gewirr aufzulösen, das aus vielen Fäden des Wissens und äußeren Anscheins geknotet war. Und wie Luftblasen stieg langsam die Erinnerung an die Worte im sumpfigen Wasser seiner Versenkung auf. Während seine Augen weiterhin eifrig ausschauten, spielten seine Lippen nun mit dem alten Sonett, das selbst in geschriebener Form den Klang der Leier trägt, der Mytilene erschütterte:

Von Ufer zu Ufer renne ich, von Wald zu Wald,
Verfolgt von meinen schwachen Träumen;
Wie Blätter, die fallen von Bäumen,
Oder Schilfgras, das bricht in der Sturmgewalt.

Zwei Götter leiten mich: der eine blind,
Und ein Kind, zur Eitelkeit erzogen;
Dazu ein Weib, geboren aus den Meereswogen,
Mit Flossen und wie ein Delphin geschwind.

Unglücklich ist jener in der Welt,
Der in den Himmel sät und Sand bestellt;
Doch zweifaches Unglück jenem gebührt,
Der in sich eine wilde Sehnsucht nährt,
Dessen Herz sich in glühender Liebe verzehrt,
Von einem Kind belehrt, von einem Blinden geführt.

Ihre Augen begegneten sich in einem fröhlichen, lustigen, ergötzenden Blick. »Ihr vergeßt wohl die gute Seite des Wandels«, sagte sie nach einiger Zeit. »Was mich angeht, so bin ich blondem Haar bei Frauen sehr zugetan. Anthea, zum Beispiel.«

Der Herzog zuckte zusammen.

»Ich bin entschlossen: festentschlossen: mein Haar strohblond zu färben.«

»Wagtet Ihr, Euer Haar auch nur ein bißchen anders zu machen, als ich es wünsche . . .« sagte er langsam und versonnen, als wären seine Gedanken beim Zeichnen, nicht bei seinen Worten.

»So, dann werd ich es wohl abschneiden«, sagte sie.

Seine Augen, die sich an ihr weideten, schienen schärfer zu werden.

»Ich würde Euch töten«, flüsterte er.

»Vorher lieferte ich Euch einen lustigen Kampf«, sagte die Dame aus ihrem Mund, der immer noch verborgen lag hinter der sanften Lilie ihres trägen Armes. »Oder habt Ihr unseren ersten Wettstreit vergessen, als wir einen Monat nach dieser Begegnung die Förmlichkeiten zwischen uns ablegten? Im Sommer werden es drei Jahre her sein. Ich zeigte es Euch damals, mein Freund: biß ein Stück Fleisch von Euren Knochen.«

»Zwei Minuten, meine Herzensliebste!« Er fing plötzlich zu zeichnen an, Strich um Strich in schnellen, entschlossenen Zügen. Eine große Ruhe lag über jener Dame, während sich Strich um Strich, wahr und wissend, in seine vorbestimmte Furche auf der polierten Kupferplatte eingrub, eine Ruhe, wie an einem sonnigen Abend auf einem See, in dem sich Berg und Wald und Himmel verkehrt spiegeln, und wo nichts anderes (außer kleinen Geschöpfen der Lüfte vielleicht, die sich auf ihren Flügeln niederlassen) sich regt als das tänzelnde Funkeln, einmal hier, einmal dort, sieben oder acht zugleich, der Sterne, die wie geschmolzenes Gold auf dem glasigen Wasser kommen und gehen.

Der Herzog sprang auf: ging zum Tisch, um Lampenruß in die Linien zu reiben. Als er sich wieder umdrehte, hatte sie ihr Mieder wieder angezogen, das aussah wie ein ärmeliges Panzerhemd aus tausend winzigen Hochglanzperlen, enganliegend wie ein Handschuh. Mit dem Rücken ihm zugekehrt saß sie aufrecht auf dem Sofa. Er stand eine Weile und betrachtete seinen Stich, dann ging er zu ihr und setzte sich hinter sie, wobei er die Platte so hielt, daß sie sie beide besehen konnten. Die Uhr schlug drei.

»Was die Malerei betrifft, so war es ein wahrer Spruch, den Ihr in jener Nacht zu Lessingham sagtet.«

»Zu Lessingham?« sagte sie.

»Für einen Liebenden: schwer, zu malen das, was ist.«

»O ich erinnere mich: am Traumstein.«

»Dem Einen, dem ich bis zu Eurem Tag unter dem Vielen nachjagte; und nun dem Vielen in Euch.« Ihr Antlitz war halb abgewendet und betrachtete die Kaltnadelradierung. Ihre Augen waren medusengleich geworden, und ihr Mund in seiner Gelassenheit schlangenhaft und grausam. »Gemälde«, sagte er, »sind nichts als Tand. Sie geben mir nur ein unfruchbares Eines aus Eurem Vielen und niemals Euer Eines, das dieses Viele hervorbringt, wie die Sonne Farben hervorbringt.«

»Und das hier, meint Ihr, ist besser?«

»Unvergleichlich besser; und mein Bestes.«

»Von dem, was sich stets wandelt und dennoch nicht wandelt?«

In die Stimme dieser Dame trat noch ein weiteres klangliches Wunder, als verdichteten sich zu ihrer sonnenbeschienenen, wiederkäuenden Trägheit alle widerstreitenden Teile ihrer Göttlichkeit: drohende Reißzähne unter blutrote Pfingstrosen geduckt: das Grün der See, still und tief, über einem Grund weißen Muschelsandes, oder das Funkeln in den Augen einer Löwin: die wogende Schwärze der stygischen Flut, über die eine süße Seele einer verfrüht Verschiedenen gefahren wird: Kohle, Schnee, Mondschein, das Licht brennender Städte, Finsternis, gewaltige

Kometen, der Segen des Abendsterns; und hinter diesen Dingen ein lauernder Schatten: erfüllt mit vergangenen und halb erinnerten Dingen und mit gegenwärtigen, aber nicht ganz erfaßten Dingen und Dingen, die da kommen sollen: oder vielleicht nicht kommen sollen, sondern hin- und herschwanken zwischen Geburt und dem Nichtsein der Leere.«

»Von der Mannigfaltigkeit: ja«, sagte er nach einer Weile. »Aber von dem Einen in Euch nur eine Spur: Persephone unter der Erde.«

Wieder betrachtete sie das Bild. »Ihr habt meinen Mund dort, sehe ich?«

»Ah, Ihr könnt ihn sehen? Obschon Euer Arm ihn verbirgt?«

»Ihr habt ihn in den Augen und Fingern.«

»Das freut mich«, sagte er, »denn das wollte ich bezwecken.«

»Er schlich sich von selbst ein, würde ich sagen. Ich halte viel von Mündern: besonders meinem eigenen.«

Er stand auf, legte die Platte auf den Tisch, wandte sich um und blickte sie an. »*Omne animal triste?*« sagte sie, mit dem hinterlistig herausfordernden Teufelchen in ihrem Mundwinkel.

»Ich sagte Euch, das sei eine Lüge«, sagte Barganax, wobei sein Blick in dem ihrigen ruhte. Sie lehnte sich ein wenig zurück, wo sie ihm zugekehrt saß, und ihre Augen schienen dunkler und größer zu werden. »Es gereichte nicht einem jeden Mann zum Wohle«, sagte er, »sich mit Euch zu verbinden: Ihr seid wie ein Schwan, der mit ausgebreiteten Schwingen schwimmt, doch plötzlich verliert Ihr Euer weißes Gefieder, schießt zum Himmel empor, streckt Eure Fänge aus und fliegt auf Toren, was für diese zuweilen tödlich ausgeht. Noch reichte eines jeden Mannes Fähigkeit.«

»Und dennoch wollt Ihr noch immer Bilder von mir machen?«

»O es ist gut«, sagte er, »gut, daß Adler sich paaren: sonst . . .«

»Sonst«, sagte sie, »hätte Fiorinda Affen durch die Hölle, oder noch schlimmer, das Leben einer Hausfrau in Reisma führen müssen? Nun, es gefällt mir, daß ein Mensch sich so unerträglich hoch erhebt, so er genug Mark hat, sich dort zu halten.«

Der Herzog kam einen Schritt auf sie zu. »Es gibt bei Euch keinen Mittelweg«, sagte er. »Ihr seid gänzlich Nacht und Tag: blendende Nacht und unerträglicher Tag.«

»Und Rosen.« Es war nicht so, als ob sie, sondern die Stille ihres Mundes gesprochen hätte. »Manche rot, manche rosarot.«

»Und Augen wie das Meer. Ich ertrinke in ihnen«, sagte er

nach einem jähen Atemzug. »Wenn ich Euch küsse, ist es, als saugte eine Löwin an meiner Zunge.«

Mit hinter dem Haupt verschränkten Armen lehnte sie sich zurück; Walkürenbrüste atmeten unter jener aus Perlen gestickten Brünne, und darüber zeigte sich ihr Hals in seiner geschmeidigen Pracht und Kraft. »Meere sind für solche, die schwimmen können«, sagte sie, und eine geschlagene Leier schwang in ihrer trägen Stimme mit. »Der gleißende Mittag ist für den Adler, daran sein Augenlicht zu entzünden: die Süße der roten Rose ist da, um zertreten, zerstoßen, gerochen zu werden: das Wunder der Finsternis, damit Ihr nicht verzagt und Vollendung zählt und sagt: es sei die Summe: ist alles. Denn bin ich nicht alles, mein Freund? Ich bin mehr als alles. Und wenn alles gesagt und gezählt und vervielfacht und abermals gezählt ist, so sage ich Euch: in meinen Finsternissen habe ich mehr. Kommt. Erprobt und erweist es noch einmal. Kommt.«

Als die Uhr vier schlug, klopfte Doktor Vandermast an die topas-beschlagenen Zederntüren des Malsaales und trat auf des Herzogs »Herein« ein. Der Herzog, der nicht mehr das pelzverbrämte Brokatgewand trug, sondern vollständig mit Wams, Halskrause und Hosen bekleidet war, ging, sobald über Medors beharrliche Bitte um Audienz unterrichtet, hinaus zu ihm in die Galerie. Lady Fiorinda, noch etwas unordentlich in der Kleidung und mit losem Haar, lehnte sich auf dem Sofa zurück und befächelte sich mit einem Fächer aus weißen Pfauenfedern, mit Silberdraht verflochten und an den Schäften mit apfelgrünen Chrysoprasen besetzt.

»Leider nur wenig vorangekommen«, sagte sie, als Vandermast das Gemälde auf der Staffelei betrachtete. »Aber was will man erwarten, wenn schon zwei Stunden damit vergehen, die richtige Pose für mich zu finden?« Es regte sich im Tonfall ihrer Stimme eine sich über sich selbst lustig machende, selbstgefällige, schläfrige Lieblichkeit, die für das aufmerksame Philosophenohr einen Beiklang jenes silbernen Lachens trug, von dem in ihrer zeitlosen Erinnerung die Wasser, die in den paphischen Seeuntiefen schäumen, noch immer träumen.

Der Doktor lächelte, als er das nur halb begonnene Bild ansah; dann, nachdem er auf dem Tisch die Kaltnadelradierung erblickt hatte, nahm er sie in die Hand und begutachtete sie eine Weile. »Ich entnehme dem«, sagte er schließlich, »daß Eure Ladyschaft eine Lektion in der Philosophie lehrten. Es ist besser. Nein, beschränkt man es auf klar umrissene und dargelegte Zweckerfüllung, so bleibt nichts mehr zu tun: es ist vollkommen.«

»Ihr wollt sagen: ›Othellos Beschäftigung erledigt?‹ Ein trauriges Ende.«

»Das will ich nicht sagen, allenfalls nach Eurer Ladyschaft wiederholen«, antwortete der Gelehrte.

»Nun, Ihr müßt mir zuerst einen Zofendienst leisten (leben wir doch in solch ungeordneten Verhältnissen): bringt mir den Spiegel, ich will mein Haar machen. Danke, werter Herr.« Sie richtete sich auf, wobei sie augenblicklich ihre Lieblichkeit schmachtender Gelassenheit ablegte und in die Lieblichkeit wacher Eile schlüpfte; mit viel Geschick und Gewandtheit steckten ihre Finger zu einer feinen höfischen Frisur die Reize ihres geflochtenen Haares, nachtschwarz, sanft gewellt, mit blauem Schimmer, wo das Licht es traf, wie der stahlblaue Schimmer gewisser Sterne, so der Vega, in einer mondlosen Herbstnacht. Ihre Hände zupften noch an ihrer Halskrause, als sie sich umwandte zu Barganax, der nun in das Zimmer stapfte wie einer, der in seiner Brust einen Wirbelsturm trägt. Medor, mit gerötetem Antlitz, folgte ihm hinterher.

»Hier sind Neuigkeiten, die das Höllenfeuer in sich haben«, sagte der Herzog, der mit großen Schritten zum Fenster ging und sich im seinen Stuhl warf. »Diese falschen Gesellen: ja, ich meine diesen prahlerischen, wohlehrwürdigen Bruder von Euch, Madam, mit seinen zimperlichen Vorbehalten«, sagte er, wobei er hin- und herschaukelte. »Er hat die ihm übertragene Halbinsel Aninma angenommen, genauso raffiniert wie dieser Mandricard bereit gewesen ist, auf ein ähnliches Angebot des Tyrannen und Wüterichs hin Alzulma zu übernehmen. Und Jeronimy, dieser kniefällige Schmierenkomödiant, der dem Königsmörder die Hand leckt: gibt es einen schlechteren Mann als diesen Beroald, dann ist das dieser schreckhafte Admiral mit seinem dünnen Tuschelbart, der stets mit den Wölfen frißt und mit dem Schäfer weint: sie schworen einen völlig neuen Lehnseid, neuen Gehorsam: traten in allem von mir zurück, der ich bisher ihr Bundesgenosse war, weil ich Mandricard tötete. Verflucht seien sie! Nach einmonatiger Verdauung stößt ihnen das Fleisch wieder auf. Verflucht seien sie!« sagte er, sprang auf und stakte wie ein Raubtier im Käfig im Zimmer hin und her. »Wenn ihnen ein Hauch von Rerek in die Nase fährt, rutscht ihnen das Herz in die Hosentasche. Ich könnte mich schwarz ärgern!« Sein Blick fiel auf Fiorinda. »Nun, wollen Eure Ladyschaft nicht aufbrechen und sich

Eurem Bruder auf der Halbinsel Aninma anschließen? Und Ihr alle, wollt Ihr dem Beispiel nicht folgen, wo es doch mit mir bergab geht?«

Fiorinda, in einer statuenhaften Unbeweglichkeit, folgte ihm mit ihrem Blick. »Was gedenken Eure Gnaden nun zu tun?« fragte sie. »Malen, und der weiten Welt ihren Lauf lassen?«

Der Herzog hielt inne und wirbelte herum zu ihr, wie gebissen. Wenig Trost lag in den Augen jener Dame oder in der steinernen Linie ihrer Lippen. Als er aber zu ihr hinsah, und sein Blick ihrem brechenden Blick begegnete, war es, als flösse sein Zorn wie ein glühendheißes, geschmolzenes Metall in eine Gußform und erlangte beim Kühlen die gewünschte Gestalt. Sein Kinn wurde fest. Seine Augen, aus denen keine Blitze mehr schossen, brannten sich unaufhörlich in die ihrigen. Dann kam über seine Gestalt und Haltung jene gelöste Erhabenheit, die ihm am besten zu Gesicht stand; und mit seiner Stimme, die der richtige Wechselgesang zu der ihrigen war, sagte er neckend, unbekümmert, stolz: »Ich sage Euch unter dem Siegel der Verschwiegenheit innerhalb dieser Mauern«, wobei er sich zu Medor und Vandermast umsah. »Binnen dreier Tage bin ich Mann oder Maus.«

Mit katzenhafter Geschmeidigkeit erhob sich Lady Fionrinda, wobei sie mit einer Hand, um sie nicht über den Boden zu schleifen, die schwarz schimmernden Falbeln ihres Rockes hochraffte, und ging zum Fenster. Dort stand sie, ein Knie auf die Fensterbank gestützt, mit dem Rücken zum Zimmer; aber die Augen des Herzogs, wie die Augen eines Seemannes auf den Polarstern zwischen fliegendem Gewölk, waren nur auf sie gerichtet.

»Medor«, sagte er, »Ihr seid sowohl ein Graf von Meszria, als auch Hauptmann meiner Leibwache. Ihr müßt nun eine Weile mein Statthalter und Kommissar meines Herzogtums im Süden hier sein und alles in meinem Namen ausführen: was, werde ich Euch sogleich auftragen. Schreibt die Ernennungsurkunde aus, Vandermast: ich unterzeichne sie. Ihr, Medor, habt unverzüglich eine Armee aufzustellen: Melates, Zapheles, jeder Lord im Süden hier. Oberherr in Meszria werde ich wohl noch sein. Ich hingegen muß schneller, als sich dies mit einer anmarschierenden Armee bewerkstelligen läßt, die Beute mit froher Frische erlegen, bevor sie, wie mit einem Schwert zerteiltes Wasser, Zeit haben, wieder zusammenzulaufen. Roder hält Kutarmish: wird dies eingenommen, werden alle befestigten Stätten von Hintermeszria und vielleicht auch der Mark ohne Widerstand eingenommen werden. Tue ich es selbst, geht es schneller als durch Mittelsmänner. Ich nehme mit mir Dioneo, Bernabo, Ansaldo, jenen mit dem Glasauge – Friscobaldo, Fontinell: wählt Ihr mir den Rest: ihrer fünfundzwanzig der allergräßlichsten und geeignetsten Männer, die wir in der Wache haben. Ich reite morgen.«

»Fünfundzwanzig Mann?« sagte Medor. »Seid Ihr um Euren prinzlichen Verstand gekommen?«

»Wenn die Zahnräder greifen, brauche ich nicht mehr Männer für diesen Kehricht. Wenn nicht, wären mehr unnütz.«

Medor lachte bitter. »Es steht mir nicht zu, Euer Gnaden Befehle in Frage zu stellen. Doch wenn Ihr so entschlossen seid, Euer Leben wegzuwerfen, wo laßt mich auch meines hingeben; denn fürwahr schert es mich keinen Pfifferling mehr, wenn Euer Vorhaben scheitert.«

»Nein, Medor. Falls es so sein soll, daß man mich fertigmacht, müßt Ihr mich rächen. Aber ich weiß in den Fingerspitzen, welcher Menschenschlag in dieser Stadt lebt. Ich betrachte dies als Sport.« Seine Augen begegneten Vandermasts Augen. Sicherlich waren die Augen dieses Greises wie der dünne, reine Schein geworden, der den sternenlosen Himmel im Osten vor dem Sonnenaufgang einer windstillen Morgendämmerung durchflutet. »Ich bin lange genug Amboß gewesen«, sagte der Herzog. »Nun werde ich der Hammer sein. Trefft alle Vorkehrungen, denn ich habe es mir anders überlegt und bleibe nicht bis morgen: ich reite heute abend.

Und nun entschuldigt uns.«

Als sie allein waren, senkte sich Stille über sie. Zuletzt sprach Barganax: »So läuft also der Hase. Nun? Und wenn es Lebewohl hieße?« Sie reichte ihm ihre juwelengeschmückte Hand hin: er nahm sie in die seine, beugte sich über sie, führte sie an seine Lippen und begann dann, wie unter einer plötzlichen Aufwallung in seinen Adern, sie mit gierigen Küssen zu bedecken, von den Fingern zum Handgelenk, und so weiter hinauf, wobei er ihren Ärmel zurückschob, bis er zur weichen Armbeuge gelangte; dann tat er einen Schritt nach vorne und drückte sie an sich. »Nein«, sagte sie und versagte ihm ihren Mund. »Wenn Ihr zurückkommt.«

»Vielleicht komme ich nie zurück.« Er bezwang sie, aber ihre Lippen waren tot unter seinen Küssen: ihr ganzer Leib steif und starr und abweisend. »Hat es je einen so gehässigen Tyrannen gegeben?« sagte er, wobei er sie schließlich losließ. »Ganz aus Eis. Und Ihr habt auch mich in Eis verwandelt.«

»Das geschieht Euch recht«, erwiderte sie, »benehmt Ihr Euch doch wie ein Vielfraß. Je vollgefressener, desto gieriger. Den lieben, langen Vormittag: und noch den ganzen Nachmittag. Nun, heiratet doch Myrrha oder Pantasilea: irgendeinen dienstbaren Gebrauchsgegenstand, der tut, was Ihr wünscht. Mich sollt Ihr nicht haben zu solchen Bedingungen.« Gegen den Türpfosten gelehnt, die Hand auf dem kristallenen Knauf, betrachtete sie ihn unter dem herabgelassenen Vorhang ihrer langen schwarzen Augenwimpern hervor, während wie Sommergewitter um die teure Schönheit ihrer Hand und ihres Halses und ihrer Wangen und um das Rauschen der Krausen und Rüschen und unzähligen Falten ihres hauchdünnen Gewandes blitzende Fänge oder Klauen tänzelten. »Fürwahr«, sagte sie, »frage ich mich, warum mein Gürtel noch Euren Weisungen unterliegen soll. Es sei denn, auch in Euch«, sagte sie, »gibt es trotz Eurer verflixt müßigen Art kein Stillsitzen, keine Rast, nichts Vorhersehbares. Und deswegen . . .« Sie hielt plötzlich inne, als jede Linie, jeder Zug in ihr auf wunderbare Weise weich und sanft wurde; ein Atem, wie jäh schwellende Segel, hob die griechische Rundung ihrer Brüste; langsam, als wäre sie Honig mit dem darin verlorenen Bienenstachel, wurde ihre Stimme; ihre Lider bebten; eine berauschend süße Würze, zephirgleich, wie dunkle Rosen, erfüllte die Luft um sie herum. ». . . deswegen – liebe ich Euch.«

Und nach diesem wahrhaft himmlischen Lebewohl war sie ohne einen Kuß, eine Berührung, eine Liebkosung, verschwunden.

Barganax brach noch in dieser Nacht auf. Er schickte einen Boten hinauf zu seiner Mutter in der Burg zu Memison, als er dort vorüberkam, und ließ mitteilen, daß er eine einwöchige Gems- und Bärenjagd in den Hurunen beabsichtige. So schnell ritt er, daß er am Samstagmitternacht schon in Rumala war. Hier ließ er bis zum späten Sonntagabend Pferde und Männer verschnaufen und ging so in der Dunkelheit den Abstieg der Wand an. Sie ritten die ganze Nacht durch, wobei sie die Hauptstraßen mieden, und etwa eine Meile südlich von Kutarmish warteten sie in einem Buchengehölz der ausgedehnten Berglandschaft auf das Morgengrauen. Zwanzig Mann schickte er in Grüppchen von zweien und dreien voraus, um vor den Toren bereit zu sein. Bei Sonnenaufgang wurden die Tore geöffnet, und es begann das Kommen und Gehen des Tagesverkehrs. Der Herzog ritt mit seinen fünf Begleitern offen zur Stadt; sie trugen blaue Filzumhänge und gewöhnliche Landmützen, um ihre kriegerische Ausstattung und Absicht zu tarnen. Als sie in die Nähe der Tore gekommen waren, schlossen jene zwanzig sich ihnen an. Sekundenschnell hatten sie die Torwächter getötet und ritten hurtig in die Stadt zu Roders Haus. Roder war gerade dabei, mit einigen Männern aufzubrechen, und hatte sich soeben in seinen Sattel geschwungen. Wenige Menschen waren unterwegs zu solch früher Morgenstunde, und der Herzog und die Seinigen waren schneller als das Zetergeschrei, das ihnen auf dem Fuß folgte. Er nahm Roder an der Hand. »Wie geht es Eurer Exzellenz heute morgen?« In seiner Linken hielt er einen Dolch, den er Roder vor die Brust gesetzt hatte, so daß dieser das Stechen der scharfen Spitze durch sein Wams hindurch auf der nackten Haut fühlte, während der Herzog durch den Knauf in seiner Hand Roders wilden Herzschlag spürte. Roder lief puterrot an, dann wurde sein Gesicht grau wie abgegriffenes Pergament. Mit aufgesperrtem Mund saß er still wie eine Maus, wobei er den Herzog aus dummen, blutunterlaufenen Ochsenaugen anstierte. Um die beiden herum hatten die Männer des Herzogs hurtig ihre Mäntel abgeworfen und einen Kreis gebildet und standen nach außen gekehrt mit gezückten Schwertern. Nun liefen die Leute aus den Häusern zusammen, die von jenen auf den Straßen herausgerufen worden waren und nun haufenweise heraneilten. »Wenn Ihr Eure Gesundheit liebt«, sagte der Herzog, »so ruft mich schnell aus. Hier ist Euer Beweggrund: der Dolch ist gut angespitzt und geschliffen. Wenn es nun sterben und zur Hölle fahren heißt, so seid gewiß, Mylord, daß Ihr als erster in diesem Gemetzel fallen werdet: ich schicke Euch voraus, mir den Weg zu weisen. Wenn nicht, so macht schnell, solange Ihr noch könnt.«

»Ich bin Euer Gnaden Mann«, sagte der Graf daraufhin aus trockener Kehle, »was immer mein Mund auch sonst geschwatzt hat. Aufgepaßt, Leute«, rief er, »macht Platz: laßt Eure Fanfaren erklingen, damit jeder Mann, der guten Willens ist, zu seinem Lehnsherrn, dem Herzog von Zayana, steht, in dessen Namen ich diese Stadt regiere, und dem auch ich mich unterstelle, wie es sich gebührt.«

Der Herzog befahl ihm: »Ruft mich zum Vikar der Königin in Meszria aus.« Die Fanfarenstöße erklangen, und er wurde so ausgerufen.

Bis zum Abend war alles ruhig in der Stadt und die Macht des Herzogs gefestigt. Denn jene, die auf seiner Seite standen und bisher die Köpfe eingezogen hatten, während Roder die Stadt für den Vikar hielt, kamen nach dieser Proklamation hervor und stürzten sich auf jene der anderen Partei. Diese Tumulte ließ der Herzog mit eiserner Hand und ohne Furcht und Bevorzugung niederwerfen, indem er die vier- oder fünfhundert Soldaten von Roders Besatzungstruppe einsetzte: nicht jedoch seine eigenen Begleiter, sondern ausschließlich jene vom stehenden königlichen Heer, das seit vielen Jahren im Süden aufgestellt war, und von dem der Herzog sich nun im Namen der Königin den Fahneneid schwören ließ; nach jenen Vorfällen im Herbst nahmen die Soldaten ihn eher als Erhalter des Hauses von Fingiswold an als den Vikar. Dieser nämlich wurde mit Fanfarenstößen in der ganzen Stadt als Verräter, Thronräuber und Königsmörder ausgerufen, und daß jeder treue Untertan ihn gänzlich ablehnen und als Reichsverweser und Vizeregent der Königin statt dessen den Herzog von Zayana annehmen solle. Und als der Tag sich nun zu Ende neigte, und die Leute mehr Mut faßten, traten sie mit ganzen Wagenladungen von Beschwerden und Klagen über Roder an den Herzog heran und baten um seine Auslieferung, oder aber daß der Herzog ihn selbst bestrafe. Barganax, der feststellte, daß Roder nur sehr dürftige Antworten zu diesen Anklagen vorbringen konnte; und weil man nach einer Beschlagnahmung der gräflichen Unterlagen außerdem klare Beweise für seine heimtückischen Umtriebe fand, daß er nämlich gemeinsam mit dem Vikar zum Preis von Kutarmish die Eroberung Meszrias wider den Vertrag von Ilkis und einen Mordanschlag auf den Herzog plante; in Anbetracht auch der (durch Dokumente belegbaren) Tatsache, daß diese mörderischen Ränke gar seit Oktober und jenem Treffen auf dem Salimat vor sich gegangen waren; demgemäß ließ Barganax also am nächsten Morgen Roder auf den Marktplatz führen und, nachdem die Beweise aufgedeckt und von einem Mann ausgeschrien worden waren, enthaupten. Durch dieses Beispiel der Ernsthaftigkeit und die gestrige freche Eroberung der Stadt, die nur ein Häufchen hochentschlossener Männer auf so wilde, grimmige und unerschrockene Art bewerkstelligt hatte, wurden die Bewohner auf wunderbare Weise ernüchtert und hüteten sich davor, Partei gegen ihn zu ergreifen oder falsches Spiel mit ihm zu treiben.

Er sandte nun von den Männern, die mit ihm aus Zayana gekommen waren, ausgewählte, zuverlässige Boten zu den Prinzen im Norden, Ercles und Aramond und forderte sie zur Unterstützung und Anerkennung auf. Ebenso schickte er Briefe zu Jeronimy und Beroald, warf ihnen in gemäßigten Tönen den Freundschaftsbruch vor und riet ihnen, jetzt zu widerrufen und zu ihm zurückzukehren, anstatt wegen seiner einmaligen Handlung in heftiger Erregung aufgrund einer bösen Herausforderung ihm abzuschwören und sich als Werkzeuge des Vikars für solch niedrige Zwecke herzugeben.

Und nun wäre es fast soweit gekommen, daß er, hoffte er doch, einen Gründling zu fangen, einen Hecht an Land gezogen hätte. Denn am zwanzigsten Dezember, dem zweiten Tag nach jenem Donnerschlag in Kutarmish, kam zufällig der Vikar persönlich mit zwei berittenen Kompanien dorthin; er führte mit sich seine geheime Kriegsschatulle und reiche Schätze und Mittel, sowohl an Waffen und Rossen, als auch anderen für seinen beabsichtigten Einfall in Zayana erforderlichen Dingen; und er hatte sich der Stadt schon bis auf Rufweite genähert, war er doch, wie es oft seine Art war, damit man sein Nahen nicht bemerkte, querfeldein geritten und hatte sich von Hauptstraßen und belebten Orten ferngehalten. Doch nun, wie die Götter es wollten, wurde ihm der stattgefundene Aufstand und der Verlust von Kutarmish zugetragen, in das er anderweitig ohne die geringste Ahnung eingeritten wäre: wie der Wolf in die Falle. Noch war seine Gnadenfrist zwischen Sicherheit und Vernichtung länger als knappe fünf Minuten, denn Barganax, als er bemerkte, um wen es sich hier handelte, setzte ihm mit hundert Reitern hinterher und jagte ihn fast zwanzig Meilen bis unmittelbar vor die Tore Argyannas, wo er augenblicklich zu Boden sank, denn sein Pferd war fast am Ende, und er selbst platzte fast vor Wut und Erschöpfung vom wilden Galopp. Und am nächsten Tag, weil er nicht Gefahr laufen wollte, in einer Festung eingesperrt zu sein, zu dessen Hauptmann er den Windungen seiner Politik kürzlich ein Werkzeug Beroalds gemacht hatte, weil nun inmitten dieser Tumulte der Bund zwischen ihm und Beroald leicht ins Schwanken geraten konnte, machte er sich auf und begab sich wieder ins nördliche Eulenthal. Es begann sich nun zu zeigen, daß der Herzog nach diesem plötzlichen Kriegsvorstoß in seiner List womöglich auch versuchen würde, ihm Hintermeszria und die Mark obendrein abzunehmen; denn diejenigen in der Mark von Ulba, die auf die Königin schwörten, hielten seit einigen Monaten nämlich allmählich den Vikar für den gefährlicheren Thronräuber und machten nun kein Hehl mehr aus ihrer Vorliebe für Barganax.

Nach einer Woche kamen Melates und Barrian über den Ruyar-Paß, um mit knapp tausend Mann dem Herzog zur Hand zu gehen. Weder vom Admiral, noch vom Kanzler war bisher eine Antwort eingetroffen. Kurz nach der Jahreswende jedoch erreichte sie die Kunde, der Kanzler sei mit seinen Haufen ostwärts gezogen und habe sich in Argyanna niedergelassen; wo er, weil der Ort uneinnehmbar ist und die Straße überragt, die von Meszria nach Norden verläuft, wie ein kauernder Falke den Rebhühnern des Heidelandes auflauere und ihr Aufflattern eindämme; für Barganax wäre es so außerdem ratsamer, nicht ohne weiteres seinen Brückenkopf in Kutarmish für längere Vorstöße ins Land zu verlassen. Dem Herzog drohte tatsächlich vorübergehend noch eine weitere Gefahr, als der Regent Jeronimy, der aus dem Westen über die meszrischen Grenzen entlang des Zenners anrückte, offenbar zur Schlacht aufzog, oder zumindest seine Verbindungslinien nach dem Süden abzusperren drohte, falls der Herzog die Herausforderung zum offenen Kampf nicht annähme. Doch war es, als ob Jeronimy, der nun vor der schlichten Wahl stand, ob ja oder nein, bei Sonnenaufgang des nächsten Tages vor Kutarmish es nicht übers Herz brachte, das Schwert gegen einen Prinzen vom Geschlecht des Mezentius zu ziehen. Er schickte einen Boten zum Herzog, und sie schlossen gemeinsam Frieden.

Während der Vikar in Rerek nun Truppen zusammenzog, und während ganz Meszria (selbst solche wie Zapheles, deren Unzufriedenheit gewisse Zuneigungen für den Vikar geweckt hatte) zu Barganax, als dem eigentlichen Landesherrn, hielt, zauderte nur Beroald aus unerforschlichen Gründen in Argyanna. Die meisten glaubten, daß er in diesem neuen Kriegszug des Herzogs die alte Gefahr wieder aufleben sah, die er schon früher gefürchtet hatte. Ebenfalls glaubte man, daß dies ihm vielleicht die Hände band: die Überzeugung (zu der er von Anfang an geneigt hatte), daß die Forderungen des Vikars von Rechts wegen kaum angreifbar waren.

Kapitel XVIII

Rialmar im Sternenschein

Königin Antiope veranstaltete ein Festbankett am Abend der Tagundnachtgleiche zur Frühjahrswende in ihrem königlichen Palast zu Teremne. In der Manticora-Galerie wurde zum Bankett gedeckt: dem ältesten Teil jenes Palastes, erbaut, als die alten Könige erstmals Mauern auf dem zweihörnigen Rialmar aufgezogen hatten, um ihn zur Brutstätte ihrer Tyrannei und zu einem stark befestigten Ort zu machen: vor Hunderten von Jahren, ehe sie überhaupt von ihren wasserreichen Tälern zwischen der doppelten Öde der südlichen Wüste und der von Adlern bewohnten frostigen Gebirge im Norden hervorstießen oder das Auge auf die Südlande von Rerek und Meszria warfen. Hoch war diese Galerie, ganz aus einem warmen grauen Stein erbaut, der einen dunklen Glanz wie Mamor hatte und übersät war mit schwarzen Flecken oder Streifen. Auch die langen Tafeln und die Stühle waren aus diesem gleichen Stein, mit seidenen Polstern, auf denen die Feiernden zum Fest saßen. Vierundvierzig Lampen, aus Silber und Kupfer und Messing gearbeitet, hingen an Ketten vom gewölbten Dach in zwei Reihen entlang der Galerie. Darunter brannten auf den Tafeln Kerzen aus grünem Wachs in goldenen Kerzenhaltern, eine Kerze für jeden Festgast. Dem oberflächlichen Auge erschienen Decke und Wände schlicht und ohne jede Verzierung; aber bei näherer Betrachtung zeigten sich Muster aus schmalen ausgekehlten Linien, wie durch Grabstichel oder Meißel eingeritzt. Durch die Ausnutzung dieser Eigenschaft glänzender Oberfläche und nur angedeuteter Umrisse hatte jener, der in der alten Zeit diese Galerie errichtete, durch wunderliche Kunstfertigkeit bewerkstelligt, daß ein jeglicher, der dort eine Zeitlang verweilte, mit der sich wandelnden Ansicht der Bilder in den Wänden nach und nach die schattenhafte Anwesenheit jenes Ungeheuers namens *Manticora* zu spüren schien: hier eine Löwenpranke oder zottige Löwenmähne, dort die Rückenstacheln eines Stachelschweins, der Schwanzstachel eines Skorpions, eine menschenähnliche Fratze mit Reißzähnen und großen Glotzaugen: und das ist eine Art von riesigem Ungeheuer, das der Sage nach in alter Zeit Sandwüsten bewohnte und an den Grenzen des Heidelands Fingiswolds am Fuße der Berge diesseits von Akkama begraben liegt.

Die Königin, in einem Gewand aus Seide, netzartig mit Gold bestickt und verbrämt, in der orange-scharlachroten Farbe des Sumpf-Affodills zur Saatzeit, und in ihrem Haar einen hohen Kamm aus Schildpatt, eingefaßt in gelbe Saphirkugeln, und um den Hals eine feine, sahnig-weiße Krause, verstärkt mit Silberstäbchen, saß im Thronsessel: Lessingham zu ihrer Rechten als Vertreter des Reichsverwesers und zu ihrer Linken der alte Marschall. Neben Lessingham hatte die Prinzessin Zenianthe ihren Platz und neben Bodenay die Gräfin von Tasmar: diese und nur einige andere auf den Ehrenplätzen an der Quertafel und der Rest der Gesellschaft an den langen Tafeln, mit dem Gesicht nach innen und mit dem Rücken zur Wand gekehrt. Der ganze Platz zwischen den Tafeln war freigehalten für die Bedienung zum Festmahl.

»Also noch zwei, drei Wochen, Heerführer«, sagte die Königin, »und Ihr wollt nach Süden aufbrechen?«

»Morgen in zwei Wochen, mit Eurer Durchlaucht Erlaubnis«, antwortete Lessingham. »Mylord Bodenay und ich«, sagte er, wobei er sich ein wenig vorbeugte, um den Marschall mit einzubeziehen, und leise sprach, um nicht allgemein gehört zu werden, »haben so vorzüglich gebacken, daß wir Euch bitten wollen, Madam, morgen eine Versammlung Eures Kronrates einzuberufen, um die ganze Lage zu besprechen.«

»Und was befindet sich dann in dem Kuchen, wenn wir ihn anschneiden?«

»Für mich eine Reise in den Süden, und dann, sagen wir in drei Monaten, wieder nach Norden in den Belangen Eurer Hoheit.« Er sah sich gleichgültig um und vergewisserte sich, daß niemand sie belauschte. »Mit einem Wort, Madam, wir werden Euch raten, daß jener, dessen Frechheiten Ihr im letzten Sommer so klug und weise ertruget, reif für den Strick ist: so . . .«

»O wenn kleine Schweinehunde Prügel brauchen«, sagte die Königin, »so bekam er sie von mir im vergangenen September.«

Bodenay schüttelte den Kopf. »Ach, Madam, nicht nur der Knabe, sondern das Land und Volk, für das er steht. Es droht von dort Gefahr. Und Mylord Lessingham wird Eurer Durchlaucht den Grundsatz großer Kriegsherren und Anführer verraten: Angriff ist die beste Verteidigung.«

»Wir werden uns morgen damit befassen, was Eurer Hoheit genehm ist«, sagte Lessingham. »Ich hoffe, Ihr werdet das Vorhaben nicht unterbinden. Ein Volk, das so schnell seine Lektion vergißt, eine alte Feindschaft gegen uns hegt, von einem Skorpion

regiert wird und unstet wie Heuschrecken ist: eine reine Vorsichtsmaßnahme nur, es zu bekriegen und im kommenden Sommer Eurer Herrschaft zu unterwerfen. Somit ist es meine Aufgabe, im Süden starke Truppen auszuheben und Euch zu bringen und den Reichsverweser persönlich zu gewinnen (es wäre schön, gelänge mir dies), sie zu befehligen.«

»Das setzt Euch eine Frist, Myrilla«, sagte die Gräfin Heterasmene, während sie ihre Finger über eine goldene Schale hielt, und ein Diener Rosenwasser darüber goß. »Wenn Mylord Lessingham seinen Leutnant mit nach Rerek nimmt, werdet Ihr gerade zehn Tage haben, um Eures frischvermählten Gemahls überdrüssig zu werden.«

»Ja, und darin seht Ihr, Madam«, sagte Amaury, »wie sehr die Schicksalsgöttin auf mein Wohl bedacht. Denn fürwahr dauerten meine Liebschaften bis jetzt etwa einen Monat, und so wage ich in meiner Bescheidenheit zu hoffen, daß ich mit Mylady Myrilla binnen zehn Tagen nicht entzweit sein werde, wenn auch eine Woche länger die Lage wohl anspannte.«

»Ich stopfe Euch den Mund: nein, nicht so, wie Ihr's wünschtet, sondern so«, sagte Myrilla und steckte ihm ein Stück Marzipan hinein. Sie lachten, und Lessingham flüsterte der Königin zu: »Eure Hoheit taten gut daran, diese Heirat zu veranlassen. Der Admiral ist ein Mann sicherer Ankerplätze. Familienbande zwischen ihm und Amaury werden viel dazu beitragen, die Freundschaft zu festigen.«

»Leutnant«, sagte die Königin, »wir werden Eure Hochzeit ein, zwei Tage vorziehen: wir wollen sehen, ob zwei Tage mehr es bewirken können.«

Amaury, der durch die vielen Blicke, die auf ihm ruhten, etwas außer Gefecht gesetzt und zum Schweigen gebracht ward, lachte wie um der Höflichkeit willen, lief rot an und strich über seinen Schnurrbart. Aus dieser Verlegenheit errettete ihn ein Zeichen von Lessingham: mit einem »Mit Verlaub« zu seiner Dame erhob er sich und ging zu ihm. Der Zeremonienmeister der Königin stand hinter Lessinghams Stuhl: ». . . wartet draußen und verlangt sofortige Unterredung mit Eurer Exzellenz, um sie abzugeben.« – »Was der Narr wohl für geheime Nachrichten bringt?« sagte Lessingham. »Nun, wenn es nicht warten kann, geht zu ihm, Amaury. Seid mein Auge, Ohr und Gewissen: heißt ihn, sich Euch anzuvertrauen.«

Nach ein paar Minuten kam Amaury zurück. »Mylord, der Schlüssel paßt nicht. Will mir nicht mehr sagen, als daß es eine

Sache brennendster Dringlichkeit ist und nur für Euer Ohr allein bestimmt. Auch hat er Briefe, die wohl vom Vikar stammen, aber auch diese sind Euch nur persönlich in die Hand zu geben.«

»Aus Laimak?« sagte die Königin. »Wollen wir denn nicht Platz für ihn machen?«

»Mit Respekt, nein«, sagte Lessingham. »Ich kenne den Mann: ein Domestik meines edlen Vetters, dessen er sich oft bei gewichtigen und drängenden Geschäften bedient: ein gewisser Gabriel Flores. Falls es Eurer Durchlaucht beliebt, soll er in der Küche zu essen bekommen. Ich nehme mich seines Auftrages später an.«

»Kümmert Euch darum«, sagte sie. Und das Bankett ging weiter.

Als die erste Hälfte beendet war, und die ersten Becher mit Rian-Wein herumgereicht wurden, und auf goldenen Schalen Makronen, Salate aus Veilchenblüten und Eingemachtes, das wunderliche Kochkunst aus eingedickten Ringelblumen hervorgezaubert hatte, erhob Lessingham sich mit Erlaubnis der Königin, machte sich auf von der Tafel und ging zu einem oberen Gemach, nachdem er Gabriel hatte mitteilen lassen, ihn dort aufzusuchen, falls er eine Unterredung mit ihm wünsche. »Bemerktet Ihr dieses seltsame Lichterspiel, Kusine«, sagte die Königin, »wie, als der Heerführer zwischen Wand und Tafel schritt, diese Dinge auf der Wand mit den Pranken zu winken schienen, als er vorüberging, und grinsten, als wollten sie ihn auffressen?«

»Es ist eine Täuschung des Lichts«, antwortete jene Hamadryadenprinzessin; »und Eure Hoheit haben das schon früher gesehen.«

Die Königin wandte sich nun in lustiger Unterhaltung wie zuvor an den alten Marschall zu ihrer Linken und an Tyarchus und Heterasmene und die alte Madam Tasmar.

»Wie war der Stand der Dinge, als Ihr Seine Hoheit verließet?« sagte Lessingham, als er von Gabriel die Depesche nahm, sich auf einem breiten Eichenstuhl niederließ, neben dem eine Lampe brannte, und das Siegel aufbrach. Gabriel stand vor ihm mit abgehärmtem Gesicht und beängstigter Miene. »Ich bitte Euch, lest zuerst«, sagte er.

Lessingham las schnell, dann kehrte er zum Anfang zurück und las ein zweites Mal, langsam, als überdachte und wägte er jedes Wort ab; dann faltete er das Pergament fein und gemächlich wieder zusammen: mit einer jähen Bewegung warf er es neben sich auf den Tisch und saß so regungslos eine ganze Weile, nach vorne gebeugt, die rechte Hand in der Hüfte, der linke Ellbogen auf dem Knie, während er mit seinen Fingernägeln ein Marschlied auf seinen Schneidezähnen trommelte. In dem von der Seite durch die Lampe beschienenen Antlitz Lessinghams konnte Gabriel seine Augen in dieser Stille sehen: den verschleierten Blick, als ob der Geist hinter diesen Augen in tiefe Versenkung mit sich selbst versunken wäre. Dann tanzte plötzlich in jenen gesprenkelten grauen Augen Lessinghams etwas, wie aus einem Reigen tanzender Mädchen etwas Triumphverkündendes herausleuchtet.

Er setzte sich aufrecht. In all seinem Äußeren atmete jener Geist von Beständigkeit, wie er im steten Glanz und Widerstreit, den glänzenden stillen Steinen und unentwegt schäumenden und dahinrauschenden Wellen und Stromschnellen einer Mündung ruht, wo zwei Flüsse zwischen den grünen Schatten von Eiche, Erle und Esche fließen, und die ausgewaschenen Uferfelsen und der steinige Kiesgrund weiß unter diesem Murmeln und der Kraft der Sonne liegen. »Nun, Reineke Fuchs«, sagte er, »Ihr seid über all dies im Bilde?«

»Ich schrieb es nach den Worten aus Seiner Hoheit Mund nieder, und meine Handschrift ist Eurer Lordschaft wohl vertraut.«

»Wie kommt's, daß ich erst jetzt davon erfahre? Zweimal monatlich Depeschen, die besagen, alles laufe wie am Schnürchen, alles sei in bester Ordnung, Wind und Gezeiten stünden günstig: dann diese unverhoffte Wendung: das ganze Schiff gekentert; Meszria sei uns verloren, und die Mark ebenfalls: die Großen des ganzen Landes hätten sich kürzlich versammelt und auf ein Gerücht vom Ableben Ihrer Hoheit hin (mögen uns die Götter vor diesem Omen behüten) den Thron ihrem Bruder Barganax angeboten: Laimak sei von allen Seiten belagert und laufe Gefahr, ausgeräuchert zu werden, wie ein Wespennest von Knaben ausgeräuchert wird. Hat man je dergleichen gehört? Und nun schreit er nach mir, auf daß ich ihn aus diesem Siruptopf befreie, in den er gefallen ist – warum, das wissen nur der Teufel und er selbst. Bei meiner Seele, ich bin fest entschlossen, ihn dort zu lassen, wo er ist.«

»Es ist sein großer Stolz«, sagte Gabriel. »Wollte Euch nicht um Hilfe bitten, bis die Notwendigkeit ihn dazu zwang. Fütterte Euch, es stimmt, mit Märchen und purer Erfindung, um Euch hier in Fingiswold zu halten. Ihr straftet Eure Größe Lügen, würdet Ihr in seiner bitteren Not Euch ihm verweigern.«

»Schmeichelt nicht Euch und Eurem Herrn, zu glauben«, sagte Lessingham, »ich sei wie ein Kind und besäße keine anderen Möglichkeiten, Dinge in Erfahrung zu bringen, als die Mitteilungen, die er mir nach seinem Gutdünken zukommen läßt. Richtig, meine Nachrichten sind drei oder gar vier Wochen älter als die Eurigen: und ich befürchte sehr, daß der letzte Bote bei seinem Auftrag scheiterte und dem Prinzen Ercles, wie so viele andere, unter Eldir in die Klauen fiel. Doch wie dem auch sei, ich bin sechs Wochen zurück, also heraus mit der Sprache. Und wohlgemerkt, Reineke Fuchs«, sagte er, als Gabriel ihm schmachtende Blicke zuwarf, »falls ich Euch dabei ertappe, daß Ihr mich belügt oder mir irgend etwas verheimlicht, sollt nicht nur Ihr dafür büßen.«

»Nun, Eure Exzellenz wissen vermutlich hierüber Bescheid«, sagte Gabriel: »über den blutigen Einfall in Kutarmish von seiten dieses verfluchten Bastards . . .«

»Wenn Ihr zu mir von großen Männern sprecht«, sagte Lessingham, »so sprecht mit Hochachtung, ob Freund oder Feind, und nennt sie mit dem richtigen Ehrentitel. Oder ich lasse Euch züchtigen.«

»Seiner Gnaden von Zayana blutiger Einfall in Kutarmish«, sagte Gabriel mit einem grollenden Blick, wobei er die Zähne zeigte. »Und gar Schönes spielte sich dort ab. Lord Roder gefangen und auf einen großen Stuhl gefesselt, mitten auf dem Marktplatz; ein Bursche mit einem frisch gewetzten Schwert: klatsch und ab damit, geköpft wie ein Schwein in aller Öffentlichkeit; und recht so, denn warum bewachte er die Tore nicht besser, und all die verlorenen Schätze und Güter Seiner Hoheit? Und Seine Hoheit selbst wäre fast in Gefahr geraten, als er unterwegs nach Kutarmish war . . .«

»Erspart mir Einzelheiten. Ich weiß all das.«

»Und habt Ihr gehört, daß der Admiral übergelaufen ist (Mitte Januar war das), und sich vollständig der Herrschaft des Herzogs unterstellt hat?«

»Das erfuhr ich erst mit diesem Brief«, sagte Lessingham. »Auch vom Kanzler wußte ich bis jetzt nur, daß er noch zögerte.«

»Eurer Lordschaft Wissensstand bewegte sich bei ersterem acht, bei letzterem drei Wochen hinter der Wirklichkeit her. Was seine Lordschaft den Kanzler angeht, so ließ er sich anscheinend seine klugen Bücher aus Zayana bringen, als er sich in Argyanna eingenistet hatte, trommelte aus den drei Königreichen ein Dutzend Gelehrter, Rechtskundiger, Sophisten, oder wie immer man sie nennt, zusammen und ließ sie beraten, um ihm fingiert-glaubhafte Gründe dafür zu finden, und daran werdet ihr nicht zweifeln können, wenn ihr einen Fuchs an seiner buschigen Lunte erkennt, was er die ganze Zeit ohnehin zu tun entschlossen war. Ihr könnt wetten, daß ihre Gründe verwässert waren: verfault, ehe sie ins Trockene kamen. Nichtsdestoweniger entdeckten sie das Verlangte. Wird verkündet, glattzüngig wie eine Tänzerin, mit item dies, item das, wie man es sich schöner nicht wünschen kann. Schluß: Barganax wird als männlicher Nachkomme zum König ausgerufen, und – um sich abzusichern, falls diese Lüge vom Ableben der Königin, ausgeheckt, wie man annimmt, von diesem Barganax« – (»Habe ich Euch nicht gewarnt?« sagte Lessingham) – »von diesem Herzog, um seinem Thronraub einen Vorwand zu geben: um sich in jeder Hinsicht abzusichern, sollte sich diese Meldung einwandfrei als falsch erweisen – hat man aus dem Staub der letzten zwei Jahrhunderte ein Gesetz ausgegraben, das angeblich besagt, keine Frauen dürften in Fingiswold das Zepter führen: womit sie seinen Thronraub gar rechtfertigten und seine uneheliche Geburt über der Königin edles Blut stellten.«

Lessingham erhob sich von seinem Stuhl: ging ein-, zweimal durchs Zimmer, wobei er über seinen Bart strich. Gabriel sah ihn aus kleinen Schweinsaugen gespannt an. »Es war mühsam und gefährlich für mich, zu Eurer Exzellenz durchzukommen«, sagte er nach einer Weile. »Ihre Streitkräfte liegen vor Laimak, und diese Prinzen im Norden, die der Herzog mit seinem Gold füttert, sich dem Willen Seiner Hoheit zu widersetzen und seine Freunde lahmzulegen, stellen ebenfalls eine Streitmacht auf. Arcastus wagt es nicht, seine Nase außerhalb der Mauern Megras zu zeigen. Ich weiß nicht, Mylord, ob Ihr diese Schweinehunde zurückzuscheuchen und durch sie hindurchzukommen vermögt?«

Lessingham blieb vor dem Tisch stehen, nahm den Brief des Vikars, überflog ihn nochmals, legte ihn weg und blickte mit einem beunruhigenden Lächeln zu Gabriel hinab. »Eure Küken, mein kleiner Gabriel, sind noch nicht ausgebrütet. Und was meine Absichten in dieser ausweglosen Lage, in die Euer Herr sich gebracht hat, angeht, so könntet Ihr mein Vorhaben leichter erraten, wäre Euch die Gabe gegeben, einem Mann in die Augen zu sehen.«

»Nein«, sagte er, blickte hin und sah wieder weg, »Euer Gnaden Augen brechen einen Basiliskenblick. Ich kann sie nicht ertragen.«

Lessingham lachte. Es war, als ob von seiner Warte über einer Flußgabelung ein Fischadler herabgestoßen war: einen Scheinangriff flog: auf seiner Warte wieder wachte.

Gabriel trat mit vorgeschobenem Kinn einen Schritt näher, wobei er vor sich nieder sah und beim Sprechen mit dem Finger Ringe und Kreuze auf die Ecke des Tisches zeichnete. »Ich wünschte, Eure Exzellenz hätten gesehen, was ich sah«, sagte er: »in diesen vergangenen sechs Wochen. Dann wäre es vorbei mit dieser Lauheit, wage ich mit meinem Kopf zu wetten. Große Männer gegen große Übermachten habe ich in meinem Leben gesehen, aber nie dergleichen. Je mehr dieser verräterische Zusammenschluß jener pflichtvergessenen Lords gegen ihn seine Leute abtrünnig machte, seine Streitkräfte schrumpfen ließ, seine Vorhaben vereitelte, je heftiger setzte er sich zur Wehr. Ihn sehn, heißt eine Welt sehn. Mit nur tausend Mann führte er einen glänzenden Schlag in den westlichen Marken aus, und als dieser Kanzler dann glaubte, ihn zwischen Fünfweg und dem Zenner eingeschlossen zu haben, marschierte er plötzlich um seine Flanke und bei Nacht nordwärts und fing Melates bei einem Raubzug in Rerek. Und dann, eingeschlossen in Laimak mit dem Rest seiner Armee, und seine Gegner, ihrer sechsmal so viele, bellen wie Mistköter an seinen Toren, indes wagen sie nicht, ihm zu Leibe zu rücken: kaum ein Tag vergeht, an dem er keinen Ausfall anstrengt, den er stets persönlich an der Spitze anführt: bringt ihnen kleinere Verluste bei, holt neue Vorräte herein, erschlägt einige Männer und dergleichen mehr.« Er verstummte und fingerte nach wie vor an der Ecke des Tisches herum. Plötzlich sah er auf, begegnete Lessinghams Blick, wich ihm aus: tollpatschig ergriff er Lessinghams Hand und küßte sie. Lessingham, scheinbar seltsam berührt und beunruhigt von solch einer Huldigung eines solchen Bittstellers, zog seine Hand zurück. »Ihr sollt Eure Antwort morgen erhalten«, sagte er, entließ ihn und kehrte zum Bankettsaal zurück.

Und als Lessingham nun zwischen Wand und Tisch schritt und die artemisische Schönheit und Lieblichkeit von ihr gewahrte, wo sie saß und süß plauderte, bemerkte er aus den Augenwinkeln gewaltige Pranken, die drohend erhoben waren, und Mäuler mit riesigen, mörderischen Raubtierzähnen, die sich ihr immer mehr näherten.

Er und sie blickten sich an, als er wieder Platz genommen

hatte. Inmitten der allgemeinen Unterhaltung bemerkte niemand, es sei denn Zenianthe und Amaury, daß eine ganze Weile lang weder Lessingham noch die Königin sprachen. Noch erriet jemand, es sei denn diese beiden, daß sie und Lessingham, während sie eine Zeitlang scheinbar stumm und nachdenklich an der Bankettafel saßen, sich in Wahrheit in ein stilleres Beratungszimmer zurückgezogen hatten; wo, während es den äußeren Sinnen nur wie ein Augenblick vorkommt, Tage, Wochen und Monate verstreichende Jahreszeiten ihren verlangsamten Lauf zu gestalten vermögen wie eine sich öffnende weiße Rose; und wohin seit jener ersten Nacht am letzten Michaelstag Lessingham und die Königin sich oftmals zurückgezogen hatten, um dort ihren edlen Wünschen zu frönen, und wo sie gemeinsam in Liebe lebten.

Der gelehrte Doktor, der mit Zenianthe in einer grasigen Bergmulde stand, wo ihre Eichenwälder an ihren fernsten Grenzen zum Nachmittag zeigten, hielt schützend die ausgebreitete Hand über die Augen. Die Sonne war so tief gesunken, daß sie fast die Wipfel eines Tannengehölzes berührte, das die Bergschulter überzog, die jenseits des Teiches, einen Steinwurf von des Doktors Füßen entfernt, emporstieg. Schwarz hob sich dieses Gehölz vom Himmel ab, aber an seinem diesseitigen Waldessaum und dem Schatten, den er warf, lag die grüne Bergkante in strahlendem Licht. Unter jenem strahlenden Streifen waren Berghang und Teich wie ein trübender goldener Schleier dunkler Flecke, den seine ausschauenden, mit der Hand geschützten Augen dennoch durchdrangen, und der somit die Einzelheiten und Formen und verschiedenen Gräser und Kräuter offenbarte, und den darunter liegenden Wasserspiegel des Teiches, glatt und still. Die Gestalten Lessinghams und Antiopes, die aus dem Schatten des Tannengehölzes in jenen Lichtstreifen traten, hatten golden glimmende Umrisse, so daß sie vor dem Hintergrund des schwarzen Waldes zu brennen schienen. Der Klang ihrer Stimmen, als sie vernehmbar wurden, schien wie die Übersetzung jenes glimmenden Lichts und der Sonne und der Schatten in den Schatten und des Wassers und des Berghangs, der sie umgab, in Musik: nicht in Gesprochenes, denn noch war nicht zu unterscheiden, was gesprochen wurde; noch in Lachen, denn sie lachten nicht: vielmehr die Töne und Rhythmen, die diese edlen Stimmen der inneren Stimmung zu lachen entliehen, welche die Unterhaltung so gut aufeinander abgestimmter Seelen bereichert, daß in dieser Verbindung jede dem anderen treu ist und so auch sich selbst nur treu sein kann.

Sie waren nun unten angekommen. Lessingham beantwortete mit einem Kopfnicken des Doktors Gruß, ließ sich nieder auf einen Stein und schien seinen Gedanken nachzuhängen. Anthea, aufrecht, statuenhaft, die Hände hinter dem Rücken gefaltet, blickte in die Sonne. Campaspe, in einem weichen anliegenden Gewand aus gebleichtem Chamblet in der Farbe gewisser Pilze, die auf abgestorbenen Dornbüschen gedeihen, einem hauchzarten, hellen Krapprosa mit einem Stich ins Braune, und einer weißen Spitzenhaube, unter der die schwarzen Locken ihres Haares hervorquollen und auf Hals und Wange und die linke Seite ihres Busens Schatten warfen, war damit beschäftigt, flache Steine zu suchen, mit denen sie auf dem Wasser Hüpfsteinwerfen spielte. Immer wieder wurde der glatte Wasserspiegel von den dahingleitenden und versinkenden Steinen gekräuselt. Flink und niedlich und mäuschenhaft waren all ihre Bewegungen, wie ein kleiner Strandläufer, der an einem sonnigen Herbstabend bei Ebbe durch die schlammigen Wasserrinnen stelzt, in denen sich der Himmel spiegelt.

Antiope stand beim Doktor und bei Zenianthe. Sie blickten auf Lessingham, wo er auf dem Stein saß und in die Sonne blickte. Vandermast sprach: »So habt Ihr alles ausführlich erörtert und etwas beschlossen?«

Antiope antwortete: »Wir haben nichts erörtert und alles beschlossen.«

»Das ist noch besser«, sagte der Greis.

Eine Weile schwiegen sie. Vandermast sah, daß ihr Blick noch immer auf Lessingham ruhte. Es war, als schliefe sie, wo sie stand. Vandermast sagte mit einer Stimme, so still und warm wie die innerlichsten, undurchdringbaren Schatten jener Eichenwälder hinter ihr, welche die Sonne von außen mit einer solch lieblichen goldig-grünen Pracht überströmte: »Ich habe Eurer Ladyschaft gegenüber schon früher meiner Meinung Ausdruck verliehen, daß es nur eine Weisheit gibt. Und nur eine Macht.«

Antiope lauschte, als wartete sie auf mehr. »Ich weiß nicht recht«, sagte sie schließlich.

Vandermast sagte: »Es ist Euer Tun, dies: ein Kleid von Euch. Ihr erwählt dies. Er erwählt es mit Euch, ob er nun weiß oder nicht, will es um Eurer willen. Diese höchste all Eurer Rosen für Euch zu pflücken.«

Sie sagte: »Ich weiß.«

Vandermast sagte: »Was mich betrifft, so würde ich lieber mit Eurer Ladyschaft sterben, als unsterblich gemacht zu werden mit . . .«

Sie sagte: »Nun? Wer ist mein Rivale?«

Vandermast sagte: »Es gibt keinen: nicht einen: niemand kann sich mit Eurer sternengleichen Schönheit messen.«

Sie wartete. Das knidische Geheimnis lag schattig um Ihre Lippen. »*Vor dem Anbeginn der Zeiten*«, sagte sie.

Die Stille bebte.

Vandermast sagte: »Eure Wahl ist nicht wie unsere Wahl, die wir unter vielen Dingen dieses Ding und nicht die anderen wählen, weil wir dies für gut halten. Eure Wahl indes macht gut: erhöht das Ding, welches Ihr wählt, und wäre es vorher nichts, so daß es alle Lobpreisungen übertrifft.«

Sie sagte: »Und dennoch bezahle ich jedesmal dafür. Die reine Form des Daseins als er und sie: war das nicht meine Wahl? Sollte nicht Er genauso leicht, hätte ich dies statt dessen gewählt, aus Seiner Allmacht heraus Mich erschaffen und selbsterhaltend und selbstgenügsam gemacht haben? Indes zog ich dieses vor: geliebt zu werden unter Bedingungen, bedient, gemacht, erquickt zu werden von jenem, der Mein Diener ist. Wie könnte Liebe sonst ernst sein?«

Vandermast sagte: »Tod: eine Lüge: Märchengeschichten, um Kindern Angst einzujagen. Was ist es, *sub specie aeternitatis,* anderes, als *vox inanis,* ein leeres Wort, nichts?«

Sie sagte: »Und dennoch, wie wäre es möglich, gänzlich zu lieben, gäbe es nicht ein Lebewesen, das unter dem Schrecken jener Fittiche lebt? Wozu brauchte es sonst der Liebe?«

Vandermast sagte: »Und Zeit: gab es je ein Übel, das nicht Zeit säte? Das nicht in der Zeit wurzelte und gedieh?«

Sie sagte: »Und dennoch, was wäre denn ohne Zeit? Des verrückten Schwärmers Blendung einsichtsloser Augen auf mir: die Sphärenmusik zusammengezogen zu einem Miauen. Oder wie sollte die Schönheit sonst ihren Tag durchmessen? Wie sonst er meine Lippen von meinen Augenbrauen unterscheiden, wenn nicht in der Zeit?«

Vandermast sagte: »Vergänglichkeit und Auflösung: was sonst zeugt von der Ewigkeit?«

Sie sagte: »Dieses Irrlicht von Macht: jenes andere, dem gesicherte und beständige Gewißheit mißfällt . . .« Ihre Stimme verklang, wie auf hoher See eine suchende Seeschwalbe verschwindet, wenn die Sonne geht.

Zenianthe, die um ihr liebliches Haar Eichenlaub gewunden hatte, legte eine Hand auf den Arm des Doktors. »Seid Ihr Teil von Ihr? Wie ich?«

Vandermast sagte: »Nein, liebe Frau des Laubes und der Stille, durch die Eichhörnchen huschen. Ich bin von der anderen Art.«

Zenianthe sagte: »Aber wenn das Haus Teil dessen ist, der darin wohnt? Wenn meine Wälder Teil sind?«

Vandermast schüttelte den Kopf: gab keine Antwort.

Antiope sagte, wobei sie hochfuhr wie ein erwachender Schläfer: »Was, Kusine? Was sagte ich? Ihr könnt bezeugen, daß ich bisher nie schlafgewandelt bin?« Ihre Augen waren betrübt. Sie sagte, und die Worte kamen langsam über ihre Lippen, wie wenn man bei Nacht durch Finsternis tastet: »Eine schwarze Dame. Ich habe sie noch nie gesehen.«

Vandermast sagte: »Soll das Selbst das Selbst sehen?«

Antiope sagte: »Das beantwortet besser Ihr: Ihr, der Ihr ein Philosoph seid.«

Vandermast sagte: »Ich kann Fragen stellen, aber einige vermag ich nicht zu beantworten.«

Antiope sagte: »Hat sie mich gesehen?«

Vandermast sagte: »Mir wurde das gesagt.«

Antiope sagte: »Wer sagte Euch das?«

Er antwortete: »Meine Kunst.«

Antiope sagte: »Und ist dem fürwahr so?«

Vandermast sagte: »Wie soll ich das wissen? Sie gibt ein Lichtzeichen. Dem folge ich Schritt für Schritt und beobachte und warte: ohne zu vergessen, daß in dieser überweltlichen Wissenschaft von den Göttern die Bestimmung des *Seienden* unwiderlegbar und ausschließlich aus dem zu folgern ist, was sein *sollte*. Soweit konnte ich stets den Kurs halten.«

Antiope sagte: »Wie sollte sie mich also sehen, wenn ich sie nicht sehen kann?«

Vandermast behielt seine Meinung für sich. Die Worte, die sie gesprochen hatte, waren wie fallende Schatten. Ihre Augen, wie Taubenaugen, suchten nun Lessingham, aber dieser war von ihr ab- und der Sonne zugekehrt.

Anthea sagte:

»Ich bin Liebe:
Liebe meinen Liebsten.
Liebe mein eigen Selbst:
Auf daß er es liebe

Mach ich's zu meinem Buhlen,
Lache in meinem Stolz,
Poche in seinen Adern:
Und durch solches Teilen
Behaupte mich liebend,
Selbsterkennend.
– So ist Liebe.«

Campaspe sagte:

»Ich bin Liebe:
Liebe meinen Liebsten,
Liebe nur seine Liebe:
Die Liebe, sie schmückt mich,
Sie bettet mich, wacht über mich –
Gelabt von seinem Schein,
Unter seiner Hand sicher,
Öffne meiner Wildrosen
Blüten für ihn:
Tanze in seiner Musik.
– So ist Liebe.«

Lessingham sagte: »Du sitzt dort, schweigend: ich am Tischende, du, Señorita Maria, an der Seite, wie es sich für einen Ehrengast gehört; aber zu meiner Linken, wie es sich für dich gehört. Denn auf dieser Seite schlägt mein Herz. Es gibt nun keine Hast mehr: Frieden herrscht: *requiescat in pace*: der Frieden der Götter, der alles Verstehen übersteigt. Einen Hauch oder Beigeschmack dieses Friedens fing ich hin und wieder selbst dort auf, und zwar wegen dir, *Madonna mia.* Erinnerst du dich?

Herrin meiner Wonnen; als Herrin des Friedens Entsandte:
o wandelbares, unwandelbares Du . . .

Erinnerst du dich? Aber der Traum verwischte es, und die Illusion des Wandels und . . .«

»Pst!« sagte Mary und bebte. »Beständigste Seligkeiten haben ein Ende. Ist das ein Traum? Vielleicht werden wir wach.«

Lessingham sagte: »Das war der Traum. Kein Erwachen mehr zu ihm. Denn was war er anderes als das verzerrte Spiegelbild, als Prophezeiung oder Andenken, dieser Gegenwart? Ein windschiefes Bild all dieser Dinge: von dir und mir, hier allein, von diesen Pfirsichen, dem dunklen Wein und dem goldenen, den venezianischen Fingerschalen: ein halb erfaßtes Abbild nur dieser Gloire de Dijon-Rosen über dem Fenster und ihres Duftes, der dein Atem ist, *o reine des adorées,* Duft der Liebe. Diese und der Sommerabend, der sich mit langen, kühlen Schatten auf den Rasen lehnt, wie ich mich an dich lehne; und dieser Saphir, den meine Finger warm fühlen, wo er sanft an seinem Platz hängt, der in sich allein Benedeiung und Versprechen ist – Versprechen auf die erwachende Nacht und das Enthüllen und Blenden und den Lotus, der im Wasser der Lethe treibt: in diesem lieben Tal deiner Brust.«

»Warte«, sagte sie kaum vernehmbar. »Warte. Die Zeit ist noch nicht gekommen.«

Er lehnte sich wieder in seinem Stuhl zurück. Indem er so saß, ruhte sein Blick auf ihr. Dann: »Erinnerst du dich an die Dichterin, Madonna?

Γέσπερε, πάντα φέρων, ὄσα φαίνολις έσκέδασσ αὔως,
φέρεις ὄϊν, φέρες αἶγα, φέρεις ἀπὺ μάτερι παῖδα.«

Wie gebannt lauschte sie ihm, sehr still. Sehr still und verträumt, und mit einer solch sanften Tongebung, daß ihr ambrosischer Atem die Worte schier stimmlos hauchte, antwortete sie wie ein Echo:

»Abendstern, du vereinst alles, was der helle Tag trennte:
Du vereinst die Schafe, die Ziegen; du vereinst das Kind
sicher mit der Mutter.«

Die tiefen Sonnenstrahlen fielen auf ihre Kelchgläser und verwandelte den endlosen Perlenstrom in aufsteigende Funken. »Es ist so, daß die Dinge, die wir für das Wesentlichste hielten«, sagte er nach einer längeren Weile, »daß diese dahingeschwunden sind. Daß diese verdarben, allesamt, wo alles andere zum besten stand.«

»Alle«, sagte sie. »Selbst ich«, sagte sie: »zuletzt verwüstet.«

Lessingham schrak hoch: saß steif wie zu Stein verwandelt. Dann legte er eine Hand mit den Knöcheln nach unten auf den Tisch: die ihrige kam zart, unter ihren funkelnden Ringen, wie ein zahmer Silberreiher, zur angebotenen Zartheit, berührte mit dem Mittelfinger die Mitte seiner offenen Handfläche und entschlüpfte, bevor er sie fassen konnte.

»Nun, es war ein Traum«, sagte sie. »Und was mich anbetrifft, so spürte ich nichts. Keinen Schmerz. Zu kurz, sich zu fürchten.

Es war weniger als ein Traum. Denn von einem Traum sagen wir, er sei gewesen. Aber dies war weder, noch ist es.«

»Ein Traum«, sagte Lessingham. »Wer träumte ihn?«

»Vermutlich ein Narr.«

Ein Lichterspiel der tiefen Sonnenstrahlen in diesem getäfelten Zimmer machte ihr rotgoldenes Haar scheinbar dunkel, bis es schier schwarz wurde. Ein medusisches, diamantenhartes Funkeln kam und ging in ihrem Mundwinkel.

»Ah«, sagte er, »wir sprechen von Traum und Wahrheit, bis wir einander auffressen wie zwei Riesenschlangen, und nichts übrigbleibt. Aber was diese alte Welt betrifft: du, Mary, sagtest mir in der alten Zeit, daß es so sei, als ob Einer sich allein mit den Schachfiguren niedergesetzt und zu ihnen gesprochen hätte: ›Lebt: und nun aufgepaßt, ob sie einander das Spiel lehren können.‹ Und so wird gewartet und geschaut. Zeit gibt es genug in der Ewigkeit. Aber es bedarf der Geduld. Mehr Geduld, als einen wilden Adler zu zähmen, Madonna. Du lieber Himmel, mehr Geduld als die meinige!«

»Die Geduld der Götter«, sagte sie.

»Eines Ihrer Experimente, nur um sich daran zu vergnügen, meinst du? Wie eine morgendliche Reiherjagd zum Zeitvertreib?« Er saß eine Zeitlang stumm und blickte sie an. Dann sagte er: »Vielleicht ein zweites Gemälde.«

»Gemälde? Ein unfruchtbares, leeres Eines? Oder eine Kaltnadelradierung, die dir, wie du sagst, ein körperloses dünnes Vieles gibt?« Sie verharrten, als hätte jeder etwas gehört oder gesehen, das dagewesen und wieder verschwunden war. Der Alexandritstein steckte an ihrem Finger, meergrün in diesem Licht des Abends, doch schlummerte unter dem Grün eine Glut, die augenblicklich himbeerrot aufflackerte, sobald die Lampen angemacht würden.

»Ein Experiment«, sagte Lessingham und nahm den Faden wieder auf. »Ein Hauch: und nichts mehr zu berühren: nichts anderes mehr, als sich niederzusetzen und zu sehen, ob das gemeinste niedrige Nichts, ist es erst einmal ins Dasein gerufen, nicht aus sich selbst heraus zuletzt das Ding wird, das Sie wählt. Unendlich Geduld der Götter. Gemächliche Vollkommenheit. Die Verfeinerung und Läuterung der Vision. Du sagtest das, Mary. Erinnerst du dich?«

»Warum sprichst du ›von Ihr?‹«

Lessingham lächelte. »Warum du ›von Ihm?‹«

»Nun, wenn es mir gefällt?«

Sie blickten einander an, jeder mit jener kaum wahrnehmbaren, halb spöttischen Herausforderung des Hauptes: eine Erhabenheit des Geweih tragenden Hirsches. »Eine sehr gute Antwort«, sagte Lessingham. »Ich kann sie nicht verbessern. Es sei denn«, sagte er plötzlich, und seine Stimme verklang, als er sich näher beugte, den rechten Ellbogen auf dem Tisch, den linken Arm, ohne sie zu berühren, auf ihre Stuhllehne gestützt. Es war, als dränge von draußen eine ferne Weise herein, wie einst auf Ambremerine, und bildete eine feine Begleitmusik zu den Klängen seiner Stimme, die wie das Rollen eines erstickten Donners hervorkam: »Ja – es sei denn, es war mit mir von Anbeginn, wie es mit Anchises war: ein Sterblicher: nicht einmal, sondern viele Male: sondern viele Male –

ἀθανάτῃ παρέλεκτο Θεᾷ βροτός, οὐ σάφα εἰδώς·

– mit einer unsterblichen Göttin: ohne es deutlich zu wissen.«

Die tiefen Klänge von Lessinghams Stimme, als er so sprach, verstummten zu bebender, oberflächlicher Stille, unter der sich Dunkelheit regte, wie von rauschenden Arpeggios gedämpfter Saiten. Mary nickte zwei-, dreimal, sehr sanft und gesenkten Blickes. Die Linie ihres Halses und Kinns, von der Seite betrachtet, war von einer Reinheit, die alle Reinheit der Blumen oder des vom Wind geformten Gebirgsschnees übertraf. »Ohne es deutlich zu wissen«, sagte sie; und in ihrem Mundwinkel schien sich das Teufelchen träge und verführerisch im Schlaf zu drehen und zu strecken. Sie saßen stumm. Durch ein Spiel des Lichts schien sich ihr Haar zu wandeln: in eine allen Goldes beraubte, fahle Pracht des Mondscheins, anstelle, wie in ihrem Kleid, des Rots eines Samen tragenden Sumpf-Affodills. Und ihre Augen, die grün gewesen waren, schienen nun grau wie der ferne Horizont auf See. Lessingham spürte, wie ihr Seelenfrieden ihn umschloß wie der Frieden eines weiten, von Vögeln belebten Watts an einem Junimorgen, betrachtet mit der Sonne im Rücken: keine Schatten: der Himmel grau wie eine Taubenbrust, mit einem Strich ins Hellblaue und zarten Federwolken, verschwommen und ohne klare Begrenzung: die Landschaft in reichen Grün- und warmen Grautönen, als wohnte ihr ein Zwielicht inne, das unter der zunehmenden Leuchtkraft der Sonne diese Pracht zerstreut und seiner eigenen Sanftheit unterwirft: hie und da ein blauer Streifen, wo das Wasser in den Rinnen zwischen den breiten schlammigen Bänken den Himmel widerspiegelt: und auch Boote, maisgelbe, weiße und schokoladenbraune, die sich (mit ihren Masten) klar vom Himmel in jenen Spiegelbildern abheben, aber vom Land in Wirklichkeit nur unklar: und wie mit feinen Gedanken ist die ganze Luft erfüllt mit den Stimmen der Lerchen und dem Schwarzweiß der segelnden Schwalben und weißen Schmetterlinge: ziehende Pferde und Schafe und Rinder auf den Marschen, je ferner, desto kleiner, welche die fetten Weiden zur Rechten bevölkern, wo Butterblumen das Grün in Gold verwandeln: alles in einer lieblichen Versenkung, als könnte es nichts verletzen und als wagte es kaum zu atmen aus Furcht, es könnte etwas wecken, das schläft und schlafen gelassen werden sollte, weil es freundlich und auch gut ist und Ruhe verdient.

Campaspe sagte am Klavichord: »Wollt Ihr mehr hören?« Das körperlose Klirren der Klingen beim Ertönen des Vorspiels zog wie Wolkenfetzen durch die Stille. »Was soll ich Euch singen?« sagte sie dann: »Noch eines der Lieder von Mylady Fiorinda?« Und mit ihrer Najadenstimme fing sie mühelos, leidenschaftslos, körperlos, vollkommen in jedem Ton, zu singen an:

»Se j'avoie ameit un jor,
je diroie a tous:
bones sont amors.«

Lessingham lehnte sich nach vorne auf den Tisch, die Fäuste an die Schläfen gepreßt. Er hob plötzlich das Haupt und starrte in die Luft. »Ich habe vergessen«, sagte er. »Was ist es, das ich vergessen habe?«

Nach einer längeren Weile sprang er auf. »Laßt uns in den Garten gehen«, sagte er zu Antiope: »besprechen wir es dort. Ich muß südwärts. Ich wünschte, Ihr würdet erst wieder nach Rialmar zurückkehren, wenn dieser Sturm sich gelegt hat. Hier könnt Ihr sicher sein, und ich mich somit wohler fühlen.«

Anthea tauschte mit Campaspe Blicke aus und lachte ein Lachen wie Lanzengerassel.

Lessingham folgte der Königin zur Tür, die jener namenlose Schüler nun für sie öffnete. Sie traten hinaus, jedoch nicht in jenen Garten Vandermasts am Wegesrand, sondern seltsamerweise in einen Garten wie jener von Teremnene: die liebliche Statue über den schwimmenden Lilienblüten: die terrassenförmig angelegten Granitwege und Treppen, die vom Teich hinaufführen: schlafende Blumen in den Beeten: der Pfad, wo Derxis seinen Stein geworfen hatte: über allem der Sternenschein der Frühlingsnacht. Die Tür schloß sich hinter ihnen und sperrte sie aus von der Wärme des Kamins und dem Kerzenlicht. Antiope legte eine Hand in die seinige. »Warum zittert Ihr?« sagte Lessingham. »Ihr seid nun frei von ihm und sicher.«

Antiope sagte: »Es gibt nichts, das Euch bindet in Eurer Wahl. Aber genauso bindet auch mich nichts. Verschiedene Wege können Ihr und ich nicht wählen. Führt Euer Weg über gefährliche und hohe Plätze und führt Euch so an den Rand des Abgrunds, so auch meiner. Wählt Ihr hingegen den sicheren Weg, so auch ich. Und haltet Ihr also Euer Wort und zieht nach Süden, so muß ich als Königin in Rialmar ausharren.«

Sie blickten einander an. Lessingham nahm einen tiefen Atemzug. Er wandte sich an Aphrodites Statue in ihrer kühlen, erhabenen Schönheit, umwoben und umgarnt von der Einsamkeit des Sternenscheins. »Laßt Sie«, sagte er, »für uns wählen.«

»So sei es«, sagte Antiope. »Es gibt keinen anderen Weg kluger Wahl.«

»Laßt mich Euer Antlitz betrachten«, sagte er. Sie hob es zu dem seinigen unter den Sternen.

Nach einer Weile sagte er flüsternd: »Welches Mysterium war dies? Als ich gerade in Euer Antlitz sah, war ich meine eigene Liebe: sah mich selbst: liebte mich selbst, war ich selbst doch Ihr in diesem Moment, Madonna: für Euch erwählt, und für mich, mit Eurer Liebe wie von innen heraus. Ich war Eure Liebe. Ich war . . .« Der Atem stockte ihm. »War das die Schwelle? Auf Ambremerine, mit Glühwürmchen in ihrem Haar?«

»Ich weiß nicht«, sagte Antiope. Ihr Antlitz, gegen seine Schulter gelehnt, war nun verborgen. »Was Ihr indes sahet, sah auch ich: auch ich wählte: war Ihr in diesem Moment und liebte mich. Einen Augenblick lang, und aus war es.«

Eine längere Weile verharrten sie so, als eins, regungslos: dann traten sie zurück und reichten sich die Hand wie zwei Brüder vor der Schlacht. »Weil dies unsere Wahl«, sagte er dann, »so ist es besser, Madonna, Ihr bleibt in Rialmar, anstatt mir in den Süden zu folgen. Denn Krieg ist entbrannt in ganz Rerek und Meszria, und mein Ziehen bedeutet, alles aufs Spiel zu setzen, um die Gefahr zu meistern oder daran zu zerbrechen. Solange ich im Sattel sitze, vermag ich zwar wohl für meinen Vetter Rede zu stehen, doch möchte ich ihn nicht in die Lage versetzen, sollte ich fallen, Vollstrecker des mir von Euch Anvertrauten zu sein oder Euch zu nahe zu kommen. Deshalb lasse ich Euch eine große Armee hier und den werten Marschall: er versteht sich auf sein Handwerk und ist vertrauenswürdig. Ich nehme nur meine eigenen achthundert Reiter mit, und vielleicht dreihundert mehr. Und Rialmar ist von Natur aus uneinnehmbar. Beim Himmel, sie werden Blitze aus Fingiswold schlagen sehen, und ihr Donner wird Meszria und Rerek erschüttert haben, ehe sie mit mir rechnen.«

Antiope sagte, als er ihre Hand unter dem Sternenschein küßte: »Wir haben gewählt, mein Freund. – *ἴομεν*.«

Er hob wieder das Haupt, ohne ihre Hand loszulassen. »*ὦ πέπον, εἰ μὲν γάρ* –« Es war, als entsannen sich die Sterne und die große Finsternis um sie herum von sich aus jenes Spruches des Königs von Lykien an seinen geliebten Vetter, indem er unter dem windigen Troja hervortrat:

Trautester, könnten wir ja durch dieses Kampfes Vermeidung
Immerdar fortblühen, unsterblich beid und unalternd,
Weder ich selbst dann stellte mich unter die vordersten Kämpfer,
Noch ermuntert ich dich zur männerehrenden Feldschlacht.
Aber da gleichwohl drohn unzählbare Schrecken des Todes
Rings und keiner entflieht der Sterblichen, noch sie vermeidet:
Auf, daß wir anderer Ruhm verherrlichen oder den unsern!

Lessinghams Nasenlöcher waren wie die Nüstern eines Streitrosses, das die Kriegshörner hört. Dann war es ihm plötzlich in jenem ungewissen Garten unter den Sternen, als sähe er eine Wandlung, wie eine Finsternis oder tiefe Umwölkung des Mondes, die das schöne Gesicht dieser seiner Königin erfaßte, als hätte die Nacht sie plötzlich bedeckt mit dem undurchdringlichen, steinernen, uralten Mantel von Astarte, oder falls es eine grausamere entthronte Göttin längst vergangener Zeiten gibt: Terror Antiquus, wandelnd zwischen den toten, verwesten Schädeln und fleischlosen Skeletten namenloser Vergessener. Dann, wie der silberne Mond, wenn dieser rote Schatten vergeht, schien strahlend ihre Schönheit.

Die ehrfurchtgebietende Gewalt dieses Anblicks ließ seine Stimme dunkel klingen, als er sprach: »Wer seid Ihr?«

Antiope zitterte. »Manchmal, an Orten wie diesem«, sagte sie, »weiß ich es kaum.«

Der Morgen war nun angebrochen in Doktor Vandermasts Haus am Wegesrand. Lessingham, mit Stiefeln und angeschnallten Sporen aufbruchbereit, stand neben ihrem Lager, als wäre er unschlüssig, ob er sie wecken, oder ob dieses Wachen und Schlafen das letzte sein sollte, ehe sie wieder zu gemeinsamen Taten schreiten und an die Festtafel zurückkehren würden. Antiope schlief auf der Seite, mit dem Rücken zu ihm, wo er stand, so daß er teilweise von hinten die Linie ihrer Wange und Stirn und die sie wärmende Rose des Schlafes sah. Lessingham sagte bei sich: »Vergeßlichkeit. Was macht das schon? Vermutlich sprach der alte Mann wahr: daß es eine kostbare Gabe Ihres Schoßes sei, dieses Vergessen: damit Sie alles am neuen Morgen wiedergeben kann. Jeder flüchtige Blick und Einblick: jeder halb vernehmbare Beiklang ihrer Stimme: die Decke ordentlich, wie stets, über den Mund, der mir gehört, gezogen: Augenlid, jungfräuliche stille Linie und lange gesenkte Wimpern, im Schlaf geschlossen: das helle, morgenfrische Gold dieses mir gehörenden Haares, mit jenen Bändern zurückgebunden: ich habe vergessen, und selbst diese werden vergessen sein. Nun: so gibt Sie es von neuem. Nun: so sprach Sie: ›Sie sind Mein: ich behalte sie: ich verwahre sie. In der Zeit sind sie für immer verschwunden, aber sie sind Mein in alle Ewigkeit.‹«

Sanft zog er die Bettdecke über ihre Schultern und packte sie behaglich ein. Sie drehte sich bei der Berührung mit einem wohligen, unverständlichen Seufzer, und aus halb geöffneten Augenlidern, als wäre sie nur halb wach, blickte sie zu ihm auf. »Jene beiden Lieder«, sagte sie nach einer kurzen Weile, und ihre Stimme war daunenzart vom sanften Schlummer.

»Sang die kleine Uferschwalbe ihres für Euch?« sagte Lessingham.

Antiope sagte: »Sprecht es noch einmal für mich.«

Lessingham sprach:

»Ich bin Liebe:
Liebe meinen Liebsten,
Liebe nur seine Liebe:
Die Liebe, sie schmückt mich,
Sie bettet mich, wacht über mich –
Gelabt von seinem Schein,
Unter seiner Hand sicher,
Öffne meiner Wildrosen
Blüten für ihn:
Tanze in seiner Musik.
– So ist Liebe.«

Antiope sagte: »Es gefällt mir besser als das andere. Sagt, daß es Euch auch besser gefällt.«

»Es gefällt mir am besten.«

»Warum?«

Sein Schnurrbart regte sich, als ein Lächeln über seine Lippen huschte. Er hielt inne und strich nachdenklich über seinen schwarzen Bart. »Da es mir nicht liegt«, sagte er, »könnte ich durch irgendein Wunder verwandelt werden in einen ... Da nicht von innen heraus erfahren. Ich bin nicht Barganax.«

»Mein Bruder«, sagte sie. »Ich habe ihn nie gesehen. Habt Ihr – diese Dame gesehen?«

»So weit wie keiner außer ihm sie zu sehen vermag«, antwortete Lessingham, »habe ich sie gesehen.«

»Wie weit war das?«

Er sagte, als suchte er nach Worten: »Vielleicht so weit wie ... Aber nein: Ihr habt ihn nie gesehen. Was sind Brüder und Schwestern? Hauptsächlich so. Einmal indes, bis ich nichts gewahrte. Und ein andermal, bis ich Euch gewahrte.«

»Sagt es noch einmal, daß Euch Campaspes Lied am besten gefällt.«

Wieder sagte Lessingham: »Es gefällt mir am besten.«

»Ich bin froh.« Es war, als begegneten sich in ihrer Stimme zwei Schatten, Lachen und Tränen. »Ich kann nicht, auf diese andere Art.«

»Weil es Eure Art ist, liebe ich es«, sagte er. »Ich liebe Euch«, sagte er, »zeit- und bedingungslos.«

Sie streckte einen Arm hoch, legte ihn um seinen Nacken und zog sein Antlitz herab zum ihrigen, das warm vom Schlaf auf dem Kissen ruhte.

Kapitel XIX

Blitzschlag aus Fingiswold

Lessingham durchquerte in langen Tagesreisen das Heideland Fingiswolds und überschritt am fünften Apriltag die Landesgrenze nach Rerek. Er führte mit sich knapp tausend Berittene, aber kein einziger davon war nicht kampferprobt, halsstarrig, blutrünstig und ungestüm, und ihm nach altem Herkommen zum Gehorsam verpflichtet, nicht wie Wasserspaniels, sondern wie die Hand in ihren Bewegungen dem Verstand gehorcht: die meisten unter ihnen waren ihm bereits vor sechs und sieben Jahren gefolgt, als der große König Akkama bekriegte. Von gleichem Gemüt waren seine Hauptleute: Brandremart, Gayllard, Hortensius, Bezardes: allesamt, wie der Heerführer selbst, in der kraftstrotzenden Blüte ihrer Jugend und solche Gesellen, die auf das Leben eines Mannes nicht mehr geben als auf das Leben jagdbarer Wachteln und Rebhühner, die man verspeist, und genausowenig Mitleid dafür aufbrachten. Amaury hatte er in Rialmar gelassen, um ihm dort, in diesen nördlichen Gebieten Auge, Ohr und Hand zu sein. Gabriel Flores war allein aufgebrochen (vermutlich nach Laimak), und zwar schon am Morgen nach jenem Bankett. Lessingham machte nun in der Festung von Megra halt und hielt Kriegsrat.

Und weil er diese freien Städte in den abgelegenen Landesteilen zuerst das Fürchten lehren und sie ihrer Zuversicht entledigen wollte, die sie auf die Prinzen des Nordens, Ercles und Aramond, setzten, welche immer noch die Fittiche über sie ausgebreitet hielten, und weil er sich den Rücken und die linke Flanke etwas absichern wollte, ehe er weit in den Süden vorzustoßen gedachte mit einer Armee, die hauptsächlich aus Kopf und wenig aus Rumpf bestand, ritt er einen unverhofften Raubzug südwärts nach Abaraima. Hier hatte Ercles im letzten Sommer den Statthalter und andere große Männer abgesetzt, welche die Geschicke der Stadt im Namen des Vikars lenkten, und sie durch eigene treugesinnte Handlanger ersetzt. Aber die Mehrzahl der Stadtbevölkerung, die sich kein Bein ausriß für Prinz Ercles, und für den Vikar noch viel weniger, schätzte nichts mehr, als daß man sie unbehelligt und zufrieden leben lasse mit ihren schönen Häusern und Gärten und Fischteichen und mit ihren Frauen und Kindern und feinen handzahmen Hunden und Tieren, denn das liebten sie innig; als die Bürger nun diese unverhoffte Armee vor ihren Toren sahen, und als sie sich über die Dürftigkeit ihrer Verteidigungsmöglichkeiten bewußt wurden, und als sie Lessinghams Botschaft vernahmen, daß im Falle einer gewaltsamen Eroberung alle das Leben verlieren und die Stadt niedergebrannt und zerstört würde, öffneten sie ihm bereitwillig die Tore. Lessingham, der hier, genauso wie anderswo, in diesen vielen vergangenen Monaten über ausgezeichnete Kundschafter verfügt hatte, und anhand dieser, und anhand dessen, was er selbst sah und hörte, Gemüt und Einstellung dieser Bürgerschaft richtig einschätzte, untersagte seinen Soldaten strengstens alle Grausamkeiten gegen diese, so daß nicht ein Bewohner an Leib und Besitztum Schaden nehme. Nur ein paar Türme machte er dem Erdboden gleich und verhaftete die Rädelsführer, rastlose, emsige und ehrgeizige Gemüter, die sich auf die gegnerische Seite gestellt und Ercles verschworen hatten. Diese, ihrer sieben an der Zahl, ließ er vor sich auf den großen gepflasterten Platz vor dem Gerichtshaus schaffen, wo er, vom Hals bis zur Sohle in schwarzer Rüstung und inmitten seiner geordneten, schwerbewaffneten Kriegerhaufen, hofhielt. Nachdem ihr Fehl umfassend angeprangert worden war, wurden diese sieben auf sein Geheiß niedergeworfen und mit Äxten enthauptet und der Reihe nach an die Mauer an diesem Platz gehängt, auf daß dies eine Warnung sei für jeglichen, der sich warnen ließe. Als dies vollbracht war, und königliche Beamte und Offiziere vorgetreten und im Namen des Lords Horius Parry der Königin den Treue- und Untertaneneid abgeleistet hatten, trug Lessingham nicht mehr jene schreckliche Miene zur Schau, sondern gab sich so heiter und freundlich, daß binnen weniger Tage jedermann in der Stadt froh war, ihn zu sehen. Fast hundert Berittene gesellten sich nun zu ihm, allesamt Freiwillige aus Abaraima und seinem Umland.

Kaum sieben Tage verweilte Lessingham in Abaraima: dann, um mit dem eisernen Fehdehandschuh an Aramonds Tür zu pochen und ihn wissen zu lassen, daß der Heerführer der Königin unterwegs und mit ihm zu rechnen sei, zog er mit einemmal ostwärts und gelangte nach einem harten Tagesritt durch die Berge von Mortelf hinab in die reiche, unbefestigte Stadt Bagort. Diese ist das stille Herz von Aramonds Herrschaftsgebiet: ein binnenländisches, abgeschiedenes Tal, das seit zwanzig Jahren bis zu diesem Tag kein feindlicher Fuß betreten hatte; so daß sie allen Gerüchten des Unfriedens um sie herum mit Gelassenheit gelauscht hatten; und hier stand Prinz Aramonds vornehme Residenz an den Salzseen von Methmarsk. Und hier, wo man untätig geblieben und nicht gefeit war und nur über eine winzige Streitmacht verfügte, blieb dem Prinzen gerade noch Zeit, in einem Schiff über den See zu flüchten, ehe Lessinghams Reiterei in die Stadt eingedrungen war. Lessingham bemächtigte sich einer Menge Münzgeldes, Edelsteine und anderer Schätze obendrein, ebenso nahm er alles, was er an Waffen und Rüstungen finden konnte, schonte indes die Stadt, und weil man keinen Widerstand leistete, mußte dort auch keiner sein Leben lassen. In Bagort blieb er drei Nächte und gewährte seiner Armee Erholung, und am Mittwoch, dem achtzehnten April, brach er wieder auf und zog über denselben Weg westwärts nach Abaraima.

Am Samstagabend stand er mit seiner Armee vor den Toren Veirings. Hier war Roquez seit fast einem Jahr der von Ercles nach langem Ringen und Blutvergießen eingesetzte Befehlshaber: seine Gattin eine Meszrische, Kusine ersten Grades zu Lord Melates: eine grausame Dame, die jüngst Roquez und, durch ihn, jenen von der Seite des Prinzen so zugesetzt hatte, daß diese bald gegen solches vorzugehen gedachten, sähen sie es doch nicht gern, daß wieder neues Blut in den Gassen strömte. Lessingham sandte einen Herold unter sicherem Geleit, an den Schranken zu ihnen zu sprechen und ihnen aufzuerlegen, wollten sie nicht Leben samt Hab und Gut verlieren und als Feinde Ihrer Königlichen Hoheit gelten, ihm als Heerführer die Stadt auszuliefern, und dies binnen einer Stunde nach dem morgigen Sonnenaufgang. Was Roquez ablehnte und große Worte dagegensprach, so daß es die ganze Nacht lang zu Unruhen in der Stadt kam und jene, die zum Vikar hielten, aufstanden und Roquez die Stirn boten; insofern kurz vor Sonnenaufgang, während die Forderung noch offenstand, einige plötzlich über ein Torhaus herfielen und Lessingham die Tore auftaten. Aber als Lessingham und die Seinigen hineinströmten, um ihnen zu Hilfe zu eilen, konnte sie fast nichts mehr aufhalten. In dieser Schlacht fiel Roquez, und als jene seiner Gefolgschaft dies erfuhren, packte sie Verzweiflung ob dieses Unglücks: sie wichen zurück bis zum Bergfried, in dem sie sich verschanzten und von den Zinnen und aus den Schießscharten schossen. Lessingham ließ Holz und Brennmaterial heranschaffen, um sie auszuräuchern: und als das Feuer aufloderte, und sie einsahen, daß sie keine andere Wahl mehr hatten als aufzugeben, stiegen sie herab und lieferten sich ihm auf Gedeih und Verderb aus.

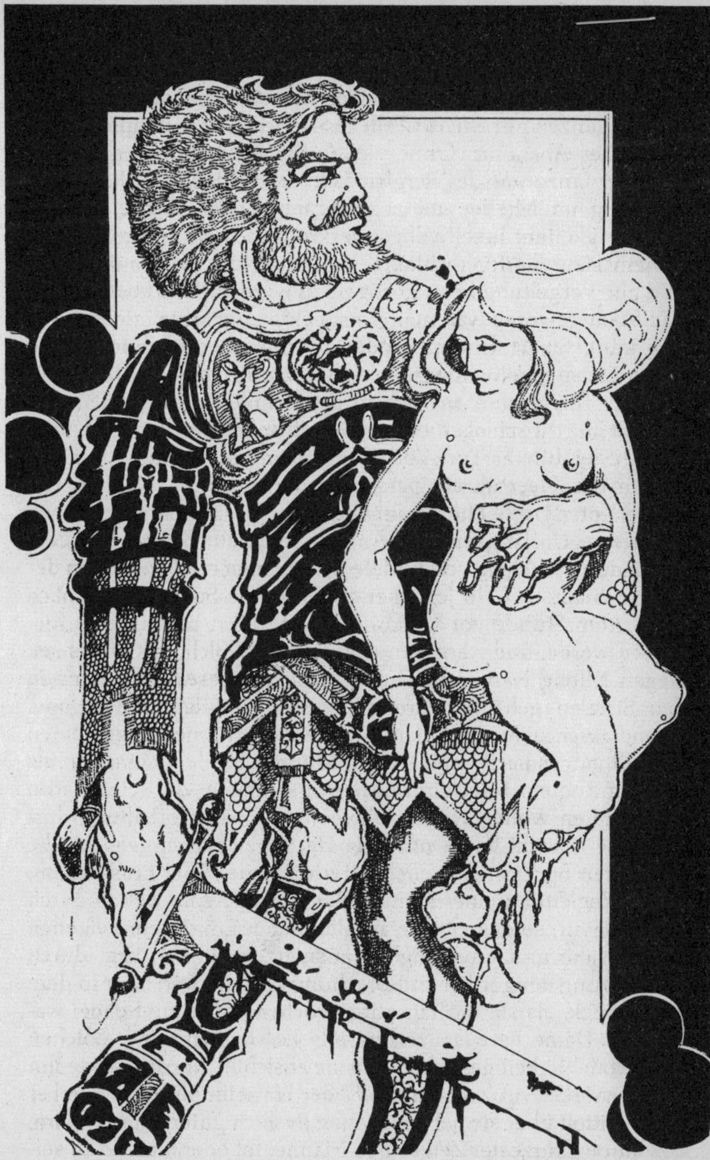

In jenen Tagen war Veiring eine starke Stadt hinsichtlich ihrer Mauern, und obendrein günstig in einer Flußwindung gelegen, so daß sie von drei Seiten schwer anzugehen war. Innerhalb der Mauern aber und hinsichtlich der Bewohnerzahlen war sie im großen ganzen nur wie ein Teller auf einem Tisch, verglichen mit Tella oder Abaraima. Ohne viel Aufhebens stellte Lessingham nach der Einnahme des Bergfrieds in der Stadt wieder Ruhe und Ordnung her. Mit der zuletzt herrschenden Partei hatte er wenig Schwierigkeiten: bereitwilligst verkroch sich ein jeder dieser in seinem Haus und verschloß sein Gemüt, um nicht aufzufallen und zur Vergeltung herangezogen zu werden. Jene aber, die für den Vikar gewesen waren, und jetzt eine gute Ernte erlebten, die ihre kühnsten Hoffnungen oder Träume übertraf, und die dadurch um so bereitwilliger waren, sie rasch zu mähen und einzubringen, fingen nun an, sich in den Straßen aufzuspielen und prompt alle zu schlagen oder zu erschlagen, welche ihnen mißfielen oder für ihr Tun Vorhaltungen machten. Selbst vor den Augen des Heerführers persönlich oder seiner Soldaten, wie kleine Köter große Hunde anbellen, trugen sie stolz ihre derben Manieren, Unflätigkeit und Anmaßungen zur Schau. Um dem ein Ende zu machen, verkündete Lessingham mit Fanfaren in der ganzen Stadt, daß ein jeglicher außer seinen Soldaten, der nach der dritten Stunde vor Mittag in den Straßen bewaffnet aufgegriffen werde, und wäre es nur mit einem Dolch, des Todes sei. Gegen Mittag waren ein Dutzend wegen dieses Vergehens in den Straßen gehängt worden: zwischen Mittag und frühem Abend zwei mehr. Und damit hörte es auf. Einen allgemeinen Tumult gab es nach jener frühen Morgenstunde nicht mehr, als sich vor Roquez' Haus ein Haufen versammelte, der seine Gattin herausholen wollte, welche mit einigen ihrer Hofhaltung dort Zuflucht gesucht hatte, um jene Härten zu rächen, welche die Dame den Bürgern angeblich auferlegt hatte. Aber Lessingham, der in Begleitung einer kleinen Reitertruppe eine Runde durch die Stadt ritt, so daß er jede aufglimmende Unruhe mit eigenen Augen sähe und unverzüglich ausmerzen könnte, kam durch eine Fügung der göttlichen Vorsehung dorthin, und zwar in dem Augenblick, als sie die Tür aufgebrochen hatten und dabei waren, die Dame herauszuzerren. Als Lessingham einer solchen Niederträchtigkeit gegen eine Dame ansichtig wurde, packte ihn eine Berserkerwut: wie ein Wolf oder Löwe im Blutrausch fiel er unvermittelt über sie her und zahlte in solch guter Münze heim, daß binnen kürzester Zeit sieben Männer tot oder blutend zu seinen Füßen lagen, als er auf einem Arm jene unverletzte, aber ohnmächtige Dame hinwegtrug, während in seiner anderen Hand das gerötete Schwert nichts Gutes jeglichem verhieß, der sich ihm nähern wollte. Am nächsten Morgen schickte Lessingham sie mit einem Geleitzug übers Land nach Megra, wo sie in Sicherheit wäre, bis sich Mittel und Wege für eine Reise in den Süden nach Meszria zu ihren Verwandten und Bekannten fänden. Er stellte Meron an Roquez' Stelle zum Hauptmann von Veiring auf, und wegen der hitzigen Gemüter dieser zersplitterten Bürgerschaft überließ er ihm fünfzig Berittene für seine Leibgarde, auch um sie einzuschüchtern. Dreiunddreißig Bürger, Anhänger des Prinzen Ercles, verurteilte Lessingham zu lebenslangem Exil unter dem Verlust all ihrer Habe: zweihundert weiteren wurde auch die Verbannung auferlegt, doch durften sie ihr Hab und Gut mitnehmen. Fünf Männer ließ er auf dem Marktplatz enthaupten, zwei davon erlitten diese Strafe nicht wegen Hochverrats am Vikar, sondern wegen verschiedener Ausschreitungen und Grausamkeiten, welche sie sich aus persönlicher Bosheit hatten zuschulden kommen lassen, als Lessingham in die Stadt kam, bemäntelt als Parteinahme für ihn und seine Belange. Es war in aller Munde, daß Lessingham durch sein Handeln in Veiring gezeigt hatte, sowohl ein gerechter und unerschrockener Herrscher zu sein, als auch weise und gnädig, und schrecklich obendrein zuzeiten. Und nun war der Frieden in Veiring gut gefestigt, wie man es seit Jahren schon nicht mehr gekannt hatte.

Da sich nun bereits die vierte Woche seit der Überschreitung der Landesgrenze zu Ende neigte, und weil die Kunde seiner Taten ihm voraus durchs Land eilte, brach er eilig von Veiring über die Hauptstraße südwärts auf. Am zweiten Mai kam er nach Lailma, das ihm die Tore öffnete: und hier erfuhr er davon, daß Ercles persönlich von Eldir herabgestiegen sei und den Durchgang der Schattenrückenberge am Gestade des Pfeilfjords besetze. Am folgenden Tag marschierte Lessingham südwärts, bewegte sich beherzt vorwärts auf Wegen, die ausgesandte Späher erkundet hatten, und schlug unweit von Memmering das Nachtlager auf, wo steile und felsige Berge, über und über mit dichten, undurchdringlichen Wäldern bedeckt, immer näher an die Meeresküste heranrücken. Hier wurde ihm am Morgen aus sicherer Quelle zugetragen, daß der Prinz sich südwärts zurückgezogen habe. Aber während er noch wartete, um Gewißheit darüber zu erlangen, traf Daiman ein, der in größter Eile von Tella herangeritten war, nachdem man dort von Lessinghams Marsch nach Süden erfahren hatte, und brachte diese Nachricht: Seine Lordschaft der Admiral sei auf dem Seeweg von Kessarey nach Kaima heraufgekommen und dort vor einer Woche mit einer mächtigen Armee an Land gegangen, von der einige sagen, sie bestehe aus dreitausend, andere aus viertausend Mann. Auf diese Kunde hin beschloß Lessingham, nun wo ihm die Durchgänge der Schattenrückenberge offenstanden, schnell und unter allen Umständen hindurchzugelangen; denn wären sie erst einmal vereint und zögen mit solch gewaltiger Übermacht gegen ihn, könnte er ebensogut zusammenpacken und heim nach Rialmar gehen. Auf diesen Entschluß hin ließ er das Lager abbrechen und gelangte, ohne auf Feinde oder ihre Vorboten zu stoßen, über die Hauptstraße vorbei an der Spitze des Pfeilfjords und lagerte auf festem Boden, wo sich freies, für den Einsatz seiner Reiterei geeignetes Gelände erstreckte, eine gute Meile westlich von Eldir.

Er befand sich nun in folgender Lage. Ercles, nicht mit einer Handvoll Berittener, wie anfänglich verbreitet worden war, sondern mit einer mehr als zweitausend Mann starken Armee, hatte sich nicht in seine Bergfestung von Eldir zurückgezogen, sondern ins gut einundzwanzig Meilen südliche Leveringay, wo er auf der wichtigsten Hauptstraße in den Süden Lessingham erwartete und zwischenzeitlich diese Gegend, wo die Leute noch fest zum Vikar hielten, niederbrannte und ausplünderte. Auf der anderen, der westlichen Seite, zog der Admiral, wie berichtet wurde, gemächlich durch die die weiten, flachen Täler des Fithery-Brühls. Zwischen diesen beiden Streitmächten, eine jede seiner eigenen zahlenmäßig weit überlegen, lief Lessingham nun Gefahr, zermalmt zu werden wie eine Nuß im Nußknacker; oder falls er Ercles auswiche und nach Süden flöhe, eingeschlossen zu sein zwischen ihren vereinigten Heerscharen und der Armee des Kanzlers, welche Laimak belagerte. Nach reiflicher Überlegung beschloß er, gegen beide den Kampf zu eröffnen; und gegen Ercles zuerst, aus zwei Gründen nämlich: erstens, weil dieser Ercles näher bei der Hand lag, und zweitens, weil die Bewohner im Umland von Leveringay und Mornagay erwiesenermaßen treue Untertanen waren und nach einem Sieg dort sich wahrscheinlich ein Herz fassen und haufenweise zum Banner der Königin strömen würden. Als er nun beschloß, gegen Ercles zu kämpfen, stand für ihn gleichfalls fest, daß nicht Ercles, sondern er das Gelände und die Art ihrer Schlacht wählen sollte.

Lessingham ließ am nebligen, frühen Freitagmorgen das Lager

abbrechen, marschierte über die Straße eine knappe Viertelmeile südwärts, bog dann plötzlich nordöstlich hinter dem Stolzen Eldir ab, der kleinen schwarzen Felsenspitze auf dem letzten Ausläufer des Bergkammes, der sich gut sechs Meilen von Eldir selbst südwestlich entlangzieht, erklomm das steinige, hochgelegene Nivararnathal und gelangte so mit seiner Armee hinauf in das karge, wilde Bergland, das aufsteigt zur Wasserscheide des Schattenrückens. Es war ein später Frühling, und noch waren die nach Norden zeigenden Bergschluchten mit Schnee verweht und manche Pässe vereist. Ein Nordostwind kam auf und wirbelte mit Graupeln und Schloßen über sie hinweg. Dampfend ging den Männern und Pferden der Atem in der eiskalten Luft, und die Bärte von Lessingham und den Seinigen wurden starr vor Rauhreif. Ihr Marsch führte sie bis nach Mittag ostwärts durch die Höhen, dann in einer Schwenkung südostwärts, dann südwärts, und so südwestwärts über das Niederstoßgesims hinab. Als es dämmerte, ritten sie hinunter zum Rand des Tannenwaldes, der das offene Weideland von Leveringay umsäumt. Der Wald und die zunehmende Dunkelheit tarnten ihre Anwesenheit: kalt aßen sie und dürftig, und kalt legten sie sich nieder.

Ercles' Vorposten trafen ein und meldeten keine Feinde diesseits von Aldir. Nichtsdestoweniger wurde Ercles im Laufe der Nacht darauf aufmerksam, daß etwas im Gange sei. Etwa zur dritten Stunde nach Mitternacht rief er seine Hauptleute zusammen und hieß sie nach einer Lagebesprechung, alles vorzubereiten und im Falle des Falles bei Sonnenaufgang kampfbereit zu sein. Lessingham durchwachte die Nacht und unterhielt die ganze Nacht lang verdrießliche Scharmützel gegen Ercles' Außenposten, als fürchtete er nichts so sehr, als daß Ercles seine Armee nach Westen abziehen könnte, ehe es zur offenen Schlacht käme, und sich so mit Jeronimy zusammentäte; denn, nennt man es auch eine schöne, tollkühne Unbesonnenheit, überhaupt gegen einen der beiden, Ercles oder Jeronimy, zu kämpfen, mit beiden gleichzeitig gekämpft zu haben, wäre purer Wahnsinn gewesen. Ercles indes und die Seinigen hielten den Nordwesten entlang der Hauptstraße gut im Auge, eingedenk auch der Geplänkel aus dem Wald rechts, nordöstlich von ihnen, doch führten sie diese (da nach Sonnenuntergang alle wilden Tiere in der Dunkelheit lauern) auf eine ländliche Truppe zurück, frisch ausgehoben, um dem Prinzen bei seinem Marsch zuzusetzen und Versprengte abzufangen, trieb der Zufall sie in ihre Hände. Keiner jedoch hätte sich träumen lassen, dort Lessingham zu vermuten, der zuletzt am Pfeilfjord gesichtet worden war, oder anzunehmen, er und seine Armee könnten wie ein Kranichzug in solcher Plötzlichkeit und solchem Wetter und so früh im Jahr ein solch wildes Gebirge überqueren und die prinzliche Armee auf der Flanke überraschen.

Bei Tagesanbruch ordnete Lessingham seine Haufen vor dem Wald und ließ zum Schlachtruf blasen. Ercles stellte hastig seine Truppen auf, so gut es in der Eile ging: seine Haupttruppen in die Mitte, die Frischausgehobenen der freien Städte an die Flügel. Seine Haupttruppen, darunter seine Leibwache aus zweihundert ausgesuchten Männern, bestanden nur aus bewährten Soldaten und übertrafen allein zahlenmäßig die ganze Armee des Vikars unter Lessingham, die nun wie ein gewaltiger Sturm aus dem Nordosten donnernd auf sie einrannte. Diesem verbissenen Angriff hielten Ercles' Haupttruppen allein stand: die Frischausgehobenen, die sofort reihenweise fielen, brachen unverzüglich auseinander. In einer Stunde war die Schlacht gewonnen. Lessingham nahm die Verfolgung in die weitabliegenden Felder von Mornagay auf, und weiter nach Laichhain und Hangwasser und ins Tal von Riddering. Manche flohen ostwärts in die Berge, und Brandremart setzte ihnen nach: andere wurden westwärts versprengt: wieder andere retteten sich in den Turm von Leveringay. Der Prinz selbst floh nach Eldir. Es wurden in dieser Schlacht und der anschließenden Verfolgungsjagd schätzungsweise sieben- bis achthundert seiner Männer getötet: es wären ihrer kaum mehr gewesen, hätte ein jeder von Lessinghams Soldaten seinen Mann erschlagen. Auf der Seite Lessinghams waren nur drei Gefallene zu beklagen: einer davon aber Hortensius, ein teurer Diener der Königin.

Zwölf Tage ruhte Lessingham seine Armee nach dieser Schlacht aus. Männer dieser Gegend schlossen sich ihm an, so daß er nun vierzehn- bis fünfzehnhundert hatte. Die letzten Meldungen vom Admiral besagten, daß er in allen Gattungen über eine Kampfstärke von knapp dreitausend Mann verfüge und heute nacht, am achtzehnten Mai, im ganze zehn Meilen entfernten Rangby lagere. Am nächsten Morgen sagte Lessingham zu seinen Soldaten: »Ihr seid mit mir in den Süden gezogen, um jene niederzuwerfen, welche die alte Herrschaft über dieses Land von Rerek stürzen wollen, und um den Frieden der Königin wieder über dieses Land zu bringen, wie er herrschte, als wir im letzten Sommer ins nördliche Rialmar aufbrachen. Jene, die gehorsam Prinz Ercles folgten, der in diesen Gegenden von Leveringay und Mornagay den Untertanen der Königin das Fell schor und die Hörner stutzte, haben wir vernichtend geschlagen. Nun haben wir unter uns aberhundert Männer, die mir in den Krieg folgen, und deren Güter zwischen diesen Landesteilen und der Küste liegen. Um dieser willen, die mir allzeit ergeben dienten, fiele es mir schwer, sie nun nach Süden ziehen zu heißen und ihre Häuser und Familien dem Admiral und seinen Söldnern aus Fingiswold oder Meszria zu überlassen, welche euch weder freundschaftlich, noch wohl gesonnen sind. Auch gefällt es mir nicht, diesem diebischen Pack nun den Rücken zu kehren: damit sie unser Hab und Gut rauben und uns dann von hinten den Schädel spalten. Sind die anderen auch in der Überzahl, so kümmert mich das nicht, sehe ich doch, was am Samstag vor zwei Wochen zu sehen war. Nun ist nicht die rechte Zeit, dem Müßiggang zu fronen. Wir müssen weiter, mitten hinein, und tief hinein: Schlag um Schlag.

Und gibt es nun jemanden, der lieber umkehren als mir gegen den Admiral folgen möchte, so trete er vor. In Frieden soll er ziehen dürfen.« Die ganze Armee indes brach in lauten Jubel aus, daß sie ihm folgen und den Admiral zurück ins Meer treiben wolle.

Der Lord Jeronimy, der sich überlegte, daß er über genügend Streitkräfte verfüge, um Lessingham vernichten zu können: daß Lessingham, seit je ein kampfeslustiger Haudegen, nach Rangby ziehe, um ihn zur Schlacht zu stellen: daß eine geduldige Ausdehnung der Verzögerungen eine gute abkühlende Wirkung auf solch unbesonnene Hitzköpfe habe: daß im Westen die Treue des Landvolks zum Hause Parry nicht so festgefügt wie in diesen inneren Gebieten sei: daß Lessingham, hätte er ihn erst einmal nach Westen gelockt, eher von gefährlichen Vorstößen absehen würde, und daß die Landschaft dort, oft schlammig und morastig und von vielen Flüssen durchzogen, weniger gut für eine Reiterei geeignet sei, worin Lessinghams große Stärke, aber des Admirals Schwäche lag: indem er all diese Dinge abwägte, lehnte der Lord Jeronimy klugerweise eine offene Schlacht ab und zog sich nordwestlich zurück in Richtung Tella, Lessingham ihm hinterher. Kurz vor Arminy bog er nach links ab und lagerte in dieser Nacht bei Bank. Lessingham, der den Admiral zur Schlacht stellen wollte, ehe dieser sich nach Kaima durchschlagen könnte, näherte sich schnell über die Küstenstraße bei Minearness, etwa zehn Meilen östlich von der Burg zu Kaima, und schob sich zwischen diese und Jeronimy; aber Jeronimy, der seinen Feind immer noch abwehrte, schwenkte nun wieder südöstlich in den Fithery-Brühl und das weite sumpfige Seen- und Flußland. Lessingham, auf solche Art in einem Kreis in diese spärlich bewohnte und wenig freundliche Gegend getrieben, hatte außer den Ohren und Zungen der eigenen Männer fast keine Möglichkeiten mehr, Neuigkeiten in Erfahrung zu bringen. Er erreichte am Abend des zweiundzwanzigsten Mai das Gehöft zu Reithaupt, das auf einer Erhebung zwischen den Niederungen des Westerwasser und des Fithery-Flusses liegt. Es war ein naßkalter, nicht der Jahreszeit entsprechender, nebliger Abend. Das Gehöft stand verlassen, so daß nichts Neues zu hören war. Als die Nacht sich übers Land senkte, fing es in Strömen zu regnen an, und es hörte so schnell nicht wieder auf. Lessingham vermutete, der Admiral hielte nun auf Strömstätt zu, wohin er ihm am nächsten Morgen zu folgen gedachte. Aber um auf alle Fälle vor Überraschungen sicher zu sein in einer solch dumpfigen, wasserverhangenen und stockfinsteren Nacht, streute er seine Kundschafter und Außenposten auf allen Seiten weit auseinander und hieß sie, in Alarmbereitschaft zu bleiben und stündlich bis zum Morgen Meldung zu erstatten.

Der Lord Jeronimy überquerte eine Brücke in das Österbrühl. Als aber der Abend ins Land zog, und das Wetter sich trübte, berief er seine Hauptleute zum Kriegsrat, ob nämlich nicht jetzt der rechte Moment gekommen wäre, abzubrechen und wieder westwärts zu Lessingham zu ziehen und ihn mit ein wenig Glück in der Nacht und in diesem ungeeigneten, schwammigen Gelände zu überraschen. Was von allen gutgeheißen und sogleich in die Tat umgesetzt wurde, so daß sie bald nahe herangekommen waren, als ihre Hoffnung von Lessinghams Außenposten zerschlagen wurden, da diese den Anmarsch des Feindes rechtzeitig meldeten, und Lessingham seine Truppen aufstellen konnte, den Feind zu empfangen.

Grau und feucht dämmerte der neue Tag, als Lessingham seine Krieger zur Schlacht ordnete. Das Fußvolk, zwischen fünf- und sechshundert Mann stark, verteilte er auf die rechte Seite, wo die Bodenerhebung hinter dem Bauernhof südlich und östlich abfällt. Brandremart führte den Befehl darüber, und Lessingham hieß ihn, dort Fingiswolds Banner der Königin aufzurichten, um den Feind glauben zu machen, hier befinde sich der Heerführer mit seiner Hauptstreitmacht, wodurch das Hauptgewicht der Angreifer natürlich dorthin verlagert würde. Die Gebäude und Stallungen entlang des Bergkammes besetzte er leicht mit nur einer Handvoll Männer, welche er anwies, viel Lärm und Getöse zu veranstalten, auf daß der Admiral dort eine starke Truppe vermute und Lessinghams Armee nicht für den kleinen Haufen halte, der sie war. Den Hauptzug seiner Berittenen hielt Lessingham absichtlich versteckt hinter der Kuppe des Hügels, nördlich oder links vom Anwesen. Hier zur Linken senkte sich das Gelände in Richtung Fithery sanft ab in eine moosige, torfige Niederung mit einem Bächlein, das jenseits des Brühls, etwa eine halbe Meile vom Gehöft entfernt, an ihm entlangfloß. Östlich unter dem Bauernhof erstreckte sich eine trockene, unwegsame Landschaft, überzogen von Heidekraut und süßer Heidemyrthe und hie und da verkrüppelte Birken, versprengt zwischen Blaubeerstauden und groben Grasbüscheln.

Der Lord Jeronimy versammelte seine Armee östlich des Bächleins, mit einer knapp dreitausend Mann starken Haupttruppe Unberittener in der Mitte und zweihundertfünfzig Reitern jeweils an den Flügeln. Aber Brandremart, als er sah, welche Schwierigkeiten die Angreifer (insbesondere die Rosse) in dem weichen Boden hatten, wo sie den Bach überqueren mußten, vergaß in der Aufregung die von Lessingham festgelegten Befehle, und vergaß seine vorteilhafte Stellung auf der Bergkuppe und die Übermacht von sieben zu eins, die der Feind über ihn hielt; mit einemmal, weil er es nicht erwarten konnte, bis die Gegner ihn auf dem Hügel angriffen, rannte er mit seinen fünfhundert Mann bergab, dem Feind in die Klinge. Gayllard und Bezardes standen mit Lessingham an der Ecke der Nordmauer des nördlichsten Kuhstalles, von wo aus sie die Entwicklung der ganzen Schlacht verfolgen konnten: wie grimmig Brandremart anrückte: den blutigen Anprall in dem flachen, nassen Moorland: und wie er nun durch die Überzahl süd- und westwärts zur Erhebung hin zurückgestoßen wurde: und ein großes Gemetzel gewahrten sie, das nun entbrannte. Gleichzeitig drangen die beiden auf Lessingham ein, sich Brandremarts und der Seinen zu erbarmen: den Angriffsbefehl für die Reiterei zu geben und sie zu erretten.

Lessingham stand steif und aufrecht, wie ein Pfeil, der weit durch die Luft geschossen wird und sich dann senkrecht in die Erde bohrt. Seine Nasenflügel bebten: seine Augen, wie windgepeitschte Sterne, blickten starr hinab in den Wirrwarr. »Noch nicht, bei Eurem Leben«, antwortete er. Sie, die jenen Blick kannten, wagten eine ganze Weile lang nicht wieder zu sprechen.

»Mylord«, sagte Gayllard schließlich: »Fleisch und Blut sind erschöpft. Laßt uns ihnen zu Hilfe eilen. Seht doch, sie sind zurückgedrängt bis zu den Schweineställen und Heuscheunen. Sollen Eure Männer sterben wie Schafe? Mein Bruder Brandremart? Und die Hälfte von ihnen ist wohl schon abgeschlachtet! O es ist unerträglich!«

Lessingham, ohne seinen Blick abzukehren, umfaßte mit der Hand Gayllards starken Unterarm wie eine Stahlklammer. »Soll ich wegen Euch die Schlacht verlieren?« sagte er: »wegen Euch und Brandremart?« Eine Weile beobachtete er die Vorgänge auf dem Feld schweigend; dann: »Wenigstens kämpft er wie ein Mann – ha! wie die Köpfe fliegen: wie Gartenkohl unter seinen weitausholenden Hieben! Doch eilte er seiner Zeit voraus: und wie man sät, so erntet man. Ihr indes«, sagte er sogleich zähneknirschend, »Ihr und Bezardes solltet besser still sein. Zeigt mir durch Eure Ruhe, daß Ihr Männer seid und geeignet, eine Armee zu lenken – ha! beim Himmel, gut gemacht! – eine Armee zu lenken. Wartet den richtigen Zeitpunkt ab. Dann schlagt zu. Steht nicht da und zittert wie Wachteln, während die Sache auf Messers Schneide steht . . .« In einer plötzlichen, verhexten Stille verstummte seine Stimme: eine nachhaltige Stille, die im hastigen Getöse der äußeren Vorgänge kein eignes Dasein hatte, es sei denn sie entsprang den Schatten, die eine jähe Spannung in Lessinghams Auge und Geist warf, eine Anspannung zu einer noch kraftaufwendigeren inneren Bereitschaft, als er zu diesem ungleichen Kampf hinübersah, wie die Muskeln eines großen Raubtieres sich spannen und verhärten, wenn es zum Sprung ansetzt.

»Jetzt!« sagte er, wobei er Gayllards Arm losließ. Das Wort schallte wie ein Fanfarenstoß, und sein Gesicht, das er ihnen unversehens zukehrte, rührte sie wie ein Blitzschlag bei Morgengrauen.

Der Großadmiral Jeronimy, der sich nun seines überwältigenden Sieges vollkommen sicher war, verfolgte die Schlacht von einem Erdbuckel auf der anderen Seite im Osten aus, wobei er (nicht ohne Unbehagen, wie bei einem Anblick, gegen den sich sein Fleisch sträubte) gewahrte, wie das königliche Banner Fingiswolds in Haken und Vorwärtsschüben, und dann wieder in jähem Rückwärtstaumel immer mehr zum Gehöft zurückgedrängt wurde. Aus diesen Gedanken wurde er unvermittelt gerissen, als mit Kriegshörnern und Schreien und donnernden Hufen Lessinghams Berittene um die Schulter des Hügels im Westen schwenkten und bergab auf seine rechte Flanke stürmten wie ein Steinschlag. Die zweihundertfünfzig Reiter des Admirals stoben unter diesem Anprall auseinander wie eine Ziegenherde, so daß die Flanke seiner zu Fuß kämpfenden Hauptstreitmacht ungedeckt war. Diese, offenen Schildes angegangen von einer so eng verwachsenen Truppe frischer Reiter, und in einem Augenblick, wo sie die Arbeit schon getan glaubten, bis auf das Erschlagen von Lessinghams Überbleibseln bei den Schweineställen, fanden eine Zeitlang keine Gnadenfrist und keinen Sammelplatz in diesem schwindelerregenden Durcheinander. Brandremart ordnete in dieser Atempause seine erschöpften und blutverschmierten Mitstreiter aufs neue, wo zwischen den Stallungen das Banner der Königin immer noch hoch aufgerichtet stand, und warf sich abermals auf die feindliche Übermacht. Dies, wie der letzte Axtstreich, wenn der Baum knarrt und wackelt, besiegelte die Verheerung vollends. Die große Armee des Admirals verwandelte sich in einen wilden Haufen und wurde meilenweit im Fithery-Brühl versprengt. Wohl ihrer sechshundert fielen. Peropeutes, der in der Mitte gegen Brandremart gekämpft hatte, war tot, und ein jeder in seiner Truppe ebenso. Lessingham selbst war verwundet worden, als er an der Spitze den Angriff gegen die Flanke des Admirals ritt; aber in seinem Heer, außer in Brandremarts Abteilung, hielten sich die Verluste gering. Von jenen fünfhundert Kriegern, die mit Brandremart den ersten Anprall ausgehalten hatten, waren mehr als hundert dahingerafft worden, und kaum einer der vierhundert Überlebenden war nicht auf die eine oder andere Art versehrt.

Der Admiral, der diese Niederlage sah und eine Flucht nach dem verlorenen Kampf verschmähte, harrte mit gezücktem Schwert ruhig an seinem Platz aus, umgeben nur von einigen wenigen, die bereit waren, vor ihm in den Tod zu gehen. Lessingham blieb, als der Feind schleunigst die Flucht ergriff, nicht einmal so lange, sich seine Wunden verbinden zu lassen, sondern galoppierte in Begleitung seiner Leibwache hinüber zum Admiral, ihm den Frieden anzubieten. Als der Admiral dies begriff, ritt er den Buckel hinunter Lessingham entgegen und reichte ihm würdevoll schweigend sein Schwert mit dem Heft voraus dar.

»Welcher Nachthund heulte Euch diesen schlechten Rat zu, Mylord Admiral«, sagte Lessingham, »auf der Seite Ihrer Gnaden Feinde angerückt zu sein? Oder hat Gott Euch die Augen verschlossen, so daß Ihr nicht das Banner Ihrer durchlauchtigsten Hoheit, der Königin von Fingiswold, erkanntet, Eurer Herrin und Herrscherin? In deren Auftrag ich nach Süden zog, um von

Rialmar nach Laimak zu gelangen, ohne indes damit zu rechnen, Euch hier vorzufinden, der Ihr Euch mir mit einer Armee in den Weg stelltet; denn ich hatte in Wahrheit erst zu erfahren, daß Ihr ein Friedensbrecher und Abtrünniger seid und gar Euer geschriebenes Wort mißachtet.«

Der Admiral wurde rot und sagte: »Ihr irrt gehörig, Mylord Lessingham, wollt Ihr mich als dergleichen bezeichnen. Und ich will Euch gewissermaßen dies antworten: daß ich für gewöhnlich tiefer als Banner schaue, welche Dinge äußeren Anscheins sind, und mehr nach innen spähe. Denn gegen Ihre Hoheit die Königin (welche die Götter behüten und erhalten mögen) habe ich nie das Schwert gezogen; noch habe ich je mein Wort gebrochen, geschweige denn einen formellen Vertrag. Nur gegen Euer Lordschaft thronräuberischen Vetter, diesen Unheilsgesellen und Teufelsgehilfen, der alles Übel aufwühlt, gegen ihn habe ich wegen hundert erwiesenen Vorfällen dieses Schwert gezogen; und gegen Euch, weil Ihr ihn unterstützt und ihm helft. Und ich werde das wieder tun, bieten sich mir Mittel und Möglichkeiten. Soll ich dafür mit dem Leben büßen, so sei es. Denn ich wurde von Jugend an erzogen im Hause des König Mezentius, und in dem seines hohen Vaters (auf dem Frieden sei) davor, und ich bin gewissermaßen viel zu alt, neue Kunstgriffe zu lernen.«

Lessingham betrachtete ihn eine Weile stumm, dann antwortete und sagte er: »Habe ich für den Vertrag von Ilkis nicht die Gewähr der Einhaltung von Seiner Hoheit übernommen? Bis jetzt habe ich als einziger unter den übrigen Beteiligten meine Pflichten hierin nicht versäumt. Lieber Himmel, ich habe bestimmt Veranlassung genug, gegen Euch vorzugehen, trachtetet Ihr doch, mir Euer Schwert in den Bauch zu rammen, während ich nach Süden ziehe, um das Recht wiederherzustellen.«

Jeronimy, der ihm ungebrochenen Blickes in die Augen sah, erwiderte nichts.

»Nehmt Euer Schwert zurück, mein werter Herr Admiral«, sagte Lessingham plötzlich, wobei er es ihm mit dem Heft voraus überreichte. »Schlimm wäre es, könnte es in diesen heiklen Zeiten innerhalb des Reiches Ihrer Hoheit der Königin unter ihren getreuen Dienern nicht zu einer Einigung kommen. Nicht als mein Gefangener sollt Ihr mit mir ziehen, sondern einzig aufgrund dieses durch unser Ehrenwort besiegelten Bundes zwischen uns. Bezardes, laßt ab von der Verfolgung: gebt den Friedensschluß zwischen mir und dem Großadmiral bekannt. Das Heer soll in Flußhain lagern. Und bezüglich der Einzelheiten«, sagte er zu Jeronimy, »so werden wir heute abend darüber sprechen.«

»Eure Exzellenz sind sehr blaß«, sagte der Admiral, als sie sich die Hände reichten.

»Ach, ein wenig zu viel Blutverlust. Hab's vergessen. Jemand soll mir einen Medikus schicken.« Lessingham schwankte im Sattel. »Nein, es ist nur eine Fleischwunde: wird verheilen.« Er stützte sich ab, wollte aber nicht absitzen. Zwei oder drei ritten davon: der Admiral schenkte aus einer Flasche am Sattelknauf einen Freundschaftstrunk ein. »Der Hast zuviel«, sagte er. Lessingham trank in großen Zügen, während man seine Halsberge aufschnallte und die Blutung stillte, und las dabei in den hundehaften Augen des Admirals Dinge, die solche Augen tiefgründiger aufzudecken vermögen als edelste Zungen im Wortwechsel.

Lessingham bezog an diesem Mittwochabend, dem dreiundzwanzigsten Mai, als Nachtquartier den alten, mit einem Wallgraben bewehrten Gutshof von Flußhain, drei Meilen oder mehr östlich von Reithaupt in den Fithery-Auen. Matt und müde waren sie nach dieser Schlacht. Lessingham und Jeronimy speisten allein in einem oberen Zimmer der südwestlichen Ecke des Hauses und führten nach dem Mal Gespräche, so gut man reden oder gehört werden konnte in dem Getöse eines Sturmes, der nach dem regennassen Tag mit seltsamer Heftigkeit aufgekommen war. Lessingham, in einem ochsenledernen Wams und brokatenen meszrischen Pantoffeln, um seinen Füßen Erleichterung zu verschaffen, lag der Länge nach ausgestreckt auf einer an den Tisch geschobenen Ruhebank rechts vom Kamin. Der Admiral saß noch beim Wein am Tisch, dem Feuer und Lessingham zugewandt.

»Nein«, sagte Lessingham zwischen den Windstößen: »er muß zuerst auf die Krone verzichten. Vorher wird nicht verhandelt. Ist das geschehen, bürge ich mit meinem Kopf für mein Versprechen, ihm alles zu sichern, was ihm durch den Vertrag von Ilkis zusteht, und obendrein für alles zu bezahlen, was seinen Rechten Abbruch tat: die Halbinsel Aninma und so fort. Heute indes hat er schlicht als Thronräuber zu gelten, und mit einem solchen werde ich nicht verhandeln, sondern die Waffen sprechen lassen.

»Wohl kaum werden Eure Lordschaft den werten Kanzler dazu überreden können«, sagte der Admiral, »selbst wenn und obgleich ich Euch dabei unterstützte. Viele sehen das Unheil darin, daß es zwei Thronräuber gibt, und sie wählen mit Barganax das geringere Übel.«

»Die dieser Meinung sind«, entgegnete Lessingham, »würden sich selbst die Augen damit verderben, auf einem Ei Haare zu finden. Zwischen dem Vikar und ihm gibt es keine derartige Ähnlichkeit; und wäre dem tatsächlich so, könntet Ihr erleben, daß ich das bald abstellte.«

»Schade«, sagte der Admiral, »daß Eure Lordschaft nicht hiergeblieben sind, sich darum zu kümmern, anstatt ins nördliche Rialmar zu gehen.«

Der Wind heulte im Kamin und blies den Rauch zurück und als dicke Wolke ins Zimmer hinein. Lessingham lächelte, als er seinen Kelch gegen das Lampenlicht hob. »Meint Ihr?« sagte er und trank langsam, als labte er sich an einer stillen Erinnerung. Aber der Wein war rot. Und sein Inneres belebten keine aufsteigenden Perlen.

Er stand auf und ging zum Westfenster hinter seinem Platz und, indem er mit den Händen wie mit Scheuklappen seine Augen vor den Spiegelungen der Lampe schützte, spähte durch das Glas in die Dunkelheit hinaus.

Der Wind kam in Stößen, die jeweils zwei oder drei Minuten dauerten, und rüttelte am Haus, bis das feste Mauerwerk bebte: die Fensterflügel klapperten unter den Dachrinnen und hinter der Täfelung, der Wandbehang wackelte, die Flammen in den Lampen duckten sich und loderten auf; und draußen beugten sich die Bäume und legte sich das Gras flach: ein Rucken, Hüpfen und Stampfen über den Berghang: dann wieder unversehens Stille und Ruhe.

Lessingham hatte in diesem Toben nicht gehört, daß sich hinter ihm die Tür geöffnet hatte; und als er sich nun vom Fenster abwandte, sah er auf der Schwelle einen Mann seiner Wache stehen, der nach dem Gruß sagte: »Herr, es steht Euch ein Mann zu Diensten, der sich als Lord Romyrus aus Fingiswold bezeichnet, soeben zu Pferde aus dem Norden eingetroffen, und der darum ersucht, vorgelassen zu werden. Und er hieß mich Euch sagen, er habe so schlechte Kunde, daß er lieber nicht derjenige sein wolle, der sie Euch zu überbringen habe.«

Lessingham ordnete an, ihn vorzulassen. »Nein, geht nicht, werter Herr Admiral. Das ist der kürzlich von uns kassierte Schloßvogt: was immer er zu sagen hat, kann er auch zu uns beiden sagen. Ich vertraue ihm nur wenig, und seiner Meldung auch nicht.«

»Ich schätze keine Neuigkeiten, die bei einem Unwetter eintreffen«, sagte Jeronimy.

Lessingham strich sich über den Bart und lächelte. »Schlechte Omen bewahrheiten sich stets, Mylord. Das, was ansteht, wird uns die Vorahnungen aufschließen, sagen wir. Und siehe da! es war vorhergesagt. Und wenn nicht, sagt: solche Omen wirken gegenteilig.« Das Fenster ratterte, und lärmend flog die Tür in einem Windstoß auf. Lessingham, der mit verschränkten Armen und glatter Stirn und träge vornehmer Pose gegen die Säule der Kamineinfassung gelehnt stand, wartete gelassen und bewegte sich nicht, als Romyrus eintrat, außer daß er ihn mit einem gefälligen Wort und Kopfnicken willkommen hieß.

Romyrus kam herein: hinter ihm fiel die Tür ins Schloß: sie betrachteten sich eine Weile stumm, Jeronimy, Lessingham und er. Romyrus war von den Sporen bis zur Brust über und über mit Schmutz bespritzt. Er erweckte den Eindruck vieler durchwachter Nächte. Zehn Tage waren die Stoppeln seines Wangenbartes alt: sein Gesicht war wachsgelb und eingefallen wie bei einem Leichnam, dessen frisches Grab man wieder eröffnet hatte; und in seinen Augen trug er die Furcht eines gejagten Fuchses. Lessingham nahm ihn bei der Hand, hieß ihn Platz nehmen, goß Wein aus einem großen Humpen und ließ ihn den Becher in einem Zug leeren. »Woher kommt Ihr?«

Er antwortete: »Von Rialmar.«

»So? Haben Ihre Hoheit Euch geschickt?«

Er schüttelte den Kopf. Seine Augen, mit Ringen wie bei einer Eule, schienen nun wie die hervorgequollenen und blutunterlaufenen Augen eines toten Fisches, als sie in Lessinghams Augen schauten.

»Was denn?«

Draußen jagte der Wind winselnd wie ein verwundetes Raubtier den Fithery-Fluß hinunter.

»Sprecht, Mann«, sagte Lessingham.

Romyrus sagte: »Derxis hat Rialmar eingenommen.« Mit einem seltsamen Stöhnen sank er vornüber auf den Tisch und vergrub das Antlitz in den Händen.

Die Stille war wie geronnenes Blut. Lessingham fragte aus ihr heraus: »Was ist mit der Königin?«

Er antwortete, wobei er immer noch das Gesicht auf den Tisch preßte: »Sie ist tot.«

Jeronimy, der dies nicht gehört hatte, sah Lessinghams Taumel, wo dieser gegen den Kamin gelehnt stand, und wie er schrecklich totenbleich wurde. »Eurer Exzellenz Wunde«, sagte er und fuhr hoch. Aber Lessingham, der sich anzuspannen schien wie eine zum Biß ansetzende geringelte Schlange, riß seinen Dolch heraus, als der Sturm wieder auf das Haus prallte, und machte einen Satz zu Romyrus, wobei er mit schrecklicher Stimme rief: »Eine Lüge! Und zum Lohn dafür sollt Ihr sterben!« Der Admiral sprang, schnell wie es für einen Mann mit der Hälfte seiner Jahre rühmlich gewesen wäre, zu Lessinghams bewaffneter Hand und lenkte den Stoß ab, der dem Mann dennoch das Fleisch von der Schulter bis zum Hüftknochen aufschlitzte. Lessingham riß sich los, ließ den Dolch fallen und sank auf die Bank. Romyrus plumpste schluchzend vom Stuhl auf den Boden. Der Admiral ging zu ihm, hob ihn auf, kümmerte sich um seine Wunde. Lessingham griff nach der Klingelschnur, ruckte daran: Soldaten liefen herein: er hieß sie, sich des Verletzten anzunehmen, ihn hinauszutragen, einen Bader zu rufen: sank so wieder auf die Bank und saß dort kerzengerade, wobei er vor sich hinstarrte wie ein Mann, der in die Schrecken der Dunkelheit starrt.

Der Wind, der einmal wütete, dann wieder erstarb, kam wieder: zuerst sein Ächzen, fern im Südwesten, und Pfeifen von weitem: dann die Rückkehr, als renne ein Troll oder böser Wicht im Wechsel zwischen Sputen und Verschnaufen, näher und näher, bis der Sturm heulend und mit flatternden Schwingen und niederprasselndem Regen gegen das Haus klatschte und wie ein gewaltiges Seebeben in wildem Reigen rundherum tanzte und den Firstbalken ritt, bis das Dach einzustürzen drohte: und schon war es wieder still.

Spät in jener Nacht traf Amaury, vom langen Ritt aus dem Norden entkräftet, auf einem fast zusammenbrechenden Pferd im Gutshof ein.

Die ganze Nacht lag Lessingham in seinem Bett und tat kein Auge zu.

Und die Dunkelheit in ihm sagte: Verschlungen und gefressen habe ich das, was innen war. Stirn – ja: aber kein Geist wohnt dahinter. Augen, aber in ihnen lebt nichts mehr, entgegenzunehmen, was sie vermelden. Äußere Ohren, Diener der Taubheit. Dieser Hals, weil ich alles darunter verschluckte, ist nur mehr ein Schauder über diesem Höllenschlund, der ich in dir bin.

Und die Dunkelheit zu seiner Linken sagte: Hände: zu edelster Verwendung geschaffen. Ja, umklammert die Bettkante: ist das schön? Hände, die deiner Seele so oft als in solche Höfe entsandte Vasallen dienten: doch nun nie wieder für immer.

Und die Dunkelheit zu seiner Rechten lachte wie ein Schädel und sagte: Dein edles Verhalten, wie heute abend! Ziehst gegen einen, der zu dir lief, wie eine verletzte Schnepfe zum Marder, dir wahre Kunde zu bringen, aber blutig vergingst du dich an ihm.

Und die Dunkelheit, die in ihm war, sagte abermals: Ich ringe. Ich zersprenge diese Schale, die du warst. Ich, die ich nicht bin, werde anschwellen wie ein blauer vergifteter Leichnam und alles Sein sprengen und schänden.

Und die Dunkelheit, die über und unter ihm war, sagte: Ich bin schwer: ich falle: ich ziehe dich hinab: unaufhörlich, das Gewicht und das Leid einer Mißgeburt in deinen Gedärmen, die niemals entbunden werden wird.

Und die Dunkelheit zu seinen Füßen sagte: Denn dann kam Amaury (Lessingham blickte in der Dunkelheit hinüber zum anderen Bett, wo Amaury wach lag): Amaury, der in Rialmar hundert Tode gestorben wäre, um sie zu retten; doch als sie den Kelch geleert hatte . . .

Die Dunkelheit in ihm, und die Dunkelheit über ihm, und die Dunkelheit unter ihm sanken, bis die Schlepphaken zu einer Qual wurden, alle Qualen eines Sterblichen übersteigend.

Der schwindende Mond in den letzten grauen Nachtstunden sagte: »Ich wachse und ich schwinde: die Sichel, der Vollmond, die gebrochene Dunkelheit. Ich wandle mich, und ich wandle mich dennoch nicht. Du hast es gesagt: zeit- und bedingungslos. Du hast gesagt: unter keinen Bedingungen.

Und wie der Neumond zum Vollmond, so war nun der Schimmer eines vom Mond ausgehenden Regenbogens, der sich mit der Erinnerung an jene Nacht genau vor einem Jahr auf Ambremerine in diesem Schlafgemach ausbreitete: der Erinnerung an Vandermasts: »Ein alter Narr, der dennoch so weise ist, Eurer Ladyschaft zu dienen«: Vandermasts: »Es gibt keine andere Weisheit«; und weiter: »Keine andere Macht.« Und dieser Dame: »Erfordert das Weisheit?« als sie in den Mond blickte.

Kapitel XX

Donner über Rerek

Lessingham zog am Morgen nach jener Nacht mit seiner Armee langsam ostwärts in Richtung Mornagay, wobei er Boten vorausschickte, so daß die ganze Kunde von diesem Nachwinter sich in ganz Rerek verbreite, und so durch Meszria nach Zayana; gleichfalls, daß es nun für alle, welche private Auseinandersetzungen ausfochten, erforderlich sei, diese beizulegen und sich des wahren Feindes zu besinnen. Von Amaury wußte er nun vollständig Bescheid: wie Derxis mit Hilfe von Spitzeln, von Verrätern, denen er ordentliche Bestechungsgelder in die Hand gezahlt hatte, oder mit Hilfe anderer Hintermänner, zusammen mit nur einigen wenigen seiner Leute sich in Rialmar Zutritt verschaffte; wo zufällig ein paar Umstände zusammentrafen, die seinem Vorhaben dienlich waren, und die er zu nutzen wußte, so daß es ihm gelang, mit einem Streich Bodenay und ein Dutzend anderer zu ermorden. Woraufhin die Macht der Königin, dadurch ohne Führung, keinen Bestand mehr hatte und sich auflöste und verging, was Derxis in die Lage versetzte, sein eigener Vorschneider zu sein: ein erbarmungsloses Untier.

Lessingham nahm nun schon den zweiten Tag keinen Bissen oder Schluck zu sich. Ob er schlief, wußte man nicht: nur daß des Nachts keine Stunde verging, wo er nicht irgendwo im Lager gesehen wurde, bewaffnet und mit seinem Reitmantel angetan. Außer um Befehle zu erteilen, hatte er für keinen Mann ein Wort übrig, noch durfte einer wagen, ihn anzusprechen. Es war in jenen Tagen, als ritte dort ein Mann, der zwar in seiner Leibhaftigkeit fortbestand, aber in Blei gegossen schien: in allem sonst tot, so daß nur sein großes Herz ihn weitertrug. Und dann war auch erstmals zu hören, daß man sich zumunkelte, worüber in all diesen verflossenen Monaten in Rialmar weder getuschelt noch gemutmaßt worden war, Derxis ausgenommen, mit solch kluger Zurückhaltung hatten Lessingham und die Königin ihre Gefühle gezügelt: nun indes hieß es, welche Trauer dies sei, die einen Mann so lähme, der seine Königin verloren? Und es wurde erwidert, zweifellos sei er ihr Buhle gewesen und nichts anderes. Worüber Amaury, als dies an seine Ohren drang, sehr zürnte: jenem, der dieses Wort fallen ließ, sagte: »Ich sollte dir die Zunge spalten für solch üble Nachrede«, und mit Diskretion alles versuchte, dieses Geschwätz aus der Welt zu schaffen. Aber das Gerücht, einmal versprengt, breitete sich aus wie Quecken in einem Garten, recht unterirdisch; aber dennoch ohne nachteilige Wirkung, denn es verfestigte die Bande der Seinigen zu ihm um so mehr, als sie nicht nur einem großen Mann dienten, sondern einem großen und unglücklichen. Denn von solcher Art waren die meisten, die Lessingham folgten, daß ihre Liebe nämlich wuchs wie die Brunnenkresse, langsam, aber mit tiefer Wurzel: bereit, nicht nur beim Aufgehen, sondern vielmehr beim Untergehen die Sonne zu preisen.

Am dritten Nachmittag trafen sie in Mornagay ein. Lessingham wollte hier nicht bleiben und drängte darauf, vor Nachteinbruch über Killary und so weiter über die Tivots und die Scorrathal-Heide nach Bardarthal zu gelangen. Amaury ritt bei ihm, und nachdem die Gespanne sicher durch die Furt gebracht waren, trabten die beiden ein Stück voraus. Auf dem großen, freien Kamm der Heide, eine Meile breit, zügelte Lessingham seine Maddalena und blickte, indem er sich im Sattel drehte, nordwärts. Die Sonne war in einem klaren Himmel versunken: die Heide eine Dunkelheit aus sämtlichen schwärzlichen Grüntönen: der Himmel eine Blässe aus sämtlichen Grautönen mit einem Stich ins Blaue: kleine Bergseen und stehende Wasser schimmerten heller als der Himmel selbst, wie von unten erleuchtet. Vom Osten kamen weiße Nebelfetzen wie kleine Fühler und trieben von rechts nach links übers Heideland.

Lessingham sprach: »Ihr wart bei mir in jener Nacht vor dreizehn Monaten, in Mornagay.«

»Ja.«

»Erwähnt sie niemals wieder. Nennt mir niemals wieder, was aus ihr hervorging.«

»Nein, Mylord.«

»Was denkt Ihr, Amaury? Stimmt es, daß alle Dinge ihr Leben, ihre Grenzen, ihre Leiden und ihren Tod haben?«

»Alle Dinge?«

»Ja, alle.«

»Nicht alle, Mylord.«

»Was? Was denn nicht?«

»Ihr heißet mich, es nie wieder zu nennen.«

»Ich sage, alle Dinge, Amaury. Streitet es nicht ab, oder ich könnte Euch töten, bei Gott. Ich bin dieser Tage ein Untier geworden, zuerst vom langen Anbinden wild gemacht und dann losgelassen. Und nicht nur ich: alles ist so geworden.«

»Ich hoffe, Ihr tötet mich nicht, der ich Euch mehr als die Welt liebte.«

»Ja, Euch und alle. Dann reite ich in mein Verderben.«

»Oh, das ist Wahnsinn.«

»Nein«, sagte Lessingham, und seine Stimme war wie das Rollen fernen Donners: »es ist wie die Götterdämmerung: das Bellen des Höllenhundes vor Gnipas Höhle: das Krähen der Hähne in den drei Welten: nenntet Ihr das Nachtigallen? –

Geyr nú Garmr mjök fyrir Gnípuhelli:
Festr mun slitna, enn Freki renna!

Ja, Amaury: ›Der Gebundene muß entfesselt werden, der Wolf frei laufen.‹«

Amaury saß stumm, mit zusammengebissenen Zähnen. Jene Fühler hatten inzwischen einen Nebelschleier über die ganze Heide gezogen, der den Boden verbarg. Auf dem Hügel, wo Lessingham und Amaury warteten, bedeckte der Nebel die Füße ihrer Rosse, aber klare Luft umgab ihr eigenes Haupt, und klar und hell schienen die Sterne über ihnen.

Lessingham lachte: »Wiederholt mir noch einmal jene Worte, die er gebrauchte. Denn Gott weiß, ich habe bisher geträumt und gewacht und geträumt, bis ich nicht mehr deutlich zwischen Traum und Wirklichkeit unterscheiden konnte.«

»Ich wage es nicht, es zu sagen.«

»Sagt es«, befahl Lessingham fürchterlich.

Amaury gehorchte: »Er sagte: ›Wenn nicht meine Königin, so sollt Ihr wenigstens nicht länger die Hure eines Glücksritters sein.‹«

Eine ganze Minute lang sagte Lessingham kein Wort, noch regte er sich. Sein Antlitz, von der Seite gesehen, hob sich stolz und unergründlich von der Mainacht ab und war wie aus Stein oder Stahl. Das Rasseln von Pferdegeschirren ertönte aus den Hängen des Scorrathals herauf, und die Vorhut näherte sich dem oberen Rand. Lessingham ruckte am Zügel, wendete und ritt voraus hinunter ins Bardarthal. Amaury, der neben Maddalena in Höhe ihrer Hinterhand folgte, hörte ihn murmeln: »Ich habe meinen Geist vor diesen Dingen verschlossen.« Dann, wobei er plötzlich zügelte und Amaury durch die Dunkelheit in die Augen blickte, sagte er: »Merkt Euch das. Und merkt Euch auch, daß keine Flügelrosse ihm nützen werden, meiner Rache zu entgehen. Also, Amaury, ans Werk.«

Boten wurden nun entsandt, als Lessingham und der Admiral im Bardarthal lagerten, zwischen ihnen und dem Kanzler vor Laimak. Dadurch kam es binnen weniger Tage zu einer Begegnung zwischen ihnen, und ein Friedensschluß wurde mit Lessingham besiegelt, welcher unter anderem einen Waffenstillstand bis zum vierzehnten Junitag vorsah, und zwischenzeitlich eine diesbezügliche Unterredung mit dem Herzog, der unlängst nach Argyanna heraufgekommen war, nachdem er sich eine Weile daheim in Zayana aufgehalten hatte. Am zehnten Juni kamen diese Lords, Lessingham, Beroald, und Jeronimy, mit Amaury, nach Argyanna. Hier waren beim Herzog Graf Zapheles, und die Lords Melates und Barrian und ein Dutzend mehr Männer von Bedeutung. Medor, der durch Ernennung die herzogliche Macht ausübte, weilte noch in Zayana.

Lessingham wurde groß gefeiert und edel empfangen, und als sie zum Geschäftlichen übergingen und sich um Einigung bemühten, fand sich schnell sicherer Boden: zuerst die gemeinsame Veranlassung, die gegen Derxis bestand, ihn nämlich zu vernichten und seinen Greuel in Rialmar zu rächen: zum zweiten verblieb, da dem rechtmäßigen Erlaß des König Mezentius durch zwei Morde in dieser kurzen Zeit ein erbärmliches Ende gesetzt worden war, kein glaubhafter Bewerber um die Krone mehr, außer dem Herzog, dessen Thronanspruch demzufolge unumstößlich war. Aber als die Rede auf den Lord Horius Parry kam, und unter welchen Bedingungen der Herzog und die Seinigen ihm wieder den Frieden böten, verloren sie augenblicklich in einer Minute mehr (was die Einigung anging), als sie in einem Tag erreicht hatten.

Der Herzog forderte bedingungslose Kapitulation: »Denn komme, was wolle, binnen eines Monats oder kürzer wird er keine andere Wahl mehr haben. Du lieber Himmel, ich tadele Eure Einsicht, Mylord Lessingham, wenn Ihr glaubt, ich erkenne inzwischen nicht den Fuchs an seiner Lunte, oder meint, ich lasse diesen auf Euer Bitten hin frei, jetzt, wo ich ihn in seinem Bau eingekesselt habe, damit er mir weitere Streiche spielt, wie er es im letzten Winter tat.«

»Er wird niemals bedingungslos aufgeben«, sagte Lessingham. »Und warum auch? Würdet Ihr das tun, oder ich?«

»Nun«, sagte der Herzog, »genug der verfänglichen Mutmaßungen. Auf diese eine sichere Karte will ich setzen: sobald ich ihn habe, ihm den Kopf abzuschlagen.«

Lessingham antwortete: »Wir sind uns alle einig, daß es Zeit ist, uns aufzumachen und unsere Feinde zu vernichten, und als erstes laßt uns mit Derxis beginnen, welcher uns unaussprechliche Greuel zugefügt und schier unser Dasein gefährdet. Dessentwegen wir die berechtigen Zwiste zwischen uns beilegen müssen, oder es wird uns nicht gelingen. Und der Vikar ist ein großer Feldherr, auf den wir bei der Bewerkstelligung eines so großen Feldzuges nicht leicht verzichten können. Davon abgesehen ist unser Volk von Rerek halsstarrig und unbeugsam und könnte sich nicht leicht mit der Herrschaft eines Fremden abfinden.«

»Sie haben sich nun zu Hunderten gegen ihn erhoben«, sagte Barganax.

»Das«, entgegnete Lessingham, »geschah, als ich nicht hier war.«

»Sie werden Euch bereitwilliger als ihm gehorchen. Laßt ab von ihm.«

Lessingham strich sich durch den Bart. »Nein. Wenn Euer Gnaden diesen Weg wählen, mache ich nicht mit.«

Zwei Tage erörterten sie es. Am zweiten trat der Kanzler mit Lessingham beiseite und sagte: »Mylord Lessingham, Ihr seid bei Seiner Gnaden auf gutes Gehör gestoßen; aber in diesem Punkt werdet Ihr ihn nicht gewinnen. Dieses Unkraut, das Ihr sät, ist trotz Eures Wärmens und Wässerns ausgetrocknet. So bedenkt doch: aus welcher Überlegung, wenn nicht wegen dieses Mannes allein, hat der Herzog die Macht an sich gerissen in Rerek, Fingiswold stillschweigend eingeschlossen? Niemals seine Schwester wollte er stürzen, sondern einzig diesen Mann, der seinen großen Ehrgeiz mit ihrem Namen bemäntelte. Eure Lordschaft haben bereits vernommen, daß auch ich ihm darin Hilfe leistete und ein Gesetz geltend machte, welches Frauen vom Amt und der Würde des Königs ausschließt, auf daß unser Reich nicht einem fremden Prinzen oder Land in die Hände falle. Seine Rechtmäßigkeit ist fraglich, doch gab ich mich dazu her, nicht um mit Ihrer Hoheit der Königin (auf der Friede sei) Streit zu entfachen, sondern weil ich diesem Mann nicht traute. Ihr und er passen sehr schlecht zusammen. Wenn Euer Gewissen Euch nicht erlaubt, seinem Besten abträglich zu sein, so macht Euch für eine Weile rar: überlaßt ihn uns. Wir werden uns hurtig seiner annehmen.«

»Die Dinge«, entgegnete Lessingham, »die gegen Seine Hoheit meinen Vetter am schwersten ins Gewicht fallen, wurden begangen, als ich jenseits des Heidelandes im Dienste der Königin stand. Für alles, was zu unrecht geschehen ist, habe ich in seinem Namen Wiedergutmachung angeboten.«

»Wie ich sehe, wollen Eure Lordschaft nicht auf die Vernunft hören«, sagte Beroald. »Nun, mag sein, Euer Bund wird Euch teuer zu stehen kommen.«

»Das müssen die Götter entscheiden«, antwortete er. »Aber wohlgemerkt mir, mir steht hier in Argyanna sicheres Geleit zu, und ich habe das Recht, unter sicherem Geleit zu jener Armee zurückzukehren, die ich stehen habe, und mit der ich, sei sie auch zahlenmäßig klein, allerhand vollbracht. Und bedenkt auch, daß der werte Admiral bei seiner Ehre verpflichtet ist, mit mir zurückzugehen, falls dieser Friedensschluß nicht zustande kommt. Und falls Seine Gnaden keinen Frieden haben wollen (und ein harter Frieden für den anderen ist es, den ich Euch anbiete, und ein guter für Seine Gnaden), sondern den Vikar, wie angekündigt, zu töten gedenken, so verspreche ich Euch dies: sein Tod wird dermaßen gerächt werden, daß man in hundert Jahren noch davon sprechen wird.«

Beroald sagte: »Laßt uns nicht über Blitz und Donner sprechen.«

»Lessingham«, sagte der Herzog, der gerade hinzukam: »dieser Mann, der nicht wie Ihr ein edles Herz besitzt, verdient es in keiner Weise, daß man für ihn einsteht oder ihn verteidigt. Muß unsere Freundschaft um eines solchen Schurken willen zu Bruch gehen?«

»Falls unsere Freundschaft, Euer Gnaden (mögen die Götter sie erhalten), zu Bruch gehen muß, dann deswegen, weil Ihr zur Beendigung seiner großen, heldenhaften Verteidigung, die Euch und Euer Heer so lange Zeit abgewehrt hat, die gleiche kaltblütige Grausamkeit einsetzt, welche ich so oft in ihm unterband: den Richtblock. Falls Euch meine Freundschaft etwas bedeutet, tretet den Beweis dafür an: denn ich habe Euer Gnaden versprochen, wolltet Ihr mir ihn nur überlassen, mich bei meiner Ehre und mit meinem Leben dafür zu verbürgen, daß er alles sühnen und Euch nicht mehr erzürnen wird.«

»Aber was bezweckt Ihr damit Unerhörtes ...?« Barganax schwieg eine ganze Weile lang, wobei er Lessingham in die Augen sah. In ihnen ruhte ein neckender, spöttischer Blick, den er kannte, aber von anderen Augen her: nicht von jenen gesprenkelten grauen Augen Lessinghams, sondern von grünen Augen, die wie Leitsterne waren in jeder Rastlosigkeit, Ungewißheit und Gefahr, welche den Reiz jener Augen annahmen und hoch und wünschenswert brannten, über alle Gelüste und Feuer hinaus.

»Jeder nach seinem Geschmack«, sagte Lessingham. »Ich habe Euch genügend Gründe der Zweckmäßigkeit in staatsmännischer Hinsicht genannt. Und wenn Ihr mehr hören wollt, nennen wir ihn ein gefährliches Pferd: nennen wir mich einen, der Freude an solchen Ritten empfindet.«

»Angenommen, Ihr brecht Euch den Hals, Mylord Lessingham«, sagte der Kanzler.

Aber Barganax und Lessingham standen sich nun, wie damals am Beratungstisch zu Ilkis, von Angesicht zu Angesicht gegenüber, als wären sie trotz der Anwesenden um sie herum allein, und eine dritte Person führte den Vorsitz: eine dritte, die nur sie wahrnahmen; und die man – ja, kaum als dritte Person bezeichnen konnte, denn für den Herzog war sie seltsamerweise in der Person Lessinghams gegenwärtig, und für Lessingham in der Person des Herzogs.

Zwei Tage danach ritt Lessingham kurz vor Mittag in Laimak ein. Es herrschte bewölktes, dunstiges Wetter, und ein Gewitter lag in der Luft. Die Streitkräfte des Kanzlers hielten die Belagerung der Burg nach wie vor aufrecht, denn die Verbündeten hatten nicht im Sinn, dem Vikar die Möglichkeit einzuräumen, während des Waffenstillstands neue Vorräte hineinzuschaffen, ihnen dann aufs neue zu trotzen und die Sache hinauszuziehen. Lessingham und die Seinigen ließen sie ungehindert passieren, denn er führte bei sich Beglaubigungsschreiben unter dem Siegel Zayanas. Das gesamte Tal war eine Meile im Umkreis der Burg zerstört und vom Feuer verwüstet. Der Vikar begrüßte Lessingham, wie ein Vater seinen lange verloren geglaubten Sohn begrüßt. Er führte ihn zu seinem Gelaß im Bergfried, und dorthin wurde auch ihr Abendessen gebracht, und zwar karge Feldküche: in Teig gebackenen Speck, schwarzes Roggenbrot und Räucherfisch, und ein Fäßchen Muskateller, es hinunterzuspülen und das Herz ein wenig zu erfreuen.

»Bringt Ihr mir ein Abkommen in Eurem Wams?« sagte der Vikar, als die Diener alles hergerichtet hatten und auf sein Geheiß gingen, damit sie beim Mahl unter sich seien.

Lessingham lächelte. »Keine Abkommen mehr, Vetter, aus meiner Feder. Ich habe hier etwas: aber Ihr sollt es selbst unterzeichnen, falls es Euch gefällt; späteren Kritteleien sei somit vorgebeugt.«

»Es wird bis nach dem Essen warten können.«

»Ja. So lange kann es warten: viel länger nicht.«

Der Vikar sah schnell auf. Lessinghams Antlitz, gleichmütig und mit abgewandtem Blick, verriet nichts. »Ihr seid nicht zu früh gekommen«, sagte der Vikar daraufhin und nahm einen großen Mundvoll. »Die Rationen reichen noch für sieben Tage. Hungrige Männer ergeben die besten Kämpfer; allerdings darf man dieses Zuchtmittel nicht überbeanspruchen: obschon es geeignet ist, die Männer zu verrohen, hat es doch den Nachteil, falls ein, zwei Tage zu lange angewandt, die tierische Natur und Lebenskraft zu dämpfen und zu schwächen. Und so halte ich in neun Tagen ein großes Gelage mit heißem Fleisch und Blutwurst im Feld dort unten ab, und es wird genügend übrigbleiben für die Schnäbel der Krähen.«

»Drescht mir keine Phrasen, als wäre ich ein Weib«, sagte Lessingham. »Es fehlt Euch an allem, ihre Streitkräfte abzuwehren: nicht eine Stunde, in offener Schlacht.«

»Nun: so ist das Ende gekommen.« Er betrachtete Lessingham aus halb geschlossenen Lidern. »Besser, als erneut solch ein Abkommen zu schlucken, wie Ihr es mir zuletzt in den Hals gestopft habt, Vetter.«

»Eure Hoheit sind ein großer Feldherr«, sagte Lessingham; »als Staatsmann indes nicht so gut. Wie könnt Ihr nun ein so gutes Abkommen wie jenes erwarten? Welches gerecht und ausgewogen war, das Ihr aber in jedem Punkt brachet, und Ihr gar jeden Eurer Brüche von den Hausdächern verkünden ließet. Seid dankbar, wenn ich Euch das Leben rettete, und einen Bruchteil des falschen Glanzes Eurer angeblichen Ehre.«

»So!«

Eine lange Weile beäugten sie einander, während sie stumm aßen und tranken. Der Nacken des Vikars schwoll an wie einer Puffotter Hals. Zuletzt sagte er: »Ihr habt eine quälend lange Weile auf der Schwelle vertrödelt: vierzehn Tage lang. Ließet mich warten, während Ihr mit diesen Teufeln verhandeltet. (Was kosteten sie mich Schweiß und Mühe!) Hättet zuvor mit mir reden sollen, würde ich meinen?«

Lessingham sagte nichts, hob nur in feiner Vornehmheit seinen Becher und trank, wobei er seinen Vetter über den Tisch hinweg die ganze Zeit aus nachdenklichen Augen ansah. Der Vikar entfernte einen Brocken Speckrinde aus dem Mund; beugte sich zur Seite, um ihn Pyewacket zu geben. Das Spiel des Lichtes enthüllte, wie es der Pinsel eines großen Meisters vermöchte, die seinem seltsam zusammengesetzten Antlitz innewohnende, aber selten so lebhaft wie jetzt erkennbare Einzigartigkeit: schwere Augenlider, die breitrückige hervorspringende Nase, schmale Lippen wie die einer Schlange, feine Ohren, rohe, rötlich-bärtige Backen, die heiter-gelassene glatte Stirn, kleine, flinke, stechende Augen: eine Einzigartigkeit aus roher Gewalt, vereint in der Ehe mit einem edleren Bestandteil, wobei nichts je vollständig dem anderen unterworfen, noch je ganz unterscheidbar war; so daß eine Scheidung beides ein wenig verkrüppelt hätte, sowohl das Gute, als auch das Schlechte. Und über Lessingham schien, während er so diese Erneuerung eines vertrauten Gepräges betrachtete, ein Mantel zu fallen, der Glieder und Muskeln und die Haltung des Nackens und Hauptes mit einer erhabeneren und noch pantherhafteren Anmut zierte. Und die griechischen Züge Lessinghams, und seine Augen, die sich so an seinem Vetter weideten, schienen nun nicht so sehr wie mit der Majestät eines flinken Raubtiers oder Adlers beseelt, sondern vielmehr, als hätten Kraft und Gewandtheit die luftige Lieblichkeit eines Kolibris angenommen und schwebten so auf unsichtbaren Schwingen, wie der Vogel körperlos in der Luft neben einer Blume schwirrt, unschlüssig, in welchen honigsüßen Blütenkelch er seinen langen und schlanken Schnabel tauchen soll.

»Ihr wart immer am besten« sagte er nach kurzem, »wenn Ihr mit dem Rücken zur Wand standet. Die Schwierigkeit ist, daß Ihr ins Grübeln verfallt, sobald Euch Müßiggang plagt. Und das Denken bekommt Euch nicht.«

»Ich weiß nicht, Vetter, was Ihr gut für einen Mann haltet. Mein Gürtel ist seit dem Julfest um einen Fuß kürzer.«

»Was beraubte Euch Eures Verstandes«, sagte Lessingham, »sobald ich Euch den Rücken zugekehrt hatte, daß Ihr mit diesem Herzog umgegangen seid wie mit einem feigen, begriffsstutzigen Knaben? Und sagte ich Euch nicht, was er sei? Und konntet Ihr ihm nicht dementsprechende Behandlung zuteil werden lassen?«

»Das, was ist, ist«, sagte der Vikar, und trank und spuckte. »Das, was gewesen ist, ist gewesen. Das, was sein wird, ist das, was mich und Euch angeht. Diese neuerliche Wendung in Rialmar«, flüchtig wie der einer Natter streifte sein Blick Lessinghams Antlitz, »hat alles auf den Kopf gestellt, hm? Oder wie denkt Ihr darüber? Aufgepaßt«, sagte er nach einer Pause, wobei er sich nach vorne lehnte und die Ellbogen auf den Tisch stützte: »ich will Euch einen Gedanken verraten: vielleicht ist er gut, vielleicht schlecht, jedoch kam er mir immer wieder in den Sinn, seitdem Kutarmish hier alles in Flammen setzte. Dieser Derxis. Man hätte sich seiner bedienen können, hm? Über eine Heirat, hätte man es geschickt angestellt . . .« Er hielt inne und musterte durch rote Wimpern Lessinghams Antlitz, das nun unerforschlich und wie das Abbild eines Gottes in Marmor war. »Und so, indem man sich Akkama bedient hätte, um Zayana niederzuwerfen, hätte man nachher . . . Nun, es gibt Mittel und Wege . . .«

Lessingham spielte mit seinem Weinbecher. »Mittel und Wege!« Er stürzte den Wein hinunter, sprang auf, ging zum Fenster und stand dort, wobei er wie mit großem Verdruß auf ihn herabblickte. »Erzählt mir doch von Eurem Soldatenleben, denn dort kann ich Euch nur bewundern, und sogar lieben. Aber über dieses verdrehte staatsmännische Vorgehen kann ich nur lachen.«

»Nein, es hängt schon zusammen. Meine Vormundschaft ist verloren: so. Nun, verlagern wir das Gewicht auf das standfeste Bein.« Er hielt inne, lehnte sich in seinen Stuhl zurück. Ihre Blicke begegneten sich. »Ich weiß nicht, was wohl in diesem Schriftstück steht, das Ihr in Eurer Brusttasche tragt, Vetter; aber hättet Ihr doch vorher mit mir gesprochen, bevor Ihr mit Zayana sprachet. Es war Euch nicht dieser andere Weg in den Sinn gekommen, hm? der sich dennoch weit vor Euch auftat: diesen Derxis zu benutzen, meine ich, als unser Werkzeug? Und dafür ist es auch noch nicht zu spät, stellt man es geschickt an.«

»Was seid Ihr«, sagte Lessingham, »anderes als ein blutiger Narr? Habe ich Euch nicht vor langem gesagt, es gebe keinen anderen Weg als den geraden? den mezentischen Weg, nicht diese natternhaften Windungen: eine festgefügte Einheit nun unter Barganax, um dann dieses Gezücht aus Akkama zu zermalmen. Bei den lieben Göttern im Himmel, Vetter, ist er nicht Euer Verwandter? (Um viele Ecken, räume ich ein.) Und bevor ich mich dieses Derxis bediente, benützte ich lieber den fauligen Schädel einer vergifteten Schlange als Trinkschale für meinen Wein.«

»Ach«, sagte der Vikar, und in seinen Augen ruhte ein Blick, wie bei einem das Pro und Contra Abwägenden, als er Lessingham betrachtete: »nichts als schöne Worte.«

Lessingham zog zwei Pergamentrollen aus seinem Wams: warf sie mitten zwischen das Eßgeschirr vor den Vikar hin. »Nehmt an, oder nicht, Ihr habt die Wahl, Vetter: doch wenn ja, so ist heute der letzte Tag: unterzeichnet oder sagt Lebewohl. Ihr möget den gütigen Göttern und mir danken, Euch aus dieser ausweglosen Patsche geholfen zu haben, in die Ihr durch Euren verfluchten störrischen Eigensinn gestolpert seid. Vielleicht, da ich Euch inzwischen fürwahr als verrückt achte, wählt Ihr eher Euer Schlachtfest auf dem Burganger in einer Woche; oder die andere Möglichkeit: daß der Herzog mit Euch verfährt, wie ihm beliebt. Drei liebe lange Tage bemühte ich mich um Euch, und wenig Dank erhalte ich dafür, ehe ich ihn dazu bewegen konnte, Euch dieses gute Angebot zu machen, anstatt sein Vorhaben zu verwirklichen: Euch nämlich tot oder lebendig zu fangen, was binnen Monatsfrist oder kürzer keine Macht auf Erden hätte verhindern können: Euch zu köpfen und zu vierteilen und Euer Fleisch als Speise für die Krähen an die Wände Laimaks zu heften.«

Aber der Vikar hatte das Pergament geschnappt und es inzwischen halb durchgelesen, wobei sein Finger beim Lesen den Wörtern folgte. Als er ans Ende kam, las er es abermals, diesesmal die Abschrift: dann griff er ohne ein Wort nach Tinte und Feder auf dem Beistelltisch und unterzeichnete und besiegelte es. Daraufhin erhob er sich: trat neben Lessingham vor das Fenster, nahm ihn an beiden Händen. »Glaubt nicht, ich vergäße, Vetter, daß dies Eurem großen Verstand und Heldenmut, die Ihr in Euch tragt, zu verdanken ist, und welche mir, dessen entsinne ich mich wohl, oftmals gut zustatten gekommen sind, und wie es nun von neuem der Fall sein wird.«

»Gut, dann sind wir Freunde«, sagte Lessingham. »Ihr habt gut gewählt, Vetter, wie ein weiser Prinz handeln würde. Und heute in sechs Tagen, wie es dort geschrieben steht, werden Eure Hoheit zu ihm nach Argyanna kommen und sich dieser Zeremonie unterziehen? Der vollkommenen und gänzlichen Ergebenheit und Untertanentreue?«

»Ja, wie eine Katze Milch schleckt.«

»Ihr tut gut daran, Vetter.« Er nahm eine Ausfertigung des Vertrages und prüfte schnell die Handzeichen und Siegel: des Herzogs, Beroalds, Jeronimys, und nun des Vikars. »Damit wird die Belagerung heute aufgehoben. Ich mache mich hiermit auf den Weg, und wir treffen uns am Mittwoch in Argyanna. Aber wohlgemerkt, Vetter«, sagte er beim Aufbruch: »ich erwarte Taten von Euch diesbezüglich: keine falschen Züge mehr, um das letzte Ende zu umgehen.«

»Geht, Ihr habt mir eine gute Lehre erteilt«, antwortete er. »Glaubt nicht, ich stolperte über einen Strohhalm, jetzt, wo ich über einen Block gesprungen bin. Lebt also wohl.«

Der zwanzigste Junitag wurde zu einem Fest- und Feiertag ernannt, anläßlich der Einsetzung dieses Friedensschlusses, durch welchen Barganax, der nun sowohl in Rerek als auch in Meszria als Köng anerkannt war, und die Lords jener Länder in seinem Dienst demnächst mit großen Streitkräften nordwärts durch das Heideland nach Fingiswold ziehen sollten, um Rialmar zurückzuerobern und den Krieg so weiter nach Akkama zu tragen, und alle Städte und das Volk desselben zu verwüsten und hinwegzuraffen und der Knechtschaft zu unterwerfen, und vor allen Dingen König Derxis zu ergreifen, den sie so zu bestrafen und zu töten trachteten, wie es sich für einen Mann edler Geburt nicht geziemt.

Beizeiten an diesem Morgen war die Hauptarmee des Kanzlers zu diesem Zweck vom Ufer des Hornsees und von Ristby und diesen Gegenden herabgekommen, neben den zweitausend Mann des Herzogs, die nun Argyanna und sein Umland besetzten, mit gehißten Bannern und schallenden Kriegsliedern und der Musik von Trompeten und Trommeln dreimal vor dem Wallgraben um den Berg marschiert. Der Herzog, mit fünfzig rotbärtigen Soldaten seiner Leibwache, die ihre mächtigen Zweihänder trugen, hatte den Ehrenplatz vor der Zugbrücke inne. Er ritt auf einem feurigen Schimmelhengst mit wehender Mähne und fliegendem Schweif und einem schwarzen Roßharnisch und einem Staatsgeschirr und Woilach aus schwarzem Zindeltaft.

In der gleichen Trauerfarbe waren des Herzogs Mantel und Mütze mit schwarzem Federbusch und seine ganze Rüstung: schwarze Handschuhe an den Händen: selbst die Halskrause um seinen Nacken schwarz, die hätte weiß sein sollen: all das als Zeichen seiner Trauer und Klage. Die Lords Beroald und Jeronimy trugen schwarze Trauerfedern auf dem Hut und schwarze Trauermäntel: die gleichen Merkmale trug ein jeder, ob hoch oder niedrig, ob Mann oder Frau, ob Soldat oder Bürger der Stadt, an diesem Tag; doch der Herzog allein, sowohl wegen seines königlichen Standes als auch seiner nahen Verwandtschaft, trug diese Fülle von Schwarz.

Und nun, pünktlich zur vereinbarten Stunde, kamen von Norden über den erhöhten Fußweg herunter, der auf einem Damm mit einer Länge von zehn Meilen, gegründet auf einen Unterbau aus abertausend starken Eichenpfählen, den bebenden Sumpf überbrückt, der Argyanna von allen Seiten einschließt, der Vikar und sein Gefolge anmarschiert. Zwanzig Herolde mit Posaunen führten den Zug hoch zu Roß an: groß war das Glänzen ihrer Helme und Posaunen ganz aus Silber: ihre Wamse und Hosen waren mit Safran gefärbt: sie hatten schwarze Satteldecken und schwarze Trauermäntel: alle zwanzig Schritt huben sie auf ihren Posaunen an zum Eulenruf des Hauses Parry. Hinter ihnen wurde, bewacht von vierzig schwarzen Reitern Lessinghams, das königliche Banner Fingiswolds geführt, von diesem siegreich aus den Nordlanden durch viele tödliche Gefahren und die blutigen Schlachten von Reithaupt und Leveringay gebracht. Die Eule Laimaks, schwarz, mit roten Fängen und mit rotem Schnabel, auf einem goldenen Feld, folgte. Ihr Wahlspruch: *Noctu noxiis noceo,* »Nächtens erbeute ich Schädlinge.« Dahinter schritt in Doppelpaaren eine Abteilung altgedienter Speerträger Rereks mit Helmen und Brünnen und großen Langschilden. Der Vikar selbst ritt mit Lessingham zwei Dutzend Schritt hinter diesem Fußvolk und zwei Dutzend Schritt vor dem Rest seines Gefolges: Amaury, Brandremart, Bezardes, Trasiline, Daiman und so als Nachhut Berittene und Unberittene über fünfhundert an der Zahl oder mehr.

Als sie nun dicht unter Argyanna vor die Tore und Zugbrücke gelangt waren, ritt der Graf Rossilion mit dem Banner des Vikars vor den Zug, wobei die Posaunen eine Fanfare bliesen. Und Rossilion, indem er vor dem Herzog den Hut zog und von einem Schriftstück in seiner Hand las, verkündete mit lauter Stimme, auf daß alle es hörten: »Im Namen Seiner durchlauchtigsten Lordschaft Horius Parry grüße ich den Lord Barganax, Herzog von Zayana, und empfange und erkenne ihn, den besagten Herzog, als großen König Fingiswolds und aller zugehörigen Länder und Reiche, insbesondere ganz Meszria und die Marken samt der ganzen Gebiete und Ländereien Rereks und aller daselbst gelegenen Orte, namentlich die Burgen und Vesten von Laimak, Kessarey, Megra, Kaima, und Argyanna, und dieser Mark von Ulba. Und so spricht der Lord Horius Parry: Ich übergebe hiermit, o König, in die Hände Eurer Prinzlichen Hoheit alle jene Befugnisse und Mächte, welche ich als privater Vasall und Untertan des Reiches, oder als Vikar der Königin, oder als Reichsverweser, bislang unter der Herrschaft der Königin Antiope seligen Angedenkens (auf der Friede sei) innehatte, und hoffe, daß Eure Durchlaucht sie für getreu und gewissenhaft zum Gemeinwohl und Ruhm der drei Königreiche gebraucht und verwaltet befinden. Auf die Knie erniedrigt, küsse ich nun demütigst Euer Gnaden Hand und entbiete Euch meine Liebe und ergebene und unumschränkte Dienste, und erwarte ehrfürchtig Eure königlichen Befehle.«

Der Vikar, der inzwischen von seinem Roß gestiegen war und sich etwa zehn Schritt hinter Rossilion gestellt hatte, schaute aus und lauschte ohne äußere Anzeichen, außer daß sein Atem schwer ging und sein Nacken hochrot war. Er war in voller Rüstung, mit einer Brünne aus blankem Eisen und an Hals und Ärmeln und Schoß einem Abschluß aus goldenen Gliedern; Panzerschurz und Beinschiene und Bärlatsch und goldene Sporen. Er trug keine Waffen, nur in der Rechten seinen Vikarsstab. Zwei Knappen, in der rostbraunen und purpurroten Livree seiner Leibwache, trugen hinter ihm die Schleppe seines großen schwarzen Mantels.

»Seht ihn Euch an«, flüsterte Zapheles in das Ohr des Kanzlers. »Welchen Friedensschluß könnt Ihr ersinnen, Mylord, den dieser Teufel wohl nicht bräche?«

Beroald zuckte die Achseln.

»Nun hat er seinen Kopf in das Maul des Löwen gesteckt«, sagte Melates, als Rossilion geendet hatte; »fällt niemandem etwas ein, den König gegen ihn aufzubringen? Ihn ihm abzubeißen, und alles wäre in bester Ordnung.«

»Jener Lessingham dort steht dazwischen«, sagte Barrian. »Etwas, das alles Begreifen übersteigt.«

»Daß er so dazwischensteht? Oder daß Seine Gnaden auf ihn eingehen?«

»Beides«, sagte der Kanzler mit einem schiefen Lächeln.

Lessingham flüsterte dem Vikar ins Ohr: »Euer Hoheit wären wohl beraten, die Mütze abzunehmen: er tat das gleiche für Euch, bin ich recht unterrichtet, im letzten Herbst auf dem Salimat. Außerdem tragt Ihr um die Mütze die Krone, die Ihr nur auf sein Geheiß hin wieder aufsetzen dürft.«

»Genug. Ich fürchte diese Sonne. Sie soll mir nicht das Gehirn braten, Abkommen hin, Abkommen her.«

Es war zu sehen, daß selbst beim Huldigungsakt der Parry immer noch die Krone des Vizekönigs trug, die mit erlesenen Steinen und Perlen von hohem Glanz besetzt war. Manche murrten darob: der Herzog, dessen Augen nie das geringste entging, bemerkte es selbstverständlich ebenfalls, ließ ihn aber ohne Tadel gewähren. Beim Handkuß stimmten die Posaunen auf beiden Seiten eine Fanfare an. Daraufhin nahm der Vikar den Stirnreif von seinem Haupt und reichte ihn dem Herzog dar, der ihn unverzüglich mit beiden Händen in die Höhe hielt, auf daß alle ihn sähen, und ihn dann dem Vikar wieder aufs Haupt setzte, wobei er sagte, auf daß alle es hörten: »Ihr alle, die es angeht, und die seligen Götter, die im hohen Himmel wohnen, seid meine Zeugen, daß ich Euch, Horius Parry, der Ihr soeben mir als dem Oberherrn dieser Königreiche huldigtet, und Euch mit diesem kürzlich zwischen uns besiegelten Friedensschluß einverstanden erklärtet, hiermit die Burgen von Laimak, Kaima und Kessarey als freien Grundbesitz übertrage, samt des ganzen Landes und Herrschaftsgebietes des alten Rereks, nicht jedoch Megra oder die Gegenden nördlich des Schattenrückens, und weder Argyanna noch die Mark von Ulba, um es als mein Vikar oder Vizeregent zu verwalten, wobei Ihr keinem Mann außer mir zu haften habt, mir jedoch mit Eurem Kopf. Zum Zeugnis dessen empfangt diese Krone und den Titel des Vikars von Rerek.«

Als dies getan war, begleitet vom großen Lärm der Posaunen und Trommeln und dem Rufen der Soldaten und dort versammelten Menge, nahte die feierliche Handlung dem Ende. Doch vorher ließ der Herzog um Ruhe bitten und hieß Lord Beroald, in seinem Namen mit lauter Stimme zu verlesen, auf daß alle es hörten: »So spricht der hochberühmte und allermächtigste Prinz und Lord Barganax, der große Herzog von Zayana, unser Landesherr und König: daß es ihm gefällt, genauso wie er diese Trauerfarben nicht ablegen wird, bis er diesen fremdländischen Usurpator aus dem Land vertrieben und durch die Hilfe der Götter mit dem Tod bestraft haben wird, so auch zu verschmähen und seiner prinzlichen Würde als ungeziemend zu achten, schon jetzt den Namen des Königs zu führen, sondern wie alle anderen Könige Fingiswolds zuerst in Rialmar gekrönt sein will. Gott schütze Seine durchlauchtigste Hoheit, Barganax, Herzog von Zayana, unser der drei Königreiche Landesherr.«

In feierlichem Zug ritten sie nun einmal rund um die Festung, begleitet von ihren Leibwachen, wobei der Vikar und der Herzog etwas abgesetzt in der Mitte ritten, um gemeinsam den Gruß jener auf den Zinnen und jener auf dem Feld und der ganzen Armee entgegenzunehmen, welche in Zweierreihen entlang des Weges Aufstellung genommen hatten, auf daß alle mit eigenen Augen den neuen Friedens- und Freundschaftsschluß sähen, und die Beendigung des Krieges und Hasses, der so lange Zeit zwischen ihnen gewütet hatte.

»Diese Handlung ziert Euch, werter Herzog«, sagte der Vikar, »den Königstitel nicht angenommen zu haben.«

Barganax lächelte. »Ich hielt es für große Bescheidenheit.«

»Um mich zu beschämen«, sagte der Vikar. »Nicht nur stutztet Ihr die Flügel meines Vikariats, was ich ehrenvoll duldete, sondern ließet mich gar nur einem Herzogshut huldigen.«

»Ach«, sagte der Herzog, »ich fürchte, ich dachte an meine eigene Sache, und nicht im geringsten an Euch, Mylord.«

»Ich wurde geprellt«, sagte der Vikar. Es leuchtete aus seinen Augen, als der Herzog gerade für einen Moment das Gesicht abwendete, um sich für Hochrufe zu seiner Rechten erkenntlich zu zeigen, ein überaus grausamer, tödlicher und unerbittlicher Haß.

»Glaubt mir, das ist mir nie in den Sinn gekommen«, sagte der Herzog. »Doch fürwahr«, sagte er, »überleg' ich's mir recht, kann ich Euer höfliches Benehmen und Eure Leutseligkeit nur loben; denn fürwahr weiß Gott auch ohne Erinnerungshilfe sehr wohl, daß ich mich selbst genauso tief verneigte, aus einer ähnlichen Notwendigkeit heraus, noch kein Jahr ist es her, auf dem Salimat.«

»Es ist nicht von Bedeutung«, sagte der Vikar. »Nur deswegen hielt ich es für angebracht, zu Euer Gnaden davon zu sprechen, weil wir nun klugerweise alles vermeiden sollten, was meinen guten Ruf und meine Macht schmälern und mich so kürzer anbinden könnte, wo wir doch nun um unserer gemeinsamen Ziele willen zusammenarbeiten müssen.«

Der Herzog sagte: »Ich vergesse das nicht. Ich habe ein Bankett bestellt zur Mittagsstunde, und ich hoffe, Eure Hoheit und jegliche Eures Gefolges, die Ihr wünscht, ehren mich mit der Anwesenheit an der gemeinsamen Tafel. Danch werden wir Kriegsrat halten. Es ist schon Hochsommer und noch viel zu tun, ehe wir mit vereinten Kräften marschieren können. Und es wäre töricht zu glauben, man könnte ein großes Heer durch das Heideland nach Fingiswold führen, ist erst der September gekommen.«

In dieser Nacht, als außer den Wächtern auf den Zinnen und an den Toren keiner mehr auf den Beinen war, gingen Barganax und Lessingham allein hinaus an die frische Luft und kamen langsam über den erhöhten Fußweg auf dem Damm gut eine Meile südlich von Argyanna, gemächlich schreitend und plaudernd. Die letzten Spuren des Sonnenuntergangs, rot-gelb-braune Schatten am Horizont, krochen langsam gen Norden. Fledermäuse schwirrten durch die Luft.

»Heute in einem Monat also«, sagte Lessingham: »das ist der zwanzigste. In Mornagay.«

»In Mornagay«, sagte der Herzog. »Wie viele werden wir sein? Siebentausend?«

»Ohne die Prinzen und die freien Städte mitzuzählen.«

»Wir werden zu viele sein.«

»Ein Schlag, der nicht danebengehen wird«, sagte Lessingham, und sie schwiegen.

Nach einer halben Stunde blieben sie stehen. Barganax hob einen Stein auf und warf ihn ins Riedgras, um die Rohrsänger zu wecken, die daraufhin ihr Gezwitscher anstimmten. Er sagte: »Was haltet Ihr von diesem Licht dort an der dunkelsten Stelle auf dem Torfboden? Ein Teich? Ein zerbrochener Kelch, der den Himmel spiegelt? Ein zerbrochenes Schwert? Ein ganzer Schwarm Glühwürmchen? Ein Riß im Deckel des Topfes, der uns verrät, daß hier die Irrlichter gebraut werden?«

»Es wird sich wohl nur als stehendes Wasser erweisen, geht man näher hin«, sagte Lessingham. »Aber von hier aus könnte es all diese Dinge sein.«

»Ein in der Dunkelheit schlummerndes Licht«, sagte der Herzog. »Ich würde diese Nacht gern malen«, sagte er nach einer Weile. »Alles Vergangene: ist vorüber. Was kommen soll, duckt sich in die Dunkelheit des Schlamms und Rieds, zum Sprung bereit. Was gegenwärtig ist: ich und Ihr. Und das seltsamste an allem: 's ist unmalbar, wie die meisten Dinge, die das Malen lohnen.«

Lessingham sagte nichts.

»Wäret Ihr auf die eigene Sicherheit bedacht, verließet Ihr mich nun«, sagte der Herzog. »Indem Ihr Euch so vollständig meiner Sache verschreibt, und indem Ihr ihm diesen letzten Friedensschluß aufzwänget, lauft Ihr unbewehrt in seine Klauen. Kein Grund, der seinem eignen Interesse dient, und der ehedem Anlaß genug war, verbleibt mehr, warum er Euch nicht vernichten sollte.«

»Ich habe nun eine Art Freiheit«, sagte Lessingham. »Ich gebe Euch nicht auf: genausowenig gebe ich ihn auf.«

»Schade, daß diese wilde Stute von Euch, die nach allen anderen beißt und ausschlägt, Euch nicht zufriedenstellt.«

»Stellte sie Euer Gnaden zufrieden, stündet Ihr an meiner Stelle?«

Sie fingen wieder langsam zu gehen an in ihrer Gesellschaft des Schweigens, zurück in Richtung Argyanna, das sich eckig, klobig und schwarz vom Himmel im Norden abzeichnete. Sie hatten die Hälfte des Heimwegs zurückgelegt, als der Herzog zu flüstern begann, als wären die Worte nicht seine Worte, sondern nur ein Echo, im Gleichklang der gemessenen Schritte seines gedankenverlorenen Ganges über den erhöhten Fußweg:

Die Erde werd ich haben und das weite Himmelszelt:
Herrschen und bedrängt sein – mich an Gefahren laben.
Bei Nachtanbruch jedoch, als meiner Verbannung Entgelt,
Geborgen in sanftem Feuerschein: werd ich Dich haben.

Lessingham, der mit angehaltenem Atem gelauscht hatte, auf daß ihm kein Wort entginge, hielt plötzlich, als die Strophe zu Ende war, in seinem Schreiten inne. »Wer seid Ihr?« sagte Lessingham schließlich, wobei er durch die sanfte Dunkelheit in Barganax' Antlitz blickte: so sehr dem seiner Schwester ähnlich, außer den unterschiedlichen Eigenheiten von ihm und ihr, daß Lessinghams ganzes Sein in ihm wegen dieser Ähnlichkeit durcheinanderkam. Barganax gab keine Antwort. Die Stille war erfüllt von fernen Vogelstimmen aus dem Moor, das nie ganz in Schlaf fällt: nun der Ruf einer Schnepfe: dann ein kleiner Kiebitz. Lessingham sagte: »Von wem stammt diese Strophe?«

»Die? Von mir.«

»Von Euch?« Weit draußen in der Stille flötete ein Brachhuhn, das in der Nacht wachte.

»Sie gefällt mir«, sagte Barganax, »und wenn auch nur wegen ihrer eitlen Nichtigkeit.«

»Ihrer eitlen Nichtigkeit!« sagte Lessingham, und sie standen stumm.

»Warum ludet Ihr mich«, sagte er dann, »zu Eurem Liebesfest auf Ambremerine? Warum lockte sie mich in jener Nacht durch Türen? Welche Wandlung vollzog sich in Eurem Thronsaal? Warum schickte sie mich nach Rialmar? Wer ist sie?« sagte er zuletzt.

Barganax schüttelte den Kopf. »Ach«, sagte er, »ich kann Euch keines dieser Rätsel beantworten.« Er begegnete Lessinghams Blick durch die Dunkelheit. Zoll für Zoll glich sein Wuchs Lessinghams. Es war, als ob er sich nicht leicht dazu aufraffen könnte, das auszusprechen, was ihm auf der Zunge lag. Schließlich sprach er: »Lessingham, ich kann, wie gesagt, keines dieser Rätsel beantworten. Aber ich will Euch dies sagen: am Abend des Michaelstages, als ich es mir in einem gewissen Haus Vandermasts gemütlich machte, sah ich in einen Spiegel und erblickte dort nicht das eigene Gesicht, sondern das Eurige.«

Lessingham blieb stumm und regungslos.

»Nun«, sagte Barganax. »Was war das? Kennt Ihr ein solches Haus?«

»Und ich erblickte«, sagte Lessingham, die Augen in die seinigen gerichtet, »Euer Gesicht, nicht das eigene. In diesem Haus. Am Abend des Michaelstages.«

Er drehte sich schnell um: setzte seinen Heimweg wieder fort. Barganax an seiner Seite vernahm, wie er zähneknirschend einen Wehlaut unterdrückte, wie ein Mann die Zähne zusammenbeißt, wenn der Stahl in einer Wunde wühlt. Aber als sie weitergingen, spürte Lessingham in diesem Einklang zwischen Geist und Geist, wo Gesprochenes den ansonsten glasklar fließenden Strom nur trüben würde, wie einst auf Ambremerine allmählich wieder, daß Barganax' Seele sich dieser, die Frau von ihm schien, zuneigte; und was er spürte, war seltsamerweise wie Balsam für seinen tödlichen Schmerz und erhob die eigene Seele in ihm, wie eine gewaltige Lohe zum Himmel schlägt – ja stimmte ihn ein wie für das große Finale.

Der Herzog schrieb in jener Nacht und schickte es beizeiten am nächsten Morgen durch verläßliche Boten südwärts:

»Euer Erlaucht und Hochwohlgeborenen Ladyschaft, der ich hiermit die Hand küsse und mitteile, daß die Vorfälle hierzulande meine Anwesenheit im Norden bis in den Herbst hinein erforderlich machen. Ich möchte somit Vorsorge treffen, daß Eure Ladyschaft sich in meinen Privatgemächern zu Acrozayana heimisch fühlen, bis diese Unannehmlichkeiten überstanden sind. Ich habe heute mit dem Parry abermals einen anfälligen Bund des Vertrauens besiegelt, fürchte indes, daß ich ihn genausowenig wie Ihr jemals werde lieben können, denn weder sind seine Reden wahrhaftig, noch ist seine Erscheinung stattlich, sondern vierschrötig und aufgedunsen. Und was nicht aufrecht zu wandeln vermag, kriecht, weshalb er wohl allen Menschen feindlich gesinnt ist, die sich ihm nicht unterwerfen. Bezüglich Lessingham meine ich, daß Eure Ladyschaft über diese Sache mehr als ich wissen, wobei ich nicht den Anteil meiner Schwester darin meine, worüber mit so viel Weisheit Stillschweigen bewahrt wurde, sondern tieferliegende Dinge anspreche. Ich mache mir eifrig Gedanken darüber, ob wir in bestimmter Weise IV, oder in bestimmter Weise doch nur II sind. O Überlisterin aller List, die Ihr Eure Gewänder eröffnet und jäh Eure Schönheit erstrahlen laßt, welche Gespinste sind dies. Aber genug, es ist wie Koriander in süßem Wein. Ich werde kein Ende finden, habe ich erst begonnen, und nicht zur Ruhe kommen, verzehrt mich doch das Verlangen nach Lippenwerk, für welches Schreibwerk kein Ersatz. O Schwarze Lilie, eine und einzige, alles Verachtende und Heiligende, Augenblendende, Nest des Drachens und der Taube, Königsrobe und Kaiserkrone meiner Sehnsucht, seid bei Tage mein Leitstern, der ich Euch bei mir wünsche, der ich Euch in meinen Träumen koste und kosen möchte mit Worten, Euch mein, mich Euer nur nenne.«

Kapitel xxi

Enn Freki renna

Lessingham, der nun vom Herzog in seinem Amt als oberster Heerführer bestätigt worden war, brach am nächsten Morgen von Argyanna auf, um im Wettlauf mit der bis zum vereinbarten Treffen in Mornagay noch verbleibenden Zeit weitere Streitkräfte und zusätzliches Kriegsgerät zu sammeln. Und diese große Aufgabe führte ihn nun mehrere Wochen ohne Aufenthalt oder Ruhepause landauf, landab durch ganz Rerek und die Marken und Hintermeszria, wo er Bündnisse festigte und Händel schlichtete. Der Großadmiral war zurückgeritten, um in Kessarey mit seiner Flotte in See zu stechen und sie nach Kaima zu überführen; Zapheles und Melates zogen südwärts nach Meszria; der Lord Horius Parry heim nach Laimak. Barrian wurde vom Herzog zu jenen Prinzen Ercles und Aramond entsandt, um ihre Wunden mit Ländereien und Lehen zu lindern, die dort im Norden aus der großen Scheibe geschnitten wurden, welche durch den Frieden von Argyanna vom Reiche Rerek abgefallen war. Der Herzog selbst, samt dem Kanzler und Lessinghams tausend Berittenen, lag noch in Argyanna, um dann in großer Stärke nach Norden zu ziehen, sobald die Zeit gekommen wäre; und der Befehl lautete, daß alle mit ihren Armeen am zwanzigsten Juli in Mornagay einzutreffen hätten, um von dort nordwärts in das Heideland Fingiswolds vorzurücken, woher nun allmählich Meldungen eintrafen, Derxis habe einen Vorstoß nach Süden angetreten, als wolle er in Rerek einfallen, ehe der Sommer sich neige.

Aber der Vikar zog sich, sobald er wieder in Laimak weilte, in sein Privatgelaß zurück; entnahm der ehernen Lade, wo er solche Dinge aufbewahrte, den neuen Vertrag; saß und überlegte ein, zwei Stunden; schickte dann nach Gabriel Flores. »Kommt, Meister Reineke, machen wir unsere Sache gründlich. An die Arbeit. Ihr müßt wieder in den Norden hinauf, nach ›Megra‹, wie wir es nennen: ›zu Arcastus‹, wie wir sagen werden.«

Gabriel wartete ergeben.

»Niedergeschrieben wird nichts, wie ich es auch schon früher hielt. Dies hier«, und er wischte schnippend mit dem Finger über die Ecke des Pergaments, »verbreitet bereits des Gestanks genug nach Tinte. Lernt diese lumpige Rolle auswendig, bevor Ihr geht:

nennt ihm ihren Inhalt Wort für Wort. Dann sagt ihm, dies werfe einen vernichtenden Schatten gen Norden voraus, ehe er überhaupt bereit sei, seinen Eroberungszug hierher in den Süden anzutreten: daß durch den unglücklichen Tod der Königin – wie es zu diesem kam, weiß ich nicht: vergeßt das nicht zu erwähnen – und dem somit eingetretenen Ende des königlichen Geschlechts von Fingiswold dieses Zayana die Zuneigung aller Edlen, aller Prinzen und aller übrigen im Lande, außer mir, auf sich vereinige und in seinem Thronraub unterstützt werde; und daß ich nur zum Schein aus politisch-taktischen Erwägungen dahinterstehe. So sprecht zu ihm: führt ihm vor Augen, welcher törichte Wahnsinn sein Bemühen wäre, das Reich hier an sich zu reißen, ohne in seinem Vorhaben Stütze und Stärkung zu erfahren: und diese kann er von mir erhalten, dessen Hilfe zehn Armeen wert ist; und so weiter. Sprecht inbrünstig, daß ihm der Mund wäßrig wird. Gebt ihm mit allen Mitteln zu verstehen, daß Ihr gesandt seid, für mein und sein Bestes einzutreten. Dann teilt ihm meine einfachen Bedingungen mit: die Ernennung, mit seinem königlichen Signum und Siegel bekräftigt, auf ewig in seinem und seiner Erben und Nachfolger Namen, zu seinem Vikar für ganz Meszria und ganz Rerek; nach Empfang dieser Ernennungsurkunde aus Eurer Hand schicke ich ihm als Zeichen meiner Ergebenheit und meines getreuen Gehorsams ihm gegenüber bald die Köpfe oder andere Beweise für die Enthauptung der unzuverlässigsten hiesigen Personen, insbesondere nämlich: Barganax, Beroald, Jeronimy. Wozu sich mir gute Gelegenheiten bieten wird, ehe der Sommer zu Ende sein wird, habe ich sie doch damit«, und abermals wischte er schnippend über das Pergament, »in solch teilnahmslosen Schlaf gelullt und mir einen Anlaß gegeben.«

»Eure Hoheit haben vergessen, einen Namen zu nennen«, sagte Gabriel, »der beim König ob seines eifersüchtigen Hasses und Verdrusses im Vergleich zu den anderen Namen genauso schwer ins Gewicht fallen wird wie Gold zu Federn.«

»Und wessen Namen ist das, kleiner Mistfink?«

»Eure Hoheit werden doch nicht wünschen, daß ich ihn nenne.«

Der Vikar sah ihn aus zusammengekniffenen Augen an. »Nein, oder ich risse dir vielleicht die Zunge heraus.« Mit einer solch jähen Wut schleuderte er das Tintenfaß, daß Gabriel gerade noch Zeit genug hatte, um sein Gebiß oder vielleicht ein Auge zu retten, den Arm hochzuwerfen.

»Mischt Euch nicht in Dinge, die Eure Befugnis überschreiten«, sagte der Vikar, als Gabriel die Tintenspritzer mit seinem Schnupftuch abwischte und die Prellung an seinem Arm untersuchte. »Setzt Euch. Studiert Eure Rolle ein. Ich höre Euch noch ab, bevor Ihr geht.«

Gabriel war an jenem Abend aufbruchbereit. Um lieber nicht aufzufallen, schlüpfte er in die Verkleidung eines fliegenden Händlers; nahm sich ein zweites Pferd und einige Krämerwaren, zog eine ländliche Tracht aus rauhem, blauem Tuch an, schnitt sich das Haar kürzer und färbte dieses und den Bart und die Augenbrauen mit Henna. Vor dem Abritt wurde er abermals in das Gelaß des Vikars gerufen. »Nun, alles fertig und bereit, Schlaukopf?«

»Mit Verlaub, ja.«

»Kommt, trinkt mit mir zum Abschied Malvasier«; und er schenkte den Süßwein ein und reichte ihn Gabriel höchstpersönlich. Er legte, als Gabriel den Becher auf den Tisch stellte, seinen starken Arm um seinen Nacken, zog ihn an sich und blickte so hinab in seine Wieselaugen: »Es war nicht recht, handgreiflich gegen Euch zu werden. Nun denn«, sagte er, wobei er ihn festhielt, eine Armeslänge weg: »wann habe ich je zu Euch oder irgendeinem Menschen gesagt, ich bedauerte etwas, das ich getan? Denn wahrhaftig war es vernünftig und richtig, was Ihr vorbrachtet, Meister Reineke. Und wahrhaftig vermag ich in diesem Fall die Vernunft nicht gut zu verdauen, denn wahrlich kann ich in mir nicht ausrotten, was ich für diesen Mann an Zuneigung empfinde; bislang hatte ich meinen Nutzen von ihm und wünsche, daß es so bleibt; dennoch sehe ich nun geringe Vorteile darin, so wie die Dinge jetzt stehen. Und dennoch«, sagte er, »liebe ich diesen Mann irgendwie.«

Gabriel lauschte verlegen diesen Worten, die wie der Schlachtenlärm eines großen Kampfes schienen, der in der tiefsten Seele seines Herrn ausgetragen wurde.

»So lebt denn wohl«, sagte der Vikar.

»Lebt wohl, Hoheit«, sagte Gabriel. »Und was das Lieben angeht«, sagte er, als wären plötzlich die Tore der Sprache aufgeborsten, »seid Euch dessen gewiß: Eure Hoheit können es sich nun nicht leisten, irgend jemanden zu lieben oder zu mögen: nein, nicht einmal mich.«

Es war nun Mitte Juli. Der Vikar, mit etwa tausend schwerbewaffneten Kriegern aus Rerek, war nach Mornagay hinaufgekommen. Hier führte Gabriel, wieder von seiner Mission zurück, zweitägige Geheimbesprechungen mit seinem Herrn. Keiner wußte, noch erriet, noch versuchte zu erfahren, was zwischen ihnen ausgebrütet wurde; denn in allen Dingen, ob in Friedens- oder Kriegszeiten, war es des Vikars Brauch, sich eng mit diesem Mann oder mit Lessingham, falls dieser bei der Hand war, zusammenzutun, mit anderen indes selten oder nie.

Am dreizehnten ritt Gabriel abermals nach Norden, diesmal in neuer Verkleidung und mit abrasiertem Bart auf Kinn und Oberlippe. Am selben Tag kam, wie die Götter es vorsahen, Lessingham auf einer Kurierfahrt aus dem Bardarthal. Er nahm seine Tagesmahlzeit ein; wollte nicht verweilen, obwohl der Vikar um seine Gesellschaft bat, sondern sattelte wieder sein Roß und eilte weiter nach Norden; war er doch mit Barrian und Prinz Ercles hinter dem Schattenrücken verabredet, bezüglich gewisser Bewegungen Anfang nächster Woche für den großen Nordmarsch. Dies war der Vorwand: aber der wahre Anlaß war in einer Meldung Barrians zu suchen, derzufolge es nun von großem Nutzen sei, wenn Lessingham mit dem Sonnenschein seines Antlitzes sein eigener Friedensbote und Schlichter sei für die Schulden, mit denen er bei diesen Prinzen deren Meinung nach immer noch in der Kreide stand, als da wären die Plünderung von Bagort im Frühjahr und die schlechte Behandlung, welche Ercles in Leveringay erfahren hatte.

Lessingham ward nur begleitet von fünfundzwanzig Reitern und Amaury. Etwa nach der fünfzehnten Meile, auf halber Strecke zwischen Leveringay und Eldir, stießen sie zufällig auf Gabriel, der in hartem Galopp, zwei- bis dreihundert Schritt vor ihnen, dahineilte. Er bog, als er sie sah, von der Straße ab und hielt auf eine sumpfige Senke zu, wo ein Saumpfad, der durch Felder und später durch Wälder führt, eine große Windung der Hauptstraße in den Norden abkürzt. Dieser, wäre der Wasserstand nicht hoch gewesen, wäre der beste Weg gewesen: nicht so jetzt. Alle sahen ihn, aber in seiner Verkleidung erkannte ihn nur Lessingham. »Dieser verwunschene Handlanger hat uns gesehen«, flüsterte er Amaury zu. »Es ist klar, daß er mir gern aus dem Weg ginge. Das gefällt mir nicht.« Er hieß die übrigen warten, während er allein hinter Gabriel herritt. Als Gabriel erkannte, daß er verfolgt wurde und nicht entfliehen konnte, zügelte er und wartete.

»Wenn ich Euch unter dieser Maskerade und bartlos wie ein Schwein erkennen konnte«, sagte Lessingham, »hattet auch Ihr mich sicherlich erkannt? Warum also weglaufen? Was seid Ihr so unhöflich?«

»Nein, bei den Göttern, ich habe Euer Gnaden nicht erkannt.«

Lessinghams Blick schien wie jener Winterwind, der einem durch Leib und Glieder und Kleider fährt, durch und durch. »So beginnt Ihr also mit einer Lüge, Gabriel? Wohlan, sprechen wir weiter: wollen doch sehen, warum die liebe Wahrheit sich heute so rar macht.« Zuerst kamen Gabriels Antworten schlagfertig und keck: dann verfing er sich allmählich im Garn seiner Erdichtung: schließlich, in einem Knoten klarer Widersprüche verfangen, konnte er nicht mehr und machte sich zum Gespött ob dieses Wirrwarrs offenkundiger Lügen. Dann packte er zu allem Unheil flink die Gelegenheit beim Schopf und spornte sein Roß, um Reißaus zu nehmen. Binnen eines Augenblicks hatte Lessingham ihn eingeholt: am Kragen gepackt. »Mir schwant Böses. Durchsuchen wir Euch.« Während dies vonstatten ging, stopfte Gabriel durch eine schnelle List ein zerknülltes Papier in den Mund. Lessingham öffnete seinen Mund mit Gewalt: ließ es ihn ausspucken wie ein Hund: versetzte ihm einen solchen Schlag ins Gesicht, daß es ihn halb betäubt aus dem Sattel hob: sprang auf die Erde, schnappte das Papier, breitete es aus und überflog es. Gabriel, der sich zitternd erhob und seine Sinne ordnete, schrak unter Lessinghams Blick zurück; denn es lag in Lessinghams Antlitz, als er das halb zerbissene Papier zusammenfaltete und wie ein Kleinod in seinen Busen steckte, das gleiche Flammen der Augen, die gleiche tödliche weiße Blässe fürchterlichen Zorns, die Gabriel schon einmal gewahrt hatte; und das war gewesen, als Lessingham, in Ketten und unter den Händen sechs kräftiger Männer, auf so beschämende Weise in seiner Wehrlosigkeit vom Vikar mit dem Vertrag von Ilkis ins Gesicht geschlagen wurde.

»Dies ist eine persönliche Sache«, sagte Lessingham, »zwischen Eurem Herrn und mir. Keine andere Menschenseele soll davon erfahren. Das, damit Ihr ruhigen Gemütes seid.« Und mit diesen Worten packte er ihn am Hals: schüttelte ihn dreimal und ein viertes Mal, bis die Augen Gabriels in seinem angeschwollenen, blauen, würgenden Gesicht hervorquollen, und stieß ihn dann grausam auf den Boden. »Wenn ich meine Rute breche«, sagte er, »so auf einem größeren Rücken als dem Eurigen.« Gabriel, der es wohl am sichersten empfand, sich totzustellen, rührte sich nicht, bis Lessingham wieder im Sattel saß.

Lessingham ritt nur knapp zwei Dutzend Schritt, um wieder in

Sichtweite seiner etwa zweihundert Ruten entfernt wartenden Leute zu sein: gab Amaury ein Zeichen, allein herzukommen; kehrte dann gemächlich dorthin zurück, wo der verängstigte Gabriel stand. Amaury galoppierte heran: hielt an, blickte ergeben zu Lessingham, dann grimmig zu Gabriel. »Sagt ihnen, Amaury, dies sei nur ein Bote, der nach mir ausgesandt wurde und uns auf dem Weg verfehlte, den wir aber zum Glück einholten. Er hätte eine Meldung vom werten Kanzler, so daß ich für eine Nacht zurückkehren müßte. Ihr und die übrigen reitet weiter: entschuldigt mich bei Prinz Ercles. Erwartet mich spätestens in zwei Tagen in Memmering.« Amaury las hinter der unbekümmerten und gelassenen Miene, die sein Herr aufgesetzt hatte, daß etwas Einschneidendes bevorstehe: las dahinter aber auch, daß hierin von ihm, wollte er nicht Gefahr laufen, als unzuverlässig zu gelten, nichts anderes verlangt sei, als genau hinzuhören und aufs Wort zu gehorchen. Guter Dinge verabschiedete sich Lessingham und ritt im Schritt allein zurück gen Süden. Als sie außer Sicht waren, ruckte er am Zügel, flüsterte seiner Maddalena ins Ohr: sie trug ihn mit Windeseile südwärts.

Auf der langen eingefriedeten Wiese unter dem nördlichsten Gehöft von Mornagay vergnügten sich, als Lessingham vorüberritt, Rossilion und Thrasiline und andere beim Speerwerfen auf eine Zielscheibe. »Ha, das ist wie ein Maskenspiel«, sagte Rossilion: »ein pompöser Aufzug nach dem anderen. Zu Beginn, erst vor einer Stunde war's, die Meldung, der Herzog und seine große Armee seien eine Woche vor der vereinbarten Zeit unterwegs und träfen noch vor Sonnenuntergang in Mornagay ein; und zurück kommt nun der Heerführer.«

»Die Adler sammeln sich«, sagte Thrasiline. »Sicherlich wird sich nun etwas tun.«

Der Vikar kam des Weges, als Lessingham vor dem Wirtshaus vom Sattel stieg. In Lessinghams Blick war nichts Bedrohliches zu erkennen, noch brauchte er sich zu wundern (kannte er doch seit eh und je diese schnellen Umkehrungen und Änderungen im festgelegten Ablauf), warum Lessingham, der erst vor drei Stunden mit einer Begleitung in dringlichster Angelegenheit nach Norden aufgebrochen war, nun in großer Eile wieder zurückkam. »Vetter, es liegt etwas an, das ich Euch bekanntgeben muß. Wollen Eure Hoheit mir eine Privataudienz gewähren?« Der Vikar drückte achselzuckend seine Zustimmung aus, so daß sie sich in selbiges oberes Zimmer zurückzogen, wo vor mehr als einem Jahr Lessingham und Amaury zu Abend gegessen hatten, als die Kunde vom Ableben des Königs Styllis eintraf, und das ganze Gleichgewicht der Dinge durch diesen neuerlichen Zufall ins Wanken geriet: ein Zimmer der Anfänge und Andenken.

Drei der großen Hunde des Vikars kauerten dort auf einem Binsenlager. Auf dem Tisch standen Wein und Trinkbecher: auf der Bank ruhte der Harnisch des Vikars: Gänsekiele, Tinte, Papier, Pergament, alles Schreibgerät Gabriels in einem Durcheinander auf der Anrichte. Lessingham sagte: »Wer wird Euch Eure vielen Briefe schreiben, Vetter, solange Euer Sekretär Geheimverträge zwischen Euch und Derxis aushandelt?«

Nicht im geringsten zitterte die große Hand des Vikars, als er nach dem Weinkrug griff und einen Becher voll eingoß. »Wer so geistig beweglich und ein rechtes Quecksilber ist wie Ihr, braucht dies, um einen klaren Kopf zu bekommen: wie kann man über solches Geschwafel überhaupt Worte verlieren.«

Lessingham schlug ihm den Becher aus der Hand. »Eure Tischsitten sind so plump wie Eure Lügen.« sagte er, als der Becher schallend zu Boden fiel, und der Vikar mit funkelnden Augen auf die Beine sprang. »Hört, ich lese Euch vor, was hier unter Eurem Handzeichen und Siegel steht«, und er beobachtete, wie beim Herausziehen des Papiers des Vikars Antlitz sich verfärbte. »Ja, voller Speichel und Schleim vom Mund des Unholds, denn ich zerrte es ihm zwischen den Zähnen hervor. Dennoch leserlich.«

»Geht, Ihr seid ein Narr. Der Brief ist vorgetäuscht. Mein feines Werk, ihn herauszulocken.«

»Das habt Ihr Euch schon ausgedacht«, sagte Lessingham. »Erzählt mir doch, ein Rabe sei weiß.«

Der Vikar, auf der anderen Seite des zwischen ihnen stehenden Tisches, beäugte ihn gesenkten Hauptes unter der Stirn hervor und bewegte sich langsam links zur Seite in Richtung Tür. Aber Lessingham war, schnell wie ein Leopard, vor ihm dort, die Hand ans Schwertheft geworfen. Seine Linke schleuderte den Riegel hinter ihm bis zum Anschlag vor die Tür. »Wäret Ihr bislang trunken gewesen, hättet Ihr Eurem Amt bessere Dienste erwiesen. Verrat verüben? Ist es so weit gekommen? Und mit diesem dreisten Zierbengel, Stimme wie ein Weib, dieser Ausgeburt des Abschaums, dieser Mörder der . . .«

»Schluß mit dem Geschnatter«, sagte der Vikar, die Hand ans Schwertheft geworfen, den Kopf gesenkt wie ein Stier beim Angriff. »Glaubt Ihr, während Ihr Euch die Zeit mit Schäkereien vertriebet, würde ich für immer untätig bleiben? Ich sage Euch, uns fehlte hier im Eulenthal in den letzten fünf Monaten die Muße zum Küssen und Kosen, bei den Göttern!«

Lessinghams Schwert rasselte aus der Scheide: so das des Vikars. »He! Aufgepaßt! faßt ihn! Pyewacket! Kronenzinken! reißt ihm die Gedärme heraus!« Als die Hunde von der Seite heranstürmten, schlug Pyewacket, wie bewegt von jener im Verlies unter Laimak so seltsam geschlossenen Freundschaft, die Fänge in den Rücken eines der Vierbeiner, so daß dieser im Sprung behindert war und vor Schmerz aufheulend kehrtmachte und über die Hündin herfiel. Einen anderen erstach Lessingham mit seinem Dolch, den er mit der Linken aus dem Gürtel gezogen hatte; da indes die Augen eines Mannes nur in eine Richtung sehen, gelang es dem Vikar, der von vorne auf Lessingham einhieb, eine Blöße zu nutzen; aber glücklicherweise nicht mehr als eine Fleischwunde an der Hüfte. Inmitten des Lärms der immer noch angreifenden und knurrenden Hunde, und dem Anrennen von außen gegen die Tür durch Soldaten, welche der Vikar nun mit schallender Stimme immer wieder zur Hilfe rief, hatte Lessingham sich, obschon verletzt, soviel Freiraum für seine Fechtkunst verschafft, daß er dem Vikar mit wenigen Stößen die Waffe aus der Hand schleuderte.

Einen Augenblick lang schien es, als wollte der Vikar, geduckt wie eine Wildkatze, mitten in Lessinghams Schwertspitze springen. Aber die Türangeln gaben allmählich unter der Wucht der anstürmenden Soldaten nach, und wieder einmal Herr seiner selbst, richtete er sich auf und stand wie aus Stein, mit verschränkten Armen, wobei er Lessingham in die Augen sah, welcher seinen Blick erwiderte und in hoher, kühler Unbekümmertheit, dennoch allen Unheils gegenüber auf der Hut, sein Schwert nun in die Scheide steckte. Die Tür barst und fiel ins Zimmer. Gleichzeitig sprang ein Dutzend bewaffneter Männer herein. Jäh verstummte dieses lärmende Gepolter, und der Vikar befahl, wobei er mit dem Finger auf ihn zeigte: »Ergreift mir diesen Mann.«

Zwei Atemzüge lang standen sie unschlüssig umher. Und wie ihre Blicke, einer nach dem anderen, auf Lessingham fielen, so vereinigte er sie, einen nach dem anderen, auf sich und hielt sie in seinem Bann. »Ihr habt die Wette gewonnen, Vetter«, sagte er, woraufhin er lachend seine Börse mit Gold auf den Tisch warf. »Und wahrhaftig sah ich das kommen. Nicht Eure eigenen Männer, hießet Ihr sie, vergäßen Euer Hoheit Erlaß soweit, als daß sie Hand an des Königs Heerführer legten.«

Schnell hatte der Vikar verstanden und brach in großes, brausendes Gelächter aus, klopfte ihm auf den Rücken, nahm die Goldbörse, warf sie klingend in die Luft, fing sie auf und stopfte sie in seinen Busen.

Als sie wieder allein waren, sagte Lessingham leise: »Nun, giftige Viper? Ihr wagt es also, mich herauszufordern? Hetzt also Eure Hunde auf mich, hm?« Pyewacket sah hierbei scharwenzelnd und schwanzwedelnd zu ihm auf; »hetzt Eure Männer auf mich?«

Der Vikar, der seitlich am Tisch saß, die Linke in die Hüfte gestemmt, den rechten Ellbogen weit vor auf den Tisch, das kräftige Kinn in die Hand gestützt, blickte unentwegt zu Lessingham auf. »Ihr habt Eure Rolle vergessen«, sagte er, und seine Stimme, tief und leise, kam wie dumpfige Luft aus einem Grab. »Und Ihr habt verspielt.«

Für Lessingham, der so in die Augen seines Vetters hinabblickte, war es, wie wenn der harte und diamantene Glanz und die üble Glut seiner Augen nur das Abbild gewesen wären auf einem stillen Wasser, in dessen tiefem Grund, wäre das Abbild nicht wie ein Schleier darübergebreitet, tödlichere Dinge zu sehen gewesen wären. Und nun wurden, wie eine winterkalte Bö sich regt, Erinnerungen auf dieser Oberfläche lebendig und verwischten das Abbild: Erinnerungen an eine Stimme, die vor einem Jahr, laut und heiser über Wasser schallend, eine Sommernacht aufgelöst und schönes Fleisch hatte welken lassen zu Pelz und Gestalt und Fang eines Bergluchses.

Der Vikar schien zu warten. Durchdrungen von Zufriedenheit schien sein Warten, wie bei einem, der alles abgewägt und beschlossen. Aber den forschenden Augen verriet sein Antlitz keine Antwort. Ebenso könnte einer, der über die Felder nach Laimak ausschaut, gehofft haben, nur durch solches Blicken die Kerker zu erkennen, die dort im innersten Fels eingegraben liegen: die Gefangenen, ihre Namen, Eigenschaften, Lage und Bedingungen, die dort im Kerker verrotteten: den Tod, den dort mancher starb.

»Potz Blitz, dann werde ich Euch eine Lektion erteilen«, sagte Lessingham. »Potz Blitz, ich werde Euch mit Füßen treten. Kommt, seid mein Sekretär. Schreibt«, sagte er, schob von Gabriels Tisch das Gerät vor ihn hin und holte, um davon zu lesen, das verfluchte Schriftstück hervor. »Es ist gut genug abgefaßt, um seinen Zweck schön zu erfüllen. ›An den allerhöchsten König‹ – pfui, die Wörter schmecken faul in meinem Mund. Weiter dann: Eure eigene Erfindung: heraus damit: all die süßen, gewinnenden Reden, das besondere Vertrauen, die besondere Freundschaft, die er in Euch hat, wie es sich von Natur aus für alle Notzucht und Verräterei und Greuel gebührt: laßt das Schwein nicht darüber im Zweifel, daß Ihr sein Buhle seid und uns als Eure Verflossenen haßt: laßt Euch in goldenen Lettern das Vikariat bestätigen und so fort, wie hier niedergeschrieben, und daß Ihr uns dann alle erdolchen laßt, und zwar im rechten Augenblick, wenn er im Süden einfällt: und bestimmt als Zeitpunkt dafür die erste Neumondnacht im August zu Mornagay. Schreibt«, sagte er, und es schien, als schösse in ihm der Zorn, der sich gelegt hatte, beim Vorsagen dieser Ungeheuerlichkeit abermals als gewaltige Lohe empor. »Wir werden bereit sein. O das ist Doppelverrat! Wir lokken ihn wie einen Iltis in die Schlinge.«

Der Vikar verharrte bei alldem vollkommen regungslos. Nur seine Augen, die schlangengleich auf Lessingham ruhten, hatten sich scheinbar getrübt und verhüllten, was sich an Gedanken in ihm entfaltete; und entlang seiner Lippen regte sich etwas, dessen Schuppen in den Farben des Spotts, des Übermuts und der Geringschätzung schillerten, und streckte seine feinen Glieder der Länge nach, wie ihm dünkte. Schließlich griff der Vikar zur Feder und begann mit tolpatschiger, langsamer, ungeübter Hand vor Lessinghams Augen zu schreiben. Als er am Ende war, schob er den Brief hin zu Lessingham, der ihn nahm und las. »Recht so?«

Lessingham las. »Es wird taugen.«

»Reicht mir das Wachs«, sagte der Vikar. »Eine Kerze: so.«

Er siegelte ihn. »Welch sicheren Überbringer habt Ihr nun? Köpfe könnten rollen, gelangte er in die falsche Hand. Wo ist Gabriel?«

»Gebt ihn mir«, sagte Lessingham. »Ich werde den Träger beider machen.« Der Vikar übergab ihn schweigend. Schweigend blickten sie sich an. Daraufhin hielt Lessingham zuerst diesen, dann den anderen (welchen Gabriel hatte verschlucken wollen) in die Kerzenflamme: sah mit finsterer Miene zu, wie sie Feuer fingen, sich kräuselten, licherloh brannten und in schwarze Asche zerfielen. »Ei, Vetter, muß ich Euch erst lehren«, sagte er, »daß ich tue, was ich will, ohne mich dieser oder jener Bedingung zu unterwerfen, noch Eure stümperhaften Machenschaften zu benutzen, sondern meinen eigenen Weg gehe und mir keinen Schmutz aufs Gewissen lade?«

Er drehte sich um und ging. Der Vikar, als er beobachtete, wie er mit wehendem Umhang, stolz getragenem Haupt und schwungvollen Schrittes zum Klirren der goldenen Sporen zur Tür ging, kniff die Augen zusammen zu einem schrägen Natternblick. So saß er, allein gelassen, in der düsteren Erhabenheit windgepeitschter Meeresklippen, an denen Mal für Mal die heranrollenden Brecher schallend zerbarsten, und wartete.

Zu selbiger Stunde kam Gabriel Flores. Der Vikar saß noch in seinem Gelaß. Gabriel näherte sich auf Zehenspitzen dem Tisch. »Hoheit, sprach Mylord Lessingham von dem Brief, den ich trug, zu Euch? Bei meiner Seele, ich wäre lieber gestorben, als . . .«; und hier, auf den Knien, erzählte er schluchzend die ganze Geschichte.

»Nun«, sagte der Vikar, als er zu Ende geredet hatte: »ich will Euch Gerechtigkeit widerfahren lassen, denn Ihr tatet alles in Eurer Macht Stehende. Dies beweist um so mehr, daß ich an meinem Vorsatz hätte festhalten sollen, nichts niederzuschreiben.«

»Zu sagen bleibt«, erwiderte Gabriel, »daß außer Euch und mir und Seiner Lordschaft keine Menschenseele davon weiß. Nicht einmal Amaury, denn sie sprachen nur in meiner Gegenwart miteinander, und daraufhin, das schwöre ich Euch, ritt der eine nach Norden und der andere zu Euch in den Süden. Haben Eure Hoheit das Papier?«

»Ich hatte und verbrannte es.«

»Soweit gut«, sagte Gabriel; dann hielt er inne. Sein diebischer Blick hob sich wieder bis knapp unter die Augen seines Herrn. »Hoheit, mit Verlaub, aus mir sprechen nur meine Liebe und Dienstbarkeit: zürnt nicht meiner. Aber müssen Eure Hoheit nicht befürchten, daß er Euch und Euren Anteil darin bloßstellt?«

Der Vikar blickte zu ihm hinab. »Der Herzog wird«, sagte er, »vor Sonnenuntergang mit fünftausend Mann hier eintreffen.« Er machte eine Pause. Gabriel begegnete seinem Blick und zitterte. »Und so, mein feiner Pinkel und süßes Häschen, besinnt Euch der Umsicht und Mannestugend: eine Aufgabe harret Eurer geneigten Mitwirkung, eine sehr kurzfristige obendrein. Seht, der Himmel grollt. Mein Vetter Lessingham: laßt nicht den Herzog oder einen der Seinigen mit ihm zusammentreffen, bei Eurem Leben nicht.«

Gabriel bleckte die Zähne wie ein Wiesel. »Welcher Mittel soll ich mich bedienen?«

»Aller, soweit daraus nicht hervorgeht, daß Ihr oder ich dahinterstecken könnten. Zeigt mir auf irgendeine harmlose Art an, wenn Ihr die Sache vorbereitet habt.«

Gabriel kicherte. Er verzog das Gesicht zu einer grimmigen, häßlichen Fratze.

»Was denn?« sagte der Vikar. »Fürchtet Ihr Euch?«

»Vor Eurer Hoheit ein wenig. Vor sonst nichts.«

»Diese Tat birgt hohen Verdienst.«

»Ja. Mich dünkt, sie wird mir nicht zu nahe ans Herz gehen, führt sie doch ein anderer aus. Aber möchten Eure Hoheit mir nicht lieber einen Namen für die Tat nennen? Es wäre zu gewagt, müßte ich auf Vermutungen zurückgreifen.«

»Willst du mit mir handeln, du schorfiger Knirps? Gehört dein Leben nicht mir? Gibt es irgend etwas außer meiner Macht und meinem Namen, das zwischen dir und hundert Männern steht, welche keinen sehnlicheren Wunsch haben als dein zuckendes Herz in ihrer Hand zu halten? Willst du mit mir schachern, Miststück?«

»Eure Hoheit kennen meine innere Haltung«, entgegnete er. »Ich möchte nur sicher sein, daß Ihr Eure eigene kennt: nicht nachher bereut und mich in Stücke reißt, der Euch diese Tat vollbracht.«

»Ach, keine Sorge«, sagte der Vikar. »Es weilt hier im Lager einer, der erst vor zehn Minuten aus diesem Zimmer ging und mich heute mit solch üblen Beleidigungen bedachte und mich so zum Gespött machte, daß er, versteift auf die Absicht der Selbstzerstörung, nicht mehr dafür hätte tun können. Ich werde mich seiner nicht länger bedienen. Wählt Euer Werkzeug: laßt ihn glauben, es geschehe im Auftrag des Herzogs; daß er bei diesem letzten Friedensschluß Zugeständnisse erzwang, welche das Herzogtum schwächten; daß der Herzog dies heimzahle, und wenn es seinen Tod bedeute.«

Gabriel sah ihn an: leckte sich die Lippen mit der Zunge. »Ich habe einen Gesellen für dieses Werk, ein beherztes Gemüt, aber so klug wie eine Waldschnepfe. Wie gefällt Eurer Hoheit dieser Vorzug: es vor den Augen des Herzogs zu vollbringen, noch ehe sie ein Wort austauschen können? Und ich, der ich in der Nähe stehe, erstäche, nachdem der tödliche Hieb ausgeführt, in scheinbarer Ungehaltenheit als Rache den Stechenden nieder, und weil Tote nichts ausplaudern können . . .?«

»Genug. Hinweg und ans Werk. Und der Teufel und der Wirbelsturm seien Eure Gehilfen.«

Gabriel entfernte sich. Der Vikar blieb noch eine Weile in seiner Betrübnis sitzen, wobei nun die im Westen sinkende Sonne durch das Fenster in seine Augen schien. Er überließ seine Hand Pyewacket, und die Hündin rieb liebkosend ihre kalte Schnauze daran; ruhig tasteten seine Finger über ihren Fang und hinter ihr Ohr. »Ja, mein Weibchen«, sagte er bei sich: »ich mache dir keinen Vorwurf daraus, seine Partei ergriffen zu haben, auch wenn andernfalls alles einfacher gewesen wäre. Tote, fürwahr?« sagte er dann bei sich, und seine Nasenflügel wurden plötzlich hart. »Vielleicht, armer Reineke, hast du mich besser beraten, als dir bekömmlich ist.«

Der Tag neigte sich, als der Herzog mit der Vorhut seiner Armee über die gewundene Killary-Straße den Aufstieg nach Mornagay anging. Der Vikar, begleitet von Lessingham und einem Dutzend seiner Edelleute, kam ihm ein Stück Weges entgegen, um ihn mit Ehren ins Lager zu geleiten. Vor dem Wirtshaus, in dem sie wohnten, nahmen zwanzig Trompeter Aufstellung, und Sackpfeifer in der rostbraunen und purpurroten Livree des Parry, und Trommler, und fünfzig Speerträger als Ehrenwache, und Träger der Banner Fingiswolds und Rereks: alles in der goldenen Pracht der untergehenden Sonne, und in einer windstillen Sommerruhe. Der Vikar trug seine Staatsrobe und außer seinem goldenen Stirnreif keine Kopfbedeckung: Lessingham zu seiner Rechten war bis zum Hals mit Harnisch und Waffen angetan, ging aber ohne Helm. Gabriel Flores hielt, wie ein Schatten, Schritt mit seinem Herrn, ein Stück hinter und zwischen ihnen.

»Ihr seht froh aus, Vetter«, sagte der Vikar beim Gehen.

»Nicht froh«, antwortete Lessingham: »zufrieden.«

»Mit dem, was Ihr habt? Oder mit dem, was bevorsteht?«

»Zufrieden damit«, antwortete Lessingham, »daß nun alles kommt, wie gewünscht: Macht wo, läge es an mir, sie zu verteilen, ich sie gäbe, und unser Schwert, das nun unentrinnbar und unvermeidbar gegen unseren Feind erhoben.« Bei diesen Worten schien ihn Triumph zu überkommen, wie ihn Sterne tragen, die zwischen den Wolken in einem Seesturm ziehen, wenn alle Gefahren der Nacht und des Schiffbruchs nur wie ein entrollter Teppich sind, auf dem diese Füße wandeln. Sein Blick, wie in jene himmelhohe Gewißheit versetzt, begegnete dem des Vikars, der dieses Zusammentreffen bis jetzt gemieden hatte.

Sie blieben stehen. Der Herzog, hoch zu Roß auf seinem stampfenden Schimmel, umgeben vom Kanzler zu seiner Rechten und den schön geputzten meszrischen Lords, war nun bis auf zwanzig Schritt herangekommen und näherte sich weiter. Posaunen huben zum königlichen Grußsignal an. In Gabriels Ohr flüsterte insgeheim der Vikar mit einemmal: »Ich hab's mir anders überlegt. Verhindert es.« Währendessen sahen sich über eine Entfernung von zehn Schritt Barganax und Lessingham in die Augen. Und genauso wie Barganax vor einem Jahr in Acrozayana bei einem solchen Blickaustausch in Lessingham scheinbar das verkörperte männliche Gegenstücke seiner eigenen dunklen Dame und Königin seiner Sehnsüchte gewahrt hatte, so gewahrte Lessingham nun in langsamer Verwunderung, die Leib und Seele übermannte, in Barganax' Antlitz das gleiche Wunder; und dann für einen Augenblick lang, wie die Nacht von einem Blitzstrahl aufgerissen wird, nicht das männliche Gegenstück, sondern, wie um Vollkommenheit über Vollendung hinaus zu führen, sie, Antiope selbst: zurückgegeben für diesen Augenblick, in dieser immerwährenden Stunde des Sonnenuntergangs in Mornagay, diesem Ort des vielfachen Beginns und Endes.

Gabriel war zu spät. »Dies vom Herzog von Zayana!« schrie der Mörder, als er den kalten Stahl zwischen Nacken und Halsberge einen Fuß tief in Lessinghams Leib trieb. Im gleichen Augenblick hatte Gabriel, sobald sein Stichwort fiel, den Vollbringer des Vollbrachten ereilt, so daß es zu spät war zum Rechtfertigen, Widerrufen oder Gestehen. Der Vikar, der inmitten des jähen großen Tumults links und rechts mit seinem Streitkolben um sich schlug, hieb mit einem Streich auf den Mörder seines Vetters ein, der bereits von Gabriels Schwert tödlich verwundet zu Boden taumelte, und mit dem anderen auf die einzig vorstellbare noch bestehende Gefahr, den Mitwisser seines geheimen Verrates: Gabriel Flores. Dessen Gehirn, dienstbar bis zu diesem äußersten Ende, doch nun nicht mehr, gegenüber seinem Herrn, um dessen Belange er sich so ergeben befleißigt hatte, als letztes Pfand für seines Herrn Sicherheit im Gras verspritzt ward.

Aber der Vikar, der für diese Sicherheit so viel gewagt und so viel weggeworfen hatte, und nach diesen Streichen schnell aufsah in das Antlitz Barganax', erstarrte wie einer, zu dessen Füßen sich der Höllenschlund auftut. Denn es funkelten ihn aus diesem Antlitz nicht Barganax' Augen an, sondern Augen, gesprenkelt und grau: Lessinghams Augen.

Und Barganax befahl mit einer Stimme wie ein gewaltiger Donnerschlag: »Ergreift den Vikar!«

Kapitel XXII

Zimiamvische Nacht

Im herzoglichen Privatgemach, das von der Zitadelle über den See von Zayana zeigt, legte Fiorinda ihren Kristall aus der Hand, nachdem sie dieses Ende geschaut hatte. Das Auge des Tages blickte nun rot aus einem Spalt in den Wolken hervor, welche den Abend, im Westen über Ambremerine ummantelten; und in diesem Leuchten der untergehenden Sonne hatte sich alles Stoffliche wie in Feuer verwandelt: seine Flammen züngelten am Faltenwurf der damastenen Tischdecke: seine Funken tänzelten in flüchtigem Wechselspiel zwischen Tod und Geburt über jede schimmernde Oberfläche von Gabel und Messer, Kelch und Schale oder glatter Fruchthaut: sein Rauch erfüllte das dunkel liegende Schlafgemach Barganax', das hinter halb geschlossenen Türflügeln leer und traumhaft stand wie auf Andenken an so viele Sonnenuntergänge, und Stunden im Kerzenschein, und Wonnen, und Schlaf, und Morgengrauen, und an die langen Zwischenpausen der Unbewohntheit beim hellen Tageslicht, das für Betten die Zeit der Nachtruhe und Erholung ist. Und in der stolzen Blässe dieser Dame Stirn und Wangen, und in ihrem erhebenden Gebaren, thronte die Glorie, zurückgeworfen von ihrem rabenschwarzen, meereswelligen Haar; und ein Hauch oder Beigeschmack davon lag in ihren furchtbaren, unergründlichen Augen, als sie so stand, und nach solcher Kunde durch dieses hohe Westfenster in die westliche Feuersbrunst ausschaute.

So stand sie, während die Nacht sich herabsenkte. Die Farben büßten mit zunehmender Dunkelheit ihre Leuchtkraft ein, sowohl hier im Zimmer mit der prunkvollen, seltenen Ausstattung: goldgewirkte, wunderliche Wandbehänge, erlesene und kostbare Möbelstücke, goldene Säulenkapitelle in Lilienform und eine in Gold gearbeitete Decke; als auch draußen, auf dem See, der sich in der Ferne verlor, und in den Bergen, zu denen sich die Wolken und die Unermeßlichkeit der vielgestaltigen Nacht gesellten, und in den Blumen im Garten Barganax', die ihre Blüten zum Schlaf falteten. »So fällt ein Turm, in den der Blitz fuhr«, sagte sie. Auf einem Föhrenzweig im Garten darunter trällerte ein Ziegenmelker. »Kein Selbst – nur Alles«, sagte sie.

Sie nahm eine dünne Wachskerze, entzündete sie, wo im Kamin das Feuer niederbrannte: entzündete die Kerzen in den Haltern. Wein stand auf dem Tisch, und kristallene Gläser. Sie füllte eines und hielt es hoch zwischen ihre Augen und die Kerzen und beobachtete, wie unter der Schaumkrone die Perlen aufstiegen: durch ein goldenes Element, Atome goldenen Feuers. Sie stürzte den Wein hinunter und wandte sich dem Spiegel zu. Und nun, mit flinken Bewegungen, dennoch von verhaltener, gelassener Erhabenheit in der Abfolge, wie das Laubwerk eines Sommerwaldes sich im Winde wiegt, Gürtel zuerst, dann Brosche und Nadel, legte sie ihr mit Rubinenflitter besetztes rotes Seidengewand und alle übrigen Kleider ab und stand so, in diesem Zwielicht aus Kerzenschein und nachglühendem Abendrot, still dem eigenen Abbild im Spiegel gegenüber. Mit seltsamer Miene betrachtete sie es, wie sie es vor einem Jahr im letzten Mai in jenem anderen großen Spiegel drinnen beim Morgengrauen betrachtet hatte, am Morgen seines fünfundzwanzigsten Geburtstags: einer entrückten, abschätzenden Miene. Mit solchem Blick hätte vielleicht ihr Geliebter nicht sie, sondern eines der vielen Porträts betrachtet, die er von ihr gemalt hatte und dann wieder überschmiert oder zerfetzt und somit vergessen machte, weil es nicht sie war, oder zumindest nicht sie genug. Aber anders mit ihren Lippen. Denn das, was sich der Lippen dieser Dame bemächtigt hatte, schlafend oder wachend ihre Mundwinkel bewohnte: einmal von ihm in Farbe eingefangen, aber unverzüglich wieder freigelassen: dieses Etwas wachte und betrachtete nun im Spiegel seine eigene Unübertrefflichkeit, woraufhin es sich mit einem schrägen Blick ihr erkenntlich zeigte.

»Fiorinda«, sagte sie. »Mary«, sagte sie. »Antiope.« Die Namen verharrten in der Stille wie die Ringe auf gekräuseltem Wasser. Sie entfernte die Nadeln, eine nach der anderen, und ließ die schwarze Fülle ihres Haares lose fallen; und so, ohne den Blick vom Spiegel zu nehmen, ließ sie sich nieder auf einem Sofa, das dem Spiegel zugekehrt stand, streckte die Füße auf dem Polster aus und stützte die Wange in die rechte Hand. Und so betrachtete sie noch eine Weile mit flackernden Augenlidern im Spiegel, was in sich allein Spiegel aller Wunder war; ihren in Schönheit gekleideten nackten Leib, furchtbar wie ein Gebirge in der Morgendämmerung, und in seiner griechischen Vollkommenheit eine Vollendung und Darstellung des Inbegriffs der Nacht und würziger Gärten und der Glorie von Sonne und Mond und, in den Augen, der See. Die Hände hinter dem Haupt gefaltet, lehnte sie sich auf die Kissen aus honiggelber Seide zurück und betrachtete ihr Spiegelbild, das sich nun zu wandeln begann.

Und während sie so schaute, nannte sie die Wandlung beim Namen, deren ausgesprochener Klang ein Feuerschweif ist, Schönheit über Finsternis: Penthesilea, Lydische Omphale, Hypermnestra, Semiramis, Roxana, Berenike; makellose und unvergleichliche Zenobia, Königin von Palmyra, Königin des Ostens, so lange der bezwingenden Übermacht des kaiserlichen Roms ausgesetzt und am Ende besiegt, dennoch nicht entehrt; Gudrun; Petrarcas Laura; Boccaccios Fiammetta; Giulia Farnese, Vittoria Corombona, und die weiße und tödliche Blüte des Hauses Borgia. Und nach all diesen gar ihren, um derentwillen die Trojaner und gutgerüsteten Achäer so lange viel Leid erduldet hatten; und (Mutter von ihr) die Königin von Argos, die schönfüßige Leda, und andere erdgeborene Geliebte des olympischen Zeus. Und bei jeder Wandlung schien es, als wäre das Abbild im Spiegel dennoch ihr eigenes, oder zumindest Teil von ihr.

Ihre Linke, die träge hinter die milchweiße, schlaftrunkene, geschmeidige Herrlichkeit ihrer Hüfte gefallen war, traf zwischen Kissen und Polster zufällig auf ein Buch, das dort hineingerutscht und vergessen worden war, Sie zog es hervor, schlug es auf und erkannte die Schrift: das Griechische links, rechts daneben Barganax' Übersetzung davon:

ποικιλόθρον' ἀθάνατ' Ἀφροδίτα,
παῖ Δίος, δολόπλοκε, λίσσομαί σε

So weit las sie, sanft, laut, mit einer Stimme, die mit den Worten der Dichterin eine göttlichere Grazie anzunehmen schien, als ob ein kurzer Riß zwischen Zeit und Ewigkeit die ferne Kadenz des honigsüßen unvergänglichen Lachens hindurchklingen ließe:

Golden thronende Aphrodite,
Listenersinnende Tocher des Zeus,
Nicht mit Angst und Sorgen belaste,
Hocherhabne dies pochende Herz!

Sondern komm, wenn jemals dir lieblich
Meiner Leier Saiten getönt,
Deren Klänge du öfter lauschtest
Verlassend des Vaters goldenes Haus.

Du bespanntest den schimmernden Wagen,
Und deiner Sperlinge fröhliches Paar.
Munter schwingend die schwärzlichen Flügel
Trug dich vom Himmel zur Frde herab.

Und du kamst; mit lieblichem Lächeln,
Göttliche! auf der unsterblichen Stirn,
Fragtest du, was die Klagende quäle?
Warum erschalle der Flehende Ruf?

Was das schwärmende Herz begehre?
Wen sich sehne die klopfende Brust
Sanft zu bestricken im Netz der Liebe?
Wer ist's, Sappho, der dich verletzt?

Flieht er dich jetzt, bald wird er dir folgen,
Verschmäht er Geschenke, er gibt sie noch selbst,
Liebt er dich nicht, gar bald wird er lieben
Folgsam gehorchend jeglichem Wink.

Komm auch jetzt und löse den Kummer,
Der mir lastend den Busen beengt,
Hilf mir erringen, nach was ich ringe,
Sei mir Gefährtin im lieblichen Streit.

Sie erhob sich und sagte, in ihrer mit Herrlichkeit erstrahlenden Schönheit, abermals:

Σὺ δ᾽αὔτα
σύμμαχος ἔσσο;

»Ja; so will ich ersucht werden«, sagte Sie. »Ja; und von solch großen, feurigen, aus sich selbst wilden Falken, die in der Höhe fallen und vergehen. Ich verspreche es: halte ich es nicht? O mehr als je versprochen oder schuldig war.«

Auf einem Tisch beim Sofa waren in einer goldenen Schale Rosen, verdorrt und tot. Sie nahm eine und hielt sie, wie Kleopatras Natter, an die Blume ihrer eigenen Brust. Und wie um zu beweisen, daß an diesem Ort nichts als der Tod sterben kann und die Zersetzung selbstzersetzend abfällt wie eine faule Hülle, um Vollkommenheit zu entblößen, öffneten sich alle verdursteten Blütenblätter der Rose, dürr und braun, wieder zum Leben und nahmen wieder das glatte und weiche Fleisch einer lebendigen Rose an: einer tiefroten Rose, samten und dunkel, daß sich in Sehnsucht die Sinne nach ihr verzehren, mit einem blauen Schimmer an ihren allerdunkelsten Stellen, als hinge der schwere Duft wie ein Nebel an ihr und machte das Rot matt.

Wie der Wind kühl durch Apfelzweige rauscht, und seinem zitternden Laub Schlaf entströmt, sprach Sie abermals: »Ein Tag von Zimiamvia, Mylord Lessingham; ein Tag, Mylord Barganax.

Und was ist solch einer, in Meiner Sicht? Sagtet nicht Ihr: *Bei Nachtanbruch jedoch? – Geborgen in sanftem Feuerschein:* Habe ich es nicht versprochen? Und nun ist die Zeit gekommen.

Denn nun senkt sich«, sagte sie, kaum vernehmbar, »Nacht über Zimiamvia. Und danach, morgen, und morgen, und morgen, in Zimiamvia. Und alles von Mir. Was Ihr wollt. Für immer. Und wäre es möglich, mehr als für immer, für immer mehr.«

Mit einemmal hüllte sie sich in Ihre ganze Schönheit, unerträglich, so daß es kein Auge zu ertragen vermag, und die Herzen Ihrer Vöglein kalt werden, und sie ihre Flügel hängen lassen. So betrachtet sich der immerwährende Augenblick aufs neue am ewigen Meer, das am himmlischen Paphos schlummert. Nur Sie war: Sie, und das farblose wartende Wunder des Meeres beim Morgengrauen, und Ihr laues Lüftchen, und Ihre Rosen, und Ihre Stunden mit dem goldenen Stirnband.

Die Glorie der Verklärung verging in diesem hohen Westzimmer Acrozayanas. So schließt sich Dunkelheit hinter einen Meteor, der stumm aus der Dunkelheit zwischen Stern und Stern gleitet, in seiner Pracht alle Feuer des Himmels überstrahlt, und stumm unter den Sternen in die Dunkelheit taucht und verschwunden ist.

Lady Fiorinda kehrte sich dem Beistelltisch hinter dem Spiegel zu. Seine polierte Oberfläche war matt vom Staub der Vernachlässigung. Es lagen dort ein Schwert Barganax', ein Paar ihrer karminroten Handschuhe, eine seiner Paletten voll eingetrockneter Farben und einige ungereinigte Pinsel mit harten, verklumpten Borsten; und inmitten dieses Tandes zwei oder drei birnenförmige Tropfen aus buntem Glas, einer blau, ein anderer rot, ein dritter purpurn wie die Tollkirsche, nicht größer als Schlehen und mit langen, dünnen Kaulquappenschwänzen, welche Rupertstropfen oder Bologneser genannt werden. Sie nahm, im Gedenken, wählerisch einen davon und brach zwischen ihren juwelengeschmückten Fingern das Schwanzende ab und sah, wie der Glaskörper augenblicklich mit lautem Knall zu Pulver zerfiel. Ebenso verfuhr sie mit einem zweiten und beobachtete, wie er zerbarst: einem dritten, und beobachtete diesen beim Zerspringen: so lange, bis alle zerstört waren; und so stand sie eine Weile und betrachtete das Werk der Zerstörung, als erinnerte sie sich an den Spruch des alten Mannes. Schließlich ging sie zum Fenster und stand dort, und nach einer Weile ließ sie sich dort im Fenster nieder auf die Polster aus goldenem Tuch. Ihr Antlitz, seitlich in das Zimmer und die Wärme zeigend, zeichnete sich vom nächtlichen Hintergrund ab, denn schmutzig schwarz rollte die Nacht heran. Als sie nach einer langen Weile sprach wie in einem Traum, war es, wie wenn ihre eigene Dichterin selbst aus der Dunkelheit in der Höhe zwischen den Welten spräche:

Δέδυκε μὲν ἀ σέλαννα
καὶ Πληΐαδες, μέσαι δέ
νύκτες, παρὰ δ' ἔρχετ' ὤρα,
ἔγω δὲ μόνα κατεύδω.

Schon flüchtet Selena, die reine,
Schon taucht ihr unter, Plejaden,
Die Nacht und die Stunden laden:
Ich ruhe noch immer alleine.

Regungslos saß Sie: gesenkten Blickes: die Oberlider gerade und still: die Augen still und groß. Es herrschte nun völlige Ruhe, außer dem gleichbleibenden, unaufhörlichen, durch das offene Fenster des großen herzoglichen Schlafgemaches und die offene Tür dorthin dringenden Rhythmus des Ufergeplätschers vom See.

Da Ihre Gedanken höher als unsere Gedanken sind, wäre es der Dünkel eines Toren zu glauben, man könnte sie verstehen oder niederschreiben. Und dennoch, gerade weil sie höher sind, steht es dem Menschen nicht zu, sie achtlos verstreichen zu lassen: vielmehr solche Blicke zu beachten, welche in Nächten wie dieser schon früher den äußeren Anschein Ihrer Göttlichkeit als Schatten vorauswarfen; wie wenn das Unmögliche möglich wäre, und Seine Hand versagt hätte, in der zitternd Ihre schwachen Vollkommenheiten ruhen; oder wie wenn der Donner Seiner Macht in etwas Gefühlloses verwandelt wäre, Seine Augen verbunden, und die Liebe nichts als ein Schulwort, und sie (trotzdem nichts anderes Wert oder Wahrheit in sich birgt) schließlich doch nicht viel wert. Und wie wenn, unter der Vorstellung solcher Gedanken in Ihr – Die doch aus Ihrem frühlingshaften, rein unbezweifelten ICH BIN Ihn aufs neue erschafft und erhebt, womit das Patent Seiner Allmacht nur aus dem umsorgenden Dienst an Ihr besteht – das Herz der Welt selbst qualvoll zum Stillstand käme.

Wie die Glorie, so verging nun dieser Schmerz, mit dieser Glorie so wiederaufgenommen in Ihr Haus der Nacht.

Χαῖρ' ἑλικοβλέφαρε, γλυκυμείλιχε; δὸς δ' ἐν ἀγῶνι
νίκην τῷδε φέρεσθαι, ἐμὴν δ' ἔντυνον ἀοιδήν.
αὐτάρ ἐγὼ καὶ Σεῖο καὶ ἄλλης μνήσομ' ἀοιδῆς.

Hymne an Aphrodite

Anmerkung

Die Eigennamen wird der Leser sicherlich so aussprechen, wie er es für richtig hält. Vielleicht wird er aber, um mir eine Freude zu machen, das I in *Zimiamnia* jeweils kurz halten und die dritte Silbe betonen: in *Zayana* die zweite Silbe, in *Rerek* die erste: in *Fingiswold* das *NG* als Klangeinheit sprechen, wie im Wort »Finger. Wohlgemerkt ist der Name *Fiorinda* ursprünglich italienisch, *Amaury* und *Beroald* französisch, *Antiope, Zenianthe* und viele andere mehr griechisch. Zum Schluß noch der Hinweis, daß in *Meszria* das ausschmückende *SZ* nicht davon abhalten soll, es schlicht als »Meßria« auszusprechen.

In Vandermasts Aphorismen werden Kenner von Spinoza die Worte dieses Meisters wiedererkennen, allerdings zweifellos beladen mit Bedeutungen, die seine Absicht übersteigen. Leser, die in den wenigen erhaltenen Seiten der Sappho – einem Ort der Muße wie eine Insel Ambremerine – bewandert sind, werden feststellen, daß ich nicht gezögert habe, meine Geschichte mit ihrem Echo zu bereichern, ganz abgesehen von Zitaten: dies aus dem genügenden Grund, daß sie über allen anderen die Dichterin nicht jener »dunklen Venus des hohlen Berges«, sondern der »furchtbaren, goldbekrönten, schönen Aphrodite« ist.

Baudelaires *Le Balcon*, das sozusagen als Motto auf dem Deckblatt erscheint, habe ich erst nach Fertigstellung dieses Buches zu Gesicht bekommen, was mir erwähnenswert scheint. Lessinghams Anspielung darauf (»Reine des adorées« im Kapitel *Rialmar im Sternenschein*) wurde bei der letzten Durchsicht eingefügt.

E. R. E.

Quellen

Ouvertüre	Todesballade	Swinburne, Gedichte und Balladen, 1. Reihe
	»Ici gît Clarimonde«	Théophile Gautier La Morte Amoureuse
Kap II	»Bittersüß«	Sappho, 40
Kap. X	»In einem Traum sprach ich«	Sappho, 87
	»Gondul und Skogul«	Eyvind »der Skalde« (ca. 970 A. D.) Hákonarmál
Kap. XII	»O wir lockenhaarigen Männer«	Webster, Vittoria, Corombona, IV. Akt, 2. Aufzug
	»Jener Freund hemmt wahrlich eines großen Mannes Niedergang«	Webster, Die Herzogin von Malfi, III. Akt, 1. Aufzug
Kap. XV	»Gold nämlich ist rein von Rost«	Sappho, Lyra Graeca I–109 (mutmaßlich)
	»Li rosignox est mon pere«	Frühes Französisch
	»Ich aber liebe die Feinheit«	Sappho, 79
Kap. XVII	»Die prophetische Seele«	Shakespeare, Sonett CVII
	»Bittersüß«	Sappho, 40
	»Por la bele estoile«	Frühes Französisch
	»Von Ufer zu Ufer«	Mark Alexander Boyd (1563–1601)
Kap. XVIII	»Abendstern«	Sappho, 95
	»Ohne es genau zu wissen«	Homer, Hymne an Aphrodite
	»Se j'avoie ameit un jor«	Frühes Französisch
	»Trautester, könnten wir ja«	Homer, Ilias, XII, 322–8 Deutsch von Johann Heinrich Voß
Kap. XX	»Enn Freki renna«	Völospá (in der Älteren Edda)
Kap. XXII	»Golden thronende Aphrodite«	Sappho, I; Deutsch von Franz Grillparzer
	»Schon flüchtet Selena«	Sappho, 52; Deutsch von August v. Platen

Personen

Die Handlung in Kapitel I beginnt am 22. April, *Anno Zayanae Conditae* 777, etwa zehn Monate nach dem Tode des großen König MEZENTIUS, Tyrann von Fingiswold, Meszria und Rerek, in seinem 55. Lebensjahr auf seiner Inselfestung zu Sestola in Meszria.

In dieser Aufstellung ist hinter dem Namen jeder Person in Klammern angegeben, in welchem Kapitel sie *erstmals* erwähnt wird.

BARGANAX	(I)	Herzog von Zayana, unehelicher Sohn des König Mezentius	
LESSINGHAM	(O)	Leiblicher Vetter des Vikars	
ANTIOPE	(III)	Tochter des König Mezentius, Schwester des König Styllis und Halbschwester von Barganax	
FIORINDA	(II)	Schwester des Kanzlers (der etwa sechzehn Jahre älter ist) und eine Ehrendame am herzoglichen Hof von Zayana	
STYLLIS	(I)	König von Fingiswold, Meszria und Rerek: Sohn des König Mezentius	
DERXIS	(XII)	König von Akkama	
HORIUS PARRY	(I)	Lord von Laimak und Vikar des Königs in Rerek	
JERONIMY	(I)	Großadmiral von Fingiswold	Gemeinsame Kommissare des Königs in Meszria
BEROALD	(II)	Kanzler von Fingiswold	Gemeinsame Kommissare des Königs in Meszria
RODER	(III)	Ein Graf in Fingiswold	Gemeinsame Kommissare des Königs in Meszria
ERCLES	(I)	Prinzen in Nordrerek	
ARAMOND	(I)	Prinzen in Nordrerek	
ARCASTUS	(IX)	Lords und Edelmänner Rereks	
BEZARDES	(XIX)	Lords und Edelmänner Rereks	
BRANDREMART	(IX)	Lords und Edelmänner Rereks	
DAIMAN	(XVI)	Lords und Edelmänner Rereks	
GAYLLARD	(XIX)	Lords und Edelmänner Rereks	

MANDRICARD	(IX)		Lords und Edelmänner Rereks
MERON	(XIX)		Lords und Edelmänner Rereks
ROQUEZ	(XIX)		Lords und Edelmänner Rereks
ROSSILION	(XVI)		Lords und Edelmänner Rereks
THRASILINE	(XVI)		Lords und Edelmänner Rereks

BELINUS	(IX)		Lords und Edelmänner Fingiswolds
BODENAY	(XIII)	Marschall von Fingiswold	Lords und Edelmänner Fingiswolds
BOSRA	(XV)	Schloßvogt in Rialmar nach Romyrus	Lords und Edelmänner Fingiswolds
HORTENSIUS	(IX)		Lords und Edelmänner Fingiswolds
ORVALD	(XIII)		Lords und Edelmänner Fingiswolds
PEROPEUTES	(IX)		Lords und Edelmänner Fingiswolds
ROMYRUS	(XIII)	Schloßvogt in Rialmar	Lords und Edelmänner Fingiswolds
TYARCHUS	(XIII)		Lords und Edelmänner Fingiswolds
VENTON	(XIII)		Lords und Edelmänner Fingiswolds

BARRIAN	(III)		Lords und Edelmänner von Meszria
EGAN	(III)		Lords und Edelmänner von Meszria
IBIAN	(IX)		Lords und Edelmänner von Meszria
MEDOR	(II)	ein Graf in Meszria, Hauptmann von Barganax' Leibwache	Lords und Edelmänner von Meszria
MELATES	(III)		Lords und Edelmänner von Meszria
ZAPHELES	(III)		Lords und Edelmänner von Meszria

ALQUEMEN	(XIII)	Lords von Akkama
ESPERVERIS	(XIII)	Lords von Akkama
KASMON	(XIII)	Lords von Akkama
ORYNXIS	(XIII)	Lords von Akkama

AMAURY	(I)	Lessinghams Leutnant
GABRIEL FLORES	(III)	Sekretär des Vikars
VANDERMAST	(II)	ein Gelehrter, Sekretär von Barganax
ZENIANTHE	(XIII)	eine Prinzessin von Fingiswold, Nichte des König Mezentius
HERZOGIN VON MEMISON	(II)	Mutter von Barganax

<table>
<tr><td>ANAMNESTRA</td><td>(XIII)</td><td></td><td rowspan="7">Hofdamen in Rialmar</td></tr>
<tr><td>HETERASMENE</td><td>(XIII)</td><td></td></tr>
<tr><td>MYRILLA</td><td>(XIII)</td><td>Tochter des Großadmirals</td></tr>
<tr><td>PAPHIRRHOË</td><td>(XIII)</td><td></td></tr>
<tr><td>RAVIAMNE</td><td>(XIII)</td><td></td></tr>
<tr><td>GRÄFIN VON TASMAR</td><td>(XIII)</td><td></td></tr>
<tr><td>ZENOCHLIDE</td><td>(XIII)</td><td></td></tr>
<tr><td>ANTHEA</td><td>(II)</td><td></td><td rowspan="7">Hofdamen in Zayana</td></tr>
<tr><td>BELLAFRONT</td><td>(VII)</td><td></td></tr>
<tr><td>CAMPASPE</td><td>(VII)</td><td></td></tr>
<tr><td>MYRRHA</td><td>(II)</td><td></td></tr>
<tr><td>PANTASILEA</td><td>(VII)</td><td></td></tr>
<tr><td>ROSALURA</td><td>(II)</td><td>Tochter von Prinz Ercles und Gattin Medors</td></tr>
<tr><td>VIOLANTE</td><td>(II)</td><td></td></tr>
<tr><td>LADY MARY LESSINGHAM</td><td>(O)</td><td></td><td></td></tr>
</table>